LA COLMENA

clásicos castalia

CAMILO JOSÉ CELA

LA COLMENA

Edición,
introducción y notas
de
RAQUEL ASÚN

clásicos castalia

Madrid

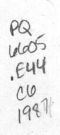

SUMARIO

INTRODUCCIÓN BIOGRÁFICA Y CRÍTICA   7

NOTICIA BIBLIOGRÁFICA   75

BIBLIOGRAFÍA SELECTA   77

NOTA PREVIA   87

LA COLMENA   89

   Historia incompleta de unas páginas zarandeadas ...   93
   Nota a la primera edición 105
   Nota a la segunda edición 107
   Nota a la tercera edición 108
   Nota a la cuarta edición 110
   Última recapitulación 112
   Prólogo a la edición rumana de *La colmena* 115
   Capítulo primero 119
   Capítulo segundo 179
   Capítulo tercero 230
   Capítulo cuarto 282
   Capítulo quinto 336
   Capítulo sexto 387
   Final 398

ÍNDICE DE PERSONAJES 413

ÍNDICE DE LÁMINAS 457

INTRODUCCIÓN

BIOGRÁFICA Y CRÍTICA

CAMILO José Cela, en el prólogo a la primera edición de *La colmena,* afirmaba el carácter testimonial del texto. La novela, decía, "no es otra cosa que un pálido reflejo, que una humilde sombra de la cotidiana, áspera, entrañable y dolorosa realidad" y "no aspira a ser más —ni menos, ciertamente— que un trozo de vida narrado paso a paso, sin reticencias, sin extrañas tragedias, sin caridad, como la vida discurre, exactamente como la vida discurre".[1] El propósito marcaba una pauta nueva en la trayectoria del escritor y en la historia de la novela española de postguerra.

La obra literaria de Camilo José Cela se inicia con los poemas publicados en *El Argentino* y *Fábula* (1935 y 1936-1938) y *Pisando la dudosa luz del día. Poemas de una adolescencia cruel.*[2] Desde 1940 colaboraba en los medios de comunicación oficiales y en revistas como *El Español, La estafeta literaria* y *Fantasía,* dirigidas por Juan Aparicio, Delegado Nacional de Prensa que sustituyó a Dionisio Ridruejo en 1941.[3] En 1942 Cela publicaba *La familia*

---

[1] p. 105 de la presente edición.

[2] El libro, escrito en 1936, se publicó en 1945 (Barcelona, Editorial Zodíaco) con un prólogo de Leopoldo Panero.

[3] Ver el artículo de J. M. Martínez Cachero, "El septenio 1940-1947 en la bibliografía de C. J. Cela", *Cuadernos Hispanoamericanos,* n.º 337-338, julio-agosto de 1978, pp. 34-50; y el estudio de Jorge Urrutia, *Cela: La familia de Pascual Duarte,* Madrid, SGEL, 1982.

de Pascual Duarte,[4] primera novela a la que seguiría *Pabellón de reposo*[5] y *Nuevas andanzas y desventuras de Lázaro de Tormes.*[6] Las tres obras, diversas en temas y técnicas utilizadas, convivieron en esta década de los años cuarenta con los relatos, cuentos, apuntes, narraciones que, incluidas primero en publicaciones como las citadas y en *Medina, Juventud, Primer plano, Santo y Seña* o *Arriba* pasaron a formar parte después, de *Esas nubes que pasan,*[7] *Mesa revuelta,*[8] *El bonito crimen del carabinero,*[9] *Viaje a la Alcarria*[10] y *El gallego y su cuadrilla y otros apuntes carpetovetónicos.*[11] La ya extensa obra de C. J. Cela, cuya difusión se vio amparada por la favorable acogida en los medios de comunicación oficiales, no era, sin embargo, motivo para que el autor fuera juzgado unánimemente por la crítica como un escritor maduro. En 1944 Agustí afirmaba que "no estamos, pues, hasta el presente, en presencia de un novelista pleno sino de un narrador";[12] Torrente Ballester aseguraba que "es el escritor que está empezando";[13] y Juan Luis Alborg creía que "como novelista sigue debiéndonos todavía la obra —las obras— que le confieran la supremacía que tan gallardamente se arroga".[14]

[4] Burgos-Madrid, Ed. Aldecoa, 1942.

[5] El texto se publicó en *El Español* mediante 24 sucesivas entregas, de 13 de marzo de 1943, II, n.º 20 a 24 de agosto, II, n.º 43; y el libro en Madrid, Afrodisio Aguado ed., 1943.

[6] El texto se publicó primero en *Juventud* mediante 26 sucesivas entregas, de 4 de julio de 1944, n.º 39 a 18 de octubre de 1944, n.º 54; y en libro, en Madrid, Ediciones de La Nave, Serie A, 44, 1944.

[7] Madrid, Afrodisio Aguado, 1945. Reeditado en *Nuevo retablo de don Cristobita,* Barcelona, Destino, 1957.

[8] Madrid, Sagitario, Ed. de los Estudiantes Españoles, 1945.

[9] Barcelona, José Janés editor, 1947. Reeditado en *Nuevo retablo de don Cristobita,* ed. cit.

[10] Madrid, Revista de Occidente, 1948.

[11] Madrid, Ricardo Aguilera, 1949.

[12] *Estafeta literaria,* 16, 15 de noviembre de 1944.

[13] *Panorama de la literatura española contemporánea.* Madrid, Guadarrama, 1956, p. 451.

[14] *Hora actual de la novela española,* Madrid, Taurus, 1962, p. 113.

Con más certeza y precisión Eugenio de Nora escribía que, después de *La familia de Pascual Duarte,* "todos estos libros delatan al escritor de raza y contienen indicios inequívocos del advenimiento de un verdadero novelista, pero ninguno le da todavía la medida de su verdadero talento en cuanto tal. Llegó a decirse con frase anónima pero certera (...) que Cela había escrito «tres primeras novelas» y que ahora, le faltaba escribir, por fin, la segunda". *La colmena,* añadía el crítico, "ha disipado por completo cualquier duda legítima acerca de la excepcional envergadura de Cela, no ya como escritor sino también como novelista". [15]

Ciertamente, *La colmena* reafirmaba en la trayectoria novelística de Camilo José Cela una rigurosa conciencia artística en el uso de los materiales literarios; el afán de experimentar en nuevas fórmulas narrativas; [16] la inicial tendencia a reconocer en la realidad la materia por excelencia del novelista en la fijación de tipos que aquélla ofrece, en los conflictos que moldea, en los ambientes que conforma; [17] y el profundo conocimiento de la literatura

---

[15] *Novela española contemporánea,* III, Madrid, Gredos, 1970, p. 75.

[16] C. J. Cela afirmaba ese propósito de constante renovación en "Algunas palabras al que leyere", prólogo a *Mrs. Caldwell*: "Esta Mrs. Caldwell es la quinta novela que publico y la quinta técnica de novelar —¡qué horrorosa y pedantesca expresión!— que empleo (...) Pascual Duarte es una novela lineal, escrita en primera persona (...) *Pabellón de reposo* es más bien una novela ensamblada (...) En El *Lazarillo,* una novela calendario, sigo con la primera persona (...) En *La colmena* salto a la tercera persona... En *Mrs. Caldwell* intento, hasta donde pensé que podía hacerlo sin riesgo de confundir al lector, usar la segunda persona" (en *Obra completa,* VII, Barcelona, Destino, 1969, pp. 973 y 976-977).

[17] Además de la riqueza de tipos que desde su orígenes recoge la obra de Cela, éste, con sus libros de viajes, ya con el fundamental *Viaje a la Alcarria,* contribuyó en gran manera a la recuperación de un relato que era testimonio exacto de la España rural, ese universo al que acudirán después, con voluntad de denuncia, los novelistas sociales de los cincuenta. Además del título citado, ya *El gallego y su cuadrilla* (1949) puede inscribirse en esa corriente que siguen *Del Miño al Bidasoa* (1952), *Judíos, moros y cristianos*

clásica española que también ahora, magistralmente, el autor venía a actualizar. [18] Pero, a la vez, la obra se distanciaba de las anteriores porque era la primera que abogaba directamente por la novelización, sin subterfugios, de la historia cotidiana-coetánea y sus dramas convirtiendo el propósito en la más certera identidad. Queda atrás el tono de "auténtica sacudida", aquel "primer paso en el lento proceso de desmitificación de la realidad española postbélica" [19] que representó *La familia de Pascual Duarte*. Más aún el mundo lírico de *Pabellón de reposo*, "obra ensamblada como los pisos de parquet" [20] en la que memorias, cartas, recuerdos y experiencias de un grupo de enfermos delimitan un agónico vivir que desemboca en esa muerte constantemente intuida. Lejos también las *Nuevas andanzas,* la España inconcreta en que discurre y los temas literaturizados que a ella acuden. Ya decía el autor que en ésta "se navega siempre bordeando el pastiche" [21], y hasta J. M. de Cossío advertía, en el elogioso prólogo a la segunda edición del libro, que desfilaban "casos y no tipos". [22]

Las posteriores novelas de Cela no continúan el mundo abierto por *La colmena*, aunque en la variedad de su obra narrativa no desaparezca nunca la fascinación por tipos y ambientes de la realidad. [23] En 1953 el autor publicó

---

[18] (1956), *Primer viaje andaluz* (1959), *Cuaderno del Guadarrama* (1960), *Viaje al Pirineo de Lérida* (1965), *Páginas de geografía errabunda* (1966).

[18] Así lo advertía tempranamente Alonso Zamora Vicente en *Camilo José Cela (acercamiento a un escritor)* (Madrid, Gredos, 1962), donde afirmaba la dependencia del escritor con la literatura clásica española al tiempo que veía en su arte una continuación del de Baroja, Azorín, Valle-Inclán, López Pinillos, Ciro Bayo y Blasco Ibáñez.

[19] S. Sanz Villanueva, *Historia de la novela social española (1942-1975),* I. Madrid, Alhambra, 1980, p. 48.

[20] C. J. Cela, "Algunas palabras al que leyere", ed. cit., p. 976.

[21] C. J. Cela, "Algunas palabras al que leyere", ed. cit., p. 974.

[22] Madrid, Revista de Occidente, 1948, pp. 19-20.

[23] La bibliografía del autor, incluida en el apartado correspondiente de esta edición, me evita reproducir aquí la relación de títulos que conforman su vasta obra narrativa. Pero cabe subrayar

Mrs. Caldwell habla con su hijo [24], integrada por 212 cartas que la protagonista escribe a su hijo Eliacim. Es una obra según su autor de "monólogo interior", más lírica que narrativa, que se aleja ya radicalmente del "objetivismo a ultranza" que, como teoría, aún defiende su autor. *La catira* (1955) es una visión "arrebatada" [25] de la vida salvaje y romántica de Venezuela y un prodigioso experimento formal. *Vísperas, festividad y octava de San Camilo del año 1936 en Madrid* (1969), *Oficio de Tinieblas 5* (1973) y *Mazurca para dos muertos* (1983) confirman el arte multiforme de Cela, el riguroso ejercicio formal y experimental que subyace y el perfecto dominio de los matices de una lengua siempre acomodada al objetivo total que las novelas persiguen. Cada una investigando bien en la posibilidad diversa del encuentro con el pasado, el presente y su simultánea destrucción; el ejercicio formal de construir un meta-camino negado; o la plasmación poética de un mundo rural a vueltas con la tragedia incomprensible, la vieja música herida y las cotidianas frustraciones inmediatas. Ninguna hasta ahora ha desempeñado el papel que *La colmena* logró en la literatura española de los años cincuenta. Porque si en la obra de Cela expresa el decidido compromiso del autor con la compleja realidad, en aquélla abría un nuevo camino a las búsquedas coetáneas, al tiempo que continuaba y restauraba una tradición cultural menoscabada o ignorada tras el final de la guerra civil.

---

las distintas visiones fragmentadas de la realidad que Cela va ofreciendo en las complejas galerías de personajes que, como *Los viejos amigos* (I, 1960 y II, 1961), *Tobogán de hambrientos* (1962), *Toreo de salón* (1963), *Izas, rabizas y colipoterras* (1964), *Garito de hospicianos* (1965), o *Nuevas escenas matritenses* (1965), demuestran la perfecta acomodación del lenguaje al propósito de definir el carácter atribuido y siempre perfectamente delimitado.

[24] Barcelona, Destino, 1953.

[25] C. J. Cela definía su obra como "un canto arrebatado a la mujer venezolana. También a la tierra venezolana" (en "Addenda" a *La Catira, Obra Completa*, VII, ed. cit., p. 978).

"LA COLMENA" Y LA NOVELA ESPAÑOLA DE POSTGUERRA

La publicación en Argentina de la obra, [26] tras los avatares con la censura española, evidenciaba la dificultad de una literatura crítica y el efecto que aquélla tenía en las propuestas del arte coetáneo. [27] Pese a las buenas relaciones que Cela mantenía con aquellas personalidades del Régimen encargadas de las tareas culturales, [28] la aparición de *La colmena* se tradujo en la expulsión inmediata del autor de la Asociación de Prensa de Madrid al tiempo que cesaban sus habituales colaboraciones en el periodismo oficial. Pero lo trágico no residía sólo en las dificulta-

---

[26] Ver la "Historia incompleta de unas páginas zarandeadas", texto publicado primero en *Papeles de Son Armadans,* CXX, T. XL, marzo de 1966, pp. 231-240 e impreso como prólogo a la edición definitiva de *La colmena,* en *Obra completa* de Camilo José Cela, 7, Barcelona, Destino, 1969, pp. 36-46. También en las páginas 93-101 de la presente edición.

[27] J. M. Martínez Cachero, en *Historia de la novela española entre 1936 y 1975* (Madrid, Castalia, 1979, p. 105), reproduce el informe que el censor P. Andrés Lucas de Casla dio de *La colmena*: "*¿Ataca al dogma o a la moral?* Sí. *¿A las instituciones del Régimen?* No. *¿Tiene valor literario o documental?* Escaso. *Razones circunstanciales que aconsejan una u otra decisión:* Breves cuadros de la vida madrileña actual hechos a base de conversaciones entre los distintos personajes, a quienes une una breve ligazón, pero sin que exista en esta mal llamada novela un argumento serio. Se sacan a relucir vicios y defectos actuales, especialmente los de tipo sexual. El estilo, muy realista a base de conversaciones chabacanas y salpicadas de frases groseras, no tiene mérito literario alguno. La obra es francamente inmoral y a veces resulta pornográfica y en ocasiones irreverente."

[28] Durante la guerra civil Cela, aunque fuera declarado inútil en el primer año por la enfermedad tuberculosa que padeciera, formó parte del ejército nacionalista. Al finalizar la contienda su firma fue habitual en las revistas oficiales y su figura apoyada directamente por Juan Aparicio, Delegado Nacional de Prensa. Ya su primera novela, *La familia de Pascual Duarte,* mereció un homenaje unánime (ver Jorge Urrutia, prólogo a *La familia...,* Barcelona, Planeta, 1977), e incluso, paradójicamente, el autor ejerció en estas fechas de censor de dos revistas religiosas y una farmacéutica.

des que pesaban sobre el ejercicio del novelista. Lo problemático era esa realidad que la novela recuperaba, esa sociedad española que intentaba sobrevivir pese al hambre, el estraperlo, la tuberculosis, los rencores y la muerte. [29]

Decía antes que el carácter innovador que el texto tiene en la trayectoria literaria de Cela es paralelo al papel que desempeñó en la cultura y la novela de la postguerra española. Las iniciativas culturales de Juan Aparicio, [30] los propósitos de *Escorial*, [31] las búsquedas de los "garcilasistas", [32] las traducciones de novela extranjera incluidas las del editor Janés, [33] el nacimiento de los primeros premios

[29] Para una aproximación a la historia de los años cuarenta son útiles los trabajos de Ramón Tamames, *La república. La era de Franco*, Madrid, Alianza-Alfaguara, 1973, y Manuel Tuñón de Lara, *España bajo la dictadura franquista*, Barcelona, Labor, 1980. La vida cultural se revisa en los trabajos colectivos *La cultura bajo el franquismo*, Barcelona, ed. Bolsillo, 1977; *La cultura española durante el franquismo*, Bilbao, ed. El Mensajero, 1977; y en Elías Díaz, *El pensamiento español actual*, Madrid, Espasa-Calpe, 1983.

[30] José Carlos Mainer en *Falange y literatura* (Barcelona, Labor, 1971) estudia la identidad y connotaciones ideológicas de *El Español*, *La estafeta literaria* y *Fantasía*, trabajo al que remito al lector. También, y desde un enfoque distinto, son útiles las observaciones de Martínez Cachero en *Historia de la novela española*, ed. cit., pp. 46 y ss.

[31] Dionisio Ridruejo, fundador de la revista junto a Laín Entralgo, Luis Rosales y Antonio Marichalar, decía que con ella "pretendíamos contrarrestar el clima de intolerancia intelectual desencadenado tras la guerra y crear unos supuestos de comprensión del adversario" (en *Escrito en España*, Buenos Aires, Losada, 1964, pp. 18-19). Ver el artículo de José Carlos Mainer "La revista *Escorial* en la vida literaria de su tiempo (1941-1950)", en *Literatura y pequeña burguesía*, Madrid, Cuadernos para el diálogo, 1972, pp. 241-262.

[32] La búsqueda de un arte intemporal, clasicista, que se configura entre el deseo de un "arte por el arte" y el de la "creación como patriotismo", ha sido estudiada por V. García de la Concha, *Poesía española de postguerra*, Madrid, Prensa Española, 1973; y Fanny Rubio, *Las revistas poéticas españolas*, Madrid, Turner, 1975, trabajos a los que remito al lector.

[33] El aislamiento editorial respecto a la cultura europea queda de manifiesto al analizar las colecciones literarias de los años cuarenta. Hasta *El Español*, n.º 1 de 31 de octubre de 1942, afirmaba

a la creación literaria,[34] el llamado "resurgimiento" de
una voluntad creadora[35] y la misma evidencia de *España
como problema,*[36] no lograron paliar el tono monolítico
de la cultura oficial, ni minimizar el aislamiento con respecto a la europea, ni llenar el vacío dejado por la "España
peregrina". Menos aún se logran que las voces discrepan-
tes sean otra cosa que manifestaciones testimoniales, con
fuertes connotaciones éticas, sí, pero que se afirman sólo
en su específica individualidad.

La historia de la novela española en los años cuarenta,
pese a las variadas manifestaciones citadas que señala el

---

que "en nuestra patria la aportación privada a la bibliografía de
la postguerra está integrada casi en su totalidad por literatura de tercera o cuarta categoría". Dominan las traducciones de André Mau-
rois, Pearl S. Buck, Knut Hamsun, Somerset Maugham, Cecil Roberts, Maurice Baring. En el ambiente, fue el editor Janés quien
llevó a cabo un mayor número de ediciones de novela extranjera
creando las colecciones "Leda", "Manantial que no cesa", "Moni-
gote de papel", que en conjunto ofrecen un panorama mucho más
rico que el logrado por Juventud, Luis Miracle, Luis de Caralt,
Apolo, Tartessos, Yunque, La Gacela o Destino. Ver la tesis doc-
toral de Jackelyn Hurtley, *La literatura inglesa del siglo XX en la
España de la postguerra: la aportación de José Janés,* Universidad
de Barcelona, 1983.

[34] Además de los Nacionales, aparece ya el premio Eugenio Nadal de novela, fundado en 1945, que el 6 de enero de 1946 premia
Nada de Carmen Laforet inaugurando un tono de dignidad literaria
que aquéllos no poseen y en el que continuará en los años sucesivos.

[35] Martínez Cachero mantiene como una de las características
de la novela de los años cuarenta esa "voluntad de resurgimiento"
que sería evidente en el número de textos escritos e impresos y en
la riqueza de inquietudes que evidencian. Ver, al respecto, su *Historia de la novela...,* cit., y "Novelistas jóvenes y panorama editorial en la década de los cuarenta", en *Estudios ofrecidos a Emilio
Alarcos,* IV, Universidad de Oviedo, 1979. Hay que tener en cuenta
también las enfrentadas opiniones que a este respecto mantiene
Santos Sanz Villanueva en *Historia de la novela social,* ed. cit.,
pp. 21 y ss.

[36] El título del libro de Pedro Laín Entralgo marca la crisis que
ya en 1949 se registra en el franquismo y el alejamiento de hombres como Laín y Ridruejo de las tesis oficiales. Véase a este respecto los textos de Ridruejo *Escrito en España,* ed. cit., y *Casi
unas memorias,* Barcelona, Planeta, 1976, así como el de Laín Entralgo, *Descargo de conciencia,* Barcelona, Barral editores, 1976.

profesor Martínez Cachero, pese a que 1944 sea un hito importante en la cultura postbélica,[37] no registra el renacimiento de una voluntad unívoca que aporte al arte coetáneo renovadoras respuestas estéticas y aún es difícil encontrar actitudes críticas frente al mundo que rodeaba al escritor. Eugenio de Nora afirma que "cabe, incluso, admitir por lo que respecta a la novela (sin duda la recuperación de la poesía fue más lenta), que, con muy contadas excepciones (*Pascual Duarte, Mariona Rebull, Nada,* obras, por otra parte, más bien sintomáticas que verdaderamente culminantes), la esterilidad y la reiteración mediocre, constituyen la regla general hasta, aproximadamente, 1950".[38] Merece la pena recordar que las novelas de Ignacio Agustí, José María Gironella, Fernández Flórez, incluso el primer Delibes, aunque hablen de una situación caduca, trágica en ocasiones, vivida casi siempre de manera dolorosa, no logran crear —ya por las propias mediatizaciones ideológicas, ya por la materia que incorporan, o por las fórmulas narrativas que utilizan— un marco literario apto para la innovación técnica o la complejidad del medio hostil y sí, ofrecen, en cambio, visiones unilaterales en las que un protagonista, asediado o enfrentado a la vida, apenas opone respuestas a su propia limitación. La injusticia, la insolidaridad, el hambre son, en el mejor de los casos, referencias que, entre otras muchas, llegan a la conciencia del personaje. A la reiteración formal habrá que unir el conformismo, el dolor como expresión individual cuando no la evasión festiva a un mundo idílico. Ciertamente, la llamada literatura tremendista, que tiene un hito en *La familia de Pascual Duarte,*[39] pudiera considerarse, al hablar

---

[37] En 1944 se publica *Hijos de la ira,* de Dámaso Alonso, y *Sombra del paraíso,* de Vicente Aleixandre; nace la revista *Espadaña* de León (1944-1951).

[38] *Novela española contemporánea,* III, ed. cit., p. 61.

[39] Cela se mostró siempre reticente de las anecdóticas continuaciones de *Pascual Duarte.* En "Algunas palabras al que leyere" (ed. cit., p. 973), comentando esta novela dice: "los novelistas de receta, al ver que había tenido cierto buen éxito (...) empezaron a seguir sus huellas y nació el tremendismo que, entre otras cosas,

de la recuperación de la realidad como materia novelable, la primera llamada de atención sobre las dimensiones de la crueldad y la injusticia; pero no desarrolla una técnica para reflejar los tonos de la colectividad sino para establecer un proceso mediante el que llegamos a comprender los diversos matices de una personalidad asediada. Y técnicamente sólo contribuyó a la aparición de recursos aisladamente crudos, impresionantes en su mera puntualidad. Hay que señalar que textos como *Nada*, [40] de Carmen Laforet, o *Las últimas horas*, [41] de Suárez Carreño, obras que intuían y, sobre todo la última, mostraban la naturaleza de una sociedad mezquina, no lograron que ésta se impusiera como primera materia narrativa. Independientemente de las precisiones que exige el análisis de la narrativa de los años cuarenta —tema que, por su exhaustividad, no puede ser objeto de estas páginas—, es indudable que *La colmena* es la novela que, en 1951, abre nuevas perspectivas a la tradición realista española y a la renovación formal, universal y europeísta que el género reclamaba. Es la primera, también, que se enfrenta sin paliativos —y el descubrimiento será auténtica revelación para los novelistas más jóvenes— a la realidad de la sociedad española de postguerra, áspera, entrañable y dolorosa. El hallazgo no iba a estar sólo en que la obra tuviera un carácter testimonial, que en sí mismo, como es obvio, no tenía porqué lograr una buena novela, sino, precisamente, en la elaboración literaria del testimonio.

El carácter y tono de *La colmena* quedaría decidido por la intención previa del autor, por el deseo de desvelar apariencias, de ser testigo de la vida de unas gentes en una ciudad y un tiempo concreto:

> Mienten quienes quieren disfrazar la vida con la máscara loca de la literatura (...) Ese mal que corroe las almas, ese mal que tiene tantos nombres como queramos

---

es una estupidez de tomo y lomo, una estupidez sólo comparable al nombre que se le da."
[40] Barcelona, Destino, 1946.
[41] Premio Nadal 1949, publicada en Barcelona, Destino, 1950.

darle, no puede ser combatido con los paños calientes del conformismo, con la cataplasma de la retórica y la poética. [42]

Existe un propósito nuevo, renovador, previo a la elaboración del texto, que antepone la necesidad de reflejar la realidad a cualquier otro que la desvirtúe mediante ejercicios retóricos, experiencias lúdicas o investigaciones esteticistas. El interés del novelista ahora —esa mezquina, pobre, dramática vida cotidiana— se reafirmaba en la convicción de que era preciso recuperar la historia y "habérselas" con sus conflictos: "La literatura es un engaño, un fraude más en la larga serie de fraude con que la vida de los hombres es atenazada." El antifaz mixtificador, pensaba, "es a los escritores a quienes incumbe hacerlo caer". [43]

En el mundo de la novela de postguerra Cela se convertía sin vacilaciones en el primer defensor del realismo que se expresaba, en la creación y fuera de ella, como escritor comprometido ética y estéticamente con un mundo que exigía no sólo ser reconocido sino trasladado a la literatura sin subterfugios, sin trampas sentimentales o idealizadoras, sin las traiciones de la suplantación:

> El novelista tiene hoy la obligación de desentenderse de Mme. Bovary y el deber de prestar atención, mucha atención, al Lazarillo. Han dejado de ser problema novelesco por dilucidar las esposas casquivanas, sentimentales y soñadoras, pero sigue vigente el hambre, la mala fe, la desazón del siervo de cien amos. [44]

A los modelos de la tradición decimonónica opondrá la opción diferenciada de una novela que sea reflejo de la realidad, una específica creación "donde todos nos vemos y, a veces, alguno se avergüenza". [45]

[42] "La miel y la cera de *La colmena*", en *Indice de artes y letras,* Madrid, 15 de octubre de 1951, p. 1.

[43] Idem, p. 21.

[44] "Sobre las artes de novelar", *Correo literario,* 17, III, 1 de mayo de 1952, p. 6.

[45] "La miel y la cera...", art. cit., p. 21.

Es significativo que Cela no muestre interés en adjetivar a priori la opción narrativa que pudiera acomodarse al propósito inicial, que no se detenga en la discusión terminológica de qué sea o no el módulo que, en abstracto, se ajuste a sus exigencias. Porque cuando escribe "novela es todo aquello que, editado en forma de libro, lleva en la portada, debajo del título y entre paréntesis o sin ellos, la palabra novela" [46] expresa la convicción de no supeditar el interés que brinda la historia a las convenciones de la literatura y los modelos estéticos preestablecidos. Y con una claridad nunca simplificadora, diferenciará entre la función del novelista, los objetivos que debe perseguir en el tiempo en que escribe y los métodos que habrá de aplicar para lograrlos.

> La novela, cuando se narraba a lo que saltara y saliere, era un mero entretenimiento burgués, salpicado de bellas pasiones, intuidos atisbos psicológicos, descripciones hermosas y bien medidas, diálogos ingeniosos y moralizadores corolarios. Después, a medida que fue creciendo, perdió lustre, ganó complejidad y empezó a discurrir, ¡peligroso camino!, como la vida misma, según expresión tan grata a los oídos de buena parte de los escritores. Su quiebra comenzó en la adolescencia (al estado adulto no ha llegado todavía) porque nadie se percató que el ámbito que se quiso reflejar —aquella vida misma— era demasiado literario, usual y atroz. Se había convenido que lo literario era algo concreto y bien definido —el romanticismo, por ejemplo, el naturalismo, el realismo socialista— pero no se supuso que la culminación de todas las arrastradas taras literarias iba a venir a ser, paradójicamente, la imagen inmediata de cuanto al hombre no acontece. Kafka, con su genio sonámbulo, y los franceses del *nouveau roman* con su habilidad, ensayaron a dar la puntilla a algo que aún no había nacido. [47]

Era preciso que el escritor recuperara la savia perdida e impusiera en el arte el motivo primero: la vida, única

---

[46] "La comba de la novela y estrambote didáctico para escarnio de mal intencionados", en *Obra completa*, 7, ed. cit., p. 9.
[47] "La comba de la novela...", idem, p. 10.

evidencia que daría sentido a la novela. Porque, según Cela, "ésta no nació en la Edad Media, ni en el Renacimiento, ni en el Siglo de Oro español, ni en los siglos XIX y XX. Tampoco en la antigüedad clásica griega y romana. Pienso que la novela es algo que: o nació con Adán y Eva —o con los monos, macho y hembra, a los que llamamos Adán y Eva por costumbre— o no nació todavía". [48] En el intento, pensaba, debía caminar por la senda de la máxima objetividad, eliminando los vicios nacidos en la literaturización. Además, ya no iba a servir la fundamentación orteguiana porque

> el zahorí en la novela cambia su varita de avellano por una instalación de radar. Y esto no es la muerte del género. Es, quizá, su nacimiento. Con Galdós la novela no había salido de su etapa intrauterina. [49]

La falta de teorización sobre un módulo abstracto, la renuncia a cualquier propósito de escuela la suple coherentemente el autor con la defensa de la identidad originaria del género —esa vida multiforme en la que se forja la realidad— y con la de los métodos que el escritor habrá de utilizar para convertirla en arte. Objetivismo, no injerencia, observación, imparcialidad, cientifismo, rigurosa traslación del medio, uso de las técnicas que la ciencia moderna ofrece... forman parte de los medios que insistentemente Cela ha reivindicado para *La colmena*. [50] "Lo que quise hacer", dirá, "no es más que lo que hice, dicho sea con todos los respetos debidos: echarme a la plazuela con mi maquinilla de fotógrafo y revelar después mi cuidadoso y modesto trabajito ambulante". [51]

Ciertamente, *La colmena* incorpora un renovador punto de vista literario. La colectividad pasa a ofrecer una imagen del mundo que sustituye al análisis de un comporta-

---

[48] "La comba de la novela...", idem, pp. 12 y 13.
[49] "Sobre las artes de novelar", art. cit., p. 6.
[50] En "Dos tendencias de la nueva literatura", *Al servicio de algo,* Madrid, Alfaguara, 1969, pp. 21-35.

miento individual; el tiempo narrativo se reduce a tres
días de diciembre de 1942 o 1943; [52] y el Madrid de postguerra, un espacio preciso y concreto, reemplazan al tradicional esquema de planteamiento-nudo y desenlace. Los
motivos existen porque están en la vida real y los personajes, retratados en su miseria, sus convenciones, su in-
significancia, son, sin más, parte de un engranaje que a
ellos mismos, al tiempo, los supera y los absorbe. Es, al
cabo, un tipo de narración que se inscribe entre los relatos
de compleja arquitectura formal y temática vinculada a los
motivos que ofrece el análisis de las grandes colectividades
que desde principios del siglo xx se experimentaba en el
arte occidental, en las obras de Henry James y Joyce, en
la técnica gideana del contrapunto fragmentado en enfo-
ques y acciones simultáneas que continuará Huxley. Ya *Les
faux monnayeurs* (1925) de aquél y *Point counter point*
(1928), de éste, quisieron expresar los caracteres del protagonismo colectivo respondiendo a la necesidad cultural
de explicar al uno entre los otros, al yo dependiente de la
colectividad. Idéntico propósito precede a la obra de Romains y a la de Dos Passos.

Manuel Durán, en 1960, emparentaba a *La colmena* con
la serie *Les hommes de bonne volonté* [53] de Jules Romains
y hablaba de Cela como el gran experimentador del una-
nimismo en España. [54] Romains evitó el análisis de la rea-

[51] "La miel y la cera...", art. cit., p. 21.

[52] Cela, en el prólogo a la primera edición de *La colmena,* afirma
ya que "la acción discurre en Madrid, en 1942" y repite la fecha
en el prólogo a *Mrs. Caldwell* "Algunas palabras al que leyere".
La crítica, desde David Henn a Darío Villanueva, ha hecho ver
que se trata de una equivocación de Cela porque las noticias que
lee Rómulo, el librero, en ese periódico que ordena el "Final"
—Conferencia de Teherán, toma de la ciudad de Gomel, viaje de
Roosevelt a Malta— son, en realidad, de diciembre de 1943. El
detalle, salvo que constata uno de los errores cronológicos del autor,
no tiene significado en la configuración del texto.

[53] 26 volúmenes, publicados entre 1932 y 1946.

[54] En "La estructura de *La colmena*", *Hispania,* 43, marzo de
1960, pp. 7-23 (artículo recogido en *De Valle-Inclán a León Felipe,*
México, Finisterre, 1974).

lidad como una mera multiplicación de presupuestos individuales. Pensaba que cada grupo humano tenía su propia *unité,* su *âme,* y que era obligación del escritor reconocer las personalidades "unánimes" que vivían a su alrededor. Por eso la gran "roman-fleuve" no era la crónica de un sucederse de generaciones sino el intento de reconstruir por acumulación de detalles y observaciones los matices específicos de la sentimentalidad de unos personajes elegidos "al azar" en el París de las primeras décadas del siglo xx.

Más reiteradamente, la crítica ha relacionado *La colmena* con *Manhattan Transfer* (1925) de Dos Passos [55] y con los logros del objetivismo americano. La técnica desarrollada por este autor registra distanciadamente el comportamiento de la colectividad, gestos, palabras, expresiones, creando una imagen del mundo al modo de un caos informe de seres sin ideas ni dimensión interior, movidos por los estímulos determinantes del sexo, la clase social y el hambre. El propósito antiidealista obligaba al autor a prescindir de sus propias opiniones y a evitar introducirse en el mundo de los otros. Si para el creador la única realidad es la que también puede percibir un espectador externo, en justa lógica, habrá de desaparecer cualquier intento introspectivo reduciendo los caracteres a series de formas de conducta. Una sociedad empobrecida, miserable, sin convicciones ni creencias, víctima del triple determinismo marcado por Freud, Marx y Paulov, pasará a ser protagonista de una literatura que no admite suplantaciones idealistas. Y si el objetivismo, por la adopción de técnicas cinematográficas, llega al behaviorismo, su forma extrema, menos aún éste será capaz de incorporar paliativos.

El behaviorismo americano coincide en este punto con la actitud antiburguesa de J. P. Sartre. En *Les surcis. Chemins de la liberté,* texto con el que Zamora Vicente rela-

---

[55] Es casi un lugar común en la crítica celiana. Lo apuntan, entre otros, Manuel Durán en "La *estructura de La colmena*", art. cit., p. 21; Guillermo de Torre en "Vagabundeos críticos por el mundo de Cela", *Revista Hispánica Moderna,* XXVIII, abril-octubre de 1962, n.º 2-4, p. 153; y Santos Sanz Villanueva en *Historia de la novela social,* cit., p. 129.

ciona a *La colmena*, [56] habla de la multitud destruyendo
las convenciones de quienes se reafirman en las imágenes
aisladas y compartimentadas de la historia sin tener en
cuenta que ésta no puede ser expresada mediante el tran-
quilizador mecanismo burgués de la subjetividad, sino por
el reconocimiento de las fuerzas sociales, políticas, económicas que la explican.

En el contexto de esas múltiples búsquedas del arte occidental cobra todo su sentido *La colmena*, [57] pero creo
que, con frecuencia, se extrema la dependencia del texto
con respecto a los modelos occidentales. Ciertamente la
novela de Cela aspira a ofrecer una imagen antiidealista
del vivir expresada en esa colectividad mediocre que configura la vida y la historia cotidiana. Y si comparte preocupaciones que ya están en Dos Passos o Huxley, en Gide
o Sartre, no acepta, en cambio, una crítica rigurosamente
"hidráulica" ni depende de un texto preciso y concreto.
Participa en inquietudes behavioristas, [58] y del interés por
unos criterios de composición que como los de Dos Passos
y los novelistas de la llamada "generación perdida", como
Sartre y el pensamiento social de postguerra, intentaban
responder al mundo informe y mezquino que les devolvía
la historia coetánea. Pero, no obstante, y pese a la defensa
que hace Cela —recuérdese que es posterior a la elaboración del texto—, *La colmena* no es ejemplo de objetivismo puro ni los personajes que recrea son meras res-

---

[56] En *Camilo José Cela. Acercamiento a un escritor*, ed. cit.,
p. 174, escribe: "Creo que los motivos de *La colmena* son siempre
europeos aun sin descartar el conocimiento del novelista americano: Jules Romains (*Les hommes de bonne volonté*), Louis Ara-
gon (*Les beaux quartiers*) y sobre todo Sartre."

[57] En este sentido es sumamente revelador el ensayo de Darío
Villanueva *Estructura y tiempo reducido en la novela*, Valencia,
Bello, 1977.

[58] Gustavo Bueno Martínez, en *"La colmena*, novela behaviorista" (*Clavileño*, 17, septiembre-octubre de 1952, pp. 53-58), presenta la obra como modelo consumado en la aplicación de las técnicas behavioristas. Creo, no obstante, que una lectura que sólo
considere la vocación científica del autor y la reacción de los personajes a los estímulos externos resulta enormemente limitada.

puestas mecánicas. Existe, junto a la voluntad de ser fiel a la realidad, otro propósito; y media entre el novelista y sus materiales un juicio moral.

Es preciso subrayar que Cela, tempranamente, y junto a las llamadas en favor de una novela que partiera de la vida, defendió otro propósito paralelo cuando afirmaba que "actualizar los temas que no han envejecido y vivificar la savia de los mitos eternos, es el menester que ha de ocupar al novelista contemporáneo si el novelista contemporáneo no quiere caer en el inmenso frigorífico que, como la noche a los gatos, a todos pinta de pardo por igual". [59] Ha de tenerse en cuenta que desde esa afirmación dual la presunta no injerencia se someterá a la complejidad de los motivos universales y el puro registro quedará superado si ha de enlazar con los temas eternos de la condición humana. Así, los intrascendentes seres sin proyección pasarán a formar parte, aunque sea por las negaciones, de un microcosmos que a la vez fundamenta la opinión que el autor tiene de ese mundo —una opinión que se impone en tantas ocasiones— y a la vez exige un específico tratamiento literario. Porque en el autor existen las dependencias citadas con el arte occidental, pero también, y creo que en mayor medida, las que lo vinculan con una creadora tradición de la literatura española presente en varios motivos cardinales. Cela actualizará los viejos motivos de la novela picaresca; continuará, con una nueva visión de la simultaneidad y el sincronismo, el barojiano desfile de tipos y escenas, de "tragedias grotescas y minúsculos dramas engarzados al hilo del relato y al compás de la acción y muchas veces apenas esbozados por el narrador"; [60] elaborará recursos de distanciamiento y animalización en la línea satírica de Quevedo y en la esperpéntica de Valle-Inclán; y desplegará un riquísimo repertorio de recursos irónicos, de paradojas y matices de lo absurdo, actualizando un es-

---

[59] "Sobre las artes de novelar", art. cit., p. 6.
[60] Antonio Vilanova, "*La colmena* de C. J. Cela", *Destino*, número 725, 30 de junio de 1951, p. 17.

tilo que fuera vivo y fecundante de Gracián a Gómez de la Serna.

La colmena impone sin paliativos una nueva forma de narrar y a la vez recupera una tradición literaria que había quedado truncada por la guerra civil y sus consecuencias. Y siendo un hito en el realismo de los años cincuenta supera las puntuales concesiones históricas porque elabora un punto de vista personal en el que cobran sentido todas las dependencias culturales que acabo de señalar. Quizá así podamos entender porqué es la novela que abre un nuevo universo a la narrativa contemporánea y a la vez permanezca inadjetivada respecto a todas las tendencias y opciones que la sucedieron. Porque tendrá una variada continuación ese relato que descubre definitivamente la conflictividad de la historia cotidiana, que se detiene en una colectividad empobrecida, que acota el tiempo y el espacio. Pero no podían ser generalizables las precisas opiniones, las comparaciones puntuales, el uso rigurosamente celiano de la adjetivación. Y siendo la novela más decisiva en el ámbito de la literatura de postguerra, es a la vez un texto que en su significado global no admite ni tiene continuación. La dualidad que vengo señalando devuelve a *La colmena* el específico sentido de su originalidad y, siempre, sorprendente frescura.

* * *

Pese al carácter innovador del texto, en 1951, *La colmena* fue acogida diversamente por las crítica y aun desvirtuada por quienes, sin oponer lo que fueron frecuentes reparos ideológicos o moralistas, la juzgaron con unos criterios literarios a los que precisamente la obra de Cela se enfrentaba. Es el caso de Torrente Ballester, que valoraba la fidelidad de su autor al tiempo histórico porque —sin caer en los tópicos costumbristas, sainetescos o satíricos— había rescatado a las pobres gentes ciudadanas mediante una lengua literaria, decía, con un encanto lírico de difícil análisis. A cambio, Torrente criticaba la parcialidad de los sentimientos que albergaba la novela, subrayando el exce-

sivo predominio de obsesiones sexuales sin que éstas crea-
ran en los personajes un universo suficiente. Acusaba también al texto de utilizar una técnica que "me parece un
error" en cuanto "la construcción en tumulto y el progreso
en rotación" no podían reflejar la verdadera dinámica de
la colectividad. El género, añadía, no puede abarcar la
simultaneidad porque su naturaleza exige la narración su-
cesiva. [61]

Desde las páginas de *Ínsula*, Ricardo Gullón, que esperaba la continuación de la serie "Caminos inciertos" para
establecer un juicio definitivo, afirmaba que la novela era

> de un idealismo al revés, negativo, pesimista, pero idealis-
> mo sin duda. Exaltar lo feo y deformar la realidad oscu-
> reciendo ciertas parcelas de ella implica una pérdida de
> contacto y una deformación de los casos, de su existencia,
> para acomodarlos a conceptos preexistentes: en este caso
> a una supuesta idea de la vida sin caridad. [62]

En la encuesta de *Índice de artes y letras*, [63] Dámaso
Alonso la calificaba escuetamente de "Admirable", mientras César González Ruano pensaba que

> en realidad *La Colmena* es una novela costumbrista muy
> lograda, muy madura ya si bien se puede lamentar alguna
> vez que ese costumbrismo exagere el mal costumbrismo
> en una predilección por los personajes agrios y atrave-
> sados.

De entre las críticas coetáneas, incluidas las favorables
que desde el exilio firmaban Arturo Barea [64] y González

[61] "*La colmena*, cuarta novela de C. J. Cela", *Cuadernos Hispanoamericanos*, 22, julio-agosto 1951, pp. 96-102.
[62] "Idealismo y técnica en Camilo José Cela", *Ínsula*, n.º 70,
15 de octubre de 1951, p. 3.
[63] Año 6, n.º 44, Madrid, 15 de octubre de 1951, p. 21.
[64] En el prólogo a la traducción inglesa de *La colmena*, Victor
Gollancz, London, 1953. Trabajo reproducido en "La obra de C. J.
Cela", *Cuadernos del Congreso para la libertad de la cultura*,
París, n.º 7, julio-agosto de 1954, pp. 39-43.

López, [65] acaso sea la que firmó Antonio Vilanova en la revista *Destino* la que dio una opinión más rigurosa del significado del texto y es sin duda la primera que lo vincula a la tradición barojiana y a una temática hondamente hispana:

> Si se imagina al gran narrador de *La busca*, intensificado y humanizado, dueño de una sensibilidad más hiriente y certera y de una delicadeza poética insólita en el novelista vasco, pero con su misma multiplicidad creadora, será fácil caracterizar las virtudes y los defectos de Camilo José Cela en su novela *La colmena*.

Para el crítico y profesor, el texto será un

> trágico retablo de abyección y de dolor, espejo nítido y veraz que traspasa la apariencia falsa del mundo que le circunda para reflejar el más hondo sustrato de la vida humana. El mayor acierto psicológico de los personajes de este libro, que es al propio tiempo su mayor defecto, estriba en que su problema moral consiste precisamente en no tenerlo. [66]

Descubría ya Antonio Vilanova esas características del texto que meses más tarde se convertirían, en los escritores de los años cincuenta, en reivindicación y apología.

En 1952 José María Castellet presentaba a *La colmena* como ejemplo del arte preciso y necesario:

> Camilo José Cela ha escrito la única novela española que, en los últimos quince años, lleva consigo la problemática del hombre español actual, la única novela que se expresa en un lenguaje literario cuya técnica y espíritu están al día, dentro de su tiempo: y Camilo José Cela ha conseguido —y en ello estriba su originalidad— todas estas características que no lograron los otros novelistas

---

[65] En *Revista Hispánica Moderna*, XX, n.º 3, julio de 1954, pp. 231-232.
[66] "*La colmena* de C. J. Cela", *Destino*, 30 de junio de 1951, n.º 725, pp. 17-18.

de hoy, escribiendo precisamente un libro que está dentro de la mejor, quizá de la única línea posible de nuestra novela: la que arranca de la picaresca para acabar, inmediatamente antes de *La colmena,* en Baroja.[67]

No menos elocuente era Juan Goytisolo en el libro teórico *Problemas de la novela* (1958). *La colmena,* decía, ha renunciado al propósito unamunesco de decir para continuar el propósito barojiano de mostrar. Y junto a *Los bravos* y *El Jarama*

> han logrado ofrecernos tres retablos de la vida española contemporánea más veraces, social y literariamente hablando de lo que habrían sido a la manera unamunesca, con reflexiones, comentarios y anatemas sobre el hombre, la desespiritualización y la pobreza de los sectores por ellos retratados (...) Evitando toda clase de retóricas y explicaciones, Cela, Ferlosio y Fernández Santos nos proporcionan una visión de la realidad, abandonándonos al cuidado de tomar —o no tomar— partido frente a ella.[68]

Si la aceptación de la novela era unánimemente elogiosa en la nueva crítica, las obras de Aldecoa, López Pacheco, Antonio Ferres, García Hortelano, Sánchez Ferlosio, López Salinas o Caballero Bonald recibían y evidenciaban la directa influencia celiana en la utilización de métodos objetivistas y técnicas cinematográficas; en la tendencia a sustituir el análisis del personaje individual por el de la colectividad; en el registro de una lengua coloquial que expresa directamente a sus protagonistas; en la aparición de un espacio y un tiempo reducido que centra el interés del novelista; y en la presentación sin paliativos ni retóricas de una historia difícil y con frecuencia humillante. *Los bravos* (1954) de Fernández Santos, *El Jarama* (1956) de Sánchez Ferlosio, *La piqueta* (1959) de Antonio Ferres,

[67] "*La colmena*", en *Laye,* 18, Barcelona, abril de 1952, pp. 51-58, recogido en *Notas de literatura española contemporánea,* Barcelona, Laye, 1955, p. 63.
[68] *Problemas de la novela,* Barcelona, Seix-Barral, 1959, p. 26.

Nuevas amistades (1959) de García Hortelano, *La mina* (1960) de Armando L. Salinas y *Dos días de septiembre* (1962) de Caballero Bonald, por citar unos textos representativos de las tendencias del realismo en los años cincuenta, [69] recogen, sin excepción, una clara herencia celiana.

Poco importa que Cela fuera contestado pronto por quienes, como Fernández Santos, consideraban su obra producto de una mentalidad excesivamente dependiente de una moral pesimista y resignada. [70] Poco importa, digo, porque Cela tampoco ideológicamente quiso unir su obra al realismo de los años cincuenta [71] y sólo reivindicó para sí el mérito de ser el primero en explorar las sendas del objetivismo: "La literatura", decía, "es una traición que quiebra cuando se la quiere encauzar o embalsar: al servicio de una política o de la contraria, que el fenómeno es idéntico y son idénticas (el miedo al intelectual, el miedo del intelectual) las motivaciones." Incluso en la sociedad española acusaba la falta de un ambiente propicio para que "ese objetivismo no se precipitase o deformase, evitando así que pudiera obtener el óptimo fruto histórico que hubiera cabido esperar". [72] La dualidad que he comentado más arriba —una novela que inaugura una nueva forma de narrar y que a la vez, en su significado, no tiene

---

[69] Ver el espléndido ensayo de Santos Sanz Villanueva, *Historia de la novela social española*, I, ed. cit., pp. 59 y ss.

[70] "Camilo José Cela es el escritor de la burguesía española. Las personas que leen novelas del estilo *Los cipreses creen en Dios*, de Gironella, para convencerse de su propia razón de existir leen también, en compensación, los libros de Cela que les hacen padecer. Y Cela, maestro del lenguaje, los divierte sin traspasar nunca los límites que él y el público creen conveniente." Respuesta a Claude Couffon en "Recontre avec Jesús Fernández Santos", *Les Lettres nouvelles*, 62, 1958, p. 130.

[71] "No he intentado hacer eso que se llama «literatura social» porque para eso hubiera aprovechado otras ocasiones más fáciles y que a todos los españoles —incluso a aquellos que nunca la hubieran sentido— se les brindaron con generosidad y desorientación", dice Cela en "La miel y la cera de *La colmena*", art. cit., p. 21.

[72] "Dos tendencias en la nueva literatura", art. cit., p. 33.

continuaciones— crece nítidamente en el ámbito de la novela de postguerra. El análisis del texto nos permitirá descubrir la rica gama de matices que encierra.

"...COMO LAS COSAS VAN POR LA VIDA..."
TIEMPO Y ESPACIO EN "LA COLMENA" Y LA SUPERACIÓN
DEL COSTUMBRISMO

La sustitución de la trama novelística tradicional por la narración ajustada a un espacio limitado, en un tiempo preciso y con el protagonismo de la colectividad obliga al escritor a desarrollar unos núcleos referenciales que den al texto la coherencia que ya no puede proporcionarle la visión individualista de un conflicto vivido en su evolución y desenlace.

La colmena, según indicó tempranamente su autor, es un libro articulado en el que "las cosas van —o intentan ir— como van por la vida: atropellándose, empequeñeciéndose, confundiéndose y olvidando los nombres de las cosas". [73] Refleja el texto un paradójico y estructurado caos donde un orden repetido y mediocre rige la existencia cotidiana al modo de un engranaje cuyas piezas, a la vez desconocidas entre sí, a la vez intrínsecamente dependientes, dan el tono de un mundo consolidado, absoluto, implacable. El universo de la novela hace crecer la evidencia de "ese sepulcro, esa cucaña, esa colmena" ya en la propia configuración de los capítulos y en la distribución de éstos en secuencias o viñetas. Aquéllos no guardan siquiera el primer elemento de continuidad: la evolución lineal y cronológica de los días retratados; éstas, se confunden entre sí mezclando seres diversos, cortando sus conversaciones, interrumpiendo aparentes situaciones dramáticas. Todo contribuye a matizar y subrayar con mayor énfasis la realidad de "la colmena", hecha de celdas aisladas, quizá creadas con precipitación, pero abocadas a esa totalidad, a la vez evidencia de un tiempo histórico,

---

[73] "La miel y la cera de *La colmena*", art. cit., p. 21.

a la vez resultado de unos comportamientos humanos difícilmente idealizables.

La colmena se ordena externamente en seis capítulos y un final y cada uno de éstos se desarrolla mediante sucesivas secuencias o viñetas —doscientas trece en el total de la obra— que retratan un amplio grupo de personajes representativos de varias clases sociales (propietarios, funcionarios, camareros, criadas, comerciantes...), de varias actitudes ante la vida (soberbias, resignadas, humillantes, escépticas...), de varios modos de enfrentarse a la realidad (con inercia, ostentación, desesperanza...). Es un mundo heterogéneo que vive, sufre, ama o se aburre en las calles y casas del Madrid de 1942 ó 1943, compartiendo el estraperlo, el hambre, la prostitución y el miedo. Y para componer esa variedad, el autor, dice, optó por echarse "a la plazuela con mi maquinilla de fotógrafo y revelar después mi modesto trabajito ambulante". Como en las técnicas para hablar de la multitud, va presentando sucesivos personajes, cada uno fijado en su viñeta, conectado o desconocido de los que le rodean. Los variados retratos se asocian por el interés del fotógrafo que se fija en comportamientos, frases, gestos, opiniones, diferenciando el esbozo individual e incorporándolo, a un tiempo, al marco colectivo.

La secuencia o viñeta se convierte en el primer punto de referencia del escritor y del lector y en elemental motivo ordenador. Significativamente cada una está escrita en lo que los gramáticos llaman "presente histórico" [74] y cada personaje o situación, fijados con una precisión exacta, descriptiva del instante y de la evidencia incontestable del momento. Las viñetas, ya sean retratos o voz del autor, dependen necesariamente de las anteriores y de las sucesivas de la misma manera que el comportamiento depende de los otros y la solución de los conflictos depende de la difícil solución de las pequeñas fisuras repetidas. Ciertamente "es una obra de reloj, una novela hecha de múltiples ruedas y piececitas que se necesitan las unas a las

---

[74] "La miel y la cera...", art. cit., p. 21.

otras para que aquello marche". [75] Aunque hay personajes que dominan sobre otros, problemas que se destacan de los paralelos, la novela en su conjunto no puede tener ni solución precisa ni ser respuesta unánime. Si de la interrelación de viñetas pudieran adivinarse pequeñas opciones parciales, del propósito general del texto quedan excluidas por el mismo propósito que éste desarrolla: la renuncia al análisis introspectivo y la constatación del presente como única evidencia del vivir.

Todos los personajes, destacados o secundarios, son tratados por igual, víctimas de la precisión puntual y objeto del "presente histórico" al que someten las posibles referencias a la vida anterior, el ejercicio rutinario de repetir siempre idénticos comportamientos o el ejercicio de caracterización o reconocimiento. Así sabemos que a la señora Leocadia, que vende castañas, va a buscarla todos los días su hijo "que es muy bueno", que "le ayuda a recoger los bártulos y después se van, muy cogiditos del brazo a dormir"; Amparo Robles, "ni tiene hijos ni podrá tenerlos ya, anda siempre mal de salud, siempre a vueltas con sus arrechuchos y sus goteras"; Bartolomé Anguera y Socorrito, "llevan vida de bohemios en un estudio de la calle de los caños donde se tienen que helar de frío". Y cuando se trata de presentar al personaje vemos igualmente que, por ejemplo, Consorcio López "es un hombre joven, guapo, incluso atildado, que tiene las manos grandes y la frente estrecha"; la señorita Elvira "lleva una vida perra, una vida que, bien mirado, ni merecería la pena vivirla. No hace nada, eso es cierto, pero por no hacer nada, ni come siquiera"; Fadrique Méndez "es practicante en Guadalajara, hombre trabajador y mañoso que lo mismo sirve para un roto que para un descosido"; don Leonardo "es un punto que vive del sable y de planear negocios que nunca salen"; y Matildita "es pequeñita, algo feuchina y da cuando puede, alguna clase de piano".

La composición mediante ese primer elemento que es la viñeta, hace incontestable el presente. Y hay ya que seña-

[75] "Algunas palabras al que leyere", art. cit., p. 976.

lar que de no mediar la coherencia espacio-temporal, la
elaboración del perspectivismo y la específica opinión que
Cela tiene del mundo retratado, *La colmena* podía haberse
convertido, por esa característica, en un perfecto retablo
costumbrista. Hay viñetas que por el carácter del protagonista y la situación que recogen, pudieran enlazar abierta-
mente con esos esbozos: la castañera, el limpia, el guardia
gallego, el sereno, la mujer que vende lotería, el bohemio
de chalina y sablazo, el chico que hace los recados, el
gitanillo que canta flamenco, el burócrata pluriempleado,
el tendero o dueño de una droguería o ultramarinos, el
pedante afrancesado, el usurero, el cerillero, la joven criadita, el bailón de los merenderos de La bombilla, las porteras, el dependiente —antiguo hortera meritorio—, por
citar ejemplos bien elocuentes, son caracteres de fuerte
raigambre costumbrista que pudieran quedar, al modo de
la rica tradición que antecede, como un retablo estereo-
tipado, hecho de rasgos generalizadores, perfectamente reconocible —por la misma generalización— también en el
Madrid de la inmediata postguerra.

Los escenarios, incluso, podían correr el mismo peligro.
Cabe citar, por ejemplo, la gran tradición literaria del
café que desde la obra de Larra viene a ser concreción de
un universo en el que se insertan tipos representativos
de diversas condiciones sociales, esos ejemplos de un comportamiento que por su puntualidad, por ese presente histórico en el que hablan y en el que están tratados, logran ser portadores de una generalización suficiente como
para ser expresión de la mentalidad y hábitos sociales
de la época. El café que nos describe Cela podía haber
sido, como en los modelos realistas que el autor conoce
bien, como en las referencias bohemias y modernistas con
las que está familiarizado, [76] en el espacio que permitía,

---

[76] El café es uno de los espacios vitales y literarios más frecuen-
tado por los escritores bohemios y modernistas. Las *Memorias* de
Baroja, las de Ruiz Contreras, los artículos de Emilio Carrere —es
bien significativo ese café que aparece en *Retablillo grotesco y sentimental*—, dan idea de la importancia de esa presencia. Y Cela es

al modo de *Tipos de café. Siluetas contemporáneas* [77] de
Eduardo Zamacois, abarcar esa variedad de retratos que
irían desde el que motiva el poeta arruinado, el sablista
de oficio a los de la prostituta ajada o la vieja pintarra-
jeada y mal oliente.

Sucede lo mismo con las fondas, con los paseos, con
los prostíbulos, lugares tópicos en la novela del realismo
y naturalismo españoles. Incluso los pequeños motivos
temáticos podían correr similar riesgo: la buscona que
espera clientes, las tres hijas que aguardan marido, las
envejecidas parejas de novios que añoran una boda que
nunca llega, el burócrata pluriempleado que apenas so-
brevive hasta finales de mes, el impresor que impone duras condiciones de trabajo, el hijo enfermizo que vive a
expensas del padre, las criaditas vigilantes que escapan
por un amor furtivo, la vieja que ejerce de medianera...
Eran motivos elaborados en la narrativa que le precede,
en la obra de Galdós y Baroja, fundamentalmente. Y su
continuación podía haber conducido a un repertorio de
motivos manidos y literaturizados.

Basta tener en cuenta el relato celiano "Unas gafas de
color" para reconocer, por oposición, las sucesivas y ela-
boradísimas aportaciones de *La colmena* y el rico sentido
que adquieren el tratamiento de las viñetas en el presente
histórico que vengo comentando. El día 25 de abril de
1946 el autor publicó en *Arriba* ese título que pasaría a
formar parte de *El bonito crimen del carabinero y otras
invenciones*. Estaba formado por las que luego serían viñetas 14, 12, 25 y 18 —en este orden— del capítulo V
de *La colmena*, con la única variante de unos nombres
distintos para los protagonistas. Desarrollaban el momento
en que Martín Marco —Juan— pierde los cinco duros
con los que quería comprar el grabado para Nati —Jose-
fita Domínguez— y cómo Seoane —Félix— los encuentra
y compra las gafas que no pudo adquirir el día anterior.
Aislada de otro propósito, la narración no es sino cómico

buen lector de todos esos autores como puede comprobarse en la
presencia de voces y aun personajes.
[77] Madrid, Imprenta de Galo Sáez, 1936.

ejemplo de las sorpresas que puede brindar la casualidad. La naturaleza del relato niega el intento testimonial y también el propósito de incorporar o sugerir la complejidad de la vida cotidiana. También los personajes que pasarán después a la galería de los "viejos amigos" pueden demostrarlo porque aislados de otro propósito quizá sean sólo elaboración de unos rasgos ridículos o cómicos, un pretexto para reconocer el gesto sorprendente o la peculiar extravagancia en la que se crecen.

Creo que uno de los aspectos más sorprendentes de *La colmena* es precisamente ese ejercicio literario que transformará los motivos costumbristas —seres, ambientes, situaciones— en una compleja expresión de vida, superando la fragmentación, la generalización, los tipos y sus dependencias en un rico universo creador que acoge los múltiples matices de esa entrañable, áspera, dolorosa y cotidiana realidad. Las busconas, los camareros, los burócratas, los propietarios, las beatas, los guardias, los serenos, los comerciantes, los poetas han tomado nombre propio, gestos, tonos, voz y palabra y han empezado a andar, a discurrir, a vivir o morir en un mismo tiempo, en las mismas calles, en la misma concreta e ineludible historia. Y han abandonado el arquetipo, a la misma literatura que tenían detrás, para pasar a designar, en su interrelación, en sus dependencias, en sus encuentros, la vida múltiple de una ciudad en tres días de invierno; han abandonado la abstracción para depender del preciso y concreto ambiente de Madrid de postguerra, hambriento, absurdo y contrariamente al que pintara Valle-Inclán en *Luces de Bohemia,* escasamente brillante. Y en el ejercicio, también, el presente que define cada viñeta, cada gesto, cada carácter, cada biografía, se ha convertido en ese tiempo literario perfectamente explorado en la novela.

Si el reconocimiento de la viñeta como primera unidad de composición nos remite a ese ordenado caos que compone la vida cotidiana, otro tanto ocurre con el análisis de la función de los capítulos en que transcurre el relato. No tienen éstos, en sí mismos, el significado que permita convertirlos en ejemplo de una cualidad moral y ni siquiera tienen una dimensión unívoca. Gonzalo Sobejano, que tan certeramente ha analizado esta novela, habla de un "esquema de significaciones" dispuesto por el narrador que se ordenaría así:

Humillación	Cap. I
Pobreza	Cap. II
Aburrimiento	Cap. III
Sexo	Cap. IV
Encubrimiento	Cap. V
Repetición	Cap. VI [78]

Pero como el mismo crítico sugiere, no es posible hacer de ese esquema un elemento formal de composición. La novela rompe en sus capítulos la linealidad de la historia y también rompe con la posibilidad de mostrar unidades temáticas jerárquicamente ordenadas. [79] De la misma manera que altera la presentación de secuencias y la evolución del tiempo real, altera y confunde las connotaciones de cada uno de los actos de modo que la humillación, la pobreza, el aburrimiento, el sexo o la hipocresía, que tienen prioridad en determinados momentos, aparecen a lo largo del texto repetidos e interdependientes. El autor a la vez que aspira a poner en marcha ese retablo vivo que he comentado, quiere reproducir un modo de existencia caracterizado por su disparidad, su absurdo dinamismo. Creo que no se trata de hacer trascendente "el eterno ahora" [80] ni de subrayar "la atemporalidad básica

[78] En "*La colmena, olor a miseria*", en *Cuadernos Hispanoamericanos*, n.º 337-338, julio-agosto de 1978, p. 119.

[79] Francisco Carenas, en "*La colmena, novela de lo concreto*" —*Papeles de Son Armadans*, LXI, junio de 1971, pp. 229-255—, estudia cómo la relación humillante-humillado es la que más se repite en la novela.

[80] Paul Ilie afirma que los saltos temporales "desplazan las usuales percepciones por el lector del tiempo como un fluir, preparándole para aceptarlo como un constante o eterno ahora", en *La novelística de Camilo José Cela*, Madrid, Gredos, 1963, p. 127.

del ser humano",[81] ni aun creo que la alteración temporal
obedezca exclusivamente a un propósito moral, como apunta Gonzalo Sobejano al afirmar que responde

> al intento de expresar de una forma indiferencial, que-
> brada, laberíntica y artísticamente renovadora la incerti-
> dumbre de unos años de historia española ejemplificadores
> del punto más bajo a que pudo llegar nunca en nuestra
> patria la degradación humana.[82]

A pesar de las fuertes opiniones éticas que el texto encierra, que por su compleja expresión literaria ocupan las
páginas que siguen, pienso que en este punto preciso no
se pueden establecer dependencias tan precisas ni extra-
polar lo que es profunda elaboración. Lo aclaraba Cela al
afirmar que en su novela "las cosas van —o intentan ir—
como van por la vida: atropellándose, confundiéndose y
olvidando los nombres". Los capítulos, que ven alterado
su orden cronológico —el lineal sería I, II, IV, VI, III,
V y Final—; y las viñetas, con los saltos y las interrupciones a que están sometidas, van a contribuir a esa sensación de atropello y confusión originarios.

El desorden cronológico, ese atropello, dependen, no
obstante, de un hallazgo literario primero y previo en el
que los saltos y las interrupciones adquieren su coherencia
literaria: la simultaneidad y el sincronismo que permiten
abarcar la colectividad en distintos momentos sin renunciar
al análisis del detalle concreto. El estilo y composición
fragmentada convive con una perfecta exploración en el
aquí y ahora de la novela en sus partes y como creación
absoluta. Precisamente porque Cela deja bien claro que

---

[81] R. Spires afirma que *"La colmena,* por medio de la disposición del *sujet,* crea la sensación de un presente eterno. Este concepto bergsoniano de una duración que trasciende el momento
personal, forma la esencia de la experiencia estética de la novela:
la atemporalidad básica del ser humano regulada por la tempora-
lidad imprescindible de cada individuo", en *La novela española
de postguerra,* Madrid, Planeta Universidad, 1978, p. 127.

[82] En *"La colmena:* olor a miseria", art. cit., p. 120.

su relato transcurre en tres días puede jugar con las horas; porque hay unas referencias espacio-temporales muy marcadas, puede alterar su orden; porque somete el tiempo a las vivencias de los personajes y a los espacios en que transcurre, puede, incluso, presentar una viñeta sin tiempo ni lugar concreto —la del hombre que se suicidó porque olía a cebolla, V, 11— y lograr que sea, especialmente por su lirismo e inconcreción, una de las más expresivas, y a mi entender más perfectas, en el sentido total de *La colmena*. Aceptando el tiempo real, histórico, se impone el específico tiempo literario que el autor selecciona y elabora registrando su fluir en sucesivos espacios, a través de experiencias distintas.

En el primer capítulo —primer día por la tarde— Cela se detiene en el café de doña Rosa, diverso, múltiple, con los rostros y pensamientos de los hombres que a un tiempo lo comparten. En el segundo —segundo día anocheciendo— los personajes antes retratados salen a la calle y unos desaparecen, otros se retiran, otros, como Martín Marco, descubren en el caminar unos espacios logrando ya que en el texto se imponga un fluir sucesivo en constantes bifurcaciones argumentales. El tiempo real transcurre implacable pero importa ver cómo el literario se acomoda a los espacios elegidos, a los seres que en ellos piensan, hablan o se encuentran. La multiplicidad convive con una unidad elemental: el mismo anochecer en distintos ámbitos. De seguir una línea cronológica habríamos de saltar al capítulo IV; pero Cela altera el orden sin que se altere el sentido del mundo variado y contrapuesto que ha quedado ya delimitado. En el tercero —la tarde del segundo día— personajes conocidos frecuentan ambientes que les son propios y aún llama la atención el interés del novelista en introducirlos en interiores marcando por igual el "sórdido esfuerzo por escapar al aburrimiento" [83] y las distintas vivencias compartidas. El cuarto capítulo, que enlaza con el segundo, está compuesto mediante el uso del contra-

---

[83] Gonzalo Sobejano, "*La colmena*: olor a miseria", art. cit., p. 116.

punto que tempranamente le hizo ver a Castellet una construcción a modo de sinfonía. El quinto, la noche del segundo día, recoge iniciativas anteriores descritas y sucedidas, narradas en el IV y III. La mañana ocupa el capítulo VI, la que transcurre entre el IV y el III. Podía ser cualquiera. Victorita, doña Rosa, Roberto... hacen lo mismo en cada una. En el Final, tres o cuatro días después, se sustituye la dispersión inicial por un factor que aúna a los distintos personajes que aparecen: la lectura del periódico.

Se han impuesto momentos precisos mediante la reducción temporal [84] y la elaborada relación de la simultaneidad y el sincronismo. Del suceder real de tres días quedan seis momentos y el Final. El autor juega con sus materiales devolviéndonos una imagen que se acomoda perfectamente al sentido de la novela, esa creación en la que "las cosas van —o intentan ir— como van por la vida: atropellándose, confundiéndose y olvidando los nombres". El desconcierto se convierte en profunda elaboración del sentido de "los caminos inciertos".

EN MADRID Y "ENTRE UN TORRENTE O UNA COLMENA DE GENTES"

José Ortega establecía los diferentes sistemas coordinativos entre acciones y personajes en el texto y hablaba de una relación temática, opositiva, mecánica, temporal, polarizada e irónica. [85] Esos sistemas existen como también un soterrado humor y una rica elaboración lingüística. Pero para valorar en sus términos esos recursos y la dimensión que adquieren en la novela es preciso reconocer

---

[84] Darío Villanueva estudia detenidamente este proceso en *Estructura y tiempo reducido en novela,* Valencia, Bello, 1977, y en su minucioso prólogo a *La colmena,* 40 edición, Barcelona, Noguer, 1983.

[85] En "El sentido temporal de *La colmena*", *Symposium,* XIX, 1965, pp. 115-122.

cómo el autor, previamente, ha establecido unas coordenadas que acotan en cierto modo la teórica y abstracta
libertad de reflejar la colectividad. En el texto no se asocia, por ejemplo, un gesto de Victorita con otro idéntico
que puede reflejar la pena de una mujer en Yeserías con-
denada a muerte; ni se relaciona el deambular de Martín
Marco con el de vendedor o paseante; ni en la noche, porque sea de noche, el escritor trata por igual al prostíbulo
y a un convento, que también éste existe en Madrid y pudiera tener, como los casos anteriores, una objetividad manifiesta.

Si el escritor se guiara sólo por el hecho de que sus
personajes vivan en Madrid, caminen por la diversidad de
sus calles y reaccionen con gestos idénticos a los estímulos externos, estaríamos ante la novela de lo interminable.
Por eso el autor acota su propio interés narrativo y limita
el mundo que él ha elegido, ése en el que el lector va
reconociendo, por las pautas que la novela proporciona,
un mundo no sólo verosímil sino real. Que existan a la
vez otros paralelos, no evita la suficiencia artística del retratado.

Cela afirmaba que en la novela bullen ciento sesenta
personajes [86]. Caballero Bonald fijaba 296 reales y 50 históricos [87] y aún puede hablarse de unas decenas más aunque, evidentemente, no tengan todos el mismo tratamiento.
Eugenio de Nora afirmaba que apenas prevalecía "la figura
de unos 45 tipos, junto con unas anécdotas más bien des-
ligadas de sus protagonistas". [88] Louis Arquier, que hace
un recuento estadístico, añadía: "sucesivamente vemos aparecer en cada capítulo: 28, 17, 21, 10, 13, 3 y 1 perso-

---

[86] "Nota a la primera edición de *La colmena*", en p. 106 de la
presente edición. A partir de la segunda, realizado el censo de
J. M. Caballero Bonald, incorporó al texto una nota que modificaba
esa primera opinión.

[87] A partir de la segunda edición de *La colmena* —Noguer,
colección "El espejo y la pluma", 1955— se incluyó el censo de
personajes elaborado por J. M. Caballero Bonald que ha figurado
en sucesivas ediciones.

[88] *Novela española contemporánea*, III, ed. cit., p. 76 (nota 26).

najes. Es decir un total de 93 que, con progresión osci-
lante, van haciéndose cada vez menos numerosos. Ahora
bien, si sustraemos aquellos personajes que sólo aparecen
una vez y sólo aparecen en un capítulo entre una y tres
veces (este tipo de personajes suma un total de 49), nos
quedan 44 personajes, lo cual corrobora la cifra indicada
por Eugenio de Nora". [89] Y si seguimos el número de apariciones de esos seres, sólo 27 lo hacen por lo menos cinco
veces. Entre ellos están, "ocupando en el libro un lugar
privilegiado, 8 de primer plano cuya respectiva importancia está bastante bien equilibrada. De hecho, cada uno
aparece entre 11 y 14 veces, con dos excepciones: doña
Rosa, que aparece 21 veces, y Martín Marco, que aparece
31 veces y es el único personaje presente en todos los capítulos de la novela". [90]

El estudio estadístico de Arquier no puede, sin embargo,
llevar a la conclusión de que *La colmena* sea novela de un
solo protagonista. Contrariamente, el reducido número de
seres que permanecen en la mente del lector contribuye a
que éstos desempeñen un papel referencial capital en el tra-
zo de la vida que el texto nos devuelve. Existen estos personajes que son a la vez guía para el lector y previamente
para el novelista que los sigue, aunque en ocasiones la
reiterada aparición no contribuya a enriquecer el carácter
del retratado. Martín Marco, por ejemplo, es un personaje
itinerante que desempeña un papel orientador de primer
orden. Expulsado violentamente del café de doña Rosa
—hecho específicamente marcado—, iremos descubriendo
que es hermano de Filo, cuñado de Roberto González (empleado de la Diputación y contable en la tahona de don
Ramón y de Paulina), amigo de Ventura Aguado (el novio
de Julita Moisés que está de huésped en la pensión de
doña Matilde, en la que vive también Tesifonte Ovejero
y Lola, amante de Roque Moisés, trabaja de criada), de
Pablo Alonso (el amante de Laurita), de Ricardo Sorbedo

---

[89] "Personaje y estructura narrativa en *La colmena*", *Archivum*,
XXVII-XXVIII, 1977-1978, p. 103.
[90] "Personaje y estructura narrativa en *La colmena*", idem, p. 104.

(el antiguo novio de Maribel Pérez, hija de la Eulogia y de Braulio y bohemio que acude al tenducho de don Pedro Pablo Tauste, vecino de don Ibrahím y de la difunta doña Margot), de Rómulo el librero, de Celestino Ortiz (dueño del bar "Aurora", a donde va Julio García Morrazo, novio de Petrita), de Petrita (la criada de Filo y Roberto), de doña Jesusa (la dueña del prostíbulo que le presenta a Purita)...

A la vez, mientras Martín camina, el novelista no sólo encadena los pensamientos del personaje: también se detiene en los lugares por donde pasa, en los personajes que cruza, en los diálogos que establece. Vemos que en el capítulo II y IV, tras ser expulsado del café, repara en un escaparate de sanitarios, se cruza con un hombre que lee el periódico, pasa al lado de una mujer que pide limosna y junto a la castañera, entra en el metro, va a casa de Filo, habla con ella y con Petrita, sale en busca de Paco, entra en el bar de Celestino, se cruza con los guardias, se encuentra a Paco, le piden la documentación, charla con un sereno, acude al prostíbulo de doña Jesusa, duerme con Purita... cada uno de esos hechos, como en los casos antes citados, motiva la viñeta correspondiente.

El carácter sobresaliente de Martín Marco ha hecho afirmar a José Ortega que se trata del "protagonista central de La Colmena" [91] y a David Henn considerarlo como una parte fundamental del texto. [92] Incluso Darío Villanueva afirma que "sin incurrir en la falacia del autobiografismo romo, no veo por qué abstenerse de sugerir que Martín Marco merece el calificativo de *alter ego* del autor", aunque, con total prudencia, advierte que "no se puede mantener que es el protagonista de esta novela como, por ejemplo, Pascual Duarte es de la suya". [93] Creo que la función primordial de esa presencia reiterada es la de servir de guía y fundamento en la elaboración de la coheren-

[91] "Importancia del personaje Martín Marco en *La colmena*", *Romance Notes*, 6, 1965, pp. 92-95.

[92] En *Camilo José Cela. La colmena*, Grand and Cutler, 1974.

[93] Prólogo a *La colmena*, ed. cit., pp. 54 y 56.

cia interna del texto. Doña Rosa tiene un papel equiva-
lente aunque, frente a la condición itinerante de Martín,
su presencia sirve para ir reconociendo la naturaleza de
los seres refugiados en el café, sus creencias y también la
tiranía —con frecuencia moral— que sobre ellos ejerce.
En menor medida, la señorita Elvira, Mario de la Vega,
Roberto González, Celestino Ortiz, la familia Moisés, Ventura Aguado o Victorita, contribuyen, con los conflictos
que ellos mismos protagonizan, a fundamentar la lógica
interna de tanta diversidad aparente. Es lógico que al ser
los personajes que aparecen con más frecuencia sean aquellos de los que más datos tenemos. No creo, sin embargo,
que pese a la mayor delicadeza y ternura, a una comprensión más honda en unos que en otros, el conjunto de la
novela se disocie entre unos pocos protagonistas y una
masa informe; ni creo tampoco que el autor rompa la distancia previa que ha impuesto, técnica y sentimentalmente,
con sus materiales, para ir a refugiarse en algunos rasgos,
temas o vivencias que pudieran serle propios.

Si el autor acota su interés por unos seres, también el
plano de la ciudad de Madrid aparece delimitado. La novela transcurre en torno a la Gran Vía, San Bernardo,
Fuencarral donde está el café de doña Rosa, la lechería
de Ramona Bragado, el consultorio de don Francisco, la imprenta de la calle de la Madera, el domicilio de los Moisés.
Otro centro de atención está en las calles Narváez e Ibiza
donde se localiza el bar de Celestino, la casa de Roberto
y Filo, la de Pirula y Javier, la de José Sierra y, próxima,
la de la difunta doña Margot. Otro núcleo lo compone
la zona de Atocha con la pensión de doña Matilde; y está
fijada igualmente la de los cafés, cafeterías y figones que
rodean a la Puerta del Sol, que junto al espacio de la calle
de la Montera y adyacentes, donde se encuentra el prostíbulo de doña Jesusa, componen la relación de escenarios en los que transcurre la acción. Pero, como en el caso
de los personajes, algunos espacios son puntos objetivos de
referencia y pretexto para encadenaciones sucesivas. El café
de doña Rosa brinda la posibilidad de describir a quienes
lo habitan y la casa de doña Margot la de asociar a to-

dos los que conviven. Si en el primero se presentan a 28 personajes, el segundo hace que reconozcamos a Leoncio Maestre, Fernando Cazuela, José Leciñena, José María Olvera, Arturo Ricote, Carlos Luque, Luis Noalejo, Gumersindo López, la viuda de don Gonzalo Sisemón, don Pedro Pablo Tauste, Fidel Utrera, el peluquero Francisco, Exuperio Estremera, cada uno origen de gráficas y, a veces, sucesivas viñetas.

Además, el autor fija un tiempo, una misma hora externa vivida en distintos ambientes, contribuyendo igualmente a la meditada trabazón entre todos los componentes de la novela. El mismo apagón, por ejemplo, se registra en varios lugares: Martín dice a su hermana que subirán el recibo de la electricidad y Celestino teme que acudan los ladrones. La presencia de la noche, por otra parte, justifica la presentación de los distintos tipos de noctámbulos y sus categorías sociales y permite describir cómo se vive en casa de Filo, en el prostíbulo de doña Jesusa, en el apartamento de Pirula y Javier, en casa de José Sierra y Clarita Morales, de don Ramón y Paulina, en el descampado donde están el guardia y Petrita, en el bar de Celestino o en la cama y el sueño de Elvirita. También la mañana unifica y en la del "Final" da coherencia a todas las iniciativas que nacen de un hecho puntual: la lectura del periódico en una hora más o menos idéntica logra que todos los personajes acudan en ayuda de Martín.

Establecida esa precisa fijación temporal, acotado el espacio y los personajes protagonistas, el escritor puede, enriqueciendo así el sentido diverso y caótico de la colectividad, desarrollar nuevas asociaciones y relacionar diversamente a los personajes por amistad, parentesco, relación laboral, vecindad o mera proximidad física. Por ejemplo, doña Rosa es hermana de doña Visitación, y cuñada de don Roque. Estos son los padres de Julita (la novia de Ventura Aguado, ese amigo de Martín que vive, junto a Tesifonte Ovejero, en la pensión de doña Matilde, donde sirve Lola, amante, a su vez, de don Roque), de Visitación (la novia de Alfredo Angulo, sobrino de Fernando Cazuela y Lolita Echeverría, los vecinos de doña Margot), de Esperanza (novia de Agustín Rodríguez, el dueño de una droguería en la calle Mayor). A la vez don Roque va al prostíbulo de doña Celia, juega a las cartas con Emilio Rodríguez Ronda, Tesifonte Ovejero y el señor Ramón, el de la tahona; es amante de la criada de doña Matilde a su vez madre de Florentinín del Mare Nostrum y amiga de doña Asunción, la que tiene una hija casada don Miguel Contreras y otra amante de un catedrático de Bilbao... Y cualquier personaje, desde Francisco Robles a Julio García, desde distintos presupuestos, puede establecer una relación ininterrumpida de relaciones sucesivamente bifurcadas.

Se trata de una perfecta trabazón entre todos los elementos que sorprende frecuentemente al lector descubridor igualmente del orden que subyace al caos. Los saltos temporales que comentaba antes, la interrupción y alteración de viñetas, es cierto que fortalecen la sensación de un mundo que se atropella y confunde. Pero crece esa originaria impresión al reconocer la diversidad de relaciones que mantienen los personajes. En cualquier momento, inesperadamente, los seres, por muy diversos que aparezcan, pueden coincidir, descubrirse en la miseria o el lecho prestado, pueden cruzarse, conocerse; quizá se odien o se solidaricen; tal vez se atropellen por una misma cama, por un mismo trabajo, por un mismo cigarrillo deseado. La fingida apariencia puede tambalearse en cualquier momento y la palabra desvelar una verdad encubierta. Nada está seguro. La incertidumbre, el desconcierto están en Madrid, "entre un torrente o una colmena de gentes".

UNA CARACTERIZACIÓN "SIN EXTRAÑAS TRAGEDIAS, SIN CARIDAD"

Repetidamente he hablado de la dualidad de *La colmena*, a la vez expresión de un mundo preciso, a la vez resultado de la concreta opinión celiana. Esa dualidad hace convivir al fotógrafo que registra con el autor que traduce literariamente sus opiniones. Está en la génesis del texto y afecta a la caracterización de personajes, espacios y ambientes.

Los personajes aparecen de modo diverso. En algunos casos una sola vez y se pierden ya definitivamente, como la mujer que vende lotería, el camarero que sirve a Pablo y Laurita, el empleado del cementerio, la madre de Alfonsito o José María, el sobrino irreverente de doña Montserrat. En otros, mediante sucesivas reapariciones en el texto, tienen un tratamiento progresivo, como doña Rosa, Martín Marco, Filo, Roberto, doña Visi, Celestino Ortiz o Ventura Aguado. Para lograr la específica individualización el autor, que informa de las idas y venidas, los lugares por donde van, las calles por las que caminan, el gesto que los expresa; que describe igualmente los espacios con sus rasgos distintivos, utiliza, no obstante, técnicas diversas. Hace en primer lugar uso de las meramente objetivistas de registrar gestos y actitudes o transcribir los diálogos que los seres mantienen entre sí. De esta forma podemos reconocer al señor Suárez por su cojera; a la señorita Elvira, que apaga con el pie su cigarrillo; a Martín, que "de codos sobre el velador se sujeta la pálida frente con la mano"; al cerillero, que arrastra los pies; a Julio García, que pasea por la calle de Ibiza; a don Roberto, que lava su dentadura postiza "y la guarda en un vaso de agua, que cubre con un papel de retrete, al que da unas vueltecitas rizadas por el borde"; a Victorita, "que buscó a tientas la pera de la luz y la apagó"; al señor Ramón, "con las manos cruzadas sobre el vientre y la colilla en los labios"; a la señora Paulina "golpeándose los recios muslos con las palmas de la mano"; o a Sonsoles, "que tiene los párpados rojos; parece que siempre acaba de estar llorando".

El diálogo sirve para presentar directamente a los personajes sin necesidad de que el autor haya de mediar en su desarrollo. Mediante el abundante uso de este recurso, tan frecuente en la novela, sabemos las inquietudes, frustraciones, esperanzas; conocemos el talante de las relaciones humanas, las coincidencias o discrepancias en opiniones, en formas de vida, en actitudes cotidianas; y qué piensan unos de otros, qué valores los motivan; cómo se enfrentan a la realidad. Mediante el diálogo, además, el texto recupera un sin fin de referencias a la historia, con esa presencia del estraperlo, del suministro, las detenciones, los masones, el gas escaso, la guerra mundial, las denuncias, las misiones, el jabón que no limpia y las medicinas que están ausentes. El diálogo crea y recrea un ambiente de época en el que se funda la historicidad del relato, su dependencia con unas coordenadas temporales. Y sirve para conocer, por la lengua que los hombres utilizan, el índice cultural de los hablantes. Se trata, con frecuencia, de una expresión sin imaginación, tópica, plagada de formas vulgares y conformistas. [94] Advertimos frecuentes vulgarismos, como "leñe", "cocretas", "pasmao", "nos ha merengao", "choteo"; la duplicación del verbo introductor con una función inadecuada del verbo decir: "me dijo, dice, diga usted a la dueña", "le dije, digo"; verbos sin contenido semántico, como el "ir" reforzando la acción que introduce: "pues yo voy y le digo"; imperativos para iniciar el diálogo: "mire usted que"; frecuentes modismos y locuciones perifrásticas: "Dar pie", "echarse a la vida", "hacerse cargo", "haciendo tiempo"; expresiones de admiración: "¡Con lo buena que es!", "¡Hay que ver!"; de amonestación: "¡Venga, no seas pelma!", "Venga ya, hombre, venga ya"; de disgusto: "¡Lo que faltaba para el duro!, "¡qué vergüenza!; refranes y frases proverbiales: "¡a robar a Sierra Morena!", "París bien vale una misa", "Zamora no se hizo en una hora", "si te he visto, no me acuerdo"; interrogaciones que rigen como constantes muletillas: "¿Sabes lo que te digo?", "¿no le parece a usted?", ¿dónde se ha visto que...?"; formas de introducción y transición como "Nada, que no le daba la gana"; perífra-

---

[94] Alonso Zamora Vicente en *Camilo José Cela. Acercamiento a un escritor* (ed. cit., p. 198) subraya que "En *La colmena* el lenguaje es típicamente fotográfico, coloquial, voluntariamente seguido dentro de la uniforme ramplonería del habla de las ciudades, cada vez más simplificada. Solamente determinadas pronunciaciones o preferencias revelan el sustrato vulgar, inadecuado y tosco de algunos personajes".

sis afectivas e irónicas: "¡Ni que fuera yo tonto!", "¡era lo que faltaba!"; exclamaciones onomatopéyicas vulgarizadas: "¡Pshe!", "¡Bah! Ocho cochinos durejos!", "¡Uff!, ¡cualquiera lo sabe!"; y frecuentes laísmos, cacofonías, fórmulas de cortesía, pleonasmos, además de deformaciones fónicas, encadenamiento rápido entre habla y réplica, elipsis, que configuran una perfecta muestra del español coloquial del Madrid de postguerra.

Es un lenguaje que recoge los tics del habla callejera madrileña y que sirve para reflejar la conciencia de quienes lo utilizan. Por eso el diálogo a la vez que un elemento de caracterización externa es un arma inapreciable para el autor que, en la selección misma de los motivos, proporciona un riquísimo repertorio de las preocupaciones vulgares de esos hombres cuando comentan lo bueno que es el bicarbonato, lo simpáticos que son los gatos, lo mal que se ha puesto la moral pública o cómo para trabajar sólo hace falta tener ganas.

El autor usa igualmente de la caracterización plana elaborando un rasgo externo como expresión de la personalidad sin que tenga otro tratamiento posterior. Así conocemos a Alfonsito, de doce o trece años, "que tiene el pelo rubio y tose constantemente"; al señor Flores, "uno de esos que se las da de gracioso"; a José Sierra, el ayudante de Obras Públicas que "a fuerza de tener que aguantar a su mujer, había conseguido llegar a vivir horas enteras sin más que decir de cuando en cuanto ¡hum! y al cabo de otro rato ¡hum!, y así siempre"; o a Trini Robles, "soltera, feuchina, que buscó unos cuartos y puso una mercería en la calle de Apodaca".

Pero frecuentemente Cela explora en las posibilidades que le brinda el autor omnisciente. Así, mediante el uso de la tercera persona narrativa conocemos el pasado de algunos personajes: a doña Rosa la anduvo cortejando "un marquesito tarambana y sin blanca"; Elvirita quedó huérfana a los once o doce años y se fue a Villalón, "a vivir con una abuela que era la que pasaba el cepillo del pan de san Antonio en la parroquia"; don Jaime Arce "se metió en un negocio donde lo engañaron, se quedó sin un real, le presentaron las letras al cobro y dijo que no podía pagarlas"; y don Ramón "llegó a la capital a los ocho o diez años, se colocó en una tahona y estuvo ahorrando hasta los veintiuno, que fue al servicio". Nos informa, igualmente, de sus miedos, sueños, frustraciones. Sabemos que la ilusión de don Trinidad "hubiera sido llegar a diputado (...), pensaba que ser uno de quinientos entre veinticinco millones, no estaba nada mal"; Elvirita sueña con "no ir al hospital, con poder seguir en su miserable fonducha"; doña Visitación piensa "que los obreros tienen que comer"; doña Rosa, a solas, reflexiona "sobre lo inseguro de los tiempos, en la guerra que ¡Dios no lo haga! van a perder los alemanes, en los camareros, el encargado, el echador, los músicos, hasta el botones, tienen cada día más exigencias, más pretensiones, más humos"; en la cabeza de Victorita "los proyectos se atropellan unos a otros: desde meterse monja hasta echarse a la vida, todo le parece mejor que seguir en casa"; y Ventura Aguado Despujols "piensa que su hijo, fumando pitillos rubios como una señorita no llegará a ninguna parte"; hasta Sonsoles, "creyó que en Madrid se ataban los perros con longaniza". En ocasiones, el autor rompe la imparcialidad del dioscreador decimonónico y aparece como una voz que opina —"yo creo que", "digo esto por", "ya sabéis que"— y que incluso puede verbalizar sus propias reflexiones, como cuando se pregunta, "¿qué esperan, Dios mío, por qué las tienes tan engañadas?".

En la relación autor-texto, la faceta más rica, literariamente hablando, se encuentra en cómo Cela logra crear un mundo específico a partir de sus opiniones y convicciones. Si hubiera transcrito éstas literalmente, él y su novela se hubieran convertido respectivamente en un moralista y en una estricta confirmación de principios previamente establecidos. Pero superando ese riesgo, logra que la opinión se transforme en creación que nace precisamente por la distancia que marca con el mundo descrito. Porque el distanciamiento permite al autor la elaboración de una profunda ironía; desarrollar una serie de procesos comparativos mediante los que, sucesivamente, los seres se van cosificando, animalizando, degradando; insistir en aquellos motivos humorísticos que más contrastan con el tono agrio de la novela; ordenar las secuencias o viñetas para que la relación y sucesión —en las variantes anteriormente citadas— subraye el carácter caótico, contradictorio y múltiple del mundo que se refleja; y, además elaborar un lenguaje enriquecido con los tonos del habla popular, puesto al servicio de un mundo visto como totalidad, de un universo que él mismo domina, matiza, dirige.

La ironía es uno de los rasgos literarios más elaborados de *La colmena*. Discurre en múltiples direcciones, cargada a veces de un tono amargo que llega a todos los estados, todas las esperanzas, todos los sueños. Cela ironiza, en primer lugar, sobre el sentido mismo del arte y de la literatura haciendo doblemente evidente la creencia inicial de que era preciso un arte sin subterfugios ni idealizaciones. Hablar, desde la novela, de los hombres que buscan un "arte puro"en un Madrid que huele a cebolla; contrastar la elaboración del intemporal "Destino" que quiere escribir el poeta Ramón Maello con el mundo concreto que sí lo tiene y no precisamente sublime; asociar a Keats, Mallarmé, Hölderlin con una exposición de sanitarios; presentar una situación en la que, como la que vive Martín Marco, el acoso traiga a la memoria unos versos de Juan Ramón Jiménez, denota, en todos los casos, la amarga convivencia de dos planos de la realidad profundamente elaborados. A la vez mantiene la apariencia objetiva de las actitudes y a la vez destaca su descarnada traducción en la evidencia que subyace. Ningún arma más eficaz para desvelar artísticamente el trágico juego de las apariencias.

Ciertos nombres, el título de algunas películas, hasta el de las novelas que lee Elvirita, Celestino o doña Rosa son igualmente irónicos. Encubren otra realidad de cartón piedra, estereotipada, en los artistas de variedades —Florentinín del Mare Nostrum o Carmen del Oro—; amarga en las películas y en esos espectáculos "Melodías de la raza", "Si no amaneciera", que sí tienen amanecer pero sin melodía ni identidad; entristecida en los *Misterios de*

París que preceden a los sueños de Elvirita, en los crímenes que alimentan la sensibilidad de doña Rosa o en los
romances descarnados que emocionan al presunto populista nietzscheano. Ironía sobre la literatura desde la misma literatura. Un juego apasionante en el que se reafirman
las creencias estéticas del autor. El deseo que expresó Cela
de "poner el dedo en la llaga", de escribir "sin la cataplasma de la retórica" crece en la obra y no como previa
proclama de principios. El uso que del arte hacen esos
seres, las funciones que le atribuyen, el refugio o evasión
que en él encuentran, transforma la denuncia en creación.
No se trata sólo de que *La colmena,* como novela, rompa
con la tradición dulcificadora. Es que la literatura que
alimenta a los hombres que viven en la novela, en el mejor
de los casos, no sirve absolutamente para nada. Atacar al
arte ahistórico e intemporal de los años cuarenta era una
convicción estética; pero mostrar su efecto en doña Rosa,
en Ramón Maello, en Elvirita, en doña Matilde, era un
ejercicio literario que trascendía la denuncia para pasar
a formar parte de una verdad suficiente en el texto: la
cultura o su ausencia, era un componente más de la mezquindad, el engaño y la tristeza descrita.

La ironía, por otra parte, afecta igualmente a rasgos
definidores de los personajes y las creencias que mantienen: la defensa de la colaboración y la evidencia de la
tiranía; la reivindicación de una moral que se concreta
y traduce en prostitución; el alegato por una integridad
que, realmente, nadie tiene; hasta las palabras encubren
otros significados, los amores se descubren como ausen-
cias y los proyectos se perfilan como frustraciones. Incluso
el tiempo que discurre nada altera y hasta los espacios
subrayan, como objetivo contrapunto, el rostro de la miseria, ese persistente olor —pese al constante abrir y cerrar
las puertas— a humedad y cebolla. Doña Asunción cele-
bra la suerte de su hija, la querida del catedrático de Bilbao, pero denigra a Elvirita. Celestino Ortiz considera a
Aurora, esos aforismos contra filisteos y falsa moral, como
su verdadero catecismo pero utiliza el cuerpo de Petrita

para cobrar una escasa deuda de Martín. Don Ibrahím dedica su tiempo a recitar elocuentes discursos de oratoria jurídica y parlamentaria, pero sólo lo escuchan las paredes y en el mejor de los casos, oye las palabras de los vecinos que, al otro lado, comentan el color de las "caquitas de la nena". El limpia se arrodilla contento ante don Leonardo y le da orgulloso sus ahorros. Don Francisco exhibe su ciencia con grandes rótulos pero compra a Merceditas y niega las sulfamidas. Martín Marco odia a su cuñado pero se fuma sus colillas, no tiene una peseta pero si encuentra una chaqueta prestada se asoma por el Palace porque "le gusta conocer todos los ambientes".

En todos los casos, dentro de los enunciados formales, se evidencia otra realidad amarga. La ironía se extiende desde los rasgos de caracterización al sentido mismo de la novela, que queriendo reflejar tres días en la vida de una ciudad, muestra también la presencia del sepulcro, de la cucaña, de la colmena. Los recursos desarrollados no encajan en un presupuesto de escuela ni pudieran elaborarse con la adopción de esquemas puramente objetivistas. Dependen del arte de Cela como también dependen los sucesivos procesos comparativos que lleva a cabo en la descripción de rasgos de sus personajes. Aparecen ya en el uso de la adjetivación que implica un juicio de valor: el señor Suárez lleva una cojera "casi cachonda, una cojera coqueta, casquivana"; Maribel es una golfilla hambrienta y "un poco repipia"; Ricardo Sorbedo tiene unos andares "casi pizpiretos"; y la Uruguaya es "una mujer repugnante".

Mucho más ricos son los procesos mediante los cuales el autor asocia a sus personajes con condiciones animales quedando sometidos a una degradación sentimental que los aproxima a las connotaciones y aun rasgos de la literatura grotesca clásica. Doña Rosa tiene una piel como "un lagarto", se saca las escamas "como tiras de serpentina", los pelos del bigote se le erizan como "los negros cuernecillos de un grillo enamorado y orgulloso", su vientre está "hinchado como un pellejo de aceite" y sus dedos son "como morcillas". Dorita, a los dieciséis años, tenía un aire triste y soñador, "de perro sin dueño, de bestia errabunda". Doña Matilde, "pintada como una mona", "tiene una barriga tremenda, toda llena de agua". Ramón Maello vive "en su jaulita de alambre, como un grillo". Según doña Rosa, don Pablo "aguanta como un cordero a la liosa de doña Pura, que es un culebrón, siempre riéndose por lo bajo". Mauricio Segovia, en el café piensa que "no se quién será más miserable, si esta foca sucia y enlutada o esta partida de gaznápiros". Esperanza Moisés "es ligera como una golondrina, tímida como una paloma". Y Petrita, cuando se entrega a Celestino es "como una leona recién casada".

Es un recurso que tiene abundantes antecedentes en la literatura española, que conoce uno de sus mejores hitos precisamente en la obra de un cronista, el bufón don Francesillo de Zúñiga, testigo del ambiente que rodeaba al emperador y posible fuente de ese Ruedo Ibérico de Valle-Inclán con el que pudiera emparentarse La colmena. En cualquier caso, las connotaciones del proceso comparativo están ya en el grotesco medieval, son fundamento de los recursos satíricos de Quevedo, Gracián y Valle-Inclán. Se trata de una técnica en la que predomina la interpretación intelectual y que crece en el ejercicio literario del distanciamiento. Logra equiparar actitudes humanas a su correspondiente animal presentando un mundo expresionista, des-sentimentalizado donde el rasgo queda reducido a la imagen que provoca, al modo de una máscara amarga. La animalización, también en Cela, se aplica fundamentalmente a lo ridículo, a lo vergonzante, a subrayar la evidencia de una condición moral gráficamente expresada en esas culebras, loros, gaznápiros, corderos, pellejos o grillos.

La actitud distanciada del autor permite a la vez el desarrollo de un humor con efecto catártico. La colmena abunda en recursos humorísticos. Precisamente la ironía que he comentado antes hace posible que convivan a la vez el humor y la sátira, la risa y la condena, logrando que lo contrapuesto no se convierta en contradictorio sino en la doble dimensión de una misma realidad. José Ortega decía que Cela "tiene conciencia de todo lo vacío y absurdo del mundo y del hombre que no tiene nada que justificar y cuyo drama es la carencia de trascendencia". Si en la novela, dice, "el objetivo primordial es la crítica de la condición humana; este humanismo puede ser manifestado a través de varias formas, una de ellas es el humorismo". [95]

El humorismo de Cela en *La colmena* tiene, a veces, un rico componente gratuito. Porque el humor es una variante más de una compleja visión del mundo en la que el absurdo desemboca en la risa distanciada que se elabora en distintos ámbitos y no tiene por qué ser siempre necesariamente agria. Así, encontramos un tratamiento humorístico en los mismos nombres, como Tesifonte Ovejero, Ramona Bragado, Cojoncio Alba o Pito Tiñoso y en los apodos a nombres artísticos, como Paco el Sardina, la Fotógrafa o Florentinín del Mare Nostrum. Más complejas son las situaciones cómicas enriquecidas por el léxico que utiliza el autor. Don Roque ridiculiza a doña Visi cuando quiere ir a denunciar al malhablado loro y le advierte: "Pero hija, ¿tú te das cuenta del choteo que se iba a organizar cuando te viesen llegar para denunciar al loro?" La madre de Cojoncio Alba se horrorizaba cada vez que pensaba que el nombre de su hijo venía de una apuesta. Don Roque, cuando llega al prostíbulo, forma con Lola una pareja extraña, él con "bufanda y con el gesto preocupado; Lola, en cueros, y de mal humor". La situación que crea el loro obsceno, los discursos de don Ibrahím, la seducción de Dorita por el seminarista, las ambiciones de la Eulogia... logran el mismo efecto humorístico.

Los recursos irónicos, humorísticos, los procesos comparativos se enriquecen todos con el específico uso ce-

[95] "El humor de Cela en *La colmena*", en *Ensayos de la novela española moderna*, Madrid, Porrúa Turanzas, 1974, p. 47.

liano del lenguaje gráfico, expresionista, acomodado a las necesidades que suscita el mundo descrito. El perfecto dominio del autor de los medios de expresión aumenta la eficacia de la intención previa. La construcción viva, las frases breves, contrapuestas, la selección de vocablos, la repetición de anáforas, los retruécanos inesperados, la incorporación de madrileñismos y voces procedentes del argot, la deformación idiomática logran una perfecta adecuación en el texto. Y desde el uso del diminutivo a la creación mediante el lenguaje de situaciones paródicas muestran la compleja realidad artística que el texto nos devuelve.

El dependiente que vende unas gafas a Seoane, "lleva bata blanca y unos ridículos lentes de pinzas, se peina con raya en medio y mueve el *culito* al andar": el diminutivo logra el efecto ridículo pretendido. Don Leonardo "es un *punto* que vive del *sable*": el argot matiza el talante del personaje. El señor Suárez, cuando habla por teléfono, tiene "una voz de *lila*": el término caló expresa gráficamente su contenida "emoción". Don Leoncio Maestre, con las posaderas frías porque está sentado en un baúl, adapta "la donna e mobile" a "¡Oh bella Elvirita!": en la contraposición crece la parodia literaturizada del héroe de Rigoletto. Los niños que tiene recogidos doña Celia, cuando llega alguna pareja, gritan jubilosos: "*Viva, viva, que ha venido otro señor*": la descripción continúa la de la infancia de Lázaro de Tormes cuando nos cuenta cómo con las venidas del padrastro negro mejoraba el comer. Don Ibrahím, al morir doña Margot, habla a sus "*convecinos*" y se refiere a Leoncio Maestre "cuya inocencia todos deseamos que pronto brille intensa y cegadora como la luz solar" y a la "mala nueva del accidente acaecido en la persona de doña Margot Sobrón de Suárez que en gloria esté", al doctor Jorquera que es "de una presteza que dice mucho y muy alto de su pundonor profesional": la deformación idiomática, el hablar libresco, esos rictus lingüísticos que afectan a todos los asistentes, el uso de los clichés expresivos tradicionales dan a la escena un tono esperpéntico. El amante de la hija de doña Asunción, no es un cualquiera, es "catedrático de psicología, lógica y ética": esa ampulosidad al servicio de la ironía. Doña Matilde, que es viuda, dice del violinista que "cuando toca como él sabe hacerlo, el vals de la viuda alegre, me siento otra mujer": el paralelismo subraya la connotación. Doña Rosa, imagen del poder, parece "un gobernador civil": la incipiente etopeya para fijar definitivamente al personaje. Son sólo algunos ejemplos del rico repertorio celiano.

Por todos estos recursos el fotógrafo del que hablaba Cela al referirse al texto queda a todas luces trascendido. El observador externo, es cierto que acude para darnos datos de los personajes; pero acude con mayor frecuencia el autor con ese rico repertorio de técnicas y motivos comentados que transforman el pretendido radar del objetivismo en la lúcida conciencia creadora de quien aspira a dar una visión total del mundo descrito. Además, el ejercicio múltiple de caracterización no sólo se aplica a los personajes. Espacios, ambientes y el mismo tiempo real, aunque en menor medida, lo conocen. Aquéllos incluso logran pinceladas de implacable realidad, partícipes del mismo y desalentador espíritu urbano. La tristeza, el autoritarismo, la mezquindad se convertirán en características del lecho, de los bancos y de las tertulias.

Con frecuencia, los espacios aparecen descritos con sus detalles objetivos. Las mesas, el reloj, la escalera que sube a los billares en el café de doña Rosa; la lámpara, los cojines, el retrato de Obdulio Cortés en casa de doña Celia; la verja del jardín, el timbre sin botón, la buhardilla con "una cama, un aguamanil, un espejito de marco blanco, un perchero y una silla" en el prostíbulo de doña Jesusa; el dormitorio, con los muebles de chapa, "la cama, las dos mesillas de noche, una consolita y un armario" en casa de Filo y Roberto. Pero, como ocurría con los personajes, al registro objetivo se suma otra caracterización paralela. Así, el tabique confidente, la mesa camilla, la lámpara de plástico o la madera deslucida, expresa a la pobreza, al quiero y no puedo, a la avaricia, a la desazón. Y fundidos el espacio y las experiencias que encierra, aquél puede tener un tratamiento exclusivo, lírico, estático

compitiendo casi con el de los personajes. El café de doña
Rosa, al final del día quedará "igual que un hombre al
que se le hubiera borrado de pronto la memoria"; la casa
de doña Celia "rezuma ternura por todos los poros, una
ternura, a veces, un poco venenosilla". Hasta el banco
callejero o el solar de la plaza de toros pueden ser protagonistas. Aquél llegará a ser "como una antología de los
sinsabores y de casi todas las dichas: el viejo que descansa
su asma, el cura que lee su breviario, el mendigo que se
despioja, el albañil que almuerza mano a mano con la mujer, el tísico que se fatiga, el loco de enormes ojos soñadores, el músico callejero que apoya su cornetín sobre las
rodillas, cada uno con su pequeñito o grande afán van dejando sobre las tablas del banco ese aroma cansado de las
carnes que no llegan a entender del todo el misterio de
la circulación de la sangre". Curiosamente, y frente a este
lírico repertorio de matices, ni siquiera sabemos la forma
física del banco callejero.

Al quedar vitalizados de esta manera muchos de los
espacios, el autor les otorgará una gran capacidad de me-
tamorfosis. El café de doña Rosa será distinto según las
horas al tiempo que el solar de la plaza de toros será
el de los niños alborotadores y el de los viejos que se
alimentan al sol durante el día para en la noche conver-
tirse en el "paraíso directo donde no caben evasiones ni
subterfugios, donde todo el mundo sabe a lo que va, donde
se ama noblemente, casi con dureza, sobre el suelo tierno
en el que quedan todavía las rayitas que dibujó la niña que
pasó la mañana jugando a la pata coja".

Hasta el tiempo puede llegar a quedar confundido con
el tono de los seres o el de los ambientes en que transcurre. Pese a que nada es más objetivo que su discurrir,
el autor será testigo de las "horas muertas", esas que,
"bien mirado, no merecerían la pena ser vividas". Intrínsecamente sucesivo se compondrá, en ocasiones, de repetición, inercia, olvido, juego falaz porque nada evoluciona.
La repetición, el agobio serán de los hombres que mode-
lan el ritmo y el difícil instante de vivir.

EL MUNDO DE "LA COLMENA" Y "ESE MAL QUE CORROE
LAS ALMAS"

En *La colmena,* además de las formas de composición
señaladas que aseguran la coherencia artística del relato,
existe una unidad paralela lograda a partir del reconocimiento de los sucesivos sentimientos compartidos, de esa
vida común a los personajes. Apenas lo individual puede
modificar el marco colectivo y menos imponerse a él. [96]
Otra vez como las piezas del reloj: unos se sirven de
otros, dependen de los otros, inseparables siempre el yo
y la sociedad.

Uno de los rasgos de la colectividad descrita es el de
la nula conciencia del poder renovador del tiempo, de la
imaginación, de la palabra, del discurrir de ese mundo
airado. Ya en el primer capítulo, y en el café, las voces
nos remiten al marco de la humillación y también al ambiente en el que todos piensan "vagamente en ese mundo
que ¡ay! no fue lo que pudo haber sido, en ese mundo en
el que todo ha ido fallando poco a poco, sin que nadie
se lo explicase, a lo mejor por una minucia insignificante".
El tiempo y la palabra van muriendo poco a poco. La
señora silenciosa a la que se le murió un hijo, pasa "las
horas muertas" viendo la vida "desde debajo de la escalera de caracol, que sube a los billares". Filo, con un
determinismo ancestral, espera sólo "que los hijos crezcan, seguir envejeciendo y después morir. Como mamá la
pobre". Don Ramón "abrió la tahona, se casó, tuvo doce
hijos, compró un calendario y se sentó a ver pasar el
tiempo". Elvirita "tardó mucho tiempo en enterarse de
cosas que, cuando las aprendió, le cogieron ya con los

---

[96] J. F. Cirre afirmaba que "La existencia en *La colmena* lleva
implícita la renuncia al «yo». Se comparte un destino y una cir-
cunstancia general, de masas", en "El protagonista múltiple y su
papel", *Papeles de Son Armadans,* 98, mayo de 1964, p. 162.

ojos llenos de patas de gallo y los dientes picados y ennegrecidos".

La resignación, un determinismo ni siquiera problema-
tizado logran que tres días, los que retrata la novela, se
conviertan en paradigma de un mundo antiheroico en el
que se impone la monotonía, la repetición, el aburrimiento.
Todo aparece sin imaginación, sin disidencias, sin rebel-
días. Hasta los niños juegan como por castigo, "sin fe,
sin esperanza, incluso sin caridad, como cumpliendo un
penoso deber"; los amantes descubren, como en el caso
de Laurita, que ella puede ser "muy cariñosa, incluso muy
fiel, pero muy poco variada"; y los amigos, como el guardia y el sereno saben que "tienen desde hace meses una
conversación que les gusta mucho a los dos, una conversación sobre la que vuelven noche a noche con un paciente regodeo". Doña Rosa va todos los días a misa de
siete; don Trinidad da todos los días un bollo con café
con leche a su nieto; don Tesifonte, don Roque, don Francisco y don Pablo juegan a cartas todos los días después
de comer y don Roberto va andando todos los días de
casa a su oficina. Por inercia contestan los camareros a
doña Rosa, por inercia habla don José Sierra con su mujer y por inercia nace la sonrisa de Elvirita. Ni siquiera
Martín Marco o Ricardo Sorbedo incorporan otros tonos.
Éste acude repetidamente a "La clínica del chapín" para
que Pedro Pablo Taute lo remedie con alguna peseta, ale-
jado totalmente de la gallarda actitud antiutilitaria del
bohemio que él viene a parodiar. Martín Marco hace lo
mismo: acude a casa de Filo, al bar de Celestino, al Banco
de España o, incluso, al Palace. Pero no hay, a cambio,
rebeldía, alternativa, esperanza. Apenas se le ocurre pensar que "a la humanidad hay que reformarla. Debería
nombrarse una comisión de sabios que se encargase de
modificar la humanidad. Al principio se ocuparía de pequeñas cosas, enseñar el sistema métrico decimal a la gente, por ejemplo, y después, cuando se fuesen calentando,
empezarían con las cosas más importantes y podrían hasta
ordenar que se tirasen abajo las ciudades para volver a
hacerlas otra vez, todas iguales, con las calles bien rectas

y calefacción en todas las casas. Resultaría un poco caro, pero en los Bancos tendría que haber cuartos de sobra". Son unas reflexiones que hasta él mismo piensa si no serán una tontería. El antiguo militante de la F.U.E., ese que "no es un cualquiera", bien pudiera tener ideas más concretas sobre la realidad que le envuelve; pero no escapa a la falta de rigor, de profundidad, ni siquiera a los tópicos como bien muestran las reflexiones apuntadas.

Gestos, palabras, expresiones, todo se repite. Desde esas frases hechas, tan significativas —"¡Qué tiempos éstos!", "¡A eso no debería haber derecho!"—, a las pobres creencias sin fisuras: en lo bueno que es el bicarbonato, en lo malo que son los rojos, en la suerte de ser español, en que los señores siempre son los señores. Son expresiones y creencias de seres vulgares que viven anécdotas por acumulación sin que ninguna de ellas modifique comportamiento o creencias, sin que ninguna sea capaz de incorporar un tono de esperanza o cotidiana sensibilidad.

Abundan las biografías de cinco líneas, suficientes para expresar que los hombres nacen, comen, duermen, hablan y procrean. Y es significativo que no pueda verse un futuro distinto mientras ese pasado —y el presente— no se problematice. La rutina y el hambre los inmoviliza. La madre de Victorita grita a su hija olvidando un pasado propio y que pudiera ser semejante, don Jaime cree que las cosas son incomprensibles, el limpia asegura que siempre ha habido señores, don Ibrahím piensa que la historia le hará justicia y Celestino que debe pagar la contribución. Si entre la colectividad nacen gestos instintivos de afecto, de ternura, de delicadeza, quedan inmediatamente ahogados en el torbellino de la inercia. El gesto amoroso de Petrita muere en el uso que de él hace Celestino, la voluntad de Victorita en los propósitos de doña Ramona, la sensibilidad de Purita en un cine oscuro y con cualquier chamarilero. Tiene razón Zamora Vicente al afirmar que

no queda sitio para el amor en el ajetreado ir y venir de los hombres a los que la gran ciudad empuja y desorbita. Sólo queda un hueco para el amor violento, subrep-

ticio, la exigencia del sexo escondido en una casa de
citas, en lupanares, en los desmontes de las grandes obras
o de las afueras. [97]

Ningún personaje puede cambiar por sí mismo el tono de
la vida cotidiana ni aun ser otra cosa en su entrega que
reclamo para desaprensivos, genéricos corruptores también
de la inocencia.

La belleza, el arte, la imaginación no tienen cabida. En
ninguno de los ámbitos en que transcurre la vida hay lugar para la sensibilidad porque queda sustituida por un
presente vulgar que se impone y en el que las palabras
suplen el defecto originario. Don Pablo habla del gato
para referirse a Elvirita, doña Rosa repite la idea de colaboración cuando humilla a los empleados, don Roque
finge un orden moral mientras "se calienta con las marmotas"; Julita presume de virginidad y apunta sus orgas-
mos en una libreta; doña Visi bautiza infieles pero no
sabe tutear a doña Montserrat, y doña Ramona tiene una
lechería para ejercer desde ella su oficio celestinesco. Los
personajes, cada uno a su manera, tratan de aparentar una
integridad que o no existe o se quiebra en cualquier momento, repitiendo incesantemente el juego de las apariencias pese a que cada uno sepa que en este mundo todo
se sabe. Elvirita tiene gestos orgullosos, Gabriel se irrita,
Martín se indigna por el fariseísmo de Celestino. Pero ni
la indignación ni la injusticia se traducen en otra cosa que
en resignada aceptación de los caminos inciertos.

La vida en *La colmena* está compuesta por una sucesión de hombres vulgares y mediocres viviendo unas pa-
siones de muy corto alcance. Un mundo en el que la victoria está en sobrevivir como se pueda, degradando los
gestos restauradores y apenas dejando espacio para el llanto en soledad, el gesto digno o la reflexión sobre la propia
impotencia. No hay tiempo para la meditación: ir adelante, llenar el estómago, sobrevivir, al cabo, resulta la
evidencia que elimina cualquier matiz intelectual. Los que

[97] *Camilo José Cela (acercamiento a un escritor)*, ed. cit., p. 60.

pudieran lograrlo, se encierran en la segura superioridad sin hacer otra cosa que imponerla. Crece así el poder de los seres sin escrúpulos. No sólo se nos dice que la gente "es cobista por estupidez y, a veces, sonríen aunque en el fondo del alma sientan una repugnancia inmensa, una repugnancia que casi no pueden contener"; descubrimos también que detrás de la coba está la arrogancia del poder, la tragedia del "quiero y no puedo" o la tristeza del continuo no poder, como Seoane, como Sonsoles, como Purita, Merceditas, Macario o el violinista que echaron a la calle por contestar a don José. El dinero impone sus criterios y genera pequeñas tiranías de las que no es posible hacer abstracción. De doña Rosa dependen los vecinos del barrio de Hortaleza, pero también depende la vista de Sonsoles, la tos de Alfonsito, la tristeza del echador y el estómago de Seoane. El poder económico crea otro más sordo: la tiranía de unos sobre otros y aun el mutuo —y callado— desprecio compartido. El dinero, creen, cambiaría la vida. Los que lo tienen lo exhiben; los que no, se lanzan precipitadamente en su busca. Y al tiempo que el camino se llena de cegueras, tuberculosis, sífilis o úlceras, las almas se van llenando de tristeza, resentimiento, frustraciones y rencores.

Cela, al remitirnos al talante moral de este mundo, no hizo un ejercicio moralizador, no adoctrina. Quiso sí poner el dedo en la llaga y "eso tiene dos peligros: el propio contagio y el asco del espectador". [98] Pero no desarrolló un estudio dialéctico del medio y ni siquiera un arte tendencioso. Y al querer ser fiel a la historia había de reflejar el fantasma común a todos los seres que habitaban el Madrid de los años cuarenta: la postguerra y sus secuelas, que constituye el fondo de la narración aunque ese fondo no justifique por sí mismo la pobreza moral de los seres retratados.

A la postguerra nos remiten las referencias al estraperlo, a Auxilio Social, a las denuncias, al suministro, al gas que escasea, al padre que murió "por esas cosas que pa-

---

[98] "La miel y la cera de *La colmena*", art. cit., p. 21.

san"; al masón que huyó, a una religión de chinitos y misiones y a los inválidos de esa guerra que ha ganado todas las batallas. Llega a ser inseparable la denuncia moral del mundo descrito con la desmitificación de la vida nacional. El triunfalismo oficial que hablaba de ser "reserva espiritual de occidente", se oscurece con la realidad del triunfo de los que como doña Rosa o Vega el impresor, exhiben, con ese "puro descomunal", el autoritarismo visceral y la conducta farisea. La religión que crecía como un "espíritu de cruzada" en la propaganda coetánea, se expresaría en el gesto esperpéntico de las beatas contentas por no ir al limbo, con la lista de fieles que cumplen una promesa porque su santo particular logró que se curara un grano, que apareciera el periquito, que se encontraran los papeles que había perdido un criado o que sanara un gato enfermo. Lejos quedaba el espíritu cristiano, hasta el Dios cristiano, ausente y desterrado de la mitología oficial del nacional-catolicismo.

La cultura exaltada por el Régimen, la que, según los gobernantes, encumbraba "virtudes patrias" y "esencias españolas", esa que representaban los Quintero, Mercedes Vecino o Antonio Vico, apenas logra, pese a los triunfalismos, servir de fondo para que un chamarilero con dinero goce en las últimas filas de un cine oscuro de las caricias furtivas de una muchacha que espera colocar a su hermano en la guardería de Auxilio Social. Frente a la retórica oficial que habla de heroísmo moral, hermandad, del paso alegre de la paz, *La colmena* no sólo ofrece un panorama desmitificador: el texto evidencia el hambre, la miseria, la sordidez de ese hombre que, lejos de ser "unidad de destino en lo universal", "portador de valores eternos", es el pobre superviviente de una vida que acaba en él, de un mundo en el que ni es importante ni mucho menos preciso.

El objeto de la novela no es el de argumentar una actitud antifranquista, pero la voluntad de reflejar "lo que la vida es" hace del libro una nítida expresión de denuncia aunque ésta no sea política sino moral. En el Madrid que se nos presenta —1942 ó 1943, que poco importa—

lo evidente es que las viviendas se van convirtiendo en
prostíbulos, el ocio en aburrimiento, la infancia en tristeza y el deseo, frecuentemente, en pura explosión sexual,
ahogado el espacio de la alegría y el sosiego. El trabajo
y el amor se transforman respectivamente en hambre y
sexo y ambos en la expresión más contundente de un universo envejecido, descarnado, insolidario. El acierto del
texto radica en desvelar todos esos matices diversamente
trabados y en descubrir al hombre español con su miseria,
su resignación, su desconcierto. Era la realidad de la inmediata postguerra, pero era también el análisis de cómo
unos hombres pequeños y vulgares se enfrentaban al hambre y la humillación. Siendo documento de una época
lo es de las complejas respuestas de la condición humana
vista en un momento de su historia.

La colmena no desarrolla sólo un motivo aislado de los
que configuraron la identidad contemporánea. Gonzalo
Sobejano hablaba de la "incertidumbre de los destinos
humanos" [99] y creo que si la novela tiene un tema central
no es otro que el de esa vida asediada que van tejiendo
las múltiples vidas individuales. El texto no se limita a
analizar un solo aspecto, ni su desarrollo conduce a un
final excluyente, ni la visión de la colectividad se logra
mediante principios generalizadores o maniqueos. Tampoco se descubre un solo problema y ni siquiera existe un
personaje que imponga en el relato su independencia. Hay
una profunda y elaborada matización de distintos motivos
—hambre, sexo, miseria, insolidaridad, incomunicación,
hipocresía— que se fortalece precisamente por la variedad de casos en que coincide. Con la perfecta convivencia
de lo individual y lo colectivo el autor favorece la dis-
tinción entre la pobreza y la pobreza moral, entre el hambre y los distintos hambrientos, entre la victoria y los
vencedores, entre la prostitución y las distintas prostitu-
tas, entre la humillación y los diversos humillados. De la
misma manera que, al hablar de la composición formal

[99] En su espléndido trabajo *Novela española actual,* Madrid,
Prensa Española, 1975, p. 115.

del texto, la crítica señala unánimemente que el acierto radica en la lograda expresión del hombre frente a los otros, justo será señalar, igualmente, que los temas, el tema único de esa vida, se matiza analizando la variedad de pobres vivencias que los seres experimentan ante la imperiosa necesidad de sobrevivir.

La relación múltiple de casos y experiencias impide el maniqueísmo, fijar un excluyente motivo temático o cualquier tipo de final que pudiera armonizar o encauzar la diversidad. No hay tesis ni puede haberla porque no hay actitud más antidogmática que la que busca los matices que escapan al arquetipo. El autor no cae en el juego de decirnos que existe el bien y el mal, el error y el acierto o cómo habría de ser el mundo. Sencillamente nos presenta a sus personajes impidiendo en el lector el juicio maniqueo que él ha evitado previamente. Basta analizar alguno de los casos de prostitución para comprobar cómo ni siquiera el sexo permite un juicio unívoco. Elvirita, con esa "vida perra, una vida que bien mirado, ni merecería la pena vivirla", siempre espera clientes y para paliar la soledad y el miedo "llega a rezar hasta ciento cincuenta o doscientos credos seguidos". Victorita, en cambio, que se prostituye por amor, nota que "los proyectos se atropellan unos a otros: desde meterse monja a echarse a la vida, todo le parece mejor que seguir en su casa". Purita, que ha de alimentar a cinco hermanos, "se lo tiene que ganar a pulso todo el día, recalando después de la cena por casa de doña Jesusa". Por el contrario, la Uruguaya "es una golfa tirada, sin gracia, sin educación, sin deseos de agradar; una golfa de lo peor, una golfa que, por no ser nada, no es ni cobista".

La novela, como hemos visto, da una visión colectiva de la lucha por la vida; pero gana en riqueza precisamente por la consideración de las diversas, pequeñas, sórdidas y antiheroicas luchas cotidianas. Ni la bondad, maldad, mezquindad o avaricia tienen un solo rostro y sí tantos como los hombres que los viven. La diversidad impide un final único y hasta una opción válida para todos los conflictos. Nada puede tener fin cuando se pretende sólo reflejar el presente en esa multiplicación de seres minúsculos. [100] Desconocemos la resolución de los dos enigmas más importantes que plantea el texto: quién mató a doña Margot y por qué detienen a Martín Marco. Y los desconocemos porque no es propósito del autor incorporar un desenlace que la complejidad de la vida retratada no tiene en sí misma: [101] la permanencia de las interrogantes redunda en el sentido de "los caminos inciertos". El nombre del asesino no cambiaría la imagen de ese mundo indiferente, no suavizaría el carácter melodramático de la reunión de vecinos ni modificaría la opinión que éstos tienen del hijo homosexual.

Más significativo aún puede ser el "Final". Cuando le preguntaban al autor qué le pasó a Martín Marco respondía: "Yo no lo sé porque no era ni deudo ni allegado de Martín Marco, yo no era más que su biógrafo. Es posible que si lo hubiera sabido, lo hubiera dicho". [102] Y aunque, como se deduce y Cela afirma últimamente, [103] su búsqueda se deba a la antigua pertenencia a la F.U.E. —por la que se le aplicaría la Ley de Responsabilidades Políticas— el lector seguirá ignorando si finalmente se le detuvo, si marchó a Barcelona, si fue encarcelado o el tipo de pena que se le impuso.

Es significativo que sea Martín Marco el protagonista de esta última historia. El ha sido el personaje guía por excelencia y, conocedor de distintos ambientes y diversas personas, ha sido un motivo importante en la coherencia narrativa de la novela. Sólo él aparece en todos los capí-

---

[100] Cela lo viene repitiendo desde el prólogo a la primera edición del texto: "Mi novela (...) no es otra cosa que un pálido reflejo, que una humilde sombra de la cotidiana, áspera, entrañable y dolorosa realidad."

[101] Zamora Vicente en *Novela española actual* (Madrid, Fundación March-Cátedra, 1977, p. 269) afirmaba: "precisamente la maravilla de la novela es que todo quede en incierto".

[102] Respuesta de C. J. Cela a J. M. Martínez Cachero, en *Novela española actual*, ed. cit., p. 266.

[103] Conferencia pronunciada en la Universidad de Barcelona el 20 de octubre de 1983.

tulos y es un punto de referencia preciso en las múltiples asociaciones que se van trazando entre los personajes. Es lógico que el interrogante que pesa en la novela sobre el futuro destino de sus moradores, concrete en su vida la evidencia de la incertidumbre sin otro propósito "moral" que la trascienda. Tampoco sabremos, aunque los problemas tengan un tratamiento más secundario, si Elvirita se encontró con Leoncio Maestre, si se murió el marido de Maruja Ranero, si Purita logró que su hermano entrara en la guardería de Auxilio Social o si Hermenegildo Segovia consiguió que lo nombraran secretario de la C.N.S. de su pueblo. La novela no estaba pensada para tener un final que trascendiera a ese propósito primero de reflejar la vida en el Madrid de postguerra, ni podía tener un final voluntarista dependiente de la pena o tristeza que el mundo descrito despertara en el autor. *La colmena,* y ya lo dice su autor en el momento mismo de la publicación del texto, rompe con el esquema decimonónico de planteamiento-nudo y desenlace. No entiendo por qué si se acepta esa ruptura, como unánimemente la acepta toda la crítica celiana, paradójicamente se niegue buscando un desenlace.

Darío Villanueva, tan buen conocedor de la novela de postguerra, afirma que la ordenación unanimista del relato y la intensificación y realce de los capítulos VI y Final hacen pensar que el tema principal de *La colmena* sería "la apertura esperanzada hacia la única solución posible: la solidaridad humana". [104] Una idea que apuntaba también Gonzalo Sobejano, para quien el final "si no puede calificarse de esperanzador, sí al menos de caritativo". [105] Coincido, no obstante, con la opinión de Zamora Vicente cuando afirma que el gran acierto de la novela ha sido "el dejarnos siempre con un pie levantado, siempre una esquina que doblar". [106] La incertidumbre de la vida descrita y la distancia que reiteradamente el autor establece

---

104 Prólogo a *La colmena,* ed. cit., p. 70.
105 *"La Colmena:* olor a miseria", art. cit., p. 119.
106 *Camilo José Cela (acercamiento a un escritor),* ed. cit., p. 65.

con sus materiales no se rompe tampoco en el final y aun suponiendo que quisiera dulcificarlo, por sí mismo sería incapaz de borrar el vacío originario tan perfectamente descrito a lo largo de toda la novela. No olvidemos que aunque el autor, al escribir "Notas a un prólogo" en *El bonito crimen del carabinero y otras invenciones,* dijera que "uno se resiste a creer que el mundo al lado de tanta maldad, no haya cierta clemencia, cierta dulzura entre los humildes", cuando habló de *La colmena* dijo: "Nadie sospecha probablemente la cantidad de agua que eché a mi tinta para que ese reflejo y esa sombra (de la realidad) no fueran demasiado violentos, excesivamente reales". [107] Merece la pena recordar que

> Esta novela mía no aspira a ser más —ni menos, ciertamente— que un trozo de vida narrado paso a paso, sin reticencias, sin caridad, como la vida discurre, exactamente como la vida discurre. Queramos o no queramos.

...Y "ACTUALIZAR LOS TEMAS QUE NO HAN ENVEJECIDO"

Al comienzo de estas páginas he marcado que la dualidad de *La colmena* forma parte de su principal carácter. Al proclamar su autor que

> Actualizar los temas que no han envejecido y vivificar la savia de los mitos eternos es el menester que ha de ocupar al novelista contemporáneo si el novelista contemporáneo no quiere caer en el inmenso frigorífico que, como la noche a los gatos, a todos pinta de pardo por igual. [108]

iba más allá del objetivismo y sus métodos.

Desde 1951 la crítica señaló la dependencia de la novela con la narrativa barojiana. Antonio Vilanova, en pri-

---

[107] "La miel y la cera de *La colmen*a", art. cit., p. 1.
[108] "Sobre las artes de novelar", art. cit., p. 6.

mer lugar, reconocía la continuación de modelos y técnicas del autor de *La busca*:

> Es ésta la misma técnica disociativa, y multipolar de la novela barojiana, fragmentada en una sucesión interminable de pequeños dramas sombríos y tragedias grotescas que intentan captar en su imagen convergente del espectro social del Madrid de postguerra. [109]

Castellet, convirtiendo el criterio en reafirmación veía en esa dependencia barojiana uno de los motivos por los que *La colmena* era ejemplo del arte a imitar y continuar. [110] Incluso Goytisolo, elogiando el texto de Cela, elogiaba al maestro y a ese arte que tanto habría de influir en la evolución de la narrativa de los años cincuenta. [111] Manuel Durán iba más allá afirmando que existe

> un vínculo ideológico entre el Baroja de la primera época y el Cela de *La colmena* (...) Idéntica visión cruda y amarga, idéntica aceptación sin compromisos de la crueldad y la miseria humanas. [112]

Creo que *La colmena* enlaza con la narrativa barojiana en el interés por la "sucesión de pequeñas tragedias grotescas" y en una forma de narrar coincidente en la defensa de que la vida se imponga como materia e interés primero para el novelista. En *Camino de perfección*, Baroja hace decir a su personaje principal que "lo que sí creo es que el arte, eso que llamamos así con cierta veneración, no es un conjunto de reglas, ni nada, sino que

---

[109] "*La colmena* de C. J. Cela", art. cit., p. 17.
[110] En *Notas sobre literatura española contemporánea,* ed. cit., pp. 63 y ss.
[111] Sobre la influencia de Baroja en la narrativa de los años cincuenta, ver los estudios de S. Sanz Villanueva, *Historia de la novela social española,* I, ed. cit.; Martínez Cachero, *Historia de la novela española,* ed. cit.; Gonzalo Sobejano, *Novela española actual,* ed. cit., y Juan Benet y otros, *Barojiana,* Madrid, Taurus, 1972.
[112] "Estructura de *La colmena*", art. cit., p. 21.

es la vida: el espíritu de las cosas reflejado en el espíritu del hombre". En 1903, y en el prólogo al libro de Rafael Leyda, [113] Baroja explica que, frente a la literatura decadentista, fría, ahogada en tecnicismos, "la vida nos parece lo primordial: creemos que el arte tiene su objeto en el arte y su fin en la vida". Son ideas que el autor repetirá en *La nave de los locos* y *La dama errante*. Esta defensa de un arte vinculado a la vida se irá convirtiendo en un rasgo específicamente barojiano, reconocible en la narrativa que acoge la diversidad de sus manifestaciones y en esas escenas contrapuestas que se van sucediendo al hilo de la narración. César Barja advertía que

> lo que a Baroja le interesa en la vida y al lector en la novela de Baroja, no es el todo, sino las partes; no la masa, sino los detalles; no el drama total, sino las escenas particulares; no la novela, sino las novelas de la novela. En último término a eso acaba por aproximarse la novela de Baroja: a ser cada una de ellas una sucesión de pequeñas novelas, historietas, anécdotas, episodios o cuadros de novela. [114]

La idea barojiana de la vida va transformando la narración en una relación fragmentada y episódica que conserva la unidad estructural por la presencia de un personaje protagonista portador de una gran carga de subjetividad. [115] Éste, como en un recorrido, favorece el reconocimiento del espacio y tiempo mientras el relato avanza presentando hechos y ambientes que devuelven al lector la imagen de una vida como lucha, como vacío, como manifiesta expresión del egoísmo.

[113] *Valle de lágrimas.* Texto recogido en *Hojas sueltas,* II, Madrid, Caro Raggio, 1973.
[114] *Libros y autores contemporáneos,* Nueva York, Las Américas, 1964, p. 339.
[115] Ver los estudios de E. de Nora, *La novela española contemporánea,* I, Madrid, Gredos, 1958; D. Shaw, "Baroja on the art of the novel", *Hispanic Review,* XXV, 1957, pp. 105-111; B. Ciplijauskaité, *Baroja, un estilo,* Madrid, Insula, 1972; y Jorge Campos, *Introducción a Pío Baroja,* Madrid, Alianza, 1981.

Cela, en *La colmena,* acude también a ese mezclarse de historias y, como el maestro, hace una transgresión de la lengua literaria para dejar que los personajes se expresen mediante las voces, los giros, los rasgos lingüísticos que les son propios. Emparenta igualmente a ambos la "realidad" de los tipos descritos y el acierto de que sean, pese a —o quizá por— la brevedad del retrato, perfectamente reconocibles para el lector e implacablemente evidentes. Y hasta en las galerías de personajes que reaparecen en escritos posteriores, coinciden nuevamente los dos. Hay, no obstante, un aspecto que los diferencia. En *La colmena* la sensación de totalidad, de asistir al descubrimiento de un mundo imagen de la lucha y el egoísmo, no viene dada por la presencia de un protagonista que dé coherencia al relato ni por el tono más o menos agrio del narrador. La coherencia crece mediante los recursos que desarrolla el autor "distanciado" y que hacen posible —con la variedad antes señalada— la presencia de un mundo —real y literario— expresado como totalidad y absoluto.

En este punto el arte celiano se emparenta con el de Valle-Inclán y más concretamente con las novelas de *El ruedo ibérico,* esos relatos de un espacio —Madrid—, en un tiempo reducido —la revolución del 68— y con personajes históricos reconocibles. Sin pretender una crítica de fuentes, que no encaja en el tono de *La colmena,* es cierto que Cela explora en las posibilidades literarias que aquél mostrara al reconocer el comportamiento de los seres descritos, sus gestos, las asociaciones a condiciones animales, la propia repetición de conductas inalteradas en el diverso suceder que nada, tampoco, cambia. La circularidad del texto de Valle-Inclán [116] parte de unas con-

---

[116] Ver, en este sentido, los trabajos de Jean Franco "The concept of time in *El ruedo Ibérico*", *Bulletin of Hispanic Studies,* XXXIV, 1962, pp. 177-187; Harold L. Boncheau, "The circular structure of Valle-Inclán's *Ruedo Ibérico*", *P.M.L.A.,* LXXXII, 1, 1967, pp. 129-135; y Leda Schiavo, *Historia y novela en Valle-Inclán,* Madrid, Castalia, 1980.

vicciones, expresadas en *La lámpara maravillosa*, que no pueden hacerse extensivas a la obra de Cela; pero éste sí acierta en un hallazgo específicamente valleinclaniano: la alteración del tiempo cronológico del relato, que mezcla secuencias del pasado, presente y futuro, como una confirmación de la inalterabilidad de los hechos y de sus consecuencias en la historia. El recurso en Valle-Inclán se convierte en una forma de subrayar la imposibilidad del progreso; en Cela, sirve al propósito de expresar el mundo sin salida ni futuro que viven los personajes.

La presencia de los dos maestros inmediatos señala la continuidad de la tradición cultural hispana y no impide reconocer en el texto la de unos motivos universales nuevamente revitalizados en *La colmena*. Al desentrañar los sórdidos mecanismos de la colectividad, los motivos que ordenan la existencia de las gentes descritas, se impone como primera evidencia el hambre, el dinero, la inmediatez del vivir. Y, ya lo apuntaba Antonio Vilanova,

> no creo que el tema del hambre como razón vital, como fundamento, como acuciante tragedia que encauza el curso de la vida cotidiana, posea en ninguna otra literatura una tradición tan egregia y persistente como en la novela española. [117]

Desde *Lazarillo de Tormes* a *Vida y hechos de Estebanillo González*, la novela picaresca recoge sin mixtificaciones la realidad del mundo de los desheredados, los "inciertos caminos" que se truncan en el deseo de sobrevivir. En el desarrollo del género a lo largo del Siglo de Oro, las anécdotas podrán quedar oscurecidas por moralidades, advertencias o abstractas enseñanzas, pero no evitan éstas el tono desesperanzado de un mundo abocado a su propio determinismo. En ningún caso *La colmena* puede ser considerada una novela picaresca; pero sí es la novela que actualiza la misma visión desmitificadora del vivir, la descarnada condición de los viejos siervos condenados a los

[117] *"La colmena* de C. J. Cela", art. cit., p. 18.

presentes sucesivos, sin trascenderse con la esperanza del futuro y abocados al individualismo y la insolidaridad. El "buen puerto" al que cree llegar Lázaro de Tormes o el propósito del Buscón cambiando de espacio por ver "si mudando mundo y tierra mejoraría mi suerte", marcan, ya mediante la ironía, ya a través de la burla, la presencia de una realidad imposible de modificar con presupuestos voluntaristas o individuales. El hipotético deseo de vivir en paz, de "mejorar la suerte" quedará originariamente truncado por la inminencia del hambre, del presente, de la supervivencia.

La colmena actualiza también la "savia" de otro de los grandes fundamentos de la literatura realista española: el arte que desde *La Celestina* subraya la preeminencia de los motivos sexuales en la configuración del vivir creando un ámbito materialista abocado al goce del instante, a la pasión puntual sin futuro. Ya el mundo retratado por Rojas somete la espiritualidad a las exigencias del momento y del instinto sometiendo con ello las creencias teóricas a un mundo soterradamente desesperado en el que domina la avaricia, la envidia y el egoísmo. El amor ha trocado su identidad y todos, de nobles a eclesiásticos, de monjes a comerciantes, tratan de imponer una apariencia honorable que no poseen. No varía el tono, pese al desenfado de tantas anécdotas, en *La Lozana andaluza,* la novela de 125 personajes viviendo en la ciudad de Roma en las fechas previas al saqueo —lejano precedente de una novela de la colectividad—. En la obra, el sexo, desde la prostituta a la cortesana hedonista, se impone como realidad que no oculta ni el hambre, ni la insolidaridad, ni esa vida múltiple como un sucederse de hechos inesperados, caóticos, enfrentados.

Cela, efectivamente, ha actualizado "la savia de los mitos eternos" y lo ha logrado analizando tres días de la vida del Madrid de postguerra. Resulta evidente que el mundo retratado no le gusta, que hay un rechazo ético que lleva a ahondar en los rasgos sobresalientes de la colectividad y, para que no quepan trampas sentimentales, a mostrar la sinrazón, el absurdo, la mediocridad y el desamor, ejemplificación estética de "ese sepulcro, esa cucaña, esa colmena". La visión del mundo que nos devuelve *La colmena* también actualiza actitudes encumbradas en el humanismo español. Reconocemos pronto un concepto del hombre como ser arrojado a un mundo sustancialmente malo del que apenas puede esperar una sorpresa. Existe en el texto una visión antropológica desesperanzada en la que la historia, más que reconocimiento de los factores objetivos que pudieran conformar su identidad, es un análisis de la condición humana. La colectividad aparece como un espectáculo que hay que desentrañar, por si los sentidos pudieran llevarnos a engaño. La rigurosa elaboración del presente, la ironía, los saltos temporales, el rasgo grotesco, la comparación sarcástica, la implacable expresividad de los retratos logran el propósito. El arte del barroco ya había descubierto en la perspectiva una forma simbólica. Quevedo o Gracián, al hablar de la multitud que condenaban, hicieron de la lejanía, de la actitud distanciada un principio para que apareciera más nítidamente el propósito moral de desvelar las apariencias. Cela, en último extremo, actualiza, también, ese punto de vista llevado por unas exigencias ético-morales y no políticas. Y al hacerlo enlaza —la visión de la historia como antropología no ha variado— con las fuentes del humanismo español y apenas con el existencialismo de Sartre o Camus. *La colmena,* al cabo, desvelaría la identidad contemporánea, para que nadie pudiera llamarse a engaño, para que el arte, al fin, recuperara el sentido de una vida despiadada sin los subterfugios de la literatura idealizante. Efectivamente quedaban atrás las esposas casquivanas y volvía a cobrar actualidad "el hambre, la mala fe, la desazón del siervo de cien años". Recuperando una tradición hispana, actualizando los mitos eternos, la vida en el Madrid de 1942 o 1943 —"sin caridad, sin extrañas tragedias"— pasaba a ser, tal y como se lo propuso el autor, protagonista de la novela.

RAQUEL ASÚN

NOTICIA BIBLIOGRÁFICA

Las ediciones más importantes de *La colmena* son:

— *Caminos inciertos. La colmena,* Buenos Aires, Emecé, colección "Grandes novelistas", 1951.
— *Caminos inciertos. La colmena,* Barcelona-México, Noguer, colección "El espejo y la pluma", 1955. Esta segunda edición contiene el *Censo de personajes* elaborado por José Manuel Caballero Bonald e ilustraciones de Lorenzo Goñi. Impresa oficialmente en México al igual que la tercera y cuarta (1957 y 1962), que sólo se diferencian de aquélla en las sucesivas *Notas* previas que incorpora el autor.
— *Caminos inciertos. La colmena,* Barcelona-Madrid-México, Noguer, colección "Galería literaria", 1963. Es la primera edición oficialmente española. El texto, salvo insignificantes matices, es idéntico al de las anteriores, reproduce las *Notas,* el *Censo* y elimina las ilustraciones de Goñi. A partir de esta quinta, con las mismas características, la editorial Noguer ha impreso 33 más hasta 1983.
— *Caminos inciertos. La colmena,* Madrid-Barcelona, Alfaguara, colección "Puerto seguro", 1966. Está ilustrada con 36 litografías de Eduardo Vicente. Es la primera edición que contiene el texto completo y también la primera en la que el autor modifica puntuación y ortografía. La misma versión se reproduce en *Obra selecta* (1971) y edición de bolsillo (1971) de Alfaguara.
— *La colmena.* Introducción, notas y ejercicios de José Ortega. Nueva York, las Américas Publishing Company, 1966. Sigue el texto de editorial Noguer. Los comentarios y notas, de carácter escolar, están pensados para facilitar la lectura al estudiante de habla inglesa.

— *Caminos inciertos. La colmena.* Versión completa y definitiva del texto, revisado y anotado por el autor. Barcelona, Destino, tomo 7 de *Obra completa,* 1969, pp. 35-359.
— *La colmena.* Introducción, comentarios y notas de Darío Villanueva. Barcelona, Noguer, 1983[40]. El texto, por primera vez en las sucesivas reimpresiones de esta editorial, es el que Cela ha dado por definitivo. No contiene las *Notas* ni el *Censo* de José Manuel Caballero Bonald.

BIBLIOGRAFÍA SELECTA

I. CAMILO JOSÉ CELA Y LA NOVELA ESPAÑOLA DE POSTGUERRA

Albérès, R. M., "La renaissance du roman espagnol", *La revue de Paris*, n.º 68, octubre de 1961, pp. 81-91.

Alborg, Juan Luis, *Hora actual de la novela española*, 2 vols., Madrid, Taurus, 1958 y 1962; 1968[2].

Alvar, Manuel "Técnica cinematográfica en la novela española de hoy", *Estudios y ensayos de literatura contemporánea*, Madrid, Gredos, 1971.

Alvarez Palacios, F., *Novela y cultura española de postguerra*, Madrid, Edicusa, 1975.

Amorós, Andrés, *Introducción a la novela contemporánea*, Madrid, Cátedra, 1974[3].

Anales de la novela de postguerra, I-III (1976-1978-, University of Nebraska-Lincoln y Universidad de Santiago de Compostela. Desde el vol. IV (1979), *Anales de la narrativa española contemporánea*, y en la actualidad *Anales de la literatura española contemporánea*.

Basanta, Angel, *40 años de novela española*, 2 vols., Madrid, Cincel, 1979.

Bosch, Andrés, *La novela española del siglo XX*, II, Nueva-York, Las Américas, 1971.

Buckley, Ramón, *Problemas formales de la novela española contemporánea*, Madrid, Península, 1973.

Cabrera, Vicente, y Luis González del Valle, *Novela española contemporánea. Cela, Delibes, Romero, Hernández*, Madrid, SGEL, 1978.

Cardona, Rodolfo, ed., *Novelistas españoles de postguerra*, I, Madrid, Taurus, 1976.

Castellet, José María, *Notas sobre literatura española contemporánea*, Barcelona, Laye, 1955.

——, "Veinte años de novela española (1942-1962)", *Cuadernos americanos*, CXXVI, enero-febrero de 1963.

Cirre, José Francisco, "El protagonista múltiple y su papel en la reciente novela española", *Papeles de Son Armadans*, mayo de 1964, pp. 159-170.

Corrales Egea, José, *La novela española actual*, Madrid, Edicusa, 1971.

Domingo, José, *La novela española del siglo XX. De la postguerra a nuestros días*, II, Barcelona, Labor, 1973.

Ferreras, Juan Ignacio, *Tendencias de la novela española actual (1931-1969)*, Paris, Ediciones Hispanoamericanas, 1971.

García Rico, E., *Literatura y política (en torno al realismo español)*, Madrid, Edicusa, los suplementos, 1971.

García Viñó, M., *Novela española actual*, Madrid, Prensa Española, 1975.

Gil Casado, Pablo, *La novela social española*, Barcelona, Seix Barral, 1973.[2]

Goytisolo, Juan, *Problemas de la novela*, Barcelona, Seix-Barral, 1959.

Marfany, Joan Lluis, "Notes sobre la novel·la espanyola de postguerra", *Els marges*, n.º 6, febrero 1976, pp. 29-57; n.º 11, noviembre 1977, pp. 3-29, y n.º 12, 1978, pp. 3-22.

Martínez Cachero, J. M., *Historia de la novela española entre 1936 y 1975*, Madrid, Castalia, 1979[2].

——, "Novelistas jóvenes y panorama editorial en la década de los cuarenta", *Estudios ofrecidos a Emilio Alarcos*, IV, Universidad de Oviedo, 1979.

——, "El septenio 1940-1946 en la bibliografía de C. J. Cela", *Cuadernos hispanoamericanos*, núms. 337-338, julio-agosto 1978, pp. 34-50.

——, "20 novelas (españolas) de los años cuarenta", *III Simposio de Lengua y Literatura españolas para profesores de bachillerato*, Oviedo, 22-24 de abril, 1982, pp. 52-63.

Morán, Fernando, *Novela y semidesarrollo (una interpretación de la novela hispanoamericana y española)*, Madrid, Taurus, 1971.

——, *Explicación de una limitación: la novela realista de los años cincuenta*, Madrid, Taurus, 1971.

Nora, Eugenio G. de, *Novela española contemporánea*, III, Madrid, Gredos, 1971[2].

Ortega, José, *Ensayos de la novela española moderna*, Madrid, Porrúa-Turanzas, 1974.

Rico, Francisco, ed., *Historia y crítica de la literatura española*, VII, *Edad contemporánea: 1939-1980* (Domingo Ynduráin, ed.), Barcelona, Crítica, 1980.

Roberts, Gemma, *Temas existenciales en la novela española de postguerra*, Madrid, Gredos, 1973.

Sanz Villanueva, S., *Tendencias de la novela española actual*, Madrid, Edicusa, 1972.

——, "La prosa narrativa desde 1936", *Historia de la literatura española*, Madrid, Taurus, 1980, pp. 253-325.

——, *Historia de la novela social española (1942-1975)*, 2 vols., Madrid, Alhambra, 1980.

Sobejano, Gonzalo, *Novela española de nuestro tiempo*, Madrid, Prensa Española (El Soto, 10), 1975[2].

Soldevila, Ignacio, *La novela española desde 1936*, Madrid, Alhambra, 1980.

Spires, Robert, *La novela española de postguerra*, Madrid, Cupsa, 1978.

V. V. A. A., *Prosa novelesca actual*, I y II, Madrid, Universidad Menéndez Pelayo, 1968.

——, *Novela española actual*, Madrid, Fundación March-Cátedra, 1977.

Vilanova, Antonio, "Realismo y humanización en la novela española de postguerra", *Literaturas contemporáneas en el mundo*, Barcelona, Vicens-Vives, 1967, pp. 21-71.

——, "De la objetividad al subjetivismo en la novela española actual", en *Prosa novelesca actual*, I, Madrid, Universidad Menéndez Pelayo, 1968, pp. 135-156.

Vilas, Santiago, *El humor y la novela española contemporánea*, Madrid, Guadarrama, 1968.

Villanueva, Darío, *Estructura y tiempo reducido en la novela*, Valencia, Bello, 1977.

II. CAMILO JOSÉ CELA Y "LA COLMENA"

Alonso, Eduardo, "Novela", *El análisis estilístico (Poesía/Novela)*, Valencia, Bello, 1975, pp. 155-201.

Amorós, Andrés, "Conversaciones con Cela", *Revista de Occidente*, 99, 1971, pp. 266-284.

Arquier, Louis, "Réalisme et réalité dans *La colmena* de Camilo José Cela", *Annales de la Faculté des Lettres et Sciences Humaines,* 3, Université de Dakar, 1972.

——, "Personaje y estructura narrativa en *La colmena*", *Archivum,* XXVII-XXVIII, 1977-1978, pp. 101-120.

Asún, Raquel, *"La colmena" de Camilo José Cela,* Barcelona, Laia, 1984[2].

Barea, Arturo, "Prólogo" a la traducción inglesa de *La colmena,* London, Victor Gollanz, 1953; reproducido como "La obra de Camilo José Cela", *Cuadernos del Congreso para la libertad de la cultura,* Paris, 7, julio-agosto de 1954, pp. 39-43.

Bueno, Gustavo, *"La colmena,* novela behaviorista", *Clavileño,* III, 17, 1952, pp. 53-58.

Cabrera, Vicente, "En busca de tres personajes perdidos en *La colmena*", *Cuadernos hispanoamericanos,* 337-338, 1978, pp. 16-23.

Carenas, Francisco, *"La colmena,* novela de lo concreto", *Papeles de Son Armadans,* CLXXXIII, junio de 1971, páginas 229-255.

Castellet, José María, "La colmena", *Laye,* 18, Barcelona, abril 1952, pp. 51-58, en *Notas sobre literatura española contemporánea,* Barcelona, Laye, 1955, pp. 63-74.

Cuadernos hispanoamericanos. Número extraordinario dedicado a Camilo José Cela, 1978, núms. 337-338.

Díaz, Janet y Landeira, Ricardo, "The novelist as Poet: the literary evolution of Camilo José Cela", *Anales de la narrativa española contemporánea,* University Nebraska Lincoln y Universidad de Santiago de Compostela, 1979, IV, pp. 21-45.

Dougherty, Dru, "Form and structure in *La colmena*: from alienation to community", *Anales de la novela de postguerra,* University of Nebraska Lincoln y Universidad de Santiago de Compostela, I, 1976, pp. 7-23.

Durán, Manuel, "La estructura de *La colmena*", *Hispania,* 43, marzo de 1960, pp. 19-24.

Flascher, John, "Aspects of novelistic technique in Cela's *La colmena*", *West Virginia University Philological Papers,* 60, 5, 1959, pp. 30-43.

Forster, David, *"La colmena* de Camilo José Cela y los informes de éste sobre la novela", *Hispanófila,* 30, 1967, páginas 59-65.

——, "Forms of the novel in the work of Camilo José Cela", University of Missouri Press, Columbia, 1975[3].

——, "Estética de la «nueva novela»: acotaciones a Camilo José Cela", *Revista de ideas estéticas,* 108, 1969, pp. 325-334.

Godoy Gallardo, Eduardo, "En torno a *La colmena* de Camilo José Cela", *Estudios de literatura española,* Santiago de Chile, Nascimento, 1977.

Gullón, Germán, "Silencios y soledades en España: *La colmena*", *Insula,* 359, octubre de 1976, pp. 1 y 14.

Gullón, Ricardo, "Idealismo y técnica en Camilo José Cela", *Insula,* 70, octubre de 1951, p. 3.

Henn, David, "Cela's portrayal of Martín Marco in *La colmena*", *Neo philologus,* 2, abril 1971, pp. 142-149.

——, "*La colmena:* an oversight of the art of Cela", *Romance Notes,* 13, 1971-1972, pp. 414-418.

——, *Camilo José Cela. La colmena,* London, Grand and Cutler, 1974.

Huarte Morton, Fernando, "Bibliografía de Camilo José Cela", *Revista Hispánica Moderna,* XXVIII, n° 2-4, abril-octubre 1962, pp. 210-220.

Ilie, Paul, *La novelística de Camilo José Cela,* Madrid, Gredos, 1971[2].

Kirsner, Robert, *The novels and travels of Camilo José Cela,* Chapell Hill, University of North Carolyna Press, 1963.

Mcpheeters, D. W., *Camilo José Cela,* Nueva York, Twayne Publishing, 1969.

Ortega, José, "El sentido temporal de *La colmena*", *Symposium,* 2, 1965, pp. 115-120. Recogido en *Ensayos de la novela española moderna,* Madrid, Porrúa Turanzas, 1974.

——, "Importancia del personaje Martín Marco en *La colmena*", *Romance Notes,* 6, 1965, pp. 92-95.

——, "Símiles de animalidad en *La colmena*", *Romance Notes,* 8, 1966, pp. 6-10.

——, "El humor de Cela en *La colmena*", *Cuadernos hispanoamericanos,* 208, 1967, pp. 159-164. Recogido en *Ensayos de la novela española moderna,* ed. cit.

Prjavalinsky, Olga, *El sistema estético de Camilo José Cela,* Valencia, Castalia, 1960.

Polo, Victorino, "Un novelista español contemporáneo: Camilo José Cela", *Anales de la Universidad de Murcia,* XXV, 3-4, 1966-1967, pp. 107-209.

Predmore, R., "La imagen del hombre en la obra de Camilo José Cela", *La Torre*, IX, 1961, pp. 81-102.

Revista Hispánica Moderna, XXVIII, 1962. Número monográfico dedicado a Camilo José Cela. Tirada aparte con el título *Camilo José Cela. Vida y obra. Bibliografía-Antología*, Hispanic Institute in the United States, 1962.

Sobejano, Gonzalo, "*La colmena*: olor a miseria", *Cuadernos hispanoamericanos*, 337-338, julio-agosto de 1978, páginas 113-126.

Spires, Robert, "Camilo José Cela's *La colmena* and the bergsonian concept of duration", *Papers of French Spanish-Luso-Brazilian literary relations*, North Western University, 1970.

——, "Cela's *La colmena*: the creative process as message", *Hispania*, 55, IV, 1972, pp. 873-880.

Suárez, Sara, *El léxico de Camilo José Cela*, Madrid, Alfaguara, 1969.

Torrente Ballester, Gonzalo, "*La colmena*: cuarta novela de Camilo José Cela", *Cuadernos hispanoamericanos*, 22, 1951, pp. 96-102.

Tudela, Mariano, *Camilo José Cela,* Madrid, Epesa, 1970.

Vilanova, Antonio, "*La colmena* de Camilo José Cela", *Destino*, 725, 30 de junio de 1951, pp. 17-18.

Villanueva, Darío, *Camilo José Cela,* Madrid, Ministerio de Cultura, colección "Escribir hoy", 1983.

——, Introducción a *La colmena*, Barcelona, Noguer, 1983[40].

Zamora Vicente, Alonso, *Camilo José Cela (acercamiento a un escritor),* Madrid, Gredos, 1962.

BIBLIOGRAFÍA DE CAMILO JOSÉ CELA

Comprende los libros publicados por el autor y no incluye la larga serie de artículos aparecidos en la prensa diaria aún no editados en volumen independiente.

La familia de Pascual Duarte, Madrid, Aldecoa, 1942.

Pabellón de reposo, Madrid, Afrodisio Aguado, 1943.

Nuevas andanzas y desventuras de Lazarillo de Tormes, Madrid, Ediciones La Nave, 1944.

Pisando la dudosa luz del día. Poemas de una adolescencia cruel, Barcelona, Ediciones Zodíaco, 1945.

Esas nubes que pasan, Madrid, Afrodisio Aguado, 1945.

Mesa revuelta, Madrid, Sagitario, Ediciones de los estudiantes españoles, 1945.

El bonito crimen del carabinero y otras invenciones, Barcelona, José Janés, 1947.

Cancionero de la Alcarria, San Sebastián, Escelicer, 1948.

Viaje a la Alcarria, Madrid, Revista de Occidente, 1948.

El gallego y su cuadrilla. Y otros apuntes carpetovetónicos, Madrid, Ricardo Aguilera, 1949.

Caminos inciertos. La colmena, Buenos Aires, Emecé, 1951.

Avila, Barcelona, Noguer, 1952.

Timoteo, el incomprendido, Madrid, Rollan, 1952.

Santa Balbina, 37, gas en cada piso, Melilla, Mirto y Laurel, 1952.

Del Miño al Bidasoa. Notas de un vagabundaje, Barcelona, Noguer, 1952.

Baraja de invenciones, Valencia, Castalia, 1953.

Café de artistas, Madrid, Tecnos, 1953.

La cucaña. Memorias de Camilo José Cela, Barcelona, Destino, 1953; en libro, 1959.

Mrs. Caldwell habla con su hijo, Barcelona, Destino, 1953.

Ensueños y figuraciones, Barcelona, G. P., 1954.

Historias de Venezuela. La catira, Barcelona, Noguer, 1955.

Judíos, moros y cristianos. Notas de un vagabundaje por Avila, Segovia y sus tierras, Barcelona, Destino, 1956.

El molino de viento y otras novelas cortas, Barcelona, Noguer, 1956.

Mis páginas preferidas, Madrid, Gredos, 1956.

Historias de España. Los ciegos. Los tontos, Madrid, Arión, 1958 (*Los ciegos,* previamente en *Papeles de Son Armadans,* diciembre 1956, III, 9, pp. 308-320; y *Los tontos* en *Papeles de Son Armadans,* 1957, IV, 12, pp. 319-334).

Recuerdo de don Pío Baroja, Palma de Mallorca, Imprenta Mossén Alcover, 1957.

Nuevo retablo de don Cristobita. Invenciones, figuraciones y alucinaciones, Barcelona, Destino, 1957.

Cajón de sastre, Madrid, Cid, 1957.

La obra literaria del pintor Solana. Discurso leído ante la Real Academia Española, Madrid, *Papeles de Son Armadans,* 1957.

La rueda de los ocios, Barcelona, Mateu, 1957.

Primer viaje andaluz. Notas de un vagabundaje por Jaén, Córdoba, Sevilla, Huelva y sus tierras, Barcelona, Noguer, 1959.

Cuaderno del Guadarrama, Madrid, Arión, 1960.

Los viejos amigos. Primera serie, Barcelona, Noguer, 1960; y Segunda serie, Barcelona, Noguer, 1961.

Cuatro figuras del 98: Unamuno, Valle-Inclán, Baroja, Azorín y otros retratos y ensayos españoles, Barcelona, Aedos, 1961.

Tobogán de hambrientos, Barcelona, Noguer, 1962.

Gavilla de fábulas sin amor, Palma de Mallorca, Papeles de Son Armadans, 1962.

Obra completa, Vol. I. Barcelona, Destino, 1962. Hasta la fecha la editorial Destino ha publicado 14 volúmenes que contienen la obra del autor revisada y en la versión definitiva.

Garito de hospicianos, Barcelona, Noguer, 1963.

Las compañías convenientes y otros fingimientos y cegueras, Barcelona, Destino, 1963.

Toreo de salón. Farsa con acompañamiento de clamor y murga, Barcelona, Lumen, 1963.

Diez artistas de la escuela de Mallorca, Madrid, Publicaciones Españolas, 1963.

Marañón, el hombre, Alicante, Caja de Ahorros de Alicante, 1963.

El solitario y los sueños de Quesada, Palma, P. S. A., 1963.

Once cuentos de fútbol, Madrid, Editora Nacional, 1963.

Izas, rabizas y colipoterras. Drama con acompañamiento de cachondeo y dolor de corazón, Barcelona, Lumen, 1964.

El ciudadano Iscariote Reclús, Madrid, Alfaguara, 1965.

La familia del héroe, Madrid, Alfaguara, 1965.

Madrid, Madrid, Alfaguara, 1965.

Nuevas escenas matritenses, Madrid, Alfaguara, 7 vols., 1965-1966.

Viaje al Pirineo de Lérida, Madrid, Alfaguara, 1965.

Páginas de geografía errabunda, Madrid, Alfaguara, 1965.

Papeles de Son Armadans. Revista literaria fundada en 1966 y dirigida por Camilo José Cela.

Dos romances de ciego, Málaga, Librería anticuaria, El Guadalhorce, 1966.

Viaje a U.S.A., Madrid, Alfaguara, 1967.

María Sabina, Palma, P. S. A., 1967.

Diccionario secreto, Madrid, Alfaguara, 2 vols., 1968 y 1970.

Al servicio de algo, Madrid, Alfaguara, 1969.

Víspera, festividad y octava de San Camilo en 1936 en Madrid, Madrid, Alfaguara, 1969.

Café de artistas y otros cuentos, Madrid, Salvat, 1969.

El carro de heno o el inventor de la guillotina. Farsa trágica en tres actos. Palma, 1969.

Barcelona, Madrid, Alfaguara, 1970.

La bandada de palomas, Barcelona, Labor, 1970.

La mancha en el corazón y los ojos, Barcelona, Edisven, 1971.

Cinco glosas a otras tantas verdades de la silueta que un hombre trazó de sí mismo, Madrid, Sociedad Alianza de Artes Gráficas, 1971.

La bola del mundo. Escenas cotidianas, Madrid, Sala Editorial, 1972.

Fotografías al minuto, Madrid, Sala Editorial, 1972.

Oficio de Tinieblas, 5, Barcelona, Noguer, 1973.

A vueltas con España, Madrid, Seminarios y Ediciones, 1973.

Balada del vagabundo sin suerte, Madrid, Espasa-Calpe, 1973.

El tacatá y oxidado (florilegio de carpetovetonismos), Barcelona, Noguer, 1973.

Enciclopedia del erotismo, Madrid, Sedmay, 1976.

Rol de cornudos, Barcelona, Noguer, 1976.

Crónica del cipote de Archidona, Madrid, Gilsa, 1977.

Los sueños vagos. Los ángeles curiosos, Barcelona, Argos-Vergara, 1979.

Vuelta de hoja, Barcelona, Destino, 1981.

Los vasos comunicantes, Barcelona, Bruguera, 1982.

El juego de los tres madroños, Barcelona, Destino, 1983.

Mazurca para dos muertos, Barcelona, Seix Barral, 1983.

NOTA PREVIA

L A presente edición sigue la de *Obra completa* que el autor da como definitiva. El texto publicado en 1951 (previamente el capítulo primero de la novela había aparecido en la revista *Cuadernos hispanoamericanos,* 15, octubre de 1950, pp. 535-563), tiene algunas frases menos y presenta numerosas variantes ortográficas y de puntuación. Esta primera versión (*A*) es la que se reproduce con insignificantes modificaciones (me refiero a ellas como A2, A3, A4, A5... para nombrar a la segunda, tercera, cuarta, quinta...) hasta la edición octava, publicada por Alfaguara en 1966, primera completa de la obra que, a su vez, sigue la versión definitiva (*B*). En ésta, Cela apuntó las frases incorporadas y los vocablos erróneos. Las ediciones que revisa se corresponden con la 1.ª de Emecé y las 2.ª, 3.ª, 4.ª, 5.ª, 6.ª, 7.ª, de Noguer, publicadas en 1955, 1957, 1962, 1963, 1965, 1966 y la 8.ª, Alfaguara, 1966. He respetado las notas del autor, incluso con su formulación, porque creo que puede así observarse mejor el sentido de las modificaciones concretas que él establece. Van indicadas éstas como *N. del A.* Por mi parte, y con una expresión más sencilla, he añadido las variantes que devuelve el cotejo de las dos ediciones centrales, la *A* y *B,* de *Obra Completa.* Si sustancialmente no alteran el sentido de la novela, en cambio, muestran claramente dos formas distintas de escritura, caracterizada en *A* por un mayor academicismo en el uso de mayúsculas, comillas y signos ortográficos, muy revelador para analizar la evolución del estilo celiano.

Desde la segunda edición de *La colmena,* acompaña al texto un "Censo de personajes" elaborado por José Manuel Caballero Bonald que vuelve a reproducirse, con las *Notas* sucesivas y "Última recapitulación", en casi todas las que tienen como base *A,* no en las que utilizan *B* que, desde la edición de Destino, incluyen, a modo de prólogo, la "Historia incompleta de unas páginas zarandeadas" y prescinden del *Censo.* Se atienen a la primera las numerosas (33) de Noguer, la de Las Américas, Bruguera y Círculo de Lectores; y a la segunda las sucesivas de Alfaguara y la 40 de Noguer.

En la que aquí presento, precede a la novela tanto las *Notas* como la "Historia incompleta..." e incluye, al final, un índice de personajes que pretende registrar todos los literarios que el autor nombra. Las notas que acompañan diferencian entre las meramente textuales y las que se refieren al contenido filológico, literario o histórico. Cuando, para aclarar voces procedentes de argot, madrileñismos, gitanismos..., utilizo abreviaturas, remito a los trabajos de Antonio Alcalá, *Vocabulario andaluz,* Madrid, 1951 (V. A.); W. Beinhauer, *El español coloquial,* Madrid, 1978 (E. C.); Luis Besses, *Diccionario de argot,* Barcelona, 1909 (D. A.); Julio Casares, *Diccionario ideológico,* Barcelona, 1951 (D. I.); Carlos Clavería, *Estudios sobre los gitanismos del español,* Madrid, 1951 (E. G.); María Moliner, *Diccionario de uso del español,* Madrid, 1966-1967 (D. U.); Antonio Neves, *Diccionario de americanismos,* Buenos Aires, 1973 (D. A.); Manuel Seco, *Arniches y el habla de Madrid,* Madrid, 1970 (Arn.), y Antonio Velasco, *Panorama de Madrid.* Madrid, 1951 (Pan.).

R. A.

CAMILO JOSÉ CELA

Caminos inciertos

*

LA COLMENA

EMECÉ EDITORES, S.A. / BUENOS AIRES

*Paciència en lo començament,
e riu en la fi.* [1]

RAIMUNDO LULIO

[1] Nota a *La colmena,* 8.ª edición, Madrid-Barcelona, Alfaguara,
colección Puerto Seguro (primera que contiene el texto completo),
noviembre de 1966.

HISTORIA INCOMPLETA DE UNAS
PÁGINAS ZARANDEADAS [1]

E S T E libro tuvo una primera juventud no poco azarosa. Hay criaturas de las que pudiera sospecharse, al verlas bullir, que nacen con el inquieto corazón tejido de rabos de lagartija y a las que por las venas, en vez de sangre, parece como correrles una huidiza lágrima de mercurio;

[1] El verdadero título de estas palabras que siguen debiera haber sido *Historia incompleta de unas páginas zarandeadas y noticia de algún que otro bigardo*. El lector habrá de perdonarme la evidencia de que, por ahora, le deje sin las ruines y turbias nuevas que, de haber podido hacerlo, le hubiera ofrecido en este trance, pero quien manda, manda, y los españoles que no mandamos nos hacemos un nudo en el corazón —para alejar las malas inclinaciones—, otro en los labios —para espantar las expresiones ordinarias— y otro en la bragueta —para ahuyentar los pecaminosos pensamientos— y seguimos barajando con la paciencia en la que ya poseemos muy esmerada práctica; ni que decir tiene que no me refiero a los españoles de hoy, aunque tampoco los excluya, sino a los españoles en general y de siempre, vamos, desde Don Oppas hasta el Real Madrid.

Porque no ignoro lo efímero y mudadizo que vienen a resultar, a la postre, los poderes terrenales, no destruyo la *Noticia de algún que otro bigardo* que ahora duerme —la noticia: que no los bigardos que, aunque somnolientos ya, todavía colean—, sino que las custodio en mejores manos que las mías (un notario de Madrid y un banco de Nueva York) y con muy concretas instrucciones sobre los oportunos momentos históricos de decirla; en esto, como en todo, prefiero moverme inducido por razones históricas y permanentes, y no políticas o de siempre revisable oportunidad.

El diccionario de la Academia dice que bigardo es adjetivo figurado —que también se usa como sustantivo— que se solía aplicar

lo mejor es dejarlas y esperar a que se paren solas, rendidas por el cansancio y el paso del tiempo.

En este instante, a los años pasados y al recapitular sobre sus extrañas iniciales conductas, me doy cuenta de que este libro va sentando cabeza. La verdad es que ya iba siendo hora de que esto aconteciese porque, en su mocedad, no hizo más que darle disgustos a su padre, que soy yo. Cuando los hijos salen atravesados o tarambanas, los padres tendemos —quizás por instinto de defensa— a echarle la culpa a las malas compañías. Mi hijo es bueno —argumentamos a quienes nos hacen la caridad de oírnos—; es cierto que mató a patadas y después descuartizó y tiró a un pozo a un par de viejas que estaban calcetando al sol, pero en el fondo es bueno. Quienes lo perdieron fueron las malas compañías: los jóvenes desocupados que consumen bebidas espirituosas, asisten a ejecuciones y saraos, frecuentan la ramería y juegan al billar por banda. Antes de juntarse con malas compañías, vamos, cuando andaba por los tres o cuatro años, mi hijo era incapaz de matar una mosca, se lo aseguro.

A *La colmena,* de no haber sido por las malas compañías, le hubiera lucido el pelo con mayor lustre aunque también es probable que no pudiera presentar una historia tan pintoresca y divertida, tan atrabiliaria y emocionante. El que no se consuela es porque prefiere el deleitoso y vicioso acíbar del desconsuelo.

Este libro lo empecé en Madrid, en el año 1945, y lo medio rematé en Cebreros, en el verano del 48; es evidente que después volví sobre él (de ahí su fecha 1945-1950), corrigiendo y puliendo y sobando, quitando aquí, poniendo allá y sufriendo siempre, pero la novela bien hubiera podido quedar redonda en el trance a que ahora

a los frailes desenvueltos y de vida libre; en segunda acepción, señala que vale por vago y vicioso. Pues bien: en ambas o en cualquiera de ellas caben los bigardos que no supieron apuntillarme a tiempo, que querer, ¡vaya si quisieron! Ahora ya es tarde porque, aunque me quiten la libertad, los caudales (es un decir) o la vida, jamás podrán quitarme lo bailado. Ni lo escrito *(Nota del autor).*

me refiero. Antes, en el 1946, empezó mi lucha con la censura, guerra en la que perdí todas las batallas menos la última.

En *Relativa teoría del carpetovetonismo* hablo un poco de mis casas de Cebreros —la de la calle de los Mesones, la del Azoguejo, la de la Teodorita— y también de esta redacción de *La colmena* y de la mesa en la que la escribí. Para no repetir lo ya dicho, voy a limitarme a precisar algunos detalles que entonces dejé en el aire y a apuntar una noticia, importante para mi sentimiento, que no se produjo hasta hace cosa de seis u ocho días: la recuperación, que no fue nada fácil, de aquella humilde y desportillada mesa de café de pueblo.

Permítaseme una breve digresión. Entre las enfermedades profesionales —la silicosis de los mineros, el cólico saturnino de los pintores, la gota del holgazán— no suele considerarse la que pudiéramos llamar cachitis o inflamación de las cachas, enojosa dolencia que ataca a jinetes, ciclistas y escritores. El sieso del homo sapiens, contra lo que pudiera pensarse al escucharlo nombrar de posaderas, no fue inventado para servir de permanente soporte a sus miserias sino, antes al contrario, para posarlas a veces y con intermitencias cautelosamente medidas y sabiamente calculadas: a la hora de comer, por ejemplo, en los toros y en el teatro, en parte de la misa, en un alto en el paseo, etc. Pues bien: los mortales que abusamos del sedentarismo (sedentario, etimológicamente, quiere decir el que está sentado: en una silla de estar, en una silla de montar o en un sillín de bicicleta, que a estos efectos tanto vale) acabamos con hinchazón de las asentaderas, que en recta ley e higiene no son —repito— sino asentaderas para de vez en cuando y no para siempre. Los médicos hacen terminar en itis —colitis, cistitis, hepatitis, laringitis— los nombres de las enfermedades inflamatorias, y de ahí la cachitis que propongo para bautizar el túmido nalgatorio de quienes, por razón de oficio, abusamos de sus resistencias.

Queda dicho cuanto antecede porque, a estas alturas

ya de las ocho o nueve intervenciones quirúrgicas que hube de padecer en el rulé, me volví higiénico y aseado (¡a la fuerza ahorcan!) y recuerdo estremecidamente aquellas dos casas que tuve en Cebreros y en las que el noble menester de la evacuación venía condicionado por factores externos que hacían ingrato lo que, en buen orden, fuera deleite del bandujo y sosiego de todo el organismo.

Ni en la casa de la calle de los Mesones ni en la del Azoguejo —según aclaro en el texto que más arriba cito— había retrete. En la primera, quizás para compensar, teníamos un desván muy lucido (techado no a dos aguas sino a todas las aguas, mayores y menores, que hubiéramos menester) en el que, con algunos conocimientos de geometría, se podían dibujar dodecaedros (en proyección plana) y polígonos en general, a golpe de vientre, durante todo el verano y sin cortarse. En la segunda no había ni desván pero, aguzando las entendederas, arbitré un ingenio bastante aparente en el que uno podía zurrarse con relativa lógica y sin salpicar al mundo. A lo mejor, si llego a patentarlo a tiempo a estas horas soy rico.

Pues bien, en esta casa del Azoguejo fue donde —como intento explicar— puse relativo punto final a *La colmena*; quiero decir que la escribí o la reescribí de nuevo y desde la primera palabra, porque éste es libro que tuvo cinco redacciones sucesivas y ésta fue, quizás, la más aplicada y concienzuda. Sí, sin duda alguna este empujón del Azoguejo fue el más cumplido y puntual de todos; es cierto que sobre el libro volví en Madrid y en Cebreros, durante los años 1949 y 50, pero no lo es menos que la cosa no tuvo ya mayores cambios, ni podas notorias, ni añadidos ostensibles desde aquel momento.

También en *Relativa teoría del carpetovetonismo* hablo de las dos mínimas plantas de aquella casa ruin, desvencijada y amorosa, y de la cocina del piso de arriba, que era donde yo escribía pasándome las noches de claro en claro. La casa, aunque pobre, era curiosita y se podía habitar; por lo menos no llovía dentro y tampoco olía peor que las otras casas que la rodeaban. En el piso de abajo teníamos un zaguanillo que nos servía de comedor, la cocina donde respiraba el puchero y la alcoba en la que dormían la criada —una solterita de la provincia de Toledo a la que decían Tipogamba— y el niño. El piso de arriba era casi igual, con otro rellano, la alcoba del matrimonio y la cocina del fogón condenado. En esa alcoba me atacó un día un fiebrón de pronóstico; mi mujer llamó al médico, don Mariano Moreno, y éste me diagnosticó anginas y me recetó unos supositorios muy buenos, que eran la última palabra de la ciencia. Tenía que ponerme uno por la noche y otro a la mañana siguiente. Pues bien: después de cenar y cuando ya nos disponíamos a dormir, mi mujer me dio el primer supositorio pero cuando, lleno de resignación, iba a ponérmelo, se fue la luz sin esperar a que la apagásemos sino porque quiso, y la deprimente escena tuvo que ser rematada a oscuras y al tacto. A la mañana siguiente, mi mujer, que tiene cierta condicionada paciencia con los enfermos, me ofreció un nuevo supositorio incluso con su mejor sonrisa.

—Toma, Camilo José, ponte el otro supositorio.

Yo sentí que la sangre se me agolpaba en la cabeza, que de repente se vio invadida de las más negras ideaciones. La voz se me puso ronca y solemne y me cerré a la banda.

—No, hermosa, ese otro supositorio se lo va a poner tu madre. ¡Con lo que rasca!

—¿Cómo que rasca?

—¡Pues claro que rasca! ¡Rasca un horror! ¿Te enteras? ¡Un horror!

—Pero, hombre, ¿cómo va a rascar un supositorio?

—¡Yo qué sé cómo! ¡Lo que yo sé es que rasca! ¡Vaya si rasca! Prefiero las anginas a los supositorios; antes, cuando no había supositorios, las anginas se quitaban solas, soplando bicarbonato y dándose toques con glicerina yodada. A mí, déjame en paz.

Mi mujer, que no entendía nada, me peló un supositorio y me lo pasó por el dorso de la mano.

—¿Cómo es posible que digas que esto rasca?

Guardé silencio; en mi obnubilada mente acababa de

nacer un rayito de claridad. Cuando entendí lo que pasaba, volví a hablar.

—Perdona.

—¿Por qué?

—No, por nada... Anda, dame el supositorio.

—¿Te lo vas a poner?

—Sí. La culpa fue de la compañía de la luz..., no tienen conciencia... Anoche, cuando se fue la luz, me puse el supositorio con el papel de plata..., no se lo digas a nadie...

Volvamos al hilo del cuento, tras la amarga experiencia de mi iniciación en la terapéutica por vía anal. Mi escritorio de la casa del Azoguejo y su parvedad vinieron a demostrarme que, para escribir, hace falta bien poca cosa. Los escritores suelen ser más bien necios y pedantes y aseguran (salvo excepciones) que para esto de escribir se precisa un ambiente determinado y propicio: para algunos, tumultuario y anestésico (Bernanos, por ejemplo, que escribía en los cafés); para otros, recoleto y tupido de precauciones (Juan Ramón Jiménez, pongamos por caso, y otras flores de histeria). Este presuntuoso supuesto dista mucho de ser verdad: para escribir libros, lo único que se necesita es tener algo que decir y un fajo de cuartillas y una pluma con que decirlo; todo lo demás sobra y no son más que ganas de echarle teatro al oficio. Con un fajo de cuartillas y una pluma se puede escribir *El Quijote* y, por detrás, *La Divina Comedia*. Lo que hay que hacer es ponerse a ello y esperar a ver lo que sale, si sale. *El Quijote* y *La Divina Comedia*, desde luego, salen pocas veces.

La mesa de entonces, como atrás dejé dicho, la recuperé hace poco. Mi amigo Eugenio Fernández, alias Cartujo, que fue quien me la había prestado, la vendió cuando cerró su café Madrid, pero pudo seguirle el rastro, topársela y regalármela. Quiero dejar aquí constancia de mi gratitud.

En carta de 27 de junio de este año, Cartujo me dice: ...después de recorrer varios pueblos del valle del Tiétar, en Escarabajosa encontré a quien se la vendí en Escalona

(Toledo), a donde fue a parar, y por fin en Torrijos di con ella. La he encontrado con una nueva hendidura, pues ha pasado sus buenos inviernos al aire libre en una verbena. Desde luego la tenemos segura pues dejé una señal, para que me la guardaran.

La mesa, tras no pocas laboriosas gestiones, volvió a manos de Cartujo, quien se la envió a Madrid a mi hermano Jorge y éste me la reexpidió a Mallorca. Su último propietario fue don Maximiliano Blasco, de Santa María del Tiétar. Ahora la tengo en la bodega de mi casa y, a veces, la acaricio como a una vieja reliquia.

En el invierno del año 1950, quizás en enero y, sin duda, ya en Madrid, probé a dar a *La colmena* una lectura completa, de arriba a abajo, y con los cinco sentidos. Estaba muy intoxicado de mi libro, que llegué a saberme de memoria o casi de memoria, y mi reacción ante lo que iba leyendo no era, ciertamente, producto de la ecuanimidad. A veces me parecía haber escrito una obra maestra y otras, en cambio, pensaba que todo aquello era una mierda que no tenía el menor mérito ni sentido. Lo pasé muy mal, por entonces, y la actitud de la censura, que no admitía ni el diálogo, ayudó no poco a mi desmoralización, de la que salí a pulso y pensando dos cosas: que en España, el que resiste gana, y que no me quedaba otra solución que sacar fuerzas de flaqueza para seguir resistiendo.

Un día (se conoce que estaba aún más decepcionado y deprimido que de costumbre) cogí tal cabreo con mis páginas y conmigo mismo que, sin encomendarme ni a Dios ni al diablo, arrojé al fuego de la chimenea el grueso fajo de cuartillas del original. Mi mujer, que estaba cosiendo en una butaca frente a la mía, desbarató la lumbre y rescató los papeles de aquel auto de fe que no llegó a consumarse gracias a su intervención. A veces le guardo gratitud. Mi mujer no es, como si dijésemos, muy heroína, pero tiene en cada momento el justo valor que se necesita; a mí esto me parece bastante meritorio.

La novela, en una primera versión ni dulcificada ni agriada pero sí incompleta, la presenté a la censura el 7 de enero de 1946. Los informes, como cabe suponer, fueron malos y mi novela, en recta lógica, prohibida.

El 27 de febrero solicitó el editor el oportuno permiso para una tirada con características especiales, de lujo y reducida; fue también denegado, en oficio de 9 de marzo.

Andando el tiempo —y cuando en España empezó a prevalecer un cierto tímido sentido de la realidad, al menos en esto— *La colmena* apareció no sólo en España, sino en trece o catorce países más. La inercia de la historia es incontenible y, al final, las aguas vuelven siempre a sus cauces. ¿Quién se acuerda hoy de los censores que tan sañudamente persiguieron y hasta encerraron a fray Luis?

La censura argentina (recuérdese que el libro se publicó en tiempos del general Perón) también me mareó bastante pero al menos el libro pudo publicarse en una versión bastante correcta. En todas partes cuecen habas; lo que pasa es que hay habas que, mejor o peor, se pueden digerir, y habas duras como chinarros a las que no hay quien les meta el diente. Con las tachaduras argentinas hice tres grupos: las que podía aceptar sin detrimento del libro e incluso limpiándolo de innecesarios excesos verbales o argumentales; las que no podía aceptar de ninguna manera, y las que podía aceptar condicionadamente. Procuré ser objetivo y ver las cosas con cierta frialdad y, de la serena consideración de los hechos, nació la versión que doy por buena y que es la que aquí ofrezco. Para aviso de listos quiero dejar paladina constancia de que esta versión de hoy no tiene ni una sola palabra menos —y sí algunas más— que la primera de Buenos Aires. Han pasado ya demasiados años para cometer errores de perspectiva.

La colmena me dio algún dinero (Signet Book, de Nueva York, tiró setecientos mil ejemplares en su edición popular, a 35 centavos), el suficiente para poder seguir viviendo cuando, a raíz de su publicación, me expulsaron de la Asociación de la Prensa de Madrid y prohibieron mi nombre en los periódicos españoles. ¡Qué lejano parece ya todo esto! La verdad es que las situaciones artificiales envejecen más bien de prisa.

Palma de Mallorca, día de Difuntos de 1965. [2]

A mi hermano Juan Carlos,
guardia marina de la Armada española

NOTA A LA PRIMERA EDICIÓN

Mi novela *La colmena,* primer libro de la serie *Caminos inciertos,* no es otra cosa que un pálido reflejo, que una humilde sombra de la cotidiana, áspera, entrañable y dolorosa realidad.

Mienten quienes quieren disfrazar la vida con la máscara loca de la literatura. Ese mal que corroe las almas; ese mal que tiene tantos nombres como queremos darle, no puede ser combatido con los paños calientes del conformismo, con la cataplasma de la retórica y de la poética.

Esta novela mía no aspira a ser más —ni menos, ciertamente— que un trozo de vida narrado paso a paso, sin reticencias, sin extrañas tragedias, sin caridad, como la vida discurre, exactamente como la vida discurre. Queramos o no queramos. La vida es lo que vive —en nosotros o fuera de nosotros—; nosotros no somos más que su vehículo, su excipiente como dicen los boticarios.

Pienso que hoy no se puede novelar más —mejor o peor— que como yo lo hago. Si pensase lo contrario, cambiaría de oficio.

Mi novela —por razones particulares— sale en la República Argentina; los aires nuevos —nuevos para mí— creo que hacen bien a la letra impresa. Su arquitectura es compleja, a mí me costó mucho trabajo hacerla. Es claro que esta dificultad mía tanto pudo estribar en su complejidad como en mi torpeza. Su acción discurre en Madrid —en 1942— y entre un torrente, o una colmena, de gentes que a veces son felices, y a veces, no. Los ciento sesenta personajes * que bullen —no corren— por sus páginas, me han traído durante cinco largos años por el camino de la amargura. Si acerté con ellos o con ellos me equivoqué, es cosa que deberá decir el que leyere.

La novela no sé si es realista, o idealista, o naturalista, o costumbrista, o lo que sea. Tampoco me preocupa demasiado. Que cada cual le ponga la etiqueta que quiera: uno ya está hecho a todo.

---

* N. del E.—Se trata de un cálculo muy modesto por parte del autor; en el censo que figura en el presente volumen, José Manuel Caballero Bonald recuenta doscientos noventa y seis personajes imaginarios y cincuenta personajes reales, en total, trescientos cuarenta y seis. (Esta N. del A. se incluyó por primera vez en la segunda edición de *La colmena* —Barcelona-México, Noguer, Col. "El espejo y la pluma", octubre de 1955—, primera, al tiempo que incorporaba el *Censo* elaborado por J. M. Caballero Bonald.

NOTA A LA SEGUNDA EDICIÓN

Pienso lo mismo que hace cuatro años. También siento y preconizo lo mismo. En el mundo han sucedido extrañas cosas —tampoco demasiado extrañas—, pero el hombre acorralado, el niño viviendo como un conejo, la mujer a quien se le presenta su pobre y amargo pan de cada día colgado del sexo —siniestra cucaña— del tendero ordenancista y cauto, la muchachita en desamor, el viejo sin esperanza, el enfermo crónico, el suplicante y ridículo enfermo crónico, ahí están. Nadie los ha movido. Nadie los ha barrido. Casi nadie ha mirado para ellos.

Sé bien que *La colmena* es un grito en el desierto; es posible que incluso un grito no demasiado estridente o desgarrador. En este punto jamás me hice vanas ilusiones. Pero, en todo caso, mi conciencia bien tranquila está.

Sobre *La colmena,* en estos cuatro años transcurridos, se ha dicho de todo, bueno y malo, y poco, ciertamente, con sentido común. Escuece darse cuenta que las gentes siguen pensando que la literatura, como el violín, por ejemplo, es un entretenimiento que, bien mirado, no hace daño a nadie. Y ésta es una de las quiebras de la literatura.

Pero no merece la pena que nos dejemos invadir por la tristeza. Nada tiene arreglo: evidencia que hay que llevar con asco y con resignación. Y, como los más elegantes gladiadores del circo romano, con una vaga sonrisa en los labios.

NOTA A LA TERCERA EDICIÓN

Quisiera desarrollar la idea de que el hombre sano no tiene ideas. A veces pienso que las ideas religiosas, morales, sociales, políticas, no son sino manifestaciones de un desequilibrio del sistema nervioso. Está .todavía lejano el tiempo en que se sepa que el apóstol y el iluminado son carne de manicomio, insomne y temblorosa flor de debilidad. La historia, la indefectible historia, va a contrapelo de las ideas. O al margen de ellas. Para hacer la historia se precisa no tener ideas, como para hacer dinero es necesario no tener escrúpulos. Las ideas y los escrúpulos —para el hombre acosado: aquel que llega a sonreír con el amargo rictus del triunfador— son una rémora. La historia es como la circulación de la sangre o como la digestión de los alimentos. Las arterias y el estómago, por donde corre y en el que se cuece la sustancia histórica, son de duro y frío pedernal. Las ideas son un atavismo —algún día se reconocerá—, jamás una cultura y menos aún una tradición. La cultura y la tradición del hombre, como la cultura y la tradición de la hiena o de la hormiga, pudieran orientarse sobre una rosa de tres solos vientos: comer, reproducirse y destruirse. La cultura y la tradición no son jamás ideológicas y sí, siempre, instintivas. La ley de la herencia —que es la más pasmosa ley de la biología— no está ajena a esto que aquí vengo diciendo. En este sentido, quizás admitiese que hay una cultura y una tradición de la sangre. Los biólogos, sagazmente, le llaman instinto. Quienes niegan o, al menos, relegan al instinto

—los ideólogos—, construyen su artilugio sobre la problemática existencia de lo que llaman el "hombre interior", olvidando la luminosa adivinación de Goethe: está fuera todo lo que está dentro.

Algún día volveré sobre la idea de que las ideas son una enfermedad.

Pienso lo mismo que dos años atrás. Desde mi casa se ven, anclados en la bahía, los grises, poderosos, siniestros buques de la escuadra americana. Un gallo cacarea, en cualquier corral, y una niña de dulcecita voz canta —¡oh, el instinto!— los viejos versos de la viudita del conde de Oré.

No merece la pena que nos dejemos invadir por la tristeza. La tristeza también es un atavismo.

Palma de Mallorca, 18 de junio de 1957.

NOTA A LA CUARTA EDICIÓN

Seguimos en las mismas inútiles resignaciones: los mismos dulces paisajes que tanto sirven para un roto como para un descosido. Es grave confundir la anestesia con la esperanza; también lo es tomar el noble rábano de la paciencia por las ruines hojas —lacias, ajadas, trémulas— de la renunciación.

Desde la última salida de estas páginas han pasado cinco años más: el tiempo, en nuestros corazones, lleva cinco años más parado, igual que una ave zancuda muerta —y enhiesta e ignorante— sobre la muerta roca del cantil. ¡Qué ridícula, la carne que envejece sin escuchar el zarpazo —o el lento roído— del tiempo, ese alacrán!

Sobre los zurrados cueros de mis títeres (Juan Lorenzo, natural de Astorga, hubiera dicho ca eran fornezinos e de rasez aser) han caído no cinco sino veinte lentos, degollados, monótonos años. Para los míos —que el tiempo late en los de todos y de su marca no se libra ni la badana de los tres estamentos barbirrapados: curas, cómicos y toreros— también sonaron los veinte agrios (o no tan agrios) avisos de veinte sansilvestres.

Sí. Han pasado los años, tan dolorosos que casi ni se sienten, pero la colmena sigue bullendo, pese a todo, en adoración y pasmo de lo que ni entiende ni le va. Unas insignias (el collar del perro que no cambia) han sido arrumbadas por las otras y los usos de mis pobres conejos domésticos (que son unos pobres conejos domésticos que, a lo que se ve, sólo aspiran a ir tirandillo) se fueron acoplando, dóciles y casi suplicantes, al último chinchín que les sopló (¡qué ilusión mandar a la plaza todos los días!) en las orejas.

A la historia —y éste es un libro de historia, no una novela— le acontece que, de cuando en cuando, deja de entenderse. Pero la vida continúa, aun a su pesar, y la historia, como la vida, también sigue cociéndose en el inclemente puchero de la sordidez. A lo mejor la sordidez, como la tristeza de la que hablaba hace cinco años, también es un atavismo.

La política —se dijo— es el arte de encauzar la inercia de la historia. La literatura, probablemente, no es más cosa que el arte (y, a lo mejor, ni aun eso) de reseñar la marejadilla de aquella inercia. Todo lo que no sea humildad, una inmensa y descartada humildad, sobra en el equipaje del escritor: ese macuto que ganaría en eficacia si acertara a tirar por la borda, uno tras otro, todos los atavismos que lo lastran. Aunque entonces, quizás, la literatura muriese: cosa que tampoco debería preocuparnos demasiado.

Palma de Mallorca, 7 de mayo de 1962.

ÚLTIMA RECAPITULACIÓN

Hay reglas generales: las aguas siempre vuelven a sus cauces, las aguas siempre vuelven a salirse de sus cauces, etcétera. Pero al fantasma, aun tenue, de la realidad, no ha nacido quien lo apuntille, quien le dé el certero cachetazo que le haga estirar la pata de una puñetera vez y para siempre. El mundo gira, y las ideas (?) de los gobernantes del mundo, las histerias, las soberbias, los enfermizos atavismos de los gobernantes del mundo, giran también y a compás y según convenga. En este valle de lágrimas faltan dos cosas: salud para rebelarse y decencia para mantener la rebelión: honestamente y sin reticencias, con naturalidad y sin fingir extrañas tragedias, sin caridad, sin escrúpulos, sin insomnios (tal como los astros marchan o los escarabajos se hacen el amor). Todo lo demás es pacto y música de flauta.

En uno de estos giros, sonámbulos giros, del inmediato mundo, *La colmena* se ha quedado dentro. Lo mismo hubiera podido —a iguales méritos e intención— acontecer lo contrario. Lo mismo, también, hubiera podido no haberse escrito por quien la escribió: otro lo hubiera hecho. O nadie (seamos humildes, inmensa y descaradamente humildes, etc.). El escritor puede llegar hasta el asesinato para redondear su libro; tan sólo se le exige que —en su asesinato y en su libro— sea auténtico y no se deje arrastrar por las afables y doradas rémoras que la sociedad, como una ajada amante ya sin encantos, le brinda a cam-

112

bio de que enmascare el latido de aquello que a su alrededor sucede.

El escritor también puede ahogarse en la vida misma: en la violencia, en el vicio en la acción. Lo único que al escritor no le está permitido es sonreír, presentarse a los concursos literarios, pedir dinero a las fundaciones y quedarse, entre Pinto y Valdemoro, a mitad del camino. Si el escritor no se siente capaz de dejarse morir de hambre, debe cambiar de oficio. La verdad del escritor no coincide con la verdad de quienes reparten el oro. No quiere decirse que el oro sea menos verdad que la palabra, y sí, tan sólo, que la palabra de la verdad no se escribe con oro sino con sangre (o con mierda de moribundo, o con leche de mujer, o con lágrimas).

La ley del escritor no tiene más que dos mandamientos: escribir y esperar. El cómplice del escritor es el tiempo. Y el tiempo es el implacable gorgojo que corroe y hunde la sociedad que atenaza al escritor. Nada importa nada, fuera de la verdad de cada cual. Y todavía menos que nada, debe importar la máscara de la verdad (aun la máscara de la verdad de cada cual).

El escritor es bestia de aguantes insospechados, animal de resistencias sin fin, capaz de dejarse la vida —y la reputación, y los amigos, y la familia, y demás confortables zarandajas— a cambio de un fajo de cuartillas en el que pueda adivinarse su minúscula verdad (que, a veces, coincide con la minúscula y absoluta libertad exigible al hombre). Al escritor nada, ni siquiera la literatura, le importa. El escritor obediente, el escritor uncido al carro del político, del poderoso o del paladín, brinda a quienes ven los toros desde la barrera (los hombres clasificados en castas, clases o colegios) un espectáculo demasiado triste. No hay más escritor comprometido que aquel que se jura fidelidad a sí mismo, que aquel que se compromete consigo mismo. La fidelidad a los demás, si no coincide, como una moneda con otra moneda, con la violenta y propia fidelidad al dictado de nuestra conciencia, no es maña de mayor respeto que la disciplina —o los reflejos condicionados— del caballo del circo.

El escritor nada pide porque nada —ni aun voz ni pluma— necesita: le basta con la memoria. Amordazado y maniatado, el escritor sigue siendo escritor. Y muerto, también: que su voz resuena por el último confín del desierto, y que el recuerdo de sus criaturas ahí queda. Mal que pese a los pobres títeres que quieren arreglar el mundo con el derecho administrativo.

A la sociedad, para ser feliz en su anestesia (las hojas del rábano de la esperanza), le sobran los escritores. Lo malo para la sociedad es que no ha encontrado la fórmula de raerlos de sí o de hacerlos callar. Tampoco está en el camino de conseguirlo.

En los tiempos modernos, el escritor ha adoptado cuatro sucesivas actitudes ante los políticos obstinados en conducir al hombre por derroteros artificiales (todos los derroteros por donde los políticos han querido conducir al hombre son artificiales, y todos los políticos se obstinaron en no permitir al hombre caminar por su natural senda de íntima libertad). Al escritor que se hubiera cambiado por el político sucedió el escritor que se conformaba con marchar a remolque del político. Al escritor que se siente lazarillo de político, ¡qué ingenua soberbia!, seguirá el escritor que lo despreciará. La historia tiene ya el número de páginas suficientes para enseñarnos dos cosas: que jamás los poderosos coincidieron con los mejores, y que jamás la política (contra todas las apariencias) fue tejida por los políticos (meros canalizadores de la inercia histórica). El fiscal de esta inercia y de los zurriagazos de quienes quieren, vanamente, llevarla por aquí o por allá, es el escritor. El resultado nada ha de importarle. La literatura no es una charada: es una actitud.

Palma de Mallorca, 2 de junio de 1963.

PRÓLOGO A LA EDICIÓN RUMANA
DE *LA COLMENA*

(Notas en torno a una supuesta imprudencia)

Mi amigo el Prof. Jorgu Jordan me pide unas palabras para encabezar esta nueva edición de mi libro. Voy a tratar de complacerle en no demasiado espacio, que es mala la lentitud en el saludo.

Según parece, *La colmena,* en efecto, va a aparecer en rumano. Confío en que el lector habrá de agradecerme el que le ahorre los consabidos párrafos sobre las lenguas romances y su avanzada oriental, el rumano, resistiendo heroicamente entre grupos lingüísticos eslavos y magiares; tampoco he de hablarle sobre el emperador Trajano —que hubiera sido español de haber existido España por entonces— y sus remotas y triunfantes legiones. Uno no es, mayormente, ni lingüista ni historiador y, de otra parte, de lo que aquí se trata es más bien del producto de una lengua y una historia todavía muy cercanas a nosotros: el español popular y la ciudad de Madrid en torno a los años 1940 o 42, hace ahora ya un cuarto de siglo.

Ignoro si *La colmena* es una novela que se ciñe a los cánones del género o un montón de páginas por las que discurre, desordenadamente, la vida de una desordenada ciudad. Más bien me inclino a suponer que lo cierto sea esta segunda sospecha, aunque esto poco pueda importar a nuestros efectos de hoy.

Los libros son siempre más bien misteriosos, tanto antes como después de su nacimiento. En cierto sentido, quizás no fuera despropósito recitar —y no escribir— los libros para que sus palabras fueran barridas o, al menos, moldeadas por el viento. La tradición oral no es de entidad menor que la tradición escrita que, en cierto modo, no es sino una tradición oral con traspunte y recordatorios.

Yo no me imagino *La colmena* en lengua rumana; tampoco encuentro demasiado lógico que pueda leerse en francés o en inglés, en italiano o en sueco, en alemán o en portugués o en polaco. La misma situación, igual estado de ánimo, idéntica aventura, no se expresan del mismo modo en una u otra lengua; quiero decir que lo que se cuenta no es lo mismo, exactamente, porque las palabras, por elementales que fueren, tampoco valen lo mismo en una lengua que en otra. La palabra española silla, por ejemplo, la traducen los franceses por chaise y los ingleses por chair; sin embargo, y pensándolo bien, silla, chaise y chair no son la misma cosa, el mismo objeto, nombrado en tres lenguas diferentes, sino tres cosas diferentes denominadas, cada una de ellas, como precisamente deben serlo. Piénsese que este ejemplo que cito, un tanto extremo y paradójico, puede bien no ser óptimamente cierto, pero pruébese a trasladar su intención a las nociones abstractas (no es preciso que, además, sean sublimes) y se verá que no ando demasiado descaminado en mi sospecha.

Estoy muy lejos de encastillarme en suerte alguna de cantonalismo pero ya no lo estoy tanto —y por razones muy diferentes y complejas— de llegar a la conclusión de que lo prudente fuera evitar el hecho de que mis libros o los de cualquier otro autor, pudieran leerse en otra lengua distinta a la de su nacimiento. El problema de las traducciones me preocupa más por el engaño que acarrea lo intraducible (el espíritu siempre y, a veces, hasta la palabra) que por el fraude que supone lo que se puede, siempre de muy relativo modo, traducir (la palabra, una a una, aunque no siempre). Sé bien que mi actitud está lejos de poder ser entendida en los justos límites en que quisiera expresarla, pero tampoco ignoro que por algún lado habría de comenzarse.

Los escritores, por lo común, son aves orgullosas a las que ilusionan los plumajes vanos y raros. En el pecado de esta ilusión suelen llevar, los escritores, la penitencia de los más vanos espejismos. Si en el mundo imperase el buen sentido, los escritores seríamos los primeros y más cerriles denostadores de las traducciones propias, esto es, del disfraz de aquello que más cerca está de nuestro corazón. Sin embargo, los escritores, esos animales paradójicos con el alma llena de aire, suelen propugnar lo contrario y dedican sus energías a leerse (aunque casi nunca pueden hacerlo) en otras lenguas. Ignoro las razones de este masoquismo.

Pero no vayamos, no obstante, demasiado lejos. Se trata ahora de saludar a una nueva edición de *La colmena* y nada debe desviarnos de nuestro propósito. Quizás cuando madure en mí mismo la idea de la imprudencia de las traducciones pueda articular, con mejor orden, cuanto aquí apunto.

Sí; *La colmena* va a aparecer en lengua rumana. Partiendo del supuesto de que la traducción sea absolutamente fiel, ¿qué ganará y qué perderá mi libro con su nuevo pasaporte? En *La colmena* como en cualquier otra novela moderna, se procede —y aun se parte— de una serie de supuestos previos que pueden hacerla confusa, si no hermética, para quienes no estén en su secreto, en su íntima tradición histórica (por inmediata, aún menos diáfana e inteligible). *La colmena* no termina en las palabras de su autor, que soy yo, sino que se prolonga, al igual que les sucede a innúmeras novelas de nuestro tiempo, en su penúltimo destinatario: el lector (el último y más inapelable destinatario es el olvido). Al lector de novelas, desde la primera guerra europea, más o menos, se le exige, a veces a cambio de muy poco, un esfuerzo determinado y con frecuencia no pequeño para que pueda entrar en el mundo peculiar a cada narración: un mundo huidizo y en el que la brújula, no pocas veces, no marca el norte sino un punto cardinal recién inventado y todavía sin nombre.

Y aquí mi duda y mi pregunta: ¿es natural y preconizable el traslado, de una a otra lengua, de aquello que se expresó —y no por razones casuales sino profundas— en una lengua determinada y no en ninguna otra? Empiezo a pensar que no. El poeta Ezra Pound, en sus versos con voces inglesas, italianas, sánscritas y chinas, viene a resultar el adelantado de lo que aquí intuyo e intento decir. Quizás la fórmula (bien me doy cuenta que de no fácil acceso) fuera la de crear una conciencia supranacional que se expresase con los fonemas o plurifonemas —ingleses, italianos, sánscritos, chinos...— en cada momento oportunos. Si la teoría de los sinónimos ha sido desplazada por artificiosa, caduca e inservible, pudiera llegar el momento en que también se entendieran como sinónimos —y por ende, desplazables y artificiosos, caducos e inservibles— los nombres que, en cada lengua, intentaran el solo señalamiento de los conceptos no más que aparentemente iguales: ventana, fenêtre, window. Las culturas no tienen un paisaje común ni un vehículo intercambiable, pero los escritores no somos culpables de esta evidencia.

Palma de Mallorca, 2 de octubre de 1965.

CAPÍTULO PRIMERO

N o [a] perdamos la perspectiva, yo ya estoy harta de decirlo, es lo único importante.

Doña Rosa va y viene por entre las mesas del café, [b] tropezando a los clientes con su tremendo trasero. Doña Rosa dice con frecuencia leñe y nos ha merengao. [c] Para doña Rosa, el mundo es su café, [d] y alrededor de su café, [e] todo lo demás. Hay quien dice que a doña [f] Rosa le brillan los ojillos cuando viene la primavera y las muchachas empiezan a andar de manga corta. Yo creo que todo eso son habladurías: doña Rosa no hubiera soltado jamás un buen amadeo de plata [1] por nada de este mundo. Ni con primavera ni sin ella. A doña Rosa lo que le gusta es arrastrar sus arrobas, sin más ni más, por entre las mesas. Fuma tabaco de noventa, [2] cuando está a solas, y bebe

[a] —No *A*
[b] Café *A*
[c] "leñe" y "nos ha merengao" *A*
[d] Café *A*
[e] Café *A*
[f] Doña *B1*

[1] *amadeo de plata*: moneda de plata de cinco pesetas con la efigie del rey Amadeo I. En 1868 y 1869 el sistema español se acomodó a las normas del Convenio de la Unión Latina e incorporó la peseta como unidad monetaria. Los amadeos de plata de cinco pesetas se acuñaron en 1871 y 1872.

[2] *tabaco de noventa*: cajetilla de tabaco de picadura conocida popularmente por su precio de noventa céntimos.

ojén, buenas copas de ojén,[3] desde que se levanta hasta
que se acuesta. Después tose y sonríe. Cuando está de
buenas, se sienta en la cocina, en una banqueta baja, y
lee novelas y folletines, cuanto más sangrientos, mejor:
todo alimenta. Entonces le gasta bromas a la gente y les
cuenta el crimen de la calle de Bordadores[4] o el del expreso de Andalucía.[5]

—El padre de Navarrete, que era amigo del general don
Miguel Primo de Rivera,[6] lo fue a ver, se plantó de rodillas y le dijo: mi general, indulte usted a mi hijo, por
amor de Dios;[g] y don Miguel, aunque tenía un corazón

[g] "Mi general, ... Dios" *A*

---

[3] *ojén*: aguardiente dulce preparado con anís y azúcar.
[4] *el crimen de la calle de Bordadores*. No encuentro ningún crimen real que, al modo de los famosos de Fuencarral o Mayor, tenga
por escenario la calle de Bordadores, ausencia que me confirma
Juan Antonio Porto. En cambio sí existe una película escrita y dirigida por Edgar Neville que se estrenó en 1946 con el título de
El crimen de la calle de Bordadores y que por su efectismo pudo
servir al autor como referencia para subrayar las aficiones del
personaje.
[5] *El crimen del expreso de Andalucía* es uno de los más conocidos y comentados de su época. El día 12 de abril de 1924 fueron
asesinados los dos oficiales —apellidados Lozano y Ors— encar-
gados del servicio de Correos del expreso que hacía el trayecto
Madrid-Córdoba. Los asesinos saquearon el vagón y partieron con
un botín de 25.000 pesetas. El principal acusado fue José Sánchez
Navarrete, funcionario él mismo de Correos e hijo de la alta burguesía madrileña que logró la documentación falsa con la que
subió al tren en la estación de Aranjuez. Tanto él como los tres
cómplices fueron condenados a muerte. Uno de éstos, llamado
Teruel, se suicidó en una pensión de la calle de Toledo dejando
parte del robo escondido en las barras huecas de la cama donde
dormía. Los otros protagonistas fueron ejecutados en el garrote vil
el día 10 de mayo de 1924. El crimen tuvo un gran eco en la
prensa coetánea y fue estudiado y discutido por juristas y crimi-
nólogos. (Ver, en este sentido, el libro de Luis Jiménez de Asúa,
Crónica del crimen, Madrid, Historia Nueva, 1929.)
[6] Miguel Primo de Rivera estaba al frente del Gobierno desde
la fecha del golpe de estado que instaura la Dictadura, el día 13 de
septiembre de 1923.

de oro, [7] le respondió: me es imposible, amigo Navarrete; su hijo tiene que expiar sus culpas en el garrote. [h]

¡Qué tíos! —piensa—, ¡hay que tener riñones! Doña Rosa tiene la cara llena de manchas, parece que está siempre mudando la piel como un lagarto. Cuando está pensativa, se distrae y se saca virutas de la cara, largas a veces como tiras de serpentinas. Después vuelve a la realidad y se pasea otra vez, para arriba y para abajo, sonriendo a los clientes, a los que odia en el fondo, con sus dientecillos renegridos, llenos de basura.

Don Leonardo Meléndez debe seis mil duros a Segundo Segura, el limpia. [i] El limpia, que es un grullo, que es igual que un grullo raquítico y entumecido, estuvo ahorrando durante un montón de años para después prestárselo todo a don Leonardo. Le está bien empleado lo que le pasa. Don Leonardo es un punto [8] que vive del sable [9] y de planear negocios que después nunca salen. No es que salgan mal, no; es que, simplemente, no salen, ni bien ni mal. Don Leonardo lleva unas corbatas muy lucidas y se da fijador en el pelo, un fijador muy perfumado que huele desde lejos. Tiene aires de gran señor y un aplomo inmenso, un aplomo de hombre muy corrido. A mí no me parece que la haya corrido demasiado, pero la verdad es que sus ademanes son los de un hombre a quien nunca

---

[h] "Me es ... garrote" A
[i] seis mil duros al limpia A1, A2, A3.
Eds. 1.ª, 2.ª y 3.ª: "seis mil duros al limpia". En ediciones 4.ª, 5.ª, 6.ª y 7.ª, llamada con referencia a la nota de la página 62 (de la cuarta edición: 160 de la presente). N. del A.

---

[7] La imagen populista que dio el dictador coincide en doña Rosa con su propia visión folletinesca de la historia.

[8] un punto: "tipo, sujeto" (Manuel Seco, Ar...); también, y ya en Arniches, calificativo que se aplica a un hombre pícaro o sinvergüenza.

[9] vivir del sable: "Acción de pedir u obtener dinero de otra persona" (Manuel Seco, Ar...); "pedir dinero que nunca se ha de pagar" (Velasco, Panorama...).

faltaron cinco duros en la cartera. A los acreedores los
trata a patadas y los acreedores le sonríen y le miran con
aprecio, por lo menos por fuera. No faltó quien pensara
en meterlo en el juzgado y empapelarlo, pero el caso es
que hasta ahora nadie había roto el fuego. A don Leonardo, lo que más le gusta decir son dos cosas: palabritas
del francés, como por ejemplo, madame y rue y cravate,
y también, nosotros los Meléndez. [j] Don Leonardo es un
hombre culto, un hombre que denota saber muchas cosas.
Juega siempre un par de partiditas de damas y no bebe
nunca más que café con leche. A los de las mesas próximas que ve fumando tabaco rubio les dice, muy fino: ¿me
da usted un papel de fumar? Quisiera liar un pitillo de
picadura, [10] pero me encuentro sin papel. [k] Entonces el
otro se confía: no, no gasto. Si quiere usted un pitillo hecho... [l] Don Leonardo pone un gesto ambiguo y tarda
unos segundos en responder: bueno, fumaremos rubio por
variar. A mí la hebra [11] no me gusta mucho, créame usted. [ll] A veces el de al lado le dice no más que: no, papel
no tengo, siento no poder complacerle..., [m] y entonces don
Leonardo se queda sin fumar.

Acodados sobre el viejo, sobre el costroso mármol de
los veladores, los clientes ven pasar a la dueña, casi sin
mirarla ya, mientras piensan, vagamente, en ese mundo

---

[j] "madame" y "rue" y "cravate", y también "nosotros los Meléndez" A

[k] "¿Me da ... papel ..." A

[l] "No, no ... hecho ..." A

[ll] responder. "Bueno ... usted" A; responder: "Bueno ... usted"
A2 y ss.

[m] más que "no, papel ... complacerle" A

---

[10] *picadura*: tabaco de partículas no alargadas, secado sin selec-
cionar.

[11] *hebra*: tabaco cortado tierno cuyas partículas alargadas tienen forma de brizna. Por su calidad superior respecto a la picadura era más caro y servía de base para la elaboración de los
cigarrillos rubios.

que, ¡ay!, no fue lo que pudo haber sido, en ese mundo en
el que todo ha ido fallando poco a poco, sin que nadie se
lo explicase, a lo mejor por una minucia insignificante.
Muchos de los mármoles de los veladores han sido antes
lápidas en las sacramentales; [n] en algunos, que todavía
guardan las letras, un ciego podría leer, pasando las yemas
de los dedos por debajo de la mesa: Aquí yacen los restos
mortales de la señorita Esperanza Redondo, muerta en
la flor de la juventud; [ñ] o bien: R.I.P. El Excmo. Sr. D.
Ramiro López Puente. Subsecretario de Fomento. [o] [12]

Los clientes de los cafés [p] son gentes que creen que las
cosas pasan porque sí, que no merece la pena poner remedio a nada. En el de doña Rosa, todos fuman y los más
meditan, a solas, sobre las pobres, amables, entrañables
cosas que les llenan o les vacían la vida entera. Hay quien
pone al silencio un ademán soñador, de imprecisa recor-
dación, y hay también quien hace memoria con la cara
absorta y en la cara pintado el gesto de la bestia ruin, de
la amorosa, suplicante bestia cansada: la mano sujetando
la frente y el mirar lleno de amargura como un mar en-
calmado.

Hay tardes en que la conversación muere de mesa en
mesa, una conversación sobre gatas paridas, o sobre el

[n] Sacramentales *A*
[ñ] "Aquí ... juventud" *A*
[o] o bien "R.I.P. ... Fomento" *A*
[p] Cafés *A*

[12] El Ministerio de Fomento fue creado el 5 de noviembre de
1832 para "fortalecer la administración y el fomento general del
Reino". El 13 de mayo cambió su nombre por el de Interior y
el 4 de diciembre por el de Gobernación. Después de 1847, el
Ministerio de Comercio, Instrucción y Obras Públicas volvió a
llamarse de Fomento. En la nueva organización de 18 de abril
de 1900 se suprimió para reaparecer el 6 de octubre de 1906 con
las funciones del de Obras Públicas. Primo de Rivera suprimió
en 1923 los ministerios, que fueron restablecidos en 1925, poniendo
al frente de cada departamento un subsecretario nombrado por
decreto. El Ministerio de Fomento desapareció en la nueva ordenación republicana.

suministro, [13] o sobre aquel niño muerto que alguien no recuerda, sobre aquel niño muerto que, ¿no se acuerda usted?, tenía el pelito rubio, era muy mono y más bien delgadito, llevaba siempre un jersey de punto color beige y debía andar por los cinco años. En estas tardes, el corazón del café [q] late como el de un enfermo, sin compás, y el aire se hace como más espeso, más gris, aunque de cuando en cuando lo cruce, como un relámpago, un aliento más tibio que no se sabe de dónde viene, un aliento lleno de esperanza que abre, por unos segundos, un agujerito en cada espíritu.

A don Jaime Arce, que tiene un gran aire a pesar de todo, no hacen más que protestarle letras. En el café, [r] parece que no, todo se sabe. Don Jaime pidió un crédito a un banco, [s] se lo dieron y firmó unas letras. Después vino lo que vino. Se metió en un negocio donde lo engañaron, se quedó sin un real, le presentaron las letras al cobro y dijo que no podía pagarlas. Don Jaime Arce es, lo más seguro, un hombre honrado y de mala suerte, de mala pata en esto del dinero. Muy trabajador no es, ésa es la verdad, pero tampoco tuvo nada de suerte. Otros

---

q Café A
r Café A
s Banco A

---

13 La escasez de alimentos y la dificultad de abastecer a la población española en los años inmediatos al final de la guerra, convirtieron el suministro en el motivo central de la vida cotidiana. Precisamente para garantizar el suministro de víveres a la población, la ley de 14 de marzo de 1939 estableció las medidas, condiciones y categorías de las cartillas de racionamiento con las que el consumidor podía proveerse de alimentos primarios. El 1 de agosto de 1939, el periódico *Ya,* que suplió a *El Debate,* publicaba el racionamiento establecido por persona y semana en Madrid: "1 decilitro de aceite, cien gramos de azúcar, cincuenta de lentejas, treinta de café y setenta y cinco de bacalao". Pese al carácter de transitoriedad con que salía la ley, las cartillas de racionamiento estuvieron en vigor 12 años sin grandes variaciones ni en la cantidad ni en la relación de alimentos.

tan vagos o más que él, con un par de golpes afortunados, se hicieron con unos miles de duros, pagaron las letras y andan ahora por ahí fumando buen tabaco y todo el día en taxi. A don Jaime Arce no le pasó esto, le pasó todo lo contrario. Ahora anda buscando un destino, pero no lo encuentra. Él se hubiera puesto a trabajar en cualquier cosa, en lo primero que saliese, pero no salía nada que mereciese la pena y se pasaba el día en el café, [t] con la cabeza apoyada en el respaldo de peluche, mirando para los dorados del techo. A veces cantaba por lo bajo algún que otro trozo de zarzuela mientras llevaba el compás con el pie. Don Jaime no solía pensar en su desdicha; en realidad, no solía pensar nunca en nada. Miraba para los espejos y se decía: ¿quién habrá inventado los espejos? [u] Después miraba para una persona cualquiera, fijamente, casi con impertinencia: ¿tendrá hijos esa mujer? A lo mejor, es una vieja pudibunda. ¿Cuántos tuberculosos habrá ahora en este café? [v] Don Jaime se hacía un cigarrillo finito, una pajita, y lo encendía. Hay quien es un artista afilando lápices, les saca una punta que clavaría como una aguja y no la estropean jamás. [w] Don Jaime cambia de postura, se le estaba durmiendo una pierna. ¡Qué misterioso es esto! Tas, tas; tas, tas; y así toda la vida, día y noche, invierno y verano: el corazón. [x]

A una señora silenciosa, que suele sentarse al fondo, conforme se sube a los billares, se le murió un hijo, aún no hace un mes. El joven se llamaba Paco, y estaba preparándose para correos. [y] Al principio dijeron que le había dado un paralís, pero después se vio que no, que lo que le dio fue la meningitis. Duró poco y además perdió

[t] Café A
[u] se decía "¿Quién … espejos?" A1; se decía: "¿Quién habrá … espejos?" A3-A7
[v] "¿Tendrá … pudibunda". "¿Cuántos … Café?" A
[w] "Hay quien … jamás" A
[x] "¡Qué … corazón." A
[y] Correos A

el sentido en seguida. Se sabía ya todos los pueblos de
León, Castilla la Vieja, Castilla la Nueva y parte de Valencia (Castellón y la mitad, sobre poco más o menos, de
Alicante); [14] fue una pena grande que se muriese. Paco
había andado siempre medio malo desde una mojadura que
se dio un invierno, siendo niño. Su madre se había quedado sola, porque su otro hijo, el mayor, andaba por el
mundo, no se sabía bien dónde. Por las tardes se iba al
café [z] de doña Rosa, se sentaba al pie de la escalera y
allí se estaba las horas muertas, cogiendo calor. Desde la
muerte del hijo, doña Rosa estaba muy cariñosa con ella.
Hay personas a quienes les gusta estar atentas con los
que van de luto. Aprovechan para dar consejos o pedir
resignación o presencia de ánimo y lo pasan muy bien.
Doña Rosa, para consolar a la madre de Paco, le suele
decir que, para haberse quedado tonto, más valió que
Dios se lo llevara. La madre la miraba con una sonrisa
de conformidad y le decía que claro que, bien mirado,
tenía razón. La madre de Paco se llama Isabel, doña Isabel Montes, viuda de Sanz. Es una señora aún de cierto
buen ver, que lleva una capita algo raída. Tiene aire de
ser de buena familia. En el café [aa] suelen respetar su silencio y sólo muy de tarde en tarde alguna persona conocida, generalmente una mujer, de vuelta de los lavabos, se
apoya en su mesa para preguntarle: ¿qué?, ¿ya se va levantando ese espíritu? [ab] Doña Isabel sonríe y no contesta
casi nunca; cuando está algo más animada, levanta la cabeza, mira para la amiga y dice: ¡qué guapetona está us-

---

[z] Café *A*
[aa] Café *A*
[ab] preguntarle "¿Qué? ¿Ya … espíritu?" *A*; preguntarle: "¿Qué?
¿Ya … espíritu?" *A4* y ss.

---

[14] El 9 de enero de 1942 se convocó un concurso-oposición para
proveer 500 plazas de subalternos del Servicio de Correos, dota-
das con el haber de 3.000 pesetas anuales. Las convocatorias en
los primeros años de la postguerra eran anuales y tenían todas
idénticas condiciones. En la oposición se exigía el conocimiento
y memorización de los nombres de pueblos de las provincias españolas con el fin de agilizar el funcionamiento del servicio.

ted, Fulanita! [ac] Lo más frecuente, sin embargo, es que no diga nunca nada: un gesto con la mano, al despedirse, y en paz. Doña Isabel sabe que ella es de otra clase, de otra manera de ser distinta, por lo menos.

Una señorita casi vieja llama al cerillero.

—¡Padilla!

—¡Voy, señorita Elvira!

—Un tritón. [15]

La mujer rebusca en su bolso, lleno de tiernas, deshonestas cartas antiguas, y pone treinta y cinco céntimos sobre la mesa.

—Gracias.

—A usted.

Enciende el cigarro y echa una larga bocanada de humo, con el mirar perdido. Al poco rato, la señorita vuelve a llamar.

—¡Padilla!

—¡Voy, señorita Elvira!

—¿Le has dado la carta a ése?

—Sí, señorita.

—¿Qué te dijo?

—Nada, no estaba en casa. Me dijo la criada que descuidase, que se la daría sin falta a la hora de la cena.

La señorita Elvira se calla y sigue fumando. Hoy está como algo destemplada, siente escalofríos y nota que le baila un poco todo lo que ve. La señorita Elvira lleva una vida perra, una vida que, bien mirado, ni merecería la pena vivirla. No hace nada, eso es cierto, pero por no hacer nada, ni come siquiera. Lee novelas, va al café, [ad] se fuma algún que otro tritón y está a lo que caiga. Lo malo

[ac] "¡Qué guapetona ..., Fulanita!" *A*
[ad] Café *A*

[15] *Tritón*: marca de cigarrillos rubios sin emboquillar elaborados con tabaco nacional que se pusieron a la venta en 1941 para competir con el tabaco rubio de importación, el *Lucky* de las páginas posteriores.

es que lo que cae suele ser de pascuas a ramos, [ae] y para eso, casi siempre de desecho de tienta y defectuoso.

A don José Rodríguez de Madrid le tocó un premio de la pedrea, en el último sorteo. Los amigos le dicen:

—Ha habido suertecilla, ¿eh?

Don José responde siempre lo mismo, parece que se lo tiene aprendido:

—¡Bah! Ocho cochinos durejos.

—No, hombre, no explique, que no le vamos a pedir a usted nada.

Don José es escribiente de un juzgado y parece ser que tiene algunos ahorrillos. También dicen que se casó con una mujer rica, una moza manchega que se murió pronto, dejándole todo a don José, y que él se dio buena prisa en vender los cuatro viñedos y los dos olivares que había, porque aseguraba que los aires del campo le hacían mal a las vías respiratorias, y que lo primero de todo era cuidarse.

Don José, en el café [af] de doña Rosa, pide siempre copita; él no es un cursi ni un pobretón de esos de café con leche. La dueña lo mira casi con simpatía por eso de la común afición al ojén. El ojén es lo mejor del mundo; es estomacal, diurético y reconstituyente; cría sangre y aleja el espectro de la impotencia. [ag] Don José habla siempre con mucha propiedad. Una vez, hace ya un par de años, poco después de terminarse la guerra civil, tuvo un altercado con el violinista. La gente, casi toda, aseguraba que la razón la tenía el violinista, pero don José llamó a la dueña y le dijo: o echa usted a puntapiés a ese rojo [16]

[ae] Pascuas a Ramos *A*

[af] Café *A*

[ag] "El ojén ... impotencia" *A*

---

16 *rojo*: adjetivo genérico y despectivo que el franquismo aplicó, primero, a todos los que durante la guerra civil defendieron la legalidad republicana y, después, con las mismas connotaciones despreciativas, a los disidentes políticos de izquierdas y, en general, a los disconformes con el régimen triunfador.

irrespetuoso y sinvergüenza, o yo no vuelvo a pisar el local. [ah] Doña Rosa, entonces, puso al violinista en la calle y ya no se volvió a saber más de él. Los clientes, que antes daban la razón al violinista, empezaron a cambiar de opinión, y al final ya decían que doña Rosa había hecho muy bien, que era necesario sentar mano dura y hacer un escarmiento. Con estos desplantes, ¡cualquiera sabe a dónde iríamos a parar! [ai] Los clientes, para decir esto, adoptaban un aire serio, ecuánime, un poco vergonzante. Si no hay disciplina, no hay manera de hacer nada bueno, nada que merezca la pena [aj] —se oía decir por las mesas.

Algún hombre ya metido en años cuenta a gritos la broma que le gastó, va ya para el medio siglo, a madame [ak] Pimentón.

—La muy imbécil se creía que me la iba a dar. Sí, sí... ¡Estaba lista! La invité a unos blancos y al salir se rompió la cara contra la puerta. ¡Ja, ja! Echaba sangre como un becerro. Decía: oh, la, la; oh, la la, [al] y se marchó escupiendo las tripas. ¡Pobre desgraciada, anda siempre bebida! ¡Bien mirado, hasta daba risa!

Algunas caras, desde las próximas mesas, lo miran casi con envidia. Son las caras de las gentes que sonríen en paz, con beatitud, en esos instantes en que, casi sin darse cuenta, llegan a no pensar en nada. La gente es cobista por estupidez y, a veces, sonríen [all] aunque en el fondo de su alma sientan una repugnancia inmensa, una repugnancia que casi no pueden contener. Por coba se puede llegar hasta al [am] asesinato; seguramente que ha habido más de un crimen que se haya hecho por quedar bien, por dar coba a alguien.

<hr/>

[ah] "O echa ... local" A
[ai] "Con ... parar!" A
[aj] "Si no ... pena," A
[ak] Madame A
[al] Decía "Oh, ... la" A; Decía: "Oh, ... lá" A3 y ss.
[all] Eds. 4.ª, 5.ª, 6.ª y 7.ª: "... sonreían...", por errata. N. del A.
[am] Eds. 6.ª, 7.ª y 8.ª: "... hasta el asesinato;" N. del A.

—A todos esos mangantes hay que tratarlos así; las personas decentes no podemos dejar que se nos suban a las barbas. ¡Ya lo decía mi padre! ¿Quieres uvas? Pues entra por uvas. ¡Ja, ja! ¡La muy zorrupia no volvió a arrimar por allí!

Corre por entre las mesas un gato gordo, reluciente; un gato lleno de salud y de bienestar; un gato orondo y presuntuoso. Se mete entre las piernas de una señora, y la señora se sobresalta.

—¡Gato del diablo! ¡Largo de aquí!

El hombre de la historia le sonríe con dulzura.

—Pero, señora, ¡pobre gato! ¿Qué mal le hacía a usted?

Un jovencito melenudo hace versos entre la baraúnda. Está evadido, no se da cuenta de nada; es la única manera de poder hacer versos hermosos. Si mirase para los lados se le escaparía la inspiración. Eso de la inspiración debe ser como una mariposita ciega y sorda, pero muy luminosa; si no, no se explicarían muchas cosas.

El joven poeta está componiendo un poema largo, que se llama Destino. [an] Tuvo sus dudas sobre si debía poner El destino a [añ] pero al final, y después de consultar con algunos poetas ya más hechos, pensó que no, que sería mejor titularlo Destino, [ao] simplemente. Era más sencillo, más evocador, más misterioso. Además, así, llamándole Destino, [ap] quedaba más sugeridor, más... ¿cómo diríamos?, más impreciso, más poético. Así no se sabía si se quería aludir al destino, o a un destino, a destino incierto, a destino fatal o destino feliz o destino azul o destino violado. El destino [aq] ataba más, dejaba menos campo

[an] "Destino" A
[añ] "El destino" A
[ao] "Destino" A
[ap] "Destino" A
[aq] aludir a "el destino", o a "un destino", a "destino incierto", a "destino fatal" o "destino feliz" o "destino azul" o "destino violado". "El destino" ataba A

para que la imaginación volase en libertad, desligada de toda traba. [17]

El joven poeta llevaba ya varios meses trabajando en su poema. Tenía ya trescientos y pico de versos, una maqueta cuidadosamente dibujada de la futura edición y una lista de posibles suscriptores, a quienes, en su hora, se les enviaría un boletín, por si querían cubrirlo. [18] Había ya elegido también el tipo de imprenta (un tipo sencillo, claro, clásico; un tipo que se leyese con sosiego; vamos, queremos decir un bodoni), [19] y tenía ya redactada la justificación de la tirada. Dos dudas, sin embargo, atormentaban aún al joven poeta: el poner o no poner el Laus Deo [ar] [20] rematando el colofón, y el redactar por sí mismo, o no redactar por sí mismo, la nota biográfica para la solapa de la sobrecubierta.

[ar] "Laus Deo" A

---

[17] Pese al tono irónico con que el autor trata al personaje, las preocupaciones "estéticas" del poeta coinciden plenamente con las búsquedas del arte oficial, acrítico e intemporal, de los años inmediatamente posteriores a la guerra. Así, triunfaron las obras de José María Pemán, Adriano del Valle o Jacinto Benavente; pero tenían el mismo propósito de intemporalidad los versos de los "garcilasistas", *Ángeles de Compostela* de Gerardo Diego, y los *Sonetos a la piedra* de Dionisio Ridruejo.

[18] La ley de 20 de mayo de 1941 establecía los requisitos para obtener el permiso de edición y circulación de las obras impresas. Ningún texto podía ser impreso ni difundido sin la autorización de la Vicesecretaría de Educación Popular. Los libros de menos de 32 páginas —entre los que estaría, dado el número de versos, éste que proyecta el poeta— podían obtener autorización, directamente y sin mayores trabas, de las delegaciones provinciales siempre que su temática no se relacionara con las siguientes materias: historia política de la Falange; partidos políticos anteriores al 18 de julio de 1936; material técnico militar; materia religiosa; y que no fuera de las llamadas "obras por entregas".

[19] *bodoni*: letra de imprenta que popularizó el maestro italiano Bodoni (1740-1813).

[20] La frase latina se incorporó, sistemáticamente en los años cuarenta, a libros de diversa procedencia subrayando con ella el espíritu de fervor religioso que el nacional-catolicismo quería representar.

Doña Rosa no era, ciertamente, lo que se suele decir una sensitiva.

—Y lo que le digo, ya lo sabe. Para golfos ya tengo bastante con mi cuñado. ¡Menudo pendón! Usted está todavía muy verdecito, ¿me entiende?, muy verdecito. ¡Pues estaría bueno! ¿Dónde ha visto usted que un hombre sin cultura y sin principios ande por ahí, tosiendo y pisando fuerte como un señorito? ¡No seré yo quien lo vea, se lo juro!

Doña Rosa sudaba por el bigote y por la frente.

—Y tú, pasmado, ya estás yendo por el periódico. ¡Aquí no hay respeto ni hay decencia, eso es lo que pasa! ¡Ya os daría yo para el pelo, ya, si algún día me cabreara! ¡Habráse visto!

Doña Rosa clava sus ojitos de ratón sobre Pepe, el viejo camarero llegado, cuarenta o cuarenta y cinco años atrás, de Mondoñedo. Detrás de los gruesos cristales, los ojitos de doña Rosa parecen los atónitos ojos de un pájaro disecado.

—¡Qué miras! ¡Qué miras! ¡Bobo! ¡Estás igual que el día que llegaste! ¡A vosotros no hay Dios que os quite el pelo de la dehesa! ¡Anda, espabila y tengamos la fiesta en paz, que si fueras más hombre ya te había puesto de patas en la calle! ¿Me entiendes? ¡Pues nos ha merengao!

Doña Rosa se palpa el vientre y vuelve de nuevo a tratarlo de usted.

—Ande, ande… Cada cual a lo suyo. Ya sabe, no perdamos ninguno la perspectiva, ¡qué leñe!, ni el respeto, ¿me entiende?, ni el respeto.

Doña Rosa levantó la cabeza y respiró con profundidad. Los pelitos de su bigote se estremecieron con un gesto retador, con un gesto airoso, solemne, como el de los negros cuernecitos de un grillo enamorado y orgulloso.

Flota en el aire como un pesar que se va clavando en los corazones. Los corazones no duelen y pueden sufrir, hora tras hora, hasta toda una vida, sin que nadie sepamos nunca, demasiado a ciencia cierta, qué es lo que pasa.

Un señor de barbita blanca le da trocitos de bollo suizo,

mojado en café con leche, a un niño morenucho que tiene sentado sobre las rodillas. El señor se llama don Trinidad García Sobrino y es prestamista. Don Trinidad tuvo una primera juventud turbulenta, llena de complicaciones y de veleidades, pero en cuanto murió su padre, se dijo: de ahora en adelante hay que tener cautela; si no, la pringas, Trinidad.[as] Se dedicó a los negocios y al buen orden y acabó rico. La ilusión de toda su vida hubiera sido llegar a diputado; él pensaba que ser uno de quinientos entre veinticinco millones no estaba nada mal. Don Trinidad anduvo coqueteando varios años con algunos personajes de tercera fila del partido de Gil Robles,[21] a ver si conseguía que lo sacasen diputado; a él el sitio le era igual; no tenía ninguna demarcación preferida. Se gastó algunos cuartos en convites, dio su dinero para propaganda, oyó buenas palabras, pero al final no presentaron su candidatura por lado alguno y ni siquiera lo llevaron a la tertulia del jefe. Don Trinidad pasó por momentos duros, de graves crisis de ánimo, y al final acabó haciéndose lerrouxista.[22] En el partido radical parece que le iba bastante

---

[as] "De ahora ..., Trinidad", se *A*

---

[21] Gil Robles creó en 1931 el partido *Acción Popular*, que tuvo un mayor arraigo en el norte de España y que en 1933 procuró ampliar su base queriendo integrar a las fuerzas político-católicas. En 1933 Gil Robles formó la coalición de partidos de derecha CEDA (Confederación Española de Derechas Autónomas). El denominador común de esta coalición fue la defensa de los intereses y sentimientos católicos contra las actitudes y leyes anticlericales de las Cortes Constituyentes. La CEDA integraba fuerzas diversas y se inspiraba teóricamente en el catolicismo social que defendía el papa León XIII: Religión, Patria, Orden, Trabajo y Propiedad. En las elecciones celebradas el 19 de noviembre de 1933 obtuvo 110 escaños: un importante sector de la clase media, antes apolítica, se había volcado hacia esa opción que anteponía la religión y la propiedad. Gil Robles apoyó incondicionalmente el levantamiento militar de 1936 (ver J. M. Gil Robles, *No fue posible la paz*, Barcelona, Ariel, 1969).

[22] *lerrouxista*: miembro del Partido Radical fundado por Alejandro Lerroux. Su ideología se caracterizó por constantes actitudes exaltadas, llenas de demagogia pseudorrevolucionaria, que atrajo a grupos de la clase media urbana anticlerical y antisocialista. El

bien, pero en esto vino la guerra y con ella el fin de su poco brillante, y no muy dilatada, carrera política. Ahora don Trinidad vivía apartado de la cosa pública, [at] como aquel día memorable dijera don Alejandro, y se conformaba con que lo dejaran vivir tranquilo, sin recordarle tiempos pasados, mientras seguía dedicándose al lucrativo menester del préstamo a interés.

Por las tardes se iba con el nieto al café [au] de doña Rosa, le daba de merendar y se estaba callado, oyendo la música o leyendo el periódico, sin meterse con nadie.

Doña Rosa se apoya en una mesa y sonríe.

—¿Qué me dice, Elvirita?

—Pues ya ve usted, señora, poca cosa.

La señorita Elvira chupa del cigarro y ladea un poco la cabeza. Tiene las mejillas ajadas y los párpados rojos, como de tenerlos delicados.

—¿Se le arregló aquello?

—¿Cuál?

—Lo de...

—No, salió mal. Anduvo conmigo tres días y después me regaló un frasco de fijador.

[at] "cosa pública" A
[au] Café A

antiguo "emperador del Paralelo", dicharachero y corrupto, participó en el Pacto de San Sebastián y obtuvo en las elecciones del 19 de noviembre de 1933 los 100 escaños que le permitieron ser presidente del consejo de ministros desde noviembre de 1933 a abril de 1934 y desde marzo a noviembre de 1935. La corrupción de los dirigentes radicales próximos a Lerroux se puso de manifiesto en el asunto del estraperlo —los mismos familiares estaban implicados en la concesión de licencias para el juego fraudulento— y en el caso Nombela, con los contratos ilegales de suministro al ejército de Marruecos. Eran factores que contribuyeron a la caída del gobierno que presidía y a la pérdida de las elecciones de febrero de 1936. (Véase Alejandro Lerroux, *La pequeña historia*, Buenos Aires, 1945, libro valiosísimo para conocer el pensamiento y comportamiento del político.)

La señorita Elvira sonríe. Doña Rosa entorna la mirada, llena de pesar.

—¡Es que hay gente sin conciencia, hija!

—¡Psché! ¿Qué más da?

Doña Rosa se le acerca, le habla casi al oído.

—¿Por qué no se arregla con don Pablo?

—Porque no quiero. Una también tiene su orgullo, doña Rosa.

—¡Nos ha merengao! ¡Todas tenemos nuestras cosas! Pero lo que yo le digo a usted, Elvirita, y ya sabe que yo siempre quiero para usted lo mejor, es que con don Pablo bien le iba.

—No tanto. Es un tío muy exigente. Y además un baboso. Al final ya lo aborrecía, ¡qué quiere usted!, ya me daba hasta repugnancia.

Doña Rosa pone la dulce voz, la persuasiva voz de los consejos.

—¡Hay que tener más paciencia, Elvirita! ¡Usted es aún muy niña!

—¿Usted cree?

La señorita Elvirita escupe debajo de la mesa y se seca la boca con la vuelta de un guante.

Un impresor enriquecido que se llama Vega, don Mario de la Vega, se fuma un puro descomunal, un puro que parece de anuncio. El de la mesa de al lado le trata de resultar simpático.

—¡Buen puro se está usted fumando, amigo!

Vega le contesta sin mirarle, con solemnidad:

—Sí, no es malo, mi duro me costó.

Al de la mesa de al lado, que es un hombre raquítico y sonriente, le hubiera gustado decir algo así como: ¡quién como usted!, [av] pero no se atrevió; por fortuna le dio la vergüenza a tiempo. Miró para el impresor, volvió a sonreír con humildad, y le dijo:

[av] "¡Quien como usted!" *A*

—¿Un duro nada más? Parece lo menos de siete pesetas.

—Pues no: un duro y treinta de propina. Yo con esto ya me conformo.

—¡Ya puede!

—¡Hombre! No creo yo que haga falta ser un Romanones [23] para fumar estos puros.

—Un Romanones, no, pero ya ve usted, yo no me lo podría fumar, y como yo muchos de los que estamos aquí.

—¿Quiere usted fumarse uno?

—¡Hombre...!

Vega sonrió, casi arrepintiéndose de lo que iba a decir.

—Pues trabaje usted como trabajo yo.

El impresor soltó una carcajada violenta, descomunal. El hombre raquítico y sonriente de la mesa de al lado dejó de sonreír. Se puso colorado, notó un calor quemándole las orejas y los ojos empezaron a escocerle. Agachó la vista para no enterarse de que todo el café le [aw] estaba mirando; él, por lo menos, se imaginaba que todo el café le [ax] estaba mirando.

Mientras don Pablo, que es un miserable que ve las cosas al revés, sonríe contando lo de madame [ax'] Pimentón, la señorita Elvira deja caer la colilla y la pisa. La señorita Elvira, de cuando en cuando, tiene gestos de verdadera princesa.

[aw] Café le estaba *A*
Eds. 4.ª, 5.ª, 6.ª, 7.ª y 8.ª: "... lo estaba" *N. del A.*
[ax] Café le estaba *A*
Ed. 8.ª: "... lo estaba...; ... lo estaba..." *N. del A.*
[ax'] Madame *A*

[23] Don Álvaro de Figueroa y Torres, conde de Romanones en 1893, fue alcalde de Madrid en 1894 y 1898; ministro de Instrucción Pública en 1901; ministro de Fomento y Gobernación en 1906; ministro de Gracia y Justicia en 1906, 1918 y 1922 y Jefe de Gobierno, siempre en las filas del Partido Liberal, en 1912-1913 y 1918-1919.

—¿Qué daño le hacía a usted el gatito? ¡Michino, michino, toma, toma...!

Don Pablo mira a la señora.

—¡Hay que ver qué inteligentes son los gatos! Discurren mejor que algunas personas. Son unos animalitos que lo entienden todo. ¡Michino, michino, toma, toma...!

El gato se aleja sin volver la cabeza y se mete en la cocina.

—Yo tengo un amigo, hombre adinerado y de gran influencia, no se vaya usted a creer que es ningún pelado, que tiene un gato persa que atiende por Sultán, que es un prodigio.

—¿Sí?

—¡Ya lo creo! Le dice: Sultán, ven, [ay] y el gato viene moviendo su rabo hermoso, que parece un plumero. Le dice: Sultán, vete, [az] y allá se va Sultán como un caballero muy digno. Tiene unos andares muy vistosos y un pelo que parece seda. No creo yo que haya muchos gatos como ése; ése, entre los gatos, es algo así como el duque de Alba entre las personas. Mi amigo lo quiere como a un hijo. Claro que también es verdad que es un gato que se hace querer.

Don Pablo pasea su mirada por el café. [ba] Hay un momento que tropieza con la de la señorita Elvira. Don Pablo pestañea y vuelve la cabeza.

—Y lo cariñosos que son los gatos. ¿Usted se ha fijado en lo cariñosos que son? Cuando cogen cariño a una persona ya no se lo pierden en toda la vida.

Don Pablo carraspea un poco y pone la voz grave, importante:

—¡Ejemplo deberían tomar muchos seres humanos!

—Verdaderamente.

Don Pablo respira con profundidad. Está satisfecho. La

[ay] Le dice "Sultán, ven" *A*
[az] Le dice "Sultán, vete" *A*
[ba] Café *A*

verdad es que eso de ejemplo deberían tomar, etc.,[bb] es algo que le ha salido bordado.

Pepe, el camarero, se vuelve a su rincón sin decir ni palabra. Al llegar a sus dominios, apoya una mano sobre el respaldo de una silla y se mira, como si mirase algo muy raro, muy extraño, en los espejos. Se ve de frente, en el de más cerca; de espalda, en el del fondo; de perfil, en los de las esquinas.

—A esta tía bruja lo que le vendría de primera es que la abrieran en canal un buen día. ¡Cerda! ¡Tía zorra!

Pepe es un hombre a quien las cosas se le pasan pronto; le basta con decir por lo bajo una frasecita que no se hubiera atrevido jamás a decir en voz alta.

—¡Usurera! ¡Guarra! ¡Que te comes el pan de los pobres!

A Pepe le gusta mucho decir frases lapidarias en los momentos de mal humor. Después se va distrayendo poco a poco y acaba por olvidarse de todo.

Dos niños de cuatro o cinco años juegan aburridamente, sin ningún entusiasmo, al tren por entre las mesas. Cuando van hacia el fondo, va uno haciendo de máquina y otro de vagón. Cuando vuelven hacia la puerta, cambian. Nadie les hace caso, pero ellos siguen impasibles, desganados, andando para arriba y para abajo con una seriedad tremenda. Son dos niños ordenancistas, consecuentes, dos niños que juegan al tren, aunque se aburren como ostras, porque se han propuesto divertirse y, para divertirse, se han propuesto, pase lo que pase, jugar al tren durante toda la tarde. Si ellos no lo consiguen, ¿qué culpa tienen? Ellos hacen todo lo posible.

Pepe los mira y les dice:

—Que os vais a ir a caer...

Pepe habla el castellano, aunque lleva ya casi medio siglo en Castilla, traduciendo directamente del gallego.

[bb]   eso de "ejemplo ..., etc",   A

Los niños le contestan no, señor,[bc] y siguen jugando al tren sin fe, sin esperanza, incluso sin caridad, como cumpliendo un penoso deber.

Doña Rosa se mete en la cocina.

—¿Cuántas onzas echaste, Gabriel?

—Dos, señorita.

—¿Lo ves? ¡Lo ves![bd] ¡Así no hay quien pueda! ¡Y después, que si bases de trabajo,[24] y que si la Virgen! ¿No te dije bien claro que no echases más que onza y media? Con vosotros no vale hablar en español, no os da la gana de entender.

Doña Rosa respira y vuelve a la carga. Respira como una máquina, jadeante, precipitada: todo el cuerpo en sobresalto y un silbido roncándole por el pecho.

—Y si a don Pablo le parece que está muy claro, que se vaya con su señora a donde se lo den mejor. ¡Pues estaría bueno! ¡Habrásc visto! Lo que no sabe ese piernas desgraciado es que lo que aquí sobran, gracias a Dios, son clientes. ¿Te enteras? Si no le gusta, que se vaya; eso saldremos ganando. ¡Pues ni que fueran reyes! Su señora es una víbora, que me tiene muy harta. ¡Muy harta es lo que estoy yo de la doña Pura!

Gabriel la previene, como todos los días.

—¡Que la van a oír, señorita!

—¡Que me oigan si quieren, para eso lo digo! ¡Yo no tengo pelos en la lengua! ¡Lo que yo no sé es cómo ese

---

[bc] "no, señor" *A*
[bd] ¿Lo ves? *A1-A2-A3*

---

[24] *bases de trabajo*: la jurisdicción laboral del franquismo quedó establecida por decreto de 13 de mayo de 1938 y se desarrolló como ley orgánica en el de 17 de octubre de 1940. En líneas generales la relativa seguridad en el trabajo se oponía a la falta de libertad para crear sindicatos y a la ausencia del seguro de desempleo. El 16 de octubre de 1942 entró en vigor la Ley de Bases del Trabajo, que prohibía la huelga y regulaba las reglamentaciones laborales. Hasta el 24 de abril de 1958 no se ordenaron las características del convenio colectivo.

mastuerzo se atrevió a despedir a la Elvirita, que es igual
que un ángel y que no vivía pensando más que en darle
gusto, y aguanta como un cordero a la liosa de la doña
Pura, que es un culebrón siempre riéndose por lo bajo!
En fin, como decía mi madre, que en paz descanse: ¡vivir
para ver!

Gabriel trata de arreglar el desaguisado.

—¿Quiere que quite un poco?

—Tú sabrás lo que tiene que hacer un hombre honrado, un hombre que esté en sus cabales y no sea un ladrón. ¡Tú, cuando quieres, muy bien sabes lo que te conviene!

Padilla, el cerillero, habla con un cliente nuevo que le
compró un paquete entero de tabaco.

—¿Y está siempre así?

—Siempre, pero no es mala. Tiene el genio algo fuerte,
pero después no es mala.

—¡Pero a aquel camarero le llamó bobo!

—¡Anda, eso no importa! A veces también nos llama
maricas y rojos.

El cliente nuevo no puede creer lo que está viendo.

—Y ustedes, ¿tan tranquilos?

—Sí, señor; [bd] nosotros tan tranquilos.

El cliente nuevo se encoge de hombros.

—Bueno, bueno...

El cerillero se va a dar otro recorrido al salón.

El cliente se queda pensativo.

—Yo no sé quién será más miserable, si esa foca sucia
y enlutada o esta partida de gaznápiros. Si la agarrasen
un día y le dieran una somanta entre todos, a lo mejor
entraba en razón. Pero, ¡ca!, no se atreven. Por dentro
estarán todo el día mentándole al padre, pero por fuera,
¡ya lo vemos! ¡Bobo, lárgate! ¡Ladrón, desgraciado! [be]

[bd] Señor, nosotros A
[be] "Bobo, ... desgraciado!" A

Ellos, encantados. Sí, señor; nosotros tan tranquilos. ¡Ya lo creo! [bf] Caray con esta gente, ¡así da gusto!

El cliente sigue fumando. Se llama Mauricio Segovia y está empleado en la telefónica. [bg] Digo todo esto porque, a lo mejor, después vuelve a salir. Tiene unos treinta y ocho o cuarenta años y el pelo rojo y la cara llena de pecas. Vive lejos, por Atocha; vino a este barrio por casualidad, vino detrás de una chica que, de repente, antes de que Mauricio se decidiese a decirle nada, dobló una esquina y se metió por el primer portal.

Segundo, el limpia, [bh] va voceando:

—¡Señor Suárez! ¡Señor Suárez!

El señor Suárez, que tampoco es un habitual, se levanta de donde está y va al teléfono. Anda cojeando, cojeando de arriba, no del pie. Lleva un traje a la moda, de un color clarito, y usa lentes de pinza. Representa tener unos cincuenta años y parece dentista o peluquero. También parece, fijándose bien, un viajante de productos químicos. El señor Suárez tiene todo el aire de ser un hombre muy atareado, de esos que dicen al mismo tiempo: un exprés solo; el limpia; chico, búscame un taxi. [bi] Estos señores tan ocupados, cuando van a la peluquería, se afeitan, se cortan el pelo, se hacen las manos, se limpian los zapatos y leen el periódico. A veces, cuando se despiden de algún amigo, le advierten: de tal a tal hora, estaré en el café; [bj] después me daré una vuelta por el despacho, y a la caída de la tarde me pasaré por casa de mi cuñado; los teléfonos vienen en la guía; ahora me voy porque tengo todavía multitud de pequeños asuntos que resolver. [bk] De estos

[bf] "Sí, ... tranquilos." ¡Ya lo veo! *A*; ¡Ya lo creo! *A4* y ss.

[bg] Telefónica *A*

[bh] El limpiabotas va *A1-A2-A3*

Eds. 1.ª, 2.ª y 3.ª: "El limpiabotas va voceando": En eds. 4.ª, 5.ª, 6.ª y 7.ª, llamada con referencia a la nota de la página 62 (de la cuarta edición: 160 de la presente). *N. del A.*

[bi] "Un exprés ... taxi" *A*

[bj] Café *A*

[bk] "De tal ... resolver" *A*

hombres se ve en seguida que son los triunfadores, los señalados, los acostumbrados a mandar.

Por teléfono, el señor Suárez habla en voz baja, atiplada, una voz de lila, [25] un poco redicha. La chaqueta le está algo corta y el pantalón le queda ceñido, como el de un torero.

—¿Eres tú?

—...

—¡Descarado, más que descarado! ¡Eres un carota!

—...

—Sí... Sí... Bueno, como tú quieras.

—...

—Entendido. Bien; descuida, que no faltaré.

—...

—Adiós, chato.

—...

—¡Je, je! ¡Tú siempre con tus cosas! Adiós, pichón; ahora te recojo.

El señor Suárez vuelve a su mesa. Va sonriendo y ahora lleva la cojera algo temblona, como estremecida; ahora lleva una cojera casi cachonda, una cojera coqueta, casquivana. Paga su café, pide un taxi y, cuando se lo traen, se levanta y se va. Mira con la frente alta, como un gladiador romano; va rebosante de satisfacción, radiante de gozo.

Alguien lo sigue con la mirada hasta que se lo traga la puerta giratoria. Sin duda alguna, hay personas que llaman más la atención que otras. Se les conoce porque tienen como una estrellita en la frente.

La dueña da media vuelta y va hacia el mostrador. La cafetera niquelada borbotea pariendo sin cesar tazas de café exprés, mientras la registradora de cobriza antigüedad suena constantemente.

Algunos camareros de caras fláccidas, tristonas, amarillas, esperan, embutidos en sus trasnochados smokings, con

---

[25] *lila*: término que procede del caló, sinónimo de "tonto" (Casares, *D. I.*) Es frecuente en Arniches y Valle-Inclán.

el borde de la bandeja apoyado sobre el mármol, a que el encargado les dé las consumiciones y las doradas y plateadas chapitas de las vueltas.

El encargado cuelga el teléfono y reparte lo que le piden.

—¿Conque otra vez hablando por ahí, como si no hubiera nada que hacer?

—Es que estaba pidiendo más leche, señorita.

—¡Sí, más leche! ¿Cuánta han traído esta mañana?

—Como siempre, señorita: sesenta.

—¿Y no ha habido bastante?

—No, parece que no va a llegar.

—Pues, hijo, ¡ni que estuviésemos en la maternidad! [bl] ¿Cuánta has pedido?

—Veinte más.

—¿Y no sobrará?

—No creo.

—¿Cómo no creo? [bm] ¡Nos ha merengao! ¿Y si sobra, di?

—No, no sobrará. ¡Vamos, digo yo!

—Sí, digo yo, como siempre, digo yo, [bn] eso es muy cómodo. ¿Y si sobra?

—No, ya verá como no ha de sobrar. Mire usted cómo está el salón.

—Sí, claro, cómo está el salón, cómo está el salón. Eso se dice muy pronto. ¡Porque soy honrada y doy bien, que si no ya verías a dónde se iban todos! ¡Pues menudos son!

Los camareros, mirando para el suelo, procuran pasar inadvertidos.

—Y vosotros, a ver si os alegráis. ¡Hay muchos cafés solos en esas bandejas! ¿Es que no sabe la gente que hay suizos, y mojicones, y torteles? No, ¡si ya lo sé! ¡Si sois capaces de no decir nada! Lo que quisiérais es que me viera en la miseria, vendiendo los cuarenta iguales. [26] ¡Pero

bl Maternidad *A*
bm ¿Cómo "no creo"? *A*
bn "digo yo", … "digo yo" *A*

26 *cuarenta iguales*: cupones para participar en el sorteo de la Organización Nacional de Ciegos, institución creada el 13 de diciembre de 1938 y que define sus propósitos benéfico-sociales en

os reventáis! Ya sé yo con quienes me juego la tela. ¡Estáis buenos! Anda, vamos, mover las piernas y pedir a cualquier santo que no se me suba la sangre a la cabeza.

Los camareros, como quien oye llover, se van marchando del mostrador con los servicios. Ni uno solo mira para doña Rosa. Ninguno piensa, tampoco, en doña Rosa.

Uno de los hombres que, de codos sobre el velador, ya sabéis, se sujeta la pálida frente con la mano —triste y amarga la mirada, preocupada y como sobrecogida la expresión—, habla con el camarero. Trata de sonreír con dulzura, parece un niño abandonado que pide agua en una casa del camino.

El camarero hace gestos con la cabeza y llama al echador. [27]

Luis, el echador, se acerca hasta la dueña.

—Señorita, dice Pepe que aquel señor no quiere pagar.

—Pues que se las arregle como pueda para sacarle los cuartos; eso es cosa suya; si no se los saca, dile que se le pegan al bolsillo y en paz. ¡Hasta ahí podíamos llegar!

La dueña se ajusta los lentes y mira.

—¿Cuál es?

—Aquel de allí, aquel que lleva gafitas de hierro.

—¡Anda, qué tío, pues esto sí que tiene gracia! ¡Con esa cara! Oye, ¿y por qué regla de tres no quiere pagar?

—Ya ve… Dice que se ha venido sin dinero.

—¡Pues sí, lo que faltaba para el duro! Lo que sobran en este país son pícaros.

El echador, sin mirar para los ojos de doña Rosa, habla con un hilo de voz:

---

orden de 28 de octubre de 1939. Nacía con el apoyo estatal, para paliar el problema de la mendicidad de los ciegos, y creaba (artículo 14) el "Cupón pro ciegos" "como forma excepcional y exclusiva de ingresos para los no videntes imposibilitados de desempeñar una profesión u oficio especial".

[27] *echador*: el camarero cuyo trabajo específico consiste en echar el café y la leche en las tazas que, previamente, otro camarero ha colocado.

—Dice que cuando tenga ya vendrá a pagar.

Las palabras, al salir de la garganta de doña Rosa, suenan como el latón.

—Eso dicen todos y después, para uno que vuelve, cien se largan, y si te he visto no me acuerdo. ¡Ni hablar! ¡Cría cuervos y te sacarán los ojos! Dile a Pepe que ya sabe: a la calle con suavidad, y en la acera, dos patadas bien dadas donde se tercie. ¡Pues nos ha merengao!

El echador se marchaba cuando doña Rosa volvió a hablarle:

—¡Oye! ¡Dile a Pepe que se fije en la cara!

—Sí, señorita.

Doña Rosa se quedó mirando para la escena. Luis llega, siempre con sus lecheras, hasta Pepe y le habla al oído.

—Eso es todo lo que dice. Por mí, ¡bien lo sabe Dios!

Pepe se acerca al cliente y éste se levanta con lentitud. Es un hombrecillo desmedrado, paliducho, enclenque, con lentes de pobre alambre sobre la mirada. Lleva la americana raída y el pantalón desflecado. Se cubre con un flexible [28] gris oscuro, con la cinta llena de grasa, y lleva un libro forrado de papel de periódico debajo del brazo.

—Si quiere, le dejo el libro.

—No. Ande, a la calle, no me alborote.

El hombre va hacia la puerta con Pepe detrás. Los dos salen afuera. Hace frío y las gentes pasan presurosas. Los vendedores vocean los diarios de la tarde. Un tranvía tristemente, trágicamente, casi lúgubremente bullanguero, baja por la calle de Fuencarral.

El hombre no es un cualquiera, no es uno de tantos, no es un hombre vulgar, un hombre del montón, un ser corriente y moliente; tiene un tatuaje en el brazo izquierdo y una cicatriz en la ingle. Ha hecho sus estudios y traduce algo el francés. Ha seguido con atención el ir y venir del movimiento intelectual y literario, y hay algunos folleto-

[28] *flexible*: sombrero de fieltro, flexible.

nes de El Sol [bñ][29] que todavía podría repetirlos casi de memoria. De mozo tuvo una novia suiza y compuso poesías ultraístas. [30]

El limpia habla con don Leonardo. Don Leonardo le está diciendo:

—Nosotros los Meléndez, añoso tronco emparentado

[bñ] *El Sol* A

---

[29] *El Sol,* periódico fundado por José Ortega y Gasset con el apoyo financiero de Nicolás de Urgoiti, publicó su primer número el 1 de diciembre de 1917. Durante los 19 años de existencia fue sin duda el más destacado de la cultura española. Cada día de la semana dedicaba especial atención a un tema: historia, crítica literaria, medicina, biología, agricultura, pedagogía e instrucción pública. Fueron directores Manuel Aznar y Félix Lorenzo y destacaron entre sus colaboradores Unamuno, Azorín, Baroja, Valle-Inclán, Américo Castro, Álvarez del Vayo, Ricardo Baeza, Gabriel Miró, Gómez de Baquero, Gómez de la Serna, Ramón J. Sender, Francisco Ayala, Juan Ramón Jiménez, Pedro Salinas, Moreno Villa, Jorge Guillén y García Lorca.

[30] El ultraísmo fue un movimiento de vanguardia que publicó su primer manifiesto artístico en otoño de 1918 reclamando la necesidad de una renovación literaria que "debe lograr su *ultra,* como hoy pretende lograrlo nuestro pensamiento científico y político". Cansinos-Assens fue su principal promotor y Guillermo de Torre, teórico y crítico del movimiento, el autor del "Manifiesto vertical", publicado el 1 de noviembre de 1920 en *Grecia,* revista ultraísta. Aquél, en "Los poetas del Ultra" —*Cervantes,* junio de 1919, p. 85— afirmaba: "Es una orientación hacia continuas y reiteradas evoluciones, un propósito de perenne juventud literaria, una anticipada aceptación de todo módulo y de toda idea nueva. Representa el compromiso de ir avanzando siempre con el tiempo." Guillermo de Torre, en *Literaturas europeas de vanguardia,* recogiendo las opiniones de J. L. Borges y E. Montes, hablaba de los propósitos: reducción de la lírica a su elemento primordial, la metáfora; eliminación de los nexos; abolición del confesionalismo; síntesis de dos o más imágenes en una que ensanche su capacidad de sugerencia. "En la poesía pretendía evadirse tanto del estrecho recinto subjetivista como de las lindes geográficas nacionales; aspiraba a una visión objetiva, a una dimensión general, por no decir universal" (en *Literaturas...,* II, Madrid, Guadarrama, 1971, página 217).

con las más rancias familias castellanas, hemos sido otrora dueños de vidas y haciendas. Hoy, ya lo ve usted, ¡casi en medio de la rue!

Segundo Segura [bo] siente admiración por don Leonardo. El que don Leonardo le haya robado sus ahorros es, por lo visto, algo que le llena de pasmo y de lealtad. Hoy don Leonardo está locuaz con él, y él se aprovecha y retoza a su alrededor como un perrillo faldero. Hay días, sin embargo, en que tiene peor suerte y don Leonardo lo trata a patadas. En esos días desdichados, el limpia se le acerca sumiso y le habla humildemente, quedamente.

—¿Qué dice usted? [bp]

Don Leonardo ni le contesta. El limpia no se preocupa y vuelve a insistir.

—¡Buen día de frío!

—Sí.

El limpia entonces sonríe. Es feliz y, por ser correspondido, hubiera dado gustoso otros seis mil duros.

—¿Le saco un poco de brillo?

El limpia se arrodilla, y don Leonardo, que casi nunca suele ni mirarle, pone el pie con displicencia en la plantilla de hierro de la caja.

Pero hoy, no. Hoy don Leonardo está contento. Seguramente está redondeando el anteproyecto para la creación de una importante sociedad anónima. [bq]

—En tiempos, ¡oh, mon Dieu!, cualquiera de nosotros se asomaba a la bolsa [br] y allí nadie compraba ni vendía hasta ver lo que hacíamos.

—¡Hay que ver! ¿Eh?

Don Leonardo hace un gesto ambiguo con la boca, mientras con la mano dibuja jeribeques en el aire.

—¿Tiene usted un papel de fumar? —dice al de la mesa

[bo] El limpia siente *A1-A2-A3*
Eds. 1.ª, 2.ª y 3.ª: "El limpia siente..."; en las ediciones 4.ª, 5.ª, 6.ª y 7.ª, llamada con referencia a la página 62 (de la cuarta edición: 160 de la presente). *N. del A.*
[bp] ¡Qué dice usted! *A1-A2-A3*
[bq] Sociedad Anónima *A*
[br] Bolsa *A*

de al lado—; quisiera fumar un poco de picadura y me encuentro sin papel en este momento.

El limpia calla y disimula; sabe que es su deber.

Doña Rosa se acerca a la mesa de Elvirita, que había estado mirando para la escena del camarero y el hombre que no pagó el café.

—¿Ha visto usted, Elvirita?

La señorita Elvira tarda unos instantes en responder.

—¡Pobre chico! [bs] A lo mejor no ha comido en todo el día, doña Rosa.

—¿Usted también me sale romántica? ¡Pues vamos servidos! Le juro a usted que a corazón tierno no hay quien me gane, pero, ¡con estos abusos!

Elvirita no sabe qué contestar. La pobre es una sentimental que se echó a la vida para no morirse de hambre, por lo menos, demasiado de prisa. Nunca supo hacer nada y, además, tampoco es guapa ni de modales finos. En su casa, de niña, no vio más que desprecio y calamidades. Elvirita era de Burgos, hija de un punto de mucho cuidado, que se llamó, en vida, Fidel Hernández. A Fidel Hernández, que mató a la Eudosia, su mujer, con una lezna de zapatero, lo condenaron a muerte y lo agarrotó Gregorio Mayoral en el año 1909. Lo que él decía: si la mato a sopas con sulfato, no se entera ni Dios. [bt] Elvirita, cuando se quedó huérfana, tenía once o doce años y se fue a Villalón, a vivir con una abuela, que era la que pasaba el cepillo del pan [31] de San Antonio en la parroquia. La pobre vieja vivía mal, y cuando le agarrotaron al hijo empezó a desinflarse y al poco tiempo se murió. A Elvirita la embromaban las otras mozas del pueblo enseñándole la picota y diciéndole: ¡en otra igual colgaron a tu

[bs] Pobre chico   A1-A2-A3
[bt] "Si la … Dios"   A

[31] cepillo del pan: caja con una ranura en la que los fieles que están en la iglesia introducen el dinero de las limosnas que se destinará a ayudar —dar pan— a los pobres.

padre, tía asquerosa! [bu] Elvirita, un día que ya no pudo aguantar más, se largó del pueblo con un asturiano que vino a vender peladillas por la función. Anduvo con él dos años largos, pero como le daba unas tundas tremendas que la deslomaba, un día, en Orense, lo mandó al cuerno y se metió de pupila en casa de la Pelona, en la calle del Villar, donde conoció a una hija de la Marraca, la leñadora de la pradera de Francelos, en Ribadavia, que tuvo doce hijas, todas busconas. Desde entonces, para Elvirita todo fue rodar y coser y cantar, digámoslo así.

La pobre estaba algo amargada, pero no mucho. Además, era de buenas intenciones y, aunque tímida, todavía un poco orgullosa.

Don Jaime Arce, aburrido de estar sin hacer nada, mirando para el techo y pensando en vaciedades, levanta la cabeza del respaldo y explica a la señora silenciosa del hijo muerto, a la señora que ve pasar la vida desde debajo de la escalera de caracol que sube a los billares:

—Infundios... Mala organización... También errores, no lo niego. Créame que no hay más. Los bancos funcionan defectuosamente, y los notarios, con sus oficiosidades, con sus precipitaciones, echan los pies por alto antes de tiempo y organizan semejante desbarajuste que después no hay quien se entienda.

Don Jaime pone un mundano gesto de resignación.

—Luego viene lo que viene: los protestos, los líos y la monda.

Don Jaime Arce habla despacio, con parsimonia, incluso con cierta solemnidad. Cuida el ademán y se preocupa por dejar caer las palabras lentamente, como para ir viendo, y midiendo y pesando, el efecto que hacen. En el fondo, no carece también de cierta sinceridad. La señora del hijo muerto, en cambio, es como una tonta que no dice nada; escucha y abre los ojos de una manera rara, de una manera que parece más para no dormirse que para atender.

—Eso es todo, señora, y lo demás, ¿sabe lo que le digo?, lo demás son macanas. [32]

Don Jaime Arce es hombre que habla muy bien, aunque dice, en medio de una frase bien cortada, palabras poco finas, como la monda, o el despiporrio, y otras por el estilo.

La señora lo mira y no dice nada. Se limita a mover la cabeza, para adelante y para atrás, con un gesto que tampoco significa nada.

—Y ahora, ¡ya ve usted!, en labios de la gente. ¡Si mi pobre madre levantara la cabeza!

La señora, la viuda de Sanz, doña Isabel Montes, cuando don Jaime andaba por lo de ¿sabe lo que le digo?, [bv] empezó a pensar en su difunto, en cuando lo conoció, de veintitrés años, apuesto, elegante, muy derecho, con el bigote engomado. Un vaho de dicha recorrió, un poco confusamente, su cabeza, y doña Isabel sonrió, de una manera muy discreta, durante medio segundo. Después se acordó del pobre Paquito, de la cara de bobo que se le puso con la meningitis, y se entristeció de repente, incluso con violencia.

Don Jaime Arce, cuando abrió los ojos que había entornado para dar mayor fuerza a lo de ¡si mi pobre madre levantara la cabeza!, [bw] se fijó en doña Isabel y le dijo, obsequioso:

—¿Se siente usted mal, señora? Está usted un poco pálida.

—No, nada, muchas gracias. ¡Ideas que se le ocurren a una!

Don Pablo, como sin querer, mira siempre un poco de reojo para la señorita Elvira. Aunque ya todo terminó, él

---

[bv] de "¿Sabe lo que le digo?" *A*
[bw] de "¡Si mi ... cabeza!" *A*

[32] *macana*: "mentira", "embuste" (Casares, *D. I.*).

no puede olvidar el tiempo que pasaron juntos. Ella, bien mirado, era buena, dócil, complaciente. Por fuera, don Pablo fingía como despreciarla y la llamaba tía guarra y meretriz, pero por dentro la cosa variaba. Don Pablo, cuando, en voz baja, se ponía tierno, pensaba: no son cosas del sexo, no; son cosas del corazón. [bx] Después se le olvidaba y la hubiera dejado morir de hambre y de lepra con toda tranquilidad; don Pablo era así.

—Oye, Luis, ¿qué pasa con ese joven?

—Nada, don Pablo, que no le daba la gana de pagar el café que se había tomado.

—Habérmelo dicho, hombre; parecía buen muchacho.

—No se fíe; hay mucho mangante, mucho desaprensivo.

Doña Pura, la mujer de don Pablo, dice:

—Claro que hay mucho mangante y mucho desaprensivo, ésa es la verdad. ¡Si se pudiera distinguir! Lo que tendría que hacer todo el mundo es trabajar como Dios manda, ¿verdad, Luis?

—Puede; sí, señora.

—Pues eso. Así no habría dudas. El que trabaje que se tome su café y hasta un bollo suizo si le da la gana; pero el que no trabaje... ¡pues mira! El que no trabaja no es digno de compasión; los demás no vivimos del aire.

Doña Pura está muy satisfecha de su discurso; realmente le ha salido muy bien.

Don Pablo vuelve otra vez la cabeza hacia la señora que se asustó del gato.

—Con estos tipos que no pagan el café hay que andarse con ojo, con mucho ojo. No sabe uno nunca con quién tropieza. Ése que acaban de echar a la calle, lo mismo es un ser genial, lo que se dice un verdadero genio como Cervantes o como Isaac Peral, que un fresco redomado. Yo le hubiera pagado el café. ¿A mí qué más me da un café de más que de menos?

—Claro.

Don Pablo sonrió como quien, de repente, encuentra que tiene toda la razón.

[bx] "No son ... corazón." *A*

—Pero eso no lo encuentra usted entre los seres irracionales. Los seres irracionales son más gallardos y no engañan nunca. Un gatito noble como ése, ¡je, je!, que tanto miedo le daba, es una criatura de Dios, que lo que quiere es jugar, nada más que jugar.

A don Pablo le sube a la cara una sonrisa de beatitud. Si se le pudiese abrir el pecho, se le encontraría un corazón negro y pegajoso como la pez.

Pepe vuelve a entrar a los pocos momentos. La dueña, que tiene las manos en los bolsillos del mandil, los hombros echados para atrás y las piernas separadas, lo llama con una voz seca, cascada; con una voz que parece el chasquido de un timbre con la campanilla partida.

—Ven acá.

Pepe casi no se atreve a mirarla.

—¿Qué quiere?

—¿Le has arreado?

—Sí, señorita.

—¿Cuántas?

—Dos.

La dueña entorna los ojitos tras los cristales, saca las manos de los bolsillos y se las pasa por la cara, donde apuntan los cañotes de la barba, mal tapados por los polvos de arroz.

—¿Dónde se las has dado?

—Donde pude; en las piernas.

—Bien hecho. ¡Para que aprenda! ¡Así otra vez no querrá robarle el dinero a las gentes honradas!

Doña Rosa, con sus manos gordezuelas apoyadas sobre el vientre, hinchado como un pellejo de aceite, es la imagen misma de la venganza del bien nutrido contra el hambriento. ¡Sinvergüenzas! ¡Perros! De sus dedos como morcillas se reflejan hermosos, casi lujuriosos, los destellos de las lámparas.

Pepe, con la mirada humilde, se aparta de la dueña. En el fondo, aunque no lo sepa demasiado, tiene la conciencia tranquila.

Don José Rodríguez de Madrid está hablando con dos amigos que juegan a las damas.

—Ya ven ustedes, ocho duros, ocho cochinos duros. Después la gente, habla que te habla.

Uno de los jugadores le sonríe.

—¡Menos da una piedra, don José!

—¡Psché! Poco menos. ¿A dónde va uno con ocho duros?

—Hombre, verdaderamente, con ocho duros poco se puede hacer, ésa es la verdad; pero, ¡en fin!, lo que yo digo, para casa todo, menos una bofetada.

—Sí, eso también es verdad; después de todo, los he ganado bastante cómodamente…

Al violinista a quien echaron a la calle por contestar a don José ocho duros le duraban ocho días. Comía poco y mal, cierto es, y no fumaba más que de prestado, pero conseguía alargar los ocho duros durante una semana entera; seguramente, habría otros que aun se defendían con menos.

La señorita Elvira llama al cerillero.

—¡Padilla!

—¡Voy, señorita Elvira!

—Dame dos tritones; mañana te los pago.

—Bueno.

Padilla sacó los dos tritones y se los puso a la señorita Elvira sobre la mesa.

—Uno es para luego, ¿sabes?, para después de la cena.

—Bueno, ya sabe usted, aquí hay crédito.

El cerillero sonrió con un gesto de galantería. La señorita Elvira sonrió también.

—Oye, ¿quieres darle un recado a Macario?

—Sí.

—Dile que toque Luisa Fernanda, [by] [33] que haga el favor.

[by] "Luisa Fernanda" A

[33] *Luisa Fernanda*, "comedia lírica en tres actos", es una zarzuela compuesta por Federico Moreno Torroba con libreto de Federico Romero y Fernández Shaw. Se estrenó en Madrid, en marzo de 1932. En el café de doña Rosa se oyen diversos frag-

El cerillero se marchó arrastrando los pies, camino de la tarima de los músicos. [34] Un señor que llevaba ya un rato timándose [35] con Elvira, se decidió por fin a romper el hielo.

—Son bonitas las zarzuelas, ¿verdad, señorita?

La señorita Elvira asintió con un mohín. El señor no se desanimó; aquel visaje lo interpretó como un gesto de simpatía.

—Y muy sentimentales, ¿verdad?

La señorita Elvira entornó los ojos. El señor tomó nuevas fuerzas.

—¿A usted le gusta el teatro?

—Si es bueno...

---

mentos de zarzuela: es la música que domina. Cabe recordar que a partir de 1939 la zarzuela conoció un cierto renacimiento aunque, salvo las de Pablo Sorozábal, no aparecieran composiciones nuevas. El tono más sobrio y severo, que las diferenciaba de las tonadillas, fue preferido por la mentalidad oficial que, en reglamentaciones sobre espectáculos y música en lugares públicos, recomendaba la audición de zarzuelas y fragmentos de ópera y exigía que "no sean interpretadas aquellas piezas musicales prohibidas por la Delegación de Propaganda". La circular 143 de la Vicesecretaría de Educación Popular, de 25 de julio de 1943, prohibía asimismo en las actuaciones "cualquier tipo de composición que las letras estén en idioma extranjero o por cualquier concepto puedan rozar la moral pública o el más elemental buen gusto".

[34] El café de doña Rosa cumplía la orden de 7 de julio de 1939 en la que se obligaba a la contratación de músicos en los siguientes términos: "los profesores de orquesta sufren en nuestro país una crisis de intensidad creciente, provocada de manera especial por razones de orden técnico: cine sonoro, radio, gramolas, etc. Dicho paso supone, como el de otras actividades, una pérdida económica (...) Así mismo, es conveniente que el Himno Nacional y los declarados oficiales del Movimiento, se interpreten en los lugares públicos de cierta categoría por orquestas y no por aparatos mecánicos, puesto que con ello se contribuye a realzar más su alto significado". Por estos motivos, la orden dispone que "Se declara obligatorio para los teatros, cines, cafés, restaurantes de primer orden, grandes hoteles y establecimientos similares de las poblaciones superiores a 50.000 habitantes, el uso de las agrupaciones musicales".

[35] *timarse*: "Cambiar miradas o hacerse señas con una persona de otro sexo" (M. Moliner, *D. U.*); "entenderse con la mirada, hacer guiños los enamorados" (Casares, *D. I.*).

El señor se rió como festejando una ocurrencia muy chistosa. Carraspeó un poco, ofreció fuego a la señorita Elvira, y continuó:

—Claro, claro. ¿Y el cine? ¿También le agrada el cine?

—A veces...

El señor hizo un esfuerzo tremendo, un esfuerzo que le puso colorado hasta las cejas.

—-Esos cines oscuritos, ¿eh?, ¿qué tal?

La señorita Elvira se mostró digna y suspicaz.

—Yo al cine voy siempre a ver la película.

El señor reaccionó.

—Claro, naturalmente, yo también... Yo lo decía por los jóvenes, claro, por las parejitas, ¡todos hemos sido jóvenes...! Oiga, señorita, he observado que es usted fumadora; a mí esto de que las mujeres fumen me parece muy bien, claro que muy bien; después de todo, ¿qué tiene de malo? Lo mejor es que cada cual viva su vida, ¿no le parece a usted? Lo digo porque, si usted me lo permite (yo ahora me tengo que marchar, tengo mucha prisa, ya nos encontraremos otro día para seguir charlando), si usted me lo permite, yo tendría mucho gusto en... vamos, en proporcionarle una cajetilla de tritones.

El señor habla precipitadamente, azoradamente. La señorita Elvira le respondió con cierto desprecio, con el gesto de quien tiene la sartén por el mango.

—Bueno, ¿por qué no? ¡Si es capricho!

El señor llamó al cerillero, le compró la cajetilla, se la entregó con su mejor sonrisa a la señorita Elvira, se puso el abrigo, cogió el sombrero y se marchó. Antes le dijo a la señorita Elvira:

—Bueno, señorita, tanto gusto. Leoncio Maestre, para servirla. Como le digo, ya nos veremos otro día. A lo mejor somos buenos amiguitos.

La dueña llama al encargado. El encargado se llama López, Consorcio López, y es natural de Tomelloso, en la provincia de Ciudad Real, un pueblo grande y hermoso y de mucha riqueza. López es un hombre joven, guapo, incluso atildado, que tiene las manos grandes y la frente estrecha. Es un poco haragán y los malos humores de doña Rosa se los pasa por la entrepierna. A esta tía —suele decir— lo mejor es dejarla hablar; ella sola se para. [bz] Consorcio López es un filósofo práctico; la verdad es que su filosofía le da buen resultado. Una vez, en Tomelloso, poco antes de venirse para Madrid, diez o doce años atrás, el hermano de una novia que tuvo, con la que no quiso casar después de hacerle dos gemelos, le dijo: o te casas con la Marujita [ca] o te los corto donde te encuentre. [cb] Consorcio, como no quería casarse ni tampoco quedar capón, cogió el tren y se metió en Madrid; la cosa debió irse poco a poco olvidando porque la verdad es que no volvieron a meterse con él. Consorcio llevaba siempre en la cartera dos fotos de los gemelitos: una, de meses aún, desnuditos encima de un cojín, y otra de cuando hicieron la primera comunión, que le había mandado su antigua novia, Marujita [cc] Ranero, entonces ya señora de Gutiérrez.

Doña Rosa, como decimos, llamó al encargado.

—¡López!

—Voy, señorita.

—¿Cómo andamos de vermú?

—Bien, por ahora bien.

—¿Y de anís?

—Así, así. Hay algunos que ya van faltando.

—¡Pues que beban de otro! Ahora no estoy para meterme en gastos, no me da la gana. ¡Pues anda con las exigencias! Oye, ¿has comprado eso?

—¿El azúcar?

—Sí.

—Sí; mañana lo van a traer.

[bz] "A esta ... para." *A*
[ca] Ed. 1.ª: "... Encarna ...", por evidente distracción mía de la que me di cuenta al repasar el borrador original. *N. del A.*
[cb] "O te ... encuentre" *A*
[cc] Eds. 6.ª, 7.ª y 8.ª: "... Maruja..." *N. del A.*

—¿A catorce cincuenta, por fin? [cd]

—Sí; querían a quince, pero quedamos en que, por junto, bajarían esos dos reales. [36]

—Bueno, ya sabes: bolsita y no repite ni Dios. ¿Estamos?

—Sí, señorita.

El jovencito de los versos está con el lápiz entre los labios, mirando para el techo. Es un poeta que hace versos con idea. [ce] Esta tarde la idea ya la tiene. Ahora le faltan consonantes. En el papel tiene apuntados ya algunos. Ahora busca algo que rime bien con río y que no sea tío, ni tronío; albedrío, le anda ya rondando. Estío, también.

—Me guarda [cf] una caparazón estúpida, una concha de hombre vulgar. La niña de ojos azules... Quisiera, sin embargo, ser fuerte, fortísimo. De ojos azules y bellos... O la obra mata al hombre o el hombre mata a la obra. La de los rubios cabellos... ¡Morir! ¡Morir, siempre! Y dejar un breve libro de poemas. ¡Qué bella, qué bella está...!

El joven poeta está blanco, muy blanco, y tiene dos rosetones en los pómulos, dos rosetones pequeños.

—La niña de ojos azules... Río, río, río. De ojos azules y bellos... Tronío, tío, tronío, tío. La de los rubios cabellos... Albedrío. Recuperar de pronto su albedrío. La niña de ojos azules... Estremecer de gozo su albedrío. De ojos azules y bellos... Derramando de golpe su albedrío. La niña de ojos azules... Y ahora ya tengo, intacto, mi albedrío. La niña de ojos azules... O volviendo la cara al man-

---

[cd] ¿A 14,50, por fin? *A1*

[ce] "con idea" *A*

[cf] Eds. 6.ª y 7.ª "Me aguarda...", por errata. *N. del A.*

---

[36] El azúcar, pan, aceite y tejidos eran los artículos predominantes en el mercado negro y aquellos con los que el estraperlo negociaba a mayor escala. La escasez de azúcar explica ese alto precio que doña Rosa paga por kilo al mercado negro que la abastecía. Aun así, es una cantidad inferior a las 4,5 pesetas por un cuarto de kilo que, en el capítulo VI, nombran Margarita y Dorita.

so estío. La niña de ojos azules... La niña de ojos... ¿Cómo
tiene la niña los ojos...? Cosechando las mieses del estío.
La niña... ¿Tiene ojos la niña...? Larán, larán, larán, larán, la, estío... [37]

El jovencito, de pronto, nota que se le borra el café. [cg]
Se tambalea un poco, como un niño mareado, y siente
que un calor intenso le sube hasta las sienes.

—Me encuentro algo... Quizás mi madre... Sí; estío,
estío... Un hombre vuela sobre una mujer desnuda... ¡Qué
tío...! No, tío, no... Y entonces yo le diré: ¡jamás...! El
mundo, el mundo... Sí, gracioso, muy gracioso...

En una mesa del fondo, dos pensionistas, pintadas como
monas, hablan de los músicos.

—Es un verdadero artista; para mí es un placer es-
cucharle. Ya me lo decía mi difunto Ramón, que en paz
descanse: fíjate, Matilde, sólo en la manera que tiene de
echarse el violín a la cara. [ch] Hay que ver lo que es la
vida: si ese chico tuviera padrinos llegaría muy lejos.

Doña Matilde pone los ojos en blanco. Es gorda, sucia
y pretensiosa. [ci] Huele mal y tiene una barriga tremenda,
toda llena de agua.

—Es un verdadero artista, un artistazo.

—Sí, verdaderamente: yo estoy todo el día pensando
en esta hora. Yo también creo que es un verdadero artista.

[cg] Café *A*

[ch] "Fíjate, ... cara" *A*

[ci] Ed. 8.ª "... pretenciosa". Prefiero pretensiosa, de pretensión;
los escritores suelen decir pretenciosa, ignoro por qué. El diccionario de la Academia no admite ninguna de las dos formas. *N. del A.*

[37] "La niña de ojos azules/ de ojos azules y bellos/ la de los
rubios cabellos/ qué bella, qué bella está" es letra de un fragmento de la zarzuela *Bohemios* (obra de Amadeo Vives con libreto
de J. Perrín y M. Palacios, estrenada en 1903) que se mezcla y
confunde en la mente del poeta con sus propios pensamientos.
Posiblemente suene en el café y el poeta retenga la estrofa.

Cuando toca, como él sabe hacerlo, el vals de La viuda alegre, cj 38, me siento otra mujer.

Doña Asunción tiene un condescendiente aire de oveja.

—¿Verdad que aquélla era otra música? Era más fina, ¿verdad?, más sentimental.

Doña Matilde tiene un hijo imitador de estrellas, que vive en Valencia.

Doña Asunción tiene dos hijas: una casada con un subalterno del ministerio de obras públicas, ck que se llama Miguel Contreras y es algo borracho, y otra, soltera, que salió de armas tomar y vive en Bilbao, con un catedrático.

El prestamista limpia la boca del niño con un pañuelo. Tiene los ojos brillantes y simpáticos y, aunque no va muy aseado, aparenta cierta prestancia. El niño se ha tomado un doble de café con leche y dos bollos suizos, y se ha quedado tan fresco.

Don Trinidad García Sobrino no piensa ni se mueve. Es un hombre pacífico, un hombre de orden, un hombre que quiere vivir en paz. Su nieto parece un gitanillo flaco y barrigón. Lleva un gorro de punto y unas polainas, también de punto; es un niño que va muy abrigado.

—¿Le pasa a usted algo, joven? ¿Se siente usted mal?

El joven poeta no contesta. Tiene los ojos abiertos y pasmados y parece que se ha quedado mudo. Sobre la frente le cae una crencha de pelo.

Don Trinidad sentó al niño en el diván y cogió por los hombros al poeta. cl

—¿Está usted enfermo?

cj "La viuda alegre" A
ck Ministerio de Obras Públicas A
cl Eds. 5.ª, 6.ª, 7.ª y 8.ª: falta esta frase por pifia de la imprenta; los impresores, a veces, mejoran los textos sin querer, pero no en este caso que, mejor o peor, queda más claro tal cual va. N. del A.

38 La viuda alegre es la más famosa obra de Franz Léhar (1870-1948), el maestro de la opereta contemporánea. Se estrenó en 1905 y el autor la revisó en 1940.

Algunas cabezas se volvieron. El poeta sonreía con un gesto estúpido, pesado.

—Oiga, ayúdeme a incorporarlo. Se conoce que se ha puesto malo.

Los pies del poeta se escurrieron y su cuerpo fue a dar debajo de la mesa.

—Échenme [cm] una mano; yo no puedo con él.

La gente se levantó. Doña Rosa miraba desde el mostrador.

—También es ganas de alborotar...

El muchacho se dio un golpe en la frente al rodar debajo de la mesa.

—Vamos a llevarlo al water, debe de ser un mareo.

Mientras don Trinidad y tres o cuatro clientes dejaron al poeta en el retrete, a que se repusiese un poco, su nieto se entretuvo en comer las migas del bollo suizo que habían quedado sobre la mesa.

—El olor del desinfectante lo espabilará; debe de ser un mareo.

El poeta, sentado en la taza del retrete y con la cabeza apoyada en la pared, sonreía con un aire beatífico. Aun sin darse cuenta, en el fondo era feliz.

Don Trinidad se volvió a su mesa.

—¿Le ha pasado ya?

—Sí, no era nada, un mareo.

La señorita Elvira devolvió los dos tritones al cerillero.

—Y este otro para ti.

—Gracias. ¿Ha habido suerte, eh?

—¡Psché! Menos da una piedra...

Padilla, un día, llamó cabrito a un galanteador de la señorita Elvira y la señorita Elvira se incomodó. Desde entonces, el cerillero [cn] es más respetuoso.

cm Eds. 2.ª y 3.ª: "Écheme"   *N. del A.*
cn El limpia *A1-A2-A3*
Eds. 1.ª, 2.ª y 3.ª: "Desde entonces el limpia..." En las ediciones 4.ª, 5.ª, 6.ª y 7.ª hay aquí una "N. del A. —Mi traductora al alemán, Gerda Theile-Bruhns, me hizo ver que Padilla no es el lim-

A don Leoncio Maestre por poco lo mata un tranvía.

—¡Burro!

—¡Burro lo será usted, desgraciado! ¿En qué va usted pensando?

Don Leoncio Maestre iba pensando en Elvirita.

—Es mona, sí, muy mona. ¡Ya lo creo! Y parece chica fina... No, una golfa no es. ¡Cualquiera sabe! Cada vida es una novela. Parece así como una chica de buena familia que haya reñido en su casa. Ahora estará trabajando en alguna oficina, seguramente en un sindicato. Tiene las facciones tristes y delicadas; probablemente lo que necesita es cariño y que la mimen mucho, que estén todo el día contemplándola.

A don Leoncio Maestre le saltaba el corazón debajo de la camisa.

—Mañana vuelvo. Sí, sin duda. Si está, buena señal. Y si no está... ¡A buscarla! [cñ]

Don Leoncio Maestre se subió el cuello del abrigo y dio dos saltitos.

—Elvira, señorita Elvira. Es un bonito nombre. Yo creo que la cajetilla de tritones le habrá agradado. Cada vez que fume uno se acordará de mí... Mañana le repetiré el nombre. Leoncio, Leoncio, Leoncio. Ella, a lo mejor, me pone un nombre más cariñoso, algo que salga de Leoncio. Leo. Oncio. Oncete... Me tomo una caña porque me da la gana.

Don Leoncio Maestre se metió en un bar y se tomó una caña en el mostrador. A su lado, sentada en una banqueta, una muchacha le sonreía. Don Leoncio se volvió de espaldas. Aguantar aquella sonrisa le hubiera parecido una traición; la primera traición que hacía a Elvirita.

—No; Elvirita, no, Elvira. Es un nombre sencillo, un nombre muy bonito.

---

pia, sino el cerillero; tiene razón y rectifico el lapsus, que volvía a repetirse ocho o diez páginas más adelante. Al limpia lo bautizo —Segundo Segura— a partir de la 4.ª edición española." N. del A. A esta nota del autor hacen referencia las llamadas de las páginas 121, 141, 147, 170 y 173 de la presente edición.

[cñ] Y si no ... Si no está... A

La muchacha del taburete le habló por encima del hombro.

—¿Me da usted fuego, tío serio?

Don Leoncio le dio fuego, casi temblando. Pagó la caña y salió a la calle apresuradamente.

—Elvira..., Elvira...

Doña Rosa, antes de separarse del encargado, le pregunta:

—¿Has dado el café a los músicos?

—No.

—Pues anda, dáselo ya; parece que están desmayados. ¡Menudos bribones!

Los músicos, sobre su tarima, arrastran los últimos compases de un trozo de Luisa Fernanda, ^{co} aquel tan hermoso que empieza diciendo:

Por los encinares,
de mi Extremadura,
tengo una casita
tranquila y segura.

Antes habían tocado Momento musical ^{cp 39} y antes aún, La del manojo de rosas, ⁴⁰ por la parte de madrileña bonita, flor de verbena. ^{cq}

Doña Rosa se les acercó.

---

^{co} "Luisa Fernanda" *A*
^{cp} "Momento musical" *A*
^{cq} "La del manojo de rosas", por la parte de "madrileña bonita, flor de verbena" *A*

---

[39] *momento musical* es una denominación genérica que sirve de título a una pieza corta, de forma libre y con el mismo carácter que los *intermezzos*. Los *Momentos* de Schubert son los más famosos.

[40] *La del manojo de rosas*, "sainete lírico en dos actos", es una zarzuela compuesta por Pablo Sorozábal con letra de Francisco Ramos de Castro y Anselmo C. Carreño. El personaje Joaquín, en el acto I, canta la romanza "Madrileña bonita": "Madrileña bonita, flor de verbena; eres como un ramito de hierbabuena. Tiene tu aroma perfume de la Virgen de la Paloma."

—He mandado que le traigan el café, Macario.

—Gracias, doña Rosa.

—No hay de qué. Ya sabe, lo dicho vale para siempre; yo no tengo más que una palabra.

—Ya lo sé, doña Rosa.

—Pues por eso.

El violinista, que tiene los ojos grandes y saltones como un buey aburrido, la mira mientras lía un pitillo. Frunce la boca, casi con desprecio, y tiene el pulso tembloroso.

—Y a usted también se lo traerán, Seoane.

—Bien.

—¡Pues anda, hijo, que no es usted poco seco!

Macario interviene para templar gaitas.

—Es que anda a vueltas con el estómago, doña Rosa.

—Pero no es para estar tan soso, digo yo. ¡Caray con la educación de esta gente! Cuando una les tiene que decir algo, sueltan una patada, y cuando tienen que estar satisfechos porque una les hace un favor, van y dicen ¡bien!, cs como si fueran marqueses. ¡Pues sí!

Seoane calla mientras su compañero pone buena cara a doña Rosa. Después pregunta al señor de una mesa contigua:

—¿Y el mozo?

—Reponiéndose en el water, no era nada.

Vega, el impresor, le alarga la petaca al cobista de la mesa de al lado.

—Ande, líe un pitillo y no las píe. Yo anduve peor que está usted y, ¿sabe lo que hice?, pues me puse a trabajar.

El de al lado sonríe como un alumno ante el profesor: con la conciencia turbia y, lo que es peor, sin saberlo.

—¡Pues ya es mérito!

—Claro, hombre, claro, trabajar y no pensar en nada más. Ahora, ya lo ve, nunca me falta mi cigarro ni mi copa de todas las tardes.

cs "¡bien!" A

El otro hace un gesto con la cabeza, un gesto que no significa nada.

—¿Y si le dijera que yo quiero trabajar y no tengo en qué?

—¡Vamos, ande! Para trabajar lo único que hacen falta son ganas. ¿Usted está seguro que tiene ganas de trabajar?

—¡Hombre, sí!

—¿Y por qué no sube maletas de la estación?

—No podría; a los tres días habría reventado... [ct] Yo soy bachiller...

—¿Y de qué le sirve?

—Pues, la verdad, de poco.

—A usted lo que le pasa, amigo mío, es lo que les pasa a muchos, que están muy bien en el café, [cu] mano sobre mano, sin dar golpe. Al final se caen un día desmayados, como ese niño litri [41] que se han llevado para adentro.

El bachiller le devuelve la petaca y no le lleva la contraria.

—Gracias.

—No hay que darlas. ¿Usted es bachiller de verdad?

—Sí, señor, del plan del 3. [42]

—Bueno, pues le voy a dar una ocasión para que no acabe en un asilo o en la cola de los cuarteles. ¿Quiere trabajar?

—Sí, señor. Ya se lo dije.

—Vaya mañana a verme. Tome una tarjeta. Vaya por la mañana, antes de las doce, a eso de las once y media. Si quiere y sabe, se queda conmigo de corrector; esta mañana tuve que echar a la calle al que tenía, por golfo. Era un desaprensivo.

[ct] reventado. Yo *A*; reventado... Yo *A*3 y ss.

[cu] Café *A*

---

41 *litri*: "presumido", "cursi" (C. Seco, *Ar*...); "presumido", "fantasioso" (Alcalá, *V. A.*).

42 *plan del 3*: plan de estudios aprobado en 1903 por el gabinete conservador que presidía Gabriel Maura. En 1939 se reconoció su validez al tiempo que se reconvertían asignaturas y cursos pendientes del de 1931.

La señorita Elvira mira de reojo a don Pablo. Don Pablo le explica a un pollito que hay en la mesa de al lado:

—El bicarbonato es bueno, no hace daño alguno. Lo que pasa es que los médicos no lo pueden recetar porque para que le den bicarbonato nadie va al médico.

El joven asiente, sin hacer mucho caso, y mira para las rodillas de la señorita Elvira, que se ven un poco por debajo de la mesa.

—No mire para ahí, no haga el canelo; ya le contaré, no la vaya a pringar.

Doña Pura, la señora de don Pablo, habla con una amiga gruesa, cargada de bisutería, que se rasca los dientes de oro con un palillo.

—Yo ya estoy cansada de repetirlo. Mientras haya hombres y haya mujeres, habrá siempre líos; el hombre es fuego y la mujer estopa y luego, ¡pues pasan las cosas! Eso que le digo a usted de la plataforma del 49, [43] es la pura verdad. ¡Yo no sé a dónde [cv] vamos a parar!

La señora gruesa rompe, distraídamente, el palillo entre los dedos.

—Sí, a mí también me parece que hay poca decencia. Eso viene de las piscinas; no lo dude, antes no éramos así... Ahora le presentan a usted cualquier chica joven, le da la mano y ya se queda una con aprensión todo el santo día. ¡A lo mejor coge una lo que no tiene! ¿Verdad, usted? ¡A saber dónde habrá estado metida esa mano! [cw]

—Verdaderamente.

—Y los cines yo creo que también tienen mucha culpa. Eso de estar todo el mundo tan mezclado y a oscuras por completo no puede traer nada bueno.

<hr>

[cv] no sé adónde *A1, A2, A3*; no sé a dónde *A4* y ss.
[cw] ¡A saber ... mano! : falta en *A*
Eds. 1.ª a 7.ª, falta desde "¿Verdad usted?... *N. del A.*

<hr>

[43] *plataforma del 49*: la plataforma —parte inmediata a la entrada o salida del vagón— del tranvía número 49.

—Eso pienso yo, doña María. Tiene que haber más moral; si no, estamos perdiditas. [44]

Doña Rosa vuelve a pegar la hebra.

—Y además, si le duele el estómago, ¿por qué no me pide un poco de bicarbonato? ¿Cuándo le he negado a usted un poco de bicarbonato? ¡Cualquiera diría que no sabe usted hablar!

Doña Rosa se vuelve y domina con su voz chillona y desagradable todas las conversaciones del café. [cx]

—¡López! ¡López! ¡Manda bicarbonato para el violín!

El echador deja las cacharras sobre una mesa y trae un plato con un vaso mediado de agua, una cucharilla y el azucarero de alpaca que guarda el bicarbonato.

—¿Ya habéis acabado con las bandejas?

—Así me lo dio el señor López, señorita.

—Anda, anda; ponlo ahí y lárgate.

El echador coloca todo sobre el piano y se marcha. Seoane llena la cuchara de polvitos, echa la cabeza atrás, abre la boca... y adentro. Los mastica como si fueran nueces y después bebe un sorbito de agua.

—Gracias, doña Rosa.

—¿Lo ve usted, hombre, lo ve usted qué poco trabajo cuesta tener educación? A usted le duele el estómago, yo le mando traer bicarbonato y todos tan amigos. Aquí estamos para ayudarnos unos a otros; lo que pasa es que no se puede porque no queremos. Ésa es la vida.

[cx] Café *A*

---

[44] La conversación reproduce con fidelidad las ideas sobre moral pública del nacional-catolicismo. Las homilías de Plá i Daniel recordaban con frecuencia los signos de descomposición moral y advertían sobre la omnipresencia del pecado en las relaciones hombre-mujer: "no es peligro baladí el que hay en que un joven y una joven vayan solos a lugares apartados", repetía. La legislación se encargó de vigilar el decoro en el vestir y el comportamiento en paseos, parques, baños. Popularmente, a la guardia encargada de estas tareas se la llamó "La moral".

Los niños que juegan al tren se han parado de repente. Un señor les está diciendo que hay que tener más educación y más compostura, y ellos, sin saber qué hacer con las manos, lo miran con curiosidad. Uno, el mayor, que se llama Bernabé, está pensando en un vecino suyo, de su edad poco más o menos, que se llama Chus. El otro, el pequeño, que se llama Paquito, está pensando en que al señor le huele mal la boca.

—Le huele como a goma podrida.

A Bernabé le da la risa al pensar aquello tan gracioso que le pasó a Chus con su tía.

—Chus, eres un cochino, que no te cambias el calzoncillo hasta que tiene palomino; ¿no te da vergüenza?

Bernabé contiene la risa; el señor se hubiera puesto furioso.

—No, tía, no me da vergüenza; papá también deja palomino.

¡Era para morirse de risa!

Paquito estuvo cavilando un rato.

—No, a ese señor no le huele la boca a goma podrida. Le huele a lombarda y a pies. Si yo fuese de ese señor me pondría una vela derretida en la nariz. Entonces hablaría como la prima Emilita —gua, gua—, [cy] que la tienen que operar de la garganta. Mamá dice que cuando la operen de la garganta se le quitará esa cara de boba que tiene y ya no dormirá con la boca abierta. A lo mejor, cuando la operen se muere. Entonces la meterán en una caja blanca, porque aún no tiene tetas ni lleva tacón.

Las dos pensionistas, recostadas sobre el diván, miran para doña Pura.

Aún flotan en el aire, como globitos vagabundos, las ideas de los dos loros sobre el violinista.

—Yo no sé cómo hay mujeres así; ésa es igual que un sapo. Se pasa el día sacándole el pellejo a tiras a todo el

[cy] —guá, guá— A, A2, A3; —gua, gua— A4 y ss.

mundo y no se da cuenta de que si su marido la aguanta es porque todavía le quedan algunos duros. El tal don Pablo es un punto filipino, [45] un tío de mucho cuidado. Cuando mira para una, parece como si la desnudara.

—Ya, ya.

—Y aquella otra, la Elvira de marras, también tiene sus conchas. Porque lo que yo digo: no es lo mismo lo de su niña, la Paquita, que después de todo vive decentemente, aunque sin los papeles en orden, que lo de ésta, que anda por ahí rodando como una peonza y sacándole los cuartos a cualquiera para malcomer.

—Y además, no compare usted, doña Matilde, a ese pelao del don Pablo con el novio de mi hija, que es catedrático de psicología, lógica y ética, [cz] y todo un caballero.

—Naturalmente que no. El novio de la Paquita la respeta y la hace feliz y ella, que tiene un buen parecer y es simpática, pues se deja querer, que para eso está. Pero estas pelanduscas ni tienen conciencia ni saben otra cosa que abrir la boca para pedir algo. ¡Vergüenza les había de dar!

Doña Rosa sigue su conversación con los músicos. Gorda, abundante, su cuerpecillo hinchado se estremece de gozo al discursear; parece un gobernador civil.

—¿Que tiene usted un apuro? Pues me lo dice y yo, si puedo, se lo arreglo. ¿Que usted trabaja bien y está ahí subido, rascando como Dios manda? Pues yo voy y, cuando toca cerrar, le doy su durito y en paz. ¡Si lo mejor es llevarse bien! ¿Por qué cree usted que yo estoy a matar con mi cuñado? Pues porque es un golfante, [46] que anda

---

[cz] Psicología, Lógica y Ética   A

---

[45] *punto filipino*: "Expresión calificativa que se aplica a un hombre dispuesto a cometer inmoralidades, engañar, estafar, etc." (M. Moliner, *D. U.*).

[46] *golfante*: "golfo". Según Clavería (*Est. gitanismos*) la voz sufrió el influjo de "mangante". Es un término procedente del habla popular madrileña usado por Baroja y frecuente en Valle-Inclán.

por ahí de flete[47] las veinticuatro horas del día y luego se viene hasta [da] casa para comerse la sopa boba. Mi hermana, que es tonta y se lo aguanta, la pobre fue siempre así. ¡Anda que si da conmigo! ¡Por su cara bonita le iba a pasar yo que anduviese todo el día por ahí calentándose con las marmotas,[48] para después venirse a verter con la señora! [db] ¡Sería bueno! Si mi cuñado trabajara, como trabajo yo, y arrimara el hombro y trajera algo para casa, otra cosa sería; pero el hombre prefiere camelar a la simple de la Visi y pegarse la gran vida sin dar golpe.

—Claro, claro.

—Pues eso. El andova[49] es un zángano malcriado que nació para chulo. Y no crea usted que esto lo digo a sus espaldas, que lo mismo se lo casqué el otro día en sus propias narices.

—Ha hecho usted bien.

—Y tan bien. ¿Por quién nos ha tomado ese muerto de hambre?

—¿Va bien ese reló, Padilla?

—Sí, señorita Elvira.

—¿Me da usted fuego? Todavía es temprano.

[da] Eds. 5.ª, 6.ª, 7.ª y 8.ª: "… se viene a casa…" N. del A.
[db] para … señora! : falta en A
Eds. 1.ª a 7.ª, falta desde "… para después…" N. del A.

---

[47] *flete*: "conquista callejera que hace la meretriz" (A. Neves, D. A.). El término es un vulgarismo que se utiliza en Cuba y América Central.

[48] *marmota*: término despectivo que se aplica a las criadas y muchachas de servicio. Don Roque, efectivamente, es el amante de Lola, criada en la pensión de doña Matilde.

[49] *andova*: andova es una locución del caló aplicada generalmente a una tercera persona que se emplea en Andalucía como "este" o "ese hombre" (Alcalá, *V. A.,* y Clavería, *N. N. sobre gitanismos*). *Andoba,* con el mismo significado, aparece en *Martes de Carnaval.*

El cerillero [dc] le dio fuego a la señorita Elvira.

—Está usted contenta, señorita.

—¿Usted cree?

—Vamos, me parece a mí. La encuentro a usted más animada que otras tardes.

—¡Psché! A veces la mala uva pone buena cara.

La señorita Elvira tiene un aire débil, enfermizo, casi vicioso. La pobre no come lo bastante para ser ni viciosa ni virtuosa.

La del hijo muerto que se estaba preparando para correos [dc'] dice:

—Bueno, me voy.

Don Jaime Arce, reverenciosamente, se levanta al tiempo de hablar, sonriendo.

—A sus pies, señora; hasta mañana si Dios quiere.

La señora aparta una silla.

—Adiós, siga usted bien.

—Lo mismo digo, señora; usted me manda.

Doña Isabel Montes, viuda de Sanz, anda como una reina. Con su raída capita de quiero y no puedo, doña Isabel parece una gastada hetaira [50] de lujo que vivió como las cigarras y no guardó para la vejez. Cruza el salón en silencio y se cuela por la puerta. La gente la sigue con una mirada donde puede haber de todo menos indiferencia; donde puede haber admiración, o envidia, o simpatía, o desconfianza o cariño, vaya usted a saber.

Don Jaime Arce ya no piensa ni en los espejos, ni en las viejas pudibundas, ni en los tuberculosos que alber-

[dc] el limpia *A1, A2, A3*
Eds. 1.ª, 2.ª y 3.ª: "El limpia…". En las ediciones 4.ª, 5.ª, 6.ª y 7.ª llamada con referencia a la nota de la página 62 (de la cuarta edición: 160 de la presente). *N. del A.*

[dc'] Correos *A*

[50] *hetaira*: la cortesana-prostituta griega de elevada condición social. Es palabra revitalizada por modernistas y bohemios: "Hetairas y poetas somos hermanos", decía Manuel Machado.

gará el café ^{dd} (un 10 por ciento aproximadamente), ni en los afiladores de lápices, ni en la circulación de la sangre. A don Jaime Arce, a última hora de la tarde, le invade un sopor que le atonta.

—¿Cuántas son siete por cuatro? Veintiocho. ¿Y seis por nueve? Cincuenta y cuatro. ¿Y el cuadrado de nueve? Ochenta y uno. ¿Dónde nace el Ebro? En Reinosa, provincia de Santander. Bien.

Don Jaime Arce sonríe; está satisfecho de su repaso, y, mientras deslía unas colillas, repite por lo bajo:

—Ataúlfo, Sigerico, Walia, Teodoredo, Turismundo... [51] ¿A que esto no lo sabe ese imbécil?

Ese imbécil es el joven poeta que sale, blanco como la cal, de su cura de reposo en el retrete.

—Deshilvanando, en aguas, el estío...

Enlutada, nadie sabe por qué, desde que casi era una niña, hace ya muchos años, y sucia y llena de brillantes que valen un dineral, doña Rosa engorda y engorda todos los años un poco, casi tan de prisa como amontona los cuartos.

La mujer es riquísima; la casa donde está el café ^{de} es suya, y en las calles de Apodaca, de Churruca, de Campoamor, de Fuencarral, docenas de vecinos tiemblan como muchachos de la escuela todos los primeros de mes.

—En cuanto una se confía —suele decir—, ya están abusando. Son unos golfos, unos verdaderos golfos. ¡Si no hubiera jueces honrados, no sé lo que sería de una!

Doña Rosa tiene sus ideas propias sobre la honradez.

^{dd} Café *A*
^{de} Café *A*

---

[51] *Ataúlfo... Turismundo*: nombres que formaban la lista de los reyes visigodos en España. La enumeración de los 33 reinados suplía con frecuencia, en las enciclopedias escolares, a los estudios de historia medieval.

—Las cuentas claras, hijito, las cuentas claras, que son una cosa muy seria.

Jamás perdonó un real a nadie y jamás permitió que le pagaran a plazos.

—¿Para qué están los desahucios —decía—, para que no se cumpla la ley? [52] Lo que a mí se me ocurre es que si hay una ley es para que la respete todo el mundo; yo la primera. Lo otro es la revolución.

Doña Rosa es accionista de un banco [df] donde trae de cabeza a todo el consejo [dg] y, según dicen por el barrio, guarda baúles enteros de oro tan bien escondidos que no se lo [dh] encontraron ni durante la guerra civil. [di]

El limpia acabó de limpiarle los zapatos a don Leonardo.
—Servidor.

Don Leonardo mira para los zapatos y le da un pitillo de noventa.
—Muchas gracias.

Don Leonardo no paga el servicio, no lo paga nunca. Se deja limpiar los zapatos a cambio de un gesto. Don Leonardo es lo bastante ruin para levantar oleadas de admiración entre los imbéciles.

El limpia, cada vez que da brillo a los zapatos de don Leonardo, se acuerda de sus seis mil duros. En el fondo está encantado de haber podido sacar de un apuro a don Leonardo; por fuera le escuece un poco, casi nada.

—Los señores son los señores, está más claro que el agua. Ahora anda todo un poco revuelto, pero al que es señor desde la cuna se le nota en seguida.

[df] Banco *A*
[dg] Consejo *A*
[dh] Ed. 8.ª: "... los..."; lo que no encontraron fue el oro, no los baúles. *N. del A.*
[di] Guerra Civil *A*

---

[52] El 30 de mayo de 1942 se publicó la ley de arrendamientos y desahucios que fijaba las condiciones de los alquileres y las medidas jurídicas que permitían hacer frente a los impagos.

Si Segundo Segura,[dj] el limpia, fuese culto, sería, sin duda, lector de Vázquez Mella.[53]

Alfonsito, el niño de los recados, vuelve de la calle con el periódico.

—Oye, rico, ¿dónde has ido por el papel?

Alfonsito es un niño canijo, de doce o trece años, que tiene el pelo rubio y tose constantemente. Su padre, que era periodista, murió dos años atrás en el hospital[dk] del Rey. Su madre, que de soltera fue una señorita llena de remilgos, fregaba unos despachos de la Gran Vía y comía en auxilio social.[dl][54]

—Es que había cola, señorita.

—Sí, cola; lo que pasa es que ahora la gente se pone a hacer cola para las noticias, como si no hubiera otra cosa más importante que hacer. Anda, ¡trae acá!

[dj] Si el limpia fuese   *A1, A2, A3*
Eds. 1.ª, 2.ª y 3.ª: "Si el limpia fuese…"; en las eds. 4.ª, 5.ª, 6.ª y 7.ª, llamada con referencia a la nota de la página 62 (de la cuarta edición: 160 de la presente). *N. del A.*
[dk] Hospital   *A*
[dl] Auxilio Social   *A*

[53] *Vázquez de Mella* (1861-1928) fue ideólogo ultraconservador cuya doctrina quedó encumbrada en la inmediata postguerra. Elegido diputado tradicionalista de 1893 a 1913, intentó crear una nueva imagen del carlismo definiéndose a sí mismo como un monárquico partidario del progreso compatible con la tradición. En 1914 fundó el Partido Tradicionalista, hacia el que llevó a figuras como Víctor Pradera. Su libro *Ideario. Política tradicionalista* fue muy difundido entre grupos falangistas y jonsistas y forma parte de los fundamentos ideológicos de Acción Española. La obra *Tres dogmas nacionales* —junto a *Defensa de la Hispanidad,* de Ramiro de Maeztu, y *El estado nuevo,* de Víctor Pradera— es texto fundamental en la doctrina del nacional-catolicismo.

[54] *Auxilio social*: organización de carácter benéfico fundada en Valladolid, en 1937, por Mercedes Sanz Bachiller, viuda de Onésimo Redondo, con la ayuda de Martínez Bedoya. Nació como trasposición del *Winter-Hilfe,* creado en la Alemania nazi, del que tomó el nombre, la imagen, el logotipo y parte de su filosofía. En 1940 Auxilio Social fue estructurado como Delegación Nacional de Servicios de Falange Española Tradicionalista y de las J.O.N.S., encargada de establecer comedores, guarderías, hogares, centros médicos y servicios asistenciales.

—Informaciones se acabó, señorita; le traigo Madrid. [dll 55]

—Es igual. ¡Para lo que se saca en limpio! ¿Usted entiende algo de eso de tanto gobierno [dm] como anda suelto por el mundo, Seoane?

—¡Psché!

—No, hombre, no; no hace falta que disimule; no hable si no quiere. ¡Caray con tanto misterio!

Seoane sonríe, con su cara amarga de enfermo del estómago, y calla. ¿Para qué hablar?

—Lo que pasa aquí, con tanto silencio y tanto sonreír, ya lo sé yo, pero que muy bien. ¿No se quieren convencer? ¡Allá ustedes! Lo que les digo es que los hechos cantan, ¡vaya si cantan!

Alfonsito reparte Madrid [dn] por algunas mesas.

Don Pablo saca las perras.

—¿Hay algo?

—No sé, ahí verá.

Don Pablo extiende el periódico sobre la mesa y lee los titulares. Por encima de su hombro, Pepe procura enterarse.

La señorita Elvira hace una seña al chico.

—Déjame el de la casa, cuando acabe doña Rosa.

Doña Matilde, que charla con el cerillero mientras su amiga doña Asunción está en el lavabo, comenta despreciativa:

—Yo no sé para qué querrán enterarse tanto de todo lo que pasa. ¡Mientras aquí estemos tranquilos! ¿No le parece?

—Eso digo yo.

Doña Rosa lee las noticias de la guerra.

—Mucho recular me parece ése... [56] Pero, en fin, ¡si al

[dll] *Informaciones ... Madrid A*
[dm] Gobierno *A*
[dn] *Madrid A*

---

[55] *Informaciones* y *Madrid*: periódicos madrileños de la tarde.
[56] Desde finales de 1942 las tropas del Eje fueron perdiendo posiciones. A la victoria de Montgomery en El-Alamein sucedió la

final lo arreglan! ¿Usted cree que al final lo arreglarán, Macario?

El pianista pone cara de duda.

—No sé, puede ser que sí. ¡Si inventan algo que resulte bien!

Doña Rosa mira fijamente para el teclado del piano. Tiene el aire triste y distraído y habla como consigo misma, igual que si pensara en alto.

—Lo que hay es que los alemanes, que son unos caballeros como Dios manda, se fiaron demasiado de los italianos, que tienen más miedo que ovejas. ¡No es más!

Suena la voz opaca, y los ojos, detrás de los lentes, parecen velados y casi soñadores.

—Si yo hubiera visto a Hitler, le hubiera dicho: ¡no se fíe, no sea usted bobo, que ésos tienen un miedo que ni ven! [dñ]

Doña Rosa suspiró ligeramente.

—¡Qué tonta soy! Delante de Hitler, no me hubiera atrevido ni a levantar la voz...

A doña Rosa le preocupa la suerte de las armas alemanas. Lee con toda atención, día a día, el parte del cuartel general del Führer, y relaciona, por una serie de vagos presentimientos que no se atreve a intentar ver claros, el destino de la Wehrmacht con el destino de su café. [do]

Vega compra el periódico. Su vecino le pregunta:

—¿Buenas noticias?

Vega es un ecléctico.

—Según para quién.

El echador sigue diciendo ¡voy! [dp] y arrastrando los pies por el suelo del café. [dq]

---

dñ " ¡No se fíe, ... ven!" A
do Café A
dp "¡Voy!" A
dq Café A

---

de Trípoli, la de Tunicia, la soviética en Stalingrado y la invasión aliada del sur de Italia que marcaban el avance de las tropas aliadas en todos los frentes.

—Delante de Hitler me quedaría más azarada ^{dr} que una mona; debe ser un hombre que azare mucho; tiene una mirada como un tigre.

Doña Rosa vuelve a suspirar. El pecho tremendo le tapa el cuello durante unos instantes.

—Ése y el Papa, [57] yo creo que son los dos que azaran más.

Doña Rosa dio un golpecito con los dedos sobre la tapa del piano.

—Y después de todo, él sabrá lo que se hace; para eso tiene a los generales.

Doña Rosa está un momento en silencio y cambia la voz:

—¡Bueno!

Levanta la cabeza y mira para Seoane:

—¿Cómo sigue su señora de sus cosas?

—Va tirando; hoy parece que está un poco mejor.

—Pobre Sonsoles; [ds] ¡con lo buena que es!

—Sí, la verdad es que está pasando una mala temporada.

—¿Le dio usted las gotas que le dijo don Francisco?

—Sí, ya las ha tomado. Lo malo es que nada le queda dentro del cuerpo; todo lo devuelve.

---

^{dr} Eds. anteriores: "...azorada...", y en las líneas inmediatas siguientes "...azore" y "...azoran...". Escribo siempre azarar, que es como la gente dice, aunque no suelo conseguir que los correctores respeten mi intención. *N. del A.*

^{ds} Ed. 1.ª: "...Amparo;" por evidente distracción mía, como en el caso de Encarna, nota *ca*, pág. 156, de la que me di cuenta al repasar el borrador original. *N. del A.*

---

[57] Desde 1939 era Papa Pío XII, figura y nombramiento que fueron jubilosamente celebrados en toda la prensa nacional. El número XX de *Vértice* —marzo de 1939— saludaba al Papa "asceta y diplomático", al hombre que había firmado un concordato con el Reich alemán y que bendijera a los aviones nazis. Pío XII, además, reafirmaba la identificación católicos-vencedores de la guerra española y daba a ésta el carácter de cruzada contra los infieles y el materialismo. Fue considerado como el apóstol de una nueva era en la que, como decía *Vértice*, "se perfila ya en el viejo continente la derrota del marxismo iniciada por las armas en España, que otra vez sirven, como en toda su historia, los intereses supremos de la Cristiandad".

—¡Vaya por Dios!

Macario teclea suave y Seoane coge el violín.

—¿Qué va?

—La verbena, [dt] [58] ¿le parece?

—Venga.

Doña Rosa se separa de la tarima de los músicos mientras el violinista y el pianista, con resignado gesto de colegiales, rompen el tumulto del café [du] con los viejos compases, tantas veces —¡ay, Dios!— repetidos y repetidos.

> ¿Dónde vas con mantón de Manila,
> dónde vas con vestido chiné?

Tocan sin papel. No hace falta.

Macario, como un autómata, piensa:

Y entonces le diré: —Mira, hija, no hay nada que hacer; con un durito por las tardes y otro por las noches, y dos cafés, tú dirás—. Ella, seguramente, me contestará: —No seas tonto, ya verás; con tus dos duros y alguna clase que me salga...—. Matilde, bien mirado, es un ángel; es igual que un ángel. [dv]

Macario, por dentro, sonríe; por fuera, casi, casi. Macario es un sentimental mal alimentado que acaba, por aquellos días, de cumplir los cuarenta y tres años.

Seoane mira vagamente para los clientes del café, [dw] y no piensa en nada. Seoane es un hombre que prefiere no pensar; lo que quiere es que el día pase corriendo, lo más de prisa posible, y a otra cosa.

Suenan las nueve y media en el viejo reló de breves numeritos que brillan como si fueran de oro. El reló es un

[dt] "La verbena" A
[du] Café A
[dv] "Y entonces ... que un ángel" A
[dw] Café A

58 La verbena, La verbena de la Paloma, es una zarzuela de Ricardo de la Vega, con música de Tomás Bretón, que se estrenó en Madrid el 14 de febrero de 1894.

mueble casi suntuoso que se había traído de la exposición [dx] de París [59] un marquesito tarambana y sin blanca que anduvo cortejando a doña Rosa, allá por el 905. El marquesito, que se llamaba Santiago y era grande [dy] de España, murió tísico en el Escorial, muy joven todavía, y el reló quedó posado sobre el mostrador del café, [dz] como para servir de recuerdo de unas horas que pasaron sin traer el hombre para doña Rosa y el comer caliente todos los días, para el muerto. ¡La vida!

Al otro extremo del local, doña Rosa riñe con grandes aspavientos a un camarero. Por los espejos, como a traición, los otros camareros miran la escena, casi despreocupados.

El café, [dz'] antes de media hora, quedará vacío. Igual que un hombre al que se le hubiera borrado de repente la memoria.

[dx] Exposición *A*
[dy] Grande *A*
[dz] Café *A*
[dz'] Café *A*

---

[59] La Exposición de París se celebró en 1900. La de 1889 fue de obras de ingeniería mientras ésta, que se llamó Exposición Universal, estuvo dedicada a la arquitectura y a las artes. Entre éstas cabe reseñar el triunfo del *modern style,* cuyas líneas parece seguir el reloj que se trajo el marquesito y marca las horas en el café de doña Rosa.

CAPÍTULO SEGUNDO

ANDE,[a] largo.

—Adiós, muchas gracias; es usted muy amable.

—Nada. Váyase por ahí. Aquí no lo queremos ver más.

El camarero procura poner voz seria, voz de respeto. Tiene un marcado deje gallego que quita violencia, autoridad, a sus palabras, que tiñe de dulzor su seriedad. A los hombres blandos, cuando desde fuera se les empuja a la acritud, les tiembla un poquito el labio de arriba;[b] parece como si se lo rozara una mosca invisible.

—Si quiere, le dejo el libro.

—No; lléveselo.

Martín Marco, paliducho, desmedrado, con el pantalón desflecado y la americana raída, se despide del camarero llevándose la mano al ala de su triste y mugriento sombrero gris.

—Adiós, muchas gracias;[c] es usted muy amable.

—Nada. Váyase por ahí. Aquí no vuelva a arrimar.

Martín Marco mira para el camarero;[d] quisiera decir algo hermoso.

—En mí tiene usted un amigo.

—Bueno.

—Yo sabré corresponder.

[a] —Ande *A*
[b] arriba, parece *A*
[c] gracias, es *A*
[d] camarero, quisiera *A*

179

Martín Marco se sujeta sus gafas de cerquillo de alambre y rompe a andar. A su lado pasa una muchacha que le resulta una cara conocida.

—Adiós.

La chica lo mira durante un segundo y sigue su camino. Es jovencita y muy mona. No va bien vestida. Debe de ser sombrerera; [e] las sombrereras tienen todas un aire casi distinguido; así como las buenas amas de cría son pasiegas y las buenas cocineras, vizcaínas, las buenas queridas, las que se pueden vestir bien y llevarlas a cualquier lado, suelen ser sombrereras.

Martín Marco tira lentamente por el bulevar abajo, camino de Santa Bárbara.

El camarero se para un instante en la acera, antes de empujar la puerta.

—¡Va sin un real!

Las gentes pasan apresuradas, bien envueltas en sus gabanes, huyendo del frío.

Martín Marco, el hombre que no ha pagado el café y que mira la ciudad como un niño enfermo y acosado, mete las manos en los bolsillos del pantalón.

Las luces de la plaza brillan con un resplandor hiriente, casi ofensivo.

Don Roberto González, levantando la cabeza del grueso libro de contabilidad, habla con el patrón.

—¿Le sería a usted igual darme tres duros a cuenta? Mañana es el cumpleaños de mi mujer.

El patrón es un hombre de buena sangre, un hombre honrado que hace sus estraperlos, [1] como cada hijo de vecino, pero que no tiene hiel en el cuerpo.

---

[e] sombrerera, las *A*

---

[1] *estraperlo*: venta clandestina, ilegal y fraudulenta de artículos de consumo. Originariamente el estraperlo —palabra derivada del nombre de los introductores Strauss y Perlo— era un juego que introducía en la ruleta una variante de habilidad, variante que no era sino una forma de encubrir un fraude originario. Para instalar el estraperlo en los casinos de España era necesaria la licencia gubernativa que los promotores lograron por influencias políticas.

—Sí, hombre. A mí, ¿qué más me da?

—Muchas gracias, señor Ramón.

El panadero saca del bolsillo una gruesa cartera de piel de becerro y le da cinco duros a don Roberto.

—Estoy muy contento con usted, González; [f] las cuentas de la tahona marchan muy bien. Con esos dos duros de más, les compra usted unas porquerías a los niños.

El señor Ramón se queda un momento callado. Se rasca la cabeza y baja la voz.

—No le diga nada a la Paulina.

—Descuide.

El señor Ramón se mira la puntera de las botas.

—No es por nada, ¿sabe? Yo sé que es usted un hombre discreto que no se va de la lengua, pero a lo mejor, por un casual, se le escapaba a usted algo y ya teníamos monserga para quince días. Aquí mando yo, como usted sabe, pero las mujeres ya las conoce usted...

—Descuide, y muchas gracias. No hablaré, por la cuenta que me trae.

Don Roberto baja la voz.

—Muchas gracias...

—No hay que darlas; lo que yo quiero es que usted trabaje a gusto.

A don Roberto, las palabras del panadero le llegan al alma. Si el panadero prodigase sus frases amables, don Roberto le llevaría las cuentas gratis.

El señor Ramón anda por los cincuenta o cincuenta y dos años y es un hombre fornido, bigotudo, colorado, un hombre sano, por fuera y por dentro, que lleva una vida

---

[f] González, las   A

Al descubrirse la estafa que implicaba el juego, se descubrió también quiénes la encubrían, entre otros, el sobrino de Lerroux, el ex-ministro de gobernación Salazar Alonso y el gobernador que el jefe radical había nombrado en Cataluña, el señor Pich i Pon. El escándalo contribuyó a la caída del gobierno de Lerroux y la palabra "estraperlo" pasó a ser sinónimo, en el lenguaje popular, de estafa, chanchullo y venta ilegal o fraudulenta, acepción ésta con la que el término llega a la postguerra.

honesta de viejo menestral, levantándose al alba, bebiendo
vino tinto y tirando pellizcos en el lomo a las criadas de
servir. Cuando llegó a Madrid, a principios de siglo, traía
las botas al hombro para no estropearlas.

Su biografía es una biografía de cinco líneas. Llegó a la
capital a los ocho o diez años, se colocó en una tahona
y estuvo ahorrando hasta los veintiuno, que fue al servicio.
Desde que llegó a la ciudad hasta que se fue quinto no
gastó ni un céntimo, lo guardó todo. Comió pan y bebió
agua, durmió debajo del mostrador y no conoció mujer.
Cuando se fue a servir al rey [g] dejó sus cuartos en la caja
postal [h] y, cuando lo licenciaron, retiró su dinero y se
compró una panadería; en doce años había ahorrado veinticuatro mil reales, todo lo que ganó: algo más que una
peseta diaria, unos tiempos con otros. En el servicio aprendió a leer, a escribir y a sumar, y perdió la inocencia.
Abrió la tahona, se casó, tuvo doce hijos, compró un calendario y se sentó a ver pasar el tiempo. Los patriarcas
antiguos debieron ser bastante parecidos al señor Ramón.

El camarero entra en el café. [i] Se siente, de golpe, calor
en la cara; dan ganas de toser, más bien bajo, como para
arrancar esa flema que posó en la garganta el frío de la
calle. Después parece hasta que se habla mejor. Al entrar
notó que le dolían un poco las sienes; notó también, o se
lo figuró, que a doña Rosa le temblaba un destellito de
lascivia en el bigote.

—Oye, ven acá.

El camarero se le acercó.

—¿Le has arreado?

—Sí, señorita.

—¿Cuántas?

—Dos.

—¿Dónde?

[g] al Rey *A*
[h] Caja Postal *A*
[i] en el Café *A*

—Donde pude, en las piernas.

—¡Bien hecho! ¡Por mangante!

Al camarero le da un repeluco por el espinazo. Si fuese un hombre decidido, hubiera ahogado a la dueña; afortunadamente no lo es. La dueña se ríe por lo bajo con una risita cruel. Hay gentes a las que divierte ver pasar calamidades a los demás; para verlas bien de cerca se dedican a visitar los barrios miserables, a hacer regalos viejos a los moribundos, a los tísicos arrumbados en una manta astrosa, a los niños anémicos y panzudos que tienen los huesos blandos, a las niñas que son madres a los once años, a las golfas cuarentonas comidas de bubas: las golfas que parecen caciques indios con sarna. Doña Rosa no llega ni a esa categoría. Doña Rosa prefiere la emoción a domicilio, ese temblor...

Don Roberto sonríe satisfecho; al hombre ya le preocupaba que le cogiera el cumpleaños de su mujer sin un real en el bolsillo. ¡También hubiese sido fatalidad!

—Mañana le llevaré a la Filo unos bombones —piensa—. La [1] Filo es como una criatura, es igual que un niño pequeño, que un niño de seis años... Con las diez pesetas les compraré alguna coseja a los chicos y me tomaré un vermú... Lo que más les gustará será una pelota... Con seis pesetas hay ya una pelota bastante buena...

Don Roberto había pensado despacio, incluso con regodeo. Su cabeza estaba llena de buenas intenciones y de puntos suspensivos.

Por el ventanillo de la tahona entraron, a través de los cristales y de las maderas, unas agrias, agudas, desabridas notas de flamenco callejero. Al principio no se hubiera sabido si quien cantaba era una mujer o un niño. A don Roberto le cogió el concierto rascándose los labios con el mango de la pluma.

En la acera de enfrente, un niño se desgañitaba a la puerta de una taberna:

[1] piensa—, la Filo   A

*Esgraciaíto aquel que come
el pan por manita ajena;
siempre mirando a la cara
si la ponen mala o buena.*

De la taberna le tiran un par de perras y tres o cuatro
aceitunas que el niño recoge del suelo, muy de prisa. El
niño es vivaracho como un insecto, morenillo, canijo. Va
descalzo y con el pecho al aire, y representa tener unos
seis años. Canta solo, animándose con sus propias palmas
y moviendo el culito a compás.

Don Roberto cierra el tragaluz y se queda de pie en
medio de la habitación. Estuvo pensando en llamar al niño
y darle un real.

—No...

A don Roberto, al imponerse el buen sentido, le volvió
el optimismo.

—Sí, unos bombones... La Filo es como una criatura,
es igual que un...

Don Roberto, a pesar de tener cinco duros en el bolsillo, no tenía la conciencia tranquila del todo.

—También esto es gana de ver mal las cosas, ¿verdad,
Roberto? —le decía desde dentro del pecho una vocecita
tímida y saltarina.

—Bueno.

Martín Marco se para ante los escaparates de una tienda
de lavabos que hay en la calle Sagasta. La tienda luce
como una joyería o como la peluquería de un gran hotel,
y los lavabos parecen lavabos del otro mundo, lavabos del
paraíso, ᵏ con sus grifos relucientes, sus lozas tersas y sus
nítidos, purísimos espejos. Hay lavabos blancos, lavabos
verdes, rosa, amarillos, violeta, negros; ¹ lavabos de todos
los colores. ¡También es ocurrencia! Hay baños que lucen
hermosos como pulseras de brillantes, bidets con un cuadro

ᵏ del Paraíso *A*
¹ negros, lavabos *A*

de mandos como el de un automóvil, lujosos retretes de dos tapas y de ventrudas, elegantes cisternas bajas donde seguramente se puede apoyar el codo, se pueden incluso colocar algunos libros bien seleccionados, encuadernados con belleza: Hölderlin, Keats, Valéry, para los casos en que el estreñimiento precisa de compañía; Rubén, Mallarmé, sobre todo Mallarmé, para las descomposiciones de vientre. ¡Qué porquería!

Martín Marco sonríe, como perdonándose, y se aparta del escaparate.

—La vida —piensa— es esto. Con lo que unos se gastan para hacer sus necesidades a gusto, otros tendríamos para comer un año. ¡Está bueno! Las guerras deberían hacerse para que haya menos gentes que hagan sus necesidades a gusto y pueda comer el resto un poco mejor. Lo malo es que cualquiera sabe por qué, los intelectuales seguimos comiendo mal y haciendo nuestras cosas en los cafés. [ll] ¡Vaya por Dios!

A Martín Marco le preocupa el problema social. No tiene ideas muy claras sobre nada, pero le preocupa el problema social.

—Eso de que haya pobres y ricos —dice a veces— está mal; es mejor que seamos todos iguales, ni muy pobres ni muy ricos, todos un término medio. A la humanidad [m] hay que reformarla. Debería nombrarse una comisión de sabios que se encargase de modificar la humanidad. [n] Al principio se ocuparían de pequeñas cosas, enseñar el sistema métrico decimal a la gente, por ejemplo, y después, cuando se fuesen calentando, empezarían con las cosas más importantes y podrían hasta ordenar que se tirasen abajo las ciudades para hacerlas otra vez, todas iguales, con las calles bien rectas y calefacción en todas las casas. Resultaría un poco caro, pero en los bancos [ñ] tiene que haber cuartos de sobra.

[ll] los Cafés *A*
[m] la Humanidad *A*
[n] la Humanidad *A*
[ñ] los Bancos *A*

Una bocanada de frío cae por la calle de Manuel Silvela y a Martín le asalta la duda de que va pensando tonterías.

—¡Caray con los lavabitos!

Al cruzar la calzada un ciclista lo tiene que apartar de un empujón.

—¡Pasmado, que parece que estás en libertad vigilada!

A Martín le subió la sangre a la cabeza.

—¡Oiga, oiga!

El ciclista volvió la cabeza y le dijo adiós con la mano.

Un hombre baja por Goya leyendo el periódico; cuando lo cogemos pasa por delante de una pequeña librería de lance que se llama Alimente usted su espíritu. [o] Una criadita se cruza con él.

—¡Adiós, señorito Paco!

El hombre vuelve la cabeza.

—¡Ah! ¿Eres tú? ¿Adónde vas?

—Voy a casa, señorito; vengo de ver a mi hermana, la casada.

—Muy bien.

El hombre la mira a los ojos.

—Qué, ¿tienes novio ya? Una mujer como tú no puede estar sin novio…

La muchacha ríe a carcajadas.

—Bueno, me voy; llevo la mar de prisa.

—Pues, adiós, hija, y que no te pierdas. Oye, dile al señorito Martín, si le ves, que a las doce [p] me pasaré por el bar de Narváez.

—Bueno.

La muchacha se va y Paco la sigue con la mirada hasta que se pierde entre la gente.

—Anda como una corza…

Paco, el señorito Paco, encuentra guapas a todas las mujeres, no se sabe si es un cachondo o un sentimental.

[o] llama "Alimente usted su espíritu" *A*
[p] once *A*

La muchacha que acaba de saludarle, lo es, realmente, pero aunque no lo fuese hubiera sido lo mismo: para Paco, todas son miss [p'] España.

—Igual que una corza...

El hombre se vuelve y piensa, vagamente, en su madre, muerta hace ya años. Su madre llevaba una cinta de seda negra al cuello, para sujetar la papada, y tenía muy buen aire, en seguida se veía que era de una gran familia. El abuelo de Paco había sido general y marqués, y murió en un duelo de pistola en Burgos; lo mató un diputado progresista que se llamaba don Edmundo Páez Pacheco, hombre masón y de ideas disolventes.

A la muchachita le apuntaban sus cosas debajo del abriguillo de algodón. Los zapatos los llevaba un poco deformados ya. Tenía los ojos claritos, verdicastaños y algo achinados. Vengo de casa de mi hermana la casada. Je, je... Su hermana la casada, ¿te acuerdas, Paco? [q]

Don Edmundo Páez Pacheco murió de unas viruelas, en Almería, el año del desastre. [2]

La chica, mientras hablaba con Paco, le había sostenido la mirada.

Una mujer pide limosna con un niño en el brazo, envuelto en trapos, y una gitana gorda vende lotería. Algunas parejas de novios se aman en medio del frío, contra viento y marea, muy cogiditos del brazo, calentándose mano sobre mano.

Celestino, rodeado de cascos vacíos en la trastienda de su bar, habla solo. Celestino habla solo, algunas veces. De mozo su madre le decía:

—¿Qué?

[p'] son Miss España *A*
[q] "Vengo ... la casada" "Je, je, ..., Paco?" *A*

[2] el *desastre* en la guerra de España contra los Estados Unidos y la consecuente pérdida de las últimas colonias españolas en 1898. El término acogió el metalenguaje de la decadencia política de España y en general a toda la literatura que la comentaba.

—Nada, estaba hablando solo.

—¡Ay, hijo, por Dios, que te vas a volver loco!

La madre de Celestino no era tan señora como la de Paco.

—Pues no los doy, los rompo en pedazos, pero no los doy. O me pagan lo que valen o no se los llevan, no quiero que me tomen el pelo, no me da la gana, ¡a mí no me roba nadie! ¡Ésta, ésta es la explotación del comerciante! O se tiene voluntad o no se tiene. ¡Naturalmente! O se es hombre o no se es. ¡A robar a sierra [r] Morena!

Celestino se encaja la dentadura y escupe rabioso contra el suelo.

—¡Pues estaría bueno!

Martín Marco sigue caminando, lo de la bicicleta lo olvida pronto.

—Si esto de la miseria de los intelectuales se le hubiera ocurrido a Paco, ¡menuda! Pero no, Paco es un pelma, ya no se le ocurre nada. Desde que lo soltaron anda por ahí como un palomino sin hacer nada a derechas. Antes, aún componía de cuando en cuando algún verso, ¡pero lo que es ahora! Yo ya estoy harto de decírselo, ya no se lo digo más. ¡Allá él! Si piensa que haciendo el vago va a quedar, está listo.

El hombre siente un escalofrío y compra veinte de castañas, —cuatro castañas— en la boca del metro [s] que hay esquina a Hermanos Álvarez Quintero, esa boca abierta de par en par, como la del que está sentado en el sillón del dentista, y que parece hecha para que se cuelen por ella los automóviles y los camiones.

Se apoya en la barandilla a comer sus castañas y, a la luz de los faroles de gas, lee distraídamente la placa de la calle.

—Éstos sí que han tenido suerte. Ahí están. Con una

[r] Sierra Morena A
[s] del Metro A

calle en el centro y una estatua en el Retiro. ¡Para que nos riamos!

Martín tiene ciertos imprecisos raptos de respeto y de conservadurismo.

—¡Qué cuernos! Algo habrán hecho cuando tienen tanta fama, pero, ¡sí, sí!, ¿quién es el flamenco que lo dice?

Por su cabeza vuelan, como palomitas de la polilla, las briznas de la conciencia que se le resisten.

—Sí; una etapa del teatro español, un ciclo que se propusieron cubrir y lo lograron, un teatro fiel reflejo de las sanas costumbres andaluzas... [t] Un poco caritativo me parece todo esto, bastante emparentado con los suburbios y la fiesta de la banderita. ¡Qué le vamos a hacer! Pero no hay quien los mueva, ¡ahí están! ¡No los mueve ni Dios! [3]

A Martín le trastorna que no haya un rigor en la clasificación de los valores intelectuales, una ordenada lista de cerebros.

—Está todo igual, todo mangas por hombro.

Dos castañas estaban frías y dos ardiendo.

Pablo Alonso es un muchacho joven, con cierto aire deportivo de moderno hombre de negocios, que tiene desde hace quince días una querida que se llama Laurita.

[t] "una etapa ... español", "un ciclo ... lograron", "un teatro ... andaluzas" *A*

[3] Los hermanos Álvarez Quintero fueron dramaturgos encumbrados en los primeros años de la postguerra en nombre de su "españolismo" y porque —como se lee en el diario *Informaciones,* de 12 de abril de 1939— "fueron fieles a los valores eternos de España y la civilización occidental" en esa época insultante "no ya para nuestras creencias sino para nuestra piel blanca de europeos". La propaganda coetánea de sus obras reproducía las mismas ideas que Martín Marco verbaliza. Incluso la publicidad que hace CIFESA de *Mariquilla Terremoto* —dirigida por Benito Perojo, producida por Hispano Film de Berlín e interpretada por Estrellita Castro, Antonio Vico, Ricardo Merino y Vicente Soler— repite los mismos tópicos y presenta a la película como expresión de la "profunda solera andaluza".

Laurita es guapa. Es hija de una portera de la calle de
Lagasca. Tiene diecinueve años. Antes no tenía nunca un
duro para divertirse y mucho menos cincuenta duros para
un bolso. Con su novio, que era cartero, no se iba a ninguna parte. Laurita ya estaba harta de coger frío en Rosales, se le estaban llenando los dedos y las orejas de sabañones. A su amiga Estrella le puso un piso en Menéndez
Pelayo un señor que se dedica a traer aceite. [4]

Pablo Alonso levanta la cabeza.

—Manhattan.

—No hay whisky americano, [u] señor.

—Di en el mostrador que es para mí.

—Bien.

Pablo vuelve a coger la mano de la chica.

—Como te decía, Laurita. Es un gran muchacho, no puede ser más bueno de lo que es. Lo que pasa es que lo
ves pobre y desastrado, a lo mejor con la camisa sucia de
un mes y los pies fuera de los zapatos.

—¡Pobre chico! ¿Y no hace nada?

—Nada. Él anda con sus cosas a vueltas en la cabeza,
pero, a fin de cuentas, no hace nada. Es una pena porque
no tiene pelo de tonto.

—¿Y tiene donde dormir?

—Sí, en mi casa.

—¿En tu casa?

---

[u] escocés A
    Eds. 1.ª a 7.ª: "... escocés;" el manhattan se hace con whisky
americano". N. del A.

---

[4] El aceite, como antes se vio con el azúcar y el pan, era artículo
que escaseaba. La mínima cantidad fijada en el racionamiento ge-
neró un abundante mercado negro, origen de sustanciosos ingresos
particulares. La reglamentación era estricta: la ley de 24 de octubre de 1941 imponía la pena máxima para los que "acaparen,
oculten o vendan a precios abusivos artículos de uso y consumo
indispensables"; pero era una ley que afectaba sobre todo a los
pequeños vendedores. Los mayoristas con suficiente influencia política podían utilizar el sistema de cupos, válido para introducir
esas materias que escaseaban y aun para burlar las normas que
prohibían la libre circulación en el mercado interior.

—Sí, mandé que le pusieran una cama en un cuarto ropero y allí se mete. Por lo menos, no le llueve encima y está caliente.

La chica, que ha conocido la miseria de cerca, mira a Pablo a los ojos. En el fondo está emocionadilla.

—¡Qué bueno eres, Pablo!

—No, bobita; es un amigo viejo, un amigo de antes de la guerra. Ahora está pasando una mala temporada, la verdad es que nunca lo pasó muy bien.

—¿Y es bachiller?

Pablo se ríe.

—Sí, hija, es bachiller. Anda, hablemos de otra cosa.

Laurita, para variar, volvió a la cantinela [v] que empezara quince días atrás.

—¿Me quieres mucho?

—Mucho.

—¿Más que a nadie?

—Más que a nadie.

—¿Me querrás siempre?

—Siempre.

—¿No me dejarás nunca?

—Nunca.

—¿Aunque vaya tan sucia como tu amigo?

—No digas tonterías.

El camarero, al inclinarse para dejar el servicio sobre la mesa, sonrió.

—Quedaba un fondo en la botella, [v'] señor.

—¿Lo ves?

Al niño que cantaba flamenco le arreó una coz una golfa borracha. El único comentario fue un comentario puritano.

—¡Caray, con las horas de estar bebida! ¿Qué dejará para luego?

[v] cantilena A
[v'] un fondo de White Label A
Eds. 1.ª a 7.ª: "...un fondo de White Label," el White Label, según es bien sabido, es una marca de whisky escocés. N. del A.

El niño no se cayó al suelo, se fue de narices contra la pared. Desde lejos dijo tres o cuatro verdades a la mujer, se palpó un poco la cara y siguió andando. A la puerta de otra taberna volvió a cantar:

> Estando un maestro sastre
> cortando unos pantalones,
> pasó un chavea gitano
> que vendía camarones.

> Óigame usted, señor sastre,
> hágamelos estrechitos
> pa que cuando vaya a misa
> me miren los señoritos.

El niño no tiene cara de persona, tiene cara de animal doméstico, de sucia bestia, de pervertida bestia de corral. Son muy pocos sus años para que el dolor haya marcado aún el navajazo del cinismo —o de la resignación— en su cara, y su cara tiene una bella e ingenua expresión estúpida, una expresión de no entender nada de lo que pasa. Todo lo que pasa es un milagro para el gitanito, que nació de milagro, que come de milagro, que vive de milagro y que tiene fuerzas para cantar de puro milagro.

Detrás de los días vienen las noches, detrás de las noches vienen los días. El año tiene cuatro estaciones: primavera, verano, otoño, invierno. Hay verdades que se sienten dentro del cuerpo, como el hambre o las ganas de orinar.

Las cuatro castañas se acabaron pronto y Martín, con el real que le quedaba, se fue hasta Goya.

—Nosotros vamos corriendo por debajo de todos los que están sentados en el retrete. Colón: muy bien; duques, notarios y algún carabinero de la casa de la moneda.[w] ¡Qué ajenos están, leyendo el periódico o mirándose para los pliegues de la barriga! Serrano: señoritos y señoritas.

[w] Casa de la Moneda   A

Las señoritas no salen de noche. Éste es un barrio donde vale todo hasta las diez. Ahora estarán cenando. Velázquez: más señoritas, da gusto. Éste es un metro [x] muy fino. ¿Vamos a la Ópera? Bueno. ¿Has estado el domingo en los caballos? No. Goya: se acabó lo que se daba. [5]

Martín, por el andén, se finge cojo; algunas veces lo hace.

—Puede que cene en casa de la Filo (¡sin empujar, señora, que no hay prisa!) y si no, pues mira, ¡de tal día en un año!

La Filo es su hermana, la mujer de don Roberto González —la bestia de González, como le llamaba su cuñado—, empleado de la diputación [y] y republicano de Alcalá Zamora. [6]

El matrimonio González vive al final de la calle de Ibiza, en un pisito de los de la ley [z] Salmón, [7] y lleva un

---

[x] un Metro   *A*
[y] la Diputación   *A*
[z] la Ley   *A*

---

5 Alonso Martínez, Serrano, Velázquez y Goya son estaciones correlativas en la línea del metro que ha tomado el personaje.

6 Alcalá Zamora fue el primer presidente de la II República española. Perteneció primero al Partido Liberal de Romanones, participó después en el Pacto de San Sebastián y en 1930 estaba a favor de una república con carácter conservador, burguesa, que debería apoyarse en la clase media y en los intelectuales. Entre 1935 y 1936 quiso crear un centro político que ocupara el espacio intermedio entre la derecha radical de Gil Robles y la Izquierda Republicana de Manuel Azaña.

7 Federico Salmón Amorín (1900-1936) fue fundador y vicepresidente de la Federación de Estudiantes Católicos, profesor de Derecho en la Universidad de Murcia, secretario de Acción Popular y diputado por la CEDA en 1933. Especializado en cuestiones sociales, ocupó el Ministerio de Trabajo, Sanidad y Previsión entre mayo y septiembre de 1935; y el de Justicia, Trabajo y Sanidad de septiembre a diciembre del mismo año, con el gobierno Chapapietra. En la primera época ministerial elaboró la ley que lleva su nombre —aprobada el 25 de junio de 1935— dirigida a contener el paro y el desempleo y a favorecer la construcción de viviendas sociales. Federico Salmón mantuvo en algunos aspectos la avanzada legislación social de Largo Caballero.

apañado pasar, aunque bien sudado. Ella trabaja hasta caer rendida, con cinco niños pequeños y una criadita de dieciocho años para mirar por ellos, y él hace todas las horas extraordinarias que puede y donde se tercie; esta temporada tiene suerte y lleva los libros en una perfumería, donde va dos veces al mes para que le den cinco duros por las dos, y en una tahona de ciertos perendengues que hay en la calle de San Bernardo y donde le pagan treinta pesetas. Otras veces, cuando la suerte se le vuelve de espaldas y no encuentra un tajo para las horas de más, don Roberto se vuelve triste y ensimismado y le da el mal humor.

Los cuñados, por esas cosas que pasan, no se pueden ni ver. Martín dice de don Roberto que es un cerdo ansioso y don Roberto dice de Martín que es un cerdo huraño y sin compostura. ¡Cualquiera sabe quién tiene la razón! Lo único cierto es que la pobre Filo, entre la espada y la pared, se pasa la vida ingeniándoselas para capear el temporal de la mejor manera posible.

Cuando el marido no está en casa le fríe un huevo o le calienta un poco de café con leche al hermano, y cuando no puede, porque don Roberto, con sus zapatillas y su chaqueta vieja, hubiera armado un escándalo espantoso llamándole vago parásito, la Filo le guarda las sobras de la comida en una vieja lata de galletas que baja la muchacha hasta la calle.

—¿Es esto justo, Petrita? [aa]

—No, señorito, no lo es.

—¡Ay, hija! ¡Si no fuera porque tú me endulzas un poco esta bazofia!

Petrita se pone colorada.

—Ande, [ab] déme la lata, que hace frío.

—¡Hace frío para todos, desgraciada!

—Usted perdone...

Martín reacciona en seguida.

[aa] Eds. 4.ª a 8.ª: "¿Eso es justo, Petrita?" *N. del A.*
[ab] Eds. 2.ª a 7.ª: "Anda, déme ...", por errata. *N. del A.*

—No me hagas caso. ¿Sabes que estás ya hecha una mujer?

—Ande, cállese.

—¡Ay, hija, ya me callo! ¿Sabes lo que yo te daría, si tuviese menos conciencia?

—Calle.

—¡Un buen susto!

—¡Calle!

Aquel día tocó que el marido de Filo no estuviese en casa y Martín se comió su huevo y se bebió su taza de café.

—Pan no hay. Hasta tenemos que comprar un poco de estraperlo para los niños.

—Está bien así, gracias; Filo, eres muy buena, eres una verdadera santa.

—No seas bobo.

A Martín se le nubló la vista.

—Sí; una santa, pero una santa que se ha casado con un miserable. Tu marido es un miserable, Filo.

—Calla, bien honrado es.

—Allá tú. Después de todo, ya le has dado cinco becerros.

Hay unos momentos de silencio. Al otro lado de la casa se oye la vocecita de un niño que reza.

La Filo sonríe. [ac]

—Es Javierín. Oye, ¿tienes dinero?

—No.

—Coge esas dos pesetas.

—No. ¿Para qué? ¿A dónde voy yo con dos pesetas?

—También es verdad. Pero ya sabes, quien da lo que tiene...

—Ya sé.

—¿Te has encargado la ropa que te dije, Laurita?

—Sí, Pablo. El abrigo me queda muy bien, ya verás como te gusto.

[ac] Eds. 4.ª a 8.ª: "La Filo se sonríe." *N. del A.*

Pablo Alonso sonríe con la sonrisa de buey benévolo del hombre que tiene las mujeres no por la cara, sino por la cartera.

—No lo dudo… En esta época, Laurita, tienes que abrigarte; las mujeres podéis ir elegantes y, al mismo tiempo, abrigadas.

—Claro.

—No está reñido. A mí me parece que vais demasiado desnudas. ¡Mira que si te fueras a poner mala ahora!

—No, Pablo, ahora no. Ahora me tengo que cuidar mucho para que podamos ser muy felices…

Pablo se deja querer.

—Quisiera ser la chica más guapa de Madrid para gustarte siempre… ¡Tengo unos celos!

La castañera habla con una señorita. La señorita tiene las mejillas ajadas y los párpados enrojecidos, como de tenerlos enfermos.

—¡Qué frío hace!

—Sí, hace una noche de perros. El mejor día me quedo pasmadita igual que un gorrión.

La señorita guarda en el bolso una peseta de castañas, la cena.

—Hasta mañana, señora Leocadia.

—Adiós, señorita Elvira, descansar.

La mujer se va por la acera, camino de la plaza de Alonso Martínez. En una ventana del café [ad] que hace esquina al bulevar, dos hombres hablan. Son dos hombres jóvenes, uno de veintitantos y otro de treinta y tantos años; el más viejo tiene aspecto de jurado en un concurso literario; el más joven tiene aire de ser novelista. Se nota en seguida que lo que están hablando es algo muy parecido a lo siguiente:

—La novela la he presentado bajo el lema Teresa de

[ad] del Café A

Cepeda ^{ae} ⁸ y en ella abordo algunas facetas inéditas de ese eterno problema que...

—Bien, bien. ¿Me da un poco de agua, por favor?

—Sin favor. La he repasado varias veces y creo poder decir con orgullo que en toda ella no hay una sola cacofonía.

—Muy interesante.

—Eso creo. Ignoro la calidad de las obras presentadas por mis compañeros. En todo caso, confío en que el buen sentido y la rectitud...

—Descuide; hacemos todo con una seriedad ejemplar.

—No lo dudo. Ser derrotado nada importa si la obra premiada tiene una calidad indudable; lo que descorazona...

La señorita Elvira, al pasar, sonrió: la costumbre.

Entre los hermanos hay otro silencio.

—¿Llevas camiseta?

—Pues claro que llevo camiseta. ¡Cualquiera anda por la calle sin camiseta!

—¿Una camiseta marcada P. A.?

—Una camiseta marcada como me da la gana.

—Perdona. ^{af}

Martín acabó de liar un pitillo con tabaco de don Roberto.

—Estás perdonada, Filo. No hables de ^{ag} tanta terneza. Me revienta la compasión.

^{ae} lema "Teresa de Cepeda" *A*
^{af} Perdona... *A*; a partir de *A5* sin puntos suspensivos.
^{ag} Ed. 8.ª: "...con..." quiere decir: no hables *de* tantas cosas tiernas, no "no hables *con* tanta ternura". *N. del A.*

---

8 Teresa de Cepeda, y los místicos del siglo XVI, fueron lugar cultural común en la cultura de los años cuarenta. La búsqueda de raíces espirituales del nacional-catolicismo y la identificación de la guerra con una cruzada religiosa favorecieron esa nueva mitología que se fundamentaba en la exaltación ortodoxa de las figuras de héroes y santos "nacionales" y católicos.

La Filo se creció de repente.

—¿Ya estás tú?

—No. Oye, ¿no ha venido Paco por aquí? Tenía que haberme traído un paquete.

—No, no ha venido. Lo vio la Petrita en la calle de Goya y le dijo que a las once te esperaba en el bar de Narváez.

—¿Qué hora es?

—No sé; deben de ser ya más de las diez.

—¿Y Roberto?

—Tardará aún. Hoy le tocaba ir a la panadería y no vendrá hasta pasadas las diez y media.

Sobre los dos hermanos se cuelgan unos instantes de silencio, insospechadamente llenos de suavidad. La Filo pone la voz cariñosa y mira a los ojos a Martín.

—¿Te acuerdas que mañana cumplo treinta y cuatro años?

—¡Es verdad!

—¿No te acordabas?

—No, para qué te voy a mentir. Has hecho bien en decírmelo, quiero hacerte un regalo.

—No seas tonto, ¡pues sí que estás tú para regalos!

—Una cosita pequeña, algo que te sirva de recuerdo.

La mujer pone las manos sobre las rodillas del hombre.

—Lo que yo quiero es que me hagas un verso, como hace años. ¿Te acuerdas?

—Sí...

La Filo posa su mirada, tristemente, sobre la mesa.

—El año pasado no me felicitasteis ni tú ni Roberto, os olvidasteis los dos.

Filo pone la voz mimosa: una buena actriz la hubiera puesto opaca.

—Estuve toda la noche llorando...

Martín la besa.

—No seas boba, parece que vas a cumplir catorce años.

—¿Qué vieja soy ya, verdad? Mira cómo tengo la cara de arrugas. Ahora, esperar que los hijos crezcan, seguir envejeciendo y después morir. Como mamá, la pobre.

Don Roberto, en la panadería, seca con cuidado el asiento de la última partida de su libro. Después lo cierra y rompe unos papeles con los borradores de las cuentas.

En la calle se oye lo de los pantalones estrechitos y lo de los señoritos de la misa.

—Adiós, señor Ramón, hasta el próximo día.

A seguir bien, González, hasta más ver. Que cumpla muchos la señora y todos con salud.

—Gracias, señor Ramón, y usted que lo vea.

Por los solares de la Plaza de Toros, dos hombres van de retirada.

—Estoy helado. Hace un frío como para destetar hijos de puta. ᵃʰ

—Ya, ya.

Los hermanos hablan en la diminuta cocina. Sobre la apagada chapa del carbón, arde un hornillo de gas.

—Aquí no sube nada a estas horas, abajo hay un hornillo ladrón. ⁹

En el gas cuece un puchero no muy grande. Encima de la mesa, media docena de chicharros espera la hora de la sartén.

—A Roberto le gustan mucho los chicharros fritos.

—Pues también es un gusto…

—Déjalo, ¿a ti qué daño te hace? Martín, hijo, ¿por qué le tienes esa manía?

ᵃʰ destetar buitres *A*

Eds. 1.ª a 7.ª: "destetar buitres". Por razones puramente circunstanciales. *N. del A.*

⁹ *hornillo ladrón* era el que quitaba subrepticiamente gas y quemaba más de lo necesario a expensas de los que dependían de la misma instalación. La escasez de gas, marcada por los efectos de la II Guerra Mundial, obligó a buscar nuevas formas de abastecimiento —como la del gasógeno— y fomentó la picaresca cotidiana.

—¡Por mí! Yo no le tengo manía, es él quien me la tiene a mí. Yo lo noto y me defiendo. Yo sé que somos de dos maneras distintas.

Martín toma un ligero aire retórico, parece un profesor.

—A él le es todo igual y piensa que lo mejor es ir tirando como se pueda. A mí, no; a mí no me es todo igual ni mucho menos. Yo sé que hay cosas buenas y cosas malas, cosas que se deben hacer y cosas que se deben evitar.

—¡Anda, no eches discursos!

—Verdaderamente. ¡Así me va!

La luz tiembla un instante en la bombilla, hace una finta, y se marcha. La tímida, azulenca llama del gas lame, pausadamente, los bordes del puchero.

—¡Pues sí!

—Pasa algunas noches, ahora hay una luz muy mala.

—Ahora tenía que haber la misma luz de siempre. ¡La compañía, [ai] que querrá subirla! Hasta que suban la luz no la darán buena, ya verás. ¿Cuánto pagas ahora de luz?

—Catorce o dieciséis pesetas, [aj] según.

—Después pagarás veinte o veinticinco.

—¡Qué le vamos a hacer!

—¿Así queréis que se arreglen las cosas? ¡Vais buenos!

La Filo se calla y Martín entrevé en su cabeza una de esas soluciones que nunca cuajan. A la incierta lucecilla del gas, Martín tiene un impreciso y vago aire de zahorí.

A Celestino le coge el apagón en la trastienda.

—¡Pues la hemos liado! Esos desalmados son capaces de desvalijarme.

Los desalmados son los clientes.

Celestino trata de salir a tientas y tira un cajón de gaseosas. Las botellas hacen un ruido infernal al chocar contra los baldosines.

—¡Me cago hasta en la luz eléctrica!

Suena una voz desde la puerta.

[ai] Compañía *A*
[aj] dieciséis pesetas; según   *A-A4*

—¿Qué ha pasado?
—¡Nada! ¡Rompiendo lo que es mío!

Doña Visitación piensa que una de las formas más eficaces para alcanzar el mejoramiento de la clase obrera, es que las señoras de la junta de damas [ak] [10] organicen concursos de pinacle. [11]

—Los obreros —piensa— también tienen que comer, aunque muchos son tan rojos que no se merecerían tanto desvelo.

Doña Visitación es bondadosa y no cree que a los obreros se les deba matar de hambre, poco a poco.

Al poco tiempo, la luz vuelve, enrojeciendo primero el filamento, que durante unos segundos parece hecho como de venitas de sangre, y un resplandor intenso se extiende, de repente, por la cocina. La luz es más fuerte y más blanca que nunca y los paquetillos, las tazas, los platos que hay sobre el vasar, se ven con mayor precisión, como si hubieran engordado, como si estuvieran recién hechos.

—Está todo muy bonito, Filo.

—Limpio...

—¡Ya lo creo!

Martín pasea su vista con curiosidad por la cocina, como si no la conociera. Después se levanta y coge su sombrero. La colilla la apagó en la pila de fregar y la tiró después, con mucho cuidado, en la lata de la basura.

—Bueno, Filo; muchas gracias, me voy ya.

—Adiós, hijo, de nada; yo bien quisiera darte algo más... Ese huevo lo tenía para mí, me dijo el médico que tomara dos huevos al día.

[ak] Junta de Damas *A*

---

[10] *junta de damas*: asociación próxima a la Junta Técnica Nacional de Acción Católica, institución ésta que acogía desde 1936 el clima de fervor católico y nacionalista de la iglesia española.

[11] *pinacle*: juego de baraja, de origen inglés, compuesto por 52 cartas y dos comodines.

—¡Vaya!

—Déjalo, no te preocupes. A ti te hace tanta falta como a mí.

—Verdaderamente.

—Qué tiempos, ¿verdad, Martín?

—Sí, Filo, ¡qué tiempos! Pero ya se arreglarán las cosas, tarde o temprano.

—¿Tú crees?

—No lo dudes. Es algo fatal, algo incontenible, algo que tiene la fuerza de las mareas.

—Martín va hacia la puerta y cambia de voz.

—En fin... ¿Y Petrita?

—¿Ya estás?

—No, mujer, era para decirle adiós.

—Déjala. Está con los dos peques, que tienen miedo; no los deja hasta que se duermen.

La Filo sonríe, para añadir:

—Yo, a veces, también tengo miedo, me imagino que me voy a quedar muerta de repente...

Al bajar la escalera, Martín se cruza con su cuñado que sube en el ascensor. Don Roberto va leyendo el periódico. A Martín le dan ganas de abrirle una puerta y dejarlo entre dos pisos.

Laurita y Pablo están sentados frente a frente; entre los dos hay un florerito esbelto con tres rosas pequeñas dentro.

—¿Te gusta el sitio?

—Mucho.

El camarero se acerca. Es un camarero joven, bien vestido, con el negro pelo rizado y el ademán apuesto. Laurita procura no mirarle; Laurita tiene un directo, un inmediato concepto del amor y de la fidelidad.

—La señorita, consomé; lenguado al horno y pechuga villeroy. [al] Yo voy a tomar consomé y lubina hervida, con aceite y vinagre.

—¿No vas a comer más?

_____

[al] consomé, lenguado ...Villeroy *A*

—No, nena, no tengo ganas.

Pablo se vuelve al camarero.

—Media de sauternes y otra media de borgoña. ^{am} Está bien.

Laurita, por debajo de la mesa, acaricia una rodilla de Pablo.

—¿Estás malo?

—No, malo, no; he estado toda la tarde a vueltas con la comida, pero ya me pasó. Lo que no quiero es que repita.

La pareja se miró a los ojos y con los codos apoyados sobre la mesa, se cogieron las dos manos apartando un poco el florerito.

En un rincón, una pareja que ya no se coge las manos, mira sin demasiado disimulo.

—¿Quién es esa conquista de Pablo?

—No sé, parece una criada, ¿te gusta?

—Psché, no está mal...

—Pues vete con ella, si te gusta, no creo que te sea demasiado difícil.

—¿Ya estás?

—Quien ya está eres tú. Anda, rico, déjame tranquila que no tengo ganas de bronca; esta temporada estoy muy poco folklórica.

El hombre enciende un pitillo.

—Mira, Mari Tere, ¿sabes lo que te digo?, que así no vamos a ningún lado.

—¡Muy flamenco estás tú! Déjame si quieres, ¿no es eso lo que buscas? Todavía tengo quien me mire a la cara.

—Habla más bajo, no tenemos por qué dar tres cuartos al pregonero.

La señorita Elvira deja la novela sobre la mesa de noche y apaga la luz. Los misterios de París ^{an} ¹² se quedan a

^{am} Sauternes ... Borgoña *A*
^{an} "Los Misterios de París" *A*

12 La obra de Eugenio Sue que narra las desventuras de una muchacha de baja condición social obligada por el medio a pros-

oscuras al lado de un vaso mediado de agua, de unas medias usadas y de una barra de rouge ya en las últimas.

Antes de dormirse, la señorita Elvira siempre piensa un poco.

—Puede que tenga razón doña Rosa. Quizá sea mejor volver con el viejo, así no puedo seguir. Es un baboso, pero, ¡después de todo! Yo ya no tengo mucho donde escoger.

La señorita Elvira se conforma con poco, pero ese poco casi nunca lo consigue. Tardó mucho tiempo en enterarse de cosas que, cuando las aprendió, le cogieron ya con los ojos llenos de patas de gallo y los dientes picados y ennegrecidos. Ahora se conforma con no ir al hospital, con poder seguir en su miserable fonducha; a lo mejor, dentro de unos años, su sueño dorado es una cama en el hospital, al lado del radiador de la calefacción.

El gitanito, [añ] a la luz de un farol, cuenta un montón de calderilla. El día no se le dio mal: ha reunido, cantando desde la una de la tarde hasta las once de la noche, un duro y sesenta céntimos. Por el duro de calderilla le dan cinco cincuenta en cualquier bar; los bares andan siempre mal de cambios.

El gitanito [ao] cena, siempre que puede, en una taberna que hay por detrás de la calle de Preciados, bajando por la costanilla de los Ángeles; un plato de alubias, pan y un plátano le cuestan tres veinte.

El gitanito [ap] se sienta, llama al mozo, le da las tres veinte y espera a que le sirvan.

Después de cenar sigue cantando, hasta las dos, por la

[añ] Eds. 5.ª, 6.ª, 7.ª y 8.ª: "...gitanillo" *N. del A.*
[ao] Eds. 5.ª, 6.ª, 7.ª y 8.ª: "...gitanillo" *N. del A.*
[ap] Eds. 5.ª, 6.ª, 7.ª y 8.ª: "...gitanillo" *N. del A.*

---

tituirse. Tuvo un gran éxito en España desde 1843, fecha de la publicación original. A partir de 1905 la editan, en colecciones populares, las casas Sopena, Maucci, Biblioteca de *El Imparcial*, Biblioteca de Novelas Populares y Biblioteca de Grandes Novelas.

Camilo José Cela, el día de su ingreso en la Real Academia (1957)

La calle de Alcalá en el Madrid de 1940.

calle de Echegaray, y después procura coger el tope [13] del último tranvía. El gitanito, [aq] creo que ya lo dijimos, debe andar por los seis años.

Al final de Narváez está el bar donde, como casi todas las noches, Paco se encuentra con Martín. Es un bar pequeño, que hay a la derecha, conforme se sube, cerca del garaje de la policía armada. [ar] El dueño, que se llama Celestino Ortiz, había sido comandante con Cipriano Mera [14] durante la guerra, y es un hombre más bien alto, delgado, cejijunto y con algunas marcas de viruela; en la mano derecha lleva una gruesa sortija de hierro, con un esmalte en colores que representa a León Tolstoi [15] y que se había mandado hacer en la calle de la Colegiata, y usa dentadura postiza que, cuando le molesta mucho, deja sobre el mostrador. Celestino Ortiz guarda cuidadosamente, desde hace

---

[aq] Eds. 5.ª, 6.ª, 7.ª y 8.ª: "...gitanillo" *N. del A.*
[ar] Policía Armada *A*

---

[13] *el tope* era la pieza exterior que llevaba el vagón de los tranvías para amortiguar los posibles golpes con otros vagones en los arranques y en las paradas. Subirse al tope era una manera arriesgada de viajar sin pagar el importe del billete.

[14] Cipriano Mera fue líder anarco-sindicalista de la C.N.T. y jefe del ejército republicano. Colaboró con Durruti en los trabajos del Comité Revolucionario de Zaragoza y fue inspirador de la huelga general que del 8 al 11 de diciembre de 1933 protestaba contra las medidas del gobierno Lerroux. En la Guerra Civil combatió primero en los alrededores de Madrid y, desde que el 4 de noviembre de 1936 los anarquistas se unieron al gobierno de Largo Caballero, fue uno de los jefes destacados del ejército republicano. En la batalla de Guadalajara, en la que participarían también las tropas de Líster y El Campesino, mandaba la 14 división, a la que se incorporó la 12 Brigada Internacional "Luckacs", que vencía al Copo Truppe Volontaire fascista y a los legionarios, moros y requetés que estaban a la órdenes del general Moscardó.

[15] León Tolstoy fue escritor admirado por el pensamiento anarquista español. *Resurrección, Amo y criado, La guerra y la paz, La conversión de un bandido*, eran obras presentes en los ateneos libertarios, y ¿*Qué es el arte*? fue obra capital en las tendencias de la estética anarquista de los años treinta.

muchos años ya, un sucio y desbaratado ejemplar de la Aurora [as] de Nietzsche, [16] que es su libro de cabecera, su catecismo. Lo lee a cada paso y en él encuentra siempre solución a los problemas de su espíritu.

—Aurora —dice—. Meditación sobre los prejuicios morales. [at] ¡Qué hermoso título!

La portada lleva un óvalo con la foto del autor, su nombre, el título, el precio —cuatro reales— y el pie editorial: F. Sempere y Compañía, editores, calle del Palomar, 10, Valencia; Olmo, 4 (sucursal), Madrid. La traducción es de Pedro González Blanco. En la portada de dentro aparece la marca de los editores: un busto de señorita con gorro frigio y rodeado, por abajo, de una corona de laurel y, por arriba, de un lema que dice: Arte y Libertad. [au]

Hay párrafos enteros que Celestino se los sabe de memoria. Cuando entran en el bar los guardias del garaje, Celestino Ortiz esconde el libro debajo del mostrador, sobre el cajón de los botellines de vermú.

—Son hijos del pueblo como yo —se dice—, ¡pero por si acaso!

Celestino piensa, con los curas de [av] pueblo, que Nietzsche es realmente algo muy peligroso.

Lo que suele hacer, cuando se enfrenta con los guardias, es recitarles parrafitos, como en broma, sin decirles nunca de dónde los ha sacado.

[as] de la "Aurora" A
[at] —"Aurora" —dice— "Meditación sobre los prejuicios morales" A
[au] dice "Arte y Libertad" A
[av] Eds. 5.ª, 6.ª, 7.ª y 8.ª: "... curas del pueblo". N. del A.

---

[16] La obra de Nietzsche, escrita entre 1879 y 1881, reúne 575 aforismos condenatorios del fariseísmo moral y las hipócritas conductas establecidas. La edición que maneja Celestino Ortiz es la que publicó Sempere a finales de 1906. La traducción de Pedro González Blanco es una adaptación de la versión francesa, poco rigurosa y escasamente objetiva. La colección "Arte y Libertad", divulgativa, también editó Así hablaba Zaratustra, La genealogía de la moral, La gaya ciencia y El Anticristo, en versión igualmente de Pedro González Blanco.

—La compasión viene a ser el antídoto del suicidio, por ser un sentimiento que proporciona placer y que nos suministra, en pequeñas dosis, el goce de la superioridad. [aw]

Los guardias se ríen.

—Oye, Celestino, ¿tú no has sido nunca cura?

—¡Nunca! La dicha —continúa—, sea lo que fuere, nos da aire, luz y libertad de movimientos. [ax]

Los guardias ríen a carcajadas.

—Y agua corriente.

—Y calefacción central.

Celestino se indigna y les escupe con desprecio:

—¡Sois unos pobres incultos!

Entre todos los que vienen hay un guardia, gallego y reservón, con el que Celestino hace muy buenas migas. Se tratan siempre de usted.

—Diga usted, patrón, ¿y eso lo dice siempre igual?

—Siempre, García, y no me equivoco ni una sola vez.

—¡Pues ya es mérito!

La señora Leocadia, arrebujada en su toquilla, saca una mano.

—Tome, van ocho y bien gordas.

—Adiós.

—¿Tiene usted hora, señorito?

El señorito se desabrocha y mira la hora en su grueso reloj de plata.

—Sí, van a dar las once.

A las once viene a buscarla su hijo, que quedó cojo en la guerra y está de listero [17] en las obras de los nuevos ministerios. [ay] El hijo, que es muy bueno, le ayuda a recoger los bártulos y después se van, muy cogiditos del brazo,

---

[aw] "La compasión ... superioridad" *A*
[ax] "La dicha ... movimientos" *A*
[ay] Nuevos Ministerios *A*

---

[17] *listero*: encargado de elaborar la lista de las personas que trabajan en común. El nombre se aplica especialmente al que controla el número de obreros que acuden a un tajo.

a dormir. La pareja sube por Covarrubias y tuerce por Nicasio Gallego. Si queda alguna castaña se la comen; si no, se meten en cualquier chigre [18] y se toman un café con leche bien caliente. La lata de las brasas la coloca la vieja al lado de su cama, siempre hay algún rescoldo que dura, encendido, hasta la mañana.

Martín Marco entra en el bar cuando salen los guardias. Celestino se le acerca.

—Paco no ha venido aún. Estuvo aquí esta tarde y me dijo que lo esperara usted.

Martín Marco adopta un displicente aire de gran señor.

—Bueno.

—¿Va a ser?

—Solo.

Ortiz trajina un poco con la cafetera, prepara la sacarina, el vaso, el plato y la cucharilla, y sale del mostrador. Coloca todo sobre la mesa, y habla. Se le nota en los ojos, que le brillan un poco, que ha hecho un gran esfuerzo para arrancar.

—¿Ha cobrado usted?

Martín lo mira como si mirase a un ser muy extraño.

—No, no he cobrado. Ya le dije a usted que cobro los días cinco y veinte de cada mes. [az]

Celestino se rasca el cuello.

—Es que...

—¡Qué!

—Pues que con este servicio ya tiene usted veintidós pesetas.

—¿Veintidós pesetas? Ya se las daré. Creo que le he pagado a usted siempre, en cuanto he tenido dinero.

—Ya sé.

—¿Entonces?

[az] días 5 y 20 *A1*

---

[18] *chigre*: vocablo asturiano que denomina al pequeño establecimiento que vende sidra al por menor. Por extensión se aplica también a la taberna de escasos recursos.

Martín arruga un poco la frente y ahueca la voz.

—Parece mentira que usted y yo andemos a vueltas siempre con lo mismo, como si no tuviéramos tantas cosas que nos unan.

—¡Verdaderamente! En fin, perdone, no he querido molestarle, es que, ¿sabe usted?, hoy han venido a cobrar la contribución.

Martín levanta la cabeza con un profundo gesto de orgullo y de desprecio, y clava sus ojos sobre un grano que tiene Celestino en la barbilla.

Martín da dulzura a su voz, sólo un instante.

—¿Qué tiene usted ahí? [ba]

—Nada, un grano.

Martín vuelve a fruncir el entrecejo y a hacer dura y reticente la voz.

—¿Quiere usted culparme a mí de que haya contribuciones?

—¡Hombre, yo no decía eso!

—Decía usted algo muy parecido, amigo mío. ¿No hemos hablado ya suficientemente de los problemas de la distribución económica y del régimen contributivo?

Celestino se acuerda de su maestro y se engalla.

—Pero con sermones yo no pago el impuesto.

—¿Y eso le preocupa, grandísimo fariseo?

Martín lo mira fijamente, en los labios una sonrisa mitad de asco, mitad de compasión.

—¿Y usted lee a Nietzsche? Bien poco se le ha pegado. ¡Usted es un mísero pequeño burgués!

—¡Marco!

Martín ruge como un león.

—¡Sí, grite usted, llame a sus amigos los guardias!

—¡Los guardias no son amigos míos!

—¡Pégueme si quiere, no me importa! No tengo dinero, ¿se entera? ¡No tengo dinero! ¡No es ninguna deshonra!

Martín se levanta y sale a la calle con paso de triunfador. Desde la puerta se vuelve.

[ba] Celestino se desconcierta. —Nada, un grano *A1-A4*

—Y no llore usted, honrado comerciante. Cuando tenga esos cuatro duros y pico, se los traeré para que pague la contribución y se quede tranquilo. ¡Allá usted con su conciencia! Y ese café me lo apunta y se lo guarda donde le quepa, ¡no lo quiero!

Celestino se queda perplejo, sin saber qué hacer. Piensa romperle un sifón en la cabeza, por fresco, pero se acuerda: Entregarse a la ira ciega es señal de que se está cerca de la animalidad. [bb] Quita su libro de encima de los botellines y lo guarda en el cajón. Hay días en que se le vuelve a uno el santo de espaldas, en que hasta Nietzsche parece como pasarse a la acera contraria.

Pablo había pedido un taxi.

—Es temprano para ir a ningún lado. Si te parece nos meteremos en cualquier cine, a hacer tiempo.

—Como tú quieras, Pablo, el caso es que podamos estar muy juntitos.

El botones llegó. Después de la guerra casi ningún botones lleva gorra.

—El taxi, señor.

—Gracias. ¿Nos vamos, nena?

Pablo ayudó a Laurita a ponerse el abrigo. Ya en el coche, Laurita le advirtió:

—¡Qué ladrones! Fíjate cuando pasemos por un farol: va ya marcando seis pesetas.

Martín, al llegar a la esquina de O'Donnell, se tropieza con Paco.

En el momento en que oye ¡hola!, [bc] va pensando:

—Sí, tenía razón Byron: si tengo un hijo haré de él algo prosaico: abogado o pirata. [19]

bb "Entregarse... animalidad" *A*
bc oye "¡Hola!" *A*

___

[19] La frase de Lord Byron fue lugar común entre los escritores modernistas y bohemios.

Paco le pone una mano sobre el hombro.

—Estás sofocado. ¿Por qué no me esperaste?

Martín parece un sonámbulo, un delirante.

—¡Por poco lo mato! ¡Es un puerco!

—¿Quién?

—El del bar.

—¿El del bar? ¡Pobre desgraciado! ¿Qué te hizo?

—Recordarme los cuartos. ¡Él sabe de sobra que, en cuanto tengo, pago!

—Pero, hombre, ¡le harían falta!

—Sí, para pagar la contribución. Son todos iguales.

Martín miró para el suelo y bajó la voz.

—Hoy me echaron a patadas de otro café. [bd]

—¿Te pegaron?

—No, no me pegaron, pero la intención era bien clara. ¡Estoy ya muy harto, Paco!

—Anda, no te excites, no merece la pena. ¿A dónde vas?

—A dormir.

—Es lo mejor. ¿Quieres que nos veamos mañana?

—Como tú quieras. Déjame recado en casa de Filo, yo me pasaré por allí.

—Bueno.

—Toma el libro que querías. ¿Me has traído las cuartillas?

—No, no pude. Mañana veré si las puedo coger.

La señorita Elvira da vueltas en la cama, está desazonada; cualquiera diría que se había echado al papo una cena tremenda. Se acuerda de su niñez y de la picota de Villalón; es un recuerdo que la [be] asalta a veces. Para desecharlo, la señorita Elvira se pone a rezar el credo [bf] hasta que se duerme; hay noches —en las que el recuerdo es más

[bd] otro Café   A
[be] le asalta   A1, A2, A3
Eds. 1.ª, 2.ª y 3.ª: "...le asalta".   N. del A.
[bf] Credo   A

pertinaz— que llega a rezar hasta ciento cincuenta o doscientos credos [bg] seguidos.

Martín pasa las noches en casa de su amigo Pablo Alonso, en una cama turca puesta en el ropero. Tiene una llave
del piso y no ha de cumplir, a cambio de la hospitalidad,
sino tres cláusulas: no pedir jamás una peseta, no meter
a nadie en la habitación, y marcharse a las nueve y media
de la mañana para no volver hasta pasadas las once de la
noche. El caso de enfermedad no estaba previsto.

Por las mañanas, al salir de casa de Alonso, Martín se
mete en comunicaciones o en el banco de España, [bh] donde
se está caliente y se pueden escribir versos por detrás de
los impresos de los telegramas y de las imposiciones de las
cuentas corrientes.

Cuando Alonso le da alguna chaqueta, que deja casi
nuevas, Martín Marco se atreve a asomar los hocicos, después de la hora de la comida, por el hall del Palace. No
siente gran atracción por el lujo, ésa es la verdad, pero procura conocer todos los ambientes.

—Siempre son experiencias —piensa.

Don Leoncio Maestre se sentó en su baúl y encendió
un pitillo. Era feliz como nunca y por dentro cantaba La
donna è móbile, [bi] [20] en un arreglo especial. Don Leoncio
Maestre, en su juventud, se había llevado la flor natural
en unos juegos florales que se celebraron en la isla de Menorca, su patria chica.

La letra de la canción que cantaba don Leoncio era,
como es natural, en loa y homenaje de la señorita Elvira.
Lo que le preocupaba era que, indefectiblemente, el primer
verso tenía que llevar los acentos fuera de su sitio. Había
tres soluciones:

[bg] Credos A
[bh] Comunicaciones o en el Banco de España A
[bi] cantaba "La donna e móbile" A

[20] "La donna è móbile..." es un fragmento del acto III de la
ópera *Rigoletto* de Giuseppe Verdi.

1.ª   ¡Oh, bella Elvírita!
2.ª   ¡Oh, bellá Elvírita!
3.ª   ¡Oh, bellá Elviriíta!

Ninguna era buena, ésta es la verdad, pero sin duda la mejor era la primera; por lo menos llevaba los acentos en el mismo sitio que La donna è móbile. [bj]

Don Leoncio, con los ojos entornados, no dejaba ni un instante de pensar en la señorita Elvira.

—¡Pobrecita mía! Tenía ganas de fumar. Yo creo, Leoncio, que has quedado como las propias rosas regalándole la cajetilla...

Don Leoncio estaba tan embebido en su amoroso recuerdo que no notaba el frío de la lata de su baúl debajo de sus posaderas.

El señor Suárez dejó el taxi a la puerta. Su cojera era ya jacarandosa. Se sujetó los lentes de pinza y se metió en el ascensor. El señor Suárez vivía con su madre, ya vieja, y se llevaban tan bien que, por las noches, antes de irse a la cama, la señora iba a taparlo y a darle su bendición.

—¿Estás bien, hijito?

—Muy bien, mami querida.

—Pues hasta mañana, si Dios quiere. Tápate, no te vayas a enfriar. Que descanses.

—Gracias, mamita, igualmente; dame un beso.

—Tómalo, hijo; no te olvides de rezar tus oraciones.

—No, mami. Adiós.

El señor Suárez tiene unos cincuenta años; su madre, veinte o veintidós más.

El señor Suárez llegó al tercero, letra C, sacó su llavín y abrió la puerta. Pensaba cambiarse la corbata, peinarse bien, echarse un poco de colonia, inventar una disculpa caritativa y marcharse a toda prisa, otra vez en el taxi.

—¡Mami!

[bj] que "La donna e mobile"   A

La voz del señor Suárez al llamar a su madre desde la puerta, cada vez que entraba en casa, era una voz que imitaba un poco la de los alpinistas del Tirol que salen en las películas.

Desde el cuarto de delante, que tenía la luz encendida, nadie contestó.

—¡Mami! ¡Mami!

El señor Suárez empezó a ponerse nervioso.

—¡Mami! ¡Mami! ¡Ay, santo Dios! ¡Ay, que yo no entro! ¡Mami!

El señor Suárez, empujado por una fuerza un poco rara, tiró por el pasillo. Esa fuerza un poco rara era, probablemente, curiosidad.

—¡Mami!

Ya casi con la mano en el picaporte, el señor Suárez dio marcha atrás y salió huyendo. Desde la puerta volvió a repetir:

—¡Mami! ¡Mami!

Después notó que el corazón le palpitaba muy de prisa y bajó las escaleras, de dos en dos.

—Lléveme a la carrera [bk] de San Jerónimo, enfrente del congreso. [bl] [21]

El taxi lo llevó a la carrera [bll] de San Jerónimo, enfrente del congreso. [bm]

Mauricio Segovia, cuando se aburrió de ver y de oír cómo doña Rosa insultaba a sus camareros, se levantó y se marchó del café.

[bk] Carrera *A*
[bl] Congreso *A*
[bll] Carrera *A*
[bm] Congreso *A*

---

21 El personaje y el autor utilizan la denominación popular. El Palacio de Congreso de los Diputados pasó a llamarse oficialmente, en 1939, Palacio de las Cortes. El nuevo órgano se creó por ley de 17 de julio de 1942 y las primeras cortes se inauguraron el 17 de marzo de 1943.

—Yo no sé quién será más miserable, si esa foca sucia y enlutada o toda esa caterva de gaznápiros. ¡Si un día le dieran [bn] entre todos una buena tunda!

Mauricio Segovia es bondadoso, como todos los pelirrojos, y no puede aguantar las injusticias. Si él preconiza que lo mejor que podían hacer los camareros era darle una somanta a doña Rosa, es porque ha visto que doña Rosa los trataba mal; así, al menos, quedarían empatados —uno a uno— y se podría empezar a contar de nuevo.

—Todo es cuestión de cuajos: [22] los hay que lo deben tener grande y blanducho, como una babosa, y los hay también que lo tienen pequeñito y duro, como una piedra de mechero.

Don Ibrahím de Ostolaza y Bofarull se encaró con el espejo, levantó la cabeza, se acarició la barba y exclamó:

—Señores académicos: No quisiera distraer vuestra atención más tiempo, etc., etc. (Sí, esto sale bordado... La cabeza en arrogante ademán... Hay que tener cuidado con los puños, a veces asoman demasiado, parece como si fueran a salir volando.)

Don Ibrahím encendió la pipa y se puso a pasear por la habitación, para arriba y para abajo. Con una mano sobre el respaldo de la silla y con la otra con la pipa en alto, como el rollito que suelen tener los señores de las estatuas, continuó:

—¿Cómo admitir, como quiere el señor Clemente de

[bn] le diesen *A1, A2, A3*

---

[22] *cuajos*: "Es ñoñísimo en deformación eufemística apoyada en el sufijo -*ajos* y causada por disfraz fonético del significado originariamente obsceno y ya olvidado en la intención del hablante" (C. J. Cela, *Diccionario Secreto II*, Barcelona, Alfaguara, 1971, página 217).

Diego,[23] que la usucapión[24] sea el modo de adquirir derechos por el ejercicio de los mismos? Salta a la vista la
escasa consistencia del argumento, señores académicos. Per-
dóneseme la insistencia y permítaseme que vuelva, una vez
más, a mi ya vieja invocación a la lógica; nada, sin ella,
es posible en el mundo de las ideas. (Aquí, seguramente,
habrá murmullos de aprobación.) ¿No es evidente, ilustre
senado, que para usar algo hay que poseerlo? En vuestros
ojos adivino que pensáis que sí. (A lo mejor, uno del público dice en voz baja: evidente, evidente.)[bñ] Luego si
para usar algo hay que poseerlo, podremos, volviendo la
oración por pasiva, asegurar que nada puede ser usado
sin una previa posesión.

Don Ibrahím adelantó un pie hacia las candilejas y acarició, con un gesto elegante, las solapas de su batín. Bien:
de su frac. Después sonrió.

—Pues bien, señores académicos: así como para usar
algo hay que poseerlo, para poseer algo hay que adquirirlo. Nada importa a título de qué; yo he dicho, tan sólo,
que hay que adquirirlo, ya que nada, absolutamente nada,
puede ser poseído sin una previa adquisición. (Quizás me
interrumpan los aplausos. Conviene estar preparado.)

La voz de don Ibrahím sonaba solemne como la de un
fagot. Al otro lado del tabique de panderete, un marido,
de vuelta de su trabajo, preguntaba a su mujer:

—¿Ha hecho su caquita la nena?

Don Ibrahím sintió algo de frío y se arregló un poco la
bufanda. En el espejo se veía un lacito negro, el que se
lleva en el frac por las tardes.

[bñ] voz baja: "Evidente, evidente") A

---

[23] Felipe Clemente de Diego fue asambleísta y consejero de estado en la Dictadura de Primo de Rivera y presidente del Tribunal
Supremo y de la Academia de Jurisprudencia en los primeros años
de la postguerra.
[24] *usucapión*: "Adquisición de un derecho mediante su ejercicio
en las condiciones y durante el tiempo previsto por la ley"
(D.R.A.E.).

Don Mario de la Vega, el impresor del puro, se había
ido a cenar con el bachiller del plan del 3.

—Mire, ¿sabe lo que le digo? Pues que no vaya mañana a verme; mañana vaya a trabajar. A mí me gusta
hacer las cosas así, sobre la marcha.

El otro, al principio, se quedó un poco perplejo. Le hubiera gustado decir que quizás fuera mejor ir al cabo de
un par de días, para tener tiempo de dejar en orden algunas cosillas, pero pensó que estaba expuesto a que le dije-
ran que no.

—Pues nada, muchas gracias, procuraré hacerlo lo mejor que sepa.

—Eso saldrá usted ganando.

Don Mario de la Vega sonrió.

—Pues trato hecho. Y ahora, para empezar con buen
pie, le invito a usted a cenar.

Al bachiller se le nubló la vista.

—Hombre...

El impresor le salió al paso.

—Vamos, se entiende que si no tiene usted ningún compromiso, yo no quisiera ser inoportuno.

—No, no, descuide usted, no es usted inoportuno, todo
lo contrario. Yo no tengo ningún compromiso.

El bachiller se armó de valor y añadió:

—Esta noche no tengo ningún compromiso, estoy a su
disposición.

Ya en la taberna, don Mario se puso un poco pesado
y le explicó que a él le gustaba tratar bien a sus subordinados, que sus subordinados estuvieran a gusto, que sus
subordinados prosperasen, que sus subordinados viesen en
él a un padre, y que sus subordinados llegasen a cogerle
cariño a la imprenta.

—Sin una colaboración entre el jefe y los subordinados,
no hay manera de que el negocio prospere. Y si el negocio
prospera, mejor para todos: para el amo y para los subordinados. Espere un instante, que voy a telefonear, tengo
que dar un recado.

El bachiller, tras la perorata de su nuevo patrón, se dio
cuenta perfectamente de que su papel era el de subordi-

nado. Por si no lo había entendido del todo, don Mario, a media comida, le soltó:

—Usted entrará cobrando dieciséis pesetas; pero de contrato de trabajo, ni hablar. ¿Entendido?

—Sí, señor; entendido.

El señor Suárez se apeó de su taxi enfrente del congreso [bo] y se metió por la calle del Prado, en busca del café [bp] donde lo esperaban. El señor Suárez, para que no se le notase demasiado que llevaba la boquita hecha agua, había optado por no llegar con el taxi hasta la puerta del café. [bq]

—¡Ay, chico! Estoy pasado. En mi casa debe suceder algo horrible, mi mamita no contesta.

La voz del señor Suárez, al entrar en el café, [br] se hizo aún más casquivana que de costumbre, era ya casi una voz de golfa de bar de camareras.

—¡Déjala y no te apures! Se habrá dormido.

—¡Ay! ¿Tú crees?

—Lo más seguro. Las viejas se quedan dormidas en seguida.

Su amigo era un barbián [25] con aire achulado, corbata verde, zapatos color corinto y calcetines a rayas. Se llama José Giménez Figueras y aunque tiene un aspecto sobrecogedor, con su barba dura y su mirar de moro, le llaman, por mal nombre, Pepito el Astilla.

El señor Suárez sonrió, casi con rubor.

—¡Qué guapetón estás, Pepe!

—¡Cállate, bestia, que te van a oír!

—¡Ay, bestia, tú siempre tan cariñoso!

[bo] del Congreso   A
[bp] del Café   A
[bq] del Café   A
[br] en el Café   A

25 *barbián*: es un gitanismo usado frecuentemente en Andalucía con el sentido de "valiente, flamenco" (Alcalá, *V. A.*); pero en *Fortunata y Jacinta,* de Pérez Galdós, ya aparece con las connotaciones de bravucón y desaprensivo.

El señor Suárez hizo un mohín. Después se quedó pensativo.

—¿Qué le habrá pasado a mi mamita?

—¿Te quieres callar?

El señor Giménez Figueras, alias el Astilla, le retorció una muñeca al señor Suárez, alias la Fotógrafa.

—Oye, chata, ¿hemos venido para ser felices o para que me coloques el rollo de tu mamá querida?

—¡Ay, Pepe, tienes razón, no me riñas! ¡Es que estoy que no me llega la camisa al cuerpo!

Don Leoncio Maestre tomó dos decisiones fundamentales. Primero: es evidente que la señorita Elvira no es una cualquiera, se le ve en la cara. La señorita Elvira es una chica fina, de buena familia, que ha tenido algún disgusto con los suyos, se ha largado y ha hecho bien, ¡qué caramba! ¡A ver si va a haber derecho, como se creen muchos padres, a tener a los hijos toda la vida debajo de la bota! La señorita Elvira, seguramente, se fue de su casa porque su familia llevaba ya muchos años dedicada a hacerle la vida imposible. ¡Pobre muchacha! ¡En fin! Cada vida es un misterio, pero la cara sigue siendo el espejo del alma.

—¿En qué cabeza cabe pensar que Elvira pueda ser una furcia? Hombre, ¡por amor de Dios!

Don Leoncio Maestre estaba un poco incomodado consigo mismo.

La segunda decisión de don Leoncio fue la de acercarse de nuevo, después de cenar, al café [bs] de doña Rosa, a ver si la señorita Elvira había vuelto por allí.

—¡Quién sabe! Estas chicas tristes y desgraciadas que han tenido algún disgustillo en sus casas, son muy partidarias de los cafés [bt] donde se toca la música.

Don Leoncio Maestre cenó a toda prisa, se cepilló un poco, se puso otra vez el abrigo y el sombrero, y se mar-

[bs] al Café *A*
[bt] los Cafés *A*

chó al café de doña Rosa. Vamos: él salió con intención de darse una vueltecita por el café [bu] de doña Rosa.

Mauricio Segovia fue a cenar con su hermano Hermenegildo, que había venido a Madrid a ver si conseguía que lo hiciesen secretario de la C. N. S. [26] de su pueblo.

—¿Cómo van tus cosas?

—Pues, chico, van... Yo creo que van bien...

—¿Tienes alguna noticia nueva?

—Sí. Esta tarde estuve con don José María, el que está en la secretaría particular de don Rosendo, y me dijo que él apoyaría la propuesta con todo interés. Ya veremos lo que hacen entre todos. ¿Tú crees que me nombrarán?

—Hombre, yo creo que sí. ¿Por qué no?

—Chico, no sé. A veces me parece que ya lo tengo en la mano, y a veces me parece que lo que me van a dar, al final, es un punterazo en el culo. Esto de estar así, sin saber a qué carta quedarse, es lo peor.

—No te desanimes, de lo mismo nos hizo Dios a todos. Y además, ya sabes, el que algo quiere, algo le cuesta.

—Sí, eso pienso yo.

Los dos hermanos, después, cenaron casi todo el tiempo en silencio.

—Oye, esto de los alemanes va de cabeza.

—Sí, a mí me empieza a oler a cuerno quemado.

Don Ibrahím de Ostolaza y Bofarull hizo como que no oía lo de la caquita de la nena del vecino, se volvió a arre-

---

[bu] el Café   *A*

[26] La Central Nacional Sindicalista llamó a las delegaciones provinciales Cámaras Nacional-Sindicalistas. Recordemos que, abolidas las organizaciones sindicales republicanas, el *Fuero de los españoles* —9 de marzo de 1938— creó un sindicato vertical y único como "un organismo unitario de todos los elementos que consagran sus actividades al cumplimiento del proceso económico dentro de un determinado servicio o rama de la producción, ordenado jerárquicamente bajo la dirección suprema del estado".

glar un poco la bufanda, volvió a poner la mano sobre el respaldo de la silla, y continuó:

—Sí, señores académicos, quien tiene el honor de informar ante ustedes cree que sus argumentos no tienen vuelta de hoja. (¿No resultará demasiado popular, un poco chabacano, esto de la vuelta de hoja?) Aplicando al concepto jurídico que nos ocupa, las conclusiones del silogismo precedente (aplicando al concepto jurídico que nos ocupa, las conclusiones del silogismo precedente, quizás quede algo largo) podemos asegurar que, así como para usar algo hay que poseerlo, paralelamente, para ejercer un derecho, cualquiera que fuere, habrá que poseerlo también. (Pausa.)

El vecino de al lado preguntaba por el color. Su mujer le decía que de color normal.

—Y un derecho no puede poseerse, corporación insigne, sin haber sido previamente adquirido. Creo que mis palabras son claras como las fluyentes aguas de un arroyo cristalino. (Voces: sí, sí.) Luego si para ejercer un derecho hay que adquirirlo, porque no puede ejercerse algo que no se tiene (¡Claro, claro!), ¿cómo cabe pensar, en rigor científico, que exista un modo de adquisición por el ejercicio, como quiere el profesor señor De Diego, ilustre por tantos conceptos, si esto sería tanto como afirmar que se ejerce algo que aún no se ha adquirido, un derecho que todavía no se posee? (Insistentes rumores de aprobación.)

El vecino de al lado preguntaba:

—¿Tuviste que meterle el perejilito?

—No, ya lo tenía preparado, pero después lo hizo ella solita. Mira, he tenido que comprar una lata de sardinas; me dijo tu madre que el aceite de las latas de sardinas es mejor para estas cosas.

—Bueno, no te preocupes, nos las comemos a la cena y en paz. Eso del aceite de las sardinas son cosas de mi madre.

El marido y la mujer se sonrieron con terneza, se dieron un abrazo y se besaron. Hay días en que todo sale bien. El estreñimiento de la nena venía siendo ya una preocupación.

Don Ibrahím pensó que, ante los insistentes rumores de

aprobación, debía hacer una breve pausa, con la frente baja y la vista mirando, como distraídamente, para la carpeta y el vaso de agua.

—No creo preciso aclarar, señores académicos, que es necesario tener presente que el uso de la cosa —no el uso o ejercicio del derecho a usar la cosa, puesto que todavía no existe— que conduce, por prescripción, a su posesión, a título de propietario, por parte del ocupante, es una situación de hecho, pero jamás un derecho. (Muy bien.)

Don Ibrahím sonrió como un triunfador y se estuvo unos instantes sin pensar en nada. En el fondo —y en la superficie también— don Ibrahím era un hombre muy feliz. ¿Que no le hacían caso? ¡Qué más da! ¿Para qué estaba la historia? [bv]

—Ella a todos, al fin y a la postre, hace justicia. Y si en este bajo mundo al genio no se le toma en consideración, ¿para qué preocuparnos si dentro de cien años, todos calvos?

A don Ibrahím vinieron a sacarlo de su dulce sopor unos timbrazos violentos, atronadores, descompuestos.

¡Qué barbaridad, qué manera de alborotar! ¡Vaya con la educación de algunas gentes! ¡Lo que faltaba es que se hubieran confundido!

La señora de don Ibrahím, que hacía calceta, sentada al brasero, mientras su marido peroraba, se levantó y fue a abrir la puerta.

Don Ibrahím puso el oído atento. Quien llamó a la puerta había sido el vecino del cuarto.

—¿Está su esposo?

—Sí señor, está ensayando su discurso.

—¿Me puede recibir?

—Sí, no faltaría más.

La señora levantó la voz:

—Ibrahím, es el vecino de arriba.

Don Ibrahím respondió:

—Que pase, mujer, que pase; [bw] no lo tengas ahí.

[bv] la Historia?   A
[bw] pase, no   A

Don Leoncio Maestre estaba pálido.

—Veamos, convecino, ¿qué le trae por mi modesto hogar?

A don Leoncio le temblaba la voz.

—¡Está muerta!

—¿Eh?

—¡Que está muerta!

—¿Qué?

—Que sí, señor, que está muerta; yo le toqué la frente y está fría como el hielo.

La señora de don Ibrahím abrió unos ojos de palmo.

—¿Quién?

—La de al lado.

—¿La de al lado?

—Sí.

—¿Doña Margot?

—Sí.

Don Ibrahím intervino.

—¿La mamá del maricón?

Al mismo tiempo que don Leoncio le decía que sí, su mujer le reprendió:

—¡Por Dios, Ibrahím, no hables así!

—¿Y está muerta, definitivamente?

—Sí, don Ibrahím, muerta del todo. Está ahorcada con una toalla.

—¿Con una toalla?

—Sí, señor, con una toalla de felpa.

—¡Qué horror!

Don Ibrahím empezó a cursar órdenes, a dar vueltas de un lado para otro, y a recomendar calma.

—Genoveva, cuélgate del teléfono y llama a la policía.

—¿Qué número tiene?

—¡Yo qué sé, hija mía; míralo en la lista! Y usted, amigo Maestre, póngase de guardia en la escalera, que nadie suba ni baje. En el perchero tiene usted un bastón. Yo voy a avisar al médico.

Don Ibrahím, cuando le abrieron la puerta de casa del médico, preguntó con un aire de gran serenidad:

—¿Está el doctor?

—Sí, señor; espere usted un momento.

Don Ibrahím ya sabía que el médico estaba en casa. Cuando salió a ver lo que quería, don Ibrahím, como no acertando por dónde empezar, le sonrió:

—¿Qué tal la nena, se le arregla ya su tripita?

Don Mario de la Vega, después de cenar, invitó a café a Eloy Rubio Antofagasta, [27] que era el bachiller del plan del 3. Se veía que quería abusar.

—¿Le apetece un purito?

—Sí, señor; muchas gracias.

—¡Caramba, amigo, no pasa usted a nada!

Eloy Rubio Antofagasta sonrió humildemente.

—No, señor.

Después añadió:

—Es que estoy muy contento de haber encontrado trabajo, ¿sabe usted?

—¿Y de haber cenado?

—Sí, señor; [bx] de haber cenado también.

El señor Suárez se estaba fumando un purito que le regaló Pepe, el Astilla.

—¡Ay, qué rico me sabe! Tiene tu aroma.

El señor Suárez miró a los ojos de su amigo.

—¿Vamos a tomarnos unos chatos? Yo no tengo ganas de cenar; [by] estando contigo se me quita el apetito.

—Bueno, vámonos.

—¿Me dejas que te invite?

La Fotógrafa y el Astilla se fueron, muy cogiditos del

[bx] señor, de A
[by] cenar, estando A

27 Creo que no es casual el apellido del personaje. En "El último café pintoresco" (de Emilio Carrere, recogido en *Retablo grotesco y sentimental*, I, Madrid, Mundo latino, s. f., pp. 120-121) se lee: "os exponéis a que todo el café, acaso, os llame antofagasta que es como llama ahora la gente de letras a los filisteos, a los comerciantes, a los burgueses".

brazo, por la calle del Prado arriba, por la acera de la izquierda, según se sube, donde hay unos billares. Algunas personas, al verlos, volvían un poco la cabeza.

—¿Nos metemos aquí un rato, a ver posturas?

—No, déjalo; el otro día por poco me meten un taco por la boca.

—¡Qué bestias! Es que hay hombres sin cultura, ¡hay que ver! ¡Qué barbaridad! Te habrás llevado un susto inmenso, ¿verdad, Astillita?

Pepe, el Astilla, se puso de mal humor.

—Oye, le vas a llamar Astillita a tu madre.

Al señor Suárez le dio la histeria.

—¡Ay, mi mamita! ¡Ay, qué le habrá pasado! ¡Ay, Dios mío!

—¿Te quieres callar?

—Perdóname, Pepe, ya no te hablaré más de mi mamá. ¡Ay, pobrecita! Oye, Pepe, ¿me compras una flor? Quiero que me compres una camelia roja; yendo contigo conviene llevar el cartelito de prohibido…

Pepe, el Astilla, sonrió, muy ufano, y le compró al señor Suárez una camelia roja.

—Póntela en la solapa.

—Donde tú quieras.

El doctor, después de comprobar que la señora estaba muerta y bien muerta, atendió a don Leoncio Maestre, que el pobre estaba con un ataque de nervios, casi sin sentido y tirando patadas a todos lados.

—¡Ay, doctor! ¿Mire que si ahora se nos muere éste?

Doña Genoveva Cuadrado de Ostalaza estaba muy apurada.

—No se preocupe, señora, éste no tiene nada importante, un susto de órdago y nada más.

Don Leoncio, sentado en una butaca, tenía los ojos en blanco y echaba espuma por la boca. Don Ibrahím, mientras tanto, había organizado al vecindario.

—Calma, sobre todo una gran calma. Que cada cabeza de familia registre concienzudamente su domicilio. Sirva-

mos la causa de la justicia, prestándole el apoyo y la colaboración que esté a nuestros alcances.

—Sí, señor, muy bien hablado. En estos momentos, lo
mejor es que uno mande y los demás obedezcamos.

Los vecinos de la casa del crimen, que eran todos españoles, pronunciaron, quién más, quién menos, su frase la-
pidaria.

—A éste, prepárenle una taza de tila.

—Sí, doctor.

Don Mario y el bachiller Eloy acordaron acostarse temprano.

—Bueno, amigo mío, mañana, ¡a chutar! ¿Eh?

—Sí, señor, ya verá usted como queda contento de mi
trabajo.

—Eso espero. Mañana a las nueve tendrá usted ocasión
de empezar a demostrármelo. ¿Hacia dónde va usted?

—Pues a casa, ¿adónde voy a ir? Iré a acostarme. ¿Usted también se acuesta temprano?

—Toda la vida. Yo soy un hombre de costumbres ordenadas.

Eloy Rubio Antofagasta se sintió cobista; el ser cobista
era, probablemente, su estado natural.

—Pues si usted no tiene inconveniente, señor Vega, yo
le acompaño primero.

—Como usted guste, amigo Eloy, y muy agradecido.
¡Cómo se ve que está usted seguro de que aún ha de caer
algún que otro pitillo!

—No es por eso, señor Vega, créame usted.

—¡Ande y no sea usted tonto, hombre de Dios, que
todos hemos sido cocineros antes que frailes!

Don Mario y su nuevo corrector de pruebas, aunque la
noche estaba más bien fría, se fueron dando un paseíto,
con el cuello de los gabanes subido. A don Mario, cuando
le dejaban hablar de lo que le gustaba, no le hacían mella
ni el frío, ni el calor, ni el hambre.

Después de bastante andar, don Mario y Eloy Rubio
Antofagasta se encontraron con un grupo de gente esta-

cionada en una bocacalle, y con dos guardias que no dejaban pasar a nadie.

—¿Ha ocurrido algo?

Una mujer se volvió.

—No sé, dicen que han hecho un crimen, que han ma-
tado a puñaladas a dos señoras ya mayores.

—¡Caray!

Un hombre intervino en la conversación.

—No exagere usted, señora; no han sido dos señoras,
ha sido una sola.

—¿Y le parece poco?

—No, señora; me parece demasiado. Pero más me pare-
cería si hubieran sido dos.

Un muchacho joven se acercó al grupo.

—¿Qué pasa?

Otra mujer le sacó de dudas.

—Dicen que ha habido un crimen, que han ahogado a
una chica con una toalla de felpa. Dicen que era una artista.

Los dos hermanos, Mauricio y Hermenegildo, acordaron
echar una canita al aire.

—Mira, ¿sabes lo que te digo?, pues que hoy es una
noche muy buena para irnos de bureo. Si te dan eso, lo
celebramos por anticipado, y si no, ¡pues mira!, nos vamos
a consolar y de tal día en un año. Si no nos vamos por
ahí, vas a andar toda la noche dándole vueltas a la cabeza. Tú ya has hecho todo lo que tenías que hacer; ahora
ya sólo falta esperar a lo que hagan los demás.

Hermenegildo estaba preocupado.

—Sí, yo creo que tienes razón; así, todo el día pensando
en lo mismo, no consigo más que ponerme nervioso. Vamos a donde tú quieras, tú conoces mejor Madrid.

—¿Te hace que nos vayamos a tomar unas copas?

—Bueno, vamos; pero, ¿así, a palo seco?

—Ya encontraremos algo. A estas horas lo que sobran
son chavalas.

Mauricio Segovia y su hermano Hermenegildo se fueron

de copeo por los bares de la calle de Echegaray. Mauricio dirigía y Hermenegildo obedecía y pagaba.

—Vamos a pensar que lo que celebramos es que me dan eso; yo pago.

—Bueno; si no te queda para volver al pueblo, ya avisarás para que te eche una mano.

Hermenegildo, en una tasca de la calle de Fernández y González, le dio con el codo a Mauricio.

—Mira esos dos, qué verde se están dando. [28]

Mauricio volvió la cabeza.

—Ya, ya. Y eso que Margarita Gautier [29] está mala la pobre, fíjate qué camelia roja lleva en la solapa. Bien mirado, hermano, aquí el que no corre, vuela.

Desde el otro extremo del local, rugió un vozarrón:

—¡No te propases, Fotógrafa, deja algo para luego!

Pepe, el Astilla, se levantó.

—¡A ver si aquí va a salir alguno a la calle!

Don Ibrahím le decía al señor juez:

—Mire usted, señor juez, nosotros nada hemos podido esclarecer. Cada vecino registró su propio domicilio y nada hemos encontrado que nos llamase la atención.

Un vecino del principal, don Fernando Cazuela, procurador de los tribunales, [bz] miró para el suelo; él sí había encontrado algo.

El juez interrogó a don Ibrahím.

—Vayamos por partes. ¿La finada tenía familia?

—Sí, señor juez, un hijo.

—¿Dónde está?

—¡Uf, cualquiera lo sabe, señor juez! Es un chico de malas costumbres.

—¿Mujeriego?

[bz] Procurador de los Tribunales *A*

[28] *darse un verde*: "Hartarse", "Comer, disfrutar, etc., de una cosa en mucha cantidad y con mucho placer" (María Moliner, *D. U.*).

[29] Margarita Gautier es la heroína de Alejandro Dumas protagonista de *La dama de las camelias*.

—Pues no, señor juez, mujeriego no.

—¿Quizás jugador?

—Pues no, ^{ca} que yo sepa, no.

El juez miró para don Ibrahím.

—¿Bebedor?

—No, no, tampoco bebedor.

El juez ensayó una sonrisita un poco molesta.

—Oiga usted, ¿a qué llama usted malas costumbres? ¿A coleccionar sellos?

Don Ibrahím se picó.

—No, señor, yo llamo malas costumbres a muchas cosas; por ejemplo, a ser marica.

—¡Ah, vamos! El hijo de la finada es marica.

—Sí, señor juez, un marica como una catedral.

—¡Ya! Bien, señores, muchas gracias a todos. Retírense a sus cuartos, por favor; si los necesito ya les requeriré.

Los vecinos, obedientemente, se fueron volviendo a sus cuartos. Don Fernando Cazuela, al llegar al principal derecha, se encontró con que su mujer estaba hecha un mar de llanto.

—¡Ay, Fernando! ¡Mátame si quieres! Pero que nuestro hijito no se entere de nada.

—No, hija, ¡cómo te voy a matar con el juzgado en casa! Anda, vete a la cama. ¡Lo único que nos faltaba ahora es que tu querido resultase el asesino de doña Margot!

Para distraer al grupo de la calle, que era ya de varios cientos de personas, un gitanito de unos seis años cantaba flamenco, acompañándose con sus propias palmas. Era un gitanito simpático, pero ya muy visto...

> *Estando un maestro sastre*
> *cortando unos pantalones*
> *pasó un chavea gitano*
> *que vendía camarones.*

Cuando sacaron a doña Margot, camino del depósito, el niño se calló, respetuoso.

^{ca} no; que yo *A1, A2, A3, A4*

CAPÍTULO TERCERO

D O N Pablo, después de la comida, se va a un tranquilo café [a] de la calle de San Bernardo, a jugar una partida de ajedrez con don Francisco Robles y López-Patón, y a eso de las cinco o cinco y media sale en busca de doña Pura para dar una vuelta y recalar por el café [b] de doña Rosa, a merendar su chocolatito, que siempre le parece que está un poco aguado.

En una mesa próxima, al lado de una ventana, cuatro hombres juegan al dominó: don Roque, don Emilio Rodríguez Ronda, don Tesifonte Ovejero y el señor Ramón.

Don Francisco Robles y López-Patón, médico de enfermedades secretas, tiene una chica, la Amparo, que está casada con don Emilio Rodríguez Ronda, médico también. Don Roque es marido de doña Visi, la hermana de doña Rosa; don Roque Moisés Vázquez, según su cuñada, es una de las peores personas del mundo. Don Tesifonte Ovejero y Solana, capitán veterinario, es un buen señorito de pueblo, un poco apocado, que lleva una sortija con una esmeralda. El señor Ramón, por último, es un panadero que tiene una tahona bastante importante cerca de por allí.

Estos seis amigos de todas las tardes son gente tranquila, formal, con algún devaneo sin importancia, que se llevan bien, que no discuten, y que hablan de mesa a mesa, por

[a] Café *A*
[b] Café *A*

230

encima de las conversaciones del juego, al que no siempre prestan gran interés.

Don Francisco acaba de perder un alfil.

—¡Mal se pone la cosa!

—¡Mal! Yo, en su lugar, abandonaba.

—Yo no.

Don Francisco mira para su yerno, que va de pareja con el veterinario.

—Oye, Emilio, ¿cómo está la niña?

La niña es la Amparo.

—Bien, ya está bien, mañana la levanto.

—¡Vaya, me alegro! Esta tarde va a ir la madre por vuestra casa.

—Muy bien. ¿Usted va a venir?

—No sé, ya veremos si puedo.

La suegra de don Emilio se llama doña Soledad, doña Soledad Castro de Robles.

El señor Ramón ha dado salida al cinco doble, que se le había atragantado. Don Tesifonte le gasta la broma de siempre:

—Afortunado en el juego...

—Y al revés, mi capitán, usted ya me entiende.

Don Tesifonte pone mala cara mientras los amigos se ríen. Don Tesifonte, ésa es la verdad, no es afortunado ni con las mujeres ni con las fichas. Se pasa el día encerrado, no sale más que para jugar su partidita.

Don Pablo, que tiene la partida ganada, está distraído, no hace caso del ajedrez.

—Oye, Roque, ayer tu cuñada estaba de mala uva.

Don Roque hace un gesto de suficiencia, como de estar ya de vuelta de todo.

—Lo está siempre, yo creo que nació ya de mala uva. ¡Mi cuñada es una bestia parda! ¡Si no fuera por las niñas, ya le había puesto yo las peras a cuarto hace una temporada! Pero, en fin, ¡paciencia y barajar! Estas tías gordas y medio bebidas no ^c suelen durar mucho.

---

^c Eds. 4.ª, 5.ª, 6.ª, 7.ª y 8.ª: "...bebidas suelen...", por confundidora errata de la imprenta. *N. del A.*

Don Roque piensa que, sentándose y esperando, el café La Delicia,[d] entre otro montón de cosas, será algún día de sus hijas. Bien mirado, a don Roque no le faltaba razón, y además la cosa merecía, sin duda alguna, la pena de aguantar, aunque fuesen cincuenta años. París bien vale una misa.

Doña Matilde y doña Asunción se reúnen todas las tardes, nada más comer, en una lechería de la calle de Fuencarral, donde son amigas de la dueña, doña Ramona Bragado, una vieja teñida pero muy chistosa, que había sido artista allá en los tiempos del general Prim.[1] Doña Ramona, que recibió, en medio de un escándalo mayúsculo, una manda de diez mil duros del[e] testamento del marqués[f] de Casa Peña Zurana —el que fue senador y dos veces subsecretario de hacienda—,[g] que había sido querido suyo lo menos veinte años, tuvo cierto sentido común y en vez de gastarse los cuartos, tomó el traspaso de la lechería, que marchaba bastante bien y que tenía una clientela muy segura. Además, doña Ramona, que no se perdía, se dedicaba a todo lo que apareciese y era capaz de sacar pesetas de debajo de los adoquines; uno de los comercios que mejor se le daba era el andar siempre de trapichera y de correveidile, detrás del telón de la lechería, soplando dorados y bien adobados embustes en los oídos de alguna mocita que quería comprarse un bolso, y poniendo después la mano cerca del arca de algún señorito haragán, de esos

[d] el Café "La Delicia"   *A*

[e] Eds. 4.ª, 5.ª, 6.ª y 7.ª: "... de ...", por errata. *N. del A.*

[f] Marqués   *A*

[g] Subsecretario de Hacienda   *A*

[1] El general Prim (1814-1870) —diputado liberal (1841), gobernador de Puerto Rico (1847-1848), partícipe en Castillejos y Wad-Rass (1850), protagonista de siete levantamientos populares de signo progresista— formó junto a Serrano el primer gobierno nacido de la Revolución de 1868 y fue presidente en 1869. El 30 de diciembre de 1870 era asesinado al tiempo que el rey Amadeo I llegaba a Madrid.

que prefieren no molestarse y que se lo den todo hecho.
Hay algunas personas que lo mismo sirven para un roto
que para un descosido.

Aquella tarde estaba alegre la tertulia de la lechería.

—Traiga usted unos bollitos, doña Ramona, que yo
pago.

—¡Pero, hija! ¿Le ha caído a usted la lotería?

—¡Hay muchas loterías, doña Ramona! He tenido carta
de la Paquita, desde Bilbao. Mire usted lo que dice aquí.

—¿A ver? ¿A ver?

—Lea usted, yo cada vez tengo menos vista; lea usted
aquí abajo.

Doña Ramona se caló los lentes y leyó:

—La esposa de mi novio ha fallecido de unas anemias
perniciosas. [h] ¡Caray, doña Asunción, así ya se puede!

—Siga, siga.

—Y mi novio dice que ya no usemos nada y que si
quedo en estado, pues él se casa. [i] ¡Pero, hija, si es usted
la mujer de la suerte!

—Sí, gracias a Dios, tengo bastante suerte con esta hija.

—¿Y el novio es el catedrático?

—Sí, don José María de Samas, catedrático de psicología, lógica y ética. [j]

—¡Pues, hija, mi enhorabuena! ¡Bien la ha colocado!

—¡Sí, no va mal!

Doña Matilde también tenía su buena noticia que contar; no era una noticia definitiva, como podía serlo la de
la Paquita, pero era, sin duda, una buena noticia. A su
niño, el Florentino del Mare Nostrum, le había salido
un contrato muy ventajoso para Barcelona, para trabajar
en un salón del Paralelo, [2] en un espectáculo de postín

[h] "La esposa... perniciosas" *A*

[i] "Y mi novio ... se casa" *A*

[j] de Psicología, Lógica y Ética *A* ¡

[2] La avenida del Paralelo ha sido históricamente el centro de la
vida artística popular de Barcelona y el lugar donde se ubican
los teatros para espectáculos de revistas y variedades.

que se llamaba Melodías de la Raza [k][3] y que, como tenía
un fondo patriótico, esperaban que fuese patrocinado por
las autoridades.

—A mí me da mucho sosiego que trabaje en una gran
capital; en los pueblos hay mucha incultura y, a veces,
a esta clase de artistas les tiran piedras. ¡Como si no fueran como los demás! Una vez, en Jadraque, tuvo que intervenir hasta la guardia civil; [1] si no llega a tiempo, al
pobrecito mío lo despellejan aquellos seres desalmados y
sin cultura que lo único que les gusta es la bronca y decir
ordinarieces a las estrellas. ¡Angelito, qué susto más grande le hicieron pasar!

Doña Ramona asentía.

—Sí, sí, en una gran capital como Barcelona está mucho mejor; se aprecia más su arte, lo respetan más, ¡todo!

—¡Ay, sí! A mí, cuando me dice que se va de tournée [ll]
por los pueblos, es que me da un vuelco el corazón. ¡Pobre
Florentinín, con lo sensible que él es, teniendo que trabajar para un público tan atrasado y, como él dice, lleno de
prejuicios! ¡Qué horror!

—Sí, verdaderamente. Pero, ¡en fin!, ahora va bien...

—Sí, ¡si le durase!

Laurita y Pablo suelen ir a tomar café a un bar de lujo,
donde uno que pase por la calle casi no se atreve ni a

---

[k] "Melodías de la Raza" *A*
[1] Guardia Civil *A*
[ll] tourné *A*

---

[3] El autor utiliza un tono irónico; pero —además que se llame
Raza (1943) la película de Sainz de Heredia que sigue el guión
del mismo Francisco Franco— hay que recordar que la Vicesecretaría de Educación Popular fomentaba el cultivo de aquellos temas
que exaltaran la nueva mitología de los vencedores en la que co-
braba sentido el mismo concepto de *raza*: "Es preciso difundir
la cultura para el pueblo por todos los medios de difusión a nuestro alcance, orientándolo de esta forma en las buenas costumbres,
en el sano concepto de nuestros ideales que inspiraron el Movimiento Nacional." (Normas de la Vicesecretaría de Educación Popular, reproducidas por Manuel Abellán en *Censura y creación
literaria en España (1939-1975)*, Barcelona, Península, 1980. p. 249.)

entrar, que hay detrás de la Gran Vía. Para llegar hasta las mesas —media docenita, no más, todas con tapetillo y un florero en el medio— hay que pasar por la barra, casi desierta, con un par de señoritas soplando coñac y cuatro o cinco pollitos tarambanas jugándose los cuartos de casa a los dados.

—Adiós, Pablo, ya no te hablas con nadie. Claro, desde que estás enamorado...

—Adiós, Mari Tere. ¿Y Alfonso?

—Con la familia, hijo; está muy regenerado esta temporada.

Laurita frunció el morro; cuando se sentaron en el sofá, no cogió las manos a Pablo, como de costumbre. Pablo, en el fondo, sintió cierta sensación de alivio.

—Oye, ¿quién es esa chica?

—Una amiga.

Laurita se puso triste y capciosa.

—¿Una amiga como soy yo ahora?

—No, hija.

—¡Como dices una amiga!

—Bueno, una conocida.

—Sí, una conocida... Oye, Pablo.

Laurita, de repente, apareció con los ojos llenos de lágrimas.

—Qué.

—Tengo un disgusto enorme.

—¿Por qué?

—Por esa mujer.

—¡Mira, niña, estate callada y no marees!

Laurita suspiró.

—¡Claro! Y tú, encima, me riñes.

—No, hija, ni encima ni debajo. No des la lata más de lo necesario.

—¿Lo ves?

—¿Veo, qué?

—¿Lo ves cómo me riñes?

Pablo cambió de táctica.

—No, nenita, no te estoy riñendo; es que me molestan

estas escenitas de celos, ¡qué le vamos a hacer! Toda la vida me pasó lo mismo.

—¿Con todas tus novias igual?

—No, Laurita, con unas más y con otras menos...

—¿Y conmigo?

—Contigo mucho más que con nadie.

—¡Claro! ¡Porque no me quieres! Los celos no se tienen más que cuando se quiere mucho, muchísimo, como yo a ti.

Pablo miró para Laurita con el gesto con que se puede mirar a un bicho muy raro. Laurita se puso cariñosa.

—Óyeme, Pablito.

—No me llames Pablito. ¿Qué quieres?

—¡Ay, hijo, eres un cardo!

—Sí, pero no me lo repitas, varía un poco; es algo que me lo dijo ya demasiada gente.

Laurita sonrió.

—Pero a mí no me importa nada que seas un cardo. A mí me gustas así, como eres. ¡Pero tengo unos celos! Oye, Pablo, si algún día dejas de quererme, ¿me lo dirás?

—Sí.

—¡Cualquiera os puede creer! ¡Sois todos tan mentirosos!

Pablo Alonso, mientras se bebía el café, se empezó a dar cuenta de que se aburría al lado de Laurita. Muy mona, muy atractiva, muy cariñosa, incluso muy fiel, pero muy poco variada.

En el café ^m de doña Rosa, como en todos, el público de la hora del café no es el mismo que el público de la hora de merendar. Todos son habituales, bien es cierto, todos se sientan en los mismos divanes, todos beben en los mismos vasos, toman el mismo bicarbonato, pagan en iguales pesetas, aguantan idénticas impertinencias a la dueña, pero, sin embargo, quizás alguien sepa por qué, la gente

m Café A

de las tres de la tarde no tiene nada que ver con la que llega dadas ya las siete y media; es posible que lo único que pudiera unirlos fuese la idea, que todos guardan en el fondo de sus corazones, de que ellos son, realmente, la vieja guardia del café. [m] Los otros, los de después de almorzar para los de la merienda y los de la merienda para los de después de almorzar, no son más que unos intrusos a los que se tolera, pero en los que ni se piensa. ¡Estaría bueno! [n] Los dos grupos, individualmente o como organismo, son incompatibles, y si a uno de la hora del café se le ocurre esperar un poco y retrasar la marcha, los que van llegando, los de la merienda, lo miran con malos ojos, con tan malos ojos, ni más ni menos, como con los que miran los de la hora del café a los de la merienda que llegan antes de tiempo. En un café [ñ] bien organizado, en un café [ñ] que fuese algo así como la república [o] de Platón, existiría sin duda una tregua de un cuarto de hora para que los que vienen y los que se van no se cruzasen ni en la puerta giratoria.

En el café [p] de doña Rosa, después de almorzar, el único conocido que hay, aparte de la dueña y el servicio, es la señorita Elvira, que en realidad es ya casi como un mueble más.

—¿Qué tal, Elvirita? ¿Se ha descansado?

—Sí, doña Rosa, ¿y usted?

—Pues yo, regular, hija, nada más que regular. Yo me pasé la noche yendo y viniendo al water; se conoce que cené algo que me sentó mal y el vientre se me echó a perder.

—¡Vaya por Dios! ¿Y está usted mejor?

—Sí, parece que sí, pero me quedó muy mal cuerpo.

—No me extraña, la diarrea es algo que rinde.

—¡Y que lo diga! Yo ya lo tengo pensado; si de aquí a mañana no me pongo mejor, aviso que venga el médico.

---

[n] Eds. 5.ª, 6.ª y 7.ª: "¡Estaría buena!" *N. del A.*

[ñ] Café *A*

[o] República *A*

[p] Café *A*

Así no puedo trabajar ni puedo hacer nada, y estas cosas, ya sabe usted, como una no esté encima...

—Claro.

Padilla, el cerillero, trata de convencer a un señor de que unos emboquillados que vende no son de colillas.

—Mire usted, el tabaco de colillas siempre se nota; por más que lo laven siempre le queda un gusto un poco raro. Además, el tabaco de colillas huele a vinagre a cien leguas y aquí ya puede usted meter la nariz, no notará nada raro. Yo no le voy a jurar que estos pitillos lleven tabaco de Gener, [4] yo no quiero engañar a mis clientes; éstos llevan tabaco de cuarterón, [5] pero bien cernido y sin palos. Y la manera de estar hechos, ya la ve usted; aquí no hay máquina, aquí está todo hecho a mano; pálpelos si quiere.

Alfonsito, el niño de los recados, está recibiendo instrucciones de un señor que dejó un automóvil a la puerta.

—A ver si lo entiendes bien, no vayamos a meter la pata entre todos. Tú subes al piso, tocas el timbre y esperas. Si te sale a abrir esta señorita, fíjate bien en la foto, que es alta y tiene el pelo rubio, tú le dices: Napoleón Bonaparte, [q] apréndetelo bien, y si ella te contesta: sucumbió en Waterloo, [r] tú vas y le das la carta. ¿Te enteras bien?

—Sí, señor.

—Bueno. Apunta eso de Napoleón y lo que te tiene que contestar y te lo vas aprendiendo por el camino. Ella entonces, después de leer la carta, te dirá una hora, las siete, las seis, o la que sea, tú la recuerdas bien y vienes corriendo a decírmelo. ¿Entiendes?

—Sí, señor.

—Bueno, pues vete ya. Si haces bien el recado te doy un duro.

[q] le dices "Napoleón Bonaparte" *A*
[r] te contesta "Sucumbió en Waterloo" *A*

----

[4] Fabricante y exportador de tabaco cubano que da nombre a los cigarros de mayor calidad en el mercado de los años cuarenta.
[5] Tabaco de picadura empaquetado cuyo peso, que daba nombre a la cajetilla, equivalía a la cuarta parte de una libra.

—Sí, señor. Oiga, ¿y si me sale a abrir la puerta alguien que no sea la señorita?

—¡Ah, es verdad! Si te sale a abrir otra persona, pues nada, dices que te has equivocado; le preguntas: ¿vive aquí el señor Pérez, [s] y como te dirán que no, te largas y en paz. ¿Está claro?

—Sí, señor.

A Consorcio López, el encargado, le llamó por teléfono nada menos que Marujita Ranero, su antigua novia, la mamá de los dos gemelines.

—¿Pero qué haces tú en Madrid?

—Pues que se ha venido a operar mi marido.

López estaba un poco cortado; era hombre de recursos, pero aquella llamada, la verdad, le había cogido algo desprevenido.

—¿Y los nenes?

—Hechos unos hombrecetes. Este año van a hacer el ingreso. [6]

—¡Cómo pasa el tiempo!

—Ya, ya.

Marujita tenía la voz casi temblorosa.

—Oye.

—Qué.

—¿No quieres verme?

—Pero…

—¡Claro! Pensarás que estoy hecha una ruina.

—No, mujer, qué boba; es que ahora…

—No, ahora no; esta noche cuando salgas de ahí. Mi marido se queda en el sanatorio y yo estoy en una pensión.

—¿En cuál?

—En La colladense, [t] en la calle de la Magdalena.

A López, las sienes le sonaban como disparos.

[s] le preguntas "¿Vive aquí el señor Pérez?"
[t] en "La Colladense" A

[6] Examen de ingreso a los estudios del bachillerato.

—Oye, ¿y cómo entro?

—Pues por la puerta, ya te he tomado una habitación, la número 3.

—Oye, ¿y cómo te encuentro?

—¡Anda y no seas bobo! Ya te buscaré.

Cuando López colgó el teléfono y se dio la vuelta otra vez hacia el mostrador, tiró con el codo toda una estantería, la de los licores: cointreau, calisay, benedictine, curaçao, crema de café y pippermint. ¡La que se armó!

Petrita, la criada de Filo, se acercó al bar de Celestino Ortiz a buscar un sifón porque Javierín estaba con flato. Al pobre niño le da el flato algunas veces y no se le quita más que con sifón.

—Oye, Petrita, ¿sabes que el hermano de tu señorita se ha vuelto muy flamenco?

—Déjelo usted, señor Celestino, que el pobre lo que está es pasando las de Caín. ¿Le dejó algo a deber?

—Pues sí, veintidós pesetas.

Petrita se acercó a la trastienda.

—Voy a coger un sifón, enciéndame la luz.

—Ya sabes dónde está.

—No, enciéndamela usted, a veces da calambre.

Cuando Celestino Ortiz se metió en la trastienda, a encender la luz, Petrita lo abordó.

—Oiga, ¿yo valgo veintidós pesetas?

Celestino Ortiz no entendió la pregunta.

—¿Eh?

—Que si yo valgo veintidós pesetas.

A Celestino Ortiz se le subió la sangre a la cabeza.

—¡Tú vales un imperio!

—¿Y veintidós pesetas?

Celestino Ortiz se abalanzó sobre la muchacha.

—Cóbrese usted los cafés del señorito Martín.

Por la trastienda del bar de Celestino Ortiz, pasó como un ángel que levantase un huracán con las alas.

—¿Y tú por qué haces esto por el señorito Martín?

—Pues porque me da la gana y porque lo quiero más

que a nada en el mundo; a todo el que lo quiera saber se lo digo, a mi novio el primero.

Petrita con las mejillas arreboladas, el pecho palpitante, la voz ronca, el pelo en desorden y los ojos llenos de brillo, tenía una belleza extraña, como de leona recién casada.

—¿Y él te corresponde?

—No le dejo.

A las cinco, la tertulia del café [u] de la calle de San Bernardo se disuelve, y a eso de las cinco y media, o aún antes, ya está cada mochuelo en su olivo. Don Pablo y don Roque, cada uno en su casa; don Francisco y su yerno, en la consulta; don Tesifonte, estudiando, y el señor Ramón viendo cómo levantan los cierres de su panadería, su mina de oro.

En el café, [v] en una mesa algo apartada, quedan dos hombres, fumando casi en silencio; uno se llama Ventura Aguado y es estudiante de notarías. [w]

—Dame un pitillo.

—Cógelo.

Martín Marco enciende el pitillo.

—Se llama Purita y es un encanto de mujer, es suave como una niña, delicada como una princesa. ¡Qué vida asquerosa!

Pura Bartolomé, a aquellas horas, está merendando con un chamarilero rico, en un figón [7] de Cuchilleros. Martín se acuerda de sus últimas palabras:

—Adiós, Martín; ya sabes, yo suelo estar en la pensión todas las tardes, no tienes más que llamarme por teléfono. Esta tarde no me llames; estoy ya comprometida con un amigo.

—Bueno.

[u] Café A
[v] Café A
[w] Notarías A

---

[7] figón: establecimiento público de baja categoría en el que se sirven comidas.

—Adiós, dame un beso.

—Pero, ¿aquí?

—Sí, bobo; la gente se creerá que somos marido y mujer.

Martín Marco chupó del pitillo casi con majestad. Después respiró fuerte.

—En fin… Oye, Ventura, déjame dos duros, hoy no he comido.

—¡Pero, hombre, así no se puede vivir!

—¡Bien lo sé yo!

—¿Y no encuentras nada por ahí?

—Nada, los dos artículos de colaboración, doscientas pesetas con el nueve por ciento de descuento.

—¡Pues estás listo! Bueno, toma, ¡mientras yo tenga! Ahora mi padre ha tirado de la cuerda. Toma cinco, ¿qué vas a hacer con dos?

—Muchas gracias; déjame que te invite con tu dinero.

Martín Marco llamó al mozo.

—¿Dos cafés corrientes?

—Tres pesetas.

—Cóbrese, por favor.

El camarero se echó mano al bolsillo y le dio las vueltas: veintidós pesetas.

Martín Marco y Ventura Aguado son amigos desde hace tiempo, buenos amigos; fueron compañeros de carrera, en la facultad de derecho, [x] antes de la guerra.

—¿Nos vamos?

—Bueno, como quieras. Aquí ya no tenemos nada que hacer.

—Hombre, la verdad es que yo tampoco tengo nada que hacer en ningún otro lado. ¿Tú adónde vas?

—Pues no sé, me iré a dar una vuelta por ahí para hacer tiempo.

Martín Marco sonrió.

—Espera que me tome un poco de bicarbonato. Contra las digestiones difíciles no hay nada mejor que el bicarbonato.

[x] Facultad de Derecho *A*

Julián Suárez Sobrón, alias la Fotógrafa, de cincuenta y tres años de edad, natural de Vegadeo, provincia de Oviedo, y José Giménez Figueras, alias el Astilla, de cuarenta y seis años de edad, y natural del Puerto de Santa María, provincia de Cádiz, están mano sobre mano, en los sótanos de la dirección general de seguridad, [y] esperando a que los lleven a la cárcel.

—¡Ay, Pepe, qué bien vendría a estas horas un cafetito!

—Sí, y una copita de triple; pídelo a ver si te lo dan.

El señor Suárez está más preocupado que Pepe, el Astilla; el Giménez Figueras se ve que está más habituado a estos lances.

—Oye, ¿por qué nos tendrán aquí?

—Pues no sé. ¿Tú no habrás abandonado a alguna virtuosa señorita después de hacerla un hijo?

—¡Ay, Pepe, qué presencia de ánimo tienes!

—Es que, chico, lo mismo nos van a dar.

—Sí, eso es verdad también. A mí lo que más me duele es no haber podido avisar a mi mamita.

—¿Ya vuelves?

—No, no.

A los dos amigos los detuvieron la noche anterior, en un bar de la calle de Ventura de la Vega. Los policías que fueron por ellos, entraron en el bar, miraron un poquito alrededor y, ¡zas!, se fueron derechos como una bala. ¡Qué tíos, qué acostumbrados debían estar!

—Acompáñennos.

—¡Ay! ¿A mí por qué se me detiene? Yo soy un ciudadano honrado que no se mete con nadie, yo tengo la documentación en regla.

—Muy bien. Todo eso lo explica usted cuando se lo pregunten. Quítese esa flor.

—¡Ay! ¿Por qué? Yo no tengo por qué acompañarles, yo no estoy haciendo nada malo.

—No escandalice, por favor. Mire usted para aquí.

El señor Suárez miró. Del bolsillo del policía asomaban los plateados flejes de las esposas.

---

[y] Dirección General de Seguridad *A*

Pepe, el Astilla, ya se había levantado.

—Vamos con estos señores, Julián; ya se pondrá todo en claro.

—Vamos, vamos. ¡Caray, qué modales! [z]

En la dirección de seguridad [aa] no fue preciso ficharlos, ya lo estaban; bastó con añadir una fecha y tres o cuatro palabritas que no pudieron leer...

—¿Por qué se nos detiene? [8]

—¿No lo sabe?

—No, yo no sé nada, ¿qué voy a saber?

—Ya se lo dirán a usted.

—Oiga, ¿y no puedo avisar que estoy detenido?

—Mañana, mañana.

—Es que mi mamá es muy viejecita; la pobre va a estar muy intranquila.

—¿Su madre?

—Sí, tiene ya setenta y seis años.

—Bueno, yo no puedo hacer nada. Ni decir nada, tampoco. Ya mañana se aclararán las cosas.

En la celda donde los encerraron, una habitación inmensa, cuadrada, de techo bajo, mal alumbrada por una bombilla de quince bujías metida en una jaula de alambre, al principio no se veía nada. Después, al cabo de un rato, cuando ya la vista empezó a acostumbrarse, el señor Suárez y Pepe, el Astilla, fueron viendo algunas caras conocidas, maricas pobres, descuideros, tomadores del dos, [9] sablistas de oficio, gente que siempre andaba dando tumbos como una peonza, sin levantar jamás cabeza.

—¡Ay, Pepe, qué bien vendría a estas horas un cafetito!

[z] vamos, ¡caray, qué modales!   *A1, A2, A3, A4*
[aa] Dirección de Seguridad   *A*

---

[8] La jurisdicción aplica la "ley contra vagos y maleantes" que incluía la persecución y condena de conductas que, como la de estas homosexuales, atentaba contra el decoro, la moral pública y "las sanas costumbres del pueblo español".

[9] *descuidero,* en germanía, es el ladrón que roba aprovechando el descuido de los demás; y *tomadores del dos,* en el mismo argot, son los que roban valiéndose de los dos dedos.

Olía muy mal allí dentro, a un olorcillo rancio, penetrante, que hacía cosquillas en la nariz.

—Hola, qué temprano vienes hoy. ¿Dónde has estado?

—Donde siempre, tomando café con los amigos.

Doña Visi besa en la calva a su marido.

—¡Si vieses qué contenta me pongo cuando vienes tan pronto!

—¡Vaya! A la vejez, viruelas.

Doña Visi sonríe; doña Visi, la pobre, sonríe siempre.

—¿Sabes quién va a venir esta tarde?

—Algún loro, como si lo viera.

Doña Visi no se incomoda jamás.

—No, mi amiga Montserrat.

—¡Buen elemento!

—¡Bien buena es!

—¿No te ha contado ningún milagro más de ese cura de Bilbao?

—¡Cállate, no seas hereje! ¿Por qué te empeñas en decir siempre esas cosas, si no las sientes?

—Ya ves.

Don Roque está cada día que pasa más convencido de que su mujer es tonta.

—¿Estarás con nosotras?

—No.

—¡Ay, hijo!

Suena el timbre de la calle y la amiga de doña Visi entró en la casa al tiempo que el loro del segundo decía pecados.

—Mira, Roque, esto ya no se puede aguantar. Si ese loro no se corrige, yo lo denuncio. [10]

—Pero, hija, ¿tú te das cuenta del choteo que se iba

[10] La situación ridícula marcada por el autor remite a un lenguaje de época en el que la *denuncia* fue dramática realidad que formaba parte de la vida cotidiana. Frecuente tras la guerra civil, resultado en ocasiones de rencillas personales, era motivo —por aplicación de la Ley de responsabilidades políticas— de condenas, detenciones y encarcelamientos.

a organizar en la comisaría [ab] cuando te viesen llegar para denunciar a un loro?

La criada pasa a doña Montserrat a la sala.

—Voy a avisar a la señorita, siéntese usted.

Doña Visi voló a saludar a su amiga, y don Roque, después de mirar un poco por detrás de los visillos, se sentó al brasero y sacó la baraja.

Si sale la sota de bastos antes de cinco, buena señal. Si sale el as, es demasiado; yo ya no soy ningún mozo.

Don Roque tiene sus reglas particulares de cartomancia.

La sota de bastos salió en tercer lugar.

—¡Pobre Lola, la que te espera! ¡Te compadezco, chica! En fin...

Lola es hermana de Josefa López, una antigua criada de los señores de Robles con quien don Roque tuvo algo que ver, y que ahora, ya metida en carnes y en inviernos, ha sido desbancada por su hermana menor. Lola está para todo en casa de doña Matilde, la pensionista del niño imitador de estrellas.

Doña Visi y doña Montserrat charlan por los codos. Doña Visi está encantada; en la última página de El querubín misionero, [ac] revista quincenal, aparece su nombre y el de sus tres hijas.

—Lo va usted a ver por sus propios ojos cómo no son cosas mías, cómo es una gran verdad. ¡Roque! ¡Roque!

Desde el otro extremo de la casa, don Roque grita:

—¿Qué quieres?

—¡Dale a la chica el papel donde viene lo de los chinos!

—¿Eh?

Doña Visi comenta con su amiga:

—¡Ay, santo Dios! Estos hombres nunca oyen nada.

Levantando la voz volvió a dirigirse a su marido.

—¡Que le des a la chica...! ¿Me entiendes?

—¡Sí!

—¡Pues que le des a la chica el papel donde viene lo de los chinos!

[ab] Comisaría A
[ac] "El querubín misionero" A

—¿Qué papel?

—¡El de los chinos, hombre, el de los chinitos de las misiones! [11]

—¿Eh? No te entiendo. ¿Qué dices de chinos?

Doña Visi sonríe a doña Montserrat.

—Este marido mío es muy bueno, pero nunca se entera de nada. Voy yo a buscar el papel, no tardo ni medio minuto. Usted me perdonará un instante.

Doña Visi, al llegar al cuarto donde don Roque, sentado a la mesa de camilla, hacía solitarios, le preguntó:

—Pero, hombre, ¿no me habías oído?

Don Roque no levantó la vista de la baraja.

—¡Estás tú fresca si piensas que me iba a levantar por los chinos!

Doña Visi revolvió en la cesta de la costura, encontró el número de El querubín misionero [ad] que buscaba y, rezongando en voz baja, se volvió a la fría sala de las visitas, donde casi no se podía estar.

El costurero, después del trajín de doña Visi, quedó abierto y, entre el algodón de zurzir y la caja de los botones —una caja de pastillas de la tos del año de la polca— asomaba tímidamente otra de las revistas de doña Visi.

Don Roque se echó atrás en la silla y la cogió.

—Ya está aquí éste.

Éste [ae] era el cura bilbaíno de los milagros.

Don Roque se puso a leer la revista:

ad "El querubín misionero" A
ae "Este" A

11 El carácter de cruzada religiosa que se atribuyó a la guerra española desde la misma iglesia católica hizo crecer la convicción, favorecida por todas las instituciones, de que la lucha por la fe implicaba la tarea de difundir el bautismo entre aquellos millones de infieles desconocedores de la verdadera religión. Las colectas para Misiones en África y Asia pasaron a formar parte de la vida cotidiana ya en los días fijados por Acción Católica —Día de las Misiones o del DOMUND—; ya mediante donativos a las órdenes religiosas; ya a través de las huchas que todos los centros oficiales, incluidos los de enseñanza, exhibían como reclamo y como fundamento de educación cívica.

Rosario Quesada (Jaén), la curación de una hermana suya de una fuerte colitis, 5 pesetas. [af]

Ramón Hermida (Lugo), por varios favores obtenidos en sus actividades comerciales, 10 pesetas. [ag]

María Luisa del Valle (Madrid), la desaparición de un bultito que tenía en un ojo sin necesidad de acudir al oculista, 5 pesetas. [ah]

Guadalupe Gutiérrez (Ciudad Real), la curación de un niño de diecinueve meses de una herida producida al caerse del balcón de un entresuelo, 25 pesetas. [ai]

Marina López Ortega (Madrid), el que se amansase un animal doméstico, 5 pesetas. [aj]

Una viuda gran devota (Bilbao), el haber hallado un pliego de valores que había perdido un empleado de casa, 25 pesetas. [ak] [12]

Don Roque se queda preocupado.

—A mí que no me digan; esto no es serio.

—¿No tiene usted frío, Montserrat? ¡Esta casa está algunos días heladora!

—No, por Dios, Visitación; aquí se está muy bien. Tienen ustedes una casa muy grata, con mucho confort, como dicen los ingleses.

—Gracias, Montserrat. Usted siempre tan amable.

Doña Visi sonrió y empezó a buscar su nombre en la lista. Doña Montserrat, alta, hombruna, huesuda, desgarbada, bigotuda, algo premiosa en el hablar y miope, se caló los impertinentes.

[af] "Rosario … pesetas" A
[ag] "Ramón … pesetas" A
[ah] "María Luisa … pesetas" A
[ai] "Guadalupe … pesetas" A
[aj] "Marina … pesetas" A
[ak] "Una viuda … pesetas" A

---

[12] En los años cuarenta proliferan las revistas —*Mensajero del Corazón de Jesús, Mensajero de San Antonio, Mensajero de Santa Rita, Redención, Hosanna, Boletín del Padre Damián*…— que, como las de doña Visi, incluyen largas listas de promesas idénticas a las que reproduce el autor.

Efectivamente, como aseguraba doña Visi, en la última página de El querubín misionero, [al] aparecía su nombre y el de sus tres hijas.

Doña Visitación Leclerc de Moisés, por bautizar dos chinitos con los nombres de Ignacio y Francisco Javier, 10 pesetas. La señorita Julita Moisés Leclerc, por bautizar un chinito con el nombre de Ventura, 5 pesetas. La señorita Visitación Moisés Leclerc, por bautizar un chinito con el nombre de Manuel, 5 pesetas. La señorita Esperanza Moisés Leclerc, por bautizar un chinito con el nombre de Agustín, 5 pesetas. [am]

—¿Eh? ¿Qué le parece?

Doña Montserrat asiente, obsequiosa.

—Pues que muy bien me parece a mí todo esto, pero que muy bien. ¡Hay que hacer tanta labor! Asusta pensar los millones de infieles que hay todavía que convertir. Los países de los infieles, deben estar llenos como hormigueros.

—¡Ya lo creo! ¡Con lo monos que son los chinitos chiquitines! Si nosotras no nos privásemos de alguna cosilla, se iban todos al limbo de cabeza. A pesar de nuestros pobres esfuerzos, el limbo tiene que estar abarrotado de chinos, ¿no cree usted?

—¡Ya, ya!

—Da grima sólo pensarlo. ¡Mire usted que es maldición la que pesa sobre los chinos! Todos paseando por allí, encerrados sin saber qué hacer...

—¡Es espantoso!

—¿Y los pequeñitos, mujer, los que no saben andar, que estarán siempre parados como gusanines en el mismo sitio?

—Verdaderamente.

—Muchas gracias tenemos que dar a Dios por haber nacido españolas. Si hubiéramos nacido en China, a lo mejor nuestros hijos se iban al limbo sin remisión. ¡Tener hijos para eso! ¡Con lo que una sufre para tenerlos y con la guerra que dan de chicos!

[al] "El querubín misionero" A
[am] "Doña Visitación ... pesetas" A

Doña Visi suspira con ternura.

—¡Pobres hijas, qué ajenas están al peligro que corrieron! Menos mal que nacieron en España, ¡pero mire usted que si llegan a nacer en China! Igual les pudo pasar, ¿verdad, usted?

Los vecinos de la difunta doña Margot [an] están reunidos en casa de don Ibrahím. Sólo faltan don Leoncio Maestre, que está preso por orden del juez; el vecino del entresuelo D, don Antonio Jareño, empleado de wagons-lits, [añ] que está de viaje; el del 2.º B, don Ignacio Galdácano, que el pobre está loco, y el hijo de la finada, don Julián Suárez, que nadie sabe dónde pueda estar. En el principal A hay una academia donde no vive nadie. De los demás no falta ni uno solo; están todos muy impresionados con lo ocurrido, y atendieron en el acto el requerimiento de don Ibrahím para tener un cambio de impresiones.

En la casa de don Ibrahím, que no era grande, casi no cabían los convocados, y la mayor parte se tuvo que quedar de pie, apoyados en la pared y en los muebles, como en los velatorios.

—Señores —empezó don Ibrahím—, me he permitido rogarles su asistencia a esta reunión, porque en la casa en que habitamos ha sucedido algo que se sale de los límites de lo normal.

—Gracias a Dios —interrumpió doña Teresa Corrales, la pensionista del 4.º B.

—A Él sean dadas —replicó don Ibrahím con solemnidad.

—Amén —añadieron algunos en voz baja.

—Cuando anoche —siguió don Ibrahím de Ostolaza—, nuestro convecino don Leoncio Maestre, cuya inocencia todos deseamos que pronto brille intensa y cegadora como la luz solar...

—¡No debemos entorpecer la acción de la justicia! —cla-

[an] Margot, están   *A1, A2, A3*
[añ] "Wagons-lits"   *A*

mó don Antonio Pérez Palenzuela, un señor que estaba empleado en sindicatos [ao] y que vivía en el 1.º C—. ¡Debemos abstenernos de opinar antes de tiempo! ¡Soy el jefe de casa [13] y tengo el deber de evitar toda posible coacción al poder judicial!

—Cállese usted, hombre —le dijo don Camilo Pérez, callista, vecino del principal D—, deje usted seguir a don Ibrahím.

—Bien, don Ibrahím, continúe usted, no quiero interrumpir la reunión, tan sólo quiero respeto para las dignas autoridades judiciales y consideración a su labor en pro de un orden...

—¡Chist...! ¡Chist...! ¡Deje seguir!

Don Antonio Pérez Palenzuela se calló.

—Como decía, cuando anoche don Leoncio Maestre me comunicó la mala nueva del accidente acaecido en la persona de doña Margot Sobrón de Suárez, que en gloria [ap] esté, me faltó tiempo para solicitar de nuestro buen y particular amigo el doctor don Manuel Jorquera, aquí presente, que diese un exacto y preciso diagnóstico del estado de nuestra convecina. El doctor Jorquera, con una presteza que dice mucho y muy alto de su pundonor profesional, se puso a mi disposición y juntos entramos en el domicilio de la víctima.

Don Ibrahím quintaesenció su actitud tribunicia.

—Me tomo la libertad de solicitar de ustedes un voto de gracias para el ilustre doctor Jorquera, quien, en unión del también ilustre doctor don Rafael Masasana, cuya modestia, en estos momentos, le hace semiesconderse tras la cortina, a todos nos honran con su vecindad.

—Muy bien —dijeron al tiempo don Exuperio Estremera, el sacerdote del 4.º C, y el propietario, don Lorenzo

[ao] Sindicatos *A*
[ap] en Gloria *A*

[13] *jefe de casa*: vecino que ostenta la representación del poder gubernativo en cada bloque de viviendas y asume funciones de vigilancia y control.

Sogueiro, [14] del bar El Fonsagradino, [aq] que estaba en uno de los bajos.

Las miradas de aplauso de todos los reunidos iban de un médico al otro; aquello se parecía bastante a una corrida de toros, cuando el matador que quedó bien y es llamado a los medios, se lleva consigo al compañero que tuvo menos suerte con el ganado y no quedó tan bien.

—Pues bien, señores —exclamó don Ibrahím—; cuando pude ver que los auxilios de la ciencia eran ineficaces ya ante el monstruoso crimen perpetrado, tan sólo tuve dos preocupaciones que, como buen creyente, a Dios encomendé: que ninguno de nosotros (y ruego a mi querido señor Pérez Palenzuela que no vea en mis palabras la más ligera sombra de conato de coacción sobre nadie), [ar] que ninguno de nosotros, decía, se viese encartado en este feo y deshonroso asunto, y que a doña Margot no le faltasen las honras fúnebres que todos, llegado el momento, quisiéramos para nosotros y para nuestros deudos y allegados.

Don Fidel Utrera, el practicante del entresuelo A, que era muy flamenco, por poco dice ¡bravo!; [as] ya lo tenía en la punta de la lengua, pero, por fortuna, pudo dar marcha atrás.

—Propongo, por tanto, amables convecinos, que con vuestra presencia dais lustre y prestancia a mis humildes muros...

Doña Juana Entrena, viuda de Sisemón, la pensionista del 1.° B, miró para don Ibrahím. ¡Qué manera de expresarse! ¡Qué belleza! ¡Qué precisión! ¡Parece un libro abierto! Doña Juana, al tropezar con la mirada del señor Ostolaza, volvió la vista hacia Francisco López, el dueño de la peluquería de señoras Cristi and Quico, [at] instalada

[aq] "El Fonsagradino" A
[ar] de nosotros —y ruego... nadie—, A1, A2, A3, A4
[as] dice "¡Bravo!" A
[at] "Cristi and Quico" A

[14] Lorenzo Sogueiro protagoniza el boceto 54 de *Los viejos amigos. Segunda Serie* (en *Obras Completas* de C. J. Cela, VIII. Barcelona, Destino, 1971, pp. 456-458).

en el entresuelo C, que tantas veces había sido su confidente y su paño de lágrimas.

Las dos miradas, al cruzarse, tuvieron un breve, un instantáneo diálogo.

—¿Eh? ¿Qué tal?

—¡Sublime, señora!

Don Ibrahím continuaba impasible.

—...que nos encarguemos, individualmente, de encomendar a doña Margot en nuestras oraciones, y colectivamente, de costear los funerales por su alma.

—Estoy de acuerdo —dijo don José Leciñena, el propietario del 2.º D.

—Completamente de acuerdo —corroboró don José María Olvera, un capitán de intendencia [au] que vivía en el 1.º A.

—¿Piensan todos ustedes igual?

Don Arturo Ricote, empleado del banco [av] Hispano Americano y vecino del 4.º D, dijo con su vocecilla cascada:

—Sí, señor.

—Sí, sí —votaron don Julio Maluenda, el marino mercante retirado del 2.º C, que tenía la casa que parecía una chamarilería, llena de mapas y de grabados y de maquetas de barcos, y don Rafael Sáez, el joven aparejador del 3.º D.

—Sin duda alguna tiene razón el señor Ostolaza; debemos atender los sufragios de nuestra desaparecida convecina —opinó don Carlos Luque, del comercio, inquilino del 1.º D.

—Yo, lo que digan todos, a mí todo me parece bien.

Don Pedro Pablo [aw] Tauste, el dueño del taller de reparación de calzado La clínica del chapín, [ax] no quería marchar contra la corriente.

—Es una idea oportuna y plausible. Secundémosla —habló don Fernando Cazuela, el procurador de los tribunales

[au] de Intendencia *A*
[av] del Banco *A*
[aw] Pedro Tauste *A1*
Ed. 1.ª: "Pedro Tauste", sin tratamiento ni segundo nombre. *N. del A.*
[ax] "La clínica del chapín" *A*

del principal B, que la noche anterior, cuando todos los vecinos buscaban al criminal por orden de don Ibrahím se encontró con el amigo de su mujer, que estaba escondido, muy acurrucado, en la cesta de la ropa sucia.

—Igual digo —cerró don Luis Noalejo, representante en Madrid de las Hilaturas viuda e hijos de Casimiro Pons, [ay] y habitantes del principal C.

—Muchas gracias, señores, ya veo que todos estamos de acuerdo; todos nosotros hemos hablado y expresado nuestros coincidentes puntos de vista. Recojo vuestra amable adhesión y la pongo en manos del pío presbítero don Exuperio Estremera, nuestro vecino, para que él organice todos los actos con arreglo a sus sólidos conocimientos de canonista.

Don Exuperio puso un gesto mirífico.

—Acepto vuestro mandato.

La cosa había llegado a su fin y la reunión comenzó a disolverse poco a poco. Algunos vecinos tenían cosas que hacer; otros, los menos, pensaban que quien tendría cosas que hacer era, probablemente, don Ibrahím, y otros, que de todo hay siempre, se marcharon porque ya estaban cansados de llevar una hora larga de pie. Don Gumersindo López, empleado de la campsa [az] y vecino del entresuelo C, que era el único asistente que no había hablado, se iba preguntando, a medida que bajaba, pensativamente, las escaleras:

—¿Y para eso pedí yo permiso en la oficina?

Doña Matilde, de vuelta de la lechería de doña Ramona, habla con la criada.

—Mañana traiga usted hígado para el mediodía, Lola. Don Tesifonte dice que es muy saludable.

Don Tesifonte es el oráculo de doña Matilde. Es también su huésped.

—Un hígado que esté tiernecito para poder hacerlo con

[ay] "Hilaturas ... Pons" *A*
[az] Campsa *A*

el guiso de los riñones, con un poco de vino y cebollita picada.

Lola dice a todo que sí; después, del mercado, trae lo primero que encuentra o lo que le da la gana.

Seoane sale de su casa. Todas las tardes, a las seis y media, empieza a tocar el violín en el café [ba] de doña Rosa. Su mujer se queda zurciendo calcetines y camisetas en la cocina. El matrimonio vive en un sótano de la calle de Ruiz, húmedo y malsano, por el que pagan quince duros; menos mal que está a un paso del café [bb] y Seoane no tiene que gastarse jamás ni un real en tranvías.

—Adiós, Sonsoles, hasta luego.

La mujer ni levanta la vista de la costura.

—Adiós, Alfonso, dame un beso.

Sonsoles tiene debilidad en la vista, tiene los párpados rojos; parece siempre que acaba de estar llorando. A la pobre, Madrid no le prueba. De recién casada estaba hermosa, gorda, reluciente, daba gusto verla, pero ahora, a pesar de no ser vieja aún, está ya hecha una ruina. A la mujer le salieron mal sus cálculos, creyó que en Madrid se ataban los perros con longanizas, se casó con un madrileño, y ahora que ya las cosas no tenían arreglo, se dio cuenta de que se había equivocado. En su pueblo, en Navarredondilla, provincia de Ávila, era una señorita y comía hasta hartarse; en Madrid era una desdichada que se iba a la cama sin cenar la mayor parte de los días.

Macario y su novia, muy cogiditos de la mano, están sentados en un banco, en el cuchitril de la señora Fructuosa, tía de Matildita y portera en la calle de Fernando VI.

—Hasta siempre...

Matildita y Macario hablan en un susurro.

—Adiós, pajarito mío, [bc] me voy a trabajar.

[ba] Café A
[bb] Café A
[bc] mío; me A

—Adiós, amor, hasta mañana. Yo estaré todo el tiempo pensando en ti.

Macario aprieta largamente la mano de la novia y se levanta; por el espinazo le corre un temblor.

—Adiós, señora Fructuosa, muchas gracias.

—Adiós, hijo, de nada.

Macario es un chico muy fino que todos los días da las gracias a la señora Fructuosa. Matildita tiene el pelo como la panocha y es algo corta de vista. Es pequeñita y graciosa, aunque feuchina, y da, cuando puede, alguna clase de piano. A las niñas les enseña tangos de memoria, que es de mucho efecto.

En su casa siempre echa una mano a su madre y a su hermana Juanita, que bordan para fuera.

Matildita tiene treinta y nueve años.

Las hijas de doña Visi y de don Roque, como ya saben los lectores de El querubín misionero, [bd] son tres: las tres jóvenes, las tres bien parecidas, las tres un poco frescas, un poco ligeras de cascos. [15]

La mayor se llama Julita, tiene veintidós años y lleva el pelo pintado de rubio. Con la melena suelta y ondulada, parece Jean Harlow. [16]

La del medio se llama Visitación, como la madre, tiene veinte años y es castaña, con los ojos profundos y soñadores.

La pequeña se llama Esperanza. Tiene novio formal, que entra en casa y habla de política con el padre. Espe-

---

[bd] "El querubín misionero"   *A*

---

[15] Las tres hijas de doña Visi y don Roque protagonizan el boceto 82 —"Las tres musas"— de *Los viejos amigos. Segunda Serie* (en *Obras Completas*, ed. cit., pp. 529-532).

[16] Jean Harlow (1911-1937) fue actriz americana, famosa por su melena rubio-platino, que la publicidad de los años treinta lanzó como mujer sex-simbol. Protagonizó *Ángeles del infierno* (1930), *La jaula de oro* (1931), *Busco un millonario* (1934) y *Entre esposa y secretaria* (1936).

ranza está ya preparando su equipo y acaba de cumplir los diecinueve años.

Julita, la mayor, anda por aquellas fechas muy enamoriscada de un opositor a notarías [be] que le tiene sorbida la sesera. El novio se llama Ventura Aguado Sans, y lleva ya siete años, sin contar los de la guerra, presentándose a notarías [bf] sin éxito alguno.

—Pero, hombre, preséntate de paso a registros [bg] [17] —le suele decir su padre, un cosechero de almendra de Riudecols, en el campo de Tarragona.

—No, papá, no hay color.

—Pero, hijo, en notarías, [bh] ya lo ves, no sacas plaza ni de milagro.

—¿Que no saco plaza? ¡El día que quiera! Lo que pasa es que para no sacar Madrid o Barcelona, no merece la pena. Prefiero retirarme, siempre se queda mejor. En notarías, [bh] el prestigio es una cosa muy importante, papá.

—Sí, pero, vamos… ¿Y Valencia? ¿Y Sevilla? ¿Y Zaragoza? También deben estar bastante bien, creo yo.

—No, papá, sufres un error de enfoque. Yo tengo hecha mi composición de lugar. Si quieres, lo dejo…

—No, hombre, no, no saques las cosas de quicio. Sigue. En fin, ¡ya que has empezado! Tú de eso sabes más que yo.

—Gracias, papá, eres un hombre inteligente. Ha sido una gran suerte para mí ser hijo tuyo.

—Es posible. Otro padre cualquiera te hubiera mandado al cuerno hace ya una temporada. Pero bueno, lo que yo me digo, ¡si algún día llegas a notario!

—No se tomó Zamora en una hora, papá.

—No, hijo, pero mira, en siete años y pico ya hubo tiempo de levantar otra Zamora al lado, ¿eh?

[be] Notarías *A*
[bf] Notarías *A*
[bg] Registros *A*
[bh] Notarías *A*

---

[17] *a registros*: oposiciones al cuerpo de Registradores de la Propiedad del Estado.

Ventura sonríe.

—Llegaré a notario de Madrid, papá, no lo dudes. ¿Un lucky?

—¿Eh?

—¿Un pitillo rubio?

—¡Huy, huy! No, deja, prefiero del mío.

Don Ventura Aguado Despujols piensa que su hijo, fumando pitillos rubios como una señorita, no llegará nunca a notario. Todos los notarios que él conoce, gente seria, grave, circunspecta y de fundamento, fuman tabaco de cuarterón.

—¿Te sabes ya el castán [bi] [18] de memoria?

—No, de memoria, no; es de mal efecto.

—¿Y el código? [bj]

—Sí, pregúntame lo que quieras y por donde quieras.

—No, era sólo por curiosidad.

Ventura Aguado Sans hace lo que quiere de su padre, lo abruma con eso de la composición de lugar y del error de enfoque.

La segunda de las hijas de doña Visi, Visitación, acaba de reñir con su novio, llevaban ya un año de relaciones. Su antiguo novio se llama Manuel Cordel Esteban y es estudiante de medicina. [bk] Ahora, desde hace una semana, la chica sale con otro muchacho, también estudiante de medicina. [bl] A rey muerto, rey puesto.

[bi] el Castán *A*
[bj] el Código *A*
[bk] Medicina *A*
[bl] Medicina *A*

---

[18] José Castán Tobeñas (1889-1969), catedrático de Derecho civil y presidente del Tribunal Supremo, era el autor de *Derecho civil,* "Obra ajustada al programa de 26 de septiembre de 1940 para las oposiciones a ingreso en el cuerpo de Aspirantes a Registradores de la Propiedad" (3.ª edición refundida, Madrid, 1941) y *Derecho civil español común y foral,* "Obra ajustada al programa para las oposiciones a Notarías determinadas. 5.ª edición refundida con arreglo al cuestionario de 25 de noviembre de 1940" (Madrid, Reus, 1941).

Visi tiene una intuición profunda para el amor. El primer día permitió que su nuevo acompañante le estrechase la mano, con cierta calma, ya durante la despedida, a la puerta de su casa; habían estado merendando té con pastas en Garibay. El segundo, se dejó coger del brazo para cruzar las calles; estuvieron bailando y tomándose una media combinación en Casablanca. El tercero, abandonó la mano, que él llevó cogida toda la tarde; fueron a oír música y a mirarse, silenciosos, al café [bll] María Cristina.

—Lo clásico, cuando un hombre y una mujer empiezan a amarse —se atrevió a decir él, después de mucho pensarlo.

El cuarto, la chica no opuso resistencia a dejarse coger del brazo, [bm] hacía como que no se daba cuenta.

—No, al cine, no. Mañana.

El quinto, en el cine, él la besó furtivamente, en una mano. El sexto, en el Retiro, con un frío espantoso, ella dio la disculpa que no lo es, la disculpa de la mujer que tiende su puente levadizo.

—No, no, por favor, déjame, te lo suplico, no he traído la barra de los labios, nos pueden ver...

Estaba sofocada y las aletas de la nariz le temblaban al respirar. Le costó un trabajo inmenso negarse, pero pensó que la cosa quedaba mejor así, más elegante.

El séptimo, en un palco del cine [bm'] Bilbao, él, cogiéndole de la cintura, le suspiró al oído:

—Estamos solos, Visi..., querida Visi..., vida mía.

Ella, dejando caer la cabeza sobre su hombro, habló con un hilo de voz, con un hilito de voz delgado, quebrado, lleno de emoción.

—Sí, Alfredo, ¡qué feliz soy!

A Alfredo Angulo Echevarría le temblaron las sienes vertiginosamente, como si tuviese calentura, y el corazón le empezó a latir a una velocidad desusada.

[bll] Café *A*
[bm] brazo; hacía *A*
[bm'] Cine *A*

—Las suprarrenales. Ya están ahí las suprarrenales soltando su descarga de adrenalina.

La tercera de las niñas, Esperanza, es ligera como una golondrina, tímida como una paloma. Tiene sus conchas, como cada quisque, pero sabe que le va bien su papel de futura esposa, y habla poco y con voz suave y dice a todo el mundo:

—Lo que tú quieras, yo hago lo que tú quieras.

Su novio, Agustín Rodríguez Silva, le lleva quince años y es dueño de una droguería de la calle Mayor.

El padre de la chica está encantado, su futuro yerno le parece un hombre de provecho. La madre también lo está.

—Jabón lagarto, [bn] [19] del de antes de la guerra, de ese que nadie tiene, y todo, todito lo que le pida, le falta tiempo para traérmelo.

Sus amigas la miran con cierta envidia. ¡Qué mujer de suerte! ¡Jabón lagarto! [bñ]

Doña Celia está planchando unas sábanas cuando suena el teléfono.

—¿Diga?

—Doña Celia, ¿es usted? Soy don Francisco.

—¡Hola, don Francisco! ¿Qué dice usted de bueno?

—Pues ya ve, poca cosa. ¿Va a estar usted en casa?

—Sí, sí, yo de aquí no me muevo, ya sabe usted.

—Bien, yo iré a eso de las nueve.

—Cuando usted guste, ya sabe que usted me manda. ¿Llamo a…?

[bn] Jabón Lagarto A
[bñ] ¡Jabón Lagarto! A

[19] *jabón lagarto*: marca comercial de jabón que se popularizó en los años treinta. Su uso después de la guerra era considerado como un privilegio social dada la escasez y baja calidad del que abastecía el mercado. Esta era tan notoria que la misma administración, en orden de 19 de diciembre de 1942, indicaba: "En la fabricación del jabón común se emplean actualmente, como carga, materias inertes inadecuadas que resultan perjudiciales para los tejidos que con él se lavan ocasionando su rápido deterioro"...

—No, no llame a nadie.

—Bien, bien.

Doña Celia colgó el teléfono, chascó los dedos, y se metió en la cocina, a echarse al cuerpo una copita de anís. Había días en que todo se ponía bien. Lo malo es que también se presentaban otros en los que las cosas se torcían y, al final, no se vendía una escoba.

Doña Ramona Bragado, cuando doña Matilde y doña Asunción se marcharon de la lechería, se puso el abrigo y se fue a la calle de la Madera, donde trataba de catequizar a una chica que estaba empleada de empaquetadora en una imprenta.

—¿Está Victorita? [bo]

—Sí, ahí la tiene usted.

Victorita, detrás de una larga mesa, se dedicaba a preparar unos paquetes de libros.

—¡Hola, Victorita, hija! ¿Te quieres pasar después por la lechería? Van a venir mis sobrinas a jugar a la brisca; yo creo que lo pasaremos bien y que nos divertiremos.

Victorita se puso colorada.

—Bueno; sí, señora, como usted quiera.

A Victorita no le faltó nada para echarse a llorar; ella sabía muy bien dónde se metía. Victorita andaba por los dieciocho años, pero estaba muy desarrollada y parecía una mujer de veinte o veintidós años. [bo'] La chica tenía un [bp] novio, a quien habían devuelto del cuartel porque estaba tuberculoso; [20] el pobre no podía trabajar y se pasaba todo el día en la cama, sin fuerzas para nada, esperando a que Victorita fuese a verlo, al salir del trabajo.

[bo] Eds. 6.ª, 7.ª y 8.ª: "¿Está Victorita?" *N. del A.*

[bo'] o veintidós. *A*

[bp] Eds. 4.ª, 5.ª, 6.ª y 7.ª: "... tenía novio," *N. del A.*

[20] La tuberculosis azotó a la sociedad española de postguerra. El mismo C. J. Cela la padeció: de su experiencia en el sanatorio nació *Pabellón de Reposo* (1943).

—¿Cómo te encuentras?

—Mejor.

Victorita, en cuanto la madre de su novio salía de la alcoba, se acercaba a la cama y lo besaba.

—No me beses, te voy a pegar esto.

—Nada me importa, Paco. ¿A ti no te gusta besarme?

—¡Mujer, sí!

—Pues lo demás no importa; yo por ti sería capaz de cualquier cosa.

Un día que Victorita estaba pálida y demacrada, Paco le preguntó:

—¿Qué te pasa?

—Nada, que he estado pensando.

—¿En qué [bq] pensaste?

—Pues pensé que eso se te quitaba a ti con medicinas [21] y comiendo hasta hartarte.

—Puede ser, pero, ¡ya ves!

—Yo puedo buscar dinero.

—¿Tú?

A Victorita se le puso la voz gangosa, como si estuviera bebida.

—Yo, sí. Una mujer joven, por fea que sea, siempre vale dinero.

—¿Qué dices?

Victorita estaba muy tranquila.

—Pues lo que oyes. Si te fueses a curar me liaba con el primer tío rico que me sacase de querida.

A Paco le subió un poco el color y le temblaron ligeramente los párpados. Victorita se quedó algo extrañada cuando Paco le dijo:

—Bueno.

Pero en el fondo, Victorita lo quiso todavía un poco más.

[bq] El qué A

---

[21] Los trabajos de investigación y preparación a gran escala de la penicilina fueron llevados a cabo por empresas americanas durante la II Guerra Mundial. Sólo a partir de 1943 se logró aislar el antibiótico eficaz contra gérmenes que, como el bacilo de Koch, eran resistentes a la penicilina.

En el café, [br] doña Rosa estaba que echaba las muelas. La que le había armado a López por lo de las botellas de licor había sido épica; broncas como aquélla no entraban muchas en quintal.

—Cálmese, señora; yo pagaré las botellas.

—¡Anda, pues naturalmente! ¡Eso sí que estaría bueno, que encima se me pegasen a mí al bolsillo! Pero no es eso sólo. ¿Y el escándalo que se armó? ¿Y el susto que se llevaron los clientes? ¿Y el mal efecto de que ande todo rodando por el suelo? ¿Eh? ¿Eso cómo se paga? ¿Eso quién me lo paga a mí? ¡Bestia! ¡Que lo que eres es un bestia, y un rojo indecente, y un chulo! ¡La culpa la tengo yo por no denunciaros [22] a todos! ¡Di que una es buena! ¿Dónde tienes los ojos? ¿En qué furcia estabas pensando? ¡Sois igual que bueyes! ¡Tú y todos! ¡No sabéis dónde pisáis!

Consorcio López, blanco como el papel, procuraba tranquilizarla.

—Fue una desgracia, señora; fue sin querer.

—¡Hombre, claro! ¡Lo que faltaba es que hubiera sido aposta! ¡Sería lo último! ¡Que en mi café [br] y en mis propias narices, un mierda de encargado que es lo que eres tú, me rompiese las cosas porque sí, porque le daba la gana! ¡No, si a todo llegaremos! ¡Eso ya lo sé yo! ¡Pero vosotros no lo vais a ver! ¡El día que me harte vais todos a la cárcel, uno detrás de otro! ¡Tú el primero, que no eres más que un golfo! ¡Di que una no quiere, que si tuviera mala sangre como la tenéis vosotros…!

En plena bronca, con todo el café [bs] en silencio y atento a los gritos de la dueña, entró en el local una señora alta y algo gruesa, no muy joven pero bien conservada, guapetona, un poco ostentosa, que se sentó a [bt] una mesa enfrente del mostrador. López, al verla, perdió la poca sangre

---

[br] Café A
[bs] Café A
[bt] Ed. 1.ª: "…en…" N. del A.

[22] Ver nota 10.

que le quedaba: Marujita, con diez años más, se había convertido en una mujer espléndida, pletórica, rebosante, llena de salud y de poderío. En la calle, cualquiera que la viese la hubiera diagnosticado de lo que era, una rica de pueblo, bien casada, bien vestida y bien comida, y acostumbrada a mandar en jefe y a hacer siempre su santa voluntad.

Marujita llamó a un camarero.

—Tráigame usted café.

—¿Con leche?

—No, solo. ¿Quién es esa señora que grita?

—Pues, la señora de aquí; vamos, el ama.

—Dígale usted que venga, que haga el favor.

Al pobre camarero le temblaba la bandeja.

—Pero, ¿ahora mismo tiene que ser?

—Sí. Dígale que venga, que yo la llamo.

El camarero, con el gesto del reo que camina hacia el garrote, se acercó al mostrador.

—López, marche uno solo. Oiga, señora, con permiso.

Doña Rosa se volvió.

—¡Qué quieres!

—No, yo nada, es que aquella señora la llama a usted.

—¿Cuál?

—Aquella de la sortija; aquella que mira para aquí.

—¿Me llama a mí?

—Sí, a la dueña, me dijo; yo no sé qué querrá; parece una señora importante, una señora de posibles. Me dijo, dice, diga usted a la dueña que haga el favor de venir.

Doña Rosa, con el ceño fruncido, se acercó a la mesa de Marujita. López se pasó la mano por los ojos.

—Buenas tardes. ¿Me buscaba usted?

—¿Es usted la dueña?

—Servidora.

—Pues sí, a usted buscaba. Déjeme que me presente: soy la señora de Gutiérrez, doña María Ranero de Gutiérrez; [bu] tome usted una tarjeta, ahí va la dirección. Mi

---

[bu] Gutiérrez, tome A

esposo y yo vivimos en Tomelloso, en la provincia de Ciudad Real, donde tenemos la hacienda, unas finquitas de las que vivimos.

—Ya, ya.

—Sí. Pero ahora ya nos hemos hartado de pueblo, ahora queremos liquidar todo aquello y venirnos a vivir a Madrid. Aquello, desde la guerra, se puso muy mal, siempre hay envidias, malos quereres, ya sabe usted.

—Sí, sí.

—Pues, claro. Y además los chicos ya son mayorcitos y, lo que pasa, que si los estudios, que si después las carreras, lo de siempre: que si no nos venimos con ellos, pues los perdemos ya para toda la vida.

—Claro, claro. ¿Tienen ustedes muchos chicos?

La señora de Gutiérrez era algo mentirosa.

—Pues, sí, tenemos cinco ya. Los dos mayorcitos van a cumplir los diez años, están ya hechos unos hombres. Estos gemelos son de mi otro matrimonio; [hv] yo quedé viuda muy joven. Mírelos usted.

A doña Rosa le sonaban, ella no podía recordar de qué, las caras de aquellos dos chiquillos de primera comunión.

—Y natural, pues al venirnos a Madrid, queremos, poco más o menos, ver lo que hay.

—Ya, ya.

Doña Rosa se fue calmando, ya no parecía la misma de unos minutos antes. A doña Rosa, como a todos los que gritan mucho, la dejaban como una malva en cuanto que la ganaban por la mano.

—Mi marido había pensado que, a lo mejor, no sería malo esto de un café; [bw] trabajando, parece que se le debe sacar provecho.

—¿Eh?

—Pues, sí, bien claro, que andamos pensando en comprar un café, [bw] si el amo se pone en razón.

—Yo no vendo.

—Señora, nadie le había dicho a usted nada. Además,

[hv] matrimonio, yo *A*
[bw] Café *A*

eso no se puede nunca decir. Todo es según cómo. Lo que yo le digo es que lo piense. Mi esposo está ahora malo, lo van a operar de una fístula en el ano, pero nosotros queremos estar algún tiempo en Madrid. Cuando se ponga bueno ya vendrá a hablar con usted; los cuartos son de los dos, pero vamos, el que lo lleva todo es él. Usted, mientras tanto, lo piensa si quiere. Aquí no hay compromiso ninguno, nadie ha firmado ningún papel.

La voz de que aquella señora quería comprar el café [bw] corrió, como una siembra de pólvora, por todas las mesas.

—¿Cuál?

—Aquélla.

—Parece mujer rica.

—Hombre, para comprar un café [bx] no va a estar viviendo de una pensión.

Cuando la noticia llegó al mostrador, López, que estaba ya agonizante, tiró otra botella. Doña Rosa se volvió, con silla y todo. Su voz retumbó como un cañonazo.

—¡Animal, que eres un animal!

Marujita aprovechó la ocasión para sonreír un poco a López. Lo hizo de una manera tan discreta, que nadie se enteró; López, probablemente, tampoco.

—¡Ande, que como se queden con un café, [bx] ya pueden usted y su esposo tener vista con este ganado!

—¿Destrozan mucho?

—Todo lo que usted les eche. Para mí que lo hacen aposta. La cochina envidia, que se los come vivitos...

Martín habla con Nati Robles, compañera suya de los tiempos de la FUE. [23] Se la encontró en la Red de San

---

[bx] Café A

[23] *Federación Universitaria Escolar*: el sindicato estudiantil creado en 1927 como respuesta a la política educativa de Primo de Rivera y como instrumento que coordinaba los esfuerzos para la reivindicada reforma educativa y social. En la lucha de oposición a la Dictadura fue matizando su carácter antimonárquico y nítidamente de izquierdas. Cuando en 1939 entró en vigor la Ley de

Luis. Martín estaba mirando para el escaparate de una joyería y Nati estaba dentro; [by] había ido a que le arreglasen
el broche de una pulsera. Nati está desconocida, parece
otra mujer. Aquella muchacha delgaducha, desaliñada, un
poco con aire sufragista, [24] con zapato bajo y sin pintar, de
la época de la facultad, [bz] era ahora una señorita esbelta,
elegante, bien vestida y bien calzada, compuesta con coquetería e incluso con arte. Fue ella quien lo reconoció.

—¡Marco!

Martín la miró temeroso. Martín mira con cierto miedo
a todas las caras que le resultan algo conocidas, pero que
no llega a identificar. El hombre siempre piensa que se le
van a echar encima y que le van a empezar a decir cosas
desagradables; si comiese mejor, probablemente no le pasaría eso. [ca]

—Soy Robles, ¿no te acuerdas?, Nati Robles.

Martín se quedó pegado, estupefacto.

—¿Tú?

—Sí, hijo, yo.

A Martín le invadió una alegría muy grande.

—¡Qué bárbara, Nati! ¡Cómo estás! [cb] ¡Pareces una duquesa!

Nati se rió.

[by] dentro, había *A*
[bz] la Facultad *A*
[ca] Eds. 6.ª, 7.ª y 8.ª: "... esto." *N. del A.*
[cb] Eds. 3.ª, 4.ª, 5.ª, 6.ª, 7.ª y 8.ª: "¿Cómo estás?"; la intencio-
nalidad de la frase exige la admiración. *N. del A.*

Responsabilidades Políticas —dictada el 13 de febrero de 1939—
la antigua pertenencia a la F.U.E. fue motivo de encarcelamiento,
expedientes administrativos y disciplinarios.

[24] *sufragista*: el movimiento que desde principio del siglo pedía
el voto para la mujer dio origen, por extensión, al adjetivo que se
aplicaba a actitudes feministas defensoras de la igualdad jurídica
de los dos sexos. La condición social de las sufragistas y el tono de
sus reivindicaciones creó la imagen de la sufragista como mujer
vestida austeramente, con cierto desaliño y despreocupada o ajena
a las convenciones sociales de la moda y la ostentación.

—Chico, pues no lo soy; no creas que por falta de ganas, pero ya ves, soltera y sin compromiso, ¡como siempre! ¿Llevas prisa?

Martín titubeó un momento.

—Pues no, la verdad; [cc] ya sabes que soy un hombre que no merece la pena que ande de prisa.

Nati lo cogió del brazo.

—¡Tan bobo como siempre!

Martín se azaró un poco y trató de escurrirse.

—Nos van a ver.

Nati soltó la carcajada, una carcajada que hizo volver la cabeza a la gente. Nati tenía una voz bellísima, alta, musical, jolgoriosa, llena de alegría, una voz que parecía una campana finita.

—Perdona, chico, no sabía que estuvieses comprometido.

Nati empujó con un hombro a Martín y no se soltó; al contrario, lo cogió más fuerte.

—Sigues lo mismo que siempre.

—No, Nati; [cd] yo creo que peor.

La muchacha echó a andar.

—¡Venga, no seas pelma! Me parece que a ti lo que te vendría de primera es que te espabilasen. ¿Sigues haciendo versos?

A Martín le dio un poco de vergüenza seguir haciendo versos.

—Pues, sí; [ce] yo creo que esto ya tiene mal arreglo.

—¡Y tan malo!

Nati volvió a reír.

—Tú eres una mezcla de fresco, de vago, de tímido y de trabajador.

—No te entiendo.

—Yo tampoco. Anda, vamos a meternos en cualquier lado, tenemos que celebrar nuestro encuentro.

—Bueno, como quieras.

[cc] verdad, ya *A*
[cd] Nati, yo *A*
[ce] sí, yo *A*

Nati y Martín se metieron en el café [cf] Gran Vía, que está lleno de espejos. Nati, con tacón alto, era incluso un poco más alta que él.

—¿Nos sentamos aquí?

—Sí, muy bien, donde tú quieras.

Nati le miró a los ojos.

—Chico, ¡qué galante! Parece que soy tu última conquista.

Nati olía maravillosamente bien...

En la calle de Santa Engracia, a la izquierda, cerca ya de la plaza de Chamberí, tiene su casa doña Celia Vecino, viuda de Cortés.

Su marido, don Obdulio Cortés López, del comercio, había muerto después de la guerra, a consecuencia, según decía la esquela del ABC, de los padecimientos sufridos durante el dominio rojo.

Don Obdulio había sido toda su vida un hombre ejemplar, recto, honrado, de intachable conducta, lo que se llama un modelo de caballeros. Fue siempre muy aficionado a las palomas mensajeras, [cg] y cuando murió, en una revista dedicada a estas cosas, le tributaron un sentido y cariñoso recuerdo: una foto suya, de joven todavía, con un pie donde podía leerse: Don Obdulio Cortés López, ilustre prócer de la colombofilia hispana, autor de la letra del himno Vuela sin cortapisas, paloma de la paz, [ch] expresidente de la Real Sociedad Colombófila de Almería, y fundador y director de la que fue gran revista Palomas y palomares [ci] (boletín [cj] mensual con información del mundo entero), a quien rendimos, con motivo de su óbito, el más ferviente tributo de admiración con nuestro dolor. [ck] La foto apare-

---

[cf] Café *A*
[cg] mensajeras y *A*
[ch] "Vuela... paz" *A*
[ci] "Palomas y palomares" *A*
[cj] Boletín *A*
[ck] "Don Obdulio ... dolor" *A*

cía rodeada, toda ella, de una gruesa orla de luto. El pie lo redactó don Leonardo Cascajo, [25] maestro nacional.

Su señora, la pobre, se ayuda a malvivir alquilando a algunos amigos de confianza unos gabinetitos muy cursis, de estilo cubista y pintados de color naranja y azul, donde el no muy abundante confort es suplido, hasta donde pueda serlo, con buena voluntad, con discreción y con mucho deseo de agradar y de servir.

En la habitación de delante, que es un poco la de respeto, la reservada para los mejores clientes, don Obdulio, desde un dorado marco de purpurina, con el bigote enhiesto y la mirada dulce, protege, como un malévolo y picardeado diosecillo del amor, la clandestinidad que permite comer a su viuda.

La casa de doña Celia es una casa que rezuma ternura por todos los poros; una ternura, a veces, un poco agraz; en ocasiones, es posible que un poco venenosilla. Doña Celia tiene recogidos dos niños pequeños, hijos de una sobrinita que murió de sinsabores y disgustos, medio de avitaminosis, cuatro o cinco meses atrás. Los niños, cuando llega alguna pareja, gritan jubilosos por el pasillo: ¡viva, viva, que ha venido otro señor! [cI] Los angelitos saben que el que entre un señor con una señorita del brazo [cII] significa comer caliente al otro día.

Doña Celia, el primer día que Ventura asomó con la novia por su casa, le dijo:

—Mire usted, lo único que le pido es decencia, mucha decencia, que hay criaturas. Por amor de Dios, no me alborote.

—Descuide usted, señora, no pase cuidado, uno es un caballero.

Ventura y Julita solían meterse en la habitación a las tres y media o cuatro y no se marchaban hasta dadas las ocho. No se les oía ni hablar; así daba gusto.

[cI] "Viva, viva ... señor" A
[cII] brazo, significa A

25 Leonardo Cascajo protagoniza el boceto 41 de *Los viejos amigos. Primera serie* (en *Obras Completas,* ed. cit., pp. 254-257).

El primer día, Julita estuvo mucho menos azarada [cm] de lo corriente; en todo se fijaba y todo lo tenía que comentar.

—Qué horrorosa es esa lámpara; [cn] fíjate, parece un irrigador.

Ventura no encontraba una semejanza muy precisa.

—No, mujer, qué va a parecer un irrigador. Anda, no seas gansa, siéntate aquí a mi lado.

—Voy.

Don Obdulio, desde su retrato, miraba a la pareja casi con severidad.

—Oye, ¿quién será ése?

—¿Yo qué sé? Tiene cara de muerto, ése debe estar ya muerto.

Julita seguía paseando por el cuarto. A lo mejor los nervios la hacían andar dando vueltas de un lado para otro; en otra cosa, desde luego, no se le notaban.

—¡A nadie se le ocurre poner flores de cretona! Las clavan en serrín porque seguramente piensan que eso hace muy bonito, ¿verdad?

—Sí, puede ser.

Julita no se paraba ni de milagro.

—¡Mira, mira, ese corderito es tuerto! ¡Pobre!

Efectivamente, al corderito bordado sobre uno de los almohadones del diván le faltaba un ojo.

Ventura se puso serio, aquello empezaba a ser el cuento de nunca acabar.

—¿Quieres estarte quieta?

—¡Ay, hijo mío, [cñ] qué brusco eres!

Por dentro, Julita estaba pensando:

—¡Con el encanto que tiene llegar de puntillas al amor!

Julita era muy artista, mucho más artista, sin duda, que su novio.

[cm] azorada *A*
Eds. 1.ª a 7.ª: "...azorada..." Véase la nota *dr*, p. 176, de la presente edición. *N. del A.*
[cn] lámpara, fijate *A*
[cñ] Ay, hijo, que *A*

Marujita Ranero, cuando salió del café, [co] se metió en una panadería a llamar por teléfono al padre de sus dos gemelitos.

—¿Te gusté?

—Sí. Oye, Maruja, ¡pero tú estás loca!

—No, ¡qué voy a estarlo! Fui a que me vieses, no quería que esta noche te cogiera la cosa de sorpresa y te llevaras una desilusión.

—Sí, sí...

—Oye, ¿de verdad que te gusto todavía?

—Más que antes, te lo juro, y antes me gustabas más que el pan frito.

—Oye, y si yo pudiese, ¿te casarías conmigo?

—Mujer...

—Oye, con éste no he tenido hijos.

—¿Pero él?

—Él tiene un cáncer como una casa; [cp] el médico me dijo que no puede salir adelante.

—Ya, ya. Oye.

—Qué.

—¿De verdad que piensas comprar el café? [cq]

—Si tú quieres, sí. En cuanto que se muera y nos podamos casar. ¿Lo quieres de regalo de boda?

—¡Pero, mujer!

—Sí, chico, yo he aprendido mucho. Y además soy rica y hago lo que me da la gana. Él me lo deja todo; [cr] me enseñó el testamento. Dentro de unos meses no me dejo ahorcar por cinco millones.

—¿Eh?

—Pues que dentro de unos meses, ¿me oyes?, no me dejo ahorcar por cinco millones.

—Sí, sí...

—¿Llevas en la cartera las fotos de los nenes?

—Sí.

[co] Café *A*
[cp] casa, el *A*
[cq] Café *A*
[cr] todo, me *A*

—¿Y las mías?

—No; las tuyas, no. Cuando te casaste, las quemé; [cs] me pareció mejor.

—Allá tú. Esta noche te daré unas cuantas. ¿A qué hora irás, poco más o menos?

—Cuando cerremos, a la una y media o dos menos cuarto.

—No tardes, ¿eh?, vete derecho.

—Sí.

—¿Te acuerdas del sitio?

—Sí. La colladense, [ct] en la calle de la Magdalena.

—Eso es, habitación número tres.

—Sí. Oye, cuelgo, que arrima para aquí la bestia.

—Adiós, hasta luego. ¿Te echo un beso?

—Sí.

—Tómalo, tómalos todos; no uno, sino mil millones...

La pobre panadera estaba asustadita. Cuando Marujita Ranero se despidió y le dio las gracias, la mujer no pudo ni contestarle.

Doña Montserrat dio por terminada su visita.

—Adiós, amiga Visitación; [cu] por mí estaría aquí todo el santo día, escuchando su agradable charla.

—Muchas gracias.

—No es coba, es la pura verdad. Lo que pasa, ya le digo, es que hoy no quiero perderme la reserva. [cv] [26]

—¡Si es por eso!

—Sí, ya he faltado ayer.

—Yo estoy hecha una laica. En fin, ¡que Dios no me castigue!

[cs] queme, me *A*
[ct] "La Colladense" *A*
[cu] Visitación, por *A*
[cv] Reserva *A*

26 *reserva*: ceremonia religiosa en la que se guarda —reserva— solemnemente el Santísimo en el Sagrario. Es un rito vespertino frente a la Exposición que se efectúa por la mañana.

Ya en la puerta, doña Visitación piensa decirle a doña Montserrat:

—¿Quiere que nos tuteemos? Yo creo que ya debemos tutearnos, ¿no te parece?

Doña Montserrat es muy simpática, hubiera dicho encantada que sí.

Doña Visitación piensa decirle, además:

—Y si nos tuteamos, lo mejor será que yo te llame Monse y tú me llames Visi, ¿verdad?

Doña Montserrat también hubiera aceptado. Es muy complaciente y, bien mirado, las dos son amigas ya casi veteranas. Pero, ¡lo que son las cosas!, con la puerta abierta, doña Visitación no se atrevió más que a decir:

—Adiós, amiga Montserrat, no se nos venda usted tan cara.

—No, no; ahora voy a ver si vengo por aquí con más frecuencia.

—¡Ojalá sea cierto!

—Sí. Óigame, Visitación, no se me olvide usted de que me prometió dos pastillas de jabón lagarto ^{cw} a buen precio.

—No, no; ^{cx} descuide.

Doña Montserrat, que entró en casa de doña Visi bajo el mismo signo, se marchó al tiempo que el loro del segundo barbarizaba.

—¡Qué horror! ¿Qué es eso?

—No me hable usted, hija, un loro que es el mismo diablo.

—¡Qué vergüenza! ¡A eso no debía haber derecho!

—Verdaderamente. Yo ya no sé lo que hacer.

Rabelais ²⁷ es un loro de mucho cuidado, un loro procaz y sin principios, un loro descastado y del que no hay quien haga carrera. A lo mejor está una temporada algo más tranquilo, diciendo chocolate y Portugal ^{cy} y otras palabras pro-

^{cw} Lagarto A
^{cx} No, descuide A
^{cy} "chocolate" y "Portugal" A

27 El loro Rabelais protagoniza el boceto 41 de Los viejos amigos. Primera serie (en Obras Completas, ed. cit., pp. 142-144).

pias de un loro fino, pero como es un inconsciente, cuando menos se piensa y a lo mejor su dueña está con una visita de cumplido, se descuelga declamando ordinarieces y pecados con una voz [cz] cascada de solterona vieja. Angelito, que es un chico muy piadoso de la vecindad, estuvo tratando de llevar a Rabelais al buen camino, pero no consiguió nada; [cz'] sus esfuerzos fueron en vano y su labor cayó en el vacío. Después se desanimó y lo fue dejando poco a poco, y Rabelais, ya sin preceptor, pasó unos quince días en que sonrojaba oírle hablar. Cómo sería la cosa, que hasta llamó la atención a su dueña un señor del principal, don Pío Navas Pérez, [28] interventor de los ferrocarriles.

—Mire usted, señora, lo de su lorito ya pasa de castaño oscuro. Yo no pensaba decirla [da] nada, pero la verdad es que ya no hay derecho. Piense usted que tengo ya una pollita en estado de merecer [29] y que no está bien que oiga estas cosas. ¡Vamos, digo yo!

—Sí, don Pío, tiene usted más razón que un santo. Perdone usted, ya le llamaré la atención. ¡Este Rabelais es incorregible!

Alfredo Angulo Echevarría le dice a su tía doña Lolita Echevarría de Cazuela:

—Visi es un encanto de chica, ya la verás. Es una chica moderna, con muy buen aire, inteligente, guapa, en fin, todo. Yo creo que la quiero mucho.

Su tía Lolita está como distraída. Alfredo sospecha que no le está haciendo maldito el caso.

---

cz con su voz *A*
cz' nada, sus *A*
da decirle *A1, A2, A3*
Eds. 1.ª, 2.ª y 3.ª: "...decirle..." *N. del A.*

28 La señora de Pío Navas protagoniza el boceto 56 de *Los viejos amigos. Primera serie* (en *Obras Completas*, ed. cit., pp. 182-184).

29 *pollita en estado de merecer*: muchacha soltera que está ya en condición de hacerse novia de otra persona (Beinhauer, *E. C.*, y Besses, *D. A.*).

—Me parece, tía, que a ti no te importa nada esto que te estoy contando de mis relaciones.

—Sí, sí, ¡qué bobo! ¿Cómo no me va a importar?

Después, la señora de Cazuela empezó a retorcerse las manos y a hacer extraños, y acabó rompiendo en un llanto violento, dramático, aparatoso. Alfredo se asustó.

—¿Qué te pasa?

—Nada, nada, ¡déjame!

Alfredo trató de consolarla.

—Pero mujer, tía, ¿qué tienes? ¿Metí la pata en algo?

—No, no, déjame, déjame ^{db} llorar.

Alfredo quiso gastarle una bromita a ver si se ^{db'} animaba.

—Bueno, tía, no seas histérica, que ya no andas por los dieciocho años. Cualquiera que te vea va a pensar que lo que tú tienes son contrariedades amorosas...

Nunca lo hubiera dicho. La señora de Cazuela palideció, puso los ojos en blanco y, ¡pum!, se fue de bruces contra el suelo. El tío Fernando no estaba en casa; estaba reunido con todos los vecinos porque la noche anterior había habido un crimen en la casa y querían tener un cambio de impresiones y tomar algunos acuerdos. Alfredo sentó a la tía Lolita en una butaca y le echó un poco de agua por la cara; cuando se repuso, Alfredo les dijo a las criadas que le preparasen una taza de tila.

Cuando doña Lolita pudo hablar, miró para Alfredo y le dijo, con una voz lenta y opaca:

—¿Tú sabes quién me compraría el cestón de la ropa sucia?

Alfredo se quedó un poco extrañado de la pregunta.

—No sé, cualquier trapero.

—Si te encargas de que salga de casa, te lo regalo; yo no quiero ni verlo. Lo que te den, para ti.

—Bueno.

A Alfredo le entró cierta preocupación. Cuando volvió su tío, lo llamó aparte y le dijo:

—Mira, tío Fernando, yo creo que debes llevar a la tía

---

^{db} Eds. 6.ª, 7.ª y 8.ª: "No, no, déjame llorar." *N. del A.*
^{db'} si así se *A*

al médico, a mí me parece que tiene una gran debilidad nerviosa. Además, tiene manías; me dijo que me llevara de casa el cestón de la ropa sucia; que ella no quería ni verlo.

Don Fernando Cazuela no se inmutó, se quedó tan fresco como si tal cosa. Alfredo, cuando lo vio tan tranquilo, pensó que allá ellos, que lo mejor sería no meterse en nada.

—Mira —se dijo—, si loquea, que loquee. Yo ya lo dije bien claro; si no me hacen caso, peor para ellos. Después vendrán las lamentaciones y el llevarse las manos a la cabeza.

La carta está sobre la mesa. El papel tiene un membrete que dice: Agrosil. Perfumería y droguería. Calle Mayor, 20. Madrid. [dc] La carta está escrita con una bella letra de pendolista, [30] llena de rabos, de florituras [dd] y de jeribeques. La carta, que ya está terminada, dice así:

Querida madre:
Le escribo a usted estas dos líneas para comunicarle una noticia que sé que le va a agradar a usted. Antes de dársela quiero desearle que su salud sea perfecta como la mía lo es por el momento, a Dios gracias sean dadas, y que siga usted disfrutándola muchos años en compañía de la buena hermana Paquita, y de su esposo y nenes.

Pues, madre, lo que la tengo que decir es que ya no estoy solo en el mundo, aparte de ustedes, y que he encontrado la mujer que me puede ayudar a fundar una familia y a erigir un hogar, y que puede acompañarme en el trabajo y que me ha de hacer feliz, si Dios quiere, con sus virtudes de buena cristiana. A ver si para el verano se anima usted a visitar a este hijo que tanto la echa de menos, [de]

[dc] "AGROSIL ... Madrid" A
[dd] fiorituras A
[de] menos y A

[30] *pendolista*: calígrafo que escribe letras artísticas con una pluma de ave.

y así la conoce. Pues, madre, he de decirla que de los gastos del viaje no debe preocuparse y que yo, sólo por verla a usted, ya sabe que pagaría eso y mucho más. Ya verá usted como mi novia le parece un ángel. Es buena y hacendosa y tan lucida como honrada. Su mismo nombre de pila, que es Esperanza, ya viene a ser como eso, una esperanza de que todo salga con bien. Pida usted mucho a Dios por nuestra futura felicidad, que será también la antorcha que alumbrará su vejez.

Sin más por hoy, reciba usted, querida madre, el beso de cariño de su hijo que mucho la quiere y no la olvida.

Tinín.* [df]

El autor de la carta, al terminar de escribirla, se levantó, encendió un pitillo y la leyó en voz alta.

—Yo creo que me ha salido bastante bien. Este final de la antorcha está bastante bien.

Después se acercó a la mesa de noche y besó, galante y rendido como un caballero de la Tabla Redonda, una foto con marquito de piel y con una dedicatoria que decía: a mi Agustín de mi vida con todos los besos de su Esperanza. [dg]

—Bueno, si viene mi madre, la guardo. [dh]

Una tarde, a eso de las seis, Ventura abrió la puerta y llamó en voz baja a la señora.

—¡Señora!

Doña Celia dejó el puchero en el que se estaba preparando una taza de café para merendar.

[df] "Querida ... Tinín" *A*
[dg] "A mi ... Esperanza" *A*
[dh] En *A* se cita aquí la nota del asterisco que precede.

---

* N. del E. La carta de Agustín Rodríguez Silva tenía puntos, pero no tenía comas; al copiarla aquí se le pusieron algunas. También se corrigieron ciertas pequeñas faltas de ortografía. *N. del A.*

—¡Va en seguida! ¿Desea usted algo?

—Sí, haga el favor.

Doña Celia cortó un poco el gas, para que el café no llegara a cocer, y se presentó presurosa, recogiéndose el mandil a la espalda y secándose las manos con la bata.

—¿Llamaba usted, señor Aguado?

—Sí, ¿me presta usted el parchís?

Doña Celia cogió el parchís del trinchero del comedor, se lo pasó a los novios y se puso a cavilar. A doña Celia le da pena, y también cierto temblor al bolsillo, el pensar que el cariño de los tortolitos puede ir cuesta abajo, que las cosas puedan empezar a marchar mal.

—No, a lo mejor no es eso —se decía doña Celia tratando de ver siempre el lado bueno—, también puede ser que la chica esté mala...

Doña Celia, negocio aparte, es una mujer que coge cariño a las gentes en cuanto las conoce; doña Celia es muy sentimental, es una dueña de casa de citas muy sentimental.

Martín y su compañera de facultad [di] llevan ya una hora larga hablando.

—¿Y tú no has pensado nunca en casarte?

—Pues no, chico, por ahora no. Ya me casaré cuando se me presente una buena proporción; como comprenderás, casarse para no salir de pobre, no merece la pena. Ya me casaré, yo creo que hay tiempo para todo.

—¡Feliz tú! Yo creo que no hay tiempo para nada; yo creo que si el tiempo sobra es porque, como es tan poco, no sabemos lo que hacer con él.

Nati frunció graciosamente la nariz.

—¡Ay, Marco, hijo! ¡No empieces a colocarme frases profundas!

Martín se rió.

—No me tomes el pelo, Nati.

La muchacha lo miró con un gesto casi picaresco, abrió el bolso y sacó una pitillera de esmalte.

[di] Facultad A

—¿Un pitillo?

—Gracias, estoy sin tabaco. ¡Qué pitillera tan bonita!

—Sí, no es fea, un regalo.

Martín se busca por los bolsillos.

—Yo tenía una caja de cerillas...

—Toma fuego, también me regalaron el mechero.

—¡Caray!

Nati fuma con un aire muy europeo, jugando las manos con soltura y con elegancia. Martín se le quedó mirando.

—Oye, Nati, yo creo que hacemos una pareja muy extraña, tú de punta en blanco y sin que te falte un detalle, y yo hecho un piernas, [31] lleno de lámparas [32] y con los codos fuera...

La chica se encogió de hombros.

—¡Bah, no hagas caso! ¡Mejor, bobo! Así la gente no sabrá a qué carta quedarse.

Martín se fue poniendo triste poco a poco de una manera casi imperceptible, mientras Nati lo mira con una ternura infinita, con una ternura que por nada del mundo hubiera querido que se la notasen.

—¿Qué te pasa?

—Nada. ¿Te acuerdas cuando los compañeros te llamábamos Natacha?

—Sí.

—¿Te acuerdas cuando Gascón te echó de clase de administrativo? [dj]

Nati también se puso algo triste.

—Sí.

—¿Te acuerdas de aquella tarde que te besé en el parque [dk] del Oeste?

—Sabía que me lo ibas a preguntar. Sí, también me acuerdo. He pensado en aquella tarde muchas veces, tú

[dj] Administrativo *A*
[dk] Parque *A*

---

[31] *un piernas*: "un cualquiera", término popular en el habla madrileña.
[32] *lámparas*: manchas muy visibles de grasa en la ropa.

fuiste el primer hombre a quien besé en la boca... ¡Cuánto tiempo ha pasado! Oye, Marco.

—Qué.

—Te juro que no soy una golfa.

Martín sintió unos ligeros deseos de llorar.

—¡Pero, mujer, a qué viene eso!

—Yo sí lo sé, Marco, yo siempre te debo a ti un poquito de fidelidad, por lo menos para contarte las cosas.

Martín, con el pitillo en la boca y las manos enlazadas sobre las piernas, mira cómo una mosca da vueltas por el borde de un vaso. Nati siguió hablando.

—Yo he pensado mucho en aquella tarde. Entonces me figuraba que jamás necesitaría un hombre al lado y que la vida podía llenarse con la política y con la filosofía del derecho. [dl] ¡Qué estupidez! Pero aquella tarde yo no aprendí nada; te besé, pero no aprendí nada. Al contrario, creí que las cosas eran así, como fueron entre tú y yo, y después vi que no, que no eran así...

A Nati le tiembla un poco la voz.

—...que eran de otra manera mucho peor...

Martín hizo un esfuerzo.

—Perdona, Nati. Es ya tarde, me tengo que marchar, pero [dm] el caso es que no tengo un duro para invitarte. ¿Me dejas un duro para invitarte?

Nati revolvió en su bolso y, por debajo de la mesa, buscó la mano de Martín.

—Toma, van diez, con las vueltas hazme un regalo.

[dl] Filosofía del Derecho *A*
[dm] pero, el *A*

CAPÍTULO CUARTO

E L guardia Julio García Morrazo lleva ya una hora paseando por la calle de Ibiza. A la luz de los faroles se le ve pasar, para arriba y para abajo, siempre sin alejarse demasiado. El hombre anda despacio, como si estuviera meditabundo, y parece que va contando los pasos, cuarenta para allí, cuarenta para aquí, y vuelta a empezar. A veces da algunos más y llega hasta la esquina.

El guardia Julio García Morrazo es gallego. Antes de la guerra no hacía nada, se dedicaba a llevar a su padre ciego de romería en romería cantando las alabanzas de San Sibrán y tocando el guitarrillo. A veces cuando había vino por medio, Julio tocaba un poco la gaita, aunque, por lo común, prefería bailar y que la gaita la tocasen otros.

Cuando vino la guerra y le llamaron a quintas, el guardia Julio García Morrazo era ya un hombre lleno de vida, como un ternero, con ganas de saltar y de brincar como un potro salvaje, y aficionado a las sardinas cabezudas, a las mozas tetonas y al vino del Ribeiro. [a] En el frente de Asturias, un mal día le pegaron un tiro en un costado y desde entonces el Julio García Morrazo empezó a enflaquecer y ya no levantó cabeza; lo peor de todo fue que el golpe no resultó lo bastante grande para que le diesen inútil y el hombre tuvo que volver a la guerra y no pudo reponerse bien.

[a] Ribero *A*

282

Camilo José Cela con Luis Escobar, Francisco Rabal y Mario Pardo, actores en la versión cinematográfica de *La colmena*.

Un café madrileño, en la postguerra española.

Cuando la guerra terminó, Julio García Morrazo se buscó una recomendación y se metió a guardia. [1]

—Para el campo no quedaste bien —le dijo su padre— y además a ti tampoco te gusta trabajar. ¡Si te hicieran carabinero! [2]

El padre de Julio García Morrazo se encontraba ya viejo y cansado y no quería volver a las romerías.

—Yo ya me quedo en casa. Con lo que tengo ahorrado puedo ir viviendo, pero para los dos no hay.

Julio estuvo varios días pensativo, dándole vueltas a la cosa, y al final, al ver que su padre insistía, se decidió.

—No; carabinero es muy difícil, para carabinero echan instancia los cabos y los sargentos; yo ya me conformaba con guardia.

—Bueno, tampoco está mal. Lo que yo te digo es que aquí no hay para los dos, ¡que si hubiera!

—Ya, ya.

Al guardia Julio García Morrazo se le mejoró algo la salud y, poco a poco, fue cogiendo hasta media arrobita más de carne. No volvió, bien es cierto, a lo que había sido, pero tampoco se quejaba; otros, al lado suyo, se habían quedado en el campo, tumbados panza arriba. Su primo Santiaguiño, sin ir más lejos, que le dieron un tiro en el macuto donde llevaba las bombas de mano y del que el pedazo más grande que se encontró no llegaba a los cuatro dedos.

---

[1] Julio García ingresó en el cuerpo de la Policía Armada. El 31 de diciembre de 1941 se creó la Policía Gubernativa que integraba al Cuerpo General de Policía, Policía Armada y Policía de Tráfico. La proximidad del cuartel de la Policía Armada al bar de Celestino Ortiz al que acude Julio García confirma además que el "meterse a guardia" es una denominación genérica.

[2] *carabinero*: guardia destinado a perseguir el contrabando en las fronteras. La Inspección general de Carabineros se suprimió con la nueva reorganización de la Guardia Civil —orden de 15 de mayo de 1940—, que quedó convertida en cuerpo único que integraba a aquélla. Efectivamente los puestos de vigilancia del contrabando fronterizo fueron ocupados en primer lugar por los que hubieran logrado alguna graduación durante la guerra.

El guardia Julio García Morrazo era feliz en su oficio; subirse de balde a los tranvías era algo que, al principio, le llamaba mucho la atención.

—Claro —pensaba—, es que uno es autoridad.

En el cuartel lo querían bien todos los jefes porque era obediente y disciplinado y nunca había sacado los pies del plato, como otros guardias que se creían tenientes generales. El hombre hacía lo que le mandaban, no ponía mala cara a nada, y todo lo encontraba bien; él sabía que no le quedaba otra cosa que hacer, y no se le ocurría pensar en nada más.

—Cumpliendo la orden —se decía— nunca tendrán que decirme nada. Y además, el que manda, manda; para eso tienen galones y estrellas y yo no los tengo.

El hombre era de buen conformar y tampoco quería complicaciones.

—Mientras me den de comer caliente todos los días y lo que tenga que hacer no sea más que pasear detrás de las estraperlistas... [3]

Victorita, a la hora de la cena, riñó con la madre.

—¿Cuándo dejas a ese tísico? ¡Anda, que lo que vas a sacar tú de ahí!

—Yo saco lo que me da la gana.

—Sí, microbios y que un día te hinche el vientre.

—Yo ya sé lo que me hago, lo que me pase es cosa mía.

—¿Tú? ¡Tú qué vas a saber! Tú no eres más que una mocosa que no sabe de la misa la media.

—Yo sé lo que necesito.

—Sí, pero no lo olvides; si te deja en estado, aquí no pisas.

[3] *las estraperlistas*: el uso del femenino indica la persecución de aquellas mujeres que vendían —en metros, plazas, lugares públicos— artículos como tabaco, pan, aceite o azúcar, productos que, con frecuencia, arañaban de su propio suministro para obtener así pequeñas ganancias adicionales. Era el tipo de estraperlo que soportó el rigor de la legislación.

Victorita se puso blanca.

—¿Eso es lo que te dijo la abuela?

La madre se levantó y le pegó dos tortas con toda su alma. Victorita ni se movió.

—¡Golfa! ¡Mal educada! ¡Que eres una golfa! ¡Así no se le habla a una madre!

Victorita se secó con el pañuelo un poco de sangre que tenía en los dientes.

—Ni a una hija tampoco. Si mi novio está malo, bastante desgracia tiene para que tú estés todo el día llamándole tísico.

Victorita se levantó de golpe y salió de la cocina. El padre había estado callado todo el tiempo.

—¡Déjala que se vaya a la cama! ¡Tampoco hay derecho a hablarla así! ¿Que quiere a ese chico? Bueno, pues déjala que lo quiera, cuanto más le digas va a ser peor. Además, ¡para lo que va a durar el pobre!

Desde la cocina se oía un poco el llanto entrecortado de la chica, que se había tumbado encima de la cama.

—¡Niña, apaga la luz! Para dormir no hace falta luz.

Victorita buscó a tientas la pera de la luz y la apagó.

Don Roberto llama al timbre de su casa; se había dejado las llaves en el otro pantalón, siempre le pasa lo mismo y eso que no hacía más que decirlo: cambiarme las llaves del pantalón, cambiarme las llaves del pantalón. [b] Le sale a abrir la puerta su mujer.

—Hola, Roberto.

—Hola.

La mujer procura tratarlo bien y ser amable; el hombre trabaja como un negro para mantenerlos con la cabeza a flote.

—Vendrás con frío, ponte las zapatillas, te las tuve puestas al lado del gas.

Don Roberto se puso las zapatillas y la chaqueta vieja de casa, una americana raída, que fue marrón en sus tiempos, con una rayita blanca que hacía muy fino, muy elegante.

—¿Y los niños?

—Bien, acostaditos ya; el pequeño dio un poco de guerra para dormirse, no sé si estará algo malito.

El matrimonio fue hacia la cocina; la cocina es el único sitio de la casa donde se puede estar durante el invierno.

—¿Arrimó ese botarate por aquí?

La mujer eludió la respuesta, a lo mejor se habían cruzado en el portal y metía la pata. A veces, por querer que las cosas salgan bien y que no haya complicaciones, se mete la pata y se organizan unos líos del diablo.

—Te tengo de cena chicharros fritos.

Don Roberto se puso muy contento, los chicharros fritos es una de las cosas que más le gustan.

—Muy bien.

La mujer le sonrió, mimosa.

—Y con unas perras que fui sisando de la plaza, te he traído media botella ^{b'} de vino. Trabajas mucho, y un poco de vino, de vez en cuando, siempre te vendrá bien al cuerpo.

La bestia de González, según le llamaba su cuñado, era un pobre hombre, un honesto padre de familia, más infeliz que un cubo, que en seguida se ponía tierno.

—¡Qué buena eres, hija! Muchas veces lo he pensado: hay días en que, si no fuera por ti, yo no sé lo que haría. En fin, un poco de paciencia, lo malo son estos primeros años, hasta que yo me vaya situando, estos diez primeros años. Después ya todo será coser y cantar, ya verás.

Don Roberto besó a su mujer en la mejilla.

—¿Me quieres mucho?

—Mucho, Roberto, ya lo sabes tú.

El matrimonio cenó sopa, chicharros fritos y un plátano. Después del postre, don Roberto miró fijo para su mujer.

—¿Qué quieres que te regale mañana?

La mujer sonrió, llena de felicidad y de agradecimiento.

---

^{b'} botellita A

—¡Ay, Roberto! ¡Qué alegría! Creí que este año tampoco te ibas a acordar.

—¡Calla, boba! ¿Por qué no me iba a acordar? El año pasado fue por lo que fue, pero este año...

—¡Ya ves! ¡Me encuentro tan poquita cosa!

A la mujer, como hubiese seguido, tan sólo un instante, pensando en su pequeñez, se le hubieran arrasado los ojos de lágrimas.

—Di, ¿qué quieres que te regale?

—Pero, hombre, ¡con lo mal que andamos!

Don Roberto, mirando para el plato, bajó un poco la voz.

—En la panadería pedí algo a cuenta.

La mujer lo miró [c] cariñosa, casi entristecida.

—¡Qué tonta soy! Con la conversación me había olvidado de darte tu [d] vaso de leche.

Don Roberto, mientras su mujer fue a la fresquera, continuó:

—Me dieron también diez pesetas para comprarles alguna chuchería a los niños.

—¡Qué bueno eres, Roberto!

—No, hija, son cosas tuyas; como todos, ni mejor ni peor.

Don Roberto se bebió su [e] vaso de leche, su mujer le da siempre un vaso de leche de sobrealimentación.

—A los chicos pensé comprarles una pelota. Si sobra algo, me tomaré un vermú. No pensaba decirte nada, pero, ¡ya ves!, no sé guardar un secreto.

A doña Ramona Bragado le llamó por teléfono don Mario de la Vega, uno que tiene una imprenta. El hombre quería noticias de algo detrás de lo que andaba ya desde hacía varios días.

—Y además, son ustedes del mismo oficio, la chica trabaja en una imprenta, yo creo que no ha pasado de aprendiza.

[c] miró, cariñosa   *A*
[d] Eds. 6.ª, 7.ª y 8.ª: "...darte un vaso..." *N. del A.*
[e] Eds. 6.ª, 7.ª y 8.ª: "se bebió un vaso..." *N. del A.*

—¿Ah, sí? ¿En cuál?

—En una que se llama tipografía El porvenir, [f] que está en la calle de la Madera.

—Ya, ya; bueno, mejor, así todo queda en el gremio. Oiga, ¿y usted cree que...? ¿Eh?

—Sí, descuide usted, eso es cosa mía. Mañana, cuando eche usted el cierre, pásese por la lechería y me saluda con cualquier disculpa.

—Sí, sí.

—Pues eso. Yo se la tendré allí, ya veremos con qué motivo. La cosa me parece que ya está madurita, que ya está al caer. La criatura está muy harta de calamidades y no aguanta más que lo que queramos dejarla tranquila. Además, tiene el novio enfermo y quiere comprarle medicinas; estas enamoradas son las más fáciles, ya verá usted. Esto es pan comido.

—¡Ojalá!

—Usted lo ha de ver. Oiga, don Mario, que de aquello no bajo un real, ¿eh? Bastante en razón me he puesto.

—Bueno, mujer, ya hablaremos.

—No, ya hablaremos, no, ya está todo hablado. ¡Mire usted que doy marcha atrás!

—Bueno, bueno.

Don Mario se rió, como dándoselas de hombre muy baqueteado. Doña Ramona quería atar bien todos los cabos.

—¿De acuerdo?

—Sí, mujer, de acuerdo.

Cuando don Mario volvió a la mesa, le dijo al otro:

—Usted entrará cobrando dieciséis pesetas, ¿entendido?

Y el otro le contestó:

—Sí, señor, entendido.

El otro es un pobre chico que había estudiado algo, pero que no acababa de encajar en nada; el hombre no tenía buena suerte ni tampoco buena salud. En su familia había una vena de tísicos; a un hermano suyo que se llamaba Paco lo habían devuelto del cuartel porque ya no podía ni con su alma.

[f] "Tipografía El Porvenir" A

Los portales llevan ya algún tiempo cerrados, pero el mundo de los noctámbulos sigue todavía goteando, cada vez más lentamente, camino del autobús.

La calle, al cerrar de la noche, va tomando un aire entre hambriento y misterioso, mientras un vientecillo que corre como un lobo, silba por entre las casas.

Los hombres y las mujeres que van, a aquellas horas, hacia Madrid, son los noctámbulos puros, los que salen por salir, los que tienen ya la inercia de trasnochar: los clientes con dinero de los cabarets, de los cafés de la Gran Vía, llenos de perfumadas, de provocativas mujeres que llevan el pelo teñido y unos impresionantes abrigos de pieles, de color negro, con alguna canita blanca de cuando en cuando; o los noctívagos de bolsillo más ruin, que se meten a charlar en una tertulia, o se van de copeo por los tupis. [4] Todo, menos quedarse en casa.

Los otros, los trasnochadores accidentales, los clientes de los cines, que sólo salen alguna que otra noche, siempre a tiro hecho y jamás a lo que caiga, han pasado hace ya rato, antes de cerrar los portales. Primero los clientes de los cines del centro, apresurados, mejor vestidos, que tratan de coger un taxi: los clientes del Callao, del Capitol, del Palacio de la Música, que pronuncian casi correctamente los nombres de las actrices, que incluso alguno de ellos es invitado, de vez en cuando, a ver películas en la embajada inglesa, [g] [5] en el local de la calle de Orfila. Saben mucho de cine y en vez de decir, como los habituales de

---

[g] Embajada Inglesa *A1*; Embajada inglesa *A*

---

[4] *tupi*: establecimiento modesto donde se sirve café. El término procede del apócope de *Tupinamba*, marca comercial que instaló en Madrid lugares de degustación de café a precios módicos. El nombre se lexicalizó a principios de siglo manteniendo las peculiaridades de voz procedente del habla popular.

[5] La embajada inglesa y norteamericana eran las delegaciones extranjeras que con mayor frecuencia proyectaban películas en sesiones privadas. También conocieron el efecto de la censura, que recortó obras como *Casablanca, Victoria en Túnez* o *Cómo se forja un soldado* y prohibió desde 1941 la utilización de cualquier idioma que no fuera el castellano.

los cines de barrio, es una película estupenda de la Joan Crawford, [h] [6] dicen, como hablando siempre para iniciados, es una grata comedia, muy francesa, de René Clair, [i] [7] es un gran drama de Frank Capra. [j] [8] Ninguno sabe con exactitud qué es lo muy francés, [k] pero no importa; vivimos un poco el tiempo de la osadía, ese espectáculo que algunos hombres de limpio corazón contemplan atónitos desde la barrera sin entender demasiado lo que sucede, que es bien claro.

Los clientes de los cines de barrio, los hombres que no saben nunca quiénes son los directores, pasan un poco después, ya con los portales cerrados, sin grandes prisas, peor

---

h "es una película... Crawford," A
i "es una grata... Clair" A
j "es un gran... Capra" A
k "muy francés" A

---

6 Joan Crawford es actriz americana que triunfó en el cine mundial con *El Jazz-band del Folies*. Era arquetipo de la mujer independiente cuya imagen crecía a medias entre ser el modelo de belleza de la época y representar a la mujer americana en la situación social que agudizó la crisis de 1929. Entre sus películas destacan *Danzad, locos, danzad* (1931), *Gran Hotel* (1932), *Encadenada* (1939), *Mujeres* (1939), *Un rostro de mujer* (1941) y *Todos besaron a la novia* (1942).

7 Director de cine francés, nacido en 1894, que participó en los movimientos cinematográficos de vanguardia del período de entreguerras. En esta época dirigió *Entreacto* (con argumento de Picabia), *Un sombrero de paja de Italia*, ¡*Viva la libertad!* y *14 de julio*. A partir de 1939, ante el clima creado por la guerra mundial, buscó un cine de raíces populares y sentimientos nítidos en el que exaltaba la libertad individual. En 1940 se instaló en Estados Unidos, donde dirigió, entre otras, *La llama de Nueva Orleans* (1941), *Me casé con una bruja* (1942) y *Sucedió mañana* (1942).

8 Director de cine norteamericano. La época más representativa de su obra es la que abarca los años 1933-1946 con películas como *Dama por un día* (1934), *Sucedió una noche* (1934), *Caballero sin espada* (1939) y ¡*Qué bello es vivir!* (1946). Son películas representativas de los valores específicos de la clase media americana: el utópico optimismo de sus conclusiones, la demagogia de los "buenos sentimientos", la confianza en el sistema llena su obra de millonarios bondadosos, excéntricos vagabundos y felices bohemios integrados.

vestidos, menos preocupados también, por lo menos a esas horas. Marchan dando un paseíto hasta el Narváez, el Alcalá, el Tívoli, el Salamanca, donde ven películas ya famosas, con una fama quizá ya un poco marchita por varias semanas de Gran Vía, películas de hermosos, poéticos nombres que plantean tremendos enigmas humanos no siempre descifrados. [9]

Los clientes de los cines de barrio todavía deberán esperar algún tiempo para ver Sospecha [l] [10] o Las aventuras de Marco Polo [ll] [11] o Si no amaneciera. [m] [12]

El guardia Julio García Morrazo, en una de las veces en que se llegó hasta la esquina, se acordó de Celestino, el del bar.

—Este Celestino es el mismo diablo, ¡qué cosas se le ocurren! Pero no tiene un pelo de tonto, es hombre que ha leído la mar de libros.

Celestino Ortiz, después de recordar aquello de la ira ciega y de la animalidad, quitó su libro, su único libro, de encima de los botellines de vermú y lo guardó en el cajón. ¡Las cosas que pasan! Martín Marco no salió del

[l] "Sospecha" A
[ll] "Las aventuras de Marco Polo" A
[m] "Si no amaneciera" A

[9] Desde 1939, las películas que se lanzaban con todo el aparato publicitario eran aquellas producciones nacionales dedicadas a exaltar actitudes patrióticas y talantes "españoles". Los hijos de la noche, con Miguel Ligero y Estrellita Castro; Aixa, con Imperio Argentina dirigida por Florián Rey; La Dolores, interpretada por Concha Piquer; La Gitanilla, con Estrellita Castro y Antonio Vico, estrenadas todas en la temporada 1939-1940, marcan el inicio de un cine capitalizado por los trabajos de Florián Rey, Sainz de Heredia y Producciones Hispano-Films, de Berlín.

[10] Sospecha es la película dirigida por Alfred Hitchcock (1942) que se estrenó en Madrid en diciembre de 1943.

[11] Las aventuras de Marco Polo, película muy popular, estaba interpretada por Gary Cooper, Signid Gurie y Basil Rathbone.

[12] Si no amaneciera es un melodrama dirigido en 1941 por Mitcell Leisen e interpretado por Frederich March y Evelin Venable.

bar con la frente rota en pedazos, gracias a Nietzsche.
¡Si Nietzsche levantara la cabeza!

Detrás de los visillos de su entresuelo, doña María Morales de Sierra, [13] hermana de doña Clarita Morales de
Pérez, la mujer de don Camilo, el callista que vivía en la
misma casa de don Ignacio Galdácano, el señor que no
podrá asistir a la reunión en casa de don Ibrahím porque
está loco, habla a su marido, don José Sierra, ayudante
de obras públicas. [n]

—¿Te has fijado en ese guardia? No hace más que ir
de un lado para otro, como si esperase a alguien.

El marido ni le contesta. Leyendo el periódico está totalmente evadido, igual que si viviese en un mundo mudo
y extraño, muy lejos de su mujer. Si don José Sierra no
hubiera alcanzado un grado tan perfecto de abstracción
no podría leer el periódico en su casa.

—Ahora vuelve otra vez para aquí. ¡Lo que daría por
saber qué hace! Y eso que éste es un barrio tranquilo, de
gente de orden. ¡Si fuera por ahí detrás, por los solares
de la plaza de toros, [ñ] que está todo negro como boca de
lobo!

Los solares de la antigua plaza de toros [o] están a unas
docenas de pasos del entresuelo de doña María.

—Por ahí ya sería otra cosa, por ahí son capaces hasta
de atracarla a una, ¡pero por aquí! Por amor de Dios, ¡si
esto está como una balsa de aceite! ¡Si por aquí no se
mueve ni una rata!

Doña María se volvió, sonriente. Su sonrisa no pudo
verla su marido, que seguía leyendo.

[n] Ayudante de Obras Públicas *A*
[ñ] Plaza de Toros *A*
[o] Plaza de Toros *A*

[13] María Morales de Sierra protagoniza el boceto 12 de *Los
viejos amigos. Segunda Serie* (en *Obras Completas,* ed. cit., páginas 341-343).

Victorita lleva ya mucho rato llorando y en su cabeza los proyectos se atropellan unos a otros: desde meterse monja hasta echarse a la vida, todo le parece mejor que seguir en su casa. Si su novio pudiera trabajar, le propondría que se escapasen juntos; trabajando los dos, malo sería que no pudiesen reunir lo bastante para comer. Pero su novio, la cosa era bien clara, no estaba para nada más que para estarse en la cama todo el día, sin hacer nada y casi sin hablar. ¡También era fatalidad! Lo del novio, todo el mundo lo dice, a veces se cura con mucha comida y con inyecciones; por lo menos, si no se curan del todo, se ponen bastante bien y pueden durar muchos años, y casarse, y hacer vida normal. Pero Victorita no sabe cómo buscar dinero. Mejor dicho, sí lo sabe, pero no acaba de decidirse; si Paco se enterase, la dejaría en el momento, ¡menudo es! Y si Victorita se decidiese a hacer alguna barbaridad, no sería por nada ni por nadie más que por Paco. Victorita hay algunos momentos en los que piensa que Paco le iba a decir: bueno, haz lo que quieras, a mí no me importa, [p] pero pronto se da cuenta de que no, de que Paco no le iba a decir eso. Victorita en su casa no puede seguir, ya está convencida; su madre le hace la vida imposible, todo el día con el mismo sermón. Pero, también, lanzarse así, a la buena de Dios, sin alguien que le eche una mano, es muy expuesto. Victorita había hecho ya sus cálculos y vio que la cosa tenía sus más y sus menos; yendo todo bien era como un tobogán, pero las cosas, bien del todo, no van casi nunca, y a veces van muy mal. La cuestión estaba en tener suerte y que alguien se acordase de una; pero, ¿quién se iba a acordar de Victorita? Ella no conocía a nadie que tuviera diez duros ahorrados, a nadie que no viviese de un jornal. Victorita está muy cansada, en la imprenta está todo el día de pie, a su novio lo encuentra cada día peor, su madre es un sargento de caballería [q] que no hace más que gritar, su padre es un hombre blanden-

[p] a decir "bueno, ... importa" *A1, A2, A3*; a decir: "Bueno ... importa" *A4, A5* y ss.
[q] Caballería *A*

gue y medio bebido con el que no se puede contar para nada. Quien tuvo suerte fue la Pirula, que estaba con Victorita en la imprenta, de empaquetadora también, y que se la llevó un señor que además de tenerla como una reina [r] y de darle todos los caprichos, la quiere y la respeta. Si le pidiese dinero, la Pirula no se lo negaría; pero, claro, la Pirula podría darle veinte duros, pero tampoco tenía por qué darle más. La Pirula, ahora, vivía como una duquesa, la llamaba todo el mundo señorita, iba bien vestida y tenía un piso con radio. Victorita la vio un día por la calle; en un año que llevaba con ese señor, hay que ver el cambio que había hecho, no parecía la misma mujer, hasta parecía que había crecido y todo. Victorita no pedía tanto…

El guardia Julio García Morrazo habla con el sereno, Gumersindo Vega Calvo, paisano suyo.

—¡Mala noche!

—Las hay peores.

El guardia y el sereno tienen, desde hace ya varios meses, una conversación que les gusta mucho a los dos, una conversación sobre la que vuelven, [s] noche a noche, con un paciente regodeo.

—Entonces, ¿usted dice que es de la parte de Porriño?

—Eso es, de cerca; yo le vengo a ser de Mos.

—Pues yo tengo una hermana casada en Salvatierra, que se llama Rosalía.

—¿La del Burelo, el de los clavos?

—Ésa; sí, señor.

—Ésa está muy bien, ¿eh?

—Ya lo creo, ésa casó muy bien.

La señora del entresuelo sigue en sus conjeturas, es una señora algo cotilla.

—Ahora se junta con el sereno, seguramente le estará pidiendo informes de algún vecino, ¿no te parece?

---

[r] Ed. 8.ª: "… como a una reina…" *N. del A.*
[s] que vuelven y vuelven, *A*

Don José Sierra seguía leyendo con un estoicismo y una resignación ejemplares.

—Los serenos están siempre muy al tanto de todo, ¿verdad? Cosas que no sabemos los demás, ellos ya están hartos de saberlas.

Don José Sierra acabó de leer un editorial sobre previsión social y se metió con otro que trataba del funcionamiento y de las prerrogativas de las cortes [t] tradicionales españolas. [14]

—A lo mejor, en cualquier casa de éstas, hay un masón [15] camuflado. ¡Como no se les conoce por fuera!

Don José Sierra hizo un sonido raro con la garganta, un sonido que tanto podía significar que sí, como que no, como que quizá, como que quién sabe. Don José es un hombre que, a fuerza de tener que aguantar a su mujer, había conseguido llegar a vivir horas enteras, a veces hasta días enteros, sin más que decir, de cuando en cuando, ¡hum!, y al cabo de otro rato, ¡hum!, y así siempre. Era una manera muy discreta de darle a entender a su mujer que era una imbécil, pero sin decírselo claro.

El sereno está contento con la boda de su hermana Ro-

---

[t] Cortes   *A*

[14] El 29 de diciembre de 1942 se aprobó la ley que regulaba el Seguro de Enfermedad; y el 17 de julio se publicó la de creación de las Cortes Españolas, inauguradas el 17 de marzo de 1943. Ambos temas motivaban en la prensa diaria frecuentes editoriales y comentarios: eran la actualidad.

[15] La masonería fue duramente perseguida. La ley de 1 de marzo de 1940 la prohibía terminantemente: "Acaso ningún factor entre los muchos que han contribuido a la decadencia de España influyó tan perniciosamente en la misma y frustró con tanta frecuencia las saludables reacciones populares y el heroísmo de nuestras armas, como las sociedades secretas de todo orden y las fuerzas internacionales de índole clandestina. Entre las primeras ocupa el puesto más principal la masonería y entre las que sin constituir una sociedad secreta, propiamente, se relacionan con la masonería y adoptan sus métodos al margen de la vida social, figuran las múltiples organizaciones subversivas en su mayor parte asimiladas y unificadas por el comunismo."

salía; los Burelos son gente muy considerada en toda la comarca.

—Tiene ya nueve rapaces y está ya del décimo.

—¿Casó hace mucho?

—Sí hace ya bastante; casó hace ya diez años.

El guardia tarda en echar la cuenta. El sereno, sin darle tiempo a terminar, vuelve a coger el hilo de la conversación.

—Nosotros somos de más a la parte de la Cañiza, nosotros somos de Covelo. ¿No oyó usted nombrar a los Pelones?

—No, señor.

—Pues ésos somos nosotros.

El guardia Julio García Morrazo se vio en la obligación de corresponder.

—A mí y a mi padre nos dicen los Raposos.

—Ya.

—A nosotros no nos da por tomarlo a mal, todo el mundo nos lo llama.

—Ya.

—El que se cabreaba la mar era mi hermano Telmo, uno que se murió de los tifus, que le llamaban Pito tiñoso. ^u

—Ya. Hay algunas personas que tienen muy mal carácter, ¿verdad, usted?

—¡Huy! ¡Le hay algunos que tienen el demonio en la sangre! Mi hermano Telmo [16] no aguantaba que le diesen una patada.

—Ésos acaban siempre mal.

—Es lo que yo digo.

El guardia y el sereno hablan siempre en castellano; quieren demostrarse, el uno al otro, que no son ningunos pailanes. [17]

---

^u Tiñoso *A*

---

[16] Telmo García Morrazo protagoniza el boceto 26 —"Pito Tiñoso"— de *Los viejos amigos. Segunda Serie* (en *Obras Completas,* ed. cit., pp. 380-382).

[17] *pailán* es una palabra gallega, "palurdo".

El guardia Julio García Morrazo, a aquellas horas, empieza a ponerse elegíaco.

—¡Aquél sí que es buen país! ¿Eh?

El sereno Gumersindo Vega Calvo es un gallego de los otros, un gallego un poco escéptico y al que da cierto rubor la confesión de la abundancia.

—No es malo.

—¡Qué ha de ser! ¡Allí se vive! ¿Eh?

—¡Ya, ya!

De un bar abierto en la acera de enfrente, salen a la fría calle los compases de un fox lento hecho para ser oído, o bailado, en la intimidad.

Al sereno le llama alguien que llega.

—¡Sereno!

El sereno está como recordando.

—Allí lo que mejor se da son las patatas y el maíz; [v] por la parte de donde somos nosotros también hay vino.

El hombre que llega vuelve a llamarlo, más familiarmente.

—¡Sindo!

—¡Va!

Al llegar a la boca del metro [w] de Narváez, a pocos pasos de la esquina de Alcalá, Martín se encontró con su amiga la Uruguaya, que iba con un señor. Al principio disimuló, hizo como que no la veía.

—Adiós, Martín, pasmado.

Martín volvió la cabeza, ya no había más remedio.

—Adiós, Trinidad, no te había visto.

—Oye, ven, os voy a presentar.

Martín se acercó.

—Aquí, un buen amigo; aquí, Martín, que es escritor.

La Uruguaya es una golfa tirada, sin gracia, sin educación, sin deseos de agradar; una golfa de lo peor, una golfa que, por no ser nada, no es ni cobista; una mujer repug-

[v] y el maíz, por A
[w] Metro A

nante, con el cuerpo lleno de granos y de bubones, igual, probablemente, que el alma; una sota arrastrada que ni tiene conciencia, ni vocación y amor al oficio, ni discreción, ni siquiera —y sería lo menos que se le pudiera pedir— un poco de hermosura. La Uruguaya es una hembra grande y bigotuda, lo que se dice un caballo, que por seis reales sería capaz de vender a su padre y que está enchulada con el chófer de unos marqueses, que la saca hasta el último céntimo y le arrea cada tunda que la desloma. La Uruguaya tiene una lengua como una víbora y la maledicencia le da por rachas. Una temporada le da por hablar mal de los maricas; otra, por meterse con las compañeras; otra, por sacarle el pellejo a tiras a los clientes con quienes acaba de estar, y así con todo lo demás. Ahora con las que la tiene emprendida es con las lesbianas, las tiernas, las amorosas putas del espíritu, dulces, entristecidas, soñadoras y silenciosas como varas de nardo. [x]

A la Uruguaya la llaman así porque es de Buenos Aires.

—Éste que ves —le dice al amigo—, aquí donde lo tienes, hace versos. ¡Pero venga, hombre, saludaros, que os he presentado!

Los dos hombres obedecieron y se dieron la mano.

—Mucho gusto, ¿cómo está usted?

—Muy bien cenado, muchas gracias.

El hombre que va con la Uruguaya es uno de ésos que se las dan de graciosos.

La pareja empezó a reírse a voces. La Uruguaya tenía los dientes de delante picados y ennegrecidos.

—Oye, tómate un café con nosotros.

Martín se quedó indeciso, pensaba que al otro, a lo mejor, le iba a sentar mal.

—En fin… No me parece…

—Sí, hombre, métase usted aquí con nosotros. ¡Pues no faltaría más!

—Bueno, muchas gracias, sólo un momento.

[x] La Uruguaya es una golfa tirada … nardo: falta en A.
Eds. 1.ª a 7.ª, falta desde "La Uruguaya es una golfa tirada…" N. del A.

—¡No tenga usted prisas, hombre, todo el tiempo que quiera! ¡La noche es larga! Quédese usted, a mí me hacen mucha gracia los poetas.

Se sentaron en un café [y] que hay en el chaflán, y el cabrito pidió café y coñac para todos.

—Dígale al cerillero que venga.

—Sí, señor.

Martín se puso enfrente de la pareja. La Uruguaya estaba un poco bebida, no había más que verla.

—Oye, viejito, ándate con ojo con tu amor.

—¿Con mi amor?

—Sí, ya sabes con quién te digo, con la Marujita.

—¿Sí?

—Sí, me parece que no anda nada bien, para mí que las ha enganchado.

—¿Tú crees?

—¡Vaya si lo creo! ¡Lo sé de sobras!

Martín puso el gesto algo preocupado.

—¡Pobre chica!

—Sí, ¡menuda lagarta! Y no quiere decir nada, ni estarse una semana en casa. ¡Si doña Jesusa se entera! ¡Pues buena es! La Marujita dice que su madre tiene que comer. ¡Como si los demás viviéramos del aire! [z]

El cerillero se acercó.

—Buenas noches, señor Flores, ya hacía tiempo que no se dejaba usted ver… ¿Va usted a querer algo?

—Sí, danos dos puritos que sean buenos. Oye, Uruguaya, ¿tienes tabaco?

—No, ya me queda poco; cómprame un paquete.

—Dale también un paquete de rubio a ésta.

El bar de Celestino Ortiz está vacío. El bar de Celestino Ortiz es un bar pequeñito, con la portada de color verde oscuro, que se llama Aurora - Vinos y comidas. [aa] Comi-

[y] Café *A*
[z] Oye, viejito … aire! : falta en *A*
Eds. 1.ª a 7.ª: falta desde "Oye, viejito, ándate…" *N. del A.*
[aa] "Aurora. Vinos y comidas" *A*

das, por ahora, no hay. Celestino instalará el servicio de comidas cuando se le arreglen un poco las cosas; no se puede hacer todo en un día.

En el mostrador, el último cliente, un guardia, bebe su ruin copeja de anís.

—Pues eso mismo es lo que yo le digo a usted, a mí que no me vengan con cuentos de la China.

Cuando el guardia se largue, Celestino piensa bajar el cierre, sacar su jergón y echarse a dormir; Celestino es hombre a quien no le gusta trasnochar, prefiere acostarse pronto y hacer vida sana, por lo menos todo lo sana que se pueda.

—¡Pues mire usted que lo que me puede importar a mí!

Celestino duerme en su bar por dos razones: porque le sale más barato y porque así evita que lo desvalijen [ab] la noche menos pensada.

—El mal donde está es más arriba. Ahí, desde luego, no.

Celestino aprendió pronto a hacerse la gran cama, de la que se viene abajo alguna que otra vez, colocando su colchoneta de crin sobre ocho o diez sillas juntas.

—Eso de prender a las estraperlistas del metro, [ac] me parece una injusticia. La gente tiene que comer y si no encuentra trabajo, pues ha de apañárselas como pueda. La vida está por las nubes, eso lo sabe usted tan bien como yo, y lo que dan en el suministro no es nada, no llega ni para empezar. No quiero ofender, pero yo creo que el que unas mujeres vendan pitillos o barras no es para que anden ustedes los guardias detrás.

El guardia del anís no era un dialéctico.

—Yo soy un mandado.

—Ya lo sé. Yo sé distinguir, amigo mío.

Cuando el guardia se marcha, Celestino, después de armar el tinglado sobre el que duerme, se acuesta y se pone a leer un rato; le gusta solazarse un poco con la lectura antes de apagar la luz y echarse a dormir. Celestino, en la cama, lo que suele leer son romances y quintillas, a Nietzsche lo

[ab] desvalijen, la   A1, A2, A3
[ac] Metro   A

deja para por el día. El hombre tiene un verdadero montón y algunos pliegos se los sabe enteros, de pe a pa. Todos son bonitos, pero los que más le gustan a él son los titulados La insurrección en Cuba [ad] y Relación de los crímenes que cometieron los dos fieles amantes don Jacinto del Castillo y doña Leonor de la Rosa para conseguir sus promesas de amor. [ae] [18] Este último es un romance de los clásicos, de los que empiezan como Dios manda:

> Sagrada Virgen María,
> Antorcha del Cielo Empíreo,
> Hija del Eterno Padre,
> Madre del Supremo Hijo
> y del Espíritu Esposa,
> pues con virtud, y dominio
> en tu vientre virginal
> concibió el ser más benigno,
> y al cabo de nueve meses,
> nació el Autor más divino
> para redención del hombre,
> de carne humana vestido,
> quedando tu intacto Seno
> casto, terso, puro y limpio. [19]

Estos romances antiguos eran sus preferidos. A veces, para justificarse un poco, Celestino se ponía a hablar de

[ad] "La insurrección de Cuba"   A
[ae] "Relación de ... del amor"   A

[18] En pliegos de cordel se difundieron desde el siglo XVI los romances que alimentarían el Romancero. En los siglos XVIII, XIX y XX (como estudia Julio Caro Baroja en Ensayo sobre la literatura de cordel, Madrid, Revista de Occidente, 1969) el pliego difunde una variada literatura popular que, mediante esa composición, recrea historias de santos, milagros, sucesos históricos, aparecidos, o crímenes. Los de Jacinto del Castillo y Leonor de la Rosa forman parte de las aventuras que han de llevar a cabo los dos amantes tras enfrentarse a la voluntad contraria del padre de ella.
[19] El texto fue recogido ya por Agustín Durán en el Romancero General o colecciones de romances anteriores al siglo XVIII, BAE, XVI, 1877, Romance n.º 1287-1288, pp. 293-297.

la sabiduría del pueblo y de otras monsergas por el estilo. A Celestino también le gustaban mucho las palabras del cabo Pérez ante el piquete:

> *Soldados, ya que mi suerte*
> *me ha puesto en estos apuros,*
> *os regalo cuatro duros*
> *porque me deis buena muerte;*
> *sólo Pérez os advierte*
> *para que apuntéis derecho,*
> *aunque delito no ha hecho*
> *para tal carnicería*
> *que toméis la puntería*
> *dos al cráneo y dos al pecho.*

—¡Vaya tío! ¡Antes sí que había hombres! —dice Celestino en voz alta, poco antes de apagar la luz.

Al fondo del semioscuro salón, un violinista melenudo [20] y lleno de literatura toca, apasionadamente, las czardas [21] de Monti.

Los clientes beben. Los hombres whisky, las mujeres, champán; las que han sido porteras hasta hace quince días, beben pippermint. En el local hay todavía muchas mesas, es aún un poco pronto.

—¡Cómo me gusta esto, Pablo!

—Pues hínchate, Laurita, no tienes otra cosa que hacer.

—Oye, ¿es verdad que esto excita?

El sereno fue a donde lo llamaban.

—Buenas noches, señorito.

[20] "El violinista melenudo", que Cela llama después Floro Tordehumo Gutiérrez, protagoniza el boceto 26 de *Los viejos amigos. Segunda Serie* (en *Obras Completas*, ed. cit., pp. 492-494).

[21] La *czarda* es una danza popular húngara compuesta por dos movimientos que fue introducida en el repertorio de la música clásica por Franz Liszt. El compositor italiano Monti fue quien popularizó estas obras aptas para violín.

—Hola.

El sereno sacó la llave y empujó la puerta. Después, como sin darle mayor importancia, puso la mano.

—Muchas gracias.

El sereno encendió la luz de la escalera, cerró el portal y se vino, dando golpes con el chuzo contra el suelo, a seguir hablando con el guardia.

—Éste viene todas las noches a estas horas y no se marcha hasta eso de las cuatro. En el ático tiene una señorita que está la mar de bien, se llama la señorita Pirula.

—Así cualquiera.

La señora del entresuelo no les quita el ojo de encima.

—Y de algo hablarán cuando no se separan. Fíjate, cuando el sereno tiene que abrir algún portal, el guardia lo espera.

El marido dejó el periódico.

—¡También tienes tú ganas de ocuparte de lo que no te importa! Estará esperando a alguna criada.

—Sí, claro, así todo lo arreglas en seguida.

El señor que tiene la querida en el ático, se quitó el abrigo y lo dejó sobre el sofá del hall. El hall es muy pequeñito, no tiene más mueble que un sofá de dos y enfrente una repisa de madera, debajo de un espejo de marco dorado.

—¿Qué hay, Pirula?

La señorita Pirula había salido a la puerta en cuanto oyó la llave.

—Nada, Javierchu; para mí, todo lo que hay eres tú.

La señorita Pirula es una chica joven y con aire de ser muy fina y muy educadita, que aún no hace mucho más de un año decía denén, y leñe, y cocretas. [af]

De una habitación de dentro, suavemente iluminada por una luz baja, llegaba, discreto, el sonar de la radio: un

[af] "denén", y "leñe", y "cocretas" A

suave, un lánguido, un confortable fox lento escrito, sin duda, para ser oído y bailado en la intimidad. [22]

—Señorita, ¿usted baila?

—Muchas gracias, caballero, estoy algo cansada, he estado bailando toda la noche.

La pareja se puso a reír a carcajadas, no unas carcajadas como las de la Uruguaya y el señor Flores, claro es, y después se besó.

—Pirula, eres una chiquilla.

—Y tú un colegial, Javier.

Hasta el cuartito del fondo, la pareja fue abrazada del talle, como si estuvieran paseando por una avenida de acacias en flor.

—¿Un cigarrillo?

El rito es el mismo todas las noches, las palabras que se dicen, poco más o menos, también. La señorita Pirula tiene un instinto conservador muy perspicaz, probablemente hará carrera. Desde luego, por ahora no puede quejarse: Javier la tiene como una reina, la quiere, la respeta...

Victorita no pedía tanto. Victorita no pedía más que comer y seguir queriendo a su novio, si llegaba a curarse alguna vez. Victorita no sentía deseos ningunos de golfear; [ag] pero a la fuerza ahorcan. La muchacha no había golfeado jamás, nunca se había acostado con nadie más que con

---

[ag] golfear, pero *A*

---

[22] Las emisiones musicales radiofónicas también conocieron el efecto de la censura. La circular 157 de la Vicesecretaría de Educación Popular, de 1 de diciembre de 1942, dice que "el puro folklore afrocubano y las obras sinfónicas trascendentales como «Sinfonía del nuevo mundo», de Dvorak, «Creación del mundo», de Milhaud, «Sonatina Trasatlántica», de Tchuran, están justificadas por su valor y belleza dentro de cualquier programa. La prohibición tiende sólo a desterrar aquellas obras de jazz que por su antimusicalidad y sus estridencias y por su ritmo desenfrenado tienden a «bestializar» el gusto de los auditores. Por otra parte la revalorización del tradicional baile español, aconseja disminuir las emisiones de fox y otras danzas exóticas".

su novio. Victorita tenía fuerza de voluntad y, aunque era cachonda, procuraba resistirse. Con Paco siempre se había portado bien y no lo engañó ni una sola vez.

—A mí me gustáis todos los hombres —le dijo un día, antes de que él se pusiera malo—, por eso no me acuesto más que contigo. Si empezase, iba a ser el cuento de nunca acabar.

La chica estaba colorada y muerta de risa ^{ah} al hacer su confesión, pero al novio no le gustó nada la broma.

—Si te soy igual yo que otro, haz lo que quieras, puedes hacer lo que te dé la gana.

Una vez, ya durante la enfermedad del novio, la fue siguiendo por la calle un señor muy bien vestido.

—Oiga usted, señorita, ¿adónde va usted tan de prisa?

A la muchacha le gustaron los modales del señor; era un señor fino, con aire elegante, que sabía presentarse.

—Déjeme, que voy a trabajar.

—Pero, mujer, ¿por qué voy a dejarla? Que vaya usted a trabajar me parece muy bien; es señal de que, aunque joven y guapa, es usted decente. Pero, ¿qué mal puede haber en que crucemos unas palabras?

—¡Mientras no sea más que eso!

—¿Y qué más puede ser?

La muchacha sintió que las palabras se le escapaban.

—Podría ser lo que yo quisiese...

El señor bien vestido no se inmutó.

—¡Hombre, claro! Comprenda usted, señorita, que uno tampoco es manco y que hace lo que sabe.

—Y lo que le dejan.

—Bueno, claro, y lo que le dejan.

El señor acompañó a Victorita durante un rato. Poco antes de llegar a la calle de la Madera, Victorita lo despidió.

—Adiós, déjeme ya. Puede vernos cualquiera de la imprenta.

El señor frunció un poquito las cejas.

—¿Trabaja usted en una imprenta de por aquí?

^{ah} risa, al hacer *A*

—Sí, ahí en la calle de la Madera. Por eso le decía que me dejase usted, otro días nos veremos.

—Espérate un momento.

El señor, cogiendo la mano de la chica, sonrió.

—¿Tú quieres?

Victorita sonrió también.

—¿Y usted?

El señor la miró fijo a los ojos.

—¿A qué hora sales esta tarde?

Victorita bajó la mirada.

—A las siete. Pero no venga a buscarme, [ai] tengo novio.

—¿Y viene a recogerte?

La voz de Victorita se puso un poco triste.

—No, [aj] no viene a recogerme. Adiós.

—¿Hasta luego?

—Bueno, como usted quiera, hasta luego.

A las siete, cuando Victorita salió de trabajar en la tipografía El porvenir, [ak] se encontró con el señor, que la estaba esperando en la esquina de la calle del Escorial.

—Es sólo un momento, señorita, ya me hago cargo de que tiene que verse con su novio.

A Victorita le extrañó que volviera a tratarla de usted.

—Yo no quisiera ser una sombra en las relaciones entre usted y su novio, comprenda usted que no puedo tener ningún interés.

La pareja fue bajando hasta la calle de San Bernardo. El señor era muy correcto, no la cogía del brazo ni para cruzar las calles.

—Yo me alegro mucho de que usted pueda ser muy feliz con su novio. Si de mí dependiese, usted y su novio se casaban mañana mismo.

Victorita miró de reojo al señor. El señor le hablaba sin mirarla, como si hablase consigo mismo.

—¿Qué más se puede desear, para una persona a la que se aprecia, sino que sea muy feliz?

[ai] buscarme, tengo *A*; buscarme tengo *B*
[aj] No, no *A*; No no *B*
[ak] "El Porvenir" *A*

Victorita iba como en una nube. Era remotamente dichosa, con una dicha vaga, que casi no se sentía, con una dicha que era también un poco triste, un poco lejana e imposible.

—Vamos a meternos aquí, hace frío para andar paseando.

—Bueno.

Victorita y el señor entraron en el café [al] San Bernardo y se sentaron a una mesa del fondo, uno frente al otro.

—¿Qué quiere usted que pidamos?

—Un café calentito.

Cuando el camarero se acercó, el señor le dijo:

—A la señorita tráigale un exprés con leche y un tortel; a mí deme uno solo.

El señor sacó una cajetilla de rubio.

—¿Fuma?

—No, yo no fumo casi nunca.

—¿Qué es casi nunca?

—Bueno, pues que fumo de vez en cuando, en nochebuena... [am]

El señor no insistió, encendió su cigarrillo y guardó la cajetilla.

—Pues sí, señorita, si de mí dependiese, usted y su novio se casaban mañana sin falta.

Victorita lo miró.

—¿Y por qué quiere usted casarnos? ¿Qué saca usted con eso?

—No saco nada, señorita. A mí, como usted comprenderá, ni me va ni me viene con que usted se case o siga soltera. Si se lo decía es porque me figuraba que a usted le agradaría casarse con su novio.

—Pues sí me agradaría. ¿Por qué voy a mentirle?

—Hace usted bien, hablando se entiende la gente. Para lo que yo quiero hablarle a usted, nada importa que sea casada o soltera.

[al] Café *A*
[am] Nochebuena *A*

El señor tosió un poquito.

—Estamos en local público, rodeados de gente y separados por esta mesa.

El señor rozó un poco con sus piernas las rodillas de Victorita.

—¿Puedo hablarle a usted con entera libertad?

—Bueno. Mientras no falte...

—Nunca puede haber falta, señorita, cuando se hablan las cosas claras. Lo que voy a decirle es como un negocio, que puede tomarse o dejarse, aquí no hay compromiso ninguno.

La muchacha estaba un poco perpleja.

—¿Puedo hablarla?

—Sí.

El señor cambió de postura.

—Pues mire usted, señorita, vayamos al grano. Por lo menos, usted me reconocerá que no quiero engañarla, que le presento las cosas tal como son.

El Café estaba cargado, hacía calor, y Victorita se echó un poco hacia atrás su abriguillo de algodón.

—El caso es que no sé cómo empezar... Usted me ha impresionado mucho, señorita.

—Ya me figuraba yo lo que quería decirme.

—Me parece que se equivoca usted. No me interrumpa, ya hablará usted al final.

—Bueno, siga.

—Bien. Usted, señorita, le decía, me ha impresionado mucho: sus andares, su cara, sus piernas, su cintura, sus pechos...

—Sí, ya entiendo, todo.

La muchacha sonrió, sólo un momento, con cierto aire de superioridad.

—Exactamente: todo. Pero no sonría usted, le estoy hablando en serio.

El señor volvió a rozarle las rodillas y le cogió una mano que Victorita dejó ir, complaciente, casi con sabiduría.

—Le juro que le estoy hablando completamente en serio. Todo en usted me gusta, me imagino su cuerpo, duro y tibio, de un color suave...

El señor apretó la mano de Victorita.

—No soy rico y poco puedo ofrecerle…

El señor se extrañó de que Victorita no retirase la mano.

—Pero lo que voy a pedirle tampoco es mucho.

El señor tosió otro poquito.

—Yo quisiera verla desnuda, nada más que verla.

Victorita apretó la mano del señor.

—Me tengo que marchar, se me hace tarde.

—Tiene usted razón. Pero contésteme antes. Yo quisiera verla desnuda, le prometo no tocarla a usted ni un dedo, no rozarla ni un pelo de la ropa. Mañana iré a buscarla. Yo sé que usted es una mujer decente, que no es ninguna cocotte… Guárdese usted eso, se lo ruego. Sea cual sea su decisión, acépteme usted esto para comprarse cualquier cosita que le sirva de recuerdo.

Por debajo de la mesa, la muchacha cogió un billete que le dio el señor. No le tembló el pulso al cogerlo.

Victorita se levantó y salió del Café. Desde una de las mesas próximas, un hombre la saludó.

—Adiós, Victorita, orgullosa, que desde que te tratas con marqueses, ya no saludas a los pobres.

—Adiós, Pepe.

Pepe era uno de los oficiales de la tipografía El porvenir. [an]

....

Victorita lleva ya mucho rato llorando. En su cabeza, los proyectos se agolpan como la gente a la salida del Metro. Desde irse monja hasta hacer la carrera, todo le parece mejor que seguir aguantando a su madre.

Don Roberto levanta la voz.

—¡Petrita! ¡Tráeme el tabaco del bolsillo de la chaqueta!

Su mujer interviene.

—¡Calla, hombre! Vas a despertar a los niños.

—No, ¡qué se van a despertar! Son igual que angelitos, en cuanto cogen el sueño no hay quien los despierte.

[an] "El Porvenir" *A*

—Yo te daré lo que necesites. No llames más a Petrita, la pobre tiene que estar rendida.

—Déjala, éstas ni se dan cuenta. Más motivos para estar rendida tienes tú.

—¡Y más años!

Don Roberto sonríe.

—¡Vamos, Filo, no presumas, todavía no te pesan!

La criada llega a la cocina con el tabaco.

—Tráeme el periódico, está en el recibidor.

—Sí, señorito.

—¡Oye! Ponme un vaso de agua en la mesa de noche.

—Sí, señorito.

Filo vuelve a intervenir.

—Yo te pondré todo, hombre, déjala que se acueste.

—¿Que se acueste? Si ahora le dieses permiso se largaba para no volver hasta las dos o las tres de la mañana, ya lo verías.

—Eso también es verdad...

La señorita Elvira da vueltas en la cama, está desasosegada, impaciente, y una pesadilla se le va mientras otra le llega. La alcoba de la señorita Elvira huele a ropa usada y a mujer: las mujeres no huelen a perfume, huelen a pescado rancio. La señorita Elvira tiene jadeante y como entrecortado el respirar, y su sueño violento, desapacible, su sueño de cabeza caliente y panza fría, hace crujir, quejumbroso, el vetusto colchón.

Un gato negro y medio calvo que sonríe enigmáticamente, como si fuera una persona, y que tiene en los ojos un brillo que espanta, se tira, desde una distancia tremenda, sobre la señorita Elvira. La mujer se defiende a patadas, a golpes. El gato cae contra los muebles y rebota, como una pelota de goma, para lanzarse de nuevo encima de la cama. El gato tiene el vientre abierto y rojo como una granada y del agujero del culo[añ] le sale como una flor

[añ] trasero *A*
Eds. 1.ª a 7.ª: "...trasero..." *N. del A.*

venenosa y maloliente de mil colores, una flor que parece
un plumero de fuegos artificiales. La señorita Elvira se
tapa la cabeza con la sábana. Dentro de la cama, multitud
de enanos se masturban [ao] enloquecidos, con los ojos en
blanco. El gato se cuela, como un fantasma, coge del vientre a la señorita Elvira, le lame la barriga y se ríe a grandes
carcajadas, unas carcajadas que sobrecogen el ánimo. La
señorita Elvira está espantada y lo tira fuera de la habitación: tiene que hacer grandes esfuerzos, el gato pesa mucho, parece de hierro. La señorita Elvira procura no aplas-
tar a los enanos. Un enano le grita "¡Santa María ¡Santa
María!". El gato pasa por debajo de la puerta, estirando
todo el cuerpo como una hoja de bacalao. Mira siniestramente, como un verdugo. Se sube a la mesa de noche y
fija sus ojos sobre la señorita Elvira con un gesto sangui-
nario. La señorita Elvira no se atreve ni a respirar. El
gato baja a la almohada y le lame la boca y los párpados
con suavidad, como un baboso. Tiene la lengua tibia como
las ingles y suave, igual que el terciopelo. Le suelta con
los dientes las cintas del camisón. El gato muestra su vientre abierto que late acompasadamente, como una vena. La
flor que le sale por detrás está cada vez más lozana, más
hermosa. El gato tiene una piel suavísima. Una luz cegadora empieza a inundar la alcoba. El gato crece hasta hacerse como un tigre delgado. Los enanos siguen meneán-
dosela [ap] desesperadamente. A la señorita Elvira le tiembla
todo el cuerpo con violencia. Respira con fuerza mientras
siente la lengua del gato lamiéndole los labios. El gato
sigue estirándose cada vez más. La señorita Elvira se va
quedando sin respiración, con la boca seca. Sus muslos
se entreabren, un instante cautelosos, descarados después...
    La señorita Elvira se despierta de súbito y enciende la
luz. Tiene el camisón empapado en sudor. Siente frío, se
levanta y se echa el abrigo sobre los pies. Los oídos le zum-

---

[ao] se mueven *A*
Eds. 1.ª a 7.ª: "...se mueven" *N. del A.*
[ap] moviéndose *A*
Eds. 1.ª a 7.ª: "...moviéndose..." *N. del A.*

ban un poco y los pezones, como en los buenos tiempos, se le muestran rebeldes, casi altivos.

Se duerme con la luz encendida, la señorita Elvira.

—¡Pues, sí! ¡Qué pasa! Le di tres duros a cuenta, mañana es el cumpleaños de su señora.

El señor Ramón no consigue ponerse lo bastante enérgico; por más esfuerzos que hace, no consigue ponerse lo bastante enérgico.

—¿Que qué pasa? ¡Tú bien lo sabes! ¿No te andas con ojo? ¡Allá tú! Yo siempre te lo tengo dicho, así no salimos de pobres. ¡Mira tú que andar ahorrando para esto!

—Pero, mujer, si se los descuento después. ¿A mí qué más me da? ¡Si se los hubiera regalado!

—Sí, sí, se los descuentas. ¡Menos cuando te olvidas!

—¡Nunca me he olvidado!

—¿No? ¿Y aquellas siete pesetas de la señora Josefa? ¿Dónde están aquellas siete pesetas?

—Mujer, es que necesitaba una medicina. Aun así, ya ves cómo ha quedado.

—¿Y a nosotros, qué se nos da que los demás anden malos? ¿Me quieres decir?

El señor Ramón apagó la colilla con el pie.

—Mira, Paulina, ¿sabes lo que te digo?

—Qué.

—Pues que en mis cuartos mando yo, ¿te das cuenta? Yo bien sé lo que me hago y tengamos la fiesta en paz.

La señora Paulina rezongó en voz baja sus últimas razones.

Victorita no consigue dormirse; le asalta el recuerdo de su madre, que es una bestia.

—¿Cuándo dejas a ese tísico, niña?

—Nunca lo dejaré, los tísicos dan más gusto que los borrachos.

Victorita nunca se hubiera atrevido a decirle a su madre nada semejante. Sólo si el novio se pudiera curar... Si el novio se pudiera curar, Victorita hubiera sido capaz de hacer cualquier cosa, todo lo que le hubieran pedido.

A vueltas en la cama, Victorita sigue llorando. Lo de su novio se arreglaba con unos duros. Ya es sabido: los tísicos pobres pringan; los tísicos ricos, si no se curan del todo, por lo menos se van bandeando, se van defendiendo. El dinero no es fácil de encontrar, Victorita lo sabe muy bien. Hace falta suerte. Todo lo demás lo puede poner uno, pero la suerte no; la suerte viene si le da la gana, y lo cierto es que no le da la gana casi nunca.

Las treinta mil pesetas que le había ofrecido aquel señor, se perdieron porque el novio de Victorita estaba lleno de escrúpulos.

—No, no, a ese precio no quiero nada, ni treinta mil pesetas, ni treinta mil duros.

—¿Y a nosotros, qué más nos da? —le decía la muchacha—. No deja rastro y no se entera nadie.

—¿Tú te atreverías?

—Por ti, sí. Lo sabes de sobra.

El señor de las treinta mil pesetas era un usurero de quien le habían hablado a Victorita.

—Tres mil pesetas te las presta fácil. Las vas a estar pagando toda la vida, pero te las presta fácil.

Victorita fue a verlo; con tres mil pesetas se hubiera [aq] podido casar. El novio aún no estaba malo; cogía sus catarros, tosía, se cansaba, pero aún no estaba malo, aún no había tenido que meterse en la cama.

—¿De modo, hija, que quieres tres mil pesetas?

—Sí, señor.

—¿Y para qué las quieres?

—Pues ya ve usted, para casarme.

—¡Ah, conque enamorada! ¿Eh?

—Pues, sí...

—¿Y quieres mucho a tu novio?

—Sí, señor.

—¿Mucho, mucho?

[aq] hubieran *A2-A7*
Eds. 2.ª a 8.ª: "...hubieran..." *N. del A.*

—Sí, señor, mucho.

—¿Más que a nadie?

—Sí, señor, más que a nadie.

El usurero dio dos vueltas a su gorrito de terciopelo verde. Tenía la cabeza picuda, como una pera, y el pelo descolorido, lacio, pringoso.

—Y tú, hija, ¿estás virgo?

—¿Y a usted qué leche le importa?

—Nada, hijita, nada. Ya ves, curiosidad... ¡Caray con las formas! Oye, ¿sabes que eres bastante mal educada?

—¡Hombre, usted dirá!

El usurero sonrió.

—No, hija, no hay que ponerse así. Después de todo, si tienes o no tienes el virgo en su sitio, eso es cosa tuya y de tu novio.

—Eso pienso yo.

—Pues por eso.

Al usurero le brillaban los ojitos como a una lechuza.

—Oye.

—Qué.

—Y si yo te diera, en vez de tres mil pesetas, treinta mil, ¿tú qué harías?

Victorita se puso sofocada.

—Lo que usted me mandase.

—¿Todo lo que yo te mandase?

—Sí, señor, todo.

—¿Todo?

—Todo, sí, señor.

—¿Y tu novio, qué me haría?

—No sé; si quiere, se lo pregunto.

Al usurero le brotaron, en las pálidas mejillas, unas rosetitas de arrebol.

—Y tú, rica, ¿sabes lo que yo quiero?

—No, señor, usted dirá.

El usurero tenía un ligero temblorcillo en la voz.

—Oye, sácate las tetitas.

La muchacha se sacó las tetitas por el escote.

—¿Tú sabes lo que son treinta mil pesetas?

—Sí, señor.

—¿Las has visto alguna vez juntas?

—No, señor, nunca.

—Pues yo te las voy a enseñar. Es cuestión de que tú quieras; tú y tu novio.

....

Un aire abyecto voló, torpemente, por la habitación, rebotando de mueble en mueble, como una mariposa moribunda.

—¿Hace?

Victorita sintió que un chorro de desvergüenza le subía a la cara.

—Por mí, sí. Por seis mil duros soy capaz de pasarme toda la vida obedeciéndole a usted. ¡Y más vidas que tuviera!

—¿Y tu novio?

—Ya se lo preguntaré, a ver si quiere.

El portal de doña María se abre y de él sale una muchachita, casi una niña, que cruza la calle.

—¡Oye, oye! ¡Si parece que ha salido de esta casa!

El guardia Julio García se aparta del sereno, Gumersindo Vega.

—¡Suerte!

—Es lo que hace falta.

El sereno, al quedarse solo, se pone a pensar en el guardia. Después se acuerda de la señorita Pirula. Después, del chuzazo que le arreó en los riñones, el verano pasado, a un lila que andaba propasándose. Al sereno le da la risa.

—¡Cómo galopaba el condenado!

Doña María bajó la persiana.

—¡Ay, qué tiempos! ¡Cómo está todo el mundo!

Después se calló unos instantes.

—¿Qué hora es ya?

—Son ya cerca de las doce. Anda, vámonos a dormir, será lo mejor.

—¿Nos vamos a acostar? [ar]

[ar] En *A* hay separación entre esta viñeta y la anterior.

—Sí, será lo mejor.

Filo recorre las camas de los hijos, dándoles la bendición. Es, ¿cómo diríamos?, es una precaución que no deja de tomarse todas las noches.

Don Roberto lava su dentadura postiza y la guarda en un vaso de agua que cubre con un papel de retrete, al que da unas vueltecitas rizadas por el borde, como las de los cartuchos de almendras. Después se fuma el último pitillo. A don Roberto le gusta fumarse todas las noches un pitillo, ya en la cama y sin los dientes puestos.

—No me quemes las sábanas.

—No, mujer.

El guardia se acerca a la chica y la coge de un brazo.

—Pensé que no bajabas.

—¡Ya ves!

—¿Por qué has tardado tanto?

—¡Pues mira! Los niños que no se querían dormir. Y después el señorito: ¡Petrita, tráeme agua!, ¡Petrita, tráeme el tabaco del bolsillo de la chaqueta!, ¡Petrita, tráeme el periódico que está en el recibidor! [as] ¡Creí que iba a estar toda la noche pidiéndome cosas!

Petrita y el guardia desaparecen por una bocacalle, camino de los solares de la plaza de toros. [at]

Un vientecillo frío le suba a la muchacha por las piernas tibias.

Javier y Pirula fuman los dos un solo cigarrillo. Es ya el tercero de la noche.

Están en silencio y se besan, de cuando en cuando, con voluptuosidad, con parsimonia.

Echados sobre el diván, con las caras muy juntas, tienen los ojos entornados mientras se complacen en pensar, vagarosamente, en nada o en casi nada.

[as] señorito: "¡Petrita, tráeme agua ... recibidor!" *A*
[at] Plaza de Toros *A*

Llega el instante en que se dan un beso más largo, más profundo, más desbordado. La muchacha respira hondamente, como quejándose. Javier la coge en el brazo, como a una niña, y la lleva hasta la alcoba.

El lecho tiene la colcha de moaré, sobre la que se refleja la silueta de una araña de porcelana, de color violeta clarito, que cuelga del techo. Al lado de la cama arde una estufita eléctrica.

Un airecillo templado le sube a la muchacha por las piernas tibias.

—¿Está eso en la mesa de noche?

—Sí... No hables...

Desde los solares de la plaza de toros, [au] incómodo refugio de las parejas pobres y llenas de conformidad, como los feroces, los honestísimos amantes del antiguo testamento, [av] se oyen —viejos, renqueantes, desvencijados, con la carrocería destornillada y los frenos ásperos y violentos— los tranvías que pasan, no muy lejanos, camino de las cocheras.

El solar mañanero de los niños alborotadores, camorristas que andan a pedrada limpia todo el santo día, es, desde la hora de cerrar los portales, un edén algo sucio donde no se puede bailar, con suavidad, a los acordes de algún recóndito, casi ignorado aparatito de radio; donde no se puede fumar el aromático, deleitoso cigarrillo del preludio; donde no se pueden decir, al oído, fáciles ingeniosidades seguras, absolutamente seguras. El solar de los viejos y las viejas de después de comer, que vienen a alimentarse de [aw] sol, como los lagartos, es, desde la hora en que los niños y los matrimonios cincuentones se acuestan y se ponen a soñar, un paraíso directo donde no caben evasiones ni subterfugios, donde todo el mundo sabe a lo que va, donde se ama noblemente, casi con dureza, sobre el suelo tierno

[au] Plaza de Toros *A*
[av] Antiguo Testamento *A*
[aw] al sol *A*
Eds. anteriores: ... "alimentarse al sol, ...", por lapsus. *N. del A.*

en el que quedan, ¡todavía!, las rayitas que dibujó la niña
que se pasó la mañana saltando a la pata coja, los redon-
dos, los perfectos agujeros que cavó el niño que gastó ava-
ramente sus horas muertas jugando a las bolas.

—¿Tienes frío, Petrita?

—No, Julio, ¡estoy tan bien a tu lado!

—¿Me quieres mucho?

—Mucho, no lo sabes tú bien.

Martín Marco vaga por la ciudad sin querer irse a la
cama. No lleva encima ni una perra gorda y prefiere esperar a que acabe el metro, [ax] a que se escondan los últimos
amarillos y enfermos tranvías de la noche. La ciudad parece más suya, más de los hombres que, como él, marchan
sin rumbo fijo con las manos en los vacíos bolsillos —en
los bolsillos que, a veces, no están ni calientes—, con la
cabeza vacía, con los ojos vacíos, y en el corazón, sin que
nadie se lo explique, un vacío profundo e implacable.

Martín Marco sube por Torrijos hasta Diego de León,
lentamente, casi olvidadamente, y baja por Príncipe de
Vergara, por General Mola, hasta la plaza de Salamanca,
con el marqués [ay] de Salamanca en medio, vestido de le-
vita y rodeado de un jardincillo [az] verde y cuidado con
mimo. A Martín Marco le gustan los paseos solitarios, las
largas, cansadas caminatas por las calles anchas de la ciudad, por las mismas calles que de día, como por un milagro, se llenan —con las voces de los vendedores, los inge-
nuos y descocados cuplés [23] de las criadas de servir, las

[ax] Metro A
[ay] Marqués A
[az] Eds. 4.ª, 5.ª, 6.ª, 7.ª y 8.ª: "...jardinillo..." N. del A.

[23] *cuplé*: canción ligera con tonos picarescos que se impuso en
el mundo de las variedades en la España del primer tercio de siglo.
Tiene un origen francés —couplet— y triunfó tempranamente en
el "Café japonés" de Madrid, lugar que haría famoso La Forna-
rina. Ésta y Raquel Meller convirtieron al cuplé en un género
famoso. A partir de 1939 su éxito se vio sustituido, en parte, por
la llamada "canción española" que popularizaría temas como "Ta-

bocinas de los automóviles, los llantos de los niños pequeños: tiernos, violentos, urbanos lobeznos amaestrados.

Martín Marco se sienta en un banco de madera y enciende una colilla que lleva envuelta, con otras varias, en
un sobre que tiene un membrete que dice: Diputación provincial de Madrid. Negociado de cédulas personales. [ba] [24]

Los bancos callejeros son como una antología de todos
los sinsabores y de casi todas las dichas: el viejo que descansa su asma, el cura que lee su breviario, el mendigo
que se despioja, el albañil que almuerza mano a mano con
su mujer, el tísico que se fatiga, el loco de enormes ojos
soñadores, el músico callejero que apoya su cornetín sobre
las rodillas, cada uno con su pequeñito o grande afán, van
dejando sobre las tablas del banco ese aroma cansado de
las carnes que no llegan a entender del todo el misterio
de la circulación de la sangre. Y la muchacha que reposa
las consecuencias de aquel hondo quejido, y la señora que
lee un largo novelón de amor, y la ciega que espera a
que pasen las horas, y la pequeña mecanógrafa que devora
su bocadillo de butifarra y pan de tercera, y la cancerosa
que aguanta su dolor, y la tonta de boca entreabierta y
dulce babita colgando, y la vendedora de baratijas que
apoya la bandeja sobre el regazo, y la niña que lo que más
le gusta es ver cómo mean los hombres...

El sobre de las colillas de Martín Marco salió de casa
de su hermana. El sobre, bien mirado, es un sobre que ya

[ba] "Diputación Provincial de Madrid. Negociado de Cédulas Personales" *A*

tuaje", "Que no me quiero enterar", "La morena de mi copla",
"A la lima y al limón" o "La lirio", en las voces de Concha Piquer
(que recogía el repertorio de Miguel de Molina y Angelillo, pros-
critos), Raúl Abril, Estrellita Castro o Miguel Ligero. Eran canciones que hablaban de una sentimentalidad herida, evasivas en
ocasiones, soñadoras: fueron las canciones para después de una
guerra.

[24] *cédulas personales* eran tarjetas de identificación que expedían
los negociados de las Diputaciones provinciales. El Documento
Nacional de Identidad fue instituido por decreto de 2 de marzo
de 1944.

no sirve para nada más que para llevar colillas, o clavos, o bicarbonato. Hace ya varios meses que quitaron las cédulas personales. Ahora hablan de dar unos carnets de identidad, con fotografía y hasta con las huellas dactilares, pero eso lo más probable es que todavía vaya para largo. Las cosas del Estado marchan con lentitud.

Entonces [bb] Celestino, volviéndose hacia la fuerza, les dice:

—¡Ánimo, muchachos! ¡Adelante por la victoria! ¡El que tenga miedo que se quede! ¡Conmigo no quiero más que hombres enteros, hombres capaces de dejarse matar por defender una idea!

La fuerza está en silencio, emocionada, pendiente de sus palabras. En los ojos de los soldados se ve el furioso brillo de las ganas de pelear.

—¡Luchamos por una humanidad mejor! ¿Qué importa nuestro sacrificio si sabemos que no ha de ser estéril, si sabemos que nuestros hijos recogerán la cosecha de lo que hoy sembramos?

Sobre las cabezas de la tropa vuela la aviación contraria. Ni uno solo se mueve.

—¡Y a los tanques de nuestros enemigos, opondremos el temple de nuestros corazones!

La fuerza rompe el silencio.

—¡Muy bien!

—¡Y los débiles, y los pusilánimes, y los enfermos, deberán desaparecer!

—¡Muy bien!

—¡Y los explotadores, y los especuladores, y los ricos!

—¡Muy bien!

—¡Y los que juegan con el hambre de la población trabajadora!

—¡Muy bien!

—¡Repartiremos el oro del banco [bc] de España!

—¡Muy bien!

[bb] En *A* hay separación entre esta viñeta y la anterior.
[bc] Banco *A*

—¡Pero para alcanzar la ansiada meta de la victoria final, es preciso nuestro sacrificio en aras de la libertad!

—¡Muy bien!

Celestino estaba más locuaz que nunca.

—¡Adelante, pues, sin desfallecimientos y sin una sola claudicación!

—¡Adelante!

—¡...Luchamos por el pan y por la libertad!

—¡Muy bien!

—¡Y nada más! ¡Que cada cual cumpla con su deber! ¡Adelante!

Celestino, de repente, sintió ganas de hacer una necesidad.

—¡Un momento!

La fuerza se quedó un poco extrañada. Celestino dio una vuelta, tenía la boca seca. La fuerza empezó a desdibujarse, a hacerse un poco confusa...

Celestino Ortiz se levantó de su jergón, encendió la luz del bar, tomó un traguito de sifón y se metió en el retrete.

Laurita ya se tomó su pippermint. Pablo ya se tomó un whisky. El violinista melenudo, probablemente, aún sigue rascando, con un gesto dramático, su violín lleno de czardas sentimentales y de valses vieneses.

Pablo y Laurita están ya solos.

—¿No me dejarás nunca, Pablo?

—Nunca, Laurita.

La muchacha es feliz, incluso muy feliz. Allá en el fondo de su corazón, sin embargo, se levanta como una inconcreta, como una ligera sombra de duda.

La muchacha se desnuda, lentamente, mientras mira al hombre con los ojos tristes, como una colegiala interna.

—¿Nunca, de verdad?

—Nunca, ya lo verás.

La muchacha lleva una combinación blanca, bordada con florecitas de color de rosa.

—¿Me quieres mucho?

—Un horror.

La pareja se besa de pie, ante el espejo del armario. Los pechos de Laurita se aplastan un poco contra la chaqueta del hombre.

—Me da vergüenza, Pablo.

Pablo se ríe.

—¡Pobrecita!

La muchacha lleva un sostén minúsculo.

—Suéltame aquí.

Pablo le besa la espalda, de arriba abajo.

—¡Ay!

—¿Qué te pasa?

Laurita sonríe, agachando un poco la cabeza.

—¡Qué malo eres!

El hombre la [bd] vuelve a besar en la boca.

—Pero ¿no te gusta?

La muchacha siente hacia Pablo un agradecimiento profundo.

—Sí, Pablo, mucho. Me gusta mucho, muchísimo...

Martín siente frío y piensa ir a darse una vuelta por los hotelitos de la calle de Alcántara, de la calle de Montesa, de la calle de las Naciones, que es una callejuela corta, llena de misterio, con árboles en las rotas aceras y paseantes pobres y pensativos que se divierten viendo entrar y salir a la gente de las casas de citas, imaginándose lo que pasa dentro, detrás de los muros de sombrío ladrillo rojo.

El espectáculo, incluso para Martín, que lo ve desde dentro, no resulta demasiado divertido, pero se mata el tiempo. Además, de casa en casa, siempre se va cogiendo algo de calor.

Y algo de cariño también. Hay algunas chicas muy simpáticas, las de tres duros; no son muy guapas, ésa es la verdad, pero son muy buenas y muy amables, y tienen un hijo en los agustinos o en los jesuítas, un hijo por el que hacen unos esfuerzos sin límite para que no salga un hijo de puta, un hijo al que van a ver, de vez en cuando, algún

[bd] Eds. 6.ª, 7.ª y 8.ª: "... le vuelve" *N. del A.*

domingo por la tarde, con un velito a la cabeza y sin pintar. Las otras, las de postín, son insoportables con sus pretensiones y con su empaque de duquesas; son guapas, bien es cierto, pero también son atravesadas y despóticas, y no tienen ningún hijo en ningún lado. Las putas de lujo abortan y, si no pueden, ahogan a la criatura en cuanto nace, tapándole la cabeza con una almohada y sentándose encima.

Martín va pensando, a veces habla en voz baja.

—No me explico —dice— cómo sigue habiendo criaditas de veinte años ganando doce duros.

Martín se acuerda de Petrita, con sus carnes prietas y su cara lavada, con sus piernas derechas y sus senos levantándole la blusilla o el jersey.

—Es un encanto de criatura, haría carrera y hasta podría ahorrar algunos duros. En fin, mientras siga decente, mejor hace. Lo malo será cuando la tumbe cualquier pescadero o cualquier guardia de seguridad. [be] Entonces será cuando se dé cuenta de que ha estado perdiendo el tiempo. ¡Allá ella!

Martín sale por Lista y al llegar a la esquina de General Pardiñas le dan el alto, le cachean y le piden la documentación.

Martín iba arrastrando los pies, iba haciendo ¡clas! ¡clas! sobre las losas de la acera. Es una cosa que le entretiene mucho...

Don Mario de la Vega se fue pronto a la cama, el hombre quería estar descansado al día siguiente, por si salía bien la maniobra que le llevaba doña Ramona.

El hombre que iba a entrar cobrando dieciséis pesetas, no era cuñado de una muchacha que trabajaba de empaquetadora en la tipografía El porvenir, [bf] de la calle de la Madera, porque a su hermano Paco le había agarrado la tisis con saña.

[be] Seguridad A
[bf] "El Porvenir" A

—Bueno, muchacho, hasta mañana, ¿eh?

—Adiós, siga usted bien. Hasta mañana y que Dios le dé mucha suerte, le estoy a usted muy agradecido.

—De nada, hombre, de nada. El caso es que sepas trabajar.

—Procuraré, sí señor.

Al aire de la noche, Petrita se queja, gozosa, toda la sangre del cuerpo en la cara.

Petrita quiere mucho al guardia, es su primer novio, el hombre que se llevó las primicias por delante. Allí [bg] en el pueblo, poco antes de venirse, la chica tuvo un pretendiente, pero la cosa no pasó a mayores.

—¡Ay, Julio, ay, ay! ¡Ay, qué daño me haces! ¡Bestia! ¡Cachondo! ¡Ay, ay!

El hombre la [bh] muerde en la sonrosada garganta, donde se nota el tibio golpecito de la vida.

Los novios están unos momentos en silencio, sin moverse Petrita parece como pensativa.

—Julio.

—Qué.

—¿Me quieres?

El sereno de la calle de Ibiza se guarece en un portal que deja entornado por si alguien llama.

El sereno de la calle de Ibiza enciende la luz de la escalera; después se da aliento en los dedos, que le dejan al aire los mitones de lana, para desentumecerlos. La luz de la escalera se acaba pronto. El hombre se frota las manos y vuelve a dar la luz. Después saca la petaca y lía un pitillo.

[bg] Allá   *A1, A2, A3;* Allí   a partir de *A4*
[bh] le muerde   *A*
Eds. anteriores: "... le muerde..."   *N. del A.*

Martín habla suplicante, acobardado, con precipitación. Martín está tembloroso como una vara verde.

—No llevo documentos, me los he dejado en casa. Yo soy escritor, yo me llamo Martín Marco.

A Martín le da la tos. Después se ríe.

—¡Je, je! Usted perdone, es que estoy algo acatarrado, eso es, algo acatarrado, ¡je, je!

A Martín le extraña que el policía no lo reconozca.

—Colaboro en la prensa del Movimiento, pueden ustedes preguntar en la vicesecretaría [bi] ahí en Génova. Mi último artículo salió hace unos días en varios periódicos de provincias, en Odiel, [bj] de Huelva; en Proa, [bk] de León; en Ofensiva, [bl] [25] de Cuenca. Se llamaba Razones de la permanencia espiritual de Isabel la Católica. [bm] [26]

El policía chupa de su cigarrillo.

—Ande, siga. Váyase a dormir, que hace frío.

—Gracias, gracias.

—No hay de qué. Oiga.

Martín creyó morir.

[bi] Vicesecretaría A
[bj] "Odiel" A
[bk] "Proa" A
[bl] "Ofensiva" A
[bm] "Razones ... Católica" A

[25] *Odiel, Proa, Ofensiva* formaban parte de la cadena de periódicos dependientes de la Vicesecretaría de Educación Popular del Movimiento Nacional, que tenía el monopolio y control de la prensa diaria.

[26] El artículo coincide con las elegías del pasado glorioso que, en la prensa y en la cultura de los años cuarenta, asociaban el concepto de hispanidad, un valor intemporal y homogéneo, al talante moral de los siglos de oro. Hay que recordar que diversos factores fortalecían la "espiritualidad imperial": el periodismo; la actividad editorial del recién creado Consejo Superior de Investigaciones Científicas; la colección "Vidas de la España Imperial", del editor Ruiz Castillo; la serie "España Imperial", de Biblioteca Nueva; la de "Mujeres del Imperio", de editorial Juventud; además de manifestaciones como la que reúne la *Poesía heroica del Imperio* o los trabajos de Pérez Bustamante, Luis Santa Maryna o García Valdecasas, primer director del Instituto de Estudios Políticos.

—Qué.

—Y que no se le quite la inspiración.

—Gracias, gracias. Adiós.

Martín aprieta el paso y no vuelve la cabeza, no se atreve. Lleva dentro del cuerpo un miedo espantoso que no se explica.

Don Roberto, mientras acaba de leer el periódico, acaricia, un poco por cumplido a su mujer, que apoya la cabeza sobre su hombro. A los pies, en este tiempo, siempre se echan un abrigo viejo.

—Mañana qué es, Roberto, ¿un día muy triste o un día muy feliz?

—¡Un día muy feliz, mujer!

Filo sonríe. En uno de los dientes de delante tiene una caries honda, negruzca, redondita.

—Sí, ¡bien mirado!

La mujer, cuando sonríe honestamente, emocionadamente, se olvida de su caries y enseña la dentadura.

—Sí, Roberto, es verdad. ¡Qué día más feliz mañana!

—¡Pues claro, Filo! Y además, ya sabes lo que yo digo, ¡mientras todos tengamos salud!

—Y la tenemos, Roberto, gracias a Dios.

—Sí, lo cierto es que [bn] no podemos quejarnos. ¡Cuántos están peor! Nosotros, mal o bien, vamos saliendo. Yo no pido más.

—Ni yo, Roberto. Verdaderamente, muchas gracias tenemos que dar a Dios, ¿no te parece?

Filo está mimosa con su marido. La mujer es muy agradecida; el que le hagan un poco de caso la [bñ] llena de alegría.

Filo cambia algo la voz.

—Oye, Roberto.

—Qué.

[bn] Lo cierto es que   Falta *A2-A7*
Eds. 2.ª a 8.ª, falta: "… lo cierto es que…" *N. del A.*
[bñ] Eds. 5.ª, 6.ª, 7.ª y 8.ª: "… le llena…" *N. del A.*

—Deja el periódico, hombre.

—Si tú quieres...

Filo coge a don Roberto de un brazo.

—Oye.

—Qué.

La mujer habla como una novia.

—¿Me quieres mucho?

—¡Pues claro, hijita, naturalmente que mucho! ¡A quién se le ocurre!

—¿Mucho, mucho?

Don Roberto deja caer las palabras como en un sermón; cuando ahueca la voz, para decir algo solemne, parece un orador sagrado.

—¡Mucho más de lo que te imaginas!

Martín va desbocado, el pecho jadeante. Las sienes con fuego, la lengua pegada al paladar, la garganta agarrotada, las piernas fláccidas, el vientre como una caja de música con la cuerda rota, los oídos zumbadores, los ojos más miopes que nunca.

Martín trata de pensar, mientras corre. Las ideas se empujan, se golpean, se atropellan, se caen y se levantan dentro de su cabeza, que ahora es grande como un tren, que no se explica por qué no tropieza en las dos filas de casas de la calle.

Martín, en medio del frío, siente en sus carnes un calor sofocante, un calor que casi no le deja respirar, un calor húmedo e incluso quizás [bo] amable, un calor unido por mil hilitos invisibles a otros calores llenos de ternura, rebosantes de dulces recuerdos.

—Mi madre, mi madre, son los vahos de eucaliptus, los vahos de eucaliptus, haz más vahos de eucaliptus, no seas así...

A Martín le duele la frente, le da unos latidos rigurosamente acompasados, secos, fatales.

—¡Ay!

[bo] Eds. 6.ª y 8.ª: "... quizá..." *N. del A.*

Dos pasos.

—¡Ay!

Dos pasos.

—¡Ay!

Dos pasos.

Martín se lleva la mano a la frente. Está sudando como un becerro, como un gladiador en el circo, como un cerdo en la matanza.

—¡Ay!

Dos pasos más.

Martín empieza a pensar muy de prisa.

—¿De qué tengo yo miedo? ¡Je, je! ¿De qué tengo yo miedo? ¿De qué, de qué? Tenía un diente de oro. ¡Je, je! ¿De qué puedo tener yo miedo? ¿De qué, de qué? A mí me haría bien un diente de oro. ¡Qué lucido! ¡Je, je! ¡Yo no me meto en nada! ¡En nada! ¿Qué me pueden hacer a mí si yo no me meto en nada? ¡Je, je! ¡Qué tío! ¡Vaya un diente de oro! ¿Por qué tengo yo miedo? ¡No gana uno para sustos! ¡Je, je! De repente, ¡zas!, ¡un diente de oro! ¡Alto! ¡Los papeles! [bp] Yo no tengo papeles. ¡Je, je! Tampoco tengo un diente de oro. Yo soy Martín Marco. Con diente de oro y sin diente de oro. [bq] ¡Je, je! En este país a los escritores no nos conoce ni Dios. Paco, ¡ay, si Paco tuviera un diente de oro! ¡Je, je! Sí, colabora, colabora, no seas bobo, ya darás cuenta, ya... [br] ¡Qué risa! ¡Je, je! ¡Esto es para volverse uno loco! ¡Éste es un mundo de locos! ¡De locos de atar! ¡De locos peligrosos! ¡Je, je! A mi hermana le hacía falta un diente de oro. Si tuviera dinero, mañana le regalaba un diente de oro a mi hermana. ¡Je, je! Ni Isabel la Católica, ni la vicesecretaría [bs] ni la permanencia espiritual de nadie. ¿Está claro? ¡Lo que yo quiero es comer! ¡Comer! ¿Es que hablo en latín? ¡Je, je! ¿O en chino? Oiga, póngame aquí un diente de oro. Todo

[bp] "¡Alto! ¡Los papeles!" A

[bq] Yo soy ... oro: falta A2-A7

Eds. 2.ª a 8.ª: falta desde "Yo soy Martín ..." N. del A.

[br] "Sí, colabora ..., ya." A

[bs] Vicesecretaría A

el mundo lo entiende. ¡Je, je! Todo el mundo. ¡Comer!
¿Eh? ¡Comer! ¡Y quiero comprarme una cajetilla entera
y no fumarme las colillas del bestia! ¿Eh? ¡Este mundo es
una mierda! ¡Aquí todo Dios anda a lo suyo! ¿Eh? ¡Todos!
¡Los que más gritan se callan en cuanto les dan mil pesetas al mes! O un diente de oro. ¡Je, je! ¡Y los que andamos por ahí tirados y malcomidos, a dar la cara y a pringar la marrana! ¡Muy bien! ¡Pero que muy bien! Lo que
dan ganas es de mandar todo al cuerno, ¡qué coño!

Martín escupe con fuerza y se para, el cuerpo apoyado
contra la gris pared de una casa. Nada ve claro y hay momentos en los que no sabe si está vivo o muerto.

Martín está rendido.

La alcoba del matrimonio González tiene los muebles de
chapa, un día agresiva y brilladora, hoy ajada y deslucida:
la cama, las dos mesillas de noche, una consolita y el armario. Al armario nunca pudieron ponerle la luna y, en su
sitio, la chapa se presenta cruda, desnuda, pálida y delatora.

La lámpara de globos verdes del techo aparece apagada.
La lámpara de globos verdes no tiene bombilla, está de
adorno. La habitación se alumbra con una lamparita sin
tulipa que descansa sobre la mesa de noche de don Roberto.

A la cabecera de la cama, en la pared, un cromo de la
Virgen del Perpetuo Socorro, regalo de boda de los compañeros de don Roberto en la diputación, [bt] ha presidido
ya cinco felices alumbramientos.

Don Roberto deja el periódico.

El matrimonio se besa con cierta pericia. Al cabo de los
años, don Roberto y Filo han descubierto un mundo casi
ilimitado.

—Oye, Filo, pero, ¿has mirado el calendario?

—¡Qué nos importa a nosotros el calendario, Roberto!
¡Si vieras cómo te quiero! ¡Cada día más!

—Bueno, pero, ¿vamos a hacerlo… así?

[bt] Diputación A

—Sí, Roberto, sí.

Filo tiene las mejillas sonrosadas, casi arrebatadas.

Don Roberto razona como un filósofo.

—Bueno, después de todo, donde comen cinco cachorros, bien pueden comer seis, ¿no te parece?

—Pues claro que sí, hijo, pues claro que sí. Que Dios nos dé salud y lo demás... pues mira. ¡Si no estamos un poco más anchos, estamos un poco más estrechos y en paz!

Don Roberto se quita las gafas, las mete en el estuche y las pone sobre la mesa de noche, al lado del vaso de agua que tiene dentro, como un misterioso pez, la dentadura postiza.

—No te quites el camisón, te puedes enfriar.

—No me importa, lo que quiero es gustarte.

Filo sonríe, casi con picardía.

—Lo que quiero es gustar mucho a mi maridito...

Filo, en cueros, tiene todavía cierta hermosura.

—¿Te gusto aún?

—Mucho, cada día me gustas más.

....

—¿Qué te pasa? No pares. [bu]

—Me parecía que lloraba un niño.

—No, hija, están dormiditos. Sigue...

Martín saca el pañuelo y se lo pasa por los labios. En una boca de riego, Martín se agacha y bebe. Creyó que iba a estar bebiendo una hora, pero la sed pronto se le acaba. El agua estaba fría, casi helada, con un poco de escarcha por los bordes.

Un sereno se le acerca, toda la cabeza envuelta en una bufanda.

—Conque bebiendo, ¿eh?

—¡Pues, sí! Eso es... Bebiendo un poco...

—¡Vaya nochecita! ¿Eh?

—¡Ya lo creo, una noche de perros!

[bu] ¿Qué te pasa? A
Eds. 1.ª a 7.ª: "¿Qué te pasa?", solamente. N. del A.

El sereno se aleja y Martín, a la luz de un farol, busca en su sobre otra colilla en buen uso.

—El policía era un hombre bien amable. Ésa es la verdad. Me pidió la documentación debajo de un farol, se conoce que para que no me asustase. Además me dejó marchar en seguida. Seguramente habrá visto que yo no tengo aire de meterme en nada, que yo soy un hombre poco amigo de meterme en donde no me llaman; esta gente está muy acostumbrada a distinguir. Tenía un diente de oro y llevaba un abrigo magnífico. Sí, no hay duda que debía ser un gran muchacho, un hombre bien amable...

Martín siente como un temblor por todo el cuerpo y nota que el corazón le late, otra vez con más fuerza, dentro del pecho.

—Esto se me quitaba a mí con tres duros.

El panadero llama a su mujer.

—¡Paulina!

—¡Qué quieres!

—¡Trae la palangana!

—¿Ya estamos?

—Ya. Anda, estáte callada y vente.

—¡Voy, voy! Pues, hijo, ¡ni que tuvieras veinte años!

La alcoba de los panaderos es de recia carpintería de saludable nogal macizo, vigoroso y honesto como los amos. En la pared lucen, en sus tres marcos dorados iguales, una reproducción en alpaca de la sagrada cena, [bv] una litografía representando una purísima [bw] de Murillo, y un retrato de boda con la Paulina de velo blanco, sonrisa y traje negro, y el señor Ramón de sombrero flexible, enhiesto mostacho y leontina de oro.

Martín baja por Alcántara hasta los chalets, tuerce por Ayala y llama al sereno.

[bv] Sagrada Cena *A*
[bw] Purísima *A*

—Buenas noches, señorito.
—Hola. No, ésa no.

A la luz de una bombilla se lee Villa Filo. [bx] Martín tiene aún vagos, imprecisos, difuminados respetos familiares. Lo que pasó con su hermana... ¡Bien! A lo hecho, pecho, y agua pasada no corre molino. Su hermana no es ningún pendón. El cariño es algo que no se sabe dónde termina. Ni dónde empieza, tampoco. A un perro se le puede querer más que a una madre. Lo de su hermana... ¡Bah! Después de todo, cuando un hombre se calienta no distingue. Ya decía el guardia gallego: carallo teso, non cree en Dios. [by] Los hombres en esto seguimos siendo como los animales.

Las letras donde se lee Villa Filo [bz] son negras, toscas, frías, demasiado derechas, sin gracia ninguna.

—Usted perdone, voy a dar la vuelta a Montesa.
—Como usted guste, señorito.

Martín piensa:
—Este sereno es un miserable, los serenos son todos muy miserables, ni sonríen ni se enfurecen jamás sin antes calcularlo. Si supiera que voy sin blanca me hubiera echado a patadas, me hubiera deslomado de un palo.

Ya en la cama, doña María, la señora del entresuelo, habla con su marido. Doña María es una mujer de cuarenta o cuarenta y dos años. Su marido representa tener unos seis años más.

—Oye, Pepe.
—Qué.
—Pues que estás un poco despegado conmigo.
—¡No, mujer!

[bx] "Villa Filo" A
[by] Ya decía... Dios: falta en A
Eds. 1.ª a 7.ª: falta desde "Ya decía el guardia"... N. del A.
[bz] "Villa Filo" A

—Sí, a mí me parece que sí.

—¡Qué cosas tienes!

Don José Sierra no trata a su mujer ni bien ni mal, la trata como si fuera un mueble al que a veces, por esas manías que uno tiene, se le hablase como a una persona.

—Oye, Pepe.

—Qué.

—¿Quién ganará la guerra?

—¿A ti qué más te da? Anda, déjate ahora de esas cosas y duérmete.

Doña María se pone a mirar para el techo. Al cabo de un rato, vuelve a hablar a su marido.

—Oye, Pepe.

—Qué.

—¿Quieres que coja el pañito?

—Bueno, coge lo que quieras.

En la calle de Montesa no hay más que empujar la verja del jardín y tocar dentro, con los nudillos, sobre la puerta. Al timbre le falta el botón, y el hierrito que queda suelta, a veces, corriente. Martín ya lo sabía de otras ocasiones.

—¡Hola, doña Jesusa! ¿Cómo está usted?

—Bien, ¿y tú, hijo?

—¡Pues ya ve! Oiga, ¿está la Marujita?

—No, hijo. Esta noche no ha venido, ya me extraña. A lo mejor viene todavía. ¿Quieres esperarla?

Doña Jesusa es una mujer gruesa, amable, obsequiosa, con aire de haber sido guapetona, teñida de rubio, muy dispuesta y emprendedora.

—Anda, pasa con nosotras a la cocina, tú eres como de la familia.

—Sí...

Alrededor del hogar donde cuecen varios pucheros de agua, cinco o seis chicas dormitan aburridas y con cara de no estar ni tristes ni contentas.

—¡Qué frío hace!

—Ya, ya. Aquí se está bien, ¿verdad?

—Sí, ¡ya lo creo!, aquí se está muy bien.

Doña Jesusa se acerca a Martín.

—Oye, arrímate al fogón, vienes helado. ¿No tienes abrigo?

—No.

—¡Vaya por Dios!

A Martín no le divierte la caridad. En el fondo, Martín es también un nietzscheano.

—Oiga, doña Jesusa, ¿y la Uruguaya, tampoco está?

—Sí, está ocupada; vino con un señor y con él se encerró, van de dormida.

—¡Vaya!

—Oye, si no es indiscreción, ¿para qué querías a la Marujita, para estar un rato con ella?

—No... Quería darle un recado.

—Anda, no seas bobo. ¿Es que... estás mal de fondos?

Martín Marco sonrió, ya estaba empezando a entrar en calor.

—Mal no, doña Jesusa, ¡peor!

—Tú eres tonto, hijo. ¡A estas alturas no vas a tener confianza conmigo, con lo que yo quería a tu pobre madre, que en gloria [ca] esté!

Doña Jesusa dio en el hombro a una de las chicas que se calentaban al fuego, a una muchachita flacucha que estaba leyendo una novela.

—Oye, Pura, vete con éste, ¿no andabas medio mala? Anda, acostaros y no bajes ya. No te preocupes de nada, mañana ya te sacaré yo las castañas del fuego.

Pura, la chica que está medio mala, mira para Martín y sonríe. Pura es una mujer joven, muy mona, delgadita, un poco pálida, ojerosa, con cierto porte de virgen viciosilla.

Martín coge una mano de doña Jesusa. [cb]

—Doña Jesusa, muchas gracias, usted siempre tan buena conmigo.

—Calla, mimoso, ya sabes que se te trata como a un hijo.

[ca] Gloria *A*
[cb] Martín ... Jesusa: falta en *A2-A7*
Eds. 2.ª a 8.ª, falta esta frase. *N. del A.*

Tres pisos escaleras arriba y una habitación abuhardillada.

Una cama, un aguamanil, un espejito con marco blanco, un perchero y una silla.

Un hombre y una mujer.

Cuando falta el cariño hay que buscar el calor. Pura y Martín echaron sobre la cama toda la ropa, para estar más abrigados. Apagaron la luz y [cc] (—No, no. Estáte quieta, muy quieta...) se durmieron en un abrazo, como dos recién casados.

Fuera se oía, de vez en vez, el ¡Va! [cd] de los serenos.

A través del tabique de panderete se distinguía el crujir de un somier, disparatado y honesto como el canto de la cigarra.

La noche se cierra, al filo de la una y media o de las dos de la madrugada, sobre el extraño corazón de la ciudad.

Miles de hombres se duermen abrazados a sus mujeres sin pensar en el duro, en el cruel día que quizás [ce] les espere, agazapado como un gato montés, dentro de tan pocas horas.

Cientos y cientos de bachilleres caen en el íntimo, en el sublime y delicadísimo vicio solitario.

Y algunas docenas de muchachas esperan —¿qué esperan, Dios mío?, ¿por qué las tienes [cf] tan engañadas?— con la mente llena de dorados sueños...

[cc] Eds. 5.ª, 6.ª y 7.ª: "... la luz (—No..." N. del A.
[cd] "¡Va!" A
[ce] Eds. 4.ª, 5.ª, 6.ª, 7.ª y 8.ª: "... quizá..." N. del A.
[cf] tienen A2-A7
Eds. 2.ª a 7.ª: "... tienen..." N. del A.

CAPÍTULO QUINTO

Hacia las ocho y media de la tarde, o a veces antes, ya suele estar Julita en su casa.

—¡Hola, Julita, hija!

—¡Hola, mamá!

La madre la mira de arriba abajo, boba, orgullosa.

—¿Dónde has estado metida?

La niña deja el sombrero sobre el piano y se esponja la melena ante el espejo. Habla distraídamente, sin mirar a la madre.

—Ya ves, ¡por ahí!

La madre tiene la voz tierna, parece como si quisiese agradar.

—¡Por ahí! ¡Por ahí! Te pasas el día en la calle y después, cuando vienes, no me cuentas nada. A mí, ¡con lo que me gusta saber de tus cosas! A tu madre, que tanto te quiere...

La muchacha se arregla los labios mirándose en el revés de la polvera.

—¿Y papá?

—No sé. ¿Por qué? Se marchó hace ya rato y todavía es pronto para que vuelva. ¿Por qué me lo preguntas?

—No, por nada. Me acordé de él de repente porque lo vi en la calle.

—¡Con lo grande que es Madrid!

Julia sigue hablando.

—¡Ca, es un pañuelo! Lo vi en la calle de Santa Engracia. Yo bajaba de una casa, de hacerme una fotografía.

336

—No me habías dicho nada.

—Quería sorprenderte... Él iba a la misma casa; por lo visto, tiene un amigo enfermo en la vecindad.

La niña la mira por el espejito. A veces piensa que su madre tiene cara de tonta.

—¡Tampoco me dijo una palabra!

Doña Visi tenía el aire triste.

—A mí nunca me decís nada.

Julita sonríe y se acerca a besar a la ª madre.

—¡Qué bonita es mi vieja!

Doña Visi la besa, echa la cabeza atrás y enarca las cejas.

—¡Huy! ¡Hueles a tabaco!

Julita frunce la boca.

—Pues no he fumado, ya sabes de sobra que no fumo, que me parece poco femenino.

La madre ensaya un gesto severo.

—Entonces... ¿Te habrán besado?

—Por Dios, mamá, ¿por quién me tomas?

La mujer, la pobre mujer, coge a la hija de las dos manos.

—Perdóname, hijita, ¡es verdad! ¡Qué tonterías digo!

Se queda pensativa unos instantes y habla muy quedo, como consigo misma: ᵇ

—Es que a una todo se le imagina peligro para su hijita mayor...

Julita deja escapar dos lágrimas.

—¡Es que dices unas cosas!

La madre sonríe, un poco a la fuerza, y acaricia el pelo de la muchacha.

—Anda, no seas chiquilla, no me hagas caso. Te lo decía de broma.

Julita está abstraída, parece que no oye.

—Mamá...

—Qué.

ª Eds. 5.ª, 6.ª, 7.ª y 8.ª: "... a su madre." *N. del A.*
ᵇ misma. *A*

Don Pablo piensa que los sobrinos de su mujer le han venido a hacer la pascua, le han estropeado la tarde. A estas horas, estaba ya todos los días en el Café de doña Rosa, tomándose su chocolate.

Los sobrinos de su mujer se llaman Anita y Fidel. [1] Anita es hija de un hermano de doña Pura, empleado del ayuntamiento [c] de Zaragoza, que tiene una cruz de beneficencia [d] porque una vez sacó del Ebro a una señora que resultó prima del presidente de la diputación. [e] Fidel es su marido, un chico que tiene una confitería en Huesca. Están pasando unos días en Madrid, en viaje de novios.

Fidel es un muchacho joven que lleva bigotito y una corbata verde claro. De adolescente tuvo algún trastorno en su organismo, más bien unas purgaciones, por andarse de picos pardos sin ser ni listo ni limpio. La verdad es que tampoco tuvo demasiada suerte. Se lo guardó todo bien callado, para que no tomaran aprensión los clientes de la confitería, y se las fue curando poco a poco con sales de mercurio en el retrete del casino. Por aquellas fechas, al ver las tiernas cañas de hojaldre rellenas de untuosa, amarillenta crema, sentía unas náuseas que casi no podía contener. [f] En Zaragoza ganó, seis o siete meses atrás, un concurso de tangos, y aquella misma noche le presentaron a la chica que ahora es su mujer.

El padre de Fidel, pastelero también, había sido un tío muy bruto que se purgaba con arena y que no hablaba más que de las joticas y de la Virgen del Pilar. Presumía de culto y emprendedor y usaba dos clases de tarjetas, unas que decían Joaquín Bustamante — Del comercio, [g] y otras,

[c] Ayuntamiento *A*
[d] Beneficencia *A*
[e] Diputación *A*
[f] De adolescente … contener: falta en *A*
Eds. 1.ª a 7.ª falta desde "De adolescente tuvo algún trastorno…" *N. del A.*
[g] decían: "Joaquín Bustamante. Del Comercio" *A*

---

[1] Fidel Bustamante es el protagonista del boceto 98 —"Alma de tango"— de *Los viejos amigos. Primera Serie* (en *Obras Completas,* ed. cit., pp. 291-293).

en letra gótica, donde se leía: Joaquín Bustamante Valls —
Autor del proyecto Hay que doblar la producción agrícola
en España. [h] A su muerte dejó una cantidad tremenda de
papeles de barba llenos de números y de planos; quería
duplicar las cosechas con un sistema de su invención: unas
tremendas pilas de terrazas rellenas de tierra fértil, que
recibirían el agua por unos pozos artesianos y el sol por
un juego de espejos.

El padre de Fidel cambió de nombre a la pastelería cuando la heredó de su hermano mayor, muerto el 98 en Filipinas. Antes se llamaba La endulzadora, [i] pero le pareció
el nombre poco significativo y le puso Al solar de nuestros
mayores. [j] Estuvo más de medio año buscando título y al
final tenía apuntados lo menos trescientos, casi todos por
el estilo.

Durante la república [k] y aprovechando que el padre se
murió, Fidel volvió a cambiar el nombre de la pastelería
y le puso El sorbete de oro. [l]

—Las confiterías no tienen por qué tener nombres políticos —decía.

Fidel, con una rara intuición, asociaba la marca Al solar de nuestros mayores [ll] con determinadas tendencias del
pensamiento.

—Lo que tenemos es que colocar a quien sea los bollos
suizos y los petisús. Con las mismas pesetas nos pagan los
republicanos que los carlistas.

Los chicos, ya sabéis, han venido a Madrid a pasar la
luna de miel y se han creído en la obligación de hacer una
larga visita a los tíos. Don Pablo no sabe cómo sacárselos
de encima.

—De modo que os gusta Madrid, ¿eh?

—Pues sí...

[h] "Joaquín ... del proyecto *Hay que doblar la producción agrícola en España*" A
[i] "La endulzadora" A
[j] "El solar de nuestros mayores" A
[k] República A
[l] "El sorbete de oro" A
[ll] "Al solar de nuestros mayores" A

Don Pablo deja pasar unos instantes para decir:

—¡Bueno!

Doña Pura está pasada. La pareja, sin embargo, no parece entender demasiado.

Victorita se fue a la calle de Fuencarral, a la lechería de doña Ramona Bragado, la antigua querida de aquel señor que fue dos veces subsecretario de hacienda. [m]

—¡Hola, Victorita! ¡Qué alegría más grande me das!

—Hola, doña Ramona.

Doña Ramona sonríe, meliflua, obsequiosa.

—¡Ya sabía yo que mi niña no había de faltar a la cita!

Victorita intentó sonreír también.

—Sí, se ve que está usted muy acostumbrada.

—¿Qué dices?

—Pues ya ve, ¡nada!

—¡Ay, hija, qué suspicaz!

Victorita se quitó el abrigo, llevaba el escote de la blusa desabrochado y tenía en los ojos una mirada extraña, no se sabría bien si suplicante, humillada o cruel.

—¿Estoy bien así?

—Pero, hija, ¿qué te pasa?

—Nada, no me pasa nada.

Doña Ramona, mirando para otro lado, intentó sacar a flote sus viejas mañas de componedora.

—¡Anda, anda! No seas chiquilla. Anda, entra ahí a jugar a las cartas con mis sobrinas.

Victorita se plantó.

—No, doña Ramona. No tengo tiempo. Me espera mi novio. A mí, ¿sabe usted?, ya me revienta andar dándole vueltas al asunto, como un borrico de noria. Mire usted, a usted y a mí lo que nos interesa es ir al grano, ¿me entiende?

—No, hija, no te entiendo.

Victorita tenía el pelo algo revuelto.

[m] Hacienda *A*

—Pues se lo voy a decir más claro: ¿dónde está el cabrito?

Doña Ramona se espantó.

—¿Eh?

—¡Que dónde está el cabrito! ¿Me entiende? ¡Que dónde está el tío!

—¡Ay, hija, tú eres una golfa!

—Bueno, yo soy lo que usted quiera, a mí no me importa. Yo tengo que tirarme a un hombre para comprarle unas medicinas a otro. ¡Venga el tío!

—Pero, hija, ¿por qué hablas [n] así?

Victorita levantó la voz.

—¡Pues porque no me da la gana de hablar de otra manera, tía alcahueta! ¿Se entera? ¡Porque no me da la gana!

Las sobrinas de doña Ramona se asomaron al oír las voces. Por detrás de ellas sacó la jeta don Mario.

—¿Qué pasa, tía?

—¡Ay! ¡Esta mala pécora, desagradecida, que quiso pegarme!

Victorita estaba completamente serena. Poco antes de hacer alguna barbaridad, todo el mundo está completamente sereno. O poco antes, también, de decidirse a no hacerla.

—Mire usted, señora, ya volveré otro día, cuando tenga menos clientas.

La muchacha abrió la puerta y salió. Antes de llegar a la esquina la alcanzó don Mario. El hombre se llevó la mano al sombrero.

—Señorita, usted perdone. Me parece, ¡para qué nos vamos a andar con rodeos!, que yo soy un poco el culpable de todo esto. Yo...

Victorita le interrumpió.

—¡Hombre, me alegro de conocerlo! ¡Aquí me tiene! ¿No me andaba buscando? Le juro a usted que jamás me he acostado con nadie más que con mi novio. Hace tres meses, cerca de cuatro, que no sé lo que es un hombre. Yo quiero mucho a mi novio. A usted nunca lo querré,

[n] Eds. 1.ª, 2.ª y 3.ª: "... hablar..." *N. del A.*

pero en cuanto usted me pague me voy a la cama. Estoy muy harta. Mi novio se salva con unos duros. No me importa ponerle los cuernos. Lo que me importa es sacarlo adelante. Si usted me lo cura, yo me lío con usted hasta que usted se harte.

La voz de la muchacha ya venía temblando. Al final se echó a llorar.

—Usted dispense...

Don Mario, que era un atravesado con algunas venas de sentimental, tenía un nudo pequeñito en la garganta.

—¡Cálmese, señorita! Vamos a tomar un café, eso le sentará bien.

En el café, [ñ] don Mario le dijo a Victorita:

—Yo te daría dinero para que se lo lleves a tu novio, pero, hagamos lo que hagamos, él se va a creer lo que le dé la gana, ¿no te parece?

—Sí, que se crea lo que quiera. Ande, lléveme usted a la cama.

Julita, abstraída, parece no oír, parece como si estuviera en la luna.

—Mamá...

—Qué.

—Tengo que hacerte una confesión.

—¿Tú? ¡Ay, hijita, no me hagas reír!

—No, mamá, te lo digo en serio, tengo que hacerte una confesión.

A la madre le tiemblan los labios un poquito, habría que fijarse mucho para verlo.

—Di, hija, di.

—Pues... No sé si me voy a atrever.

—Sí, hija, di, no seas cruel. Piensa en lo que se dice, que una madre es siempre una amiga, una confidente para su hija.

—Bueno, si es así...

[ñ] Café A

—A ver, di.

—Mamá...

—Qué.

Julita tuvo un momento de arranque.

—¿Sabes por qué huelo a tabaco?

—¿Por qué?

La madre está anhelante, se la hubiera ahogado con un pelo.

—Pues porque he estado muy cerca de un hombre y ese hombre estaba fumando un puro.

Doña Visi respiró. Su conciencia, sin embargo, le seguía exigiendo seriedad.

—¿Tú?

—Sí, yo.

—Pero...

—No, mamá, no temas. Es muy bueno.

La muchacha toma una actitud soñadora, parece una poetisa.

—¡Muy bueno, muy bueno!

—¿Y decente, hija mía, que es lo principal?

—Sí, mamá, también decente.

Ese último gusanito adormecido del deseo que aun en los viejos existe, cambió de postura en el corazón de doña Visi.

—Bueno, hijita, yo no sé qué decirte. Que Dios te bendiga...

A Julita le temblaron un poco los párpados, tan poco que no hubiera habido reló capaz de medirlo.

—Gracias mamá.

. . . .

Al día siguiente, doña Visi estaba cosiendo cuando lla maron a la puerta, a eso de la una de la tarde. °

—¡Tica, ve a abrir!

Escolástica, la vieja y sucia criada a quien todos llaman Tica, para acabar antes, fue a abrir la puerta de la calle.

—Señora, un certificado.

° a eso ... tarde: falta en *A*
Eds. 1.ª a 7.ª: "... a la puerta." *N. del A.*

—¿Un certificado?

—Sí.

—¡Huy, qué raro!

Doña Visi firmó en el cuadernito del cartero.

—Toma, dale una perra.

El sobre del certificado dice: Señorita Julia Moisés, calle de Hartzenbusch, 57, Madrid. °

—¿Qué será? Parece cartón.

Doña Visi mira al trasluz, no se ve nada.

—¡Qué curiosidad tengo! Un certificado para la niña, ¡qué cosa más rara!

Doña Visi piensa que Julia ya no puede tardar mucho, que pronto ha de salir de dudas. Doña Visi sigue cosiendo.

—¿Qué podrá ser?

Doña Visi vuelve a coger el sobre, color paja y algo más grande que los corrientes, vuelve a mirarlo por todas partes, vuelve a palparlo.

—¡Qué tonta soy! ¡Una foto! ¡La foto de la chica! ¡También es rapidez!

Doña Visi rasga el sobre y un señor de bigote cae sobre el costurero.

—¡Caray, qué tío!

Por más que lo mira y por más vueltas que le da…

El señor del bigote se llamó en vida don Obdulio. Doña Visi lo ignora, doña Visi ignora casi todo lo que pasa en el mundo.

—¿Quién será este tío?

Cuando Julita llega, la madre le sale al paso.

—Mira, Julita, hija, has tenido una carta. La he abierto porque vi que era una foto, pensé que sería la tuya. ¡Tengo tantas ganas de verla!

Julita torció el gesto, Julita era, a veces, un poco déspota con su madre.

—¿Dónde está?

—Tómala, yo creo que debe ser una broma.

Julita ve la foto y se queda blanca.

—Sí, una broma de muy mal gusto.

<hr />

° "Señorita… madrid" *A*

La madre, a cada instante que transcurre, entiende menos lo que pasa.

—¿Lo conoces?

—No, ¿de qué lo voy a conocer?

Julita guarda la foto de don Obdulio y un papel que la acompañaba donde, con torpe letra de criada, se leía: ¿Conoces a éste, chata? [p]

....

Cuando Julita ve a su novio, le dice:

—Mira lo que he recibido por correo.

—¡El muerto!

—Sí, el muerto.

Ventura está un momento callado, con cara de conspirador.

—Dámela, ya sé yo lo que hacer con ella.

—Tómala.

Ventura aprieta un poco el brazo de Julita.

—Oye, ¿sabes lo que te digo?

—Qué.

—Pues que va a ser mejor cambiar de nido, buscar otra covacha, todo esto ya me está dando mala espina.

—Sí, a mí también. Ayer me encontré a mi padre en la escalera.

—¿Te vio?

—¡Pues claro!

—¿Y qué le dijiste?

—Nada, que venía de sacarme una foto.

Ventura está pensativo.

—¿Has notado algo en tu casa?

—No, nada, por ahora no he notado nada.

....

Poco antes de verse con Julita, Ventura se encontró a doña Celia en la calle de Luchana.

—¡Adiós, doña Celia!

—¡Adiós, señor Aguado! Hombre, a propósito, ni que me lo hubieran puesto a usted en el camino. Me alegro

[p] "¿Conoces a éste, chata?" A

de haberlo encontrado, tenía algo bastante importante que
decirle.

—¿A mí?

—Sí, algo que le interesa. Yo pierdo un buen cliente,
pero, ya sabe usted, a la fuerza ahorcan, no hay más remedio. Tengo que decírselo a usted, yo no quiero líos:
ándense con ojo usted y su novia, por casa va el padre de
la chica.

—¿Sí?

—Como lo oye.

—Pero...

—Nada, se lo digo yo, ¡como lo oye!

—Sí, sí, bueno... ¡Muchas gracias!

....

La gente ya ha cenado.

Ventura acaba de redactar su breve carta, ahora está
poniendo el sobre: Sr. D. Roque Moisés, calle de Hartzenbusch, 57, Interior. [q]

La carta, escrita a máquina, dice así:

Muy señor mío: Ahí le mando la foto que en el valle
de Josafat podrá hablar contra usted. Ándese con tiento
y no juegue, pudiera ser peligroso. Cien ojos le espían y
más de una mano no titubearía en apretarle el pescuezo.
Guárdese, ya sabemos por quiénes votó usted en el 36. [r] [2]

La carta iba sin firma.

Cuando don Roque la reciba, se quedará sin aliento.
A don Obdulio no lo podrá recordar, pero la carta, a no
dudarlo le encogerá el ánimo.

[q] "Sr. D. ... Interior" A
[r] "Muy señor ... en el 36" A

---

[2] Las elecciones de 16 de febrero de 1936 dieron el poder al
Frente Popular contra el que se levantaría el general Franco. Las
referencias o manifestaciones a favor de aquél fueron prohibidas
y cualquier dependencia vital o ideológica con ese pasado fue pe-
nada aplicando la Ley de responsabilidades políticas, de 13 de
febrero de 1939.

—Esto debe ser obra de los masones —pensará—; tiene todas las características, la foto no es más que para despistar. ¿Quién será este desgraciado con cara de muerto de hace treinta años?

Doña Asunción, la mamá de la Paquita, contaba lo de la suerte que había tenido su niña, a doña Juana Entrena, viuda de Sisemón, la pensionista vecina de don Ibrahím y de la pobre doña Margot.

Doña Juana Entrena, para compensar, daba a doña Asunción toda clase de detalles sobre la trágica muerte de la mamá del señor Suárez, por mal nombre la Fotógrafa.

Doña Asunción y doña Juana eran ya casi viejas amigas, se habían conocido cuando las evacuaron a Valencia, [3] durante la guerra civil, a las dos en la misma camioneta.

—¡Ay, hija, sí! ¡Estoy encantada! Cuando recibí la noticia de que la señora del novio de mi Paquita la había pringado, creí enloquecer. Que Dios me perdone, yo no he deseado nunca mal a nadie, pero esa mujer era la sombra que oscurecía la felicidad de mi hija.

Doña Juana, con la vista clavada en el suelo, reanudó su tema: el asesinato de doña Margot.

—¡Con una toalla! ¿Usted cree que hay derecho? ¡Con una toalla! ¡Qué falta de consideración para una ancianita! El criminal la ahorcó con una toalla como si fuera un pollo. En la mano le puso una flor. La pobre se quedó con los ojos abiertos, según dicen parecía una lechuza, yo no tuve valor para verla; a mí estas cosas me impresionan mucho. Yo no quisiera equivocarme, pero a mí me da al [s] olfato que su niño debe andar mezclado en todo esto. El hijo de doña Margot, que en paz descanse, era mariquita, ¿sabe usted?, andaba en muy malas compañías.

[s] Eds. 5.ª, 6.ª, 7.ª y 8.ª: "... el olfato..." *N. del A.*

[3] El gobierno de la República evacuó a Valencia, capital de la España republicana desde el 6 de noviembre de 1936, a parte de la población civil madrileña afectada por los bombardeos y la dureza de los combates en Madrid.

Mi pobre marido siempre lo decía: quien mal anda, mal acaba.

El difunto marido de doña Juana, don Gonzalo Sisemón, había acabado sus días en un prostíbulo de tercera clase, una tarde que le falló el corazón. Sus amigos lo tuvieron que traer en un taxi, por la noche, para evitar complicaciones. A doña Juana le dijeron que se había muerto en la cola de Jesús de Medinaceli, [4] y doña Juana se lo creyó. El cadáver de don Gonzalo venía sin tirantes, pero doña Juana no cayó en el detalle.

—¡Pobre Gonzalo! —decía—, ¡pobre Gonzalo! ¡Lo único que me reconforta es pensar que se ha ido derechito al cielo, que a estas horas estará mucho mejor que nosotros! ¡Pobre Gonzalo!

Doña Asunción, como quien oye llover, sigue con lo de la Paquita.

—¡Ahora, si Dios quisiera que se quedase embarazada! ¡Eso sí que sería suerte! Su novio es un señor muy considerado por todo el mundo, no es ningún pelagatos, que es todo un catedrático. Yo he ofrecido ir a pie al cerro de los ángeles [t] si la niña se queda en estado. ¿No cree usted que hago bien? Yo pienso que, por la felicidad de una hija, todo sacrificio es poco, ¿no le parece? ¡Qué alegría se habrá llevado la Paquita al ver que su novio está libre!

A las cinco y cuarto o cinco y media, don Francisco llega a su casa, a pasar la consulta. En la sala de espera hay ya siempre algunos enfermos aguardando con cara de circunstancias y en silencio. A don Francisco le acompaña su yerno, con quien reparte el trabajo.

Don Francisco tiene abierto un consultorio popular, que le deja sus buenas pesetas todos los meses. Ocupando los

---

[t] Cerro de los Ángeles A

---

[4] *cola de Jesús de Medinaceli*: es la cola que se forma para venerar la imagen del Cristo de Medinaceli, en la iglesia madrileña que lleva el mismo nombre y que está situada en la plaza de Jesús.

cuatro balcones de la calle, el consultorio de don Francisco exhibe un rótulo llamativo que dice: Instituto Pasteur-Koch. Director-propietario, Dr. Francisco Robles. Tuberculosis, pulmón y corazón. Rayos X. Piel, venéreas, sífilis. Tratamiento de hemorroides por electrocoagulación. Consulta, 5 ptas. ^u Los enfermos pobres de la glorieta ^v de Quevedo, de Bravo Murillo, de San Bernardo, de Fuencarral, tienen una gran fe en don Francisco.

—Es un sabio —dicen—, un verdadero sabio, un médico con mucho ojo y mucha práctica.

Don Francisco les suele atajar.

—No sólo con fe se curará, amigo mío —les dice cariñosamente, poniendo la voz un poco confidencial—, la fe sin obras es fe muerta, una fe que no sirve para nada. Hace falta también que pongan ustedes algo de su parte, hace falta obediencia y asiduidad, ¡mucha asiduidad!, no abandonarse y no dejar de venir por aquí en cuanto se nota una ligera mejoría... ¡Encontrarse bien no es estar curado, ni mucho menos! ¡Desgraciadamente, los virus que producen las enfermedades son tan taimados como traidores y alevosos!

Don Francisco es un poco tramposillo, el hombre tiene a sus espaldas un familión tremendo.

A los enfermos que, llenos de timidez y de distingos, le preguntan por las sulfamidas, [5] don Francisco los disuade casi displicente. Don Francisco asiste, con el corazón encogido, al progreso de la farmacopea.

—Día llegará —piensa— en que los médicos estaremos de más, en que en las boticas habrá unas listas de píldoras y los enfermos se recetarán solos.

Cuando le hablan, decimos, de las sulfamidas, don Francisco suele responder:

^u "Instituto ... 5 ptas." *A*
^v Glorieta *A*

[5] La fabricación industrial de las sulfamidas se consolidó por las necesidades que generaba la II Guerra Mundial. Sólo en Estados Unidos, en 1943, se produjeron más de 4.000 toneladas.

—Haga usted lo que quiera, pero no vuelva por aquí. Yo no me encargo de vigilar la salud de un hombre que voluntariamente se debilita la sangre.

Las palabras de don Francisco suelen hacer un gran efecto.

—No, no, lo que usted mande, yo sólo haré lo que usted mande.

En la casa, en una habitación interior, doña Soledad, su señora, repasa calcetines mientras deja vagar la imaginación, una imaginación torpe, corta y maternal como el vuelo de una gallina. Doña Soledad no es feliz, puso toda su vida en los hijos, pero los hijos no han sabido, o no han querido, hacerla feliz. Once le nacieron y once le viven, casi todos lejos, alguno perdido. Las [w] dos mayores, Soledad y Piedad, se fueron monjas hace ya mucho tiempo, cuando cayó Primo de Rivera; [6] aún hace unos meses, desde el convento, tiraron también de María Auxiliadora, una de las pequeñas. El mayor de los dos únicos varones, Francisco, el tercero de los hijos, fue siempre el ojito derecho de la señora; ahora está de médico militar en Carabanchel, [7] algunas noches viene a dormir a casa. Amparo y Asunción son las dos únicas casadas. Amparo con el ayudante del padre, don Emilio Rodríguez Ronda; Asunción

---

[w] Eds. 4.ª, 5.ª, 6.ª y 7.ª: "Los dos..." *N. del A.*

---

[6] La dimisión se hizo pública el 30 de enero de 1930. Primo de Rivera había perdido la confianza de los 16 generales de más alto rango en la estructura del Estado; además, no contaba con el apoyo de la industria y de la banca; el Rey no había aceptado el plan de reformas presentado el 31 de diciembre; y los ministros más representativos de los poderes sociales —Guadalhorce, Calvo Sotelo, el conde de los Andes— habían presentado su dimisión el 5 de enero de 1930.

[7] El barrio de Carabanchel dio nombre a la prisión masculina de Madrid que como tal empezó a funcionar en 1944. En 1939, y para juzgar los delitos de guerra, las cárceles lo fueron militares y se instalaron en dependencias del Ejército. Existió una al menos en cada una de las cincuenta capitales de provincia.

con don Fadrique Méndez, [8] que es practicante en Guadalajara, hombre trabajador y mañoso que lo mismo sirve para un roto que para un descosido, que lo mismo pone unas inyecciones a un niño o unas lavativas a una vieja de buena posición, que arregla una radio o pone un parche a una bolsa de goma. La pobre Amparo ni tiene hijos ni podrá ya tenerlos, anda siempre mal de salud, siempre a vueltas con sus arrechuchos y sus goteras; tuvo primero un aborto, después una larga serie de trastornos, y hubo que acabar al final por extirparle los ovarios y sacarle fuera todo lo que le estorbaba, que debía ser bastante. Asunción, en cambio, es más fuerte y tiene trcs hijos que son tres soles: Pilarín, Fadrique y Saturnino; la mayorcita ya va al colegio, ya ha cumplido los cinco años.

Después, en la familia de don Francisco y doña Soledad, viene Trini, soltera, feúcha, que buscó unos cuartos y puso una mercería en la calle de Apodaca.

El local es pequeñito, pero limpio y atendido [x] con esmero. Tiene un escaparate minúsculo, en el que se muestran madejas de lana, confecciones para niños y medias de seda, y un lctrcro pintado de azul claro, donde con letra picuda se lee Trini, [y] y debajo y más pequeño, Mercería. [z] Un chico de la vecindad que es pocta y que mira a la muchacha con una ternura profunda, trata en vano de explicar a su familia, a la hora de la comida:

—Vosotros no os dais cuenta, pero a mí estas tiendas pequeñitas y recoletas que se llaman Trini, [z'] ¡me producen una nostalgia!

—Este chico es tonto —asegura el padre—, el día que yo desaparezca no sé lo que va a ser de él.

El poeta de la vecindad es un jovencito melenudo, páli-

[x] pero está limpio y atendido *A*; limpio y atendido en *A3* y ss.
[y] "Trini" *A*
[z] "Mercería" *A*
[z'] "Trini" *A*

[8] Fadrique Méndez protagoniza el boceto 40 —"don Fadrique"— de *Los viejos amigos. Segunda Serie* (en *Obras Completas,* ed. cit., pp. 419-421).

do, que está siempre evadido, sin darse cuenta de nada, para que no se le escape la inspiración, [aa] que es algo así como una mariposita ciega y sorda pero llena de luz, una mariposita que vuela al buen tuntún, a veces dándose contra las paredes, a veces más alta que las estrellas. El poeta de la vecindad tiene dos rosetones en las mejillas. El poeta de la vecindad, en algunas ocasiones, cuando está en vena, se desmaya en los cafés [ab] y tienen que llevarle al retrete, a que se despeje un poco con el olor del desinfectante, que duerme en su jaulita de alambre, como un grillo.

Detrás de Trini viene Nati, la compañera de facultad [ac] de Martín, una chica que anda muy bien vestida, quizás [ad] demasiado bien vestida, y después María Auxiliadora, la que se fue monja con las dos mayores hace poco. Cierran la serie de los hijos tres calamidades: los tres pequeños. Socorrito se escapó con un amigo de su hermano Paco, Bartolomé Anguera, [9] que es pintor; llevan una vida de bohemios en un estudio de la calle de los Caños, donde se tienen que helar de frío, donde el día menos pensado van a amanecer tiesos como sorbetes. La chica asegura a sus amigas que es feliz, que todo lo da por bien empleado con tal de estar al lado de Bartolo, de ayudarle a hacer su Obra. Lo de Obra [ae] lo dice con un énfasis tremendo de letra mayúscula, con un énfasis de jurado de las exposiciones nacionales. [af]

—En las Nacionales no hay criterio —dice Socorrito—, no saben por dónde se [ag] andan. Pero es igual, tarde o temprano no tendrán más remedio que medallar a mi Bartolo.

aa inspiración   A y B1; inscripción en B2
ab Cafés   A
ac Facultad   A
ad Eds. 4.ª, 5.ª, 6.ª y 8.ª: "... quizá..." N. del A.
ae "Obra"   A
af Exposiciones Nacionales   A
ag Eds. 4.ª, 5.ª, 6.ª, 7.ª y 8.ª: "... por dónde andan." N. del A.

9 Bartolomé Anguera protagoniza el boceto 70 —"Bartolo, artista pintor y la Socorrito"— de Los viejos amigos. Primera Serie (en Obras Completas, ed. cit., pp. 419-421).

En la casa hubo un disgusto muy serio con la marcha de Socorrito.

—¡Si por lo menos se hubiera ido de Madrid! —decía su hermano Paco, que tenía un concepto geográfico del honor.

La otra, María Angustias, al poco tiempo empezó con que quería dedicarse al cante y se puso de nombre Carmen del Oro. Pensó también en llamarse Rosario Giralda y Esperanza de Granada, pero un amigo suyo, periodista, le dijo que no, que el nombre más a propósito era Carmen del Oro. En ésas andábamos cuando, sin dar tiempo a la madre a reponerse de lo de Socorrito, María Angustias se lió la manta a la cabeza y se largó con un banquero de Murcia que se llamaba don Estanislao Ramírez. La pobre madre se quedó tan seca que ya ni lloraba.

El pequeño, Juan Ramón, salió de la serie B y se pasaba el día mirándose al espejo y dándose cremas en [ah] la cara.

A eso de las siete, entre dos enfermos, don Francisco sale al teléfono. Casi no se oye lo que habla.

—¿Va a estar usted en su [ai] casa?

—...

—Bien, yo iré por allí a eso de las nueve.

—...

—No, no llame a nadie.

La muchacha parece estar en trance, el ademán soñador, la mirada perdida, en los labios la sonrisa de la felicidad.

—Es muy bueno, mamá, muy bueno, muy bueno. Me cogió una mano, me miró fijo a los ojos...

—¿Nada más?

—Sí. Se me acercó mucho y dijo: [ai'] Julita, mi corazón arde de pasión, yo ya no puedo vivir sin ti, si me despre-

---

[ah] Eds. 4.ª, 5.ª, 6.ª, 7.ª y 8.ª: "... a la cara." *N del A.*
[ai] Eds. 4.ª, 5.ª, 6.ª, 7.ª y 8.ª: "... en casa?" *N. del A.*
[ai'] y me dijo: *A*

cias mi vida ya no tendrá objeto, será como un cuerpo que flota, sin rumbo [aj] a merced del destino.

Doña Visi sonríe emocionada.

—Igual que tu padre, hija mía, igual que tu padre.

Doña Visi entorna la mirada y se queda beatíficamente pensativa, dulce y quizás algo tristemente descansada.

—Claro... El tiempo pasa... ¡Me estás haciendo vieja, Julita!

Doña Visi está unos segundos en silencio. Después se lleva el pañuelo a los ojos y se seca dos lágrimas que asomaban tímidas.

—¡Pero mamá!

—No es nada, hijita; la emoción. ¡Pensar que algún día llegarás a ser de algún hombre! Pidamos a Dios, hijita mía, para que te depare un buen marido, para que haga que llegues a ser la esposa del hombre que te mereces.

—Sí, mamá.

—Y cuídate mucho, Julita, ¡por el amor de Dios! No le des confianza ninguna, te lo suplico. Los hombres son taimados y van a lo suyo, no te fíes jamás de buenas palabras. No olvides que los hombres se divierten con las frescas, pero [ak] al final se casan con las decentes.

—Sí, mamá.

—Claro que sí, hijita. Y conserva lo que conservé yo durante veintitrés años para que se lo llevase tu padre. ¡Es lo único que las mujeres honestas y sin fortuna podemos ofrecerle [al] a nuestros maridos!

Doña Visi está hecha un mar de lágrimas. Julita trata de consolarla.

—Descuida, mamá.

En el café, [all] doña Rosa sigue explicándole a la señorita Elvira que tiene el vientre suelto, que se pasó la noche

[aj] rumbo, a *A*
[ak] pero, al final *A*
[al] Eds. 3.ª a 8.ª: "... ofrecerles..." *N. del A.*
[all] Café *A*

yendo y viniendo del water a la alcoba y de la alcoba al water.

—Yo creo que algo me habrá sentado mal; los alimentos, a veces, están en malas condiciones; si no, no me lo explico.

—Claro, eso debió ser seguramente.

La señorita Elvira, que es ya como un mueble en el café am de doña Rosa, suele decir a todo amén. El tener amiga a doña Rosa es algo que la señorita Elvira considera muy importante.

—¿Y tenía usted retortijones?

—¡Huy, hija! ¡Y qué retortijones! ¡Tenía el vientre como la caja de los truenos! Para mí que cené demasiado. Ya dice la gente, de grandes cenas están las sepulturas llenas.

La señorita Elvira seguía asintiendo.

—Sí, eso dicen, que cenar mucho es malo, que no se hace bien la digestión.

—¿Qué se va a hacer bien? ¡Se hace muy mal!

Doña Rosa bajó un poco la voz.

—¿Usted duerme bien?

Doña Rosa trata a la señorita Elvira unas veces de tú y otras de usted, según le da.

—Pues, sí, suelo dormir bien.

Doña Rosa pronto sacó su conclusión.

—¡Será que cena usted poco!

La señorita Elvira se quedó algo perpleja.

—Pues, sí, la verdad es que mucho no ceno. Yo ceno más bien poco.

Doña Rosa se apoya en el respaldo de una silla.

—Anoche, por ejemplo, ¿qué cenó usted?

—¿Anoche? Pues ya ve usted, poca cosa, unas espinacas y dos rajitas de pescadilla.

La señorita Elvira había cenado una peseta de castañas asadas, veinte castañas asadas, y una naranja de postre.

—Claro, ése es el secreto. A mí me parece que esto de hincharse no debe ser saludable.

am Café A

La señorita Elvira piensa exactamente lo contrario, pero se lo calla.

Don Pedro [an] Pablo Tauste, el vecino de don Ibrahím de Ostolaza y dueño del taller de reparación de calzado La clínica del chapín, [añ] vio entrar en su tenducho a don Ricardo Sorbedo, [10] que el pobre venía hecho una calamidad.

—Buenas tardes, don Pedro, ¿da usted su permiso?

—Adelante, don Ricardo, ¿qué de bueno le trae por aquí?

Don Ricardo Sorbedo, con su larga melena enmarañada; su bufandilla descolorida y puesta un tanto al desgaire; su traje roto, deformado y lleno de lámparas; su trasnochada chalina [11] de lunares y su seboso sombrero verde de ala ancha, es un extraño tipo, medio mendigo y medio artista, que malvive del sable, y del candor y de la caridad de los demás. Don Pedro Pablo [ao] siente por él cierta admiración y le da una peseta de vez en cuando. Don Ricardo Sorbedo es un hombre pequeñito, de andares casi pizpiretos, de ademanes grandilocuentes y respetuosos, de hablar preciso y ponderado, que construye muy bien sus frases, con mucho esmero.

—Poco de bueno, amigo don Pedro, que la bondad escasea en este bajo mundo, y sí bastante de malo es lo que me trae a su presencia.

[an] Don Pablo *A1*
Ed. 1.ª: "Don Pablo Tauste, el vecino…" *N. del A.*
[añ] "La clínica del chapín" *A*
[ao] Don Pedro siente *A1*
Ed. 1.ª: "Don Pedro siente…" *N. del A.*

[10] Ricardo Sorbedo protagoniza el boceto 13 —"Don Ricardo Sorbedo peseta a peseta"— de *Los viejos amigos. Primera Serie* (en *Obras Completas,* ed. cit., pp. 62-64).

[11] *La chalina,* a modo de corbata ancha, sin armaduras, que se ata con lazada, era la prenda típica de los bohemios, imprescindible en su atuendo.

Don Pedro Pablo [ap] ya conocía la manera de empezar, era siempre la misma. Don Ricardo disparaba, como los artilleros, por elevación.

—¿Quiere usted una peseta?

—Aunque no la necesitase, mi noble amigo, siempre la aceptaría por corresponder a su gesto de prócer.

—¡Vaya!

Don Pedro Pablo Tauste [aq] sacó una peseta del cajón y se la dio a don Ricardo Sorbedo.

—Poco es...

—Sí, don Pedro, poco es, realmente, pero su desprendimiento al ofrecérmela es como una gema de muchos quilates.

—Bueno, ¡si es así!

Don Ricardo Sorbedo era algo amigo de Martín Marco y, a veces, cuando se encontraban, se sentaban en el banco de un pasco y se ponían a hablar de arte y literatura.

Don Ricardo Sorbedo había tenido una novia, hasta hace poco tiempo, a la que dejó por cansancio y por aburrimiento. La novia de don Ricardo Sorbedo era una golfita hambrienta, sentimental y un poco repipia, que se llamaba Maribel Pérez. Cuando don Ricardo Sorbedo se quejaba de lo mal que se estaba poniendo todo, la Maribel procuraba consolarlo con filosofías.

—No te apures —le decía la novia—, el alcalde de Cork [12] tardó más de un mes en palmarla.

A la Maribel le gustaban las flores, los niños y los animales; era una chica bastante educada y de modales finos.

—¡Ay, ese niño rubio! ¡Qué monada! —le dijo un día, paseando por la plaza del Progreso, a su novio.

—Como todos —le contestó don Ricardo Sorbedo—. Ése es un niño como todos. Cuando crezca, si no se muere

---

[ap] Don Pedro ya *A1*
Ed. 1.ª: "Don Pedro ya conocía..." *N. del A.*
[aq] Don Pedro Tauste *A1*

---

[12] El alcalde de Cork, Marc Swiney, murió en prisión tras la huelga de hambre que mantuvo durante 73 días. Con ella denunciaba su encarcelamiento por pedir la independencia irlandesa.

antes, será comerciante, o empleado del ministerio de agricultura, [ar] o quién sabe si dentista incluso. A lo mejor le da por el arte y sale pintor o torero, y tiene hasta sus complejos sexuales y todo.

La Maribel no entendía demasiado de lo que le contaba su novio.

—Es un tío muy culto mi Ricardo —le [as] decía a sus amigas—, ¡ya lo creo! ¡Sabe de todo!

—¿Y os vais a casar?

—Sí, cuando podamos. Primero dice que quiere retirarme porque esto del matrimonio debe ser a cala y a prueba, como los melones. Yo creo que tiene razón.

—Puede. Oye, ¿y qué hace tu novio?

—Pues, mujer, como hacer, lo que se dice hacer, no hace nada, pero ya encontrará algo, ¿verdad?

—Sí, algo siempre aparece.

El padre de la [at] Maribel había tenido una corsetería modesta en la calle de la Colegiata, hacía ya bastantes años, corsetería que traspasó porque su mujer, la Eulogia, [13] se le metió entre ceja y ceja que lo mejor era poner un bar de camareras en la calle de la Aduana. El bar de la Eulogia se llamó El paraíso terrenal [au] y marchó bastante bien hasta que el ama perdió el seso y se escapó con un tocaor que andaba siempre bebido.

—¡Qué vergüenza! —decía don Braulio, el papá de la Maribel—. ¡Mi señora liada con ese desgraciado que la va a matar de hambre!

El pobre don Braulio se murió poco después, de una pulmonía, y a su entierro fue, de luto riguroso y muy com-

---

[ar] de Agricultura *A*

[as] Eds. 3.ª a 8.ª: "... les decía...": por academicismo de los impresores. *N. del A.*

[at] Eds. 4.ª, 5.ª, 6.ª, 7.ª y 8.ª: "El padre de Maribel..." *N. del A.*

[au] "El paraíso terrenal" *A*

---

[13] Eulogia protagoniza el boceto 56 —"la madre de Maribel"— de *Los viejos amigos. Segunda Serie* ("en *Obras Completas,* ed. cit., pp. 563-565).

pungido, Paco el Sardina, que vivía con la Eulogia en Carabanchel Bajo.

—¡Es que no somos nadie! ¿Eh? —le decía en el entierro el Sardina a un hermano de don Braulio que había venido de Astorga para asistir al sepelio.

—¡Ya, ya!

—La vida es lo que tiene, ¿verdad, usted?

—Sí, sí, ya lo creo, eso es lo que tiene —le contestaba don Bruno, el hermano de don Braulio, en el autobús camino del Este.

—Era bueno este hermano de usted, que en paz descanse.

—Hombre, sí. Si fuera malo lo hubiera deslomado a usted.

—¡Pues también es verdad!

—¡Claro que también! Pero lo que yo digo: en esta vida hay que ser tolerantes.

El Sardina no contestó. Por dentro iba pensando que el don Bruno era un tío muy [av] moderno.

—¡Ya lo creo! ¡Éste es un tío la mar de moderno! ¡Queramos o no queramos, esto es lo moderno, qué contra!

A don Ricardo Sorbedo, los argumentos de la novia no le convencían mucho.

—Sí, chica, pero a mí las hambres del alcalde de Cork no me alimentan, te lo juro.

—Pero no te apures, hombre, no eches los pies por alto, no merece la pena. Además, ya sabes que no hay mal que cien años dure.

Cuando tuvieron esta conversación, don Ricardo Sorbedo y la Maribel estaban sentados ante dos blancos, en una tasca que hay en la calle Mayor, cerca del gobierno civil, [aw] en la otra acera. La Maribel tenía una peseta y le había dicho a don Ricardo:

—Vamos a tomarnos un blanco en cualquier lado. Ya está una harta de callejear y de coger frío.

—Bueno, vamos a donde tú quieras.

[av] Eds. 4.ª, 5.ª, 6.ª, 7.ª y 8.ª: "... un tío moderno." *N. del A.*
[aw] Gobierno Civil *A*

La pareja estaba esperando a un amigo de don Ricardo, que era poeta y que algunas veces los invitaba a un café con leche e incluso a un bollo suizo. El amigo de don Ricardo era un joven que se llamaba Ramón Maello y que no es que nadase en la abundancia, pero tampoco pasaba lo que se dice hambre. El hombre, que era hijo de familia, siempre se las arreglaba para andar con unas pesetas en el bolsillo. El chico vivía en la calle de Apodaca, encima de la mercería de Trini y, aunque no se llevaba muy bien con su padre, tampoco se había tenido que marchar de casa. Ramón Maello andaba algo delicado de salud y el [ax] haberse marchado de su casa le hubiera costado la vida.

—Oye, ¿tú crees que vendrá?

—Sí, mujer, el Ramón es un chico serio. Está un poco en la luna, pero también es serio y servicial, ya verás como viene.

Don Ricardo Sorbedo bebió un traguito y se quedó pensativo.

—Oye, Maribel, ¿a qué sabe esto?

La Maribel bebió también.

—Chico, no sé. A mí me parece que a vino.

Don Ricardo sintió, durante unos segundos, un asco tremendo por su novia.

—¡Esta tía es como una calandria! —pensó.

La Maribel ni se dio cuenta. La pobre casi nunca se daba cuenta de nada.

—Mira qué gato más hermoso. Ése sí que es un gato feliz, ¿verdad?

El gato —un gato negro, lustroso, bien comido y bien dormido— se paseaba, paciente y sabio como un abad, por el reborde del zócalo, un reborde noble y antiguo que tenía lo menos cuatro dedos de ancho.

—A mí me parece que este vino sabe a té, tiene el mismo sabor que el té.

En el mostrador, unos chóferes de taxi se bebían sus vasos.

—¡Mira, mira! Es pasmoso que no se caiga.

<hr>

[ax] Eds. 4.ª, 5.ª, 6.ª, 7.ª y 8.ª: "... y haberse..." *N. del A.*

En un rincón otra pareja se adoraba en silencio, mano sobre mano, un mirar fijo en el otro mirar.

—Yo creo que cuando se tiene la barriga vacía todo sabe a té.

Un ciego se paseó por entre las mesas cantando los cuarenta iguales.

—¡Qué pelo negro más bonito! ¡Casi parece azul! ¡Vaya gato!

De la calle se colaba, al abrir la puerta, un vientecillo frío mezclado con el ruido de los tranvías, aún más frío todavía.

—A [ay] té sin azúcar, al té que toman los que padecen del estómago.

El teléfono comenzó a sonar estrepitosamente.

—Es un gato equilibrista, un gato que podría trabajar en el circo.

El chico del mostrador se secó las manos con su mandil de rayas verdes y negras y descolgó el teléfono.

—El té sin azúcar, más propio parece para tomar baños de asiento que para ser ingerido.

El chico del mostrador colgó el teléfono y gritó:

—¡Don Ricardo Sorbedo!

Don Ricardo le hizo una seña con la mano.

—¿Eh?

—¿Es usted don Ricardo Sorbedo?

—Sí, ¿tengo algún recado?

—Sí, de parte de Ramón que no puede venir, que se le ha puesto la mamá mala.

En la tahona de la calle de San Bernardo, en la diminuta oficina donde se llevan las cuentas, el señor Ramón habla con su mujer, la Paulina, y con don Roberto González, que ha vuelto al día siguiente, agradecido a los cinco duros del patrón, a ultimar algunas cosas y dejar en orden unos asientos.

[ay] Eds. 6.ª, 7.ª y 8.ª: "Al té…" *N. del A.*

El matrimonio y don Roberto charlan alrededor de una estufa de serrín, que da bastante calor. Encima de la estufa hierven, en una lata vacía de atún, unas hojas de laurel.

Don Roberto tiene un día alegre, cuenta chistes a los panaderos.

—Y entonces el delgado va y le dice al gordo: ¡Usted es un cochino!, [az] y el gordo se vuelve y le contesta: Oiga, oiga, ¡a ver si se cree usted que huelo siempre así! [ba]

La mujer del señor [bb] Ramón está muerta de risa, le ha entrado el hipo y grita, mientras se tapa los ojos con las dos manos:

—¡Calle, calle, por amor de Dios! [bc]

Don Roberto quiere remachar su éxito.

—¡Y todo eso, dentro de un ascensor!

La mujer llora, entre grandes carcajadas, y se echa atrás en la silla.

—¡Calle, calle!

Don Roberto también se ríe.

—¡El delgado tenía cara de pocos amigos!

El señor Ramón, con las manos cruzadas sobre el vientre y la colilla en los labios, mira para don Roberto y para la Paulina.

—¡Este don Roberto, tiene unas cosas cuando está de buenas!

Don Roberto está infatigable.

—¡Y aún tengo otro preparado, señora Paulina!

—¡Calle, calle, por amor de Dios!

—Bueno, esperaré a que se reponga un poco, no tengo prisa.

La señora Paulina, golpeándose los recios muslos con las palmas de las manos, aún se acuerda de lo mal que olía el señor gordo.

[az] "¡Usted es un cochino!" *A*
[ba] "Oiga, … así!" *A*
[bb] Eds. 6.ª, 7.ª y 8.ª: "La mujer de don Ramón…" *N. del A.*
[bc] Eds. 4.ª, 5.ª, 6.ª, 7.ª y 8.ª: "… por el amor…" *N. del A.*

Estaba enfermo y sin un real, pero se suicidó porque olía a cebolla.

—Huele a cebolla que apesta, huele un horror a cebolla.

—Cállate, hombre, yo no huelo nada, ¿quieres que abra la ventana?

—No, me es igual. El olor no se iría, son las paredes las que huelen a cebolla, las manos me huelen a cebolla.

La mujer era la imagen de la paciencia.

—¿Quieres lavarte las manos?

—No, no quiero, el corazón también me huele a cebolla.

—Tranquilízate.

—No puedo, huele a cebolla.

—Anda, procura dormir un poco.

—No podría, todo me huele a cebolla.

—¿Quieres un vaso de leche?

—No quiero un vaso de leche. Quisiera morirme, nada más que morirme, morirme muy de prisa, cada vez huele más a cebolla.

—No digas tonterías.

—¡Digo lo que me da la gana! ¡Huele a cebolla!

El hombre se echó a llorar.

—¡Huele a cebolla!

—Bueno, hombre, bueno, huele a cebolla.

—¡Claro que huele a cebolla! ¡Una peste!

La mujer abrió la ventana. El hombre, con los ojos llenos de lágrimas, empezó a gritar.

—¡Cierra la ventana! ¡No quiero que se vaya el olor a cebolla!

—Como quieras.

La mujer cerró la ventana.

—Quiero agua en una taza; en un vaso, no.

La mujer fue a la cocina, a prepararle una taza de agua a su marido.

La mujer estaba lavando la taza cuando se oyó un berrido infernal, como si a un hombre se le hubieran roto los dos pulmones de repente.

El golpe del cuerpo contra las losetas del patio, la mujer no lo oyó. En vez sintió un dolor en las sienes, un dolor frío y agudo como el de un pinchazo con una aguja muy larga.

—¡Ay!

El grito de la mujer salió por la ventana abierta; nadie le contestó, la cama estaba vacía.

Algunos vecinos se asomaron a las ventanas del patio.

—¿Qué pasa?

La mujer no podía hablar. De haber podido hacerlo, hubiera dicho:

—Nada, que olía un poco a cebolla.

Seoane, antes de ir a tocar el violín al café [bd] de doña Rosa, se pasa por una óptica. El hombre quiere enterarse del precio de las gafas ahumadas, su mujer tiene los ojos cada vez peor.

—Vea usted, fantasía con cristales zeiss, [be] doscientas cincuenta pesetas.

Seoane sonríe con amabilidad.

—No, no, yo las quiero más económicas.

—Muy bien, señor. Este modelo quizá le agrade, ciento setenta y cinco pesetas.

Seoane no había dejado de sonreír.

—No, no me explico bien, yo quisiera ver unas de tres o [bf] cuatro duros.

El dependiente lo mira con un profundo desprecio. Lleva bata blanca y unos ridículos lentes de pinzas, se peina con raya al medio y mueve el culito al andar.

—Eso lo encontrará usted en una droguería. Siento no poder servir al señor.

—Bueno, adiós, usted perdone.

Seoane se va parando en los escaparates de las droguerías.

Algunas un poco más ilustradas, que se dedican también a revelar carretes de fotos, tienen, efectivamente, gafas de color en las vitrinas.

[bd] Café A
[be] Zeiss A
[bf] Eds. 5.ª, 6.ª, 7.ª y 8.ª: "... de tres a cuatro" N. del A.

—¿Tienen [bg] gafas de tres duros?

La empleada es una chica mona, complaciente.

—Sí, señor, pero no se las recomiendo, son muy frágiles. Por poco más, podemos ofrecerle a usted un modelo que está bastante bien.

La muchacha rebusca en los cajones del mostrador y saca unas bandejas.

—Vea, veinticinco pesetas, veintidós, treinta, cincuenta, dieciocho (éstas son un poco peores), veintisiete...

Seoane sabe que en el bolsillo no lleva más que tres duros.

—Éstas de dieciocho, ¿dice usted que son malas?

—Sí, no compensa lo que se ahorra. Las de veintidós ya son otra cosa.

Seoane sonríe a la muchacha.

—Bien, señorita, muchas gracias, lo pensaré y volveré por aquí. Siento haberla molestado.

—Por Dios, caballero, para eso estamos.

A Julita, allá en el fondo de su corazón, le remuerde un poco la conciencia. Las tardes en casa de doña Celia se le presentan, de pronto, orladas de todas las maldiciones eternas.

Es sólo un momento, un mal momento; pronto vuelve a su ser. La lagrimita que, por poco, se le cae mejilla abajo, puede ser contenida.

La muchacha se mete en su cuarto y saca del cajón de la cómoda un cuaderno forrado de hule negro donde lleva unas extrañas cuentas. Busca un lápiz, anota unos números y sonríe ante el espejo: la boca fruncida, los ojos entornados, las manos en la nuca, sueltos los botones de la blusa.

Está guapa Julita, muy guapa, mientras guiña un ojo al espejo...

—Hoy llegó Ventura al empate.

[bg] Eds. 2.ª a 8.ª: "¿Tiene..." N. del A.

Julia sonríe, mientras el labio de abajo se le estremece, hasta la barbilla le tiembla un poquito.

Guarda su cuadernito, y sopla un poco las tapas para quitarles el polvo.

—La verdad es que voy a una marcha que ya, ya...

Al tiempo de echar la llave, que lleva adornada con un lacito rosa, piensa casi compungida:

—¡Este Ventura es insaciable!

Sin embargo —¡lo que son las cosas!— cuando va a salir de la alcoba, un chorro de optimismo le riega el alma.

—¡Es tan cachondo este repajolero catalán! [bh]

Martín se despide de Nati Robles y va hacia el café [bi] de donde lo echaron el día anterior por no pagar.

—Me quedan ocho duros y pico —piensa—, yo no creo que sea robar comprarme unos pitillos y darle una lección a esa tía asquerosa del café. [bj] A Nati le puedo regalar un par de grabaditos que me cuesten cinco o seis duros.

Toma un 17 y se acerca hasta la glorieta [bk] de Bilbao. En el espejo de una peluquería, se atusa un poco el pelo y se pone derecho el nudo de la corbata.

—Yo creo que voy bastante bien...

Martín entra en el café [bl] por la misma puerta por donde ayer salió, quiere que le toque el mismo camarero, hasta la misma mesa si fuera posible.

En el café [bll] hace un calor denso, pegajoso. Los músicos tocan La cumparsita, [bm] [14] tango que para Martín tiene

bh —¡Es tan ... catalán! : falta en A
Eds. 1.ª a 7.ª, falta esta exclamación. N. del A.
bi Café A
bj Café A
bk Glorieta A
bl Café A
bll Café A
bm "La cumparsita" A

14 La cumparsita es el título de un tango que popularizó Carlos Gardel, el cantante que ya en 1925 era famoso en Europa. En tres meses de 1928 vendió setenta mil discos.

ciertos vagos, remotos, dulces recuerdos. La dueña, por no perder la costumbre, grita entre la indiferencia de los demás, levantando los brazos al cielo, dejándolos caer pesadamente, estudiadamente, sobre el vientre. Martín se sienta a una mesa [bn] contigua a la de la escena. El camarero se le acerca.

—Hoy está rabiosa, si lo ve va a empezar a tirar coces.

—Allá ella. Tome usted un duro y tráigame café. Una veinte de ayer y una veinte de hoy, dos cuarenta; quédese con la vuelta, yo no soy ningún muerto de hambre.

El camarero se quedó cortado, tenía más cara de bobo que de costumbre. Antes de que se aleje demasiado, Martín lo vuelve a llamar.

—Que venga el limpia.

—Bien.

Martín insiste.

—Y el cerillero.

—Bien.

Martín ha tenido que hacer un esfuerzo tremendo, le duele un poco la cabeza, pero no se atreve a pedir una aspirina.

Doña Rosa habla con Pepe, el camarero, y mira, estupefacta, para Martín. Martín hace como que no ve.

Le sirven, bebe un par de sorbos y se levanta, camino del retrete. Después no supo si fue allí donde sacó el pañuelo que llevaba en el mismo bolsillo que el dinero.

De vuelta a su mesa se limpió los zapatos y se gastó un duro en una cajetilla de noventa.

—Esta bazofia, que se la beba la dueña, ¿se entera?, esto es una malta [15] repugnante.

Se levantó airoso, [bn] casi solemne, y cogió la puerta con un gesto lleno de parsimonia.

[bn] en una mesa *A*
[bñ] Eds. 4.ª, 5.ª, 6.ª, 7.ª y 8.ª: "Se levantó, casi solemne," *N. del A.*

---

[15] *malta*: nombre genérico que se aplica a los granos de cereal, generalmente cebada, germinados y tostados lentamente. Se utiliza como sucedáneo del café.

Ya en la calle, Martín nota que todo el cuerpo le tiembla. Todo lo da por bien empleado, verdaderamente se acaba de portar como un hombre.

Ventura Aguado Sans dice a su compañero de pensión don Tesifonte Ovejero, capitán de Veterinaria:

—Desengáñese usted, mi capitán, en Madrid lo que sobran son asuntos. Y ahora, después de la guerra, más que nunca. Hoy día, la que más y la que menos hace lo que puede. Lo que hay es que dedicarles algún ratillo al día, ¡qué caramba! ¡No se pueden pescar truchas a bragas enjutas!

—Ya, ya; ya me hago cargo.

—Naturalmente, hombre, naturalmente. ¿Cómo quiere usted divertirse si no pone nada de su parte? Las mujeres, descuide, no van a venir a buscarle a usted. Aquí todavía no es como en otros lados.

—Sí, eso sí.

—¿Entonces? Hay que espabilarse, mi capitán, hay que tener arrestos y cara, mucha cara. Y sobre todo, no decepcionarse con los fracasos. ¿Que una falla? Bueno, ¿y qué? Ya vendrá otra detrás.

Don Roque manda un aviso a Lola, la criada de la pensionista doña Matilde: Pásate por Santa Engracia a las ocho. Tuyo, R. [bo]

La hermana de Lola, Josefa López, había sido criada durante bastantes años en casa de doña Soledad Castro de Robles. De vez en cuando decía que se iba al pueblo y se metía en la Maternidad a pasar unos días. Llegó a tener cinco hijos que le criaban de caridad unas monjas de Chamartín de la Rosa: tres de don Roque, los tres mayores; uno del hijo mayor de don Francisco, el cuarto, y el último de don Francisco, que fue el que tardó más en

[bo] "Pásate ... R." A

descubrir el filón. La paternidad de cada uno no ofrecía dudas.

—Yo seré lo que sea —solía decir la Josefa—, pero a quien me da gusto no le pongo cuernos. Cuando una se harta, se tarifa y en paz; pero mientras tanto, como las palomas, uno con una.

La Josefa fue una mujer hermosa, un poco grande. Ahora tiene una pensión de estudiantes en la calle de Atocha y vive con los cinco hijos. Malas lenguas de la vecindad dicen que se entiende con el cobrador del gas y que un día puso muy colorado al chico del tendero, que tiene catorce años. Lo que haya de cierto en todo eso es muy difícil de averiguar.

Su hermana Lola es más joven, pero también es grande y pechugona. Don Roque le compra pulseras de bisutería y la convida a pasteles, y ella está encantada. Es menos honesta que la Josefa y parece ser que se entiende con algún pollo que otro. Un día doña Matilde la cogió acostada con Ventura, pero prefirió no decir nada.

La chica recibió el papelito de don Roque, se arregló y se fue para casa de doña Celia.

—¿No ha venido?

—No, todavía no; pasa aquí.

Lola entra en la alcoba, se desnuda y se sienta en la cama. Quiere darle una sorpresa a don Roque, la sorpresa de abrirle la puerta en cueros vivos.

Doña Celia mira por el ojo de la cerradura, le gusta ver cómo se desnudan las chicas. A veces, cuando nota mucho calor en la cara, llama a un lulú que tiene.

—¡Pierrot! ¡Pierrot! ¡Ven a ver a tu amita!

Ventura abre un poco la puerta del cuarto que ocupa.

—Señora.

—Va.

Ventura mete a doña Celia tres duros en la mano.

—Que salga antes la señorita.

Doña Celia dice a todo amén.

—Usted manda.

Ventura pasa a un cuarto ropero, a hacer tiempo encendiendo un cigarrillo mientras la muchacha se aleja, y la novia sale, [bp] mirando para el suelo, escaleras abajo.

—Adiós, hija.

—Adiós.

Doña Celia llama con los nudillos en la habitación donde aguarda Lola.

—¿Quieres pasar a la alcoba grande? Se ha desocupado.

—Bueno.

Julita, al llegar a la altura del entresuelo, se encuentra con don Roque.

—¡Hola, hija! ¿De dónde vienes?

Julita está pasada.

—De… la fotografía. Y tú, ¿adónde vas?

—Pues… a ver a un amigo enfermo, el pobre está muy malo.

A la hija le cuesta trabajo pensar que el padre vaya a casa de doña Celia; al padre le pasa lo mismo.

—No, ¡qué tonto soy! ¡A quién se le ocurre! —piensa don Roque.

—Será cierto lo del amigo —piensa la niña—, papá tendrá sus planes, pero ¡también sería mala uva que se viniera a meter aquí!

Cuando Ventura va a salir, doña Celia lo detiene.

—Espere un momento, han llamado.

Don Roque llega, viene algo pálido.

—¡Hola! ¿Ha venido la Lola?

—Sí, está en la alcoba de delante.

Don Roque da dos ligeros golpes sobre la puerta.

—¿Quién?

—Yo.

—Pasa.

Ventura Aguado sigue hablando, casi elocuentemente, con el capitán.

—Mire usted, yo tengo ahora un asuntillo bastante arre-

[bp] Ed. 8.ª: "… se aleja, mirando" N. del A.

gladito con una chica, cuyo nombre no hace al caso, que cuando la vi por primera vez pensé: Aquí no hay nada que hacer. [bq] Fui hasta ella, por eso de que no me quedase la pena de verla pasar sin trastearla, le dije tres cosas y le pagué dos vermús con gambas, y ya ve usted, ahora la tengo como una corderita. Hace lo que yo quiero y no se atreve ni a levantar la voz. La conocí en el Barceló el veintitantos de agosto pasado y, a la semana escasa, el día de mi cumpleaños, ¡zas, al catre! Si me hubiera estado como un gilí viendo cómo la camelaban y cómo le metían mano los demás, a estas horas estaba como usted.

—Sí, eso está muy bien, pero a mí me da por pensar que eso no es más que cuestión de suerte.

Ventura saltó en el asiento.

—¿Suerte? ¡Ahí está el error! La suerte no existe, amigo mío, la suerte es como las mujeres, que se entrega a quienes la persiguen y no a quien las ve pasar por la calle sin decirles ni una palabra. Desde luego lo que no se puede es estar aquí metido todo el santo día como está usted, mirando para esa usurera del niño lila y estudiando las enfermedades de las vacas. Lo que yo digo es que así no se va a ninguna parte.

Seoane [br] coloca su violín sobre el piano, acaba de tocar La cumparsita. [bs] Habla con Macario.

—Voy un momento al water.

Seoane marcha por entre las mesas. En su cabeza siguen dando vueltas los precios de las gafas.

—Verdaderamente, vale la pena esperar un poco. Las de veintidós son bastante buenas, a mí me parece.

Empuja con el pie la puerta donde se lee Caballeros: [bt] dos tazas adosadas a la pared y una débil bombilla de quince bujías defendida con unos alambres. En su jaula, como un grillo, una tableta de desinfectante preside la escena.

Seoane está solo, se acerca a la pared, mira para el suelo.

[bq] "Aquí ... hacer" A
[br] En A hay separación entre esta viñeta y la anterior.
[bs] "La cumparsita" A
[bt] "Caballeros" A

—¿Eh?

La saliva se le para en la garganta, el corazón le salta, un zumbido larguísimo se le posa en los oídos. Seoane mira para el suelo con mayor fijeza, la puerta está cerrada. Seoane se agacha precipitadamente. Sí, son cinco duros. Están un poco mojados, pero no importa. Seoane seca el billete con un pañuelo.

Al día siguiente volvió a la droguería.

—Las de treinta, señorita, deme las de treinta.

Sentados en el sofá, Lola y don Roque hablan. Don Roque está con el abrigo puesto y el sombrero encima de las rodillas. Lola, desnuda, y con las piernas cruzadas. En la habitación arde un chubesqui, [16] se está bastante caliente. Sobre la luna del armario se reflejan las figuras, hacen realmente una pareja extraña: don Roque de bufanda y con el gesto preocupado, Lola en cueros y de mal humor.

Don Roque está callado.

—Eso es todo.

Lola se rasca el ombligo y después se huele el dedo.

—¿Sabes lo que te digo?

—Qué.

—Pues que tu chica y yo no tenemos nada que echarnos en cara, las dos podemos tratarnos de tú a tú.

Don Roque grita:

—¡Calla, te digo! ¡Que te calles!

—Pues me callo.

Los dos fuman. La Lola, gorda, desnuda y echando humo, parece una foca del circo.

—Eso de la foto de la niña es como lo de tu amigo enfermo, ten cuidado no tengan que revelar la foto de la Julita con permanganato. [bu]

—¿Te quieres callar?

[bu] ten cuidado ... permanganato: falta en *A*
Eds. 1.ª a 7.ª, falta desde "ten cuidado..." *N. del A.*

[16] *chubesqui*: "Calentador. Recipiente cerrado de barro o metal que, lleno de agua caliente, se emplea para calentar un local, la cama, los pies, etc." (María Moliner, *D. U.*).

—¡Venga ya, hombre, venga ya, con tanto callar y tanta monserga! ¡Si parece que no tenéis ojos en la cara!

Ya dijimos en otro lado lo siguiente:

"Desde su marco dorado con purpurina, don Obdulio, enhiesto el bigote, dulce la mirada, protege, como un malévolo, picardeado diosecillo del amor, la clandestinidad que permite comer a su viuda."

Don Obdulio está a la derecha del armario, detrás de un macetero. A la izquierda, cuelga un retrato de la dueña, de joven, rodeada de perros lulús.

—Anda, vístete, no estoy para nada.

—Bueno.

Lola piensa:

—La niña me la paga, ¡como hay Dios! ¡Vaya si me la paga!

Don Roque le pregunta:

—¿Sales tú antes?

—No, sal tú, yo mientras me iré vistiendo.

Don Roque se va y Lola echa el pestillo a la puerta.

—Ahí donde está, nadie lo va a notar —piensa.

Descuelga a don Obdulio y lo guarda en el bolso. Se arregla el pelo un poco en el lavabo y enciende un tritón. Después llama al timbre. ^{bv}

El capitán Tesifonte parece reaccionar.

—Bueno... Probaremos fortuna...

—No va a ser verdad.

—Sí, hombre, ya lo verá usted. Un día que vaya usted de bureo, me llama y nos vamos juntos. ¿Hace?

—Hace, sí, señor. El primer día que me vaya por ahí, lo aviso.

El chamarilero se llama José Sanz Madrid. ¹⁷ Tiene dos prenderías donde compra y vende ropas usadas y "objetos

---

^{bv} Después ... timbre: falta en A

Eds. 1.ª a 7.ª, falta esta frase. *N. del A.*

---

¹⁷ José Sanz Madrid protagoniza el boceto 27 —"la tercera prendería de José Sanz"— en *Los viejos amigos. Primera Serie* (en *Obras Completas,* ed. cit., pp. 102-104).

de arte", donde alquila smokings a los estudiantes y chaqués a los novios póbres.

—Métase ahí y pruébese, tiene donde elegir.

Efectivamente, hay donde elegir: colgados de cientos de perchas, cientos de trajes esperan al cliente que los saque a tomar el aire.

Las prenderías están, una en la calle de los Estudios y otra, la más importante, en la calle de la Magdalena, hacia la mitad.

El señor José, después de merendar, lleva a Purita al cine, le gusta darse el lote antes de irse a la cama. Van al cine Ideal, enfrente del Calderón, donde ponen Su hermano y él, [bw] [18] de Antonio Vico, y Un enredo de familia, [bx] [19] de Mercedes Vecino, toleradas [by] las dos. El cine Ideal tiene la ventaja de que es de sesión continua y muy grande, siempre hay sitio.

El acomodador los alumbra con la linterna.

—¿Dónde?

—Pues por aquí. Aquí estamos bien.

Purita y el señor José se sientan en la última fila. El señor José pasa una mano por el cuello a [bz] la muchacha.

—¿Qué me cuentas?

[bw] "Su hermano y él" A
[bx] "Un enredo de familia" A
[by] "toleradas" A
[bz] de A
Eds. 1.ª a 7.ª: "... de la muchacha." N. del A.

[18] Su hermano y él es una película dirigida en 1940 por Luis Marquina y protagonizada por E. Guitart y Antonio Vico. Éste fue uno de los actores más asiduos en el cine español de los años cuarenta. En su abundante filmografía destaca La hija del penal (1935), de E. Marato, La gitanilla (1939), Boy (1940) y Lluvia de hijos.

[19] Un enredo de familia es una película dirigida por F. I. Iquino y protagonizada por A. Murillo y Mercedes Vecino. Ésta fue una actriz teatral que se incorporó con pleno éxito al cine de los años cuarenta, donde se inició con Los ladrones somos gente honrada (1941) y Boda accidentada (1942). Su papel más famoso es el que representó en El escándalo, película dirigida por J. L. Sainz de Heredia.

—Nada, ¡ya ves!

Purita mira para la pantalla. El señor José le coge las manos.

—Estás fría.

—Sí, hace mucho frío.

Están algunos instantes en silencio. El señor José no acaba de sentarse a gusto, se mueve constantemente en la butaca.

—Oye.

—Qué.

—¿En qué piensas?

—Psché...

—No le des más vueltas a eso, lo del Paquito yo te lo arreglo, yo tengo un amigo que manda mucho en auxilio social, [ca] es primo del gobernador civil de no sé dónde.

El señor José baja la mano hasta el escote de la chica.

—¡Ay, qué fría!

—No te apures, ya [cb] la calentaré.

El hombre pone la mano en la axila de Purita, por encima de la blusa.

—¡Qué caliente tienes el sobaco!

—Sí.

Purita tiene mucho calor debajo del brazo, parece como si estuviera mala.

—¿Y tú crees que el Paquito podrá entrar?

—Mujer, yo creo que sí, que a poco que pueda mi amigo, ya entrará.

—¿Y tu amigo querrá hacerlo?

El señor José tiene la otra mano en una liga de Purita. Purita, en el invierno, lleva liguero, las ligas redondas no se le sujetan bien porque está algo delgada. En el verano va sin medias; parece que no, pero supone un ahorro, ¡ya lo creo!

—Mi amigo hace lo que yo le mando, me debe muchos favores.

[ca] Auxilio Social *A*
[cb] yo la *A*
Eds. 1.ª a 7.ª: "... yo la calentaré." *N. del A.*

—¡Ojalá! ¡Dios te oiga!

—Ya lo verás como sí.

La chica está pensando, tiene la mirada triste, perdida. El señor José le separa un poco los muslos, se los pellizca.

—¡Con el Paquito en la guardería, ya es otra cosa!

El Paquito es el hermano pequeño de la chica. Son cinco hermanos y ella, seis: Ramón, el mayor, tiene veintidós años y está haciendo el servicio en África; Mariana, que la pobre está enferma y no puede moverse de la cama, tiene dieciocho; Julio, que trabaja de aprendiz en una imprenta, anda por los catorce; Rosita tiene once, y Paquito, el más chico, nueve. Purita es la segunda, tiene veinte años, aunque quizás ^{cc} represente alguno más.

Los hermanos viven solos. Al padre lo fusilaron, por esas cosas que pasan, y la madre murió, tísica y desnutrida, el año 41.

A Julio le dan cuatro pesetas en la imprenta. El resto se lo tiene que ganar Purita a pulso, callejeando todo el día, recalando después de la cena por casa de doña Jesusa.

Los chicos viven en un sotabanco de la calle de la Ternera. Purita para en una pensión, así está más libre y puede recibir recados por teléfono. Purita va a verlos todas las mañanas, a eso de las doce o la una. A veces, cuando no tiene compromiso, también almuerza con ellos; en la pensión le guardan la comida para que se la tome a la cena, si quiere.

El señor José tiene ya la mano, desde hace rato, dentro del escote de la muchacha.

—¿Quieres que nos vayamos?

—¡Si tú quieres!

El señor José ayuda a Purita a ponerse el abriguillo de algodón.

—Sólo un ratito, ¿eh?, la parienta está ya con la mosca en la oreja.

—Lo que tú quieras.

....

^{cc} Eds. 4.ª, 5.ª, 6.ª, 7.ª y 8.ª: "... quizá..." *N. del A.*

—Toma, para ti.

El señor José mete cinco duros en el bolso de Purita, un bolso teñido de azul que mancha un poco las manos.

—Que Dios te lo pague.

A la puerta de la habitación, la pareja se despide.

—Oye, ¿cómo te llamas?

—Yo me llamo José Sanz Madrid, ¿y tú?, ¿es verdad que te llamas Purita?

—Sí, ¿por qué te iba a mentir? Yo me llamo Pura Bartolomé Alonso.

Los dos se quedan un rato mirando para el paragüero.

—Bueno, ¡me voy!

—Adiós, Pepe, ¿no me das un beso?

—Sí, mujer.

—Oye, ¿cuando sepas algo de lo del Paquito, me llamarás?

—Sí, descuida, yo te llamaré a ese teléfono.

Doña Matilde llama a voces a sus huéspedes:

—¡Don Tesi! ¡Don Ventura! ¡La cena!

Cuando se encuentra con don Tesifonte, le dice:

—Para mañana he encargado hígado, ya veremos qué cara le pone.

El capitán ni la mira, va pensando en otras cosas.

—Sí, puede que tenga razón ese chico. Estándose aquí como un bobalicón, pocas conquistas se pueden hacer, ésa es la verdad.

A doña Montserrat le han robado el bolso en la reserva,[cd] ¡qué barbaridad!, ¡ahora hay ladrones hasta en las iglesias! No llevaba más que tres pesetas y unas perras, pero el bolso estaba aún bastante bien, en bastante buen uso.

Se había entonado ya el Tantum ergo[ce] —que el irre-

cd Reserva A
ce "Tamtum ergo" A

verente de José María, el sobrino de doña Montserrat, cantaba con la música del himno alemán— y en los bancos no quedaban ya sino algunas señoras rezagadas, dedicadas a sus particulares devociones.

Doña Montserrat medita sobre lo que acaba de leer, una hojita suelta que guarda entre las páginas de las visitas al Santísimo, [20] del P. Manjón: [cf] Este jueves, consagrado a San Luis Gonzaga, [cg] trae al alma fragancia de azucenas y también dulce sabor de lágrimas de contrición perfecta. En la inocencia fue Luis [ch] un ángel, en la penitencia emuló las austeridades de la Tebaida. [ci] Santa María Magdalena de Pazzis, durante el éxtasis en que Dios le mostró la gloria de Gonzaga en el paraíso, exclamó: [cj]

Doña Montserrat vuelve un poco la cabeza, y el bolso ya no está.

Al principio no se dio mucha cuenta, todo en su imaginación eran mutaciones, apariciones y desapariciones.

En su casa, Julita guarda otra vez el cuaderno y, como los huéspedes de doña Matilde, va también a cenar.

La madre le da un cariñoso pellizco en la cara.

—¿Has estado llorando? Parece que tienes los ojos encarnados.

Julita contesta con un mohín.

—No, mamá, he estado pensando.

[cf] una hojita ... Manjón: falta en *A*
Eds. 1.ª a 7.ª, falta desde "una hojita suelta" *N. del A.*
[cg] consagrado ... Gonzaga: falta en *A*
Eds. 1.ª a 7.ª: "Este jueves trae..." *N. del A.*
[ch] fue un ángel *A*
Eds. 1.ª a 7.ª: "... fue un ángel..." *N. del A.*
[ci] "Este jueves ... Tebaida" *A*
[cj] Santa María ... exclamó: falta en *A*
Eds. 1.ª a 7.ª, falta esta frase truncada, y los puntos suspensivos están después de "Tebaida" *N. del A.*

[20] *Visitas al Santísimo Sacramento* es el título del libro escrito por el padre Andrés Manjón y publicado en Madrid, Tipografía Revistas y Archivos, 1913.

Doña Visi sonríe con cierto aire pícaro.

—¿En él?

—Sí.

Las dos mujeres se cogen del brazo.

—Oye, ¿cómo se llama?

—Ventura.

—¡Ah, lagartona! ¡Por eso pusiste Ventura al chinito!

La muchacha entorna los ojos.

—Sí.

—¿Entonces lo conoces ya desde hace algún tiempo?

—Sí, hace ya mes y medio o dos meses que nos vemos de vez en cuando.

La madre se pone casi seria.

—¿Y cómo no me habías dicho nada?

—¿Para qué iba a decirte nada antes de que se me declarase?

—También es verdad. ¡Parezco tonta! Has hecho muy bien, hija, las cosas no deben decirse nunca hasta que suceden ya de una manera segura. Hay que ser siempre discretas.

A Julita le corre un calambre por las piernas, nota un poco de calor por el pecho.

—Sí, mamá, ¡muy discretas!

Doña Visi vuelve a sonreír y a preguntar.

—Oye, ¿y qué hace?

—Estudia notarías. ^{ck}

—¡Si sacase una plaza!

—Ya veremos si tiene suerte, mamá. Yo he ofrecido dos velas si saca una Notaría de primera, y una si no saca más que una de segunda.

—Muy bien hecho, hija mía, a Dios rogando y con el mazo dando, yo ofrezco también lo mismo. Oye… ¿Y cómo se llama de apellido?

—Aguado.

—No está mal. Ventura Aguado.

Doña Visi ríe alborozada.

^{ck} Notarías A

—¡Ay, hija, qué ilusión! Julita Moisés de Aguado, ¿tú te das cuenta?

La muchacha tiene el mirar perdido.

—Ya, ya.

La madre, velozmente, temerosa de que todo sea un sueño que se vaya de pronto a romper en mil pedazos como una bombilla, se apresura a echar las falsas cuentas de la lechera.

—Y tu primer hijo, Julita, si es niño, se llamará Roque, como el abuelo, Roque Aguado Moisés. ¡Qué felicidad! ¡Ay, cuando lo sepa tu padre! ¡Qué alegría!

Julita ya está del otro lado, ya cruzó la corriente, ya habla de sí misma como de otra persona, ya nada le importa fuera del candor de la madre.

—Si es niña le pondré tu nombre, mamá. También hace muy bien Visitación Aguado Moisés.

—Gracias, hija, muchas gracias, me tienes emocionada. Pero pidamos que sea varón; un hombre hace siempre mucha falta.

A la chica le vuelven a temblar las piernas.

—Sí, mamá, mucha.

La madre habla con las manos enlazadas sobre el vientre.

—¡Mira tú que si Dios hiciera que tuviese vocación!

—¡Quién sabe!

Doña Visi eleva su mirada a las alturas. El cielo raso de la habitación tiene algunas manchas de humedad.

—La ilusión de toda mi vida, ¡un hijo sacerdote!

Doña Visi es en aquellos momentos la mujer más feliz de Madrid. Coge a la hija de la cintura —de una manera muy semejante a como la coge Ventura en casa de doña Celia— y la balancea como a un niño pequeño.

—A lo mejor lo es el nietecito, chatita, ¡a lo mejor!

Las dos mujeres ríen, abrazadas, mimosas.

—¡Ay, ahora cómo deseo vivir!

Julita quiere adornar su obra.

—Sí, mamá, la vida tiene muchos encantos.

Julita baja la voz, que suena velada, cadenciosa.

—Yo creo que conocer a Ventura —los oídos de la muchacha zumban ligeramente— ha sido una gran suerte para mí.

La madre prefiere dar una muestra de sensatez.

—Ya veremos, hija, ya veremos. ¡Dios lo haga! ¡Tengamos fe! Sí, ¿por qué no? Un nietecito sacerdote que nos edifique a todos con su virtud. ¡Un gran orador sagrado! ¡Mira tú que, si ahora que estamos de broma, después resulta que salen anuncios de los ejercicios espirituales [cl] dirigidos por el reverendo padre [cll] Roque Aguado Moisés! Yo sería ya una viejecita, hija mía, pero no me cabría el corazón en el pecho, [cm] de orgullo.

—A mí tampoco, mamá.

Martín se repone pronto, va orgulloso de sí mismo.

—¡Vaya lección! ¡Ja, ja!

Martín acelera el paso, va casi corriendo, a veces da un saltito.

—¡A ver qué se le ocurre decir ahora a ese jabalí!

El jabalí es doña Rosa.

Al llegar a la glorieta [cn] de San Bernardo, Martín piensa en el regalo de Nati.

—A lo mejor está todavía Rómulo en la tienda

Rómulo es un librero de viejo que tiene a veces, en su cuchitril, algún grabado interesante.

Martín se acerca hasta el cubil de Rómulo, bajando, a la derecha, después de la universidad. [cñ]

En la puerta cuelga un cartelito que dice: Cerrado. Los recados por el portal. [co] Dentro se ve luz, se conoce que Rómulo está ordenando las fichas o apartando algún encargo.

Martín llama con los nudillos sobre la puertecita que da al patio.

[cl] Ejercicios Espirituales *A*
[cll] Reverendo Padre *A*
[cm] pecho de *A*
[cn] Glorieta *A*
[cñ] Universidad *A*
[co] "Cerrado … portal" *A*

—¡Hola, Rómulo!

—Hola, Martín, ¡dichosos los ojos!

Martín saca tabaco, los dos hombres fuman sentados en torno al brasero que Rómulo sacó de debajo de la mesa.

—Estaba escribiendo a mi hermana, la de Jaén. Yo ahora vivo aquí, no salgo más que para comer; hay veces que no tengo gana y no me muevo de aquí en todo el día; me traen un café de ahí enfrente y en paz.

Martín mira unos libros que hay sobre una silla de enea, con el respaldo en pedazos, que ya no sirve más que de estante.

—Poca cosa.

—Sí, no es mucho. Eso de Romanones. Notas de una vida, ^{cp} [21] sí tiene interés, está muy agotado.

—Sí.

Martín deja los libros en el suelo.

—Oye, quería un grabado que estuviera bien.

—¿Cuánto te quieres gastar?

—Cuatro o cinco duros.

—Por cinco duros te puedo dar uno que tiene gracia; no es muy grande, ésa es la verdad, pero es auténtico. Además lo tengo con marquito y todo, así lo compré. Si es para un regalo, te viene que ni pintiparado.

—Sí, es para dárselo a una chica.

—¿A una chica? Pues como no sea una ursulina, ni hecho a la medida, ahora lo verás. Vamos a fumarnos el pitillo con calma, nadie nos apura.

—¿Cómo es?

—Ahora lo vas a ver, es una Venus que debajo lleva unas figuritas. Tiene unos versos en toscano o en provenzal, yo no sé.

Rómulo deja el cigarro sobre la mesa y enciende la luz del pasillo. Vuelve al instante con un marco que limpia con la manga del guardapolvo.

^{cp} "Notas de una vida" *A*

[21] *Notas de una vida,* de don Álvaro de Figueroa y Torres, se publicó en dos volúmenes en la Editorial Renacimiento, Madrid, 1928-1929.

La castañera. Madrid, 1940.

Los desmontes del cementerio de la Almudena. Madrid.

—Mira.

El grabado es bonito, está iluminado.

—Los colores son de la época.

—Eso parece.

—Sí, sí, de eso puedes estar seguro.

El grabado representa una Venus rubia, desnuda completamente, coronada de flores. Está de pie, dentro de una orla dorada. La melena le llega, por detrás, hasta las rodillas. Encima del vientre tiene la rosa de los vientos, es todo muy simbólico. En la mano derecha tiene una flor y en la izquierda, un libro. El cuerpo de la Venus se destaca sobre un cielo azul, todo lleno de estrellas. Dentro de la misma orla, hacia abajo, hay dos círculos pequeños, el de debajo del libro con un Tauro y el de debajo de la flor con una Libra. El pie del grabado representa una pradera rodeada de árboles. Dos músicos tocan, uno un laúd y otro un arpa, mientras tres parejas, dos sentadas y una paseando, conversan. En los ángulos de arriba, dos ángeles soplan con los carrillos hinchados. Debajo hay cuatro versos que no se entienden.

—¿Qué dice aquí?

—Por detrás está, me lo tradujo Rodríguez Entrena, el catedrático de Cardenal Cisneros. [22]

Por detrás, escrito a lápiz, se lee:

Venus, granada en su ardor,
enciende los corazones gentiles donde hay un cantar.
Y con danzas y vagas fiestas por amor,
induce con un suave divagar.

—¿Te gusta?

—Sí, a mí todas estas cosas me gustan mucho. El mayor encanto de todos estos versos es su imprecisión, ¿no crees?

---

[22] *Cardenal Cisneros* es el nombre del Instituto de Enseñanza Media situado en la calle Reyes, n.º 4, de Madrid. En él estudió C. J. Cela.

—Sí, eso me parece a mí.

Martín saca otra vez la cajetilla.

—¡Bien andas de tabaco!

—Hoy. Hay días que no tengo ni gota, que ando guardando las colillas de mi cuñado, eso lo sabes tú.

Rómulo no contesta, le parece más prudente, sabe que el tema del cuñado saca de quicio a Martín.

—¿En cuánto me lo dejas?

—Pues mira, en veinte; te había dicho veinticinco, pero si me das veinte te lo llevas. A mí me costó quince y lleva ya en el estante cerca de un año. ¿Te hace en veinte?

—Venga, dame un duro de vuelta.

Martín se lleva la mano al bolsillo. Se queda un instante parado, con las cejas fruncidas, como pensando. Saca el pañuelo que pone sobre las rodillas.

—Juraría que estaba aquí.

Martín se pone de pie.

—No me explico...

Busca en los bolsillos del pantalón, saca los forros fuera.

—¡Pues la he hecho buena! ¡Lo único que me faltaba!

—¿Qué te pasa?

—Nada, prefiero no pensarlo.

Martín mira en los bolsillos de la americana, saca la vieja, deshilachada cartera, llena de tarjetas de amigos, de recortes de periódico.

—¡La he pringado!

—¿Has perdido algo?

—Los cinco duros...

Julita siente una sensación rara. A veces nota como un pesar, mientras que otras veces tiene que hacer esfuerzos para no sonreír.

—La cabeza humana —piensa— es un aparato poco perfecto. ¡Si se pudiera leer como en un libro lo que pasa por dentro de las cabezas! No, no; es mejor que siga todo así, que no podamos leer nada, que nos entendamos los unos con los otros sólo con lo que queramos decir, ¡qué carajo!, ¡aunque sea mentira!

A Julita, de cuando en cuando, le gusta decir a solas algún taco.

Por la calle van cogidos de la mano, parecen un tío con una sobrina que saca de paseo.

La niña, al pasar por la portería, vuelve la cabeza para el otro lado. Va pensando y no ve el primer escalón.

—¡A ver si te desgracias!

—No.

Doña Celia les sale a abrir.

—¡Hola, don Francisco!

—¡Hola, amiga mía! Que pase la chica por ahí, quería hablar con usted.

—¡Muy bien! Pasa por aquí, hija, siéntate donde quieras.

La niña se sienta en el borde de una butaca forrada de verde. Tiene trece años y el pecho le apunta un poco, como una rosa pequeñita que vaya a abrir. Se llama Merceditas Olivar Vallejo, sus amigas le llaman Merche. La familia le desapareció con la guerra, unos muertos, otros emigrados. Merche vive con una cuñada de la abuela, una señora vieja llena de puntillas y pintada como una mona, que lleva peluquín y que se llama doña Carmen. En el barrio a doña Carmen la llaman, por mal nombre, Pelo de muerta. [cq] Los chicos de la calle prefieren llamarle Saltaprados. [cr]

Doña Carmen vendió a Merceditas por cien duros, se la compró don Francisco, el del consultorio.

Al hombre le dijo:

—¡Las primicias, don Francisco, las primicias! ¡Un clavelito!

Y a la niña:

—Mira, hija, don Francisco lo único que quiere es jugar, y además, ¡algún día tenía que ser! ¿No comprendes?

cq "Pelo de muerta" A
cr "Saltaprados" A

La cena de la familia Moisés fue alegre aquella noche. Doña Visi está radiante y Julita sonríe, casi ruborosa. La procesión va por dentro.

Don Roque y las otras dos hijas están también contagiados, todavía sin saber por qué, de la alegría. Don Roque, en algunos momentos, piensa en aquello que le dijo Julita en las escaleras: Pues... de la fotografía..., [cs] y el tenedor le tiembla un poco en la mano; hasta que se le pasa, no se atreve a mirar a la hija.

....

Ya en la cama, doña Visi tarda en dormirse, su cabeza no hace más que dar vueltas alrededor de lo mismo.

—¿Sabes que a la niña le ha salido novio?

—¿A Julita?

—Sí, un estudiante de notarías. [ct]

Don Roque da una vuelta entre las sábanas.

—Bueno, no eches las campanas a vuelo, tú eres muy aficionada a dar en seguida tres cuartos al pregonero. Ya veremos en qué queda todo.

—¡Ay, hijo, tú siempre echándome jarros de agua fría!

Doña Visi se duerme llena de sueños felices. La vino a despertar, al cabo de las horas, la esquila de un convento de monjas pobres, tocando el alba.

Doña Visi tenía el ánimo dispuesto para ver en todo felices presagios, dichosos augurios, seguros signos de bienaventuranza y de felicidad.

[cs] "Pues ... de la fotografía" y A
[ct] Notarías A

CAPÍTULO SEXTO

L A mañana.

Entre sueños, Martín oye la vida de la ciudad despierta. Se está a gusto escuchando, desde debajo de las sábanas, con una mujer viva al lado, viva y desnuda, los ruidos de la ciudad, su alborotador latido: los carros de los traperos que bajan de Fuencarral y de Chamartín, que suben de las Ventas y de las Injurias, que vienen desde el triste, desolado paisaje del cementerio y que pasaron —caminando desde hace ya varias horas bajo el frío— al lento, entristecido remolque de un flaco caballo, de un burro gris y como preocupado. Y las voces de las vendedoras que madrugan, que van a levantar sus puestecillos de frutas en la calle del general Porlier. Y las lejanas, inciertas primeras bocinas. Y los gritos de los niños que van al colegio, con la cartera al hombro y la tierna, olorosa merienda en el bolsillo...

En la casa, el trajín más próximo suena, amorosamente, dentro de la cabeza de Martín. Doña Jesusa, la madrugadora doña Jesusa, que después de comer duerme la siesta, para compensar, dispone la labor de las asistentas, viejas golfas en declive, las unas; amorosas, dulcísimas, domésticas madres de familia, las más. Doña Jesusa tiene por las mañanas siete asistentas. Sus dos criadas duermen hasta la hora del almuerzo, hasta las dos de la tarde, en la cama que pueden, en el lecho misterioso que más temprano se vació, quién sabe si como una tumba, dejando prisionero entre los hierros de la cabecera todo un hondo mar de desdicha, guardando entre la crin de su colchón el aullido del joven esposo que por primera vez, sin darse cuenta, engañó a su mujer, que era una muchacha encantadora, con cualquier furcia llena de granos y de mataduras como una mula: a su mujer que le esperaba levantada, igual que todas las noches, haciendo calceta al casi muerto fuego del brasero, acunando al niño con el pie, leyendo una larga, interminable novela de amor, pensando difíciles, complejas estrategias económicas que le llevarían, con un poco de suerte, a poder comprarse un par de medias.

Doña Jesusa, que es el orden en persona, reparte el trabajo entre sus asistentas. En casa de doña Jesusa se lava la ropa de cama todos los días; cada cama tiene dos juegos completos que, a veces, cuando algún cliente les hace, incluso a propósito, que de todo hay, algún jirón, se repasan con todo cuidado. Ahora no hay ropa de cama; se encuentran sábanas y tela para almohadas en el Rastro, pero a unos precios imposibles.

Doña Jesusa tiene cinco lavanderas y dos planchadoras desde las ocho de la mañana hasta la una de la tarde. Ganan tres pesetas cada una, pero el trabajo no mata. Las planchadoras tienen las manos más finas y se dan brillantina en el pelo, no se resignan a pasar. Están delicadas de salud y tempranamente envejecidas. Las dos se echaron, casi niñas, a la vida, y ninguna de las dos supo ahorrar. Ahora les toca pagar las consecuencias. Cantan, como la cigarra, mientras trabajan, y beben sin tino, como sargentos de caballería. [a]

Una se llama Margarita. Es hija de un hombre que en vida fue baulero en la estación de las delicias. [b] A los quince años tuvo un novio que se llamaba José, ella no sabe más. Era un bailón de los merenderos de la Bombilla, [1] la llevó un domingo al monte del Pardo [c] y después

<hr />

[a] Caballería *A*
[b] Estación de Delicias *A*
[c] Eds. 4.ª, 5.ª, 6.ª y 7.ª: "... Prado..." *N. del A.*

[1] Los merenderos de La Bombilla, muy populares, aparecen con frecuencia en la literatura de sainetes y repetidamente en la obra de Carlos Arniches.

la dejó. Margarita empezó a golfear y acabó con un bolso por los bares de Antón Martín. Lo que vino después es ya muy vulgar, aún más vulgar todavía.

La otra se llama Dorita. La perdió un seminarista de su pueblo, en unas vacaciones. El seminarista, que ya murió, se llamaba Cojoncio Alba. El nombre había sido una broma pesada de su padre, que era muy bruto. Se apostó una cena con los amigos a que llamaba Cojoncio al hijo, y ganó la apuesta. El día del bautizo del niño, su padre, don Estanislao Alba, y sus amigos engancharon una borrachera tremenda. Daban mueras al rey [d] y vivas a la república federal. [e] La pobre madre, doña Conchita Ibáñez, que era una santa, lloraba y no hacía más que decir:

—¡Ay, qué desgracia, qué desgracia! ¡Mi marido embriagado en un día tan feliz!

Al cabo de los años, en los aniversarios del bautizo, todavía se lamentaba:

—¡Ay, qué desgracia, qué desgracia! ¡Mi marido embriagado en tal día como hoy!

El seminarista, que llegó a canónigo de la catedral [f] de León, la llevó, enseñándole unas estampitas, de colores chillones, que representaban milagros de San José de Calasanz, hasta las orillas del Curueño y allí, en un prado, pasó todo lo que tenía que pasar. Dorita y el seminarista eran los dos de Valdeteja, por la provincia de León. La chica, cuando lo acompañaba, tenía el presentimiento de que no iba camino de nada bueno, pero se dejaba llevar, iba como medio boba.

Dorita tuvo un hijo, y el seminarista, en otro permiso en que volvió por el pueblo, no quiso ni verla.

—Es una mala mujer —decía—, un engendro del Enemigo, capaz de perder con su arteras mañas al hombre más templado. ¡Apartemos la vista de ella!

A Dorita la echaron de su casa y anduvo una temporada vagando por los pueblos, con el niño colgado de los pe-

[d] Rey *A*
[e] República Federal *A*
[f] Catedral *A*

chos. La criatura fue a morir, una noche, en unas cuevas que hay sobre el río Burejo, en la provincia de Palencia. La madre no dijo nada a nadie; le colgó unas piedras al cuello y lo tiró al río, a que se lo comieran las truchas. Después, cuando ya no había remedio, se echó a llorar y estuvo cinco días metida en la cueva, sin ver a nadie y sin comer.

Dorita tenía dieciséis años y un aire triste y soñador de perro sin dueño, de bestia errabunda.

Anduvo algún tiempo tirada —como un mueble desportillado— por los burdeles de Valladolid y de Salamanca, hasta que ahorró para el viaje y se vino a la capital. Aquí estuvo en una casa de la calle de la [g] Madera, bajando, a la izquierda, que le llamaban la sociedad de las naciones [h] porque había muchas extranjeras: francesas, polacas, italianas, una rusa, alguna portuguesa morena y bigotuda, pero sobre todo francesas, muchas francesas: fuertes alsacianas con aire de vaqueras, honestas normandas que se echaron a la vida para ahorrar para el traje de novia, enfermizas parisinas —algunas con un pasado esplendoroso— que despreciaban profundamente al chófer, al comerciante que sacaba sus buenas siete pesetas del bolsillo. De la casa la sacó don Nicolás de Pablos, un ricachón de Valdepeñas que se casó con ella por lo civil.

—Lo que yo quiero —decía don Nicolás a su sobrino Pedrito, que hacía unos versos muy finos y estudiaba filosofía y letras [i]— es una cachonda con arrobas que me haga gozar, ¿me entiendes?, una tía apretada que tenga a donde agarrarse. Todo lo demás son monsergas y juegos florales.

Dorita dio tres hijos a su marido, pero los tres nacieron muertos. La pobre paría al revés: echaba los hijos de pie y, claro, se le ahogaban al salir.

Don Nicolás se marchó de España el año 39, porque decían si era masón, y no se volvió a saber nada más de él. Dorita, que no se atrevía a ir al lado de la familia del

[g] Ed. 1.ª: "... calle Madera..." *N. del A.*
[h] Sociedad de las Naciones *A*
[i] Filosofía y Letras *A*

marido, en cuanto se le acabaron unos cuartos que había en la casa, se echó otra vez a la busca, pero tuvo poco éxito. Por más que ponía buena voluntad y procuraba ser simpática, no conseguía una clientela fija. Esto era a principios del 40. Ya no era ninguna niña y había, además, mucha competencia, muchas chicas jóvenes que estaban muy bien. Y muchas señoritas que lo hacían de balde, por divertirse, quitándoles a otras el pan.

Dorita anduvo dando tumbos por Madrid hasta que conoció a doña Jesusa.

—Busco otra planchadora de confianza, vente conmigo. No hay más que secar las sábanas y alisarlas un poco. Te doy tres pesetas, pero eso es todos los días. Además tienes las tardes libres. Y las noches también.

Dorita, por las tardes, acompañaba a una señora impedida a dar una vuelta por Recoletos o a oír un poco de música en el María Cristina. La señora le daba dos pesetas y un corriente con leche; ella tomaba chocolate. La señora se llamaba doña Salvadora y había sido partera. Tenía malas pulgas y estaba siempre quejándose y gruñendo. Soltaba tacos constantemente y decía que al mundo había que quemarlo, que no servía para nada bueno. Dorita la aguantaba y le decía a todo amén, tenía que defender sus dos pesetas y su cafetito de las tardes.

Por las noches, a veces, la pobre mujer —con los dedos ateridos, la mente alejada y una ternura infinita en el corazón— prestaba algún servicio, detrás de las tapias del Retiro, a los soldados y a los estudiantes de bachillerato, y reunía hasta tres o cuatro pesetas. Después se iba a dormir, dando una vuelta hasta la calle de Marqués de Zafra, al otro lado del paseo de Ronda, o tomando el metro hasta Manuel Becerra, si hacía mucho frío. [j]

Las dos planchadoras, cada una en una [k] mesa, cantan, mientras trabajan y dan golpes con la plancha, sobre las recosidas sábanas. Algunas veces hablan.

[j] Por las noches ... mucho frío: falta en *A*
Eds. 1.ª a 7.ª, falta desde "Por las noches..." *N. del A.*
[k] en su *A*

—Ayer he vendido el suministro. Yo no lo quiero. El cuarto de azúcar lo di por cuatro cincuenta. El cuarto de aceite, por tres. Los doscientos gramos de judías, por dos; estaban llenas de gusanos. El café me lo quedo.

—Yo se lo di a mi hija, yo le doy todo a mi hija. Me lleva a comer todas las semanas algún día.

Martín, desde su buhardilla, las oye hacer. No distingue lo que hablan. Oye sus desentonados cuplés, sus golpes sobre la tabla. Lleva ya despierto mucho rato, pero no abre los ojos. Prefiere sentir a Pura, que le besa con cuidado de vez en cuando, fingiendo dormir, para no tener que moverse. Nota el pelo de la muchacha sobre su cara, nota su cuerpo desnudo bajo las sábanas, nota el aliento que, a veces, ronca un poquito, de una manera que casi no se siente.

Así pasa un largo rato más: aquélla es su única noche feliz desde hace ya muchos meses. Ahora se encuentra como nuevo, como si tuviera diez años menos, igual que si fuera un muchacho. Sonríe y abre un ojo, poquito a poco.

Pura, de codos sobre la almohada, le mira fijamente. Sonríe también, cuando lo ve despertar.

—¿Qué tal has dormido?

—Muy bien, Purita, ¿y tú?

—Yo también. Con hombres como tú, da gusto. No molestáis nada.

—Calla. Habla de otra cosa.

—Como quieras.

Se quedaron unos instantes en silencio. Pura le besó de nuevo.

—Eres un romántico.

Martín sonríe, casi con tristeza.

—No. Simplemente un sentimental.

Martín le acaricia la cara.

—Estás pálida, pareces una novia.

—No seas bobo.

—Sí, una recién casada…

Pura se puso seria.

—¡Pues no lo soy!

Martín le besa los ojos delicadamente, igual que un poeta de dieciséis años.

—¡Para mí, sí, Pura! ¡Ya lo creo que sí!

La muchacha, llena de agradecimiento, sonríe con una resignada melancolía.

—¡Si tú lo dices! ¡No sería malo!

Martín se sentó en la cama.

—¿Conoces un soneto de Juan Ramón que empieza Imagen alta y tierna del consuelo? [k']

—No. ¿Quién es Juan Ramón?

—Un poeta.

—¿Hacía versos?

—Claro.

Martín mira a Pura, casi con rabia, un instante tan sólo.

—Verás. [1]

> Imagen alta y tierna del consuelo,
> aurora de mis mares de tristeza,
> lis de paz con olores de pureza,
> ¡precio divino de mi largo duelo! [2]

—¡Qué triste es, qué bonito!

—¿Te gusta?

—¡Ya lo creo que me gusta!

—Otro día te diré el resto.

[k'] "Imagen alta y tierna del consuelo" A
[1] Verás A

[2] Es el soneto "Sueño", incluido en la sección 2 de "Amistad", en *Sonetos espirituales*. El poema continúa:

> Igual que el tallo de la flor del cielo
> tu alteza se perdía en su belleza;
> cuando hacia mí volviste la cabeza,
> creí que me elevaban de este suelo.
> Ahora, en el alba casta de tus brazos,
> acogido a tu pecho trasparente,
> ¡cuán claras a mí tornan mis prisiones!
> ¡Cómo mi corazón, hecho pedazos,
> agradece el dolor, al beso ardiente
> con que tú, sonriendo, lo compones!

El señor Ramón, con el torso desnudo, se chapuza en un hondo caldero de agua fría.

El señor Ramón es hombre fuerte y duro, hombre que come de recio, que no coge catarros, que bebe sus copas, que juega al dominó, que pellizca en las nalgas a las criadas de servir, que madruga al alba, que trabajó toda su vida.

El señor Ramón ya no es ningún niño. Ahora, como es rico, ya no se asoma al horno aromático y malsano donde se cuece el pan; desde la guerra no sale del despacho, que atiende esmeradamente, procurando complacer a todas las compradoras, estableciendo un turno pintoresco y exacto por edades, por estados, por condiciones, hasta por pareceres.

El señor Ramón tiene nevada la pelambrera[ll] del pecho.

—¡Arriba, niña! ¡Qué es eso de estarse metida en la cama a estas horas, como una señorita!

La muchacha se levanta, sin decir ni palabra, y se lava un poco en la cocina.

La muchacha, por las mañanas tiene una tosecilla ligera, casi imperceptible. A veces coge algo de frío y entonces la tos se le hace un poco más ronca, como más seca.

—¿Cuándo dejas a ese tísico desgraciado? —le dice, algunas mañanas, la madre.

A la muchacha, que es dulce como una flor y también capaz de dejarse abrir sin dar ni un solo grito, le entran entonces ganas de matar a la madre.

—¡Así reventases, mala víbora! —dice por lo bajo.

Victorita, con su abriguillo de algodón, va dando una carrera hasta la tipografía El Porvenir,[m] en la calle de la Madera, donde trabaja de empaquetadora, todo el santo día de pie.

Hay veces en que Victorita tiene más frío que de costumbre y ganas de llorar, unas ganas inmensas de llorar.

[ll] Eds. 5.ª, 6.ª, 7.ª y 8.ª: "... pelambre..." *N. del A.*
[m] "El Porvenir" *A*

Doña Rosa madruga bastante, va todos los días a misa de siete.

Doña Rosa duerme, en este tiempo, con camisón de abrigo, un camisón de franela inventado por ella.

Doña Rosa, de vuelta de la iglesia, se compra unos churros, se mete en su café [n] por la puerta del portal —en su café [n] que semeja un desierto cementerio, con las sillas patas arriba, encima de las mesas, y la cafetera y el piano enfundados—, se sirve una copeja de ojén, y desayuna.

Doña Rosa, mientras desayuna, piensa en lo inseguro de los tiempos; en la guerra que, ¡Dios no lo haga!, van perdiendo los alemanes; en que [ñ] los camareros, el encargado, el echador, los músicos, hasta el botones, tienen cada día más exigencias, más pretensiones, más humos.

Doña Rosa, entre sorbo y sorbo de ojén, habla sola, en voz baja, un poco sin sentido, sin ton ni son y a la buena de Dios.

—Pero quien manda aquí soy yo, ¡mal que os pese! Si quiero me echo otra copa y no tengo que dar cuenta a nadie. Y si me da la gana, tiro la botella contra un espejo. No lo hago porque no quiero. Y si quiero, echo el cierre para siempre y aquí no se despacha un café ni a Dios. Todo esto es mío, mi trabajo me costó levantarlo.

Doña Rosa, por la mañana temprano, siente que el café [o] es más suyo que nunca.

—El café [p] es como el gato, sólo que más grande. Como el gato es mío, si me da la gana le doy morcilla o lo mato a palos.

Don Roberto González ha de calcular que, desde su casa a la diputación, [q] hay más de media hora andando. Don Roberto González, salvo que esté muy cansado, va siem-

---

[n] Café *A*
[ñ] Eds. 2.ª a 8.ª: "… en los camareros," *N. del A.*
[o] Café *A*
[p] Café *A*
[q] Diputación *A*

pre a pie a todas partes. Dando un paseíto se estiran las piernas y se ahorra, por lo menos, una veinte a diario, treinta y seis pesetas al mes, casi noventa duros al cabo del año.

Don Roberto González desayuna una taza de malta con leche bien caliente y media barra de pan. La otra media la lleva, con un poco de queso manchego, para tomársela a media mañana.

Don Roberto González no se queja, los hay que están peor. Después de todo, tiene salud, que es lo principal.

El niño que canta flamenco duerme debajo de un puente, en el camino del cementerio. El niño que canta flamenco vive con algo parecido a una familia gitana, con algo en lo que, cada uno de los miembros que la forman, se las agencia como mejor puede, con una libertad y una autonomía absolutas.

El niño que canta flamenco se moja cuando llueve, se hiela si hace frío, se achicharra en el mes de agosto, mal guarecido a la escasa sombra del puente: es la vieja ley del Dios del Sinaí.

El niño que canta flamenco tiene un pie algo torcido; rodó por un desmonte, le dolió mucho, anduvo cojeando algún tiempo...

Purita acarició la frente de Martín.

—Tengo un duro y pico en el bolso, ¿quieres que mande por algo para desayunar?

Martín, con la felicidad, había perdido la vergüenza. A todo el mundo le suele pasar lo mismo.

—Bueno.

—¿Qué quieres, café y unos churros?

Martín se rió un poquito, estaba muy nervioso.

—No, café y dos bollos suizos, ¿te parece?

—A mí me parece lo que tú quieras.

Purita besó a Martín. Martín saltó de la cama, dio dos vueltas por la habitación y se volvió a acostar.

—Dame otro beso.

—Todos los que tú quieras.

Martín, con un descaro absoluto, sacó el sobre de las colillas y lió un cigarrillo. Purita no se atrevió a decirle ni palabra. Martín tenía en la mirada casi el brillo del triunfador.

—Anda, pide el desayuno.

Purita se puso el vestido sobre la piel y salió al pasillo. Martín, al quedarse solo, se levantó y se miró al espejo.

Doña Margot, con los ojos abiertos, dormía el sueño de los justos en el depósito, [r] sobre el frío mármol de una de las mesas. Los muertos del depósito [s] no parecen personas muertas, parecen peleles asesinados, máscaras a las que se les acabó la cuerda.

Es más triste un títere degollado que un hombre muerto.

La señorita Elvira se despierta pronto, pero no madruga. A la señorita Elvira le gusta estarse en la cama, muy tapada, pensando en sus cosas, o leyendo Los misterios de París, [t] sacando sólo un poco la mano para sujetar el grueso, el mugriento, el desportillado volumen.

La mañana sube, poco a poco, trepando como un gusano por los corazones de los hombres y de las mujeres de la ciudad; golpeando, casi con mimo, sobre los mirares recién despiertos, esos mirares que jamás descubren horizontes nuevos, paisajes nuevos, nuevas decoraciones.

La mañana, esa mañana eternamente repetida, juega un poco, sin embargo, a cambiar la faz de la ciudad, ese sepulcro, esa cucaña, esa colmena...

¡Que Dios nos coja confesados!

[r] Depósito A
[s] Depósito A
[t] "Los misterios de París" A

FINAL

H A N pasado tres o cuatro días. El aire va tomando cierto color de navidad. [a] Sobre Madrid, que es como una vieja planta con tiernos tallitos verdes, se oye, a veces, entre el hervir de la calle, el dulce voltear, el cariñoso voltear de las campanas de alguna capilla. Las gentes se cruzan, presurosas. Nadie piensa en el de al lado, en ese hombre que a lo mejor va mirando para el suelo; con el estómago deshecho o un quiste en un pulmón o la cabeza destornillada...

Don Roberto lee el periódico mientras desayuna. Luego se va a despedir de su mujer, de la Filo, que se quedó en la cama medio mala.

—Ya lo he visto, está bien claro. Hay que hacer algo por ese chico, piensa tú. Merecer no se lo merece, pero, ¡después de todo!

La Filo llora mientras dos de los hijos, al lado de la cama, miran sin comprender: los ojos llenos de lágrimas, la expresión vagamente triste, casi perdida, como la de esas terneras que aún alientan —la humeante sangre sobre las losas del suelo— mientras lamen, con la torpe lengua de los últimos instantes, la roña de la blusa del matarife que las hiere, indiferente como un juez: la colilla en los labios, el pensamiento en cualquier criada y una romanza de zarzuela en la turbia voz.

[a] Navidad A

398

Nadie se acuerda de los muertos que llevan ya un año bajo tierra.

En las familias se oye decir:

—No olvidaros, mañana es el aniversario de la pobre mamá.

Es siempre una hermana, la más triste, que lleva la cuenta...

Doña Rosa va todos los días a la Corredera, a hacer la compra, con la criada detrás. Doña Rosa va a la plaza después de haber trajinado lo suyo en el café; [b] doña Rosa prefiere caer sobre los puestos cuando ya la gente remite, vencida la mañana.

En la plaza se encuentra, a veces, con su hermana. Doña Rosa pregunta siempre por sus sobrinas. Un día le dijo a doña Visi:

—¿Y Julita?

—Ya ves.

—¡A esa chica le hace falta un novio!

Otro día —hace un par de días— doña Visi al ver a doña Rosa, se le acercó radiante de alegría.

—¿Sabes que a la niña le ha salido novio?

—¿Sí?

—Sí.

—¿Y qué tal?

—La mar de bien, hija, estoy encantada.

—Bueno, bueno, que así sea, que no se tuerzan las cosas...

—¿Y por qué se van a torcer, mujer?

—¡Qué sé yo! ¡Con el género que hay ahora!

—¡Ay, Rosa, tú siempre viéndolo todo negro!

—No, mujer, lo que pasa es que a mí me gusta ver venir las cosas. Si salen bien, pues mira, ¡tanto mejor!

—Sí.

—Y si no...

[b] Café A

—Si no, otro será, digo yo.

—Sí, si éste no te la desgracia.

Aún quedan tranvías en los que la gente se sienta cara a cara, en dos largas filas que se contemplan con detenimiento, hasta con curiosidad incluso.

—Ése tiene cara de pobre cornudo, seguramente su señora se le escapó con alguien, a lo mejor con un corredor de bicicleta, quién sabe si con uno de abastos. [c]

Si el trayecto es largo, la gente se llega a encariñar. Parece que no, pero siempre se siente un poco que aquella mujer, que parecía tan desgraciada, se quede en cualquier calle y no la volvamos a ver jamás, ¡cualquiera sabe si en toda la vida!

—Debe arreglarse mal, quizá su marido esté sin trabajo, a lo mejor están llenos de hijos.

Siempre hay una señora joven, gruesa, pintada, vestida con cierta ostentación. Lleva un gran bolso de piel verde, unos zapatos de culebra, un lunar pintado en la mejilla.

—Tiene aire de ser la mujer de un prendero rico. También tiene aire de ser la querida de un médico; los médicos eligen siempre queridas muy llamativas, parece como si quisieran decir a todo el mundo: ¡Hay que ver! ¿Eh? ¿Ustedes se han fijado bien? ¡Ganado del mejor! [d]

Martín viene de Atocha. Al llegar a Ventas se apea y tira a pie por la carretera del Este. Va al cementerio a ver a su madre, doña Filomena López de Marco, que murió hace algún tiempo, un día de poco antes de nochebuena. [e]

Pablo Alonso dobla el periódico y llama al timbre. Laurita se tapa, le da todavía algo de vergüenza que la doncella

---

[c] Abastos *A*

[d] "Ay que ver! ¿Eh? ¿Ustedes se han fijado bien? ¡Ganado del mejor!" *A*; "Hay que…" desde *A2*

[e] Nochebuena *A*

la vea en la cama. Después de todo, hay que pensar que
no lleva viviendo en la casa más que dos días; en la pensión de la calle de Preciados donde se metió al salir de
su portería de Lagasca, ¡se estaba tan mal!

—¿Se puede?

—Pase. ¿Está el señor Marco?

—No, señor, se marchó hace ya rato. Mc pidió una corbata vieja del señor, que fuese de luto.

—¿Se la dio?

—Sí, señor.

—Bien. Prepáreme el baño.

La criada se va de la habitación.

—Tengo que salir, Laurita. ¡Pobre desgraciado! ¡Lo único que le faltaba!

—¡Pobre chico! ¿Crees que lo encontrarás?

—No sé, miraré en comunicaciones [f] o en el banco [g] de
España, suele caer por allí a pasar la mañana.

Desde el camino del Este se ven unas casuchas miserables, hechas de latas viejas y de pedazos de tablas. Unos
niños juegan tirando piedras contra los charcos que la
lluvia dejó. Por el verano, cuando todavía no se secó del
todo el Abroñigal, pescan ranas a palos y se mojan los
pies en las aguas sucias y malolientes del regato. Unas
mujeres buscan en los montones de basura. Algún hombre
ya viejo, quizás impedido, se sienta a la puerta de una
choza, sobre un cubo boca abajo y extiende al tibio sol
de la mañana un periódico lleno de colillas.

—No se dan cuenta, no se dan cuenta...

Martín, que iba buscando una rima de "laurel", para
un soneto a su madre que ya tenía empezado, piensa en
eso ya tan dicho de que el problema no es de producción,
sino de distribución.

—Verdaderamente, ésos están peor que yo. ¡Qué barbaridad! ¡Las cosas que pasan!

[f] Comunicaciones *A*
[g] Banco *A*

Paco llega, sofocado, con la lengua fuera, al bar de la calle de Narváez. El dueño, Celestino Ortiz, sirve una copita de cazalla al guardia García.

—El abuso del alcohol es malo para las moléculas del cuerpo humano, que son, como ya le dije alguna vez, de tres clases: moléculas sanguíneas, moléculas musculares y moléculas nerviosas, porque las quema y las echa a perder, pero una copita de cuando en cuando sirve para calentar el estómago.

—Lo mismo digo.

—...y para alumbrar las misteriosas zonas del cerebro humano.

El guardia Julio García está embobado.

—Cuentan que los filósofos antiguos, los de Grecia y los de Roma y los de Cartago, cuando querían tener algún poder sobrenatural...

La puerta se abrió violentamente y un ramalazo de aire helado corrió sobre el mostrador.

—¡Esa puerta!

—¡Hola, señor Celestino!

El dueño le interrumpió. Ortiz cuidaba mucho los tratamientos, era algo así como un jefe de protocolo en potencia.

—Amigo Celestino.

—Bueno, déjese ahora. ¿Ha venido Martín por aquí?

—No, no ha vuelto desde el otro día, se conoce que se enfadó; a mí esto me tiene algo disgustado, puede creerme.

Paco se volvió de espaldas al guardia.

—Mire. Lea aquí.

Paco le dio un periódico doblado.

—Ahí abajo.

Celestino lee despacio, con el entrecejo fruncido.

—Mal asunto.

—Eso creo.

—¿Qué piensa usted hacer?

—No sé. ¿A usted qué se le ocurre? Yo creo que será mejor hablar con la hermana, ¿no le parece? ¡Si pudiéramos mandarlo a Barcelona, mañana mismo!

En la calle de Torrijos, un perro agoniza en el alcorque [1] de un árbol. Lo atropelló un taxi por mitad de la barriga. Tiene los ojos suplicantes y la lengua fuera. Unos niños le hostigan con el pie. Asisten al espectáculo dos o tres docenas de personas.

Doña Jesusa se encuentra con Purita Bartolomé.

—¿Qué pasa ahí?

—Nada, un chucho deslomado.

—¡Pobre!

Doña Jesusa coge de un brazo a Purita.

—¿Sabes lo de Martín?

—No, ¿qué le pasa?

—Escucha.

Doña Jesusa lee a Purita unas líneas del periódico.

—¿Y ahora?

—Pues no sé, hija, me temo que nada bueno. ¿Lo has visto?

—No, no lo he vuelto a ver.

Unos basureros se acercan al grupo del can moribundo, cogen al perro de las patas de atrás y lo tiran dentro del carrito. El animal da un profundo, un desalentado aullido de dolor, cuando va por el aire. El grupo mira un momento para los basureros y se disuelve después. Cada uno tira para un lado. Entre las gentes hay, quizás, algún niño pálido que goza —mientras sonríe siniestramente, casi imperceptiblemente— en ver cómo el perro no acaba de morir...

Ventura Aguado habla con la novia, con Julita, por teléfono.

—Pero, ¿ahora mismo?

—Sí, hija, ahora mismo. Dentro de media hora estoy en el metro [h] de Bilbao, no faltes.

---

[h] Metro *A*

---

[1] *alcorque*: el hoyo hecho alrededor de los árboles para recoger en él la lluvia o el agua del riego.

—No, no, pierde cuidado. Adiós.

—Adiós, échame un beso.

—Tómalo, mimoso.

A la media hora, al llegar a la boca del metro [i] de Bilbao, Ventura se encuentra con Julita, que ya espera. La muchacha tenía una curiosidad enorme, incluso hasta un poco de preocupación. ¿Qué pasaría?

—¿Hace mucho tiempo que has llegado?

—No, no llega a cinco minutos. ¿Qué ha pasado?

—Ahora te diré, vamos a meternos aquí.

Los novios entran en una cervecería y se sientan al fondo, ante una mesa casi a oscuras.

—Lee.

Ventura enciende una cerilla para que la chica pueda leer.

—¡Pues sí, en buena se ha metido tu amigo!

—Eso es todo lo que hay, por eso te llamaba.

Julita está pensativa.

—¿Y qué va a hacer?

—No sé, no lo he visto.

La muchacha coge la mano del novio y da una chupada de su cigarro.

—¡Vaya por Dios!

—Sí, en perro flaco todas son pulgas... He pensado que vayas a ver a la hermana, vive en la calle de Ibiza.

—¡Pero si no la conozco!

—No importa, le dices que vas de parte mía. Lo mejor era que fueses ahora mismo. ¿Tienes dinero?

—No.

—Toma dos duros. Vete y vuelve en taxi, cuanta más prisa nos demos es mejor. Hay que esconderlo, no hay más remedio.

—Sí, pero... ¿No nos iremos a meter en un lío?

—No sé, pero no hay más remedio. Si Martín se ve solo es capaz de hacer cualquier estupidez.

—Bueno, bueno, ¡tú mandas!

—Anda, vete ya.

[i] Metro *A*

—¿Qué número es?

—No sé, es esquina a la segunda bocacalle, a la izquierda, subiendo por Narváez, no sé cómo se llama. Es en la acera de allá, en la de los pares, después de cruzar. Su marido se llama González, Roberto González.

—¿Tú me esperas aquí?

—Sí, yo me voy a ver a un amigo que es hombre de mucha mano, y dentro de media hora estoy aquí otra vez.

El señor Ramón habla con don Roberto, que no ha ido a la oficina, que pidió permiso al jefe por teléfono.

—Es algo muy urgente, don José, se lo aseguro; muy urgente y muy desagradable. Ya sabe usted que a mí no me gusta abandonar el trabajo sin más ni más. Es un asunto de familia.

—Bueno, hombre, bueno, no venga usted, ya le diré a Díaz que eche una ojeada por su negociado. [j]

—Muchas gracias, don José, que Dios se lo pague. Yo sabré corresponder a su benevolencia.

—Nada, hombre, nada, aquí estamos todos para ayudarnos como buenos amigos, el caso es que arregle usted su problema.

—Muchas gracias, don José, a ver si puede ser...

El señor Ramón tiene el aire preocupado.

—Mire usted, González, si usted me lo pide yo lo escondo aquí unos días; pero después que busque otro sitio. No es por nada, porque aquí mando yo, pero la Paulina se va a poner hecha un basilisco en cuanto se entere.

Martín tira por los largos caminos del cementerio. Sentado a la puerta de la capilla, el cura lee una novela de vaqueros del Oeste. Bajo el tibio sol de diciembre los gorriones pían, saltando de cruz a cruz, meciéndose en las ramas desnudas de los árboles. Una niña pasa en bicicleta por el sendero; va cantando, con su tierna voz, una ligera

[j] Negociado *A*

canción de moda. Todo lo demás es suave silencio, grato silencio. Martín siente un bienestar inefable.

Petrita habla con su señorita, con la Filo.

—¿Qué le pasa a usted, señorita?

—Nada, el niño que está malito, ya sabes tú.

Petrita sonríe con cariño.

—No, el niño no tiene nada. A la señorita le pasa algo peor.

Filo se lleva el pañuelo a los ojos.

—Esta vida no trae más que disgustos, hija, ¡tú eres aún muy chiquilla para comprender!

Rómulo, en su librería de lance, lee el periódico.

Londres. Radio Moscú anuncia que la conferencia entre Churchill, Roosevelt y Stalin se ha celebrado en Teherán hace unos días. [k] [2]

—¡Este Churchill es el mismo diablo! ¡Con la mano de años que tiene y largándose de un lado para otro como si fuese un pollo!

Cuartel general del Führer. En la región de Gomel, del sector central del frente del este, [1] nuestras fuerzas han evacuado los puntos de... [m] [3]

—¡Huy, huy! ¡A mí esto me da muy mala espina!

Londres. El presidente Roosevelt llegó a la isla de Malta a bordo de su avión gigante Douglas. [n] [4]

—¡Qué tío! ¡Pondría una mano en el fuego porque ese aeroplanito tiene hasta retrete!

[k] "Londres. Radio... días." A

[1] Frente del Este A

[m] "Cuartel ... puntos de..." A

[n] "Londres ... Douglas" A

[2] La conferencia entre Roosevelt, Churchill y Stalin se celebró en Teherán entre los días 28 de noviembre y 2 de diciembre de 1943.

[3] La ciudad de Gomel fue recuperada por las tropas soviéticas el día 26 de noviembre de 1943.

[4] El presidente Roosevelt llegó a la isla de Malta el día 10 de diciembre de 1943.

Rómulo pasa la hoja y recorre las columnas, casi cansadamente, con la mirada.

Se detiene ante unas breves, apretadas líneas. La garganta se le queda seca y los oídos le empiezan a zumbar.

—¡Lo que faltaba para el duro! ¡Los hay gafes!

Martín llega hasta el nicho de la madre. Las letras se conservan bastante bien: R.I.P. Doña Filomena López Moreno, viuda de D. Sebastián Marco Fernández. Falleció en Madrid el 20 de diciembre de 1934. [ñ]

Martín no va todos los años a visitar los restos de la madre, en el aniversario. Va cuando se acuerda.

Martín se descubre. Una leve sensación de sosiego, siente que le da placidez al cuerpo. Por encima de las tapias del cementerio, allá a lo lejos, se ve la llanura color pardo en la que el sol se para, como acostado. El aire es frío, pero no helador. Martín, con el sombrero en la mano, nota en la frente una ligera caricia ya casi olvidada, una vieja caricia del tiempo de la niñez...

—Se está muy bien aquí —piensa—, voy a venir con más frecuencia.

No faltó nada para que se pusiera a silbar, se dio cuenta a tiempo.

Martín mira para los lados.

La niña Josefina de la Peña Ruiz subió al cielo el día 3 de mayo de 1941, a los once años de edad. [o]

—Como la niña de la bicicleta. A lo mejor eran amigas; a lo mejor, pocos días antes de morir, le decía, como dicen, a veces, las niñas de once años: Cuando sea mayor y me case... [p]

El Ilmo. Señor Don Raúl Soria Bueno. Falleció en Madrid... [q]

[ñ] "R.I.P. ... 1934" *A*

[o] "La niña ..., subió al Cielo el día 3 de mayo de 1943, ... edad" *A*; a partir de *A2* siempre, en frase con o sin comillas, 1941.

[p] "Cuando ... case" *A*

[q] "El Ilmo. ... en Madrid..." *A*

—¡Un hombre ilustre pudriéndose metido en un cajón!
Martín se da cuenta de que no hace fundamento.
—No, no. Martín, estáte quieto.
Levanta de nuevo la mirada y se le ocupa la memoria
con el recuerdo de la madre. No piensa en sus últimos
tiempos, la ve con treinta y cinco años...
—Padre nuestro que estás en los cielos, [r] santificado sea
el tu [s] nombre, venga a nos el tu [t] reino, así como nosotros
perdonamos a nuestros deudores... No, esto me parece que
no es así.
Martín empieza otra vez y vuelve a equivocarse; en
aquel momento hubiera dado diez años de vida por acor-
darse del padrenuestro. [u]
Cierra los ojos y los aprieta con fuerza. De repente, rompe a hablar a media voz.
—Madre mía que estás en la tumba, yo te llevo dentro
de mi corazón y pido a Dios que te tenga en la gloria [v]
eterna como te mereces. Amén.
Martín sonríe. Está encantado con la oración que acaba
de inventar.
—Madre mía que estás en la tumba, pido a Dios... No,
no era así.
Martín frunce el entrecejo.
—¿Cómo era?

Filo sigue llorando.
—Yo no sé lo que hacer, mi marido ha salido a ver
a un amigo. Mi hermano no hizo nada, yo se lo aseguro a
usted; eso debe ser una equivocación, nadie es infalible,
él tiene sus cosas en orden...
Julita no sabe lo que decir.
—Eso creo yo, seguramente es que se han equivocado.

[r] Cielos *A*
[s] Tu *A*
[t] Tu *A*
[u] Padrenuestro
[v] Gloria *A*

De todas maneras, yo creo que convendría hacer algo, ver a alguien... ¡Vamos, digo yo!

—Sí, a ver qué dice Roberto cuando venga.

Filo llora más fuerte, de repente. El niño pequeño que tiene en el brazo, llora también.

—A mí lo único que se me ocurre es rezar a la virgencita [w] del Perpetuo Socorro, que siempre me sacó de apuros.

Roberto y el señor Ramón llegaron a un acuerdo. Como lo de Martín, en todo caso, no debía ser nada grave, lo mejor sería que se presentase sin más ni más. ¿Para qué andar escapando cuando no hay nada importante que ocultar? Esperarían un par de días —que Martín podía pasar muy bien en casa del señor Ramón— y después, ¿por qué no?, se presentaría acompañado del capitán Ovejero, de don Tesifonte, que no es capaz de negarse y que siempre es una garantía.

—Me parece muy bien, señor Ramón, muchas gracias. Usted es hombre muy cabal.

—No, hombre, no, es que a mí me parece que sería lo mejor.

—Sí, eso creo yo. Créame si le aseguro que me ha quitado usted un peso de encima...

—Celestino lleva escritas tres cartas, piensa escribir aún otras tres. El caso de Martín le preocupa.

—Si no me paga, que no me pague, pero yo no lo puedo dejar así.

Martín baja las laderitas del cementerio con las manos en los bolsillos.

—Sí, me voy a organizar. Trabajar todos los días un poco es la mejor manera. Si me cogieran en cualquier oficina, aceptaba. Al principio, no, pero después se puede hasta escribir, a ratos perdidos, sobre todo si tiene buena calefacción. Le voy a hablar a Pablo, él seguramente sabrá de algo. En sindicatos [x] se debe estar bastante bien, dan pagas extraordinarias.

A Martín se le borró la madre, como con una goma de borrar, de la cabeza.

—También se debe estar muy bien en el instituto nacional de previsión; [y] ahí debe ser más difícil entrar. En esos sitios se está mejor que en un banco. [z] En los bancos[aa] explotan a la gente, al que llega tarde un día le quitan dinero al darle la paga. En las oficinas particulares hay algunas en las que no debe ser difícil prosperar; a mí lo que me venía bien era que me nombrasen para hacer una campaña en la prensa. [ab] ¿Padece usted de insomnio? ¡Allá usted! ¡Usted es un desgraciado porque quiere! ¡Las tabletas equis (Marco, por ejemplo) le harían a usted feliz sin que le atacasen lo más mínimo al corazón!

Martín va entusiasmado con la idea. Al pasar por la puerta se dirige a un empleado.

—¿Tiene usted un periódico? Si ya lo ha leído, yo se lo pago, es para ver una cosa que me interesa...

—Sí, ya lo he visto, lléveselo usted.

—Muchas gracias.

Martín salió disparado. Se sentó en un banco del jardincillo [ac] que hay en la puerta del cementerio y desdobló su periódico.

—A veces, en la prensa, vienen indicaciones muy buenas para los que buscamos empleo.

Martín se dio cuenta de que iba demasiado de prisa y se quiso frenar un poco.

—Voy a leerme las noticias; lo que sea, será; pero ya se sabe, no por mucho madrugar se amanece más temprano.

---

[x] Sindicatos *A*
[y] Instituto Nacional de Previsión *A*
[z] Banco *A*
[aa] Bancos *A*
[ab] Prensa *A*
[ac] Eds. 4.ª, 5.ª, 6.ª, 7.ª y 8.ª: "...jardinillo..." *N. del A.*

Martín está encantado consigo mismo.

—¡Hoy sí que estoy fresco y discurro bien! Debe ser el aire del campo.

Martín lía un pitillo y empieza a leer el periódico.

—Esto de la guerra es la gran barbaridad. Todos pierden y ninguno hace avanzar ni un paso a la cultura. [ad]

Por dentro sonríe, va de éxito en éxito.

De vez en cuando, piensa sobre lo que lee, mirando para el horizonte.

—En fin, ¡sigamos!

Martín lee todo, todo le interesa, las crónicas internacionales, el artículo de fondo, el extracto de unos discursos, la información teatral, los estrenos de los cines, la liga... [ae]

Martín nota que la vida, saliendo a las afueras a respirar el aire puro, tiene unos matices más tiernos, más delicados que viviendo constantemente hundido en la ciudad.

Martín dobla el diario, lo guarda en el bolsillo de la americana, y rompe a andar. Hoy sabe más cosas que nunca, hoy podría seguir cualquier conversación sobre la actualidad. El periódico se lo ha leído de arriba abajo, la sección de anuncios la deja para verla con calma, en algún café, [af] por si hay que apuntar alguna dirección o llamar a cualquier teléfono. La sección de anuncios, los edictos [5] y el racionamiento de los pueblos del cinturón, es lo único que Martín no leyó.

Al llegar a la plaza de toros [ag] ve un grupo de chicas que le miran.

[ad] Cultura *A*
[ae] Liga *A*
[af] Café *A*
[ag] Plaza de Toros *A*

---

[5] Los edictos incluidos en la prensa diaria eran la llamada que un tribunal hacía pública para todas aquellas personas con domicilio desconocido y que tenían un proceso judicial pendiente. La Ley de Responsabilidades Políticas habilitaba a los juzgados militares para que investigaran el comportamiento anterior a 1939 y "la actuación y conducta durante el Movimiento Nacional". Según la novela, Martín Marco sólo había sido miembro de la F.U.E., un motivo por el que pudiera buscársele ahora.

—Adiós, preciosas.

—Adiós, turista.

A Martín le salta el corazón en el pecho. Es feliz. Sube por Alcalá a paso picado, silbando la Madelón.[6]

—Hoy verán los míos que soy otro hombre.

Los suyos pensaban algo por el estilo.

Martín, que lleva ya largo rato andando, se para ante los escaparates de una bisutería.

—Cuando esté trabajando y gane dinero, le compraré unos pendientes a la Filo. Y otros a Purita.

Se palpa el periódico y sonríe.

—¡Aquí puede haber una pista!

Martín, por un vago presentimiento, no quiere precipitarse... En el bolsillo lleva el periódico, del que no ha leído todavía la sección de anuncios ni los edictos. Ni el racionamiento de los pueblos del cinturón.

—¡Ja, ja! ¡Los pueblos del cinturón! ¡Qué chistoso! ¡Los pueblos del cinturón!

Madrid, 1945 - Cebreros, 1950. [ah]

[ah] Madrid, 1945-50 *A*
Eds. 1.ª a 7.ª: "Madrid, 1945-50. *N. del A.*

---

[6] Himno que se popularizó en la Primera Guerra Mundial.

INDICE
DE PERSONAJES

ÍNDICE DE PERSONAJES

Abuela de Elvirita. Cuando Elvirita quedó huérfana, a los once o doce años, se fue a Villalón, "a vivir con una abuela, que era la que pasaba el cepillo del pan de San Antonio en la parroquia. La pobre vieja vivía mal, y cuando le agarrotaron al hijo empezó a desinflarse y al poco tiempo se murió".

Abuelo de Paco, el amigo de Martín Marco. "El abuelo de Paco había sido general y marqués, y murió en un duelo de pistola en Burgos; lo mató un diputado progresista que se llamaba don Edmundo Páez Pacheco, hombre masón y de ideas disolventes".

Agustín Rodríguez Silva. El novio de Esperanza Moisés, quince años mayor que ella, y dueño de la droguería *Agrosil*, situada en la calle Mayor, n.º 20. "El padre de la chica está encantado, su futuro yerno le parece un hombre de provecho. La madre también lo está. —Jabón lagarto, del de antes de la guerra, de ése que nadie tiene, y todo, todito lo que le pida, le falta tiempo para traérmelo".

Alfonsito. El niño que hace los recados en el café de doña Rosa. "Alfonsito es un niño canijo, de doce o trece años, que tiene el pelo rubio y tose constantemente. Su padre, que era periodista, murió dos años atrás en el hospital del Rey. Su madre, que de soltera fue una señorita llena de remilgos, fregaba unos despachos en la Gran Vía y comía en auxilio social".

Alfonso. Amigo de Pablo Alonso. Tiene una querida que se llama Mari Tere. Cuando Pablo pregunta por él, ésta contesta: "Con la familia, hijo; está muy regenerado esta temporada".

415

Alfredo Angulo Echevarría. El novio de Visitación Moisés, desde hace una semana, y sobrino de Lolita Echevarría de Cazuela, la que vive en la casa de la difunta doña Margot. Es estudiante de Medicina.

Amigas de Maribel Pérez. Le preguntan a Maribel, antigua novia de Ricardo Sorbedo, si se van a casar y qué hace él.

Amigas de Socorro Robles. A ellas les cuenta Socorro que es feliz, que todo lo da por bien empleado, que "tarde o temprano no tendrán más remedio que medallar a mi Bartolo".

Amigo de Dña. Lolita Echevarría de Cazuela. Fernando Cazuela, "cuando todos los vecinos buscaban al criminal por orden de don Ibrahím, se encontró con el amigo de su mujer, que estaba escondido, muy acurrucado, en la cesta de la ropa sucia".

Amigo de José Sanz Madrid. Debe muchos favores al chamarilero, "manda mucho en auxilio social, es primo del gobernador civil de no sé donde". Él puede hacer que Paquito, el hermano de Purita, entre en la guardería.

Amigos de don Gonzalo Sisemón. Fueron los que "lo tuvieron que traer en un taxi" cuando se enteraron que don Gonzalo había muerto en un prostíbulo. "A doña Juana le dijeron que se había muerto en la cola de Jesús de Medinacelli".

Amigos de don José Rodríguez de Madrid, que juegan a las damas en el café de doña Rosa. Sabedores de que a éste le tocó un premio de la pedrea, le dicen: "Ha habido suertecilla, ¿eh?" (...) "No hombre, no explique, que no le vamos a pedir a usted nada".

Amparo Robles. Hija de doña Soledad Castro y de don Francisco Robles, está casada con Emilio Rodríguez Ronda, ayudante del padre. "La pobre Amparo ni tiene hijos ni podrá ya tenerlos, anda siempre mal de salud, siempre a vueltas con sus arrechuchos y sus goteras; tuvo primero un aborto, después una larga serie de trastornos, y hubo que acabar al final por extirparle los ovarios y sacarle fuera todo lo que le estorbaba, que debía ser bastante".

Angelito. Vecino de doña Visi, "es un chico muy piadoso de la vecindad, estuvo tratando de llevar a Rabelais al buen camino, pero no consiguió nada; sus esfuerzos fueron en vano y su labor cayó en el vacío".

Anita. Es hija de un hermano de doña Pura y está casada con Fidel que tiene una confitería en Huesca. Han ido por la tarde a ver a su tía y a don Pablo; "Están pasando unos días en Madrid, en viaje de novios".

Antonio Jareño. Vecino, en el entresuelo D, de la difunta doña Margot. Es empleado de wagons-lits, compañía internacional de viajes.

Antonio Pérez Palenzuela. Vecino, en el 1.º C, de la difunta doña Margot. Es empleado de Sindicatos.

Arturo Ricote. Vecino, en el 4.º D, de la difunta doña Margot. Trabaja en el banco Hispano-Americano.

Asturiano. El primer hombre que conoció Elvirita: "se largó del pueblo con un asturiano que vino a vender peladillas por la función. Anduvo con él dos años largos, pero como le daba unas tundas tremendas que la deslomaba, un día, en Orense, lo mandó al cuerno...".

Asunción, doña. Una de las pensionistas, "pintadas como monas", que acude, acompañada de doña Matilde, al café de doña Rosa. "Tiene dos hijas: una casada con un subalterno del ministerio de obras públicas, que se llama Miguel Contreras y es algo borracho, y otra, soltera, que salió de armas tomar y vive en Bilbao con un catedrático". Es amiga también de Ramona Bragado y Juana Entrena.

Asunción Robles. Hija de Soledad Castro y Francisco Robles. Está casada con Fadrique Méndez, practicante en Guadalajara. Es más fuerte que su hermana Amparo y "tiene tres hijos que son tres soles".

Bartolomé Anguera. Pintor, amigo de Paco Robles, que se escapó con Socorrito Robles. Los dos llevan "vida de bohemios en un estudio de la calle de los Caños, donde se tienen que helar de frío, donde el día menos pensado van a amanecer tiesos como sorbetes".

Basureros. Cogen al perro moribundo de la calle de Torrijos y lo tiran dentro del carrito.

Bernabé. El mayor de los niños que juega al tren en el café de doña Rosa. Mientras un señor les está diciendo que hay que tener más educación, a Bernabé "le da la risa al pensar aquello tan gracioso que le pasó a Chus con su tía".

Botones. Está en el restaurante donde comen Laurita y Pablo.

Braulio Pérez. Marido de la Eulogia y padre de Maribel Pérez, la antigua novia de Ricardo Sorbedo. Un hombre que "había tenido una corsetería modesta en la calle de la Colegiata, hacía ya bastantes años, corsetería que traspasó porque su mujer, la Eulogia, se le metió entre ceja y ceja que lo mejor era poner un bar de camareras en la calle de la Aduana". Cuando su mujer se escapó con un "tocaor" don Braulio decía: "¡Qué vergüenza! ¡Mi señora liada con ese desgraciado que la va a matar de hambre!". Murió poco después, de una pulmonía.

Bruno Pérez. Hermano de don Braulio que había venido a Madrid desde Astorga para asistir al sepelio de éste. En el autobús, camino del cementerio, habla con Paco el Sardina quien piensa "que don Bruno era un tío muy moderno".

Camarero. Sirve en el bar donde hablan Laurita y Pablo.

Camarero. Sirve la comida a Laurita y Pablo.

Camarero. Atiende a Martín Marco y Ventura Aguado en un café de la calle de San Bernardo.

Camarero del café de doña Rosa (ver *Pepe*).

Camilo Pérez. El callista del principal D, vecino de la difunta doña Margot.

Carlos Luque. Inquilino del 1.º D en la casa de la difunta doña Margot. Trabaja en el comercio y ante la muerte de la vecina, opina que "sin duda alguna tiene razón el señor Ostolaza; debemos atender los sufragios de nuestra desaparecida convecina".

Carmen, doña. Cuñada de la abuela de Merceditas Olivar Vallejo, "una señora vieja llena de puntillas y pintada como una mona, que lleva peluquín y que se llama doña Carmen. En el barrio a doña Carmen, por mal nombre la llaman, Pelo de muerta. Los chicos de la calle prefieren llamarla Saltaprados. Doña Carmen vendió a Merceditas por cien duros, se la compró don Francisco, el del consultorio".

Celestino Ortiz. Dueño del bar "Aurora. Vinos y comidas", "había sido comandante con Cipriano Mera durante la guerra, y es un hombre más bien alto, delgado, cejijunto y con algunas marcas de viruela; en la mano derecha lleva una gruesa sortija de hierro, con un esmalte en colores que representa a León Tolstoi y que se había mandado hacer en la calle de la Colegiata, y usa dentadura postiza que, cuando le molesta mucho, deja sobre el mostrador. Celestino Ortiz guarda cuidadosamente, desde hace muchos años ya, un sucio y desbaratado ejemplar de la Aurora de Nietzsche, que es su libro de cabecera, su catecismo". Hace buenas migas con el guardia García, le "cobra" a Petrita la deuda que tiene Martín Marco; le gustan los romances y duerme en el bar, con el colchón encima de unas sillas, para ahorrar e impedir que le roben.

Celia Vecino. Viuda de Obdulio Cortés y dueña de la casa de citas a la que acuden Ventura Aguado y Julita Moisés, Roque Moisés y Lola, y don Francisco con Merceditas. Doña Celia, "la pobre, se ayuda a malvivir alquilando a algunos amigos de confianza unos gabinetitos muy cursis, de estilo cubista y pintados de color naranja y azul, donde el no muy abundante confort es suplido, hasta donde pueda serlo, con buena voluntad, con discreción y con mucho deseo de agradar y de servir" (...) "Doña Celia tiene recogidos dos niños pequeños, hijos de una sobrinita que murió medio de sinsabores y disgustos, medio de avitaminosis, cuatro o cinco meses atrás".

Cerillero. Al que el Sr. Flores compra tabaco para la Uruguaya.

Ciclista. En la calle de Manuel Silvela está a punto de atropellar a Martín Marco.

Ciego. Pasea cantando los cuarenta iguales por entre las masas de la taberna donde están Maribel y Ricardo Sorbedo.

Clarita Morales. Es la esposa de don Camilo Pérez, el callista del principal D de la casa de doña Margot, y hermana de María Morales, la mujer de don José Sierra.

Clientes del café de doña Rosa. Los "clientes ven pasar a la dueña, casi sin mirarla ya, mientras piensan, vagamente, en ese mundo que, ¡ay!, no fue lo que pudo haber sido, en ese mundo en el que todo ha ido fallando poco a poco, sin que nadie se lo explicase, a lo mejor por una minucia insignificante" (...) "todos fuman y los más meditan, a solas, sobre las pobres, amables, entrañables cosas que les llenan o les vacían la vida entera".

Clientes de la noche. La noche se llena de clientes, "clientes con dinero de los cabarets, de los cafés de la Gran Vía, llenos de perfumadas, de provocativas mujeres" (...) "o los noctívagos de bolsillo más ruín" y los "trasnochadores accidentales"; también los clientes de los cines, los "del centro, apresurados, mejor vestidos que tratan de coger un taxi" (...); y "los clientes de los cines de barrio, los hombres que no saben nunca quiénes son los directores, pasan un poco después, ya con los portales cerrados, sin grandes prisas, peor vestidos, menos preocupados también, por lo menos a esas horas".

Cojoncio Alba. El seminarista que, en unas vacaciones, perdió a Dorita. "El seminarista, que llegó a canónigo de la catedral de León, la llevó, enseñándole unas estampitas, de colores chillones, que representaban milagros de San José de Calasanz, hasta las orillas del Curueño y allí, en un prado, pasó todo lo que tenía que pasar".

Conchita Ibáñez. Madre de Cojoncio Alba. Cuando el padre decidió llamarlo Cojoncio, ella, "que era una santa, lloraba y no hacía más que decir:

—¡Ay, qué desgracia, qué desgracia! ¡Mi marido embriagado en un día tan feliz!

Al cabo de los años, en los aniversarios del bautizo, todavía se lamentaba:

—¡Ay, qué desgracia, qué desgracia! ¡Mi marido embriagado en tal día como hoy!".

Consorcio López. El encargado del café de doña Rosa. "Es natural de Tomelloso, en la provincia de Ciudad Real, un pueblo grande y hermoso y de mucha riqueza. López es un hombre joven, guapo, incluso atildado, que tiene las manos grandes y la frente estrecha. Es un poco haragán y los malos humores de doña Rosa se los pasa por la entrepierna. A esta tía —suele decir— lo mejor es dejarla hablar: ella sola se para. Consorcio López es un filósofo práctico; la verdad es que su filosofía le da buen resultado. Una vez, en Tomelloso, poco antes de venirse para Madrid, diez o doce años atrás, el hermano de una novia que tuvo, con la que no se quiso casar después de hacerle dos gemelos, le dijo: o te casas con la Marujita o te los corto donde te encuentre. Consorcio, como no quería casarse ni tampoco quedar capón, cogió el tren y se metió en Madrid".

Corrector de pruebas. El impresor Mario de la Vega, hablando con el nuevo corrector, Eloy Rubio Antofagasta, le dice que "esta mañana tuve que echar a la calle al que tenía por golfo. Era un desaprensivo".

Cura bilbaíno. Según otra de las revistas de doña Visi, "que asomaba tímidamente" en el costurero, hacía milagros.

Chica. Mira a Martín Marco "un segundo y sigue su camino. Es jovencita y muy mona. No va bien vestida. Debe de ser una sombrerera".

Chica. Mauricio Segovia la sigue y antes de que se atreva a decirle nada, "dobló una esquina y se metió por el primer portal".

Chica. Sirve en la droguería donde Seoane entra a comprar unas gafas.

Chicas. Miran a Martín Marco cuando llega a la plaza de toros. Éste les dice: "Adiós, preciosas" y contestan, "Adiós, turista".

Chico. Sirve a Ricardo Sorbedo y Maribel Pérez, "se secó las manos con su mandil de rayas verdes y negras y descolgó el teléfono". Dice a Ricardo que no puede venir Ramón, "que se le ha puesto la mamá mala".

Chico del tendero. Tiene 14 años y según las malas lenguas un día Josefa López lo puso muy colorado.

Chófer. Trabaja con unos marqueses, tiene "enchulada" a la Uruguaya y "le arrea cada tunda que la desloma".

Chóferes. Los "chóferes de taxi" que en el mostrador del bar donde están Ricardo Sorbedo y Maribel, "se bebían sus vasos". Uno dice, viendo al gato que pasea por el reborde del zócalo, "Mira, mira! Es pasmoso que no se caiga".

Chus. El vecino que hace reír a Bernabé, por lo que le pasó con su tía: "Chus, eres un cochino, que no te cambias el calzoncillo hasta que tiene palomino; ¿no te da vergüenza?" (...) "No, tía, no me da vergüenza —contesta Chus—; papá también deja palomino".

Dependiente. Trabaja en la óptica donde va Seoane a comprar unas gafas. "El dependiente lo mira con un profundo desprecio. Lleva bata blanca y unos ridículos lentes de pinzas, se peina con raya al medio y mueve el culito al andar".

Díaz. Compañero de oficina de Roberto González. Cuando éste llama a don José para decirle que no puede ir, añade "ya le diré a Díaz que eche una mirada por su negociado".

Doncella. Trabaja en casa de Pablo Alonso y Laurita. A ésta "le da todavía algo de vergüenza que la doncella la vea en la cama". Pablo le pregunta por Martín Marco y responde: "se marchó hace ya rato. Me pidió una corbata vieja del señor, que fuese de luto".

Dorita. Trabaja de planchadora en el prostíbulo de doña Jesusa. "La perdió un seminarista de su pueblo, en unas vacaciones. El seminarista, que ya murió, se llamaba Cojoncio Alba" (...) "Dorita tuvo un hijo, y el seminarista, en otro permiso en que volvió por el pueblo, no quiso ni verla". "A Dorita la echaron de su casa y anduvo una temporada vagando por los pueblos, con el niño colgado de los pechos". Su hijo murió y ella "le colgó unas piedras al cuello y lo tiró al río, a que se lo comieran las truchas. Después, cuando ya no había remedio, se echó a llorar y estuvo cinco días metida en la cueva, sin ver a nadie y sin comer". Entonces "Dorita tenía dieciséis años y un aire triste y soñador de perro sin dueño, de bestia errabunda". Anduvo por los burdeles de Valladolid y Salamanca hasta llegar a Madrid, a una casa de la calle de la Madera. De allí la sacó D. Nicolás de Pablos, un ricachón de Valdepeñas. Le dio tres hijos que nacieron muertos. Acabó de planchadora con doña Jesusa; por las tardes acompañaba a una señora. Por las noches, a veces, con "una ternura infinita en el corazón" (...) "prestaba algún servicio" a soldados y estudiantes de bachillerato.

Edmundo Páez Pacheco. Diputado progresista, "hombre masón y de ideas disolventes" que mató al abuelo de Paco, el amigo de Martín Marco.

Eloy Rubio Antofagasta. El bachiller del 3 a quien Mario de la Vega coloca de corrector de pruebas en su imprenta. Se encontraron en una mesa del café de doña Rosa y aquél se asombró ante el puro que éste fumaba: "Al de la mesa de al lado, que es un hombre raquítico y sonriente, le hubiera gustado poder decir algo así como: ¡quién como usted!, pero no se atrevió; por fortuna, le dio la vergüenza a tiempo". Adula al impresor, se siente su subordinado, cena con él y le acompaña: "se sintió cobista; el ser cobista era, probablemente, su estado natural". Tiene un hermano que se llama Paco, el tuberculoso novio de Victorita.

Elvira (Elvirita). Buscona asidua del café de doña Rosa. "La señorita Elvira lleva una vida perra, una vida que, bien mirado, ni merecería la pena vivirla. No hace nada, eso es cierto, pero por no hacer nada, ni come siquiera. Lee novelas, va al café, se fuma algún que otro tritón y está a lo que caiga. Lo malo es que lo que cae suele ser de pascuas a ramos, y para eso, casi siempre de desecho de tienta y defectuoso". Tiene las mejillas ajadas y los ojos rojos, escupe debajo de la mesa y se seca la boca con la vuelta de un guante. "La pobre es una sentimental que se echó a la vida para no morirse de hambre, por lo menos, demasiado deprisa. Nunca supo hacer nada y, además, tampoco es guapa ni de modales finos. En su casa, de niña, no vio más que desprecio y calamidades". Una vez ahorcado su padre, marchó con el asturiano hasta que "lo mandó al cuerno y se metió de pupila en casa de la Pelona, en la calle del Villar donde conoció a una hija de la Marraca" (…) "La pobre estaba algo amargada, pero no mucho. Además, era de buenas intenciones y, aunque tímida, todavía un poco orgullosa" (…) "La pobre no come lo bastante para ser ni viciosa ni virtuosa". Tiene pesadillas por la noche, "es ya como un mueble" en el café de doña Rosa, lee los *Misterios de París* y "se conforma con no ir al hospital, con poder seguir en su miserable fonducha; a lo mejor dentro de unos años, su sueño dorado es una cama en el hospital, al lado del radiador de la calefacción".

Emilio Rodríguez Ronda. Médico ayudante de Francisco Robles, casado con Amparo Robles. Juega al dominó, en un bar de la calle de San Bernardo, con don Roque, Tesifonte Ovejero y el señor Ramón. Forma pareja con Tesifonte. Dice, cuando le pregunta su suegro, que Amparo está "bien, ya está bien, mañana la levanto".

Emilita. La prima de Paquito, el menor de los niños que juegan al tren. La tienen que operar de la garganta. "Mamá dice —afirma Paquito— que cuando la operen de la garganta se le quitará esa cara de boba que tiene y ya no dormirá con la boca abierta. A lo mejor, cuando la operen se muere".

Empleado del cementerio. Martín, al salir del cementerio, se dirige a un empleado para pedirle el periódico. Le contesta: "Sí, ya lo he visto, lléveselo usted".

Enfermo. "Estaba enfermo y sin un real, pero se suicidó porque olía a cebolla".

Enfermos. Acuden a la consulta de D. Francisco Robles. En la sala de espera siempre hay algunos "aguardando con cara de circunstancias y en silencio". Piensan que "es un sabio, un verdadero sabio, un médico con mucho ojo y mucha práctica". Si preguntan por las sulfamidas y D. Francisco contesta "con trampa", ellos responden obedientes: "No, no, lo que usted mande, yo sólo haré lo que usted mande".

Escolástica (Tica). Sirve en casa de doña Visi, es "la vieja y sucia criada a quien todos llaman Tica, para acabar antes".

Esperanza Moisés. Hija menor de don Roque y doña Visi y hermana de Julita y Visitación. Son tres hermanas, "las tres jóvenes, las tres bien parecidas, las tres un poco frescas, un poco ligeras de cascos". Esperanza "tiene novio formal, que entra en casa y habla de política con el padre. Esperanza está ya preparando su equipo y acaba de cumplir los diecinueve años". Su novio, Agustín Rodríguez Silva dice que en ella "ha encontrado la mujer que me puede ayudar a fundar una familia y a erigir un hogar y que puede acompañarme en el trabajo y que me ha de hacer feliz (...) Es buena y hacendosa y tan lucida como honrada".

Esperanza Redondo. En el café de doña Rosa, "muchos de los mármoles de los veladores habían sido antes lápidas en las sacramentales; en algunos, que todavía guardan las letras, un ciego podría leer, pasando las yemas de los dedos por debajo de la mesa: Aquí yacen los restos mortales de la señorita Esperanza Redondo, muerta en la flor de la juventud...".

Estanislao Alba. Padre de Cojoncio Alba, el seminarista que perdió a Dorita. "Se apostó una cena con los amigos a que llamaba Cojoncio al hijo y ganó la apuesta. El día del bautizo del niño, su padre, don Estanislao Alba, y sus amigos, engancharon una borrachera tremenda. Daban mueras al rey y vivas a la república federal".

Estanislao Ramírez. Un banquero de Murcia con el que se largó María Angustias Robles cuando se lió la manta a la cabeza.

Estrella. Amiga de Laurita a la que "le puso un piso en Menéndez Pelayo un señor que se dedica a traer aceite".

Eudosia. Madre de Elvirita. La mató su marido Fidel Hernández con una lezna de zapatero. "Lo que él decía: si la mato a sopas de sulfato, no se entera ni Dios".

Eulogia. Esposa de Braulio Pérez y madre de Maribel: "se le metió entre ceja y ceja que lo mejor era poner un bar de camareras en la calle de la Aduana. El bar de la Eulogia se llamó El paraíso terrenal y marchó bastante bien hasta que el ama perdió el seso y se escapó con un tocaor que andaba siempre bebido".

Exuperio Estremera. Sacerdote que vive en el 4.º C de la casa de la difunta doña Margot. Asiente a todas las indicaciones de don Ibrahím. Cuando éste lo nombra para que "organice todos los actos con arreglo a sus sólidos conocimientos de canonista", el presbítero "puso un gesto mirífico" y dijo "Acepto vuestro mandato".

Fadrique Méndez. El marido de Asunción Robles y yerno de don Francisco, "es practicante en Guadalajara, hombre trabajador y mañoso que lo mismo sirve para un roto que para un descosido, que lo mismo pone unas inyecciones a un niño o unas lavativas a una vieja de buena posición, que arregla una radio o pone un parche a una bolsa de goma".

Fernando Cazuela. Procurador de los tribunales. Vive en el principal derecha de la casa de la difunta doña Margot. Está casado con Lolita Echeverría. Descubre al amante de su mujer, acurrucado en el cesto de la ropa sucia, cuando buscaba al asesino de doña Margot.

Fidel. El marido de Anita, la sobrina de doña Pura, "un chico que tiene una confitería en Huesca". "Fidel es un muchacho joven que lleva bigotito y una corbata verde claro. De adolescente tuvo algún trastorno en su organismo, más bien unas purgaciones, por andarse de picos pardos sin ser ni listo ni limpio. La verdad es que tampoco tuvo demasiada suerte. Se lo guardó todo bien callado, para que no tomaran aprensión los clientes de la confitería, y se las fue curando poco a poco con sales de mercurio en el retrete del casino (...) En Zaragoza ganó, seis o siete meses atrás, un concurso de tangos, y aquella misma noche le presentaron a la chica que ahora es su mujer". A la pastelería que heredó de su padre le puso de nombre "El sorbete de oro"; "Las pastelerías no tienen por qué tener nombres políticos" —decía.

Fidel Hernández. Padre de Elvirita, "que mató a la Eudosia, su mujer, con una lezna de zapatero, lo condenaron a muerte y lo agarrotó Gregorio Mayoral en el año 1909".

Fidel Utrera. El practicante que vivía en el entresuelo A, en la casa de la difunta doña Margot, y que "era muy flamenco". Ante la oratoria de don Ibrahím, "por poco dice ¡bravo!; ya lo tenía en la punta de la lengua, pero; por fortuna, pudo dar marcha atrás".

Filo López Moreno. La madre de Filo y Martín Marco. Fue amiga de doña Jesusa. Martín ve que las letras del nicho se conservan bastante bien: "R.I.P. doña Filomena López Moreno, viuda de don Sebastián Marco Fernández. Falleció en Madrid el 20 de diciembre de 1934".

Filo Marco. Hermana de Martín Marco y la mujer de Roberto González. "El matrimonio González vive al final de la calle Ibiza, en un pisito de los de la ley Salmón, y lleva un apañado pasar aunque bien sudado. Ella trabaja hasta caer rendida, con cinco niños pequeños y una criadita de dieciocho años para mirar por ellos". Cumple 34 años: "¿Qué vieja soy ya, verdad? Mira cómo tengo la cara de arrugas. Ahora, esperar que los hijos crezcan, seguir envejeciendo y después morir. Como mamá, la pobre". A veces, dice, "también tengo miedo, me imagino que me voy a quedar muerta de repente...". Se siente "poquita cosa": "como hubiese seguido tan sólo un instante, pensando en su pequeñez, se le hubieran arrasado los ojos de lágrimas". Recorre todas las noches las camas de los hijos, pone con frecuencia voz de niña y cree que en el fondo no puede quejarse. Además, "la mujer es muy agradecida; el que le hagan un poco de caso la llena de alegría".

Florentino del Mare Nostrum. Hijo de doña Matilde, "imitador de estrellas que vive en Valencia". "Le había salido un contrato muy ventajoso para Barcelona, para trabajar en un salón del Paralelo, en un espectáculo de postín que se llamaba Melodías de la raza, y que, como tenía un fondo patriótico, esperaban que fuese patrocinado por las autoridades". Su madre piensa: "¡Pobre Florentinín, con lo sensible que él es, teniendo que trabajar para un público tan atrasado y, como él dice, lleno de prejuicios! ¡Qué horror!". Había tenido problemas en algunos pueblos: "Una vez, en Jadraque, tuvo que intervenir hasta la guardia civil; si no llega a tiempo, al pobrecito mío lo despellejan aquellos seres desalmados y sin cultura que lo único que les gusta es la bronca y decir ordinarieces a las estrellas".

Flores, señor. Acompaña a la Uruguaya cuando se encuentran con Martín Marco, "es uno de esos que se las da de graciosos", que ríe a carcajadas y que invita a Martín: "quédese usted, a mí me hacen mucha gracia los poetas". En el café que hay en el chaflán, "el cabrito pidió café y coñac para todos". Llama al cerillero y al acercarse éste le dice: "Buenas noches, señor Flores, ya hacía tiempo que no se dejaba usted ver". Compró dos puritos y un paquete de rubio para la Uruguaya.

Francisco Javier. Según la última página de "El querubín misionero", "Doña Visitación Leclerc de Moisés, por bautizar dos chinitos con el nombre de Ignacio y Francisco Javier, 10 pesetas".

Francisco López. Dueño de la peluquería de señoras Cristi and Quico, que vive en el entresuelo D, en casa de la difunta doña Margot. Amigo de doña Juana Entrena porque "tantas veces había sido su confidente y paño de lágrimas".

Francisco Robles y López Patón. "Don Francisco tiene abierto un consultorio popular, que le deja sus buenas pesetas todos los meses. Ocupando los cuatro balcones de la calle, el consultorio de don Francisco exhibe un rótulo llamativo que dice: Instituto Pasteur-Koch, Director propietario, Dr. Francisco Robles. Tuberculosis, pulmón y corazón. Rayos X. Piel, venéreas, sífilis. Tratamiento de hemorroides por electrocoagulación. Consulta 5 pesetas. Los enfermos pobres de la glorieta de Quevedo, de Bravo Murillo, de San Bernardo, de Fuencarral, tienen una gran fe en don Francisco". Don Francisco es un poco tramposillo —"el hombre tiene a sus espaldas un familión tremendo"— y "asiste con el corazón encogido al progreso de la farmacopea". Casado con doña Soledad, tiene once hijos. Después de la comida va al café de la calle de San Bernardo, a jugar una partida de ajedrez con don Pablo. Frecuenta también la casa de doña Celia acompañado de Merceditas, esa niña que compró a doña Carmen por cien duros.

Fructuosa, señora. Tía de Matildita y portera en la calle Fernando VI. A un banco de su cuchitril se van a sentar Macario y Matildita todos los días.

Gabriel. Camarero del café de doña Rosa que prepara el chocolate que tomará don Pablo. Cuando la dueña se enfurece, "Gabriel la previene, como todos los días", diciéndole: "Que le van a oír, señorita".

Genoveva Cuadrado de Ostaleza. La esposa de don Ibrahím, que "hacía calceta, sentada al brasero, mientras su marido peroraba". Abre unos "ojos de palmo" cuando oye que doña Margot está muerta y "está muy apurada" por el desmayo de Leoncio Maestre.

Gitana. Vende lotería en la calle de Goya.

Golfa borracha. Le "arreó una coz" al niño que cantaba flamenco.

Gonzalo Sisemón. Difunto marido de doña Juana Entrena, "había acabado sus días en un prostíbulo de tercera clase, una tarde que le falló el corazón. Sus amigos lo tuvieron que traer en un taxi, por la noche, para evitar complicaciones. A doña Juana le dijeron que se había muerto en la cola de Jesús de Medinacelli, y doña Juana se lo creyó. El cadáver de don Gonzalo venía sin tirantes, pero doña Juana no cayó en el detalle".

Guadalupe Gutiérrez. En una de las revistas de doña Visi, donde aparece el cura bilbaíno de los milagros, se lee "Guadalupe Gutiérrez (Ciudad Real), la curación de un niño de diecinueve meses de una herida producida al caerse del balcón de un entresuelo, 25 pesetas".

Guardias. Guardias del cercano garage de la policía entran en el bar de Celestino Ortiz. Ríen y preguntan "Oye, Celestino, ¿tú no has sido nunca cura?".

Guardias. Están próximos a la casa de doña Margot. No dejan pasar a nadie.

Gumersindo López. Empleado de la Campsa y vecino del entresuelo C, en la casa de la difunta doña Margot, "era el único asistente que no había hablado, se iba preguntando, a medida que bajaba, pensativamente, las escaleras: —¿Y para esto pedí yo permiso en la oficina?".

Gumersindo Vega Calvo. El sereno, paisano del guardia Julio García Morrazo. "El guardia y el sereno tienen, desde hace ya varios meses, una conversación que les gusta mucho a los dos, una conversación sobre la que vuelven, noche a noche, con un paciente regodeo". Es natural de Cañiza, por Covelo, y a su familia la llaman "los pelones": "es un gallego de los otros, un gallego un poco escéptico y al que da cierto rubor la confesión de la abundancia".

Gutiérrez. El marido de Maruja Ranero. Está en Madrid, ingresado en un hospital: "tiene un cáncer como una casa".

Hermana de Petrita. La hermana casada de Petrita, la criada de Filo. La conoce Paco, el amigo de Martín Marco.

Hermana de Rómulo. Vive en Jaén. Rómulo le está escribiendo en el momento en que entra en la librería Martín Marco.

Hermano de Maruja Ranero. Cuando se enteró que Consorcio López no se quería casar con Marujita después de hacerle dos gemelos, le dijo "o te casas con la Marujita o te los corto donde te encuentre".

Hermano del padre de Fidel Bustamante. Muerto el 98 en Filipinas, la pastelería "La endulzadora" pasó al padre de Fidel.

Hermenegildo Segovia. Hermano de Mauricio Segovia, "había venido a Madrid a ver si conseguía que lo hiciesen secretario de la C.N.S. de su pueblo". Pensaba que "esto de estar así, sin saber a qué carta quedarse, es lo peor".

Hija de doña Asunción. Está casada "con un subalterno del ministerio de obras públicas, que se llama Miguel Contreras y es algo borracho".

Hija de la Marraca. Elvirita la conoció cuando entró de pupila en casa de la Pelona.

Hija de Margarita. Invita a comer "todas las semanas algún día" a su madre, la planchadora de doña Jesusa que, a su vez, le da todo el suministro.

Hijo de Dorita. Nacido de Dorita y el seminarista, "la criatura fue a morir, una noche, en una cueva que hay sobre el río Burejo, en la provincia de Palencia. La madre no dijo nada a nadie; le colgó unas piedras al cuello y lo tiró al río, a que se lo comieran las truchas".

Hijo de Isabel Montes. Además del fallecido Paco Sanz, doña Isabel tenía otro hijo, el mayor, que "andaba por el mundo, no se sabía bien dónde".

Hijo de Fernando Cazuela y Lolita Echevarría. Cuando Fernando descubre al amante de Lolita, ésta suplica que "nuestro hijito no se entere de nada".

Hijo de Leocadia, la castañera. Todas las noches va a recoger a su madre. El hombre "quedó cojo en la guerra y está de listero en las obras de los nuevos ministerios".

Hijos de Asunción Robles. Son "tres hijos como tres soles": "Pilarín, Fadrique y Saturnino, la mayorcita ya va al colegio, ya ha cumplido los cinco años".

Hijos de Josefa López. Josefa tuvo cinco hijos "que le criaban de caridad unas monjas de Chamartín de la Rosa: tres de don Roque, los tres mayores; uno del hijo mayor de don Francisco, el cuarto, y el último de don Francisco, que fue el que tardó más en descubrir el filón". Ahora viven los cinco con su madre, que tiene una pensión de estudiantes en la calle de Atocha.

Hijos de Roberto González y Filo. Son cinco hermanos, uno de los cuales se llama Javierín.

Hombre. Interviene en la conversación del grupo de personas que comentan la muerte de doña Margot.

Hombre. Elvirita le manda una carta por medio de Padilla.

Hombres. "Por el solar de la plaza de toros, dos hombres van en retirada".

Hombres jóvenes. Dos hombres que hablan en una ventana del café, "son dos hombres jóvenes, uno de veintitantos y otro de treinta y tantos años; el más viejo tiene aspecto de jurado en un concurso literario; el más joven tiene aire de ser novelista".

Ibrahím de Ostolaza. Vecino de doña Margot. Ensaya en solitario majestuosos e hipotéticos discursos tribunicios. Repite incesantemente sus pomposas argumentaciones frente al espejo; utiliza un lenguaje judicial y representa un figurado y esperpéntico papel: "En el fondo, y en la superficie también, don Ibrahím era un hombre muy feliz ¿que no le hacían caso? ¡qué más da! ¿Para qué estaba la historia?".

Ignacio. Según "El querubín misionero" doña Visi dio 10 pesetas para pagar el bautizo de dos chinitos que se llamarían Ignacio y Francisco Javier.

Ignacio Galdácano. Vecino del 2.º B, en la casa de la difunta doña Margot. Falta a la reunión porque "el pobre está loco".

Isabel Montes, viuda de Sanz. La "señora silenciosa que suele sentarse al fondo, conforme se sube a los billares, se le murió un hijo aún no hace un mes"; por "las tardes iba al café de doña Rosa, se sentaba al pie de la escalera y allí se estaba las horas muertas cogiendo calor". "Es una señora aún de cierto buen ver, que lleva una capita algo raída". Cuando le preguntan algo, casi nunca contesta: "un gesto con la mano, al despedirse, y en paz".

Jaime Arce. Asiduo al café de doña Rosa, "habla despacio, con parsimonia, incluso con cierta solemnidad. Cuida el ademán y se preocupa por dejar caer las palabras lentamente, como para ir viendo, y midiendo y pesando, el efecto que hacen". "A don Jaime Arce, que tiene un gran aire a pesar de todo, no hacen más que protestarle letras (...) pidió un crédito a un banco, se lo dieron y firmó unas letras. Después vino lo que vino. Se metió en un negocio donde lo engañaron, se quedó sin un real, le presentaron las letras al cobro y dijo que no podía pagarlas". Pero don Jaime "no solía pensar en su desdicha; en realidad, no solía pensar nunca en nada".

Javier, el novio de Pirula. A ésta "la tiene como una reina" y le puso un piso en el ático de la casa donde viven Filo y Roberto González. Acude allí todas las noches, ríen y se aman en el lecho que "tiene una colcha de moaré sobre la que se refleja la silueta de una araña de porcelana, de color violeta clarito, que cuelga del techo. Al lado de la cama arde una estufita eléctrica".

Javierín. Hijo de Roberto y Filo. En un momento de silencio entre Martín y Filo oyen la vocecita del niño que reza. Le da el flato algunas veces y no se le quita más que con sifón.

Jesusa, doña. Dueña de un prostíbulo en la calle de Montesa, "es una mujer gruesa, amable, obsequiosa, con aire de haber sido guapetona, teñida de rubio, muy dispuesta y emprendedora". Trata con cariño a Martín Marco; siempre ordenada y limpia, tiene dos criadas y por la mañana siete asistentas. Es madrugadora: "después de comer duerme la siesta, para compensar".

Joaquín Bustamante. El padre de Fidel, "pastelero también, había sido un tío muy bruto que se purgaba con arena y que no hablaba más que de joticas y de la Virgen del Pilar. Presumía de culto y emprendedor y usaba dos clases de tarjetas, unas que decían Joaquín Bustamante -Del comercio, y otras, en letra gótica, donde se leía: Joaquín Bustamante Valls- Autor del proyecto Hay que doblar la producción agrícola en España. A su muerte dejó una cantidad tremenda de papeles de barba llenos de números y de planos" (...) Cambió el nombre a la pastelería que heredó de su hermano y le puso Al solar de nuestros mayores. "Estuvo más de medio año buscando título y al final tenía apuntados lo menos trescientos, casi todos por el estilo".

José. Antiguo novio de Margarita, una de las planchadoras de doña Jesusa; era "un bailón de los merenderos de la Bombilla; la llevó un domingo al monte del Pardo y después la dejó".

José, don. Jefe de Roberto González. Le dice a éste que puede no ir por la oficina. Roberto, agradecido, asegura que "yo sabré corresponder a su benevolencia".

José Jiménez Figueras (ver Pepe el Astilla).

José Leciñena. Propietario del 2.º D, en la casa de la difunta doña Margot. Dice estar de acuerdo con las propuestas de don Ibrahím.

José Rodríguez de Madrid. Asiduo del café de doña Rosa donde pide siempre copita porque "él no es un cursi ni un pobretón de esos de café con leche". Le tocó un premio de la pedrea, en el último sorteo, "es escribiente de un juzgado y parece ser que tiene algunos ahorrillos. También dicen que se casó con una mujer rica, una moza manchega que se murió pronto, dejándole todo a don José, y que él se dio buena prisa en vender los cuatro viñedos y los dos olivares que había, porque aseguraba que los aires del campo le hacían mal a las vías respiratorias, y que lo primero de todo era cuidarse". Poco después de acabada la guerra tuvo un altercado con el violinista y éste fue despedido porque era, según él, "rojo irrespetuoso y sinvergüenza".

José Sanz. Chamarilero, amigo de Purita, "tiene dos prenderías donde compra y vende ropa usada y objetos de arte,
donde alquila smokings a los estudiantes y chaqués a los
novios pobres". Y "después de merendar lleva a Purita al
cine, le gusta darse el lote antes de irse a la cama".

José Sierra. El marido de María Morales "es ayudante de
obras públicas". "Don José es un hombre que, a fuerza de
tener que aguantar a su mujer, había conseguido llegar a
vivir horas enteras, a veces hasta días enteros, sin más que
decir, de cuando en cuando, ¡hum!, y al cabo de otro rato,
¡hum!, y así siempre. Era una manera muy discreta de darle
a entender a su mujer que era una imbécil, pero sin decírselo claro" (...) "Don José Sierra no trata a su mujer ni
bien ni mal, la trata como si fuera un mueble al que, a
veces, por esas manías que uno tiene, se le hablase como a
una persona".

Josefa, señora. La mujer que necesitaba una medicina y a la
que don Ramón, el panadero, prestó siete pesetas. Este añade que "aún así, mira como ha quedado".

Josefa López. Hermana de Lola, "una antigua criada de los
señores de Robles con quien don Roque tuvo algo que ver,
y que ahora, ya metida en carnes y en inviernos, ha sido
desbancada por su hermana menor" (...) "La Josefa fue
una mujer hermosa, un poco grande. Ahora tiene una pensión de estudiantes en la calle de Atocha y vive con los
cinco hijos. Malas lenguas de la vecindad dicen que se
entiende con el cobrador del gas y que un día puso muy
colorado al chico del tendero, que tiene catorce años".

Josefina de la Peña Ruiz. En el cementerio del Este, Martín
Marco ve un nicho donde se lee "La niña Josefina de la
Peña Ruiz subió al cielo el día 3 de mayo de 1941, a los
once años de edad". Aquél piensa que "a lo mejor, pocos
días antes de morir, le decía, como dicen a veces las niñas
de once años: Cuando sea mayor y me case...".

José María. Sobrino de la beata doña Montserrat. Era un
"irreverente" que cantaba el "Tamtum ergo" con la música
del himno alemán.

José María, don. Conocido de Hermenegildo Segovia, "está
en la secretaría particular de don Rosendo, y me dijo que
él apoyaría la propuesta con todo interés".

José María Olvera. "Un capitán de intendencia que vivía en
el 1.º A", en la casa de doña Margot.

José María de Sama. Es catedrático, en Bilbao, de psicología, lógica y ética y amante de Paquita, la hija de "armas tomar" que tiene doña Asunción. Según escribe aquélla, ha quedado viudo y "dice que ya no usemos nada y que si quedo en estado, pues él se casa".

Joven melenudo. (Ver Ramón Maello.)

Juan Ramón Robles. Hijo de Francisco Robles y de doña Soledad. Es el pequeño de los once que nacieron, "salió de la serie B y se pasaba el día mirándose al espejo y dándose cremas en la cara".

Juana Entrena. Pensionista que vive en el 1.º B, en la casa de la difunta doña Margot. Tiene a Francisco, el de la peluquería, de confidente y conoce a doña Asunción de la que "eran ya casi viejas amigas, se habían conocido cuando las evacuaron a Valencia, durante la guerra civil, a las dos en la misma camioneta". Doña Juana es viuda de don Gonzalo Sisemón, el que murió en el prostíbulo y sus amigos "le dijeron que se había muerto en la cola de Jesús de Medinaceli". Ella —que no vio que el cadáver venía sin tirantes— decía: "¡Pobre Gonzalo!, ¡pobre Gonzalo! ¡Lo único que me reconforta es pensar que ha ido derechito al cielo, que a estas horas estará mucho mejor que nosotros! ¡Pobre Gonzalo!".

Juanita, hermana de Matildita. Matildita "en su casa siempre echa una mano a su madre y a su hermana Juanita, que bordan para fuera".

Juez. Acude a casa de doña Margot. Interroga a don Ibrahím sobre el hijo de la finada. Ante las respuestas perifrásticas de aquél, dice "Oiga usted, ¿a qué llama usted malas costumbres? ¿A coleccionar sellos?"

Julián Suárez, la fotógrafa. Hijo de doña Margot, de 53 años de edad, natural de Vegadeo, provincia de Oviedo. "Por teléfono el señor Suárez habla en voz baja, atiplada, una voz de lila, un poco redicha. La chaqueta le está algo corta y el pantalón le queda ceñido, como el de un torero". Cuando vuelve a la mesa "va sonriendo y ahora lleva una cojera algo temblona, como estremecida; ahora lleva una cojera casi cachonda, una cojera coqueta, casquivana". Es el amante de Pepe el Astilla. "Representa tener unos cincuenta años y parece dentista o peluquero. También parece, fijándose bien, un viajante de productos químicos".

Julio García Morrazo. Guardia amigo de Celestino Ortiz y novio de Petrita. "Antes de la guerra no hacía nada, se dedicaba a llevar a su padre ciego, de romería en romería, cantando las alabanzas de San Sibrán y tocando el guitarrillo. A veces, cuando había vino por medio, Julio tocaba un poco la gaita, aunque, por lo común, prefería bailar y que la gaita la tocasen otros" (...) "Cuando la guerra terminó Julio García Morrazo se buscó una recomendación y se metió a guardia". Es feliz en su oficio, habla frecuentemente con el sereno y acude con Petrita a los solares de la plaza de toros.

Julio Maluenda. Vecino de doña Margot, vive en el 2.º C. Es marino mercante retirado y "tenía la casa que parecía una chamarilería, llena de mapas y de grabados y de maquetas de barcos".

Julio, hermano de Purita. Trabaja de aprendiz en una imprenta y "anda por los catorce" años. Vive en un sotabanco de la calle de la Ternera, con sus hermanos.

Julita Moisés. Hija mayor de don Roque y doña Visi y hermana de Visitación y Esperanza. Es la novia de Ventura Aguado, "tiene veintidós años y lleva el pelo pintado de rubio. Con la melena suelta y ondulada, parece Jean Harlow". Junto a Ventura acuden a casa de doña Celia donde "solían meterse en la habitación a las tres y media o cuatro y no se marchaban hasta dadas las ocho".

Laurita. Es la querida de Pablo Alonso desde hace 15 días. "Laurita es guapa. Es hija de una portera de la calle de Lagasca. Tiene diecinueve años. Antes no tenía nunca un duro para divertirse y mucho menos cincuenta duros para un bolso. Con su novio, que era cartero, no se iba a ninguna parte. Laurita ya estaba harta de coger frío en Rosales; se le estaban llenando los dedos y las orejas de sabañones". Pablo Alonso después de oír las reiterativas preguntas de Laurita piensa que ésta es "muy mona, muy atractiva, muy cariñosa, incluso muy fiel, pero muy poco variada".

Leocadia. La castañera que está "arrebujada en su toquilla". Todas las noches, a las once, viene a buscarla su hijo. "El hijo, que es muy bueno, le ayuda a recoger los bártulos y después se van, muy cogiditos del brazo, a dormir. La pareja sube por Covarrubias y tuerce por Nicasio Gallego. Si queda alguna castaña se la comen; si no, se meten en cualquier chigre y se toman un café con leche bien caliente. La lata de las brasas la coloca la vieja al lado de su cama, siempre hay algún rescoldo que dura, encendido, hasta la mañana".

Leonardo Cascajo. Maestro nacional que redactó el pie de una foto que, a la muerte de Obdulio Cortés le dedicó una revista de la sociedad colombófila.

Leonardo Meléndez. Asiduo al café de doña Rosa, "don Leonardo es un punto que vive del sable y de planear negocios que nunca salen (...). Don Leonardo lleva unas corbatas muy lucidas y se da fijador en el pelo, un fijador muy perfumado que huele desde lejos. Tiene aire de gran señor y un aplomo inmenso, un aplomo de hombre muy corrido. A mí no me parece que la haya corrido demasiado, pero la verdad es que sus ademanes son los de un hombre a quien nunca faltaron cinco duros en la cartera. A los acreedores los trata a patadas y los acreedores le sonríen y le miran con aprecio, por lo menos por fuera (...) A don Leonardo lo que más le gusta decir son dos cosas: palabritas del francés, como por ejemplo, madame, rue y cravate, y también, nosotros los Meléndez". Debe seis mil duros al limpia y no paga nunca el servicio: "Se deja limpiar los zapatos a cambio de un gesto. Don Leonardo es lo bastante ruín para levantar oleadas de admiración entre los imbéciles".

Leoncio Maestre. Señor "que llevaba ya un rato timándose con Elvirita"; "en su juventud se había llevado la flor natural de unos juegos florales que se celebraron en la isla de Menorca, su patria chica". Encontró el cadáver de doña Margot y del susto, ya en casa de don Ibrahím, puso "los ojos en blanco y echaba espuma por la boca".

Lola. Es la criada de doña Matilde y la querida de don Roque. Es "grande y pechugona" y acude a casa de doña Celia: "Don Roque le compra pulseras de bisutería y la convida a pasteles, y ella está encantada. Es menos honesta que la Josefa y parece ser que se entiende con algún pollo que otro. Un día doña Matilde la cogió acostada con Ventura, pero prefirió no decir nada".

Lolita Echevarría. La esposa de Fernando Cazuela y tía de Alfredo Angulo. Tiene un amigo al que su marido, cuando buscaba al asesino de doña Margot, encontró acurrucado en el cesto de la ropa sucia.

Lorenzo Sogueiro. Propietario del bar "El Fonsagradino" que estaba en uno de los bajos de la casa de la difunta doña Margot.

Luis. Trabaja de echador en el café de doña Rosa.

Luis Noalejo. Vive en el principal C, de la casa de doña Margot. Es representante en Madrid de las Hiladuras viuda e hijos de Casimiro Pons.

Macario. Trabaja de pianista en el café de doña Rosa y es el novio de Matildita.

Madre de Agustín Rodríguez Silva. Agustín le escribe una carta para decirle que tiene novia, que piensa fundar un hogar y que "a ver si por el verano se anima usted a visitar a este hijo que tanto la echa de menos, y así la conoce. Pues, madre, he de decirla que de los gastos del viaje no debe preocuparse y que yo, sólo por verla a usted, pagaría eso y mucho más".

Madre de Alfonsito. De "soltera fue una señorita llena de remilgos", pero ahora "fregaba unos despachos de la Gran Vía y comía en auxilio social".

Madre de Celestino Ortiz. "No era tan señora como la de Paco". Cuando, de mozo, oía hablar solo a Celestino, le decía: "¡Ay, hijo, por Dios, que te vas a volver loco".

Madre de Laurita. Una portera de la calle de Lagasca.

Madre de Marujita. Según dice la Uruguaya, Marujita sigue trabajando aunque "las ha enganchado" porque su madre de algo tiene que comer.

Madre de Matildita. Junto a Juanita, la otra hija, borda en casa "para fuera".

Madre del médico Manuel Jorquera. Dice que el aceite de las latas de sardinas es bueno para el estreñimiento de la niña.

Madre de Paco. "Llevaba una cinta de seda negra al cuello, para sujetar la papada, y tenía muy buen aire; enseguida se veía que era de una gran familia".

Madre de Paquito. Dice que cuando operen a Emilita de la garganta "se le quitará esa cara de boba que tiene y ya no dormirá con la boca abierta".

Madre de Purita. "Murió tísica y desnutrida el año 41".

Madre de Victorita. "Es un sargento de caballería que no hace más que gritar": "es una bestia".

Manuel. Según "El querubín misionero", Visitación Moisés dio cinco pesetas para sufragar el bautizo de un chino que se llamaría Manuel.

Manuel Cordel Esteban. Estudiante de medicina y antiguo novio de visitación Moisés con el que tuvo relaciones un año.

Manuel Jorquera. Médico que asiste a la difunta doña Margot y que vive en el piso contiguo al de don Ibrahím. Mientras éste ensayaba sus discursos, él preguntaba por el color de las cacas de la nena.

Margarita. Planchadora en casa de doña Jesusa. "Es hija de un hombre que en vida fue baulero en la estación de las Delicias. A los quince años tuvo un novio que se llamaba José, ella no sabe más. Era un bailón de los merenderos de la Bombilla; la llevó un domingo al monte de el Pardo y después la dejó. Margarita empezó a golfear y acabó con un bolso por los bares de Antón Martín. Lo que vino después es ya muy vulgar, aún más vulgar todavía".

Margot, doña. Vivía con su hijo, el señor Suárez; era "ya vieja, y se llevaban tan bien que, por las noches, antes de irse a la cama, la señora iba a taparlo y a darle su bendición". Muere asesinada. Y mientras su hijo está en comisaría, "doña Margot, con los ojos abiertos, dormía el sueño de los justos en el depósito, sobre el frío mármol de una de las mesas".

María. Amiga de doña Pura con la que habla en el café de doña Rosa. Es "gruesa, cargada de bisutería, que se rasca los dientes de oro con un palillo". Piensa que no hay decencia, que "eso viene de las piscinas" y los cines: "yo creo que tienen también mucha culpa. Eso de estar todo el mundo tan mezclado y a oscuras por completo no puede traer nada bueno".

María Angustias Robles. Hija de don Francisco y de doña Soledad, "empezó con que quería dedicarse al cante y se puso de nombre Carmen del Oro. Pensó también en llamarse Rosario Giralda y Esperanza de Granada, pero un amigo suyo periodista le dijo que no, que el nombre más a propósito era Carmen del Oro. En esas andábamos cuando, sin dar tiempo a la madre a reponerse de lo de Socorrito, María Angustias se lió la manta a la cabeza y se largó con un banquero de Murcia que se llamaba don Estanislao Ramírez".

María Auxiliadora Robles. Una de las hijas pequeñas de don Francisco y doña Soledad. Sus dos hermanas monjas, "aun hace unos meses, desde el convento, tiraron también de María Auxiliadora".

Mariana. La hermana de Purita, tiene dieciocho años, "la pobre está enferma y no puede moverse de la cama".

María Luisa del Valle. En una de las revistas de doña Visi, en la de los milagros del cura de Bilbao, se lee "María Luisa del Valle (Madrid), la desaparición de un bultito que tenía en un ojo sin necesidad de acudir al oculista. 5 pesetas".

María Morales de la Sierra. Es "una mujer de cuarenta o cuarenta y dos años", casada con don José Sierra y hermana de Clarita Morales de Pérez. Vive en el entresuelo de la casa donde también habitan Filo y don Roberto, Pirula y Javier. Mira constantemente por los visillos qué sucede en la calle. Su marido le da a entender que es imbécil y "la trata como a un mueble".

Mari Tere. Amiga de Pablo Alonso y de Alfonso que está en la barra de un bar "soplando coñac". Al discutir con uno de sus clientes le dice que "esta temporada estoy muy poco folklórica".

Maribel Pérez. Hija de Braulio y Eulogia y antigua novia de Ricardo Sorbedo. Era "una golfilla hambrienta, sentimental y un poco repipia (...) le gustaban las flores, los niños y los animales" (...), "la pobre casi nunca se daba cuenta de nada".

Marido de Maruja Ranero (ver Gutiérrez).

Marido de Isabel Montes. Está muerto y doña Isabel lo conoció cuando tenía veintitrés años. Era "apuesto, elegante, muy derecho, con el bigote engomado".

Mariana López Ortega. En una de las revistas de doña Visi, en la de los milagros del cura de Bilbao, se lee "Marina López Ortega (Madrid), el que se amansase un animal doméstico, 5 pesetas".

Mario de la Vega. Impresor enriquecido que fuma "un puro descomunal, un puro que parece de anuncio"; da trabajo a Eloy Rubio Antofagasta y, por mediación de doña Ramona, consigue a Victorita.

Marqués de Casa Peña Zurona. Fue senador, dos veces subsecretario de Hacienda y querido de doña Ramona "lo menos veinte años". A ésta le dejó, "en medio de un escándalo mayúsculo una manda de diez mil duros" en el testamento.

Marraca, la. Leñadora de la pradera de Francelos, en Ribadavia, que tuvo doce hijas, todas busconas.

Martín Marco. "Es un hombrecillo desmedrado, paliducho, enclenque, con lentes de pobre alambre sobre la mirada. Lleva la americana raída y el pantalón desflecado. Se cubre con un flexible gris oscuro, con la cinta llena de grasa, y lleva un libro forrado de papel de periódico debajo del brazo". "El no es un hombre cualquiera, no es uno de tantos, no es un hombre vulgar, un hombre del montón, un ser corriente y moliente; tiene un tatuaje en el brazo izquierdo y una cicatriz en la ingle. Ha hecho sus estudios y traduce algo de francés. Ha seguido con atención el ir y venir del movimiento intelectual y literario y hay algunos folletones de El Sol que todavía podría repetirlos casi de memoria. De mozo, tuvo una novia suiza y compuso poesías ultraístas…".

Maruja Ranero. Antigua novia de Consorcio López de quien tuvo dos gemelos. Era "una señora alta y algo gruesa, no muy joven pero bien conservada, guapetona, un poco ostentosa (…) con diez años más se había convertido en una mujer espléndida, pletórica, rebosante, llena de salud y de poderío. En la calle, cualquiera que la viese la hubiera diagnosticado de lo que era, una rica de pueblo, bien casada, bien vestida y bien comida, y acostumbrada a mandar en jefe y a hacer siempre su santa voluntad".

Marujita. Prostituta que acude a casa de doña Jesusa. Es amiga de Martín Marco. Según dice la Uruguaya, "las ha enganchado (…) Y no quiere decir nada ni estarse una semana en casa. ¡Si doña Jesusa se entera! ¡Pues buena es! La Marujita dice que su madre tiene que comer. ¡Como si los demás viviéramos del aire!"

Matilde, doña. Una de las pensionistas, "pintadas como monas", que acude al café de doña Rosa. "Es gorda, sucia y pretensiosa. Huele mal y tiene una barriga tremenda, toda llena de agua". Tiene un hijo "imitador de estrellas" cuyo nombre artístico es Florentino del Mare Nostrum. Con doña Asunción se reúnen todas las tardes, nada más comer, en una lechería de la calle de Fuencarral, donde son amigas de la dueña, doña Ramona Bragado. Tiene una pensión en la que Lola está de criada y en la que viven Tesifonte y Ventura Aguado.

Matildita. La novia de Macario, el pianista del café de doña Rosa. Tiene treinta y nueve años y "es pequeñita y graciosa, algo feuchina y da, cuando puede, alguna clase de piano. A las niñas les enseña tangos de memoria, que es de mucho efecto", "tiene el pelo como la panocha y es algo corta de vista".

Mauricio Segovia. Cliente del café de doña Rosa, está empleado en la Telefónica. "Tiene unos treinta y ocho o cuarenta años y el pelo rojo y la cara llena de pecas. Vive lejos, por Atocha". Es un hombre "bondadoso, como todos los pelirrojos, y no puede aguantar las injusticias".

Merceditas Olivar Vallejo. "Tiene trece años y el pecho le apunta un poco, como una rosa pequeña que se vaya a abrir (...) La familia le desapareció con la guerra, unos muertos, otros emigrados. Merche vive con una cuñada de su abuela". Fue ésta la que vendió a Merceditas por cien duros: se la compró don Francisco. A la niña le dijo: "Mira, hija, don Francisco lo único que quiere es jugar, y además ¡algún día tenía que ser! ¿No comprendes?".

Miguel Contreras. El marido de una de las hijas de doña Asunción. Es subalterno del ministerio de obras públicas y "algo borracho".

Montserrat, doña. La beata amiga de doña Visi. Es "alta, hombruna, huesuda, desgarbada, bigotuda, algo premiosa en el hablar y miope".

Mozo. Trabaja en la taberna donde cena el niño que canta flamenco.

Mujer. Se volvió para contestar cuando, alrededor de la casa de doña Margot, preguntan qué ha ocurrido.

Mujer. Quiere sacar de dudas a un muchacho joven que pregunta qué pasa al acercarse a la casa de doña Margot.

Mujer. La esposa del hombre que se suicidó porque olía a cebolla: "era la imagen de la paciencia".

Mujer. Pide limosna con un niño en el brazo envuelto en trapos.

Mujer de José Rodríguez de la Madrid. Era "una mujer rica, una moza manchega que se murió pronto, dejándole todo a don José, y que él se dio buena prisa en vender los cuatro viñedos y los cuatro olivares que había, porque aseguraba que los aires del campo le hacían mal a las vías respiratorias, y que lo primero de todo era cuidarse".

Mujeres. Rebuscan en los montones de basura, cerca del camino del Este, por donde pasa Martín Marco.

Muchacha. Sentada en una banqueta del bar donde Leoncio Maestre toma una caña. Sonríe y le pide fuego, hablándole por encima del hombro.

Muchacho. El joven que se acercó al grupo que estaba próximo a la casa de doña Margot a preguntar qué pasaba.

Nati Robles. Hija de don Francisco Robles y de doña Soledad, fue compañera de Facultad de Martín Marco. "Aquella muchacha delgaducha, desaliñada, un poco con aire de sufragista, con zapato bajo y sin pintar, de la época de la Facultad, era ahora una señorita esbelta, elegante, bien vestida y bien calzada, compuesta con coquetería e incluso con arte" (...) "Tenía una voz bellísima, alta, musical, jolgoriosa, llena de alegría, una voz que parecía una campana finita". Piensa que "entonces me figuraba que jamás necesitaría un hombre al lado y que la vida podía llenarse con la política y la filosofía del derecho, ¡qué estupidez!".

Nicolás de Pablos. Un ricachón de Valdepeñas que se casó con Dorita por lo civil. Decía a su sobrino Pedrito: "Lo que yo quiero es una cachonda con arrobas que me haga gozar, ¿me entiendes?, una tía apretada que tenga a donde agarrarse. Todo lo demás son monsergas y juegos florales". "Don Nicolás se marchó de España el año 39, porque decían si era masón, y no se volvió a saber nada más de él".

Nieto de Trinidad García Sobrino. "Un niño morenucho que tiene sentado sobre las rodillas" don Trinidad. Come trocitos de bollo suizo mojados en café con leche.

Niña. La encuentra Martín Marco camino del cementerio: "pasa en bicicleta por el sendero; va cantando con su tierna voz, una ligera canción de moda".

Niña. Hija de Manuel Jorquera. Va estreñida y la madre antes de "meterle el perejilito" utiliza el aceite de una lata de sardinas.

Niño que canta flamenco. "El niño es vivaracho como un insecto, morenillo, canijo. Va descalzo y con el pecho al aire, y representa tener unos seis años. Canta solo, animándose con sus propias palmas y moviendo el culito al compás". "El niño no tiene cara de persona, tiene cara de animal doméstico, de sucia bestia, de pervertida bestia de corral. Son muy pocos sus años para que el dolor haya marcado aún el navajazo del cinismo —o de la resignación— en su cara, y en su cara tiene una bella e ingenua expresión estúpida, una expresión de no entender nada de lo que pasa". Siempre que puede cena en una taberna que hay por detrás de la calle de Preciados. "Duerme debajo de un puente, en el camino del cementerio. El niño que canta flamenco vive con algo parecido a una familia gitana, con algo en lo que, cada uno de los miembros que la forman, se las agencia como mejor puede, con una libertad y una autonomía absolutas". El muchacho "tiene un pie algo torcido; rodó por un desmonte, le dolió mucho, anduvo cojeando algún tiempo".

Niños. Están recogidos en casa de doña Celia, "hijos de una sobrinita que murió medio de sinsabores y disgustos, medio de avitaminosis, cuatro o cinco meses atrás. Los niños, cuando llega alguna pareja, gritan jubilosos por el pasillo: ¡viva, viva, que ha venido otro señor! Los angelitos saben que el que entre un señor con una señorita del brazo significa comer caliente al otro día".

Niños. Juegan en el camino del Este cuando Martín está cerca del cementerio.

Novio de Laurita. Era cartero y Laurita pensaba que con él no se iba a ninguna parte: "estaba ya harta de coger frío en Rosales".

Obdulio Cortés. El marido muerto de doña Celia Vecino. Era "del comercio, había muerto después de la guerra, a consecuencia, según decía la esquela de *ABC,* de los padecimientos sufridos durante el dominio rojo". "Don Obdulio había sido toda su vida un hombre ejemplar, recto, honrado, de intachable conducta, lo que se llama un modelo de caballeros". "Fue siempre muy aficionado a las palomas mensajeras", autor "del himno Vuela sin cortapisas, paloma de la paz, expresidente de la Real Sociedad Colombófila de Almería y fundador y director de la que fue gran revista Palomas y Palomares (Boletín mensual con información del mundo entero)".

Pablo, don. Esposo de doña Pura y antiguo amante de Elvirita. Era un "hombre ya metido en años" y "un miserable que ve las cosas al revés". Según doña Rosa es un "piernas desgraciado". Después de la comida, "se va a un tranquilo café de la calle de San Bernardo, a jugar una partidita de ajedrez con don Francisco Robles y López Patón y a eso de las cinco o cinco y media sale en busca de doña Pura para dar una vuelta y recalar por el café de doña Rosa, a merendar su chocolatito, que siempre le parece que está un poco aguado".

Pablo Alonso. "Es un muchacho joven, con cierto aire deportivo de moderno hombre de negocios, que tiene desde hace quince días una querida que se llama Laurita". Deja que en la cama turca del ropero pase las noches Martín Marco.

Paco, amigo de Martín Marco. "Paco, el señorito Paco, encuentra guapas a todas las mujeres, no se sabe si es un cachondo o un sentimental". Ha estado detenido un tiempo.

Paco Rubio Antofagasta. El novio de Victorita. Lo "habían devuelto del cuartel porque estaba tuberculoso; el pobre no podía trabajar y se pasaba todo el día en la cama, sin fuerza para nada, esperando a que Victorita fuese a verlo, al salir del trabajo".

Paco Sanz. Hijo de Isabel Montes, muerto "no hace un mes". Antes de morir, "estaba preparándose para correos. Al principio dijeron que le había dado un paralís, pero después se vio que no, que lo que le dio fue la meningitis. Duró poco y además perdió el sentido enseguida. Se sabía ya todos los pueblos de León, Castilla la Vieja, Castilla la Nueva y parte de Valencia (Castellón y la mitad, poco más o menos, de Alicante); fue una pena grande que se muriese. Paco había andado siempre medio malo desde una mojadura que se dio un invierno, siendo niño".

Paco, el Sardina. "Tocaor que andaba siempre bebido" y que se escapó con la Eulogia. Vivían en Carabanchel Bajo. Acudió al entierro de don Braulio "de luto riguroso y muy compungido".

Padilla. El cerillero del café de doña Rosa. Anda arrastrando los pies; vende unos emboquillados que asegura "no son colillas".

Padre de Alfonsito. "Era periodista, murió dos años atrás en el Hospital del Rey".

Padre de Anita. El hermano de doña Pura, "empleado del ayuntamiento de Zaragoza, que tiene una cruz de beneficencia porque una vez sacó del Ebro a una señora que resultó prima del presidente de la diputación".

Padre de Fidel. (Ver Joaquín Bustamante.)

Padre de Julio García Morrazo. Ciego que iba de romería en romería cantando las alabanzas de San Sibrán. Cuando la guerra terminó "se encontraba ya viejo y cansado y no quería volver a las romerías". Decía "yo ya me quedo en casa. Con lo que tengo ahorrado puedo ir viviendo, pero para los dos no hay".

Padre de Margarita. Un hombre "que en vida fue baulero en la estación de las Delicias".

Padre de Purita. Lo fusilaron "por esas cosas que pasan".

Padre de Ramón Maello. Vive en Apodaca y no se lleva muy bien con su hijo. De éste pensaba: "Este chico es tonto, el día que yo desaparezca no sé qué va a ser de él".

Padre de Victorita. "Un hombre blandengue y medio bebido con el que no se puede contar para nada".

Panadera. Estaba "asustadita" después de oír las palabras que Maruja Ranero dice a Consorcio desde el teléfono de su establecimiento".

Paquita. Hermana de Agustín Rodríguez Silva. Está casada y tiene hijos.

Paquita. La hija soltera de doña Asunción "que salió de armas tomar y vive en Bilbao con un catedrático", don José M.ª de Sama, catedrático de Psicología, Lógica y Ética.

Paquito. El menor de los niños que juegan al tren en el café de doña Rosa.

Paquito. El hermano menor de Purita. Ésta quiere que entre en la guardería de auxilio social y se lo pide al chamarilero José Sanz.

Pareja. Novios que están en el bar donde Ricardo Sorbedo y Maribel esperan a Ramón Maello: "En un rincón otra pareja se adoraba en silencio, mano sobre mano, un mirar fijo en el otro mirar".

Parejas. Pasan junto a Paco cuando éste habla con Petrita, "se aman en medio del frío, contra viento y marea, muy cogiditos del brazo, calentándose mano sobre mano".

Paulina. La mujer de don Ramón, el dueño de la tahona a la que va a trabajar Roberto González. Reprocha a éste que adelante dinero. Cuando Roberto contaba chistes se golpeaba "los recios muslos con las palmas de las manos".

Pedrito. El sobrino de don Nicolás de Pablos.

Pedro Pablo Tauste. Vecino de don Ibrahím y dueño del taller de reparación de calzado La clínica del chapín. Siente una cierta admiración por Ricardo Sorbedo y "le da una peseta de vez en cuando".

Pelona, la. Dueña de una casa de citas en la calle del Villar de Orense. En ella se metió de pupila Elvirita cuando "mandó al cuerno al asturiano".

Pepe. Camarero del café de doña Rosa "llegado cuarenta o cuarenta y cinco años atrás, de Mondoñedo", "le gusta mucho decir frases lapidarias en momentos de mal humor. Después se va distrayendo poco a poco y acaba por olvidarse de todo". "Pepe habla en castellano, aunque lleva ya casi medio siglo en Castilla, traduciendo directamente del gallego". "Tiene un marcado deje gallego que evita violencia, autoridad a sus palabras, que tiñe de dulzor su seriedad". Es el camarero que echa a Martín Marco a la calle.

Pepe. Uno de los oficiales de la tipografía El Porvenir, compañero de trabajo de Victorita.

Pepe, el Astilla. Amigo del señor Suárez, "era un barbián con aire achulado, corbata verde, zapatos color corinto y calcetines a rayas. Se llama José Giménez Figueras, y aunque tiene un aspecto sobrecogedor, con su barba dura y su mirar de moro, le llaman, por mal nombre, Pepito el Astilla". Tiene cuarenta y seis años de edad y es natural del Puerto de Santa María, provincia de Cádiz.

Periodista. Amigo de María Angustias Robles que le dijo que el nombre artístico más adecuado para dedicarse al cante era Carmen del Oro.

Petrita. Criada en casa de Filo, a la muchachita" le apuntaban sus cosas debajo del abriguillo de algodón. Los zapatos los llevaba un poco deformados ya. Tenía los ojos claritos, verdicastaños, y algo achinados". Martín la recuerda "con sus carnes prietas y su cara lavada, con sus piernas derechas y sus senos levantándole la blusilla o el jersey". Por las noches va con Julio García al solar de la plaza de toros: "Petrita quiere mucho al guardia, es su primer novio, el hombre que se llevó las primicias por delante. Allí en el pueblo, poco antes de venirse, la chica tuvo un pretendiente, pero la cosa no pasó a mayores".

Piedad Robles. Una de las hijas mayores de don Francisco Robles y doña Soledad. Se fue monja hace ya mucho tiempo, cuando cayó Primo de Rivera.

Pilarín. Hija de Fadrique y Asunción Robles. Tiene ya cinco años.

Pío Navas Pérez. Interventor de los ferrocarriles que vive en el principal y llamó la atención a la dueña del loro, ese "loro procaz y sin principios, un loro descastado y del que no hay quien haga carrera".

Pirula. Una muchacha "que estaba con Victorita en la imprenta, de empaquetadora también, y que se la llevó un señor que, además de tenerla como a una reina y de darle todos los caprichos, la quiere y la respeta". "La Pirula ahora vivía como una duquesa, la llamaba todo el mundo señorita, iba bien vestida y tenía un piso con radio".

Poeta (ver Ramón Maello).

Policías. Piden la documentación a Martín Marco. Uno de ellos tiene un diente de oro "y llevaba un abrigo magnífico".

Policías. Detienen al señor Suárez y a Pepe el Astilla en un bar de la calle de Ventura de la Vega. "Los policías que fueron por ellos, entraron en el bar, miraron un poquito alrededor y, ¡zas!, se fueron derechos como una bala. ¡Qué tíos, qué acostumbrados debían estar!".

Pollito. Está en el café de doña Rosa sentado en la mesa que hay al lado de la de don Pablo. Éste le explica que el bicarbonato es bueno y el joven "asiente, sin hacer mucho caso, y mira para las rodillas de la señorita Elvira".

Pura, doña. La mujer de don Pablo, acude todas las tardes al café de doña Rosa. Ésta cree que es una liosa, "que es un culebrón siempre riéndose por lo bajo".

Purita (Pura Bartolomé). Es una mujer "muy joven, muy mona, delgadita, un poco pálida, ojerosa, con cierto porte de virgen viciosilla". Es la segunda de seis hermanos, "tiene veinte años aunque quizá represente algunos más. Los hermanos viven solos. Al padre lo fusilaron por esas cosas que pasan y la madre murió, tísica y desnutrida, el año 41". Su hermano Julio gana cuatro pesetas. "El resto se lo tiene que ganar Purita a pulso, callejeando todo el día, recalando después de la cena por casa de doña Jesusa" (...) "Purita para en una pensión, así está más libre y puede recibir recados por teléfono".

Rabelais, el loro. "Rabelais es un loro de mucho cuidado, un loro procaz y sin principios, un loro descastado y del que no hay quien haga carrera. A lo mejor está una temporada algo más tranquilo, diciendo chocolate y Portugal y otras palabras propias de un loro fino, pero como es un inconsciente cuando menos se piensa, y a lo mejor su dueña está con una visita de cumplido, se descuelga declamando ordinarieces y pecados con una voz cascada de solterona vieja".

Rafael Masasana. Médico y vecino de la casa de doña Margot "cuya modestia", dice don Ibrahím, "le hace semiesconderse tras la cortina".

Rafael Sáez. Joven aparejador que vive en el 3.º D, en la casa de doña Margot.

Ramiro López Puente. En el café de doña Rosa, "muchos de los mármoles de los veladores han sido antes lápidas en los sacramentales; en algunos, que todavía guardan las letras, un ciego podría leer, pasando las yemas de los dedos por debajo de la mesa; (...) R.I.P. el Excmo. Sr. D. Ramiro López Puente. Subsecretario del Fomento".

Ramón, don. El dueño de la tahona donde lleva la contabilidad Roberto González. "El patrón es un hombre de buena sangre, un hombre honrado que hace sus estraperlos, como cada hijo de vecino, pero que no tiene hiel en el cuerpo". "El señor Ramón anda por los cincuenta o cincuenta y dos años y es un hombre fornido, bigotudo, colorado, un hombre sano, por fuera y por dentro, que lleva una vida honesta de viejo menestral levantándose al alba, bebido de vino tinto y tirando pellizcos en el lomo a las criadas de servir. Cuando llegó a Madrid, a principios de siglo, traía las botas al hombro para no estropearlas. Su biografía es una biografía de cinco líneas. Llegó a la capital a los ocho o diez años, se colocó en una tahona y estuvo ahorrando hasta los veintiuno, que fue al servicio. Desde que llegó a la ciudad hasta que se fue quinto, no gastó ni un céntimo, lo guardó todo. Comió pan y bebió agua, durmió debajo del mostrador y no conoció mujer. Cuando se fue a servir al rey dejó sus cuartos en la caja postal y, cuando lo licenciaron, retiró su dinero y se compró una panadería; en doce años había ahorrado veinticuatro mil reales, todo lo que ganó: algo más que una peseta diaria, unos tiempos con otros. En el servicio aprendió a leer, a escribir y a sumar, y perdió la inocencia. Abrió la tahona, se casó, tuvo doce hijos, compró un calendario y se sentó a ver pasar el tiempo. Los patriarcas antiguos debieron ser bastante parecidos al señor Ramón".

Ramón. Hermano de Purita, el mayor, "tiene veintidós años y está haciendo el servicio en África".

Ramón. Difunto marido de doña Matilde.

Ramón Hermida. En una de las revistas de doña Visi, la del cura bilbaino que hacía milagros, se lee: "Ramón Hermida (Lugo) por varios favores obtenidos en sus actividades comerciales, 10 pesetas".

Ramón Maello. El poeta que se desmayó en el café de doña Rosa, vecino de la mercería de Trini Robles y enamorado de ésta. "El poeta de la vecindad es un jovencito melenudo, pálido, que está siempre evadido, sin darse cuenta de nada, para que no se le escape la inspiración, que es algo así como una mariposita ciega y sorda pero llena de luz, una mariposita que vuela al buen tum-tum, a veces dándose contra las paredes, a veces más alta que las estrellas". "El poeta de la vecindad, en algunas ocasiones, cuando está en vena, se desmaya en los cafés y tienen que llevarlo al retrete, a que se despeje un poco con el olor del desinfectante, que duerme en su jaulita de alambre, como un grillo". Era amigo de Ricardo Sorbedo y "no es que nadase en la abundancia, pero tampoco pasaba lo que se dice hambre. El hombre, que era hijo de familia, siempre se las arreglaba para andar con unas pesetas en el bolsillo. El chico vivía en la calle de Apodaca, encima de la mercería de Trini y, aunque no se llevaba muy bien con su padre, tampoco se había tenido que marchar de casa. Ramón Maello andaba algo delicado de salud y haberse marchado de casa le hubiera costado la vida".

Ramona Bragado. Es "una vieja teñida pero muy chistosa, que había sido artista allá en los tiempos del general Prim. Doña Ramona recibió, en medio de un escándalo mayúsculo, una manda de diez mil duros del testamento del marqués de Casa Peña Zurena —el que fue senador y dos veces subsecretario de hacienda—, que había sido querido suyo lo menos veinte años, tuvo cierto sentido común y, en vez de gastarse los cuartos, tomó el traspaso de la lechería, que marchaba bastante bien y que tenía una clientela muy segura. Además, doña Ramona, que no se perdía, se dedicaba a todo lo que apareciese y era capaz de sacar pesetas de debajo de los adoquines; uno de los comercios que mejor se le daba era el de andar siempre de trapichera y de correveidile, detrás del telón de la lechería, soplando dorados y bien adobados embustes en los oídos de alguna mocita que quería comprarse un bolso y poniendo después la mano cerca de algún señor haragán, de esos que prefieren no molestarse y que se lo den todo hecho. Hay algunas personas que lo mismo sirven para un roto que para un descosido".

Ricardo Sorbedo. "Don Ricardo Sorbedo, con su larga melena enmarañada; su bufandilla descolorida y puesta un tanto al desgaire; su traje roto, deformado y lleno de lámparas; su trasnochada chalina de lunares y su seboso sombrero verde de ala ancha, es un extraño tipo, medio mendigo y medio artista, que malvive del sable, y del candor y de la caridad de los demás (...) Don Ricardo Sorbedo es un hombre pequeñito de andares casi pizpiretos, de ademanes grandilocuentes y respetuosos, de hablar preciso y ponderado, que construye muy bien sus frases, con mucho esmero". Era algo amigo de Martín Marco, de Pedro Pablo Tauste y de Ramón Maello. Había tenido una novia, Maribel Pérez "hasta hace poco tiempo, a la que dejó por cansancio y aburrimiento".

Roberto González. Marido de Filo, empleado de la diputación y republicano de Alcalá Zamora, "era un pobre hombre, un honesto padre de familia, más infeliz que un cubo, que enseguida se ponía tierno". Un hombre que "hace todas las horas extraordinarias que puede y donde se tercie; esta temporada tiene suerte y lleva los libros en una perfumería, donde va dos veces al mes para que le den cinco duros por las dos, y en una tahona de ciertos perendengues que hay en la calle de San Bernardo y donde le pagan treinta pesetas. Otras veces, cuando la suerte se le vuelve de espaldas y no encuentra un tajo para las horas de más, don Roberto se vuelve triste y ensimismado y le da el mal humor".

Rodríguez Entrena. Catedrático del Cardenal Cisneros que traduce los cuatro versos que estaban en el grabado que Rómulo va a vender a Martín Marco.

Rómulo. Librero amigo de Martín Marco, "un librero de viejo que tiene, a veces, en su cuchitril algún grabado interesante".

Roque Moisés. Marido de Visitación Leclerc (doña Visi), cuñado de doña Rosa, padre de Julita, Visitación y Esperanza Moisés y el querido, primero, de Josefa López y, después, de su hermana Lola, criada en la pensión de doña Matilde, con la que acude a casa de doña Celia. Según doña Rosa "es un golfante, que anda por ahí de flete las veinticuatro horas del día y luego se viene a casa para comerse la sopa boba. Mi hermana, que es tonta y lo aguanta, la pobre siempre fue así. ¡Anda que si da conmigo! Por su cara bonita le iba a pasar yo que anduviese todo el día por ahí calentándose con las marmotas. ¡Sería bueno! Si mi cuñado trabajara como trabajo yo, y arrimara el hombro y trajera algo para casa, otra cosa sería; pero el hombre prefiere camelar a la simple de Visi y pegarse la gran vida sin dar golpe". Vive en la calle Hartzenbusch, 57, interior.

Rosa, doña. Propietaria y dueña del café La Delicia. "Doña Rosa dice con frecuencia leñe y nos ha merengao. Para doña Rosa el mundo es su café, y alrededor de su café todo lo demás. Hay quien dice que a doña Rosa le brillan los ojillos cuando viene la primavera y las muchachas empiezan a andar en manga corta. Yo creo que todo eso son habladurías: doña Rosa no hubiera soltado jamás un buen amadeo de plata por nada de este mundo. Ni con primavera ni sin ella. A doña Rosa lo que le gusta es arrastrar sus arrobas, sin más ni más, por entre las mesas. Fuma tabaco de noventa, cuando está a solas, y bebe ojén, desde que se levanta hasta que se acuesta. Después tose y sonríe. Cuando está de buenas, se sienta en la cocina, en una banqueta baja y lee novelas y folletines, cuanto más sangrientos mejor: todo alimenta. Entonces les gasta bromas a la gente y les cuenta el crimen de la calle de Bordadores o el del expreso de Andalucía". "Doña Rosa tiene la cara llena de manchas. Parece que está siempre mudando la piel, como un lagarto. Cuando está pensativa, se distrae y se saca virutas de la cara, largas a veces como tiras de serpentina. Después vuelve a la realidad y se pasea otra vez, para arriba y para abajo, sonriendo a los clientes, a los que odia en el fondo, con sus dientecillos renegridos, llenos de basura". Es una mujer que grita constantemente a los camareros, "con sus manos gordezuelas apoyadas sobre el vientre hinchado como un pellejo de aceite, es la imagen misma de la venganza del bien nutrido contra el hambriento. ¡Sinvergüenzas! ¡Perros! De sus dedos como morcillas se reflejan hermosos, casi lujuriosos, los destellos de las lámparas". "Enlutada, nadie sabe por qué, desde que casi era una niña, hace ya muchos años, y sucia y llena de brillantes que valen un dineral, doña Rosa engorda y engorda todos los años un poco, casi tan aprisa como amontona los cuartos. La mujer es riquísima; la casa donde está el café es suya, y en las calles de Apodaca, de Churruca, de Campoamor, de Fuencarral, docenas de vecinos tiemblan como muchachos de la escuela todos los primeros de mes". Allá por el 905 la anduvo cortejando un "marquesito tarambana y sin blanca" que se había traído de París, de la exposición, un reloj de mueble casi suntuoso. "El marquesito que se llamaba Santiago y era grande de España, murió tísico en El Escorial, muy joven todavía y el reló quedó posado sobre el mostrador del café, como para servir de recuerdo de unas horas que pasaron sin traer el hombre para doña Rosa y el comer caliente todos los días para el muerto". Doña Rosa, además, "es accionista de un banco donde trae de cabeza a todo el consejo y, según dicen por el barrio, guarda baúles enteros de oro tan bien escondidos, que no se lo encontraron ni durante la guerra civil".

Rosalía. Hermana del sereno Gumersindo Vega. Hace diez años que se casó, "tiene nueve rapaces y está ya del décimo".

Rosario Quesada. En una de las revistas de doña Visi, en la del cura bilbaino que hacía milagros, don Roque leía: Rosario Quesada (Jaén), la curación de una hermana suya de fuerte colitis, 5 pesetas.

Rosendo, don. Está al frente de una secretaría particular. Con él trabaja don José María, al que pide recomendación Hermenegildo Segovia.

Rosita. Hermana de Purita. Tiene once años. Vive, como sus hermanos, en un sotabanco de la calle de la Ternera.

Salvadora, doña. La mujer impedida a quien Dorita sirve de dama de compañía y que había sido partera. "Tenía malas pulgas y estaba siempre quejándose y gruñendo. Soltaba tacos constantemente y decía que al mundo había que quemarlo, que no servía para nada bueno".

Santiago. Era "un marquesito tarambana y sin blanca que anduvo cortejando a doña Rosa, allá por el 905. El marquesito, que se llamaba Santiago y era grande de España, murió tísico en El Escorial, muy joven todavía".

Santiaguiño. Primo de Julio García Morrazo que murió en la guerra: "le dieron un tiro en el macuto donde llevaba las bombas de mano y del que el pedazo más grande que se encontró no llegaba a los cuatro dedos".

Sebastián Marco Fernández. El padre de Filo y Martín Marco.

Segundo Segura. El limpia del café de doña Rosa. Don Leonardo Meléndez le debe seis mil duros. "El limpia, que es un grullo, que es igual que un grullo raquítico y entumecido, estuvo ahorrando durante un montón de años para después prestárselo todo a don Leonardo". "Segundo Segura siente admiración por don Leonardo. El que don Leonardo le haya robado sus ahorros es, por lo visto, algo que le llena de pasmo y de lealtad. Hoy don Leonardo está locuaz con él y él se aprovecha y retoza a su alrededor como un perrillo faldero. Hay días, sin embargo, en que tiene peor suerte y don Leonardo lo trata a patadas. En esos días desdichados el limpia se le acerca sumiso y le habla humildemente y quedamente". "Si Segundo Segura fuese culto sería, sin duda, lector de Vázquez Mella".

Señor. Trae aceite a Madrid y le puso un piso a Estrella en la calle de Menéndez Pelayo.

Señor. Dejó su automóvil en la puerta y habla con Alfonsito, el niño de los recados en el café de doña Rosa. Si hace bien el mandado que le pide —concertar una cita con una señorita— le dará un duro.

Señor. Llama la atención a los niños que juegan al tren en el café de doña Rosa. Les está diciendo "que hay que tener más educación, más compostura". Según éstos, le huele la boca.

Señor. Esperaba a Victorita y la fue siguiendo por la calle. Iba muy bien vestido, "era un señor fino, con aire elegante, que sabía presentarse".

Señora. La señora del catedrático de Bilbao, don José María de Sama. Fallece de unas anemias perniciosas.

Señora. Está en el café de doña Rosa y se asusta cuando le salta el gato encima.

Señora. La señora de Manuel Jorquera, el médico. Anda muy preocupada por el estreñimiento de la niña.

Señorito. Compra castañas a la señora Leocadia y después de mirar su grueso reloj de plata, le dice que van a dar las once.

Seoane. Violinista del café de doña Rosa. Está casado con Sonsoles. El matrimonio vive en un sótano de la calle de Ruiz, húmedo y malsano, por el que pagan quince duros, "menos mal que está a un paso del café y Seoane no tiene que gastarse jamás ni un real en tranvías". Tiene los ojos "grandes y saltones como un buey aburrido". "Es un hombre que prefiere no pensar, lo que quiere es que el día pase corriendo, lo más deprisa posible y a otra cosa".

Sereno. Se acerca a Martín Marco cuando éste bebe en una boca de riego. Lleva toda la cabeza envuelta en una bufanda.

Sereno. Lo llama Martín Marco cuando pasa por delante de Villa Filo. Según éste, "este sereno es un miserable", "si supiera que voy sin blanca me hubiera echado a patadas, me hubiera deslomado de un palo".

Sobrinas, de doña Ramona. Juegan a las cartas en casa de ésta.

Socorro Robles. Una de las hijas de don Francisco y doña Soledad. "Socorrito se escapó con un amigo de su hermano

Paco, Bartolomé Anguera, que es pintor; llevan una vida de bohemios en un estudio de la calle de los Caños, donde se tienen que helar de frío, donde el día menos pensado van a aparecer como sorbetes. La chica asegura a sus amigas que es feliz, que todo lo da por bien empleado con tal de estar al lado de Bartolo, de ayudarle a hacer su obra".

Soledad Castro de Robles. La esposa de don Francisco Robles. "En la casa, en una habitación interior, doña Soledad repasa calcetines mientras deja vagar la imaginación, una imaginación torpe, corta y maternal, como el vuelo de una gallina. Doña Soledad no es feliz, puso toda su vida en los hijos, pero los hijos no han sabido, o no han querido, hacerla feliz. Once le nacieron, once le viven, casi todos lejos, alguno perdido".

Soledad Robles. Hija de don Francisco y de doña Soledad. Es una de las mayores, se fue monja "cuando cayó Primo de Rivera".

Sonsoles. La mujer de Seoane. "Sonsoles tiene debilidad en la vista, tiene los párpados rojos; parece siempre que acaba de estar llorando. A la pobre, Madrid no le prueba. De recién casada estaba gorda, hermosa, reluciente, daba gusto verla; pero ahora, a pesar de no ser vieja aún, está hecha una ruina. A la mujer le salieron mal sus cálculos, creyó que en Madrid se ataban los perros con longaniza, se casó con un madrileño y ahora que ya las cosas no tenían arreglo, se dio cuenta que se había equivocado. En su pueblo, en Navarredondilla, provincia de Ávila, era una señorita y comía hasta hartarse; en Madrid era una desdichada que se iba a la cama sin cenar la mayor parte de los días".

Taxista. Llevó a Suárez a la carrera de San Jerónimo, enfrente del Congreso.

Telmo García Morrazo. Hermano de Julio García Morrazo. Se murió de tifus, le llamaban Pito Tiñoso y no aguantaba que le diesen una patada: tenía muy mal carácter.

Teresa Corrales. Pensionista que vive en el 4.º B, en la casa de doña Margot.

Tesifonte Ovejero. Capitán Veterinario, huésped en la pensión de doña Matilde: "Es un buen señorito de pueblo, un poco apocado, que lleva una sortija con una esmeralda".

Tía de Chus. Le dice a Chus, amigo de Bernabé, si no le da vergüenza dejar palomino en el calzoncillo.

Trinidad García Sobrino. Cliente del café de doña Rosa. "Don Trinidad tuvo una primera juventud turbulenta, llena de complicaciones y de veleidades, pero en cuanto murió su padre, se dijo: de ahora en adelante hay que tener cautela; si no, la pringas, Trinidad. Se dedicó a los negocios y al buen orden y acabó rico. La ilusión de toda su vida hubiera sido llegar a diputado; él pensaba que ser uno de quinientos entre veinticinco millones no estaba nada mal. Don Trinidad anduvo coqueteando varios años con algunos personajes de tercera fila del partido de Gil Robles, a ver si conseguía que lo sacasen diputado; a él el sitio le era igual, no tenía ninguna demarcación preferida. Se gastó algunos cuartos en convites, dio su dinero para propaganda, oyó buenas palabras pero al final no presentaron su candidatura por lado alguno y ni siquiera lo llevaron a la tertulia del jefe. Don Trinidad pasó momentos duros, de graves crisis de ánimo y al final acabó haciéndose lerrouxista. En el partido radical parece que le iba bastante bien, pero en esto vino la guerra y con ella el fin de su poco brillante y no muy dilatada carrera política. Ahora don Trinidad vivía apartado de la cosa pública, como aquel día memorable dijera don Alejandro, y se conformaba con que lo dejaran vivir tranquilo, sin recordarle tiempos pasados, mientras seguía dedicándose al lucrativo menester del préstamo a interés".

Trini Robles. Hija de don Francisco y doña Soledad, "soltera, feúcha, que buscó unos cuartos y puso una mercería en la calle Apodaca". "El local es pequeñito pero limpio y atendido con esmero. Tiene un escaparate minúsculo, en el que se muestran madejas de lana, confecciones para niño y medias de seda, y un letrero pintado de azul claro, donde con letra picuda se lee Trini, y debajo, y más pequeño, Mercería". Ramón Maello la mira "con una ternura profunda".

Uruguaya, la. "La Uruguaya es una golfa tirada, sin gracia, sin educación, sin deseos de agradar; una golfa de lo peor, una golfa que, por no ser nada, no es ni cobista; una mujer repugnante con el cuerpo lleno de granos y de bubones, igual, probablemente, que el alma; una sota arrastrada que no tiene conciencia, ni vocación y amor al oficio, ni discreción, ni siquiera —y sería lo menos que se le pudiera pedir— un poco de hermosura. La Uruguaya es una hembra grande y bigotuda, lo que se dice un caballo, que por seis reales sería capaz de vender a su padre y que está enchulada con el chófer de unos marqueses, que la saca hasta el último céntimo y le arrea cada tunda que la desloma. La Uruguaya tiene una lengua como una víbora y la maledicencia le da por rachas. Una temporada le da por hablar mal de los maricas; otra, por meterse con las compañeras; otra, por sacarle el pellejo a tiras a los clientes con quien acaba de estar, y así con todo lo demás. Ahora con las que la tiene emprendida es con las lesbianas, las tiernas, las amorosas putas del espíritu, dulces, entristecidas, soñadoras y silenciosas como varas de nardo. A la Uruguaya la llaman así porque es de Buenos Aires".

Usurero. "Tenía la cabeza picuda como una pera, y el pelo descolorido, lacio, pringoso". Ofrece dinero a Victorita.

Ventura. Según "El querubín misionero", Julita ofrece 5 pesetas para el bautizo de un chinito que llevará el nombre de Ventura.

Ventura Aguado Despujols. Padre de Ventura Aguado, el estudiante de Notarías. Era un cosechero de almendra en Riudecols, en el campo de Tarragona. "Don Ventura Aguado Despujols piensa que su hijo, fumando pitillos rubios como una señorita, no llegará a ninguna parte". "Ventura Aguado Sans hace lo que quiere de su padre, lo abruma con eso de la composición de lugar y del error de enfoque".

Ventura Aguado Sans. Novio de Julita, "lleva ya siete años, sin contar los de la guerra, presentándose a notarías sin éxito ninguno". Amigo de Martín Marco. Acude con su novia a casa de doña Celia y vive en la pensión de doña Matilde, con Tesifonte Ovejero. Ha tenido que ver con Lola, la criada de la pensión.

Victorita. Novia de Paco. "Victorita andaba por los dieciocho años pero estaba muy desarrollada y parecía una mujer de veinte o veintidós. La chica tenía un novio a quien habían devuelto del cuartel porque estaba tuberculoso". Trabaja de empaquetadora en la tipografía El Porvenir, en la calle de la Madera. Riñe constantemente con su madre: "Victorita lleva mucho rato llorando y en su cabeza los proyectos se atropellan unos a otros: desde meterse monja hasta echarse a la vida, todo le parece mejor que seguir en casa". Acepta los enredos de doña Matilde para prostituirse con Mario de la Vega. "Victorita está muy cansada, en la imprenta está todo el día de pie, a su novio lo encuentra cada día peor, su madre es un sargento de caballería que no hace más que gritar, su padre es un hombre blandengue y medio bebido con el que no se puede contar para nada".

Violinista. Está en el salón donde hablan Pablo y Laurita: al fondo, "un violinista melenudo y lleno de literatura toca, apasionadamente, las czardas de Monti".

Violinista. Lo echaron del café de doña Rosa por contestar a don José Rodríguez de Madrid. Éste decía que era un "rojo irrespetuoso y sinvergüenza"; "ocho duros le duraban ocho días. Comía poco y mal, cierto es, y no fumaba más que de prestado, pero conseguía alargar los ocho duros durante una semana entera; seguramente, habría otros que aún se defendían con menos".

Visi, doña. La mujer de don Roque, madre de Julita, Visitación y Esperanza Moisés y hermana de doña Rosa. Beata y amiga de doña Montserrat, lee "El querubín misionero" y unas revistas donde salen milagros de un cura de Bilbao.

Visitación Moisés. Hija de don Roque y doña Visi. Es la hija mediana, "tiene veinte años y es castaña, con los ojos profundos y soñadores". "Ahora, desde hace una semana, la chica sale con otro muchacho, también estudiante de medicina" que se llama Alfredo Angulo Echevarría.

Viuda. En una de las revistas de doña Visi, en la que se cuentan los milagros de un cura de Bilbao, se lee: "Una viuda gran devota (Bilbao), el haber hallado un pliego de valores que había perdido un empleado de casa, 25 pesetas".

ÍNDICE DE LÁMINAS

Entre págs.

Portada facsímil de *La colmena*. 1955 89

Camilo José Cela. Académico 204-205

La calle de Alcalá en el Madrid de 1940 204-205

Camilo José Cela con tres actores de la versión cinematográfica de *La colmena* 282-283

Un café madrileño de la postguerra española ... 282-283

La castañera. Madrid, 1940 382-383

Los desmontes del cementerio de la Almudena (Madrid) 382-383

ESTE LIBRO
SE TERMINÓ DE IMPRIMIR
EL DÍA 2 DE SEPTIEMBRE DE 1987

clásicos Castalia

ÚLTIMOS TÍTULOS PUBLICADOS

89 / Emilio Prados
LA PIEDRA ESCRITA
Edición, introducción y notas
de José Sanchis-Banús.

90 / Rosalía de Castro
EN LAS ORILLAS DEL SAR
Edición, introducción y notas
de Marina Mayoral Díaz.

91 / Alonso de Ercilla
LA ARAUCANA. Tomo I
Edición, introducción y notas
de Marcos A. Morínigo e
Isaías Lerner.

92 / Alonso de Ercilla
LA ARAUCANA. Tomo II
Edición, introducción y notas
de Marcos A. Morínigo e
Isaías Lerner.

93 / José María de Pereda
LA PUCHERA
Edición, introducción y notas
de Laureano Bonet.

94 / Marqués de Santillana
POESÍAS COMPLETAS.
Tomo II
Edición, introducción y notas
de Manuel Durán.

95 / Fernán Caballero
LA GAVIOTA
Edición, introducción y notas
de Carmen Bravo-Villasante.

96 / Gonzalo de Berceo
SIGNOS QUE APARECERÁN
ANTES DEL JUICIO FINAL.
DUELO DE LA VIRGEN.
MARTIRIO DE SAN LO-
RENZO
Edición, introducción y notas
de Arturo Ramoneda.

97 / Sebastián de Horozco
REPRESENTACIONES
Edición, introducción y notas
de F. González Ollé.

98 / Diego de San Pedro
PASIÓN TROVADA. POE-
SÍAS MENORES. DESPRE-
CIO DE LA FORTUNA
Edición, introducción y notas
de Keith Whinnom y Dorothy
S. Severin.

99 / Ausias March
OBRA POÉTICA COMPLETA.
Tomo I
Edición, introducción y notas
de Rafael Ferreres.

100 / Ausias March
OBRA POÉTICA COMPLETA.
Tomo II
Edición, introducción y notas
de Rafael Ferreres.

101 / Luis de Góngora
LETRILLAS
Edición, introducción y notas
de Robert Jammes.

102 / Lope de Vega
LA DOROTEA
Edición, introducción y notas
de Edwin S. Morby.

103 / Ramón Pérez de Ayala
TIGRE JUAN
Y EL CURANDERO
DE SU HONRA
Edición, introducción y notas
de Andrés Amorós.

104 / Lope de Vega
LÍRICA
Selección, introducción y no-
tas de José Manuel Blecua.

105 / Miguel de Cervantes
POESÍAS COMPLETAS, II
Edición, introducción y notas
de Vicente Gaos.

106 / Dionisio Ridruejo
CUADERNOS DE RUSIA.
EN LA SOLEDAD
DEL TIEMPO.
CANCIONERO EN RONDA.
ELEGÍAS
Edición, introducción y notas
de Manuel A. Penella.

107 / Gonzalo de Berceo
POEMA DE SANTA ORIA
Edición, introducción y notas
de Isabel Uría Maqua.

108 / Juan Meléndez Valdés
POESÍAS SELECTAS
Edición, introducción y notas
de J. H. R. Polt y Georges
Demerson.

109 / Diego Duque de Estrada
COMENTARIOS
Edición, introducción y notas
de Henry Ettinghausen.

110 / Leopoldo Alas, Clarín
LA REGENTA, I
Edición, introducción y notas
de Gonzalo Sobejano.

111 / Leopoldo Alas, Clarín
LA REGENTA, II
Edición, introducción y notas
de Gonzalo Sobejano.

112 / P. Calderón de la Barca
EL MÉDICO DE SU HONRA
Edición, introducción y notas
de D. W. Cruickshank.

113 / Francisco de Quevedo
OBRAS FESTIVAS
Edición, introducción y notas
de Pablo Jauralde.

114 / **POESÍA CRÍTICA**
Y SATÍRICA DEL SIGLO XV
Selección, edición, introducción y notas de Julio Rodrí-
guez-Puértolas.

115 / **EL LIBRO**
DEL CABALLERO ZIFAR
Edición, introducción y notas
de Joaquín González Muela.

116 / P. Calderón de la Barca
ENTREMESES, JÁCARAS
Y MOJIGANGAS
Edición, introducción y notas
de E. Rodríguez y A. Tordera.

117 / Sor Juana Inés
de la Cruz
INUNDACIÓN CASTÁLIDA
Edición, introducción y notas
de Georgina Sabat de Rivers.

118 / José Cadalso
SOLAYA
O LOS CIRCASIANOS
Edición, introducción y notas
de F. Aguilar Piñal.

119 / P. Calderón de la Barca
LA CISMA DE INGLATERRA
Edición, introducción y notas
de F. Ruiz Ramón.

120 / Miguel de Cervantes
NOVELAS EJEMPLARES, I
Edición, introducción y notas
de J. B. Avalle-Arce.

121 / Miguel de Cervantes
NOVELAS EJEMPLARES, II
Edición, introducción y notas
de J. B. Avalle-Arce.

122 / Miguel de Cervantes
NOVELAS EJEMPLARES, III
Edición, introducción y notas
de J. B. Avalle-Arce.

123 / **POESÍA DE LA EDAD**
DE ORO I. RENACIMIENTO
Edición, introducción y notas
de José Manuel Blecua.

124 / Ramón de la Cruz
SAINETES, I
Edición, introducción y notas
de John Dowling.

125 / Luis Cernuda
LA REALIDAD Y EL DESEO
Edición, introducción y notas
de Miguel J. Flys.

126 / Joan Maragall
OBRA POÉTICA
Edición, introducción y notas
de Antoni Comas.
Edición bilingüe, traducción
al castellano de J. Vidal Jové.

127 / Joan Maragall
OBRA POÉTICA
Edición, introducción y notas
de Antoni Comas.
Edición bilingüe, traducción
al castellano de J. Vidal Jové.

128 / Tirso de Molina
**LA HUERTA DE JUAN
FERNÁNDEZ**
Edición, introducción y notas
de Berta Pallares.

129 / Antonio de Torquemada
**JARDÍN DE FLORES
CURIOSAS**
Edición, introducción y notas
de Giovanni Allegra.

130 / Juan de Zabaleta
**EL DÍA DE FIESTA POR LA
MAÑANA Y POR LA TARDE**
Edición, introducción y notas
de Cristóbal Cuevas.

131 / Lope de Vega
LA GATOMAQUIA
Edición, introducción y notas
de Celina Sabor de Cortazar.

132 / Rubén Darío
PROSAS PROFANAS
Edición, introducción y notas
de Ignacio de Zuleta.

133 / **LIBRO DE CALILA
E DIMNA**
Edición, introducción y notas
de María Jesús Lacarra y
José Manuel Cacho Blecua.

134 / Alfonso X
LAS CANTIGAS
Edición, introducción y notas
de W. Mettman.

135 / Tirso de Molina
LA VILLANA DE LA SAGRA
Edición, introducción y notas
de Berta Pallares.

136 / **POESÍA DE LA EDAD
DE ORO, II: BARROCO**
Edición, introducción y notas
de José Manuel Blecua.

137 / Luis de Góngora
LAS FIRMEZAS DE ISABELA
Edición, introducción y notas
de Robert Jammes.

138 / Gustavo Adolfo Bécquer
DESDE MI CELDA
Edición, introducción y notas
de Darío Villanueva.

139 / Castillo Solórzano
LAS HARPÍAS DE MADRID
Edición, introducción y notas
de Pablo Jauralde.

140 / Camilo José Cela
LA COLMENA
Edición, introducción y notas
de Raquel Asún.

141 / Juan Valera
JUANITA LA LARGA
Edición, introducción y notas
de Enrique Rubio.

142 / Miguel de Unamuno
ABEL SÁNCHEZ
Edición, introducción y notas
de José Luis Abellán.

143 / Lope de Vega
CARTAS
Edición, introducción y notas
de Nicolás Marín

144 / Fray Toribio de Motolinía
HISTORIA DE LOS INDIOS DE LA NUEVA ESPAÑA
Edición, introducción y notas de Georges Baudot

145 / Gerardo Diego
ÁNGELES DE COMPOSTELA. ALONDRA DE VERDAD
Edición, introducción y notas de Francisco Javier Díez de Revenga

146 / Duque de Rivas
DON ÁLVARO O LA FUERZA DEL SINO
Edición, introducción y notas de Donald L. Shaw

147 / Benito Jerónimo Feijoo
TEATRO CRÍTICO UNIVERSAL
Edición, introducción y notas de Giovanni Stiffoni

148 / Ramón J. Sender
MISTER WITT EN EL CANTÓN
Edición, introducción y notas de José María Jover Zamora.

149 / Sem Tob
PROVERBIOS MORALES
Edición, introducción y notas de Sanford Shepard.

150 / Cristóbal de Castillejo
DIÁLOGO DE MUJERES
Edición, introducción y notas de Rogelio Reyes Cano

151 / Emilia Pardo Bazán
LOS PAZOS DE ULLOA
Edición, introducción y notas de Marina Mayoral.

152 / Dámaso Alonso
HIJOS DE LA IRA
Edición, introducción y notas de Miguel J. Flys.

153 / Enrique Gil y Carrasco
EL SEÑOR DE BEMBIBRE
Edición, introducción y notas de J. L. Picoche
468 págs.

154 / Santa Teresa de Jesús
LIBRO DE LA VIDA
Edición, introducción y notas de Otger Steggink
720 págs.

155 / **NOVELAS AMOROSAS DE DIVERSOS INGENIOS**
Edición, introducción y notas de E. Rodríguez
360 págs.

156 / Pero López de Ayala
RIMADO DE PALACIO
Edición, introducción y notas de G. de Orduna
552 págs.

157 / **LIBRO DE APOLONIO**
Edición, introducción y notas de Carmen Monedero

158 / Juan Ramón Jiménez
SELECCIÓN DE POEMAS
Edición, introducción y notas de Gilbert Azam

159 / César Vallejo
POEMAS HUMANOS. ESPAÑA, APARTA DE MÍ ESTE CÁLIZ
Edición, introducción y notas de Francisco Martínez García
246 págs.